Para Esperanza Lozcano,

con mi agradecimiento y

buenos deseos,

María Eugenia González

Ensenada, B.Cfa.

Mayo 2, 2022

DÍAS DE HIERRO Y MALAQUITA

DÍAS DE HIERRO
Y
MALAQUITA

Ma. Eugenia Bonifaz de Novelo

Días de hierro y malaquita
Derechos reservados:
María Eugenia Bonifaz de Novelo
Ilustración de la portada: Yolanda Bonifaz Montes

CreateSpace

ISBN: 10:1514710242
EAN: 13:9781514710241

Available through:

Tecnilibros - Ave. Ruiz 488, Ensenada, Baja California
22800
Casa Colonial - Blancarte 18, Ensenada, Baja California
22800

A la memoria de mi padre,
Evaristo Bonifaz Gómez

Agradecimientos

Tres personas fueron esenciales para el logro de esta obra, la profesora Magdalena Calderón, la historiadora Gloria Villegas Moreno y el profesor Salvador Reyes Hurtado, Director de la Casa de Morelos, Morelia, Mich.

Magdalena por el cuidado que puso en la revisión edito- Rial, Gloria por su guía en cuanto a los aspectos históricos tratados y don Salvador Reyes Hurtado por su invaluable orientación respecto a literatura, sitios e Historia morelense.

Gracias también, a mi esposo Benjamín por leer tantas veces esta novela, y a mis hermanas Roselia, Yolanda y Carolina, cada una sabe bien por qué.

La autora

PRÓLOGO

Desde el inicio de la conquista española en 1519, surgió en el territorio mexicano el mestizaje de sangre y de culturas. Aunque la población indígena mantuvo secretamente muchos ritos religiosos, con el tiempo el catolicismo se convirtió en una manifestación social muy arraigada, conservando elementos de las tradiciones indígenas, pero subordinados a las españolas. Una vez establecida la Nueva España y aún después de su Independencia en 1821, los Estados Unidos Mexicanos manifestaron una fuerte adhesión a la Iglesia Católica. Sin embargo, el año de 1822 marcó un viraje hacia tendencias liberales impulsadas por hombres de ese signo. Aunque eran minoría, su fuerza radicaba en lo profundo de sus convicciones, cuyo afán era sentar las bases para que surgiera un Estado moderno. El medio fue una legislación que instituía escuelas laicas, suprimía las órdenes religiosas y los fueros; retirándose, además, el apoyo oficial a la recaudación de diezmos. Se intentó asimismo desamortizar a los *bienes de manos muertas*, llamados así porque la Iglesia los mantenía inmóviles y de manera limitada beneficiaban a la sociedad mexicana.

Todo ello fue demasiado radical para su tiempo. Tuvo vigencia sólo unos meses, pues el grupo conservador, identificado con la Iglesia y partidario del centralismo, prevaleció desde 1835 a lo largo de dos décadas, si bien con algunas interrupciones, lapsos en los que se imponía el sistema federal.

El país no encontraba su equilibrio. Las luchas entre liberales-federalistas y conservadores-centralistas lo debilitaban internamente y hacían estragos en su economía. La guerra con Estados Unidos estalló en 1846. Se perdió Texas primero y, en total, más de la mitad del territorio mexicano de acuerdo al Tratado de Guadalupe-Hidalgo concertado entre las dos naciones en 1848. El personaje que dominó la escena política a partir de 1835 con once oportunistas ascensos y oportunos descensos del poder, fue el general, presidente, dictador y Su Alteza Serenísima, Antonio López de Santa Anna. Este último, un título cuya encumbradísima alcurnia desmintieron sus actos, pues sereno nunca lo fue y alteza jamás la tuvo. Santa Anna fue depuesto en 1855 por el Plan de Ayutla, de corte republicano, que abrió un espacio en el tiempo que los liberales aprovecharon y que culminó en las Leyes de Reforma y la Constitución Federal de 1857.

La Ley Juárez (1855), suprimió a los tribunales especiales. Subsistieron los tribunales eclesiásticos y militares, pero ya no conocerían de asuntos civiles, aunque continuarían conociendo de los delitos comunes de los individuos de su fuero. La Ley Lerdo (1856), decretó la desamortización de los bienes de las corporaciones civiles y eclesiásticas, excluyendo los terrenos de los ayuntamientos, conventos, hospitales, casas de beneficencia, etc. El propósito era hacer circular el caudal de los *bienes de manos muertas.*

Los demás bienes pasaron a ser edificios gubernamentales y el resto se subastó. Siguieron otras leyes que separaban al Estado de la Iglesia. Estas suprimían el pago de derechos sobre algunos sacramentos, a las órdenes religiosas, y exclaustraban a sus miembros.

Además de legalizar la libertad de cultos, se estableció el Registro Civil de nacimientos, matrimonios y defunciones. Anteriormente sólo la Iglesia llevaba esos registros. Se secularizaron hospitales y cementerios. Se suprimió la Universidad por ser de corte reaccionario; se prohibió a los funcionarios públicos asistir en carácter oficial a la Iglesia, pero se respetaron las festividades religiosas del pueblo.

Por ello y por ser federalista, la Constitución de 1857 desencadenó la llamada Guerra de Tres Años. Al grito de "¡Religión y fueros!" el anatema fustigó al país. Ignacio Comonfort, el presidente en funciones, después de haber jurado la Constitución, la desconoció considerando que no se podía gobernar con ella, dio un golpe de Estado y aprehendió al Presidente de la Suprema Corte, Benito Juárez, el substituto legal para la Presidencia bajo la Constitución vigente.

Comonfort acabó por exaltar a todos y desesperarse él. Renunció, no sin antes poner en libertad a Juárez, quien hizo valer su postura legal y asumió la presidencia. Con él a la cabeza, los liberales se mantuvieron firmes.

En 1858, la Reforma se había consolidado legal, pero no políticamente. Siguieron años de división, Juárez representando al Gobierno Constitucional, los adversarios centralistas, manejando un gobierno aparte. En 1861, Juárez anunció que se suspenderían los pagos de la deuda externa. Francia, España e Inglaterra se aprestaron a cobrar por medio de las armas.

No lejos de los días del virreinato, la idea que estuvo latente anteriormente a la Independencia de que un príncipe de sangre real se trajera para gobernar a México, resultó atractiva para el partido conservador por lo que se convino en ello con el fin de aniquilar a Juárez y al partido liberal.

El escogido fue Maximiliano de Habsburgo.

Napoleón III, en su afán de expandir el poder de Francia hacia América respaldó ese movimiento enviando a México a su ejército con el pretexto de cobrar antiguas deudas al Gobierno Mexicano, pero en realidad para invadir el país y apoyar a Maximiliano a su llegada, quedando así sujeto a Francia.

España e Inglaterra se percataron del juego, se retiraron de las costas mexicanas y los liberales se aprestaron para la lucha contra Francia. El cinco de mayo de 1862, el Ejército Francés de seis mil hombres y excelente equipo, fue derrotado por el Ejército Constitucionalista Mexicano de cuatro mil, y escasos recursos. Mas al siguiente año, reforzados los franceses por dos divisiones que sumaban veintiocho mil, Francia hizo la invasión efectiva. Las campanas de las iglesias se echaron al vuelo en plácemes y Juárez se retiró de la capital a San Luis Potosí. Donde él iba, iba el Gobierno Constitucional.

A su llegada, en 1864, Maximiliano no se descorazonó ante la disensión política que desangraba al país. Entre establecer una corte y tratar de reconciliar a los liberales acabó por distanciarse de todos. Los republicanos despreciaban las cabriolas cortesanas, los imperialistas voceaban su profundo disgusto. Exasperados, muchos de estos últimos desertaron del gobierno imperial cuando éste rehusó devolver los bienes de la Iglesia expropiados por el gobierno reformista que Juárez encarnaba.

La lucha era a muerte. Tres años después, en 1867, Napoleón, al ver que aquella aventura mucho le costaba y nada producía más que oposición por parte de Estados Unidos, presiones políticas internas en Francia, y preocupado por la ascendencia que Bismark estaba adquiriendo en Europa que anunciaba un conflicto bélico en aquel continente, decidió retirar sus tropas, por etapas, abandonando así a Maximiliano a su triste destino.

Los imperialistas fueron derrotados al fin por el Ejército Constitucionalista. En Querétaro, una fría mañana, Maximiliano y dos generales mexicanos, Miguel Miramón y Tomás Mejía, cayeron ante un escuadrón de fusilamiento en el Cerro de las Campanas. Lejos de ahí, Carlota, destituida emperatriz, perdía la razón en Europa.

Muchos lucharon y murieron por la causa republicana, pero uno simboliza su lucha: Juárez. Como Presidente Constitucional oponiéndose al imperio, viajó en una carroza miles de kilómetros sobrepujando tremendas fatigas en su determinación por mantener la república en México. Vivió para ser presidente electo por cinco difíciles años hasta su muerte repentina en 1872.

Tomó entonces el poder el Presidente de la Suprema Corte de Justicia, Sebastián Lerdo de Tejada. Al terminar su período logró reelegirse, pero fue depuesto por un audaz general, héroe del ejército republicano: Porfirio Díaz. Enarbolando el enésimo plan que surgía en la política mexicana: el Plan de Tuxtepec, con el lema "No reelección", llegó a la presidencia por primera vez en 1876. Aquella máxima pronto la esquivaría por la fuerza y subterfugios políticos.

En 1884, después de un período intermedio de cuatro años en que cedió el poder a su compadre, el general Manuel González, Díaz retornó a la presidencia donde se sostuvo veintiséis años más. La Constitución se reformó en tres ocasiones, lo cual hizo posible que se reeligiera siete veces consecutivas hasta 1910.

Por entonces, la era porfiriana, cuyo nombre sería tomado de aquel que gobernaría el país por más de treinta años con mano de hierro calzada en guante blanco, ya boreaba...

Capítulo I

Mariana Aldama Lascurain nació cuando la pugna entre conservadores y liberales perduraba aún. Sus pasos tocarían ambos polos a lo largo de su destino. Su castigada juventud se desenvolvería en plena época porfiriana dentro de un ámbito en apariencia gentil, pero insensible a los contrastes y contradicciones derivados de su historia. Los días de paz y orden no llegarían hasta que los enconos se desgastaran y pudieran las ambiciones descansar en un pueblo que, agotado por las luchas, estaba dispuesto a la sumisión.

Aunque Porfirio Díaz, como oficial del ejército republicano, luchó heroicamente contra los franceses, él y la alta burguesía mexicana, quedaron contagiados de galicismo y profundamente impresionados por el boato del imperio. Los años de su dictadura fueron dominados por esa influencia cultural. Relegado fue el moblaje colonial; la literatura veía en Francia su guía; los jóvenes iban a París a estudiar. Intelectuales, profesionistas y ricos terratenientes a cuya estirpe ella pertenecía, idolatrarían cualquier persona u objeto europeo, en particular, si fuera francés. La moda procedente de la capital influyó de igual forma en las principales ciudades de la república.

Llegó Mariana al mundo en medio de la región volcánica que desciende de la Sierra Madre Occidental hacia el Océano Pacífico. Así como México tiene todo tipo de terrenos: junglas, desiertos, pantanos y sierras, Michoacán tiene una gran variedad de climas que permiten bosques de enhiestos y fragantes pinos, traslúcidos en la brumosa llovizna; ora pantanos de lirios que afloran, y aun sofocantes planicies donde las palmeras se mecen y la caña de azúcar surge gallarda. Si el clima favorece, corre el venado. En otras partes, leopardos y lobos acechan. En las junglas costeras las cacatúas hienden el aire con sus gritos, indiferentes a las boas que se deslizan silenciosas desde las copas de los árboles.

La capital colonial de este estado de turbulentos ríos, tranquilos lagos, verdes montañas y valles que una vez fuera imperio de los indios tarascos, vasallo después de españoles y que en el año de 1537 quedara constituida como Valladolid, yace próxima a la entrada de la sierra casi a dos mil metros sobre el nivel del mar en un valle de suave clima. Sin embargo, esta apacible ciudad, albergue de hermosos templos, vetustos conventos y claustros palaciegos, no siempre fue serena. En ella los albores de la Independencia se dejaron sentir, primero tenuemente, más tarde en trágica violencia al convertirse en escenario de facciones contendientes que ahí se daban cita para librar batallas y resolver destinos.

Tal vez, como rector del antiguo Colegio de San Nicolás, uno de los primeros en América, el Padre Hidalgo cavilaba a fines del siglo XVIII sobre el futuro independiente de su patria; y un hijo de la ciudad, José María Morelos también sacerdote y, más tarde, general, nutría en su alma el mismo anhelo del que haría partícipe a otro sacerdote, convertido también en militar, Mariano Matamoros. Cayeron los tres en la lucha. Miguel Hidalgo y Costilla fue fusilado en Chihuahua; Morelos en Cristóbal Ecatepec, y Matamoros bajo los portales del jardín principal de la ciudad. Muchos años después, don David Alpízar nunca pasaría por ahí sin descubrirse; por el contrario, con marcada insolencia, ante el obispado, solía prender un puro y resoplar.

Siete años después de consumada la independencia, una vez que el humo de fusiles y cañones se hubo diluido en sol resplandeciente, allá por 1828, en honor de su hijo favorito, Valladolid se convirtió en Morelia. El bisabuelo de Mariana sintió ese día una punzada en el corazón..., Independencia o no, el antiguo nombre tenía el conjuro de acercarlo a su lejana península cada vez que se pronunciaba.

Pasado el tiempo, en 1857, la guerra civil causada por la Reforma sacudió de nuevo a la ciudad. La escisión entre conservadores y liberales se hizo entonces total. Y así continuó su existencia bajo vibraciones e influjo levíticos y en contrapunto un palpitar de enconada resistencia. Estas fuerzas irrumpirían tarde que temprano en la vida de la niña. Nadie estaba a salvo de su influjo.

Trece años antes de que ella naciera, en 1864, se había establecido el imperio, fecha cumbre en la vida de la tía Matilde que por siempre habría de relatar. A escasos metros del lugar donde Matamoros había muerto, por aquellos días de octubre, Maximiliano y Carlota visitaron la ciudad. Una comitiva de cien jinetes salió a recibirlos a seis leguas de distancia y cuatrocientos más se les sumaron por el camino. En Morelia, una falange de distinguidas personas, entre ellas, doña Matilde, con los nervios alterados por el gozo y tropezándose por ganar ventaja a doña Clarisa, marchó a paso redoblado por la calle Real cargada de moños y encajes dejando uno en cada esquina, custodiada por su marido que trataba de protegerle el estrafalario atuendo en aquel revuelo por ir a dar la bienvenida a la pareja imperial con una serenata, a cambio de recibir una sonrisa, un leve gesto que cayera como gracia desde el amplio balcón central de la mansión colonial. Celebraron así el efímero triunfo sobre aquellos que, dispersos por el país o el extranjero, forjaban planes terminantes contra los emperadores, pues sustento del sentir de Reforma que predominaría, fueron muchos republicanos de aquella comarca: políticos de renombre como Melchor Ocampo y Santos Degollado, a quienes don Evaristo Gómez reconocería por su valor y los Lascurain, de la rama materna de Mariana, aborrecieron por considerarlos apóstatas. Al abuelo paterno, don Fernando Aldama, le importó poco el barullo entero con tal de que sus haciendas marcharan bien y no estuvieran fastidiando a sus peones con amenazas de leva que al fin y al cabo él supo enfrentar.

Aquel año del Señor de 1877, fue turbulento, pero los levantiscos quedaron domeñados. Aunque palpitara la efervescencia política, el mando no se escapó de las manos de don Porfirio, sus gobernadores y jefes políticos, escogidos, o bien, aprobados por él, quienes, a la postre, formaron una fuerte cadena que mantuvo al país en rienda. En este ambiente que, a pesar de todo, auguraba estabilidad, la gente atendía sus negocios, unos celebraban como siempre sus fiestas eclesiásticas, otros con igual fervor rendían homenaje a sus héroes liberales y todos acudían, al bajar el sol, al recogimiento de sus casas, o a los saraos… Cumplían también con el protocolo, esparcimiento y ritual de visitar con motivo de cumpleaños, santos, bautizos, duelos o porque se debía visita a los amigos.

Morelia, con sus veinticinco mil habitantes, poseía entonces, al decir de las crónicas sociales, un selecto círculo al cual pertenecían las familias muy antiguas, familias de heráldica y pergaminos, armaduras de conquistador y sedas episcopales, muchas de ellas criollas, las más, mestizas.

Los Aldama pertenecían a una de estas últimas. Por cuatro generaciones que empezaron al casarse un intrépido colono español con una india no tan bonita, pero que le cuadraba al hombre, ellos habían señoreado sobre varias haciendas, casas y cientos de personas. Crecieron en fortuna y poderío por ser osados y tenaces en el trabajo, viriles y honrados ante todo. Su dinero y fuerte presencia de grandes señores la habían llevado sin ostentación, con naturalidad; pero con Marcial Aldama, el último patrón de una de las más hermosas haciendas de la región, aquello cambió. El empuje de su estirpe degeneró en apatía, su audacia en insufrible arrogancia, su exuberancia en libertinaje y despilfarro.

El niño Marcial se quedó niño toda su vida. ¿Sería porque fue hijo único, porque su madre, en constante pugna con su padre sólo a él mimaba; y el padre, para contrarrestar ese derroche de cariño y ganárselo, le dio cuanto pedía? Lo cierto fue que a lo regular le agregaron malo y el resultado fue de lo peor. Don Fernando se dio cuenta de su error muy tarde. Marcial renegaba de tener que levantarse al alba con el campanazo que congregaba a vaqueros y peones en el segundo patio para recibir las órdenes del día. Oía a medias las explicaciones del administrador sobre costos y rendimientos de cosechas —el mayordomo y caporal ya se entenderían sobre aquello de temporal e irrigación, de la cría de caballos de pura sangre, de cómo organizar a la peonada... Él no iba a pasar la vida desgastándose las nalgas en una silla de montar. Todas las recomendaciones que le hacía su padre, ya enfermo y achacoso, no le parecían más que impertinencias. Al morir don Fernando sintió, no sin cierto remordimiento, por supersticioso que era, un gran alivio.

Ese era Marcial, el hombre cuya aplastante presencia hacía a los peones temblar dentro de sus calzones de manta, porque en Valle Chico más valía ser caballo que siervo, ya que el patrón quería a las bestias tanto como despreciaba a los hombres que las cuidaban.

El sistema feudal que echó raíces desde que a los conquistadores les asignaron vastas extensiones de tierra junto con todos los seres humanos que vivieran en ellas, permitía a Marcial ser amo y señor y, a la vez, hizo de aquéllos, si no legalmente, sí de hecho, sus esclavos. No pocas veces pueblos enteros y toda la tierra cultivable adjunta a ellos cayeron en posesión de un solo amo. Eran las famosas encomiendas otorgadas por Cédulas Reales recién lograda la conquista, por medio de las cuales un enorme sector de la población indígena quedó despojado de sus tierras.

Aunque algunos justos, entre ellos, el Obispo de Chiapas, Fray Bartolomé de las Casas, intercedieron en España ante Carlos I para abolir este sistema; al proclamarse las Leyes Nuevas de Indias que protegían a los aborígenes contra abusos en sus personas y propiedades, los encomenderos rehusaron acatarlas. Para evitar fricciones las autoridades desviaron la vista y las leyes quedaron sólo como recuerdo.

En el Siglo XVIII, al abolirse las encomiendas, pasaron a la historia como una forma de amasar riqueza y los encomenderos con ellas, pero otros propietarios que surgieron por la vía de compra-venta, siguieron el patrón latifundista establecido. Además, al transcurrir el tiempo, por diversos medios, se les arrebataron sus tierras a muchas comunidades indígenas a quienes la Corona había reconocido sus derechos otorgándoles títulos de propiedad. Los años se convirtieron en siglos, la colonia en república, hubo innumerables y significativos cambios, pero la tierra, aunque algo se fraccionó, perduró en manos de unos cuantos. A través de todo, el peón siguió siendo la bestia de carga que miraba a su patrón con veneración y estima si era bondadoso, o pavor, respeto y mudo resentimiento así quebrara su espalda, su salud y su vida.

Al cabalgar Marcial por los campos, lo que ocurría si quería presumir con algún invitado, la masa humana que ahí laboraba se daba más prisa...; en silencio barbechaba la tierra librándola de la milpa seca con su silbante y afilado machete. En cuanto trasponía los masivos muros de piedra del casco de la hacienda, suspiraban con la esperanza de que no volviera a hacer otra ronda en mucho tiempo. Por cierto, nada más los caballerangos tenían que ver directamente con él. La peonada los compadecía pues era maldecir y castigarlos con media paga si alguno de sus caballos mostraba un rasguño o mal de ojo. Más de una vez su fuete había cruzado una espalda. Pero esta era su prerrogativa: él era, ante todo, el amo.

En cuanto a sus demás defectos, bueno... por esos daban gracias. Para ellos era una bendición que don Marcial fuera más afecto a pasar la noche en el Teatro Melchor Ocampo escuchando una opereta o zarzuela para luego irse de farra, que a levantarse de madrugada para inspeccionar sus tierras, en lo que no era muy distinto de algunos hacendados que dejaban sus haciendas en manos de administradores para vivir ellos en las ciudades o en la capital, si no en Europa; sólo que en el caso de Marcial había una peculiaridad: su residencia principal era la hacienda. Su esposa la prefería a su casa en la cercana ciudad de Morelia porque en su reclusión ella podía ignorar las prolongadas ausencias de su marido, sus crecientes infidelidades que disimulaba con tal de llevar la vida en paz.

Esos eran tiempos en que los hombres hacían lo que les venía en gana y las mujeres bordaban sus penas e iban a misa diario. Clara hacía lo uno y lo otro. En la capilla de la hacienda, ante un retablo repujado en oro, albergue de demacradas efigies de santos, y angelitos regordetes, rezaba con doble devoción... En ella alentaba otra vida. Sabía que su delicada constitución estaba en peligro, pero hacía caso omiso; deseaba con toda el alma que esa criatura la acercara a su marido.

¡Si fuera un hijo! Tenían ya una niña y a Tomasito. Ah, Tomasito... Clara sufría porque sabía que su hijo no llenaba las exigencias de Marcial. El niño era frágil y sensitble en extremo y su padre lo veía con mal disimulada antipatía. Con otro varón en la familia tal vez Marcial lo dejaría tranquilo; pero sus ruegos no fueron atendidos. Una noche de tormenta en que el viento barría el valle doblegando los eucaliptos cuyas mil ramas se convertían en látigos que azotaban la señorial casa de Valle Chico, una niña nació.

Al alba se desprendió Marcial de un par de brazos húmedos para atender el mensaje del mayordomo que aguardaba afuera empapado. Con la vista errante y turbia, vino a encontrar a Clara con su largo pelo negro extendido sobre el almohadón de encaje, su cara en completo reposo y su cama rodeada de cuatro cirios.

Las sirvientas, arrebujadas en sus rebozos que gimoteaban en una esquina de la estancia, dijeron que don Marcial había temblado ante el cuerpo de su esposa cuya figura solemne dibujaba un mudo reproche que por siempre lo acosaría.

Marcial bebió mucho esa noche, más que de costumbre. Al día siguiente apuró las ceremonias fúnebres como si se tratara de un apestado. Para indignación de doña Rocío, la hermana de Clara, no accedió a otra noche de velorio ni descansó hasta que la tierra cayó sobre el ataúd. Pero de noche le era imposible conciliar el sueño, bebía hasta caer en un estupor y, por la mañana, trataba de apaciguar aquel extraño desasosiego ordenando que se dijeran misas en todos los templos de Morelia por el alma de Clara, pero buscando más bien descanso para la suya.

Según la usanza portó el listón negro en el brazo, guardó un aire dolido..., mas no pasó mucho tiempo antes de que sus ojos, bajo sus pesados párpados, se posaran en un cuello grácil, en caderas ondulantes. Muy pronto, con todo y remordimiento y listón, se lanzó a corretear no sólo prima donas sino cualquier muchacha bonita que encontrara en sus tardías cabalgatas por el valle. Era suficiente verlo venir montando su caballo blanco para que una joven arrebatara de las piedras del río su ropa lavada, en volandas colocara su cesto en la cabeza y corriera a la choza más cercana.

Pero no todas corrían. A menudo, risillas y cuchicheos se mezclaban con crudas risotadas sobre la hierba aplastada..., pero ¡maldición! Quedaba un amargo resabio: Clara. Lo que no logró en vida, lo logró muerta. Su recuerdo resultó más vívido que la realidad. De retorno a la hacienda, la veía en todo rincón: en el salón de costura se sentaba a bordar, en el sillón verde, leía... Cada carpeta era un recuerdo de sus apacibles y ocupadas manos, sus modos amantes y sencillos. En los ojos tristes de Tomás lo miraba con inocente reproche. Pronto no soportó más. Huyó a Morelia, a la capital, de ahí a París..., ese fue su trayecto por varios años. Iba rodeado de ruido, de gente, pero en verdad siempre solo. Aquel extraño sentimiento hacia Clara muerta le impedía casarse. Se holgaba a sus anchas a diestra y siniestra pero de matrimonio—nada. "Ese lugar", decía, "es de Clara". Así quería lavar las mil afrentas que en vida le hiciera, como esos que abusan de la paciencia de sus mujeres hasta dejarlas resecas de ilusión y sentimiento para luego llorarlas y quedar tan satisfechos.

Sus haciendas yacían olvidadas en manos de su anémico primo don Carlos y, con tal de que siguiera mandando dinero, Marcial se daba por bien cumplido. De sus tres hijos no se ocupaba. Siempre que la hermana solterona de Clara, doña Rocío, estuviera a cargo de la casa, podía estar tranquilo. Los niños vivían rodeados de comodidades y criados que acataban todos sus mandatos; sólo carecían de algo que para él no tenía importancia: cariño..., pues la tía Rocío no era una persona amante. Refundida en su misticismo se pasaba los días con sus santos rezando novenas; y sólo daba la cara para enseñar a los niños la misa en latín o hacerles memorizar el catecismo; todo con aquella aura de aislamiento, de misterio, de algo etéreo que la rodeaba y que hacía pensar a Mariana, la más pequeña de los niños, que la tía Rocío a veces ni estaba ahí. Su figura sutil vagaba sobre la hacienda cual nube de incienso dándole una atmósfera quieta, retraída, conventual, que saltaba hecha añicos en el momento en que el carruaje de Marcial hacía su resonante entrada al vasto patio y se detenía al centro, ante la fuente de cantera.

Después de viajes que duraban ocho meses o más, al año, todo lo que hacía era extender la mano para que sus hijos la besaran con respeto, apresurado hojeaba los libros que don Carlos le presentaba sobre el manejo de sus haciendas, e inmediatamente ordenaba a golpes de voz que no admitían demora, que se abriera la cava, que las treinta y cinco recámaras del segundo piso se prepararan, se descubrieran los muebles y que la enorme sala, igual en tamaño a un refectorio de convento, se esclareciera para el baile que, según era su costumbre, debería celebrarse a la semana de su regreso.

La tía Rocío, diminuta, frágil, cargada de escapularios, se esfumaba entonces hacia su cuarto. Al cerrar la puerta caía de rodillas y triplicaba las oraciones que dedicaba a todos los difuntos de la familia, pues de su rama sólo sobrevivían ella y su hermana Beatriz. De tal forma, la tía Rocío siempre estuvo más cerca de los muertos que de los vivos.

A Mariana y Tomás se les amonestaba que no estorbaran. Pegados a las paredes de cantera, dejaban pasar a los sirvientes que apresurados colocaban sábanas limpias, flores frescas y aquellos largos crespones y guirnaldas de laurel blanco con que adornaban las arcadas alrededor del patio.

A Libia, la mayor, le permitían estar en el centro de todo. Con su modo adulatorio se las arreglaba para agradar a su padre. Mariana y Tomás no se atrevían a acercársele. El único lugar de donde no se les corría era la gigantesca cocina. Ahí Cata, el ama de llaves, regordeta y bonachona, dentro de su amplia y vareteada falda de algodón, su almidonado delantal blanco, con su pelo negro trenzado hacia arriba, era la suprema autoridad. Ella siempre tenía una mirada tierna para los niños, les ponía en sus manos crujientes buñuelos y les aseguraba su lugar en un nicho que formaba la aherrojada ventana; desde ahí, sentados a sus anchas, masticaban a dos carrillos contemplándolo todo.

Esa amplia cocina de pisos rojos y paredes blancas moteadas de infinidad de cazuelas de todos tamaños que albergaba holgadamente a cuarenta personas, siempre sería para Mariana el corazón de la casa. Aquel día, que ella recordaría con peculiar nitidez toda su vida, las paredes quedaron despojadas de las cazuelas más grandes que se hallaban enfiladas sobre el largo brasero de amarillos mosaicos. En ellas hervían pollos recién matados, que más tarde se aderezarían con coñac y anís; pescado blanco traído del lago de Cuitzeo que ligeramente se pasaba por el agua borboteante para después hacerlo en escabeche y, en los peroles de cobre de Santa Clara, las naranjas e higos que al saturarse de miel de azúcar se cristalizarían. A los lados del brasero, en los hornos de ladrillos enclavados en las esquinas, se doraban dos lechones condimentados con tomillo, orégano, mejorana y chiles guajillos; sobre una larga mesa al centro, tres muchachas preparaban canastos de fruta fresca: limas, duraznos, plátanos, ciruelas y naranjas; en el otro extremo otras tantas extendían sobre las servilletas colocadas en sus rodillas una bolita de masa cremosa hasta convertirla en un círculo transparente que luego de freír, bañaban y espolvoreaban con miel de limón y azúcar revuelta con canela. Estos eran los buñuelos de mantequilla que Tomás y Mariana saboreaban, los que, fuera Navidad o no, su padre exigía, lo mismo que el pan de huevo que se esponjaba ya en los hornos, cuyo olor flotaba desde la panadería que se encontraba adyacente mezclándose con los del orégano y la pimienta.

Ella disfrutaba, no sin una sutil tensión que la hacía estar alerta, de la excitación que el regreso de su padre acarreaba, pero Tomás tiraba el agua a la hora de la comida, no podía dejar de tartamudear si Marcial, con tono estentóreo, le preguntaba algo, y no dormía bien. Aun estando en la cocina, su refugio, Mariana notó que no se hallaba del todo a gusto. Que a los pollos les retorcieran el pescuezo hasta que no aletearan más, lo sacaba de quicio por parecerle una crueldad. Muchas veces ya le había dicho su hermano que no era justo que las indias molieran el maíz hincadas en el duro piso, inclinándose con todo su peso de arriba a abajo sobre el metate. Miraba su labor con piedad precoz para sus años. Al contemplar las perlas de sudor en sus frentes y aquellos descalzos y maltrechos pies que al cabo de horas de inactividad aplastante enseñaban un color amoratado, ya no comía. Ella alegaba entonces que estaban acostumbradas, creyendo consolarlo, pero sabía que no era únicamente ver a las muchachas en su postura casi torturadora lo que lo trastornaba... Era que se acercaba la hora en que él, Libia y ella, se vistieran de gala para presentarlos a los invitados. No era que su padre les diera mucha importancia con tal gesto. Con perspicacia infantil comprendían que más bien era una exhibición de que sus hijos estaban bien, que él cumplía.

En esas ocasiones, Mariana podía sentir la congoja de su hermano cada vez que alguna empolvada dama, tomándole la barbilla con los dedos decía en un suspiro: "¡Ay niño, pero que parecido a Clara eres! Que descanse en paz... En fin, estará feliz de ver lo bien que se encuentran."

Entonces Mariana, apretando su mano, le sonreía. Así trataba de infundirle ánimo para que controlara sus lágrimas porque, si lloraba, de seguro Libia los regañaría.

Aquella tarde Tomás no aguantó el llanto y Libia se lució.

—Anda, mariquita, ya fuiste a llorar otra vez y nos sacaron por tu culpa. Y tú, chiquilla, ¿Cuándo aprenderás a no mezclarte con los criados en la cocina?

No importó que Libia fuera la consentida. Había dado el portazo en la nariz de Tomás haciéndola sangrar. Mariana se fue tras su hermana. Sin considerar que Libia tenía diez años y ella siete, le metió una zurra.

La nana Lupe corrió a ellas gritando: —Párenle, párenle—. Luego a Tomás—: ¡Ay, Tomasito, tu nariz... mira nomás cuánta sangre! Tate quieto. No vayas a llorar porque te sale más. Mira, ya manchaste tu chaleco de terciopelo. Ay Dios, Marianita, tu vestido de organdí te lo rompiste. Ora si, niña Libia, está usté hecha un desastre.

Aunque el desastre fue general, Mariana sintió que había ganado, pues Libia, lloriqueando desde un rincón, la amenazaba con que le diría a su padre que la encerrara en un convento... Mariana logró disimular su temblor apoyándose en la sonrisa que encontró en los labios de su hermano que le decía que todo había valido la pena.

Fue una noche especial. Libia rehusó salir de su cuarto, de manera que, felices por estar libres de su fastidiosa presencia, en el pequeño comedor, frente al salón donde los huéspedes bailaban, justo cruzando el patio, ellos se sentaron en un ángulo de la mesa ante sendas tazas de espumoso chocolate y un platón de fruta de horno, empanadas y buñuelos. Sangre y pleitos se olvidaron al saborear la merienda. Mojaban sus panes en el espeso líquido que chorreaba sus dedos cuando sonó la alarma de unos pasos familiares.

—No sopees —Tomás advirtió—. Ahí viene Lupe.

Mariana rápidamente le dio el sorbo a su taza pasando el pan que había dentro para que no la fueran a acusar con su tía Rocío que abominaba una miga en cualquier líquido.

—¿Con que ya están en paz, eh? Bueno, así me gusta —celebró la alegre muchacha mostrando toda la dentadura y se fue.

Siguieron merendando bajo la luz del candelabro... Mariana alzó sus ojos, brillantes como el ébano bruñido con laca de los muebles que los rodeaban y los fijó en su hermano.

—¿Te duele la nariz? Estas triste...

Él negó.

Sin despegar la vista de su hermano, volvió a preguntar—: ¿Por qué lloras cuando dicen que te pareces a mamá? Era bonita.

Con los ojos perdidos en el fondo de la taza como buscando una razón congruente, sujeto por una desesperación que no podía explicar, el corazón del pequeño se debatía ante la ironía de aquella felicidad que decían debía disfrutar alguien que ya no vivía y por otra razón que existía menos: la de su supuesto bienestar. Todo aquello, aunado a un anhelo enorme de que fuera cierto que en algún punto existiera su madre y de que en realidad fueran ellos felices, acabó por hacerlo verter su amargura al decir:

—Desde que ella murió, nadie me ha vuelto a besar.

Silencio. Los pies de Mariana ya no se columpiaban bajo la silla.

—Yo también la extraño...

—Si ni la conociste.

—En eso me ganas.

—Pero la extraño más.

Entonces Mariana, con un movimiento rápido, se alzó de la silla y dio un beso resonante en la mejilla de su hermano. Sorprendidos, los dos se soltaron riendo.

Al cabo de un momento, Tomás, sintiéndose en deuda, la alentó: —No le creas a Libia que estás fea. Te apuesto que vas a ser más bonita que ella.

A Mariana le dio gusto oír aquello. Además del enorme placer que le daría ganarle a Libia, sabía que Tomás no mentía. Pero había un detalle que no podía pasar por alto.

—Tengo el pelo lacio —objetó dando el último sorbo a su chocolate.

—No importa. Te brilla. Y a Libia la van a dejar pelona de tanto jalárselo cada vez que le desenredan los chinos.

Mariana rió ante la imagen que le presentaba su mente de Libia pelona. Risa que más de satisfacción fue de alivio y esperanza de su posible belleza.

En esos momentos se oyó música en el patio, diferente a la de los violines que habían dejado de tocar en un momento imperceptible.

Corrieron hacia la ventana... Por fuera del alto enrejado contemplaron el señorial patio de cantera violeta transformado en ámbito encantado que resplandecía bajo la luz de las linternas de hierro forjado. Mudos, vieron acercarse a veinte peones de la hacienda que venían a dar serenata al gobernador y a su padre, quien se erguía arrogante sobre una centena de invitados agrupados a lo largo del corredor.

Frente a la fuente enmarcada por un amplio círculo de mosaicos verdes, los peones formaron una extensa media luna. Al extremo derecho se colocó el arpista, los demás llevaban guitarras. Envueltos en gruesos jorongos de lana café que caían de sus hombros, aguardaron muy serios. De pronto, sus figuras vagamente reflejadas en los mosaicos se movieron, y se escuchó una cascada de acordes surgidos de melancolías recónditas que se unían en al aire con el eco de sus voces. Por unos momentos fuera de todo tiempo, la melodía viril repercutió por el ambiente saturándolo de anhelo y nostalgia.

Los hilos de las guitarras parecían pulsados no por obscuras manos sino por el peso de todos los secretos que la noche contenía, y el agua de la fuente, los insectos que giraban alrededor de las trémulas luces, las hojas de los fresnos y eucaliptos, las estrellas titilantes y el alma niña de Mariana vibraron también. Como sutil tonalidad, el recuerdo de esos mágicos momentos permanecería en ella para siempre. Se había sentido envuelta en cada nota, había trascendido las rejas de la ventana, había girado fuera de sí.

Con un suspiro volteó a ver a Tomás y supo, por la dulce sonrisa de su hermano, que él también había sido feliz.

Breve dicha. Sus sonrisas se esfumaron al convertirse los días en semanas. Su padre empezó a dar señas de fastidio. A los invitados del día o de la semana ya no los atendía con la misma cortesía, que más bien desplegaba como un favor que concede un soberano. Si le hablaban, se hacía desentendido; no se reía de los chistes o bromas, salía abruptamente de las estancias o se sumía en indiferente silencio. La novedad del retorno se iba desgastando para dar lugar a un desencanto que, al hacerlo presa, lo llevaba derecho a la botella de coñac. Los huéspedes se iban entonces uno a uno o en grupos, ya no se organizaban corridas ni charreadas, el estrépito de los platillos de la banda pueblerina se acallaba..., la hacienda entera languidecía.Marcial no quería ni ver a sus hijos. Si pescaba a Tomás escurriéndose bajo las arcadas, gritaba a Ismael, el mayordomo recién ascendido, o a cualquiera que estuviera a mano:

—¡Agárrenlo! Póngalo en un caballo... Uno brioso. Tenemos que hacer un Aldama de este mariquita algún día—. Mariana se escondía entonces detrás de las cortinas de terciopelo, rezando un Ave María al oír a su hermano gritar.

Eran síntomas de transición. Muy pronto era empacar de nuevo... La hacienda se cerraba como un girasol al atardecer en cuanto Marcial partía. En esa ocasión, Libia se fue también.

—Me lleva a vivir con unos parientes muy ricos a México —hizo saber a su tía Rocío al dar vueltas a un largo rizo que caía sobre su hombro y, girando sobre sus botines de charol negro, partió.

Al cerrarse las pesadas puertas de cedro tras ellos, la atmósfera que doña Rocío exhalaba lo sobrecogió todo una vez más. Se disipó el olor a licor, taparon los muebles del gran salón, corrieron las cortinas de todas las habitaciones..., se instalaron las sombras.

Alternando clases particulares con un tutor de cuadrados y pequeños anteojos y rezar novenas, el tiempo culebreaba por las arcadas, fluía en las fuentes, fulguraba en los vitrales, cerraba los ojos en cada atardecer. Las cuatro estaciones llegaron y se fueron dos veces. Mariana ya sabía leer, Tomás se aprendía los libros de memoria. Los dos hacían unas cuentas con signos de cruces paradas y volteadas que dejaban perpleja a Lupe. Al profesor lo tenían boquiabierto o, por el contrario, con la boca pegada, las preguntas u opiniones de su pequeño discípulo. Por ejemplo: ¿Cómo supieron los griegos que existía el átomo si entonces no había ni lupas, no se diga microscopios? ¿Por qué los presagios y sueños solían realizarse a veces? Temerosa de la pesadilla que tuvo, a Poncio Pilatos le anunció su mujer las consecuencias de la injusticia que iba a cometer; y a Julio César le previno el arúspice de los *idus* de marzo antes de su asesinato. Si era intuición, ¿qué era en sí eso que se adelantaba a los hechos o adivinaba el corazón de la materia?

El profesor decidió pedir ayuda.

Una nublada mañana de otoño, Cata recibió órdenes de la señorita Rocío de empacar las cosas de Tomás.

Varias veces el profesor había repetido: "Te debemos llevar a Morelia Tomasito". Una y otra vez Mariana había tenido pesadillas en las que la figurita de anteojos, corvada y silenciosa del profesor, entraba furtivamente, de puntillas, en la recámara de Tomás, lo levantaba como un mero muñeco y dejaba caer en su descolorido portafolio de piel negra llevándoselo sin que ella pudiera intervenir. Petrificada, con voz que no tenía sonido, con brazos sin ningún movimiento, lo veía todo con desesperada impotencia. Y ese momento que Mariana temiera llegó, dejándose caer sobre ella como una cubierta sofocante.

En la sala, un viejo y bondadoso cura examinaba a Tomás con ojo crítico. El profesor, dando golpecitos al hombro caído de su alumno, resplandecía al decir:

—Es brillante, padre. Ya verá —. Dirigiéndose al niño, continuó: —Tomás, este es el padre González. Serás interno en una escuela de Morelia donde encontrarás los mil libros que siempre has querido leer, muchos más de los que tienes aquí en la biblioteca de la hacienda. ¿No es lo que siempre habías deseado?

El pequeño asintió, sólo que sus tristes ojos café claro, muy claro, casi dorado, giraron para fijarse en Mariana, quien, de la mano de Cata, permanecía muda junto a la puerta. Había una disculpa en la mirada que se encontró con la de su incólume hermana.

Ahora es el momento, parecía ella responder, de ser como esos estoicos de que el profesor les había contado y que ella tanto admiraba. Recuerda, Tomás, que prometí ser así y no dejar que nadie ni nada, me hiriera. Puedo soportar esto... porque puedo.

A Mariana le había parecido importantísimo llevar el valor como escudo, ser fuerte. A veces se imaginaba los más difíciles trances: que se quemaba la hacienda, que se perdía en el bosque de noche, y ella, como si nada. ¿Por qué sentía entonces, a pesar de sus esfuerzos, tan aguda ansiedad?

Al pasar junto a su hermana Tomás se detuvo. Fue un tieso abrazo con el que los niños se despidieron. Demostraron ambos tanta formalidad, que Cata contuvo el nudo que tenía en la garganta y se limitó a decir:

—Que Dios te acompañe Tomasito.

Al ver el agradecimiento en los ojos de su hermano, Mariana se desesperó de no haber dicho, al menos, otro tanto. Demasiado tarde. De un momento a otro todo se precipitó. Subían las maletas, se despedía Tomás de la tía Rocío, montaron en el carruaje y las portezuelas del coche se cerraron en un parpadeo. En seguida el cochero fustigó los caballos, las ruedas chirriaron, los cascos resonaron sobre las losas de cantera y el carruaje se puso en marcha. Al verlo llegar al gran portón el corazón de Mariana latía en su garganta. Sus manos querían extenderse hasta detener las ruedas, en seco, sobre el polvo del interminable camino. Estaba sola. Aquel pensamiento le arrancó un lamento que más fue un ronco sollozo.

Tomás volteó para dar un último adiós que se quedó sin decir... La carita de su hermana se hallaba enterrada en el delantal de Cata y el niño presionó lo más que pudo su frente a la ventana trasera para que el profesor y el padre no vieran las lágrimas que escurrían por su cara y empañaban el cristal.

Capítulo II

Nadie con quien hablar, nadie con quien jugar. Los días se tornaron solitarios transcursos de sol y oscuridad que traían consigo lluvias, que se las llevaban, que doraban los campos y hacían que la ropa le quedara chica. Aquel verano el profesor dejó de ir. Por lo demás, todo seguía igual. Doña Rocío atendía sus rezos, Cata, la casa, e Ismael rendía cuentas a don Carlos.

En su inconsciencia infantil, Mariana no se dio cuenta cuándo cesó su tío Carlos al viejo administrador quien estuviera a cargo desde los tiempos de su abuelo. Un día, ya nada más no lo habían visto recorrer las trojes ni cubrir la raya a los peones que los sábados formaban una larga fila al otro lado de la enrejada ventanilla de la administración. Esa tarea pronto la suplió el tío Carlos que, por otra parte, más y más descansó responsabilidades en Ismael, pues si todo el papeleo lo llevaba su tío, del manejo práctico poco se enteró. Recibía la cosecha, buena o mala, la realizaba y liquidaba a la peonada. En el otoño casi no iba a la hacienda; sólo en enero, al aproximarse la maduración de los aguacates, lo veían de nuevo.

A Mariana, de paso le concedía el saludo de su débil sonrisa y evadía la mirada inquisitiva con que lo auscultaba, o la de franca incredulidad si se disculpaba por no poder llevarla a Morelia.

A doña Matilde, la mujerona de don Carlos, le hubiera encantado tomar posesión de la hacienda en ausencia de Marcial, pero éste había ordenado que nadie, fuera de don Carlos, estaba autorizado a poner un pie en Valle Chico durante su ausencia. Ya que servían para administrar más no para alternar..., pues que se quedara ahí la muchachita tal como le parecía a su padre; y don Carlos, con aquella apatía que le daba su anemia, no tenía humor para refutar.

Mariana se dio a la lectura, al principio en imitación a Tomás, después, porque le gustó. Mordisqueando una manzana, se sentaba al fondo del corredor a devorar páginas. Por la noche, Lupe, acostada al pie de su cama en un petate, le relataba por incontable vez los cuentos de espantos y brujas de lenguas de escamas y ojos de brasas que desaparecían envueltos en una bocanada de vapor tras arrastrarlo a uno por todo el cuarto... En un principio ella se había aterrado, después, sin conmoverse ya, prefería musitar sobre aquellos personajes que encontraba en sus libros. Pronto se compenetró tanto en sus aventuras que empezó a actuar aquello que había leído... Día a día, un mundo nuevo y maravilloso, alivio de su soledad, se desplegó ante ella. De lleno disfrutaba o sufría al parejo que sus héroes o heroínas y no tardó mucho en inventar personajes propios. También trajo a escena a Tomás y ¡cómo reían! Libia se entrometía a veces para pelear, pero Mariana siempre le daba su merecido. Lo más significativo en este mundo de fantasía tan suyo, era que su padre la quería bien... la llamaba su pequeña Mariana. Todo era posible. Una vez que los olmos estuvieron desnudos, el ambiente frío, ella, temeraria, trajo a la vida a su propia madre. Se la imaginaba sentada apaciblemente en la gran silla de cedro del cuarto de costura, tal como la veía en el pésimo retrato al óleo sobre la enorme chimenea de la sala. Dado al ambiente tenue propiciado por el cortinaje de verde terciopelo y encaje que cubría los ventanales del techo al suelo, se diluían los contornos labrados del viejo armario negro, los taburetes parecían más mullidos y una acogedora presencia la aguardaba. Todo era cerrar las pesadas puertas, recorrer las cortinas, aguardar un momento, levantar un suspiro y ahí estaba con su amorosa sonrisa para escucharla con alegría y paciencia. Hablaba con ella, reía con ella y era inevitable que un día llorara también.

La frágil y sumisa apariencia de doña Rocío escondía a una mujer con determinación. Había prometido a la Virgen de Guadalupe visitar su Santuario en la capital el 12 de diciembre del año 1887. Con debida anticipación informó a la servidumbre que partiría. Ya que no había sido posible comunicarse con don Marcial para que diera permiso a la niña Mariana para salir de la hacienda y conociendo de sobra su irascibilidad, su sobrina debería permanecer ahí.

Ante las súplicas de Mariana que pedía que la llevara, su tía fue inflexible. Aunque rogó en el nombre de la Virgen, los ojos mortecinos de doña Rocío no brillaron. Posó una esquelética mano en el hombro de su sobrinita y suspiró. Sentía que su vida fluía a su fin. Su único deseo era vivir para ver el día de la Guadalupana, después... ¡sólo Dios! En cuanto a Mariana —y sus dedos dieron unos golpecitos a su hombro— ella estaría mejor en la hacienda bajo la tutela de la monja que había accedido cuidarla. Los parientes de Morelia se encontraban en Europa; Libia le haría la vida imposible en la capital. En Valle Chico, al menos, Cata la quería bien. Una de sus cartas alcanzaría a Marcial y entonces, lo daba por seguro, él atendería a su hija.

—Tu padre volverá, querida. Si Dios quiere y María santísima también, yo regresaré. Entretanto, rezaré para que te guarde y sé que estarás bien.

Su fe la había llevado a su promesa, su promesa a abandonar a la niña y de nuevo escudada en su fe, ahora se daba por exonerada de toda responsabilidad. De hecho, las cosas marcharían mejor puesto que estaban en manos de la Virgen. Una sombra siguió a otra..., en espirales de humo la tía Rocío se diluyó por los pasillos. Mariana sólo sabía que quería ir y que la dejaban. En un arranque de desesperación corrió al cuarto de costura, a jalones cerró las cortinas y se arrojó ante el sillón. Sacudida por sollozos repetía que Libia se había ido, también Tomás. ¡Ahora su tía! "Dile que me lleve", gemía sacudiendo y abrazando a la silla. Pero ninguna voz contestó, los duros brazos no la sujetaron. En lugar de su madre, impávido la contemplaba el respaldo desteñido del sillón. Siguió un silencio angustioso que acalló la conmoción interna. Se percató de sí misma suplicante ante un mueble... Contuvo la respiración, vio con amargura como sus lágrimas manchaban el terciopelo guinda. En crudo choque, lo imaginario y la realidad se confrontaron y Mariana dejó caer sobre el asiento su carita ardiente.

Cata se puso de plácemes por el cambio operado en la chica. Dejó de hablar a solas, ya no leía tanto librejo ni se encerraba en el cuarto de costura.

—Uy, que bueno que ya no lea tanto, niña. El profesor dijo que usté era también muy inteligente, pero pa mí que esos libros secan a la gente. Ya ve Tomasito, siempre parecía que necesitaba un buen tónico; y pos usté, usté ya también se me estaba poniendo como mona de cera. Ándile, tómese su lechita, ¿Ya no quere más? Bueno, pos váyase a jugar.

¿Pero con quién?

Vio a Cirilo, el hijo más chico de Cata e Ismael, sentado en cuclillas, en su puesto cerca de la puerta de la cocina que daba al segundo patio. Era el encargado de los mandados. Aunque tenía casi la edad de Mariana, diez años, era más bajo de estatura. Su piel parecía cuero café, sus ojos eran oblicuos, la nariz chata. Vestía con el atuendo de todos los peones: camisa blanca de cuello alto, pantalones anchos de manta, anudados arriba de los tobillos o enrollados hasta las rodillas y asegurados a la cintura por una faja de un rojo desteñido. A veces usaba guaraches y, bajo el sol, un tostado sombrero de palma cubría su pelo lacio y erizado. Incómodo, bajo la mirada escrutadora de Mariana, desviaba los ojos a derecha e izquierda. De inmediato vio un trozo de panela que ella le extendió. Titubeó sólo un instante, pero en seguida lo pescó para guardárselo dentro de la camisa y quedarse como si nada.

Pacto hecho.

—Cata— la niña llamó. La sirvienta apareció en la puerta. Sin quitar los ojos de Cirilo, Mariana amagó—: Quiero jugar con él y no le vayas a decir a la madre Juana.

—Ay, niña, pos no sé... —¡Cielos! Pos eso sí quén sabe—. ¿Qué diría Doña Clara si viviera..., don Marcial si supiera? Después de todo, niña, usté es la patroncita y Cirilo pos... No sé.

Cirilo no apartaba la vista de sus guaraches. Mariana insistió—: Cirilo será mi amigo. Además, se lo puedes decir a la madre Juana—. Y amenazó—: Cata, si no nos dejan jugar, tendré que volver a leer libros.

Pos eso sí que no. Temerosa, si bien complacida, Cata accedió de momento, lo que originó que Mariana y Cirilo llegaran a ser inseparables.

La madre Juana, con sus ochenta kilos y viendo que no podía tener ya prendida a Mariana a la labor de deshilado, optó por amonestarla y simular que vigilaba el juego dormitando en la sombra de la arcada con un libro de oraciones siempre abierto en la misma página que resbalaba de sus regordetas manos hacia el regazo. Mariana y Cirilo la espiaban por detrás..., en cuanto daba comienzo el tranquilo ronroneo de su ronquido, salían disparados.

¡Qué maravilla! ¿Pero es que había estado dormida, sonámbula? Olvidadas quedaron las horas de soledad. Con Tomás, a quien ya no veía más que al asistir a alguna festividad especial que exigía misa en catedral, era puro platicar, y que versos y que Atenas, Esparta y Roma. Con Cirilo era brincar barrancas, subir árboles y, a escondidas, montar a caballo. Cirilo se las arreglaba para sacar dos caballos de las caballerizas a la hora del almuerzo de los encargados. Lista para el escape, Mariana trepaba entonces por la barda del segundo patio contigua al huerto de aguacates donde Cirilo ya la estaba esperando con ojos chispeantes, riendas en mano, y esto era correr por las laderas, en pelo, crines y colas de las bestias al vuelo y sus propios cabellos dibujando un rasgo que tajaba el viento.

—Apriete las piernas a la panza del caballo, niña. Déjese ir un poco pa que galope. Ora apriete con sus pies si quere que brinque, luego suelte. ¡Aaarre!

Cirilo golpeaba la grupa del caballo con su sombrero, Mariana reía y se desataba la carrera a galope tendido, hasta que, exhaustos, detenían las bestias para tirarse en el pasto bajo un bosquecillo de cedros cercano a la carretera que serpenteaba hacia Morelia. De ahí solían retornar. Juntos escalaban la barda dejando que los caballos entraran solos, gozando ellos de aquella sensación traviesa que les hacía cosquillas con el placer de un inocente secreto compartido.

De regreso de sus sueños, la monja los encontraba brincando en el patio.

A Mariana esos paseos le dieron a conocer una sensación de libertad que nunca había sospechado y la saboreaba con toda el alma. El viento, el cielo, los prados, el campo entero y ella eran uno. Reía al brincar un surco, una barda, y se sentía dueña del mundo. Sonreía a Cirilo y éste corría más su caballo. Los peones que laboraban la tierra les veían pasar sin darles importancia, pues creían que salían con permiso. Pero Pablo, el hermano mayor y único de Cirilo, sospechó lo contrario. Los espió por algunos días a expensas de faltar a la escuela de la cual no se perdía por ninguna otra razón.

Una vez que constató sus pasos, fue con su padre, quien ese día había regresado temprano del campo, y le informó. Al oírlo, Cata dejó de pelar chícharos. Alarmada, se puso de pie al ver a Ismael tomar su fuete del gancho enclavado junto a la puerta de la cocina. Con gesto preocupado, el hombre salió al sol de mediodía que hacía arder las losas del segundo patio. Ahí los esperó.

—Chismoso —reprendió Cata a su hijo mayor con un centellear de sus negros ojos—. Me debites haber dicho a mi primero.

Unos cuantos minutos después, Cirilo y Mariana aparecieron como lagartijas trepadas en lo alto del muro de piedra, a gatas lo cruzaron, pues tenía en algunas partes dos metros de espesor, se deslizaron del otro lado buscando apoyo en los resquicios y cayeron en una recluida esquina, sacudiéndose el polvo del camino. No había más que esperar a que los caballos respondieran al silbido de Cirilo, dieran la vuelta alrededor de la barda y entraran por su cuenta.

Ruborizados, ahogaban risillas cuando la sombra de Ismael empezó a cubrir sus espaldas y sofocar su contento. Lentamente los rodeó. Cerró el paso. Sus bigotes retorcidos le daban un aire siniestro, centelleaban sus espuelas al sol, el ceñido pantalón de charro le hacía aparecer alto. Aquel sombrero terminado en agudo pico agigantaba su sombra sobre la roja superficie que pisaba. Ismael era un hombre de unos treinta y ocho años, pocas palabras y recia presencia. Serio como pocos, a los peones les infundía respeto, Cata, calladita la boca, lo obedecía; ante él, sus hijos bajaban la vista. Aquella amenazante figura habló:

—A su casa, escuincle —mascullό arrojando la pajita que por lo regular traía entre dientes y Cirilo se puso verde.

Mariana quedó inmóvil, empequeñecida, temiendo por Cirilo que se alejó a paso escurrido con la cabeza entre los hombros. Pero al sentir que los caballos pasaron al trote junto a ellos, e Ismael, aguzando su firme mirada jaló las comisuras de sus porfiados labios hacia abajo para gritar ¡Arree! casi sobre de su cabeza, algo en ella se rebeló.

—¡Ismael! —exclamó imperiosa—. ¿Quién es el patrón aquí, ahorita?

Ismael no tuvo que pensarlo y concedió—: Usté, niña.

—Pues sí, y yo ordené a Cirilo que sacara los caballos. Yo quería montar.

Ismael asintió sin quitar su vista de ella—. Sí, niña, pero la tenemos que cuidar y el campo tiene peligros para una señorita tan chiquita.

El tono de voz expresó más que las palabras. Mariana se sintió algo avergonzada de su arranque—. Bueno, pues que nos acompañe alguien... él —, indicó señalando con leve movimiento de la cabeza hacia Pablo, quien con verdadera ferocidad la miraba desde la puerta de la cocina. Mas ella, sin reparar en eso, pasó ante todos con el aire majestuoso de una reina para desaparecer hacia el otro patio.

Ismael sacó otra paja del bolsillo de su ajustado pantalón y la mordió. Había nacido en Valle Chico, se sabía esas tierras palmo a palmo. También había conocido a don Fernando y el amor y satisfacción que prodigaba y recibía de la hacienda que con él había rendido su máximo. Recordando aquellos tiempos, no tan lejanos, Ismael veía que difícilmente volverían. Con don Marcial no se contaba; don Carlos no demostraba genuino interés. Por el contrario, cada vez recortaba más y más gente sin explicación alguna. La decepción que le causaba aquel desatino y que le venía carcomiendo el sentimiento, se le alivió, aunque fuera por unos momentos, al oír a la niña Mariana. Así es que había una patroncita en el valle después de todo...

Escupiendo la pajita, echó a caminar rumbo a la cocina.

Los peones que habían suspendido sus faenas las reanudaron. Uno tomó a los cansados caballos y los guió al bebedero, contento de no haber sido él quien tuviera que delatar a los chamacos; otro de pelo blanco, siguió barriendo la hojarasca de los eucaliptos. Todo en paz, menos Pablo que hacía rabieta en un rincón.

Furioso, descargó un puntapié contra la pared—. No más le faltó decir: y ustedes son mis esclavos, mis criados —sollozó, sus gruesos labios tarascos temblando.

—Pos somos —repuso Ismael colgando el fuete.

—¿Y a éste, qué le pasa? —Cata, muda, había contemplado la escena—. ¿Qué, no te gusta?

El muchacho miró a sus padres con rabia. Olvidándose de si mismo lanzó un grito desgarrante:

—¡No, maldita sea! No me gusta. Yo no voy a ser criado de nadie. Por eso ya aprendí a escribir y a leer y me voy a largar de aquí.

Ismael le asestó una resonante cachetada—. Pues mientras hace todo eso, no grite.

Pablo, se mordió los labios. Su mirada se petrificó pero en su corazón, como puño de clavos, latía una promesa llena de coraje: ya verían. Lo juraba por todas las letras que había aprendido, por todo lo que le faltaba por aprender. Y ya verían.

Capítulo III

De todos modos las lluvias se llevaron los paseos. Caía la tercera tormenta la tarde en que entró crujiendo el carruaje de postas a la hacienda. En un principio Mariana desconoció a su padre. Borrados habían quedado los rasgos patricios; su boca caía de las comisuras, bajo sus ojos colgaban bolsas y le había crecido la nariz. Estilando agua sobre la alfombra de la sala chica, extendió una mano fría que ella besó al momento que su acompañante se quejaba del aguacero... La mujer presentó a Mariana su rolliza mejilla:

—Besa a tu tía Matilde, niña—ordenó.

Mariana recordó los pocos recados que había recibido de la tía, siempre doliéndose de no poderla llevar a Morelia debido a su delicada salud, o por un viaje inminente, o cualquier pretexto. Al fin volvía a ver a la dueña de la temeraria firma que le causara la impresión de una bofetada al desdoblar sus mensajes. La señora era cuestión de fuerte impacto. Énfasis aquí, énfasis allá, en el peinado, en las joyas, en la mirada, en la sobrecarga y melindres residía lo que ella valoraba como su personalidad. La esposa de don Carlos, primo segundo de su padre, era la antítesis de su marido. Ella robusta y alta, él pequeño y frágil; la voz de doña Matilde dominante, la de él débil. Ella comprendía todo de un golpe, o aparentaba haberlo entendido, él obedecía órdenes. Mariana no pudo menos que compadecer a cualquiera que tuviera que vivir con la tía, cuando con un movimiento altanero arrojó sobre Lupe su capa y ordenó que le trajeran una taza de chocolate caliente o de seguro pescaría una pulmonía. Bien apercibida de la abundancia a su rededor, lanzaba dardos inspectores por toda la estancia al examinar a su sobrina en cuanto a sus conocimientos para luego despedirla con un brusco ademán. Una vez satisfecha su curiosidad, le restaba hablar con Marcial. Con una cortesía Mariana se retiró, pero se detuvo, aguantando el frío, junto a la puerta del corredor desde donde oía la voz carrasposa de la tía que decía:

—Lo ves Marcial: aritmética, civismo. Todo eso está bien para hombres, diría yo, pero ya tiene casi doce años y no sabe tocar una nota en el piano.

La tía parecía estar a punto de reventar el corsé. En la cúspide de su argumento aguardó reacción..., no hubo alguna, comprendió que el mutismo con que contemplaba Marcial el chisporrotear del fuego en la alta chimenea bien podría prolongarse hasta el siguiente invierno. Más sosegada, aventuró como tanteo:

—Unos cuantos años con las Estucado le harán la mar de bien. Es una escuela para las más distinguidas familias, por supuesto —recalcó saboreando la palabra "distinguidas" cual manjar—. Mi Marcita también estará ahí. Como sabes, ella lleva el nombre de Marcia por ti, Marcial, por ti.

—¿Por qué este repentino interés en Mariana? —interpeló Marcial con sorna—. No te preocupó a tu regreso de Europa sabiendo que Rocío había muerto en México y que se encontraba sola—. A ésa había que hablarle al son de al *pan , pan y al vino, vino...*

La galleta que la tía sostenía cayó en el chocolate que salpicó su aperlado camafeo—. Sí que me ocupé. Escribí a tu cuñada Beatriz acerca del asunto y respondió que Libia era suficiente encargo. En cuanto a mí, yo hubiera querido, pero mi salud no me ayuda.

—Para mí que es lo que más te favorece —gruñó Marcial con tajante mirada y extendió su brazo hacia la mesa lateral para llenar de nuevo su copa de coñac.

En efecto, doña Matilde tenía el aspecto de alguien que bien pudiera atravesar chiflando el desierto de Sonora. Por el momento, había perdido su orientación, incluso el apetito. Contrariada, dejó la taza a un lado. No sabía si proseguir.

Fue Marcial quien retomó el hilo—: ¿Qué piensas sacar con ello, Matilde?

—¿Sacar?

Volteando hacia el fuego una vez más, Marcial sonrió...— ¿Tal vez te preocupa lo que la sociedad moreliana piense si no atiendes a Mariana, eh? O tal vez quieres hacer algo bueno para calmar tu conciencia.

Azorada, Mariana escuchó las duras palabras de su padre: Tonto fue en haberle dado a Carlos poderes sobre sus propiedades, pero no estaba ciego. La tía alegó lo mejor que pudo que las otras haciendas no producían gran cosa, que convino venderlas para comprar la mina a su nombre. Cierto, algunas ganancias de Valle Chico tuvieron que invertirse para seguir excavando... No podían saber que todo se iba a perder. Se decía que era una mina muy rica y una mina requería de otra...

—Carlos quería beneficiarte. Fue un albur y no es nuestra culpa que las vetas resultaran pobres. Además, aún tienes Valle Chico, lo mejor de todo —terminó midiendo la estancia con franca codicia—. No sé como puedes lanzar tales acusaciones a tu propia familia. No seré Aldama de sangre, pero te quiero más que a mi gente. Más. Y me preocupo por ti y tus hijos aunque no lo creas.

Parecía haber el rumor de sollozos reprimidos... Mariana se acercó a la ventana desde donde vio a la tía manipular el pañuelo, lanzar miradas subrepticias hacia Marcial y, al cabo de tres sonadas que no tuvieron más efecto que inflamarle la nariz, desechó el llanto como recurso. Midió un silencio durante el cual aparentó recuperarse antes de preguntarle qué pensaba hacer con Mariana.

Marcial había decidido ya acerca de éso y otras cosas también. Conseguiría otro administrador. Ya se había dado cuenta desde hacía tiempo de que, en realidad, el que manejaba la hacienda, aunque no supiera más que firmar su nombre, era Ismael. Con él de mayordomo, cualquiera daría el ancho. Además, preferiría ver la hacienda en ruinas antes de que aquella boa encorsetada se quedara con Valle Chico. Todo el cuento de la mina fracasada y las ventas que se habían hecho para financiarla no se lo tragaba; pero tampoco tenía manera de exigir restitución. En todo caso, le escaldaba aquel asunto porque veía a las claras que lo habían estado robando, más no porque le importaran mucho las propiedades perdidas. En efecto, poco habían redituado, ya que desde la muerte de don Fernando las había colocado en arrendamiento.

Por otra parte, él calculaba que los reveses económicos sufridos debido a lo menguado de las últimas cosechas en Valle Chico, se recuperarían en un par de años con distinta administración. Iba a exigir que el nuevo encargado le entregara cierta cantidad y a ver cómo le hacía para sacarla; esa sería su responsabilidad. Marcial daba así por asentado que bastaba ese cambio y esa condición para que todo marchara bien. En cuanto a Mariana, acordó que iría a la escuela.

—Dejaré suficiente dinero para pagar cinco años —resolvió terminante—. O mejor todavía —agregó pensándolo bien—, Carlos me debe parte de lo que me correspondía por la venta del último rancho. De eso no me pudo rendir cuentas. De manera que ve que sean pagadas las colegiaturas. Con puntualidad —recalcó—. Una vez que arregle mis asuntos, no sé cuándo volveré.

La tía tomó un sorbo de chocolate para endulzarse el mal trago.

Las palabras cinco años resonaban en los oídos de Mariana como si un juez hubiese dictado sentencia. La puerta se abrió de súbito, saltó ella y rápidamente se deslizó detrás de un pilar al pasar su padre. Desde ahí, gracias a que había quedado la puerta entreabierta, pudo ver que los ojos de su tía se achicaban con despecho, que su boca se contraía en un apretado círculo. Nada de conciencia sucia. Todo había sido legal. Astuto, pero legal. ¡Vago desagradecido y pedante! Se iba a desfilar por el mundo dejando en el abandono a sus tierras y sus hijos, y luego pedía cuentas de ambos a otros. Bien le serviría si Valle Chico se arruinara. Estaría recibiendo su justo merecido. ¡Ay que horribles mo men titos! Al menos había dejado resuelto lo de la sobrina y cumplido con su deber cristiano.

Mariana contemplaba el juego de músculos en la cara de su tía con fascinación. A muy temprana edad había aprendido a observar, veloz sendero para conocer precozmente los modos del mundo, y bien pudo leer en aquellos gestos un espíritu mezquino. Doña Matilde cesó de dar vueltas a la enorme esmeralda en su anular izquierdo, se irguió como columna dórica y marchó cual César al frente de sus legiones, blandiendo el abanico. Después de que hubo desaparecido por la amplia escalinata, la chica dejó escapar un largo suspiro y cerró los ojos que de inmediato abrió. De la obscuridad una figura avanzaba hacia ella.

—Eso se saca por andar escuchando tras las puertas. Eso, déjelo a los criados, señorita.

Era Pablo.

Indignada, Mariana levantó la mano para abofetearlo, lo que él impidió arrebatándosela del puño, sobre el que cerró sus dedos hasta causarle dolor. En un amenazante silencio se le acercó más y más forzándola a retroceder. Los ojos de Pablo eran fríos, su aliento no. Mariana, aprisionada contra el húmedo pilar, sentía la cantera presionarse contra su sudorosa espalda y frente a ella, cada instante más poderoso: Pablo.

Iba a gritar cuando la soltó, giró y se perdió en la noche.

La lluvia se había convertido en llovizna y alguna la alcanzó haciéndola temblar. A su rededor continuaba, obstinado, el hambriento silencio que en expectativa los rodeara y que ella no alcanzaba a comprender.

Capítulo IV

Al día siguiente, muy temprano, Cata se limpiaba las lágrimas con una punta de su delantal. Los golpes venían juntos. ¿Qué se podía hacer? Pablo se había fugado. Ni una palabra, ni un adiós, nomás se largó. Con resignación terminó de preparar el canasto de comida para el viaje; cubriéndolo con una servilleta blanca, lo llevó al comedor. Mariana ya estaba sentada a la mesa y al notar la congoja de Cata quiso saber la causa.

—Ay pos, niña, pos usté se va. Primero Tomasito, ora usté. Yo la crié desde recién nacida. Y luego... pos mi hijo también. Se fue anoche, sabrá la Virgen pa dónde.

Mariana aguardó a que Cata se alejara para dar rienda suelta a su desasosiego. Sin saber por qué, se sintió culpable de la huida de Pablo. No podía precisar en qué momento había surgido una rivalidad no declarada entre ellos. Su mera presencia provocaba en ella un sentimiento de inquietud que parecía decirle "en guardia". Así perduró, aparentando indiferencia para mantenerlo en su lugar, hasta la noche anterior en que, por primera vez, se sintió vulnerable ante él, pues había surgido algo más en Pablo, algo nuevo y misterioso que ella no podía descifrar y que le había causado una extraña turbación. Para aumentar su zozobra, la tía y su padre entraron, seguidos de la madre Juana. La tensión se hizo palpable. Marcial se sentó a comer en obstinado silencio, la monja se dedicó a preservar sus ochenta kilos y la tía, sin intentar ninguna conversación, se concretó a dejar caer su insistente mirada de puñal sobre Mariana. Al controlar la miríada de impulsos que hacían bullir a su corazón con nuevas sensaciones, de alguna manera la chica logró retener su compostura. Sin más, decidió no hacer caso de su tía.

Doña Matilde, acostumbrada a pulverizar a todo mundo con sus penetrantes y ligeramente furiosas miradas, vio al momento que la sobrina no iba a ser fácil de manejar. No había gran cosa de la humilde Clara en la criatura; su presencia se dejaba sentir. Tenía el color cremoso, la nariz fina de la madre; fuera de eso, era toda Aldama. Nada fea, concedió de mala gana, aunque delgada. En cuanto a esa innata arrogancia, bueno, las Estucado se encargarían de limarla; ella les llamaría la debida atención sobre ello.

Con un brusco ademán que las sorprendió, Marcial dejó la mesa instándolas a darse prisa. Una vez que doña Matilde se aseguró que estaba fuera y que la madre Juana lo seguía, se encargó de informar a Mariana, con bien medida pomposidad, del gran interés que ella había tomado en su educación. Era punto menos que degradante el tener a una Aldama corriendo suelta con criados. Aunque —Mariana no pudo evitar subir las cejas tan alto como iban las de su tía— no era su obligación directa, nunca evadía una buena obra. Muy humanitaria era ella, su alma estaba henchida de caridad... y, al decirlo, movía sus manos y las contemplaba como si en ella rodara un halo beatífico.

¿Pero es que había un vestigio de sonrisa en la cara de la escuinclilla?

Su voz perdió la cantaleta melosa.

—Ten tus cosas listas, niña. Salimos a las diez —ordenó desde la puerta. Más se contrarió cuando su sobrina le informó que Lupe se las estaba arreglando. La dama de la caridad torció la cabeza. Ahora era su turno—: Más vale que aprendas a hacer tus cosas, querida. Por lo que veo, no siempre tendrás quien te las haga.

Fueron palabras ominosas, dignas de ponderarse con recelo... Cierto, la tía parecía saber más de los negocios de su padre que él mismo. Quedaba nada más Valle Chico; y sí, Mariana había notado muy disminuida la actividad de otros años. Últimamente, grandes extensiones permanecían ociosas. Se había preguntado en voz alta acerca de esto durante sus cabalgatas y Pablo había emergido de su enervante silencio para asestar: "La tierra no es responsable de los caprichos del amo".

Ella no indagó más porque sintió en lo dicho una acusación. Ahora le pesaba saber que Pablo había escuchado la noche anterior cómo su padre había perdido los otros ranchos, cuán poco caso hacía de Valle Chico, viniendo un día yéndose al otro. Su ansioso mirar recorrió, aprisionando en su recuerdo: el gran comedor, el alto bufete de sólido ébano, el servicio de plata, la pintura de la Última Cena que su madre trajera como parte de su dote.

No terminó su chocolate. Se levantó con un anhelante impulso que la hizo lanzarse por el corredor. De dos en dos subió las gradas de la amplia escalinata, dio vuelta a toda la arquería que desde lo alto del segundo piso enmarcaba el patio en forma de U y se detuvo al extremo del corredor del ala derecha donde se formaba un gran balcón, para contemplar desde ahí el valle... su valle.

Era la despedida. Con añoranza anticipada, absorbía el inmenso paisaje...

A lo lejos, bajo un cielo azul, coronadas por bosques de cedros, las altas montañas abrazaban, protectoras, los aterciopelados y verdes campos. En cada doblez del valle habían quedado anidados los pliegues de su alma. Ella lo sentía en la sangre: misterioso e insondable, opresivo, si nublado; alegre, brillante, exuberante, casi eufórico, siempre que el sol salpicaba con lentejuelas plateadas los arroyos que conocía tan bien. Ahí, en aquel..., recordó sonriendo, ella y Cirilo se habían caído una vez. ¡Cómo había gritado! Allá, a su izquierda, divisó la colina donde descansaban los caballos. Un último profundo suspiro... ese aroma en el aire, ese olor a tierra mojada, corrió muchas veces por su respiración invadiendo todo su ser, haciéndola olvidar su soledad. Al mirar al patio notó que la casa, en toda su extensión, se veía triste, como si supiera que ella se iba. Las flores se agachaban marchitas en los macetones, la lluvia de esa madrugada había estriado la cantera saturando los muros..., de la fuente se derramaban hilos plateados que corrían por los mosaicos. De estar ahí, Tomás habría dicho que la casa lloraba. Sobre el carruaje estaban ya amontonando el equipaje y la voz de doña Matilde resonó en el patio:

—Niña, baja ahora mismo a decir tus oraciones de despedida en la capilla.

Volteó la tía a ver qué efecto había tenido decisión tan piadosa sobre la madre Juana y quedó satisfecha al ver que cerraba los ojos, lo cual tomó por signo de aprobación sin sospechar que en realidad se caía de sueño.

Mariana no tuvo más remedio que obedecer. La tía marchó adelante. Qué diferente era al olor y el color de afuera. En la capilla una atmósfera húmeda, obscura y enfermiza envolvió a Mariana. Podría haber jurado que su tía Rocío andaba por ahí. La banca frontal se quejó con un lastimero rechinar al hincarse la tía junto a Mariana. El aire se tornó más frío bajo el siseó que serpenteó en su oído:

—Reza por tu madre, tus parientes, tu padre, que buena falta le hace, y tu alma.

Volteando a ver el altar de profusos dorados en el que la figura de San Román, patrón de la hacienda, se medio perdía sofocado por una falange de ángeles regordetes y empolvados, ella obedeció al pie de la letra. Pero cuando llegó a su alma se encontró perpleja. En esos momentos sintió la dura mirada de doña Matilde sobre ella y cerró los ojos muy fuerte, para implorar al cielo que no se fuera a parecer a la de su tía. Le atinó, porque al salir, la mujerona paró en seco ante la caja de limosnas, la tomó, sacudió y, al no oír ruido alguno, la depositó con obvio disgusto en su lugar.

No hubo tiempo para despedidas. Marcial las hizo subir al carruaje con impaciencia. Mariana cupo como cuña junto a la madre Juana y su mundo se redujo más al oír el rodar de las ruedas que la distanciaban, a cada vuelta, más y más lejos de su infancia. Libia no había regresado, Tomás tampoco... Comprendió a fondo la transición que se operaba. Con tieso ademán y húmedo mirar alcanzó a decir adiós a Lupe quien lloraba ya tras un macetón, a las otras criadas que tímidas veían pasar el carruaje. Siguió sus miradas que voltearon en dirección opuesta, para ver a Cata corriendo al tratar de alcanzarlos. El viento abrazaba su larga falda al cuerpo de la buena mujer al poner en alto la canasta que había preparado. Sin pensarlo, Mariana se inclinó hacia afuera con una última sonrisa de agradecimiento. Como pudo, la arrebató de sus manos al tiempo que su tía jalaba de su vestido y perorateaba desaprobando un gesto tan grotesco..., tan poco femenino.

Sin hacer caso del sermón de etiqueta que le endilgaban en fuerte *staccato*, Mariana buscó a Cirilo en las cocheras, en la portería, por los pilares...

El carruaje pasó el portón.

Por el camino notó que un solitario jinete, bajo un enorme sombrero de charro, los acompañaba a cierta distancia y se sintió plenamente halagada, por primera vez en su vida, al ver que Cirilo se había puesto el sombrero de lujo de su padre para la ocasión. A la altura de la colina donde siempre descansaban los caballos, él se detuvo y volteó su montura hacia ellos.

¡Al diablo tía Matilde! ¿Qué quería decir con eso de etiqueta si ni siquiera le permitía decir un adiós decente a Cata y a Lupe?

Mariana saltó y con medio cuerpo de fuera gritó a todo pulmón:

—A D I O OOOOOOSSSSSSSS, CIRILOOOOOOOOO.

La madre Juana brincó creyendo que la habían despertado las trompetas del juicio final; doña Matilde tanto quiso decir que no dijo nada porque se atragantó; Marcial pareció reparar en su hija por primera vez y el viento llevó el adiós de Mariana, por campos y bosques, al más remoto confín de su valle.

Capítulo V

Nadie contó las hojas que habían caído de los olmos que flanqueaban un lado del patio de la casa de las *mademoiselles* Estucado, ni las nubes que pasaron por el pedazo de cielo que se asomaba sobre las paredes del jardín desde aquella mañana en que doña Matilde, alternando miradas de conmiseración y ojo severo, encomendara su sobrina a las almidonadas hermanas. Si se medía el tiempo era por las marcas que habían dejado las jovencitas en una columna del corredor al rayar sobre sus cabezas, por el estiramiento de sus miembros, un cambio sutil en la mirada y el íntimo descubrimiento de sí mismas. Proceso de casi seis años que al pasar se volverían un recuerdo, ya largo, ya breve, según su albedrío.

El principio de su internado no estuvo mal. La novedad de tener amigas encantó a Mariana. Se había llevado bien con todas a excepción de su prima Marcia... Que Marcia fuera chismosa la había disgustado por la insidia que la veía saborear; que Marcia siempre se ofreciera a sacar punta a los lápices de las maestras no la había molestado sino por el servilismo que demostraba. Las maestras, inexplicablemente, para Mariana, solían distinguir a Marcia; la exaltaban como el prototipo de lo gentil, de ahí que Mariana eludiera el peligro de jamás llegar a serlo, al menos, en esos términos. Ella decidiría su propio camino. Para bien o para mal, se apoyaría de ahí en adelante casi por completo en su intuición como guía. Aprendió pronto con quién podía hablar a sus anchas, con quién no pronunciar palabra y estudiaba a todos con cuidado.

Sus maestras resultaron ser dos interesantes ejemplares: *Mademoiselle* Dolores o *mademoiselle* Loló —así prefería la mayor que se le llamara porque sonaba más francés— fiel a los tiempos, tenía pasión por todo lo concerniente a Francia. Si bien era cierto que todos los caminos llevaban a Roma, para ella lo era que todos partían de París. Los muebles debían ser estilo francés, regañaba y reía con acentos guturales, remedos de aquel idioma, sin lograr gracia alguna ya que su rigidez era tal que mucho asemejaba al austero protocolo español del siglo XVI.

Mademoiselle Pauline, o la musa Eco —como Mariana se refería a ella mentalmente— trataba de imitar a su hermana en todo. Al igual que ella, se sujetaba el pelo en un pequeño chongo sobre su nuca y siempre usaba vestido café o gris, adornado en ocasiones especiales con cuellos y puños de encaje blanco y un discreto camafeo, que viéndolo bien, lo cual ella nunca había hecho, ni tan discreto era, pues perfilaba nada menos que a Leda siendo penetrada por Zeus disfrazado de cisne. Como a Mariana le llamara mucho la atención la extraña pareja, *mademoiselle* Pauline creía que le encantaba. Acariciándolo, derrochaba satisfacción con una apretada mueca, pues su sonrisa más amplia nunca se extendía más allá de los incisivos. Para ellas lo máximo en coquetería consistía en devastar más sus apergaminados rostros con polvos de arroz. Su más potente aliado en su camino por el mundo y también lo más incongruente en ellas, eran sus voces, detalle que dio lugar a que por ahí se las llamara las momias roncas. En honor a la verdad, las Estucado eran muy singulares. Mariana las veía con algo de fascinación y una mezcla agridulce de respeto y humor.

Desde el principio se aplicó al estudio y se avino a la estricta disciplina, si bien después de unas cuantas excursiones a lo alto del pirul del segundo patio y algunos sermones frente al temido escritorio Luis XV. Sin embargo, para una criatura que había galopado en los campos sintiendo en ella la exuberancia de la vida, para un joven corazón que ya había conocido momentos de lento sufrir y profunda soledad, ¿qué eran tiesos *bon jours* y sonrisas insípidas? Algo para ser observado por novedoso, en un principio, para irse tolerando al esfumarse el asombro, y aun para ser burlado en silencio, más adelante, al sentirse crecer y madurar en muchos modos extraños e incomprensibles.

Así, algunas veces deseaba estar sola, no oír el parloteo de sus amigas; otras, sentía una añoranza de no sabía qué, una ansiedad que la sujetaba... A ratos, una expansión del alma irrefrenable, como aquella que la había llevado en una noche de claro verano, ya que todas dormían, al patio desierto en donde había bailado sola, alrededor de la fuente, bajo un cielo inconmensurable, azul añil, girando sobre sí, al sentir las estrellas centelleantes en la punta de sus dedos.

Pero esos habían sido momentos secretos robados al tedio. La mayor parte del tiempo cumplían con sus clases, rezaban el rosario, iban a misa a catedral y bordaban. Mariana había aprendido a hacerlo de maravilla, aunque añorante alzara la vista del *petit point* mas allá de la figura comprimida de *mademoiselle* Loló, para trasponer la ventana enrejada.

Al correr el quinto año de su internado, Mariana se aproximaba más y más al día de graduación. De qué se iban a graduar la media docena de alumnas fundadoras, nadie lo sabía con certeza, lo que no menguaba el reconocimiento de que debería ser algo excelente, viniendo de las Estucado.

En realidad las jóvenes tenían buen conocimiento del francés, y gracias a que la nobleza era el tópico favorito de *mademoiselle* Pauline, habían aprendido todo árbol genealógico europeo, de paso asimilando bastante historia y geografía. Además, la mayoría tocaba bien el piano, excepto Marcia, cuyas interpretaciones semejaban a un gato espantado corriendo por el teclado, pues la pobre no tenía coordinación ni para cerrar los ojos. A las mayores se dieron el lujo de enseñarles los principios de álgebra, algo inaudito en sus tiempos. Y claro, sobresalía el trabajo de aguja que la tía Matilde consideraba imprescindible y que por poco las deja ciegas.

La instructora religiosa era una amable monja que había sido desenclaustrada debido a las leyes de Reforma. Aunque muchas religiosas regresaban en esta época a sus conventos de nuevo, ya que la política de conciliación de Díaz permitía que la Iglesia recuperara numerosos espacios de los que la privaron los gobiernos de Juárez y Lerdo, ella había preferido quedar en la casa paterna, la que sólo dejaba para dar clases de religión o cuidar enfermos. Mejor que memorizar el catecismo, la madre Salustia les contaba historias ejemplares y prefería a esos santos que habían sido pecadores. "Lo ven...", decía al terminar, "tengan fe, mis niñas, y serán guiadas a través de las horas más negras hacia la redención". ¿Presentimientos? Al escucharla, Mariana no podía evitar el pensar que ese mensaje era para ella. Acaso fuera la madre Salustia veterana de larga lucha interior que reconocía un alma hermana. La plácida viejecita le sonreía siempre con bondad; gesto que *mademoiselles* Loló y Pauline evitaban hacia ella a medida que transcurría el último año. Desde hacía tiempo Mariana había notado cómo las maestras fueron pasando de una tiesa formalidad a una abierta altanería. El trato se volvió cada vez más áspero. Era: Mariana haz esto, haz lo otro, lleva esto, lleva aquello. ¡Órdenes, órdenes, órdenes! Aunque llamaran la atención en general, de algún modo solían dirigir a ella la carga por una mirada, un ademán..., y ya no elogiaban su trabajo. No tardaron en repetir como relojes que debían sonar cada hora: "Claro que eres una Aldama, pero sólo por tu tío, querida, te volveremos a aceptar." Las murmuraciones empezaron a crecer a su espalda, las amigas se agrupaban y la rehuían. De todas ellas, sólo Marta, su mejor amiga, le fue fiel. Mariana tenía la sensación de que la protegía. Por su parte simuló ignorarlo todo. No demolerían su ánimo. Había aprendido a estar en guardia desde los seis años, a retar en vez de recibir retos y a responder con arrogancia a la humillación. Así continuó, interiormente alerta, por fuera indiferente, hasta que, confundida por todo aquello, se rebeló. Una soleada tarde, la gentil hora de costura fue desquiciada más allá de toda reparación. Un ovillo cayó del regazo de *mademoiselle* Loló y se oyó: "Recógelo, Mariana", tan pronto como había tocado las duelas del reluciente parqué.

La cara de Mariana se tiñó de rojo. Había otras jóvenes más cerca que ella. No se movió. La orden se repitió fuerte y clara. Marcia escabulló una ojeada de triunfo detrás de sus gordos y despestañados párpados hacia Mariana quien pescó aquella mirada con coraje. Con precisión se dio cuenta de que todas las agujas habían quedado suspendidas de su labor..., una voz que sonó extraña, pero que era muy suya, afirmó:

—No le oí decir por favor, *mademoiselle*.

—Soy su superiora —chilló la maestra.

Los dedos de Mariana se aferraron al aro—. ¿Superiores? ¿Cómo? ¿Tratando de hacerme sentir inferior?

Mademoiselle Loló comprendió que había perdido la partida. Su cara se descompuso, su voz se quebró en un hilo. Por primera vez en su vida logró dar un agudo ordenando a Mariana que saliera.

Marcia había corrido con un vaso de agua hacia la crispada *mademoiselle* y Mariana oyó a la maestra balbucir: "Indomable."

No sabía por qué consideraban parte íntegra de su educación doblegarla. Indomable, sí, y a ella le gustaba ser así. Ah, pero entre más grande el orgullo más profunda la herida. Después de esa confrontación, sentada en la cama con el estómago en un nudo, contenía las lágrimas tratando de ordenar sus emociones, cuando otro golpe vino.

Mademoiselle Loló encontró a su hermana en el corredor. Ahí, inadvertida de que Mariana escuchaba, desahogó su ira. En verdad había hecho lo posible por quebrantar su arrogancia. "¡*Mais c'etait impossible*!" Tan altanera siempre, como riéndose de ellas. Nada más por misericordia no le había dicho que seguía interna por caridad, esperando que su disoluto padre cubriera algún día las colegiaturas atrasadas. Ya eran dos las cartas enviadas desde que el hombre estaba en Morelia y ni la cortesía de contestarles había tenido. Esa señorita debería saber que si la toleraban en el colegio era por deferencia a su tía. Sólo por compasión no le dirían que el tal borrachales de su padre había regresado desde hacía tiempo.

En años, aquellas fueron las primeras noticias concretas que Mariana tuvo de su padre. Sabía que vivía en París, luego que había regresado a México para volverse a ir. Comentarios vagos que ella recogía de labios de las amistades de sus tíos para cerciorarse de que Marcial existía, aunque la tía, con recalcada intención dijera: "A ese no lo volveremos a ver. Si no fuera por mí, no sé que sería de sus hijos". En una sola ocasión, al retornar de misa, le dijeron a Mariana que la había ido a visitar, lo que ella tomó por mentira piadosa, pues de no ser así, resultaba más hiriente la actitud de su padre, ya que después de cuatro años ni siquiera le mereció unos minutos de espera. Ahora que sería muy de él pensar que había cumplido con el sólo hecho de aparecer por ahí. Desde hacía tiempo estaba resignada a vivir al margen de la normalidad en cuanto a hogar se refería, pero jamás se consideró una desheredada. La imagen de su padre, pese a todo, persistió en su ánimo como un punto de apoyo que ahora se iba desmoronando. Mariana había escuchado que nadie le visitaba ya, que la hacienda estaba arruinada. Sólo gentuza trasponía las puertas de Valle Chico. El único compadecido, al parecer de las Estucado, era don Carlos; una y otra vez había ofrecido comprar el lugar sin lograr que aquel necio accediera a vender.

En Mariana la desazón crecía y un rebelde desaliento. Vio con punzante acierto el cuadro completo: doña Matilde empujando a su amarillo, deshuesado títere de marido para enfrentarse con Marcial y después del rechazo de este último, la cólera de la tía, sus cejas enarcadas, los suspiros de vendaval, el comentario venenoso. Se explicó la frialdad de sus compañeras... Su prima Marcia habría confiado ya a todas que el hombre de Valle Chico era una ruina. Haría hincapié en que sus padres habían tratado de ayudarlo y cómo las Estucado retenían a Mariana gracias a los ruegos y el mantenimiento de su madre. El hecho de que su padre fuera un paria la indignó tanto como la saña de aquellos que se volvían contra él. Mariana mordía su labio inferior. Ya había oído suficiente. Las maestras se preguntaron consternadas que harían acerca de las colegiaturas y ella les dio la respuesta. Saltó de la cama. Abriendo de sopetón la puerta se enfrentó a las espantadas *demoiselles*. Se sentía formidable, tanto así, que un relámpago de piedad cruzó su ira al verlas encogerse, pero ésta fue mayor.

—Digan a mi tía que pague —lanzó toda nervio y chispa—. Mi padre dejó lo suficiente para cubrir cinco años. Lo sé. Y no vuelvan a hablar así de él.

Cerró la puerta de un portazo. De pie, temblando, oyó los pasos de las Estucado deslizarse por los mosaicos como hojas secas barridas por el viento.

Doña Matilde se las arregló para dar explicaciones. Mariana supo que el dinero se pagó porque las Estucado se suavizaron un tanto. No obstante, tuvo que comparecer de pie, frente a ellas y doña Matilde, para oír una vez más su artificial letanía ufanándose la piadosa dama del gran interés que demostraba por su educación y culminó diciendo que ante todo, el de su salvación.

Mariana podría haberse mantenido ecuánime. Ya no la alteraban los histrionismos de la tía, pero la colmó el oírla afirmar que su mal comportamiento afectaba el prestigio de todos los Aldama, pues ya era suficiente que su padre fuera tal vergüenza. De una vez por todas: "Me parece," había respondido alzando la cabeza, "que ya que nuestra casa fue la primera en dar al nombre el prestigio que tiene, es muy nuestro para recogerlo si queremos, para pisotearlo, para hacerlo jirones y arrojarlo al viento si nos viene en gana". Y se marchó dejando a la tía desplomada en los brazos rama seca de las Estucado.

Se fue derecho a empacar.

—Mariana, no puedes irte así. ¿Y a dónde? —Marta trataba de disuadirla preocupada por su precipitación.

—Sí que puedo. Ya me colmé de estas paredes, del francés, ¡de los camafeos!— y tiraba dentro una y otra pieza de ropa a cada palabra que decía acompañada de lágrimas de enojo.

La entrada pausada de *mademoiselle* Pauline puso fin al llanto y al empacar. Sin hacer caso del pequeño maletín de cuero que estaba abierto sobre la cama, anunció que doña Matilde estaba dispuesta a perdonar su caprichoso desahogo y que ellas en consideración a sus calificaciones, le darían otra oportunidad. En esos momentos Mariana se había sentido pronta a continuar el berrinche e insistir en irse. La frenó la mirada suplicante de Marta y el ¿a dónde? que había pronunciado. Con renuencia, sin decir palabra, empezó a desempacar.

Aquellos violentos incidentes la enfrentaron al futuro. Recurrió a su confesor y logró que permitieran a su hermano visitarla por primera vez. Así hubieran sido raras las veces que se habían visto durante las navidades en casa de la tía, quien no perdía la ocasión para hacer público alarde de la protección que dispensaba a sus sobrinos, los dos adolescentes habían logrado conservar el hilo de unión que hiciera soportable su infancia. Lo que era más, trataron de conservarlo a toda costa desde el primer reencuentro no obstante la natural tirantez que sentían al principio de cada nueva entrevista. Con cierta sorpresa se notaban más y más cambiados exteriormente y trataban de adivinar si algo perduraba en ellos de su antigua camaradería. Por fortuna se siguieron entendiendo, si bien Tomás consideraba su desgracia comprender bien a los demás y estar siempre en duda de sí mismo.

En momentos en que atravesaba una seria crisis emocional, el llamado de Mariana aumentó su tensión, que por ser tan honda, más la disimulaba, bien forjado por la disciplina de cuatro años de seminario.

Aunque amueblada en frívolo estilo Luis XV, profusa en porcelanas y carpetas bordadas, la sala de las Estucado guardaba un aire desierto y frío reservado a las cosas poco usadas. Ahí, como intrusa, la presencia humana destacaba. Tomás, por su delgadez, parecía más alto, su frente más elevada, su fina y recta nariz y la profundidad de sus ojos se acentuaban. Por su parte, absorta en su dilema, Mariana no se percató aquella tarde de ciertos rasgos contristados en la actitud de su hermano. Se sentaron en un lejano rincón de la sala hacia donde lo había guiado para que la sirvienta, ocupada en su labor de gancho en el corredor, no escuchara.

—Creí que no me dejarían verte. Ya sabes como son de estrictas. Y como están las cosas...

—La tía autorizó mi visita porque se lo solicitó el padre —aclaró él.

Mariana dejó caer la vista. Tallaba el brazo del sillón sin mirar a Tomás.

—Entonces ya estás enterado de lo que pasó y vienes con instrucciones de sermonearme.

—Todavía no me ordeno.

Ella lo miró de lleno. Sus expresivos ojos brillaron en la tenue mirada de su hermano. Reprimiendo una risilla oprimió su mano, que luego soltó, para tornarse vehemente al participarle que la tía quería el valle; que a ella la querían llevar con ellos; que a él ya lo hacían sacerdote y Libia estaba lejos... Desde hacía un mes, el tío Carlos iba dos veces por semana a contarle lo mal que estaban las cosas en Valle Chico y que, dadas las circunstancias, las autoridades podían darles su tutela... y una mujer permanecía bajo la tutela paterna, no importaba su edad, a menos que se casara. Si era forzada por la ley a vivir con la tía, acabaría mal. Tenía que ir a casa cuanto antes. Tenía que ver a su padre. No importaba lo que dijeran de él, ella tenía esperanzas—. ¿Lo has visto? —preguntó ansiosa.

Tomás lo negó. Casi para sí musitó: —Sé que está viejo—. Y algo en su expresión, un rasgo de vergüenza restringida, confirmó que todo lo que ella había oído acerca de él era conocido de Tomás también.

—De cualquier manera le escribiré.

—Es mejor que permanezcas aquí hasta el fin de cursos, Mariana. Luego ya veremos.

—Luego voy a casa —reviró viéndolo a los ojos. Mariana se dio cuenta de que aquel "veremos" no había sido indiferencia sino un profundo desasosiego que no encontraba solución. En un relámpago que iluminó el recuerdo, lo vio tan niño y desvalido como antaño, empequeñecido ante la figura imponente de Marcial. Se echó ella hacia atrás y descansó la cabeza en el respaldo en un segundo de desaliento del que se recuperó con la misma rapidez. Aferrándose a los brazos del sillón se incorporó.

—Por favor explícale mi situación a tu padre superior. Quiero que me ayude a evitar que den mi tutela a los tíos. Quiero volver a Valle Chico—. Y al decirlo sintió que había dictado una resolución irrevocable contra la que no valdrían todos los artificios de la tía ni se podrían imponer las circunstancias. Se aquietó en ella toda incertidumbre. La mitigante calma de aquel estado de ánimo se confundió con el silencio. Acercándose a la ventana, contempló el cielo..., al ver los apacibles cúmulos deslizarse, deseó que así fuera su vida: libre, sosegada. Ante lo cual Tomás sonrió y movió la cabeza.

—Tú, Mariana, eres nube de tormenta.

El padre González fue a platicar con Mariana a instancias de Tomás. La determinación de Mariana lo desarmó de cuajo. Acostumbrado al obsequioso amaneramiento que demostraban las mujeres ante él, le pareció inusitado el modo franco de la joven, la mirada que trataba de adivinar si había hecho bien o no en recurrir a él. Lo que Mariana expuso fue concreto: su tía quería a Valle Chico y ella no quería que se quedara con la hacienda; además, ahí estaba su padre. La sinceridad con que expuso las cosas le gustó más que el orden en que había puesto sus anhelos, aunque viéndolo bien, era justificada su actitud.

El sacerdote lo pensó y decidió intervenir en favor de la joven. Por ley, don Marcial tenía aún la patria potestad. Tal vez la presencia de su hija en la hacienda tuviera un efecto regenerador en el hombre. De no ir a vivir con sus tíos, Mariana tendría que aceptar vivir en algún convento hasta que se casara, si es que se casaba. Por otra parte, en un par de años Tomás se ordenaría y entonces podría llevarle la casa. En fin, creía haber establecido ya un vínculo con la joven; estaba seguro de que, en dificultades, recurriría a él y entonces ya podría ejercer sobre su ánimo más influencia.

Lo mismo, aunque en otras tonalidades, pensó doña Matilde una vez que el padre González, fue a hablar con ella. Bien, si la rebeldita rehusaba su hospitalidad, allá ella. Ya vería que duro era vivir en la penuria, al lado de aquel depravado. No dudaba que pronto acudiría a su puerta para buscar refugio. Tanto mejor. La acogería más humilde, domeñada. Accedió doña Matilde a enviar una carta a Marcial comunicándole que Mariana regresaría a Valle Chico y mandó recado verbal a Ismael para que se presentara a recogerla el día 15 de noviembre en caso de que su patrón no pudiera.

—Lo que —, soslayó al padre— es lo más probable.

El día en que las Estucado notificaron a Mariana aquello, así las cosas hubieran resultado exactamente de acuerdo a sus deseos, tuvo la extraña sensación de que todos eran piezas de un singular juego que manipulaban fuerzas ajenas a las suyas. Por las noches se quedaba absorta, con la cara acunada en su mano abierta que descansaba en la almohada, contemplando más allá de la ventana las nubes pasar por encima de la luna.

El día de su graduación, no había más nubes. El sol iluminaba una tersa mañana pintándolo todo con insistencia dorada y en el dormitorio revoloteaban las jóvenes dando los últimos toques a su arreglo, lo que se convertía en tragicomedia al ver a Marcia batallar con lazos que le quedaban chuecos, broches que se le resbalaban del pelo y ajustes fracasados. Por fin evacuó la plaza. El único espejo quedó libre y Marta y Mariana se tuvieron que dar prisa. Los rizos castaños de Marta resplandecían al arreglárselos, sus redondos y vivaces ojos brillaban pendientes del resultado. Los hoyuelos de sus mejillas se profundizaron al quedar satisfecha y derrochar hacia Mariana su admiración.

—¡Quedaste preciosa! —exclamó calzándose los guantes—. Qué bueno que nos tocó al último el espejo. Si no, nos hubieran arrugado los vestidos—. Y se contempló de nuevo esponjando su falda de blanco organdí.

Mariana se sintió contagiada por el buen humor de su amiga y sonreía al colocarse el amplio sombrero. Muchas veces, durante los tres años transcurridos desde que Marta ingresó al colegio, había sido así. Justo en aquellos días en que Mariana entraba en la pubertad y ciertos estados de ánimo melancólicos, Marta había irrumpido en su vida con su entusiasmo, su alegre parloteo. Otras la habían abandonado tornándose fríamente corteses, pero Marta, con su lealtad, salvó a Mariana de una total desilusión. Al ir madurando, Mariana aprendió a valorar a su amiga, gracias a lo cual desapareció cierto orgulloso resentimiento que creía ver en la actitud de Marta algo de lástima. Pasaban el tiempo relatándose sus breves vidas. Mariana recordaba su valle, a Cirilo y a su querido hermano; Marta tenía mucho que contar. Su padre era diplomático y había estado en Perú y Nueva York; pero su gusto mayor era poner a Mariana al tanto de sus numerosos primos. Si no tenía hermanos, tenía primos a granel en Guanajuato, en México y uno en Morelia: Alonso, quien con toda su real estampa, para su gusto, resultaba demasiado serio. Eso no obstaba para que una de las primas, esa que quería ser actriz, dijera que ella brincaría el balcón por él en cualquier momento. Muy quietas, esperaban a que las otras durmieran para cambiar ensueños. "A mí me gustaría un hombre así o así..., ¿y a ti?". Mariana entonces se olvidaba de todo, de Valle Chico, de que tendría que ponerse el mismo vestido para graduarse que se había puesto el día en que cumplió quince, que ya había llevado en dos recitales y todas las misas importantes del pasado año. No importaba, había una promesa hermosa más allá, en algún punto del futuro, que la aguardaba para derramar sobre ella la felicidad suprema.

Por lo pronto, el espejo le decía que estaba bien. Un poco de almidón en el organdí, firme plancha donde las costuras habían cedido para dar lugar a su crecimiento y el vestido se había ajustado a las necesidades.

Una vez que se agruparon en el patio no tardaron en aparecer las Estucado bien polveadas. Formaron a las jóvenes de dos en dos en el espacio del cancel al portón y dieron la señal de avanzar. Las diez muchachas, con sus ajuares blancos, sus amplios sombreros de fina paja dorada y listones amarillos, parecían margaritas ambulantes camino al templo. A sus espaldas, por las angostas banquetas de las callecillas empedradas, las custodiaban las miradas de las *demoiselles* y sus respectivos camafeos.

Nunca le había parecido a Mariana tan alegre Morelia. Al pasar por los canceles de las casas, a propósito atisbaba hacia los patios interiores para ver en plena floración las camelias y la sempiterna; y ese mismo sentimiento de intimidad que guardaban los patios parecía extenderse a las calles y a los jardines que enmarcados por la majestad de algún templo, siendo públicos, parecían ser de uno en particular. Así consideraba ella el Jardín de las Rosas, donde, en días de excesivo calor, las Estucado les habían permitido detenerse a jugar. Después los juegos habían cesado y el tiempo se medía con sus pasos alrededor del jardín, bajo las suaves líneas marcadas en lo alto por los arcos del Colegio del mismo nombre. Pero ese día, tal era su optimismo, que no reparó más que en la violeta y el trueno que persistían estimulando el aire saturado de aromas, que sacaba color a sus mejillas y reavivaba en ella la vaga esperanza de un próximo encuentro con su padre.

A corta distancia, vista desde los portales, se irguió frente a ellas, flanqueada por dos frescos jardines, una de las más hermosas y antiguas catedrales del continente. Desde sus esbeltas torres barrocas esculpidas en cantera, las campanas inundaban de sonidos el aire. Conscientes de su propia importancia en esa mañana que marcaba un parteaguas en sus vidas, traspusieron las rejas y entraron en el atrio donde las esperaban sus padres, parientes y amigos. Miradas se cruzaban, sonrisas quedaban suspensas, interrumpidas con nuevos saludos que a su vez quedaban incompletos. En medio de la algarabía, la mirada de Mariana se retraía, cada vez más dolida, al no descubrir a su padre ni a su hermano. Del primero se decía que no habría recibido la carta y se descreía totalmente; del segundo no sabía qué pensar. *Et, voilá la tante*, hecha una verdadera combustión de encajes, amenazando con devorar a los padres de Marta, los señores Ramos. Menos mal que estaba entretenida y no gozaría de su decepción.

Los Ramos, según sabía Mariana, se iban a la capital. Se rumoraba que don Porfirio había llamado a don Felipe a su lado y su popularidad crecía, por lo que no pareció extraño a Mariana que doña Matilde y su rival en sociedad, doña Clarisa, se disputaran el derecho de llamar a la madre de Marta "querida". "Y cómo te parece la idea de irte a la capital, querida?" "¿Conoces a Carmelita Díaz, queridísima?" "¿Sí?" "Yo también." Doña Matilde se impacientó. Moría por sacar a relucir que Carmelita o no Carmelita, ella había conocido a la Emperatriz Carlota. "Ah, Carmelita, esa hermosa y culta dama. Estoy segura que rescatará la fineza del imperio", carraspeó. "¡Pobre Carlota! Quién hubiera adivinado su trágico fin durante aquellos días en que tuve el placer de conversar tan íntimamente con ella."

Doña Clarisa se encabritó al oír "íntimamente". Se olvidó de los Ramos, Carmelitas y rancios abolengos, por dar batalla verbal a doña Matilde, ambas recontando a la vez la conversación que habían tenido con la pareja imperial durante su breve visita a Morelia, que a juzgar por la extensión de las pláticas que las dos señoras aseguraban haber tenido con los emperadores, con eso hubiera bastado para hacerlos desistir de su empresa, correr hacia Veracruz, e izar velas rumbo a Miramar.

Las poderosas vibraciones del órgano que flotaron más allá de las enormes puertas de madera tallada silenciaron a doña Matilde. Los rezagados asumieron un aire de recogimiento al entrar. En el interior, la majestuosa música invadía el templo que conmovía con su esplendor. Todo estaba hermoso: los candelabros de la nave principal brillaban; en lo alto del altar mayor el enorme manifestador de plata nunca había refulgido tan bello, rodeado de luces y gladiolas; pero a medida que avanzaban, Mariana, renuentemente, iba perdiendo la conmoción interna que disfrutara otras veces en iguales circunstancias en las que se había sentido arrebatada por el oleaje de sonido, la majestad de las enhiestas columnas que sostenían las bóvedas decoradas con filigranas de dibujos dorados, grises y rosa pálido. Ese día, de las caras sonrientes a su rededor ninguna se fijaba en ella. Tomás estaba enfermo. El seminarista que le había dado el mensaje, justo al entrar al templo, había dicho que no era nada serio... Si no era serio, ¿por qué había faltado? Su alegría matinal se trocó en desencanto. El sermón fue largo y afectó más a las madres que a las jóvenes. El sacerdote insistió mucho en que las bellas rosas duraban un día y eran las espinas las que sobrevivían. Varias espinas sentía ya Mariana en el alma, y al comulgar expuso su ansiedad. Ante la visita sacramental abrió su corazón como lo hacía desde niña: se imaginaba que era un cuarto muy luminoso, con una puerta y una ventana, una mesa y dos sillas, sencillo, bien barrido, todo muy limpio. Cristo, rubio, vestido de blanco, idéntico a las estampas de su misal, se sentaba frente a ella. En ese ambiente habían platicado muchas veces, y ese día le contaba su pena, pidiendo su ayuda. La misa terminó sin que ella se hubiera dado cuenta hasta que Marcia le picó el costado.

Más tarde, al terminar la sencilla ceremonia que se llevó a cabo en uno de los amplios corredores de la casa, todas las jovencitas corrieron hacia sus padres. Mariana demoró sus pasos hacia las maestras lo más que pudo, pues ella no tenía a nadie más a quien ir. La escena que la rodeaba le recordó otras tantas en las que había quedado sola en un rincón, sin saber qué hacer, hacia dónde mirar, observando de soslayo como las madres de otras niñas alisaban cariñosas el pelo de sus hijas mientras ella fingía leer sus buenas calificaciones una y otra vez. Victoria vacía. En esos momentos sentía que su corazón iba a reventar. Hubiera dado todos esos dieces por un toque de afecto, una mano asida a la suya... Así de estoica era.

Al término del discurso de fin de cursos en que la señorita Loló cantó un ¡*Loor a la mujer educada!*, las seis jóvenes que ya no volverían al colegio se apiñaron alrededor de las maestras para despedirse. Mariana aguardó su turno para decir adiós. Con restringida impaciencia, traslúcida en los chispazos de sus oscuros ojos, ansiaba terminar la escena que, tras un momento de silencio, se había convertido en un concurso de "a ver quién lloraba más al abrazar a las señoritas", ganando Marcia con francos sollozos pues se había picado un ojo con la horquilla de *mademoiselle* Loló al darle un beso donde no había sido su intención.

Dueña de su compostura, Mariana se acercó, al cabo, siendo su despedida un cortés pero breve: "Gracias." *Mademoiselle* Loló esperaba más. Aguardó, y al ver que Mariana permanecía callada, suspiró:

—De nada. Y recuerda, si algún día necesitas consejo, aquí estamos para ayudarte, *cherie.*

Mariana hizo una inclinación de cortesía, se abrió paso entre el resto de sus compañeras y atravesó lo más rápido posible el patio lleno de murmullos, madres emocionadas y padres altivos. Consejos y ayuda. Así veían las Estucado su futuro... Al caminar por los corredores sentía las miradas clavarse en su espalda como alfileres.

—¿Quién es? —preguntó una matrona y el diluvio de comentarios se soltó:

—Es Mariana Aldama, la hija de ese hombre vergüenza de nuestra sociedad —. ¡Válgame, cómo creció! Era una niña el año pasado...

—Pues ya no lo es, querida. Tiene diecisiete, si no me equivoco.

A los hombres también les gusta el chisme:

—¿Diecisiete? —se admiró uno de bigotes encanecidos... —pobre muchacha, tan bonita.

—Delgada —objetó la esposa con mirada de hielo.

—Nada de eso —concluyó otro señor pasando sus dedos sobre su chaleco de seda.

El gesto debió molestar a otra señora porque exclamó: —Ese hombre debió haber venido a recoger a su hija.

¿Pero es que no sabía? Ese hombre no hacía más que beber. Y pensar que la muchacha había rehusado ir a vivir con su tía prefiriendo aquel horrendo lugar. Sobre las cabezas que se movían reprobando, la mirada de Marta siguió a su amiga. Exhalando un suspiro de alivio, Mariana llegó al dormitorio. Era tiempo de empacar lo poco que quedaba fuera: un cepillo de pelo, pantuflas...

Al cerrar su maleta, recorrió lentamente la estancia con los ojos: diez camas, diez sillas, diez burós y al fondo, dos roperos muy altos enmarcando un tocador. A los pies de las camas, despojadas ya de colchas y cobijas, estaban las maletas de sus compañeras moteando el piso de baldosas rojas. No tuvo tiempo de medir la plenitud de aquel cuadro que presentaba la despedida con más exactitud que ninguna otra circunstancia porque en esos momentos irrumpió Marta preguntando:

—¿Te vas?

Volteó Mariana hacia ella y asintió: —Tengo que llegar a la hacienda antes de que anochezca.

Marta observó en silencio cómo ajustaba las correas de la maleta y no había alegría en su mirar—. Entonces —confirmó pensativa— regresarás a Valle Chico.

—Esa es mi casa.

Mariana se puso su sombrero de paño guinda y capa del mismo color, regalos ambos de Marta, y, mirando a su rededor, vio que no olvidaba nada.

En las mejillas de su amiga se habían desvanecido los hoyuelos. Sus grandes ojos redondos de largas pestañas, muy parecidos a los de las figuras femeninas de los grabados de la época al estilo *art nouveau* de Alphonse Mucha, se ensombrecieron… —Hemos sido buenas amigas.

Cierto, sólo por su amistad los últimos años con las Estucado serían parte de sus imperecederos recuerdos. Fiel, siempre fiel, Marta decía con voz temblorosa:

—Prometamos que donde quiera que estemos, pase lo que pase, siempre seremos tan buenas amigas como hemos sido.

Ante la vehemencia de Marta, Mariana sintió que las cuerdas vocales le ardían al ponerse tirantes. Un abrazo de Marta y esto fue llorar. Bueno, no se pasan tres años juntas sin dejar de sentir, muy hondo, la despedida, se decía Mariana tratando de sobreponerse. Entre risillas nerviosas y la búsqueda del pañuelo, pasó la emoción.

—Escríbeme —suplicó Mariana al sonarse— y cuéntame todo lo de tu casa nueva, México, los bailes, todo.

Marta prometió… Hubo un titubeante silencio porque no había más que decir. Todo lo que habrían de escuchar estaba allá, venía de algún confín lejano y ellas iban a su encuentro. El adiós quedó envuelto en un fuerte abrazo.

Dondequiera que estuvieran, pasare lo que pasare…, ¿qué sería todo aquello? Su corazón latía con anticipación al salir al patio. Se apresuró a lo largo de la pared evitando a todos. Tanto había deseado aquel momento que al abrir el cancel el viejo portero y decirle: —Adiós, señorita—. Mariana se le quedó viendo para constatar la realidad: se iba.

Entre la gente del patio buscó a Marta y, al no verla, concluyó que ya estaría empacando alegremente. No que Marta fuera voluble. Era que podía rehacerse de los momentos tristes y pasar a la normalidad con asombrosa rapidez; en contraste, ella sentía todo como si un despiadado y siniestro dedo jalara una a una las fibras de su corazón —aunque el momento pasara, aquellas vibraciones perduraban en ella como resonancias que inundarían su interior largo tiempo. Ensimismada, estrechó con afecto la mano del viejo portero.

—Adiós, don Chuy. Ya sabe que siempre que guste será bienvenido en Valle Chico.

Al inspeccionar la angosta banqueta bordeada de elegantes victorias y landóes, encontró su coche, ya no tan flamante, por cierto, más bien parecido a un noble veterano de regreso de campaña, pese a lo cual, sonrió. Junto a él estaba Ismael. Nunca fallaba. Ni Cata tampoco. Sin olvidarla jamás, a través de los años se acercaron a las rejas del colegio para traerle fruta cristalizada, ora tamales hechos por Cata. "Un bocadito niña, pa usté y sus amiguitas". El mayordomo tomó su maleta, descubrió su cabeza y saludó como antaño:

—Buenas tardes, niña.

Así fue como la casa de las Estucado quedó atrás. Los balcones insistieron en mirar de reojo a Mariana hasta que el carruaje volteó la esquina y se desvanecieron en línea recta hacia el reino del ayer. Siguieron las calles empedradas...; pronto los cascos del caballo se hundieron en el polvo del camino. Atrás, la ciudad colonial esculpida en cantera rosa se erguía sobre la amplia loma en que descansaba a medida que ellos descendían más y más hacia el valle.

Capítulo VI

El día confirmó lo que la noche insinuara: Valle Chico estaba en ruinas. El trabajo de dos generaciones se había venido abajo en menos de diez años. Enredaderas y plantas crecían alocadas con sus raíces retorciéndose entre las grietas de las paredes al chupar la vida de la mansión; las balaustradas de hierro, en algunos lados ya descuajadas de sus soportes, se inclinaban hacia el patio; los ventanales estaban rotos, y en ningún lado aparecían aquellos cortinajes de encaje o terciopelo que los cubrieran.

Así como Mariana caminaba bajo las musgosas arcadas atisbando en cada puerta, la misma escena se reflejaba en sus pupilas. En vez de elegantes damas paseando sobre alfombras, los ratones se escurrían por los mármoles y el sonido de los violines se había substituido por el zumbar de las moscas. Contra las paredes de algunos cuartos podía verse algo de mobiliario: un viejo armario, una mesa, un par de sillas y montones de libros tirados sobre el piso. En todas partes el mismo matalotaje, todo cubierto por un manto de polvo que se entrometía en el más pequeño resquicio.

Atravesó el patio. Bajo el ardiente sol, se detuvo tratando de escuchar algo que extrañó, sin poderlo precisar, desde que el carruaje entró al patio la noche anterior. Idos los rumores de la hacienda, su palpitar, su respirar; sólo una grave quietud colgaba en el aire que estuvo un día impregnado con el sonar de la campana llamando a los peones al campo cada amanecer, con las voces de los hombres, los gritos de los niños en la cuadrilla, el constante traqueteo de los trenes de mulas cargados con la cosecha de chile o maíz para llevarla a vender. Era tan absoluta la calma que, al oír el ruido de espuelas y cascos, creyó imaginarlo hasta que Cirilo apareció bordeando la fuente. Aunque ahora llevara los estrechos pantalones de charro, dentro de los cuales sus piernas subían al tronco en forma de herradura y todo su atuendo fuera distinto, Mariana lo reconoció de inmediato. El pelo continuaba creciendo tan tieso como espinas de nopal, sus ojos danzaban como siempre, capturando todo en rápidas ojeadas.

—Cirilo —sonrió ella dando un paso hacia adelante,— con que andabas en Uruapan.

—Sí, niña —el muchacho contestó inclinándose—. ¿Cómo está su merced? —preguntó poniéndose color cobre.

La mano que Mariana iba a extender se quedó, de propio acuerdo, a su lado. ¿Cómo está su merced? Saludo de gran respeto. Pero no era sólo eso... el modo en que Cirilo se encogía apachurrando su sombrero de paja, toda su manera sumisa, su perturbación, la hizo sentir que el tiempo había desgastado su inocente camaradería. Sin saber bien a bien por qué, ambos la sintieron levemente incómoda, parecida a un par de viejos zapatos que ya no se pueden usar porque ya no quedan. ¿Recordaba acaso sus carreras a mata caballo? ¿El pequeño panteón de pájaros que hicieron en la colina? Sí, estaba segura que lo recordarían siempre, que ese lazo, por fino y sutil, perduraría fuerte así estuviera ahora él frente a la señorita y ella viera a su criado. De un modo natural, inexorable, cayeron en sus papeles, en lo que siempre fueron..., lo que dejaron de ser por unos venturosos días en que su inocencia había dominado las circunstancias.

—Yo estoy bien, Cirilo. Gracias—, respondió con voz cálida. Y agregó con medido entusiasmo—: Me da gusto verte tan saludable y contento.

El mozo dejó en paz el sombrero que casi había despedazado. La calma de ella lo sosegó—. Sabe, tengo ensillado el caballo por si quere montar, niña —se apresuró a decir jalando la bestia.

—Qué bien hiciste —. Pero no bien puso el pie en el estribo, volteó a verlo... —¿El caballo?

—Pos si, niña, éste es el que queda. Éste, y el de su papá.

Así estaban las cosas. Hubiera querido que ese primer paseo fuera igual a los de antaño, recobrar en él los felices momentos del pasado, pero ya estaba aprendiendo que nada era como había sido. La silla no era el cojín donde volara con el viento. El sol y el polvo picaban su piel. Como intrusa en los dominios del silencio, traspuso muros, atravesó patios. Las doscientas casas de adobe que convertían a la cuadrilla en un pequeño pueblo adyacente a la casa principal, estaban abandonadas, las calles desiertas; del bullicio de dos mil almas, ni señas. Ese día, de toda puerta, mostraba su triste cara la desolación. Vestida de telarañas y polvo señoreaba en las inmensas trojes y en los hornos donde el chile se secaba antes de almacenarse. Los establos también eran su morada. Ninguno de los cincuenta caballos anglo árabes que su abuelo empezara a criar sacudían sus curvadas crines tras las puertas desvencijadas de las caballerizas, mucho menos las razas inferiores.

Sumergida en una bruma que entretejía presente y pasado, Mariana bordeó la plaza de toros ante cuya soledad los ecos de la banda de la hacienda, los gritos de las corridas y charreadas, los días de fiesta se alejaban, a cada paso, más y más en el tiempo.

Atrás quedaron la casa principal, el segundo patio con las oficinas de administración que estaban frente a las casas de Ismael y del administrador, las trojes, los hornos, cocheras, caballerizas, almacenes, el huerto con veinte hectáreas de inmensos aguacateros, la cuadrilla, en fin, todo el casco de la hacienda.

Mucho más cerca de lo que ella recordaba, estaba la colina a la que iba con Cirilo. Desde ese punto contempló cómo seis mil hectáreas de tierra fértil, la mitad irrigable, yacían inactivas bajo el inclemente sol; vio a las lagartijas escurrirse bajo los matorrales y piedras que escondían los surcos que otrora dibujaran interminables olas de tierra sobre tierra. Al norte, oeste y sur, subiendo por las montañas que circundaban el valle, los cedros y pinos semejaban tristes centinelas; en dirección de la aurora, muy abajo del volcán inactivo que contenía en su cráter un lago, se definía, recibiendo el agua de las laderas, la presa de la hacienda formada por una depresión natural en el terreno que mostraba una cara verde, salivosa, cubierta por negras nubes de mosquitos. La decadencia, el abandono, habían garabateado "miseria" sobre aquella hacienda que una vez fuera magnífica.

La noche anterior, al caminar por los obscuros pasillos hacia el comedor, aunque se sentara frente a un plato de frijoles, tomando café negro de una taza desportillada, rehusó creer lo que Cata decía... Esperanza fortuita, negación de palabras que en esos momentos cobraron vida: "Pos sí, niña, igual que un elote podrido pierde los granos, así se fue la hacienda. Su papá se llevaba todo el dinero ¿y con qué se iba a mantener a los peones? Pos se empezaron a ir. Luego los criados de la casa también. La Lupe se fue con su marido. Ismael no podía hacer nada. El obedece y obedece. También es que, pos, pos a don Marcial nunca le gustó aquí, yo creo. La cosa es que cada que venía nomás era pa vender algo. Los caballos, las vacas, las mulas, yeguas... tantas que había ¿se acuerda? Todo se acabó. Una vez... ay, pa que le cuento, pero una vez trajo a muchos de esos catrines de México y celebraron por días y había algunos toreros, y pos ya conoce usté a su papá, ordenó que los toros de lidia se sacaran y mataron toros por días. No quedó ninguno. Los muebles también se acabaron. Su tía Matilde se hizo de muchos, dizque por no sé que deudas del patrón. Lo bueno fue que se salvó su recámara porque según ella estaba pasada de moda y otra dos que estaban poquito maltratadas y, por grandote, no se llevó el comedor y un sofá que estaba manchado y algunas sillas viejas. El piano de cola que tanto le gustaba tocar a su mamá; la sala china que decía ella que ya mero le costaba la vida al señor que en esos tiempos la trajo en recuas desde Acapulco por tierra caliente, pasando por no sé que despeñaderos, todo eso voló. Sí, el retrato de su mamacita se lo llevó su papá y no lo volvimos a ver. También la pintura de la Última Cena se fue, nomás que ésa su papá la vendió a un señor que la vino a recoger. Y ahora..., ahora además de unos cuantos aparceros quedamos Ismael, Cirilo y yo. Yo creo que nunca nos iremos. ¿Pa dónde, dígame? Nomás maduran los aguacates, entonces viene gente; pero tan pronto se acaban de recoger, se van y estamos otra vez solos. Tenemos nuestros pollos; Ismael y Cirilo plantan algún maíz y la vamos pasando. Pos sí, es triste, niña, pero no ponga esa cara. Después de todo, su papá está... bueno, pos enfermito."

Mariana fustigó el caballo. Ya no sentía que tan alto botaba en la silla. Era cierto lo que decían. Todo. Su tía en su altanería, las Estucado en su cursilería y Cata en su sencillez. ¿Pero qué clase de hombre era su padre? ¿Qué clase de infeliz? No critiques a tu padre, Mariana, no lo censures. Ninguna señorita decente levanta la voz para demandar razón de sus actos a ningún hombre, hermano, marido o padre. Pero ella no iba a bajar la cabeza atenida a rezar el rosario envuelta en un ambiente de polvo y humedad, en una capilla mohosa, rodeada de fantasmas del pasado. La tierra, su tierra, se desperdiciaba y era una vergüenza. ¿Cómo diablos se llamaba ese abogado...? ¿Evaristo Gómez? Sí, ése era el que Tomás había dicho que sabía de Valle Chico. Iría a verlo en el acto.

—Niña, ¿por qué no se espera? Estuvo fuera mucho. Parece tomate. Se puede desmayar.

—Nunca me he desmayado, Cata, ni me desmayaré ahora. Dame agua, por favor, y dile a Cirilo que enganche el caballo al coche.

—Pos entonces el caballo es el que va a azotar.

Mariana fulminó a Cata—: Pues si azota, camino —reviró entregándole el vaso. Nunca más se refutó una de sus palabras.

Capítulo VII

David Alpízar provenía de buenas familias, tenía excelente presencia y no le importaba su controvertida reputación. Era un hombre trabajador que pasaba la mayor parte de su tiempo cruzando las sierras camino a tierra caliente donde, en los pliegues de las montañas, supervisaba los modestos fundos de oro y plata que su padre encontró después de gastar todos sus ahorros y una vida en su búsqueda. A los veintiún años las muertes consecutivas de sus padres lo dejaron en posesión de aquellas prometedoras minas..., la opinión pública fue que las perdería. Dinero no había mucho; casi todo se había invertido en echar a andar a medias los fundos, y éstos todavía tenían que probar si eran tan ricos como se decía. Además, si lo fueran, exigirían un tremendo esfuerzo para explotarlos. El muchacho no iba a aguantar. Los escépticos pronto se sorprendieron al verlo mostrar una determinación rara para sus años. Podía quedarse enterrado en la sierra meses a la vez, no le gustaba deber un centavo a nadie y empezó pronto a correrse la voz de que ninguno le tomaba ventaja en la menor transacción. Esto se confirmó pasados algunos años. Puesto al tanto de quiebras e hipotecas vencidas por fuentes informativas que cultivaba, empezó a comprar discretamente algunas propiedades y a trabajar bienes raíces.

El resultado de constante trabajo, apoyado en una minuciosa administración, dio lugar a sospechas: con seguridad provenía el producto de una mina muy rica. Los rumores volaban y David los permitía; así las proposiciones de negocios fluían a sus manos. Efectuaba los pocos que podía y donde veía ganancia segura, siempre asegurándose de que no se pensara que carecía de dinero aunque así lo fuera. El día en que compró una envasadora de frutas en conserva a un ridículo precio, ya que nadie había podido sacarla adelante, y él lo hizo cuando puso el producto en la capital y lo distribuyó por todo el estado, todos se tragaron sus ominosos pronósticos con mermelada.

A los veintiocho años era ya un hombre respetado en el mundo de los negocios, aunque muy criticado en el mundo social, pues para las damas que sorbían chocolate durante sus ociosas tardes, era un libertino apóstata que prefería a todas luces la compañía de cierto tipo de mujeres. No se explicaban de otra manera la indiferencia hacia sus aspirantes hijas que alargaban el cuello al verlo pasar.

Si se dignaba ir a algún baile o celebración en el casino, era para sentarse en el fumador a jugar cartas con los hombres para luego echar por el salón una mirada despectiva e irse, —¡sabría Dios para dónde!— sin siquiera tener la cortesía de sacar a bailar a alguna damita. "Ya conoces a las mujeres de tierra caliente, hija mía. Lo habrán enhierbado, o algo por el estilo", se especulaba tras los abanicos. De haber oído, David hubiera reventado de risa recordando a la única mujer en el campo minero: una cocinera gorda, desdentada, a quien la tiña la hacía semejar a una inmensa boa. Para furia de las señoras con hijas casaderas que consideraban una constante y sádica tentación para el sexo femenino que un hombre tan guapo, tan listo y rico anduviera suelto, él seguía rehusando toda invitación a las veladas músico-literarias en las mejores casas, donde las jóvenes lucían sus habilidades musicales tocando los valses de moda. Después de ropa sudada y sacudirse escorpiones y dormir en catre, no tenía paciencia para irse a sentar, muy acicalado, en un salón rodeado de matronas con ojos de tecla de máquinas registradoras, a escuchar a Carmelita o Lolita gargarear cantaletas románticas. Para descansar, prefería la compañía fácil de otros rumbos donde jugaba al billar, tomaba unos tragos y caía en la cama con alguien más inclinada a actuar el amor que a cantarlo.

En cuanto a matrimonio, no tenía tiempo para pensar en ello. Estaba contento con su vida tal cual era. Las relaciones que tenía le venían bien, aunque a veces le empezaran a fastidiar, como Rosa que se estaba poniendo impertinente. En fin, no tenía por qué meter la nariz donde nada le atraía.

Rara vez se ponía a filosofar; pero en ocasiones, tirado boca arriba contemplando las estrellas en campo abierto, acunado en el regazo de la noche se le ocurrían raras ideas, como esa de que cada natalicio semejaba una flecha disparada en la vida, cada una llevando su cuerda de cierta longitud. Ese impulso inicial llevaría hasta la muerte. En su viaje por la existencia se cruzaría con otras flechas, pasaría de lado a la mayoría, se entrelazaría en forma temporal o para siempre con algunas y seguiría así su curso... Ideas que al esfumarse no se pierden sino que persisten como vibraciones sutiles a las que basta un incidente externo para que, sin explicación, surjan como poderosa sensación. En una tarde de cobrizo otoño David se percató plena e inexplicablemente de que algo nuevo se sumaba a su vida al encontrarse con Mariana.

Ante el cancel que daba al patio de la casa del licenciado Gómez, ambos aguardaban que les abrieran. Sin disimulo alguno, David la observaba con mirada crítica. Tal parecía que estuviera escrutando un metal o un pagaré; y ella, nerviosa, deseaba haber hecho caso a Cata. Bien le aconsejó que una señorita no iba a ningún lado sin escolta. Pero ¿por qué tenía que ir cuidada como la Sagrada Eucaristía? Cuanto más indefensa veía un hombre a una mujer, más galante debería ser. Lo que no resultaba así, por lo que estaba viendo. Como no se sintiera tan de buenas, no soportó más aquéllo.

—¿Qué pasa? —preguntó en su cara.

—¿Perdón? —balbució el, descubriéndose.

—Que es mala educación mirar de fijo, señor.

David se sorprendió, sin dejar por eso de perder el habla.

—Así será —respondió— pero si me place, lo hago.

No hubo enojo en el tono, bastó un algo de burla y caricia a la vez, que hicieron a Mariana enrojecer.

—Pues a mí no me place —desafió volteando hacia el jardín.

—La verdad, a mí ya tampoco, ahora que se está poniendo como esos camaleoncillos que se inflan de coraje y cambian de color.

Fue suerte que la criada abriera la puerta. Mariana marchó adelante escoltada por una leve, pero insolente risilla que a sus espaldas la seguía.

¡Bueno, por fin se había encontrado una con vida!

—Llegué primero, licenciado —informó ella al caballero de mediana estatura que los esperaba en el pasillo.

El abogado ajustó sus bifocales de aro dorado que brillaban bajo cejas pobladas y canas—. Entonces pase, señorita —y saludó a David indicándole que estaría con él en unos momentos.

—Tome su tiempo, don Evaristo —concedió la voz aún burlona. —Tengo que reponerme de una experiencia desagradable que acabo de tener—. Mariana pudo haber jurado que al cerrarse la puerta del despacho, había soltado la carcajada.

Don Evaristo observó a Mariana con disimulo mostrándole un asiento delante de su labrado escritorio; pero la joven parecía estar muy en dominio de sí misma y ajena a la causa de aquel comentario. Después de los preámbulos corteses con que toda conversación empezaba, don Evaristo abrió su portafolio de obscura piel colocado al centro de su escritorio. Perturbada, Mariana trataba de sosegar el disturbio interior que persistía, lo cual logró, en gran parte, ayudada por el ambiente de quietud que la rodeaba, desde la mullida alfombra guinda de dibujos persas, el austero y oscuro mobiliario colonial y las débiles bombillas de luz, que, por lo que había podido apreciar, siempre estaban encendidas.

Mariana olvidó a David. Sí..., David —así le había llamado don Evaristo— y puso toda su atención en el abogado, un hombre de sesenta y cinco años, serio, de mirada bondadosa, rodeado de estantes de ébano repletos de libros, su vida y su placer.

Le había ido a ver dos días antes. Aunque él aclaró que ya no litigaba y sólo en ocasiones atendía algunas consultas de antiguos clientes, había prometido, en nombre de la amistad llevada con su abuelo, averiguar lo que quería saber sobre Valle Chico. Había explicado en aquella ocasión, que desde que su tío Carlos manejaba la hacienda había transferido todo lo relativo a las propiedades de don Marcial a otro licenciado...; de cualquier forma trataría de ayudarla. Y ahora anunciaba en su tono uniforme que el valle estaba libre de gravámenes. Su padre pagaba impuestos y sostenía lo que quedaba del lugar y su persona con la cosecha de aguacate, más una cantidad insignificante por la concesión otorgada a la hacienda colindante de Jorullo por el uso de agua del manantial que fluía a lo largo de una cuchilla de terreno de Valle Chico que estaba situada al otro lado del volcán. También había aparceros. Treinta en total. Eso era todo. Lo demás: una hacienda y un rancho que juntos sumaban más de ocho mil hectáreas y las propiedades de Morelia, se remataron para comprar una mina, maquinaria, etc. Un proyecto consentido de don Carlos que resultó ser vano. En fin: los aguacates, la concesión del agua a Jorullo y los aparceros.

Estirando los cordones de su bolso, Mariana indagó si la concesión mencionada era muy importante para Jorullo.

—Sin duda—. Don Evaristo se reclinó hacia atrás en el viejo sillón de cuero y explicó—: Han hecho una represa con esas aguas para irrigar sus tierras altas. El contrato lo renueva cada año el licenciado Artimeña. Dentro de unos tres meses, más o menos, será tiempo de hacerlo. Pero es una cantidad insignificante.

Vaya, pues los de Jorullo no tendrían tan barata el agua en el futuro. Mariana se reclinó también y exhaló un suspiro. Intrigado, el abogado cerró su portafolio preguntándose qué habría tras toda esa investigación. Era raro que una mujer se interesara en negocios; absolutamente inusitado ver a una casi niña, ir y venir a la oficina de un abogado. Accedió a sus primeras súplicas porque no tuvo el corazón para decirle que fuera con el coyote de Artimeña. Además, sintió simpatía por aquella joven que torcía las cuerdas de su bolso al tratar de explicar con voz entrecortada la situación de su hacienda. No la había querido agobiar con preguntas entonces, pero ahora tenía que saber el porqué si tan sólo fuera para aconsejarla.

Al decirle ella que se proponía reconstruir la hacienda, el abogado no pudo reprimir una sonrisa y ella vio su incredulidad de inmediato.

—No lo creo ridículo, licenciado —reviró—. Varias generaciones de Aldama han trabajado ahí con éxito. Antes de que se pierda vergonzosamente o se vaya al diablo...

—Espere, espere, jovencita —suplicó con un ademán de la mano—. Tome asiento, por favor—. Aunque con cierta renuencia, Mariana accedió y don Evaristo midió sus palabras sabiendo que tenía que ir con tacto—. No dudo que lo pueda hacer —pausó—. Después de todo, Juana de Arco llevó a sus ejércitos a la victoria más o menos a la edad de usted, pero, por desgracia, no todos somos favorecidos con inspiración o ayuda divina en nuestras empresas. Primero, su padre debe estar de acuerdo, porque usted, por ser mujer y menor, no tiene ninguna capacidad legal para contraer obligaciones y eso es de lo que se trata el trabajo. La tierra está disponible, cierto, mas ¿con qué va a comprar semilla para sembrar? ¿Con qué va a sostener a la peonada mientras entra la cosecha? —Mariana no respondía—. ¿Ya habló con su padre acerca de sus planes?

—Todavía no.

Don Evaristo levantó las cejas y dibujó un signo de menos en un cuaderno...

—¿Lo ha visto?

—No. Desde mi regreso ha estado ausente.

—Señorita Aldama, me temo que don Marcial no esté en condiciones de trabajar la hacienda. Además, con el hermano de usted en el seminario, sería mejor que vendieran, compraran unas propiedades en Morelia y vivieran de sus rentas.

—¿Vender?

—El licenciado Artimeña supo que indagaba yo sobre este asunto..., piensa que tengo un cliente interesado en comprar Valle Chico. De inmediato lo comunicó a sus tíos, pues parece que ellos han tratado de hacerlo, sin éxito. Ahora bien, si mantenemos la ilusión de que existe otro cliente, es probable que suban la oferta y les convendrá a ustedes. Si hablara usted a su padre de esto...

Mariana negó al recordar:

—Una vez lo oí decir que preferiría dárselo a los peones que vender a sus primos.

—Pero los tiempos han cambiado.

Sí que habían cambiado. Pese a todo, ¿por qué darse por vencidos? Si era cierto que por culpa de su padre estaban en esa situación, también lo era que el tío Carlos, manejado por la tía, había hecho mucho para precipitarla. Ahora, no contentos con haberse enriquecido a costas de él, querían aprovechar hasta el colmo su fracaso. Si pudiera convencerlo...

Levantándose extendió su mano a don Evaristo: —Gracias, licenciado. En el momento de renovar el contrato de Jorullo, lo veré a usted y no al licenciado Artimeña para su modificación. Le ruego que aguarde sus honorarios hasta entonces.

—Conmigo no está endeudada —el abogado declinó, diciéndose: ¡Mujeres! Qué candidez creer que podría convencer a un hombre como Marcial—. Permítame una observación, señorita... —Ya en la puerta insistió—: Piense bien lo que le he dicho, coméntelo con su hermano, y antes de tomar ninguna decisión espere que vea a su padre.

Sin comprender del todo la importancia que involucraba su advertencia, Mariana asintió. En el pasillo, David arrojó el periódico que leía sobre otra silla y se puso de pie al verlos aparecer.

—Perdonen que interrumpa, pero tengo la impresión de que conozco a la señorita, que la he visto en otro lugar... Tal vez en misa.

El viejo abogado retuvo la respiración, pues sabía de sobra que su cliente era un reconocido anticlerical; pero David, imperturbable, resistió la mirada admonitoria de don Evaristo. Sin esperar más, como todo un caballero, se inclinó ante Mariana:

—David Alpízar a sus órdenes—. De soslayo miró a don Evaristo... y éste accedió:

—Señor Alpízar, la señorita Mariana Aldama.

El señor Alpízar retuvo su mano, miró en lo profundo de sus ojos y la señorita Aldama se olvidó de Valle Chico, de concesiones y abogados. Aquel firme y posesivo contacto absorbió su espíritu y lo devolvía en espirales plenos de una nueva sensación que la maravillaba, que persistió en ella como gusto, como nostalgia, como un canto mítico que se prolongaba y que no la abandonaría ya. Por la noche, al contemplar el fuego que Cata había prendido en su cuarto, recordaba una pequeña cicatriz en la comisura derecha, justo arriba de los labios de David. No se quería dormir para seguir pensando en él, para retener su imagen lo más posible. Vencida a ratos, creía que estaba aún en casa de las Estucado, que todo aquello no había sido..., espabilándose, se cercioraba de que estaba en Valle Chico por la mansa presencia del fuego que ardía en la alta chimenea del rincón y que la confortaba. Al fin caía ya en un sueño profundo cuando un ruido extraño y familiar a la vez, resonó en su mente. Su respirar se contuvo... Una risotada, idéntica a aquella que resonara en el patio siempre que Tomás montaba, la hizo abrir los ojos. La risa se acercaba más, sacudía las paredes, el cuarto, la casa entera, y se detuvo frente a su puerta en forma de una sombra. Mariana se sentó. La puerta se abrió de un puntapié. Brincó ella de la cama. En la húmeda noche una figura cuya enorme sombra subía por las paredes y se quebraba hacia el alto techo, se le acercaba. El fuego moribundo revivió con el aire que se lanzó en el cuarto y alumbró con sus móviles destellos una cara grotesca de barba enmarañada y duro mirar. Frente a ella, sin reconocerla, estaba su padre.

Abriendo sus ojillos para ver mejor, Marcial arrastró la lengua para preguntar—: ¿Quién diablos eres? —sin esperar respuesta gritó a todo pulmón—: ¡ISMAMMMAEEEELLLL!

Al dar Marcial un paso tambaleante hacia ella, Mariana retrocedió y lanzó en defensa: —Soy su hija Mariana. He vuelto de la escuela.

Marcial rodó los ojos entonces, dio paso atrás, se balanceó, abrió las piernas bien para afianzarse... y soltó tremenda carcajada. —Ese parrr de viejas secas. Las Estoques debían llamarse. ¡Ah jijo!— aullaba al recordar a las Estucado.

Mariana ya no sabía si prestar atención a su padre o a la campesina que avanzaba desde la puerta contoneando las amplias caderas bajo las faldas de algodón.

—¿Pos y yo? ¿Ya te olvidates? —reclamó a Marcial envalentonada por el súbito buen humor que mostraba.

—Lárgate—, detonó dándole tremendo empellón hacia la puerta, e instantáneamente sintió su breve buen humor escurrirse a sus espuelas. Veía de la puerta a la hija. Hija, hija..., ¿luego sus viejas? ¡Qué Satanás cargara con todas las hijas! Levantándose los pantalones por el cinto bramó:

—¿Quién diablos te trajjjo?

—Ismael. Le escribieron a usted pero como no contestó, fue Ismael.

—Ismaelll...

El mayordomo ya estaba en la puerta.

—¿Quién diabloss te dio órdenes dir a Morelia?— volteó a preguntar Marcial con dificultad.

—No estaba usted aquí, señor, y me mandaron decir que la señorita Mariana iba a estar esperando. Así que fui por mi cuenta.

—Tu cuenta... —rechinó entre dientes—. ¿Eres el ammo?

Estaba enojado y se iba a desquitar. Con pasos irregulares llegó a la puerta sonando espuelas y, apretando el fuete, subió la mano en alto.

Ismael no se movió. Su mirada, siempre firme, se obscureció con un destello de desprecio. Si fue aquello o el grito de Mariana, no se sabría jamás, pero algo detuvo a Marcial. En desquite, descargó el golpe contra la puerta, la pateó para rematar y empujó a su compañera una vez más. —Lárgate pa la cocina. Ya nostoy de humor... —y, volteando hacia Ismael, le sacudió el puño del fuete frente a la nariz eructando—: de ahora en adelante, indio pendejo, no se mueve ni una hoja sin mi aupptorización.

Tras él, la mano de Ismael cerró silenciosamente la puerta.

Ya a solas, con la espalda bañada en frío sudor, los ojos fijos en las brasas agonizantes, a Mariana ya no le cabía la menor duda de que estaba en casa. Inmóvil escuchó el resonar de espuelas sobre los mosaicos, sobre la cantera; subían por las escaleras, avanzaban por el corredor, se arrastraban por el caserón quejumbrosas y agobiadas.

Capítulo VIII

En aquellos pacíficos días provincianos, el tiempo permitía casi todo el año que pasada la hora de la siesta los balcones se abrieran para recibir la brisa y las jóvenes tomaran su lugar cerca de la ventana con el bordado en el regazo, o al piano, para deleitar al tranquilo transeúnte con una sonata. Tranquilo transeúnte que al acercarse a la ventana de Marcia aceleraba el paso correteado por lo acordes desplomados por su mano tan torpe como audaz.

—Eso dice Artimeña, pero no sé si será cierto —informaba don Carlos alzando la voz sobre el Vals Brillante de Chopin que en manos de su hija se estaba tornando trágico.

—¡ Chist! No grites—. No era que doña Matilde se deleitara con aquel ruido; necesitaba tiempo para pensar. ¿Quién, quién, estaría detrás de Gómez?

En las dispares coordenadas de su mundo, Marcia terminó media octava más abajo de donde debiera, la madre le hizo una vaga señal de aprobación y le urgió alistarse si es que iba a ir con las Cortínez al rosario. Marcia cerró el piano y se machucó sin dar un ay. Sabía que al ponerse la mirada de su madre vidriosa, era tiempo de andar de puntillas. Por lo tanto, con sumo cuidado, procurando que no se le cayera al suelo, como de costumbre, recorrió el negro mantón de Manila de flores rojas sobre el mueble. Sin chistar, Marcia, o su mitad, se incorporó. Su otra porción se esforzaba por seguirla y, en esa cadencia, después de besar a sus padres atropellándoles la nariz, salió de aquella sala, tan repleta de porcelana, lámparas, silloncitos y mesas de todos estilos y tamaños, que más que estancia daba el aspecto de abigarrada tienda de antigüedades.

—Tiene mal aliento —aventuró don Carlos ya que hubo pasado Marcia por las cortinas de cuentas hacia el pasillo.

—Silencio. Tengo cosas más importantes en la cabeza que el aliento de tu hija—. Si se trataba de algo desagradable, era tu hija, tu casa, tus parientes, por lo que el señor de la casa, presintiendo momentos difíciles, cruzó la pierna y la empezó a menear.

—Para ese menequeteo que me calas los nervios, hombre—. Decir esto y asestar un abanicazo a la rodilla de don Carlos fue uno haciendo que el pie volara al aire.

—¡Cielos! Contigo al lado ni un faquir se concentra —desesperó doña Matilde. Don Carlos plantó ambos botines sobre el tapete como si jamás los pudiera volver a despegar; se asió a los brazos del sillón sin atreverse siquiera a parpadear, casi a respirar, limitándose a seguir a su formidable compañera con sus ojos miopes a lo largo de la sala hacia el piano y de regreso al sofá. Elucubrando, Matilde murmuraba que había que alzar la oferta. No mucho..., lo suficiente para hacerla tentadora. Marcial era un hilacho; estaba segura que accedería si se le trabajaba bien. Claro, ahí estaba esa Mariana... —¿Mas que podía hacer?—. Don Carlos encogió los hombros.

—¡Nada! —afirmó doña Matilde con petulancia y él los dejó caer.

Corriendo sus dedos regordetes por el largo collar de perlas que ondeaba sobre su magnífico busto —continuó ella su paseo—. Marcial no la soporta —apuntó—. Desde que regresó del colegio, tu querido primo se largó a una choza para seguir con sus francachelas.

Si las últimas palabras avivaron una corriente de reprimido deseo o de oculta añoranza en don Carlos, haciéndolo relajarse un poco, pronto la olvidó. Se enderezó una vez más al oír:

—Sin embargo, debemos ser desconfiados. Otros pueden convencerlo antes que nosotros y se nos fue Valle Chico.

—Matilde querida, no te preocupes tanto —aventuró consolador el hombre tratando de apaciguar el brillo feroz en los ojos abotagados de Matilde querida —. Después de todo, tenemos bastante... —Y no bien lo iba diciendo ya se había percatado de su desatino, pues su mujer recibió el comentario como una descarga de artillería.

—¿Bastante? —se atragantó—. Para ti cualquier cosa hubiera sido bastante. Ay, si no fuera por mí estarías vendiendo ates en la plaza.

La pierna de don Carlos se agitó y así de rápido quedó sosegada bajo la mirada dardo de su mujer que él sintió llegarle al hueso. Si no hubiera sido por ella, se permitía recordarle, alguien más se hubiera aprovechado del borrachales aquel. Según sus cálculos, sólo había recibido algo de lo merecido. Veinte años había servido como contador el padre de don Carlos al de Marcial y ¿qué había sacado?

¡Esa casa y algunos fistoles!

Con eso, la señora acicateaba a su consorte para manejarlo como le convenía. Si algún día don Carlos tuvo una gota de la brava sangre Aldama en sus venas, de seguro se había escurrido tiempo hacía en algún raspón. En realidad a él le importaba poco Valle Chico. Tenían casa, dos edificios comerciales de excelentes rentas. Al adquirir la hacienda solamente se iban a complicar la vida. Pero Matilde querida tenía el corazón puesto en aquello, que para ella era el triunfo completo. Tiempo atrás, su vanidad había sido escaldada por nimiedades que en su megalómana química se hinchaban en causas de guerra y definitivo rencor. "¿Son ustedes los Aldama de Morelia? ¿Cómo está don Fernando, Valle Chico, don Marcial?" "El tío, su primo, la hacienda, todos bien..." Y ella creía leer entonces en los ojos errantes, en las sonrisas deslucidas: Así es que no son *los* Aldama. Qué desperdicio haber gastado aliento en ustedes.

Antes de retirarse al valle, Clara, con su modo quieto y dulce, había sido la consentida de la sociedad. Clara venía de familias que heredaban pinturas de la Última Cena, que figuraban en la lista de los conquistadores, clérigos prominentes, escudos y abolengos coloniales, y era la envidia de Matilde quien tenía que enseñar a su madre a usar la servilleta e inventar árboles genealógicos impresionantes que al menor escrutinio hubieran resultado arbustos salvajes. En fin, había tomado tiempo, pero nada más empezó a lucir joyas, a leer volúmenes de etiqueta, a aprender a reconocer algunos famosos compositores, poetas y pintores, y sobre todo, a actuar petulante y a criticar a sus anchas, quedó finalmente reconocida como una autoridad en lo que era propio y en lo que no lo era. Aunque fuera algo extravagante en el vestir, las damas la perdonaban porque solía ser algo extravagante al hablar. Su rápida lengua fustigaba al igual que halagaba, y preferían el halago. Su palabra pesaba más, en cuanto más dinero veían, y ya había suficiente para tener Valle Chico, para empezarlo a trabajar de nuevo..., entonces la avalancha de oro caería. ¡Se le inclinarían en Morelia, en México, en todas partes! Había maniobrado para esto por años; ya estaba muy cerca de su meta. Había visto la casa de Valle Chico desmoronarse. Encaramada en su ambición, aguardaba como buitre para lanzarse sobre ella en el momento en que su agonía tocara a su fin.

Capítulo IX

La Tierra continuó su ruta elíptica. Cierta mañana el sol apareció más dispuesto a hacer su labor, muy temprano, ya levantaba ondas candentes que resecaban terrones haciéndolos desbaratarse bajo cualquier peso y el de doña Matilde era suficiente para pulverizar hasta a un respetable terrón. Al acercarse la densa nube de tierra, Mariana y Cata dejaron de regar las macetas que había concentrado la joven alrededor de la fuente. Antes de que pudieran cerciorarse de quién era la visita, la tía ya había bajado del carruaje seguida por su marido. Era imposible que a los ojos absorbentes de la doña escapara el cambio notorio que había en el lugar: los patios estaban limpios, aquí y allá los vidrios rotos de las ventanas se habían tapado con maderos; Cirilo, encaramado en una escalera, recortaba buganvilias e Ismael aseguraba las balaustradas del segundo piso; pero doña Matilde no hizo el menor comentario. Mariana abrió la puerta del antiguo cuarto de costura transformado en una sencilla y agradable sala y a la tía le tomó bastante dominio el encubrir su sorpresa.

Al fondo, sobre un pedestal alto, lucía un magnífico helecho que alegraba el aire. Aunque las sillas estuvieran tapizadas con terciopelo un tanto desteñido, sin duda tomado de antiguas cortinas y el florero de porcelana sobre la mesa del centro, frente al sofá, estuviera reparado y se pudieran ver las delgadas uniones si uno miraba con cuidado —y doña Matilde miró con cuidado— todo estaba dispuesto con gusto. La austeridad del lugar exigía a uno sentarse muy derecho.

—Espero que haya regresado tu padre —doña Matilde carraspeó limpiándose con un pañuelo de encaje el labio superior. Al contestar Mariana lo contrario, don Carlos pareció diluirse en la tapicería... A él le informó Camilo que lo habían visto rumbo a Valle Chico.

—Bueno, la próxima vez no confiaremos en Camilo —recalcó refiriéndose a su cochero—. En fin—, y doña Matilde volteó de lleno hacia Mariana— tenemos que ver a Tomás. Si está aquí, no lo niegues.

—No está, tía —y cada palabra fue puntualizada.

Otra vez don Carlos parpadeó, pero la mirada intensa de su mujer estaba enfocada hacia dentro, en sus cálculos más íntimos. Al fin, pareció haber resuelto algo. Atornilló a Mariana con su mirar para decirle que pusiera atención. Ella no podía correr el riesgo de hacer más viajes a Valle Chico y no encontrarlo. Primero: Tomás había abandonado el seminario la noche anterior. Una carta que dejó en su cuarto, decía que iba a buscar su propio camino. Para ella, que lo había perdido. En fin, el padre González la había ido a ver esa mañana sospechando que Tomás tal vez estuviera en su casa. Ya que no era así, dedujeron que estaría en Valle Chico.

—Vendrá —aseguró frenando a Mariana—. Oye bien lo que le dirás: Que piense las cosas, que si quiere volver al seminario será bienvenido... Es una gran y muy generosa oferta que no debe despreciar. Era el mejor de todos y ahora esto... —. De cualquier modo ella debería tratar de convencerlo para que regresara donde su vida tendría más significado. ¡Decían que prometía tanto...! Doña Matilde apretó los párpados —absorbió su pañuelo la poca humedad que logró exprimir de ellos— y continuó—: Estoy segura que hubiera llegado a obispo—. Y entonces sí, con sincera añoranza, se imaginó en una banca frontal de catedral reservada para ella con letras labradas que dirían "MATILDE, tía del obispo".

No había comenzado a penetrar en Mariana el profundo significado de las noticias recibidas, cuando la tía, mirando su cara quemada y manos partidas que mostraban el arduo trabajo de varias semanas, arremetió: —Y tú, mira en que condiciones estás.

Siguió lo de siempre: que si qué diría su madre si la viera mezclándose con criados, trabajando a su nivel. De su padre..., bueno, mejor no hablar. Pero ¿cómo la iba a cuidar si ni de sí mismo cuidaba? Estaba entrando en una edad delicadísima. ¿Vendrían los pretendientes a Valle Chico a cortejarla? Si venían, la encontrarían sola. Y si el diablo se les metía, ¿quién la defendería? ¿Los criados?

—No, Mariana, no seas niña. Tal vez ellos lo intenten algún día. —Mariana se puso escarlata y a don Carlos le apretó más su cuello de celuloide.

Eran observaciones molestas, sí, pero uno había vivido, suspiraba la tía. Ahora bien, había rehusado vivir con ellos... El padre González no era tonto. Con sumo tacto le informó acerca de Tomás, y reconoció que el muchacho era dueño de su vida. Nadie tenía derecho a intervenir. Tal vez estuviera desconcertado, tal vez volvería. En cualquier caso, lo bendecía y a su hermana también, por haber escogido regresar al lado de su padre. "Tal lealtad, doña Matilde, es de admirarse."

Bien, no interferiría con la "tal lealtad", pero si viviera en Morelia, en una casita que podía arreglar muy linda —veía que tenía gusto— con una criada y una dama de compañía —alguien con decoro— quedaría muy bien. Iría a misa, al rosario, estaría acompañada si tenía visitas. Así, su padre podría ir y venir sin pendiente. Tal vez Libia pudiera regresar de México. Solamente restaba esperar que un buen partido se le presentara, algo que en aquel lugar tomaría mucha espera. Doña Matilde pausó, dejó que sus palabras penetraran y, alisando su faldón de seda, cayó en un tono más alegre.

—En Morelia podrás vivir cómodamente, sin preocupaciones. Con el dinero de la venta de Valle Chico compras casa y tu tío Carlos te administra el resto. Para hacer esto posible estamos preparados a darles más de lo que vale la hacienda. Dime, ¿hay razón o no, en lo que digo?

Mariana veía muchas razones...

—Vaya, veo que estás madurando—. Una sonrisa benigna y agregó—: Tu padre, pobre alma, un día de estos regresará. Mándanos llamar y trataremos de razonar con él por el bien de todos. Cuenta con nosotros. Carlos, hemos dicho bastante. Nos vamos. Adiós, y no arruines esas manos con labores de ordenanza, Marianita.

Doña Matilde trepó a la calesa, don Carlos la siguió. Después de haber dicho bastante, sólo agregó—: Adiós, Marianita.

Marianita... ¿Desde cuándo? Para ellos y el mundo entero ella era Mariana, a secas.

—Mariana...

Giró ella, contuvo el aliento y voló en brazos de su hermano. Apresurada, lo llevó tras un pilar y se aseguró de que el carruaje fuera en camino. Así creció la distancia y aminoró el chocar de hierros y herraduras, ella volteó una vez más hacia él para manifestar como un secreto terrible:

—Dejaste el seminario.

Asintió él. Todos esos años, leer tanto libro... En los destellos dorados de sus ojos, Mariana notó apenas un sutil cambio: en vez de ansiedad, duda. De algún modo extraño el seminario nunca le había probado. Hubiera preferido no tener que decirle:

—Tomás, puedes regresar si quieres. Eso mandaron decir.

—No llegué a esta decisión de un momento a otro, Mariana. Es que no sirvo para eso. Lo sé. Si voy a ser algo, quiero serlo con toda el alma, ningún a medias —, aseguró con gesto convincente. —Yo sería un mal sacerdote.

Ella alcanzó su mano—. ¿Entonces qué? ¿Un buen poeta?

—Lo dices como si no significara mucho —, sonrió con un dejo de tristeza.

Una vez le había mostrado sus poemas. Le habían gustado aunque no los había entendido del todo. Las explicaciones que él le dio la hicieron vislumbrar en su lenguaje y en él, cierta magia que parecía invocar emociones existentes en ella y en todos, pero desconocidas o subterráneas, que se ponían de manifiesto en su propio espíritu liberadas por la palabra de Tomás al conjuro de su inspiración.

—Son muy hermosos tus poemas, Tomás, aunque me parece algo tan...

—¿Insubstancial? Tal vez. No sé. Lo que sí sé es que no quiero ser sacerdote.

El resto: quién soy, lo que soy, a dónde voy... Eso—, admitió abandonando su mano —no lo sé.

Miró Tomás entonces hacia el patio que bañado en el sol del mediodía exhalaba un vaho ardiente. Con la vista fija y a la vez ausente, dejaba traslucir su angustia. Guardó silencio Mariana, incapaz de aliviar la profunda desesperación que adivinaba.

—He leído a muchos filósofos —continuó él—. He meditado lo que dicen y sus pensamientos son dardos disparados en todas direcciones. En ocasiones piensas que has encontrado lo que querías, y no es así. Cuando menos lo esperas, te encuentras corriendo en círculos. Sólo sé que debo trazar mi propio camino, lanzarme donde no haya guías, ni marcas, donde tal vez me pierda o descubra algo.

Tomás no parecía notar el sudor que resbalaba por su frente. Su fino pelo se doraba al sol, sus ojos, en esos momentos, se iluminaron y pareció mirar algo que vagamente se le mostraba, acercándosele más y más, para perderse, esfumarse en lo remoto, justo en esa fracción de aliento en que casi había captado su sentido e iba a extender sus dedos ansiosos para hacerlo suyo. Por un momento Mariana tuvo la impresión de que no estaba a su lado, sino alrededor de ella, en todas partes... Tomás cerró los ojos, sintió como si inhalara su misma alma y suspiró.

—Siempre has sido soñador —murmuró ella bajando la vista algo cohibida al verlo mostrarse tan abiertamente.

—Cierto. Mas ahora voy a vivir los sueños. A vivir, Mariana, no a gastarme en simulacros.

Este era un lenguaje que ella entendía. El calor en su voz la hizo tomarlo de las manos y exclamar—: ¡Eso sí que me da gusto! —Pero acto seguido se retiró arrepentida—. Está mal.

—¿Por qué? —preguntó desconcertado.

—Porque la Iglesia necesita sacerdotes.

—Y el mundo hombres sinceros.

Ella asintió sin captar por completo la extensión de aquella frase y abrazándolo, le dio vueltas, llevada por el gusto de tener a su hermano una vez más. Su espontaneidad liberó un sentimiento opresivo que lo venía atormentando por lago tiempo y rió.

—Tomás, viéndolo bien, me alegro por ti y por mí y por Valle Chico.

—¿Valle Chico? |

En tono conspirador reiteró que el dueto tío-tía querían la hacienda, pero que ella se encargaría de que su padre no vendiera. Él escuchó todos sus planes.

—¿Tomás, recuerdas lo hermoso que era? Pues será así de nuevo. Mira, recién vine esto era un desastre, pero ya ha cambiado—. Y arrastraba a su silencioso hermano por los corredores derrochando entusiasmo. —El comedor no se lo llevaron. La plata sí, pero ese canasto sirve igual para la fruta. Mira la sala... Como diría la tía: "decorosa" —Mariana rió. Nuestro padre duerme arriba, y yo..., bueno, esta puede ser tu recámara. Tenemos otra por ahí. Tomás, sabes, aquí puedes escribir en paz, hay quietud. Nos ofrecen casa, la tenemos. ¿Dinero? Ya te expliqué. No debemos volver a vivir bajo la tutela de ellos jamás.

Su entusiasmo se desplomó al oírlo decir:

—La tía tiene razón en algo, Mariana.

—¿En qué?

—Tú, aquí..., sola.

—Pero tú estarías.

— Si venden a buen precio procura que don Evaristo maneje el dinero hasta que tengas edad. Estoy de acuerdo en que los tíos no tengan nada que ver.

Ella se dejó caer en una silla del corredor mirando fijamente al frente. Los mosaicos reverberaban en el calor. Tanto trabajar, tanto barrer, sacudir, clavar, lavar, envolver, escombrar, ordenar... Miró sus manos arruinadas, sintió que le ardía la cintura y, quitándose el lienzo de batista que cubría su pelo, se lamentó:

—Te vas.

—Dije que buscaría mi camino, Mariana.

—Te vas —repitió al estudiar el pedazo de tela que tenía en las manos tratando de gobernar la tensión en su garganta. Tomás pasó la mano por su cabeza. Nadie en el mundo la tocaba con esa ternura. No lo quería perder.

—¿Y de qué vivirás?

—De tinta, letras y amor —sonrió él.

—¡En serio! Aquí tendrías alojamiento, comida. No tendrías que preocuparte por ropa limpia.

Tomás, medio sonrió—: Nunca me ha gustado aquí como a ti y te admiro por haber superado, ¿qué diríamos? ¿Una niñez difícil?

Lo miró ella voltear a un lado con las quijadas endurecidas y surgió nueva simpatía. Contrario a ella, él nunca recibió un gesto de cariño de su padre. Fue una vez en que estando enferma de sarampión, Marcial se acercó al lado de la cama para tocar su frente ardiente. Eso bastó para que sintiera que tal vez no le era indiferente. A lo largo de su niñez y adolescencia, aquel recuerdo sostuvo en ella la vaga esperanza de que, así fuera un poco, él la quería. Esa esperanza, Tomás jamás la tuvo. Con cuánta amargura había penetrado en su alma esta falta, lo desgarrantes que eran las heridas, pronto lo vería.

En mala hora su padre irrumpió a todo galope en el patio. Por mero instinto, el caballo paró en seco ante la fuente. Con un gruñido, Marcial se resbaló de la silla, se recostó contra la grupa unos momentos y, guiado por el beber ruidoso de la bestia, trastabilló hacia la fuente, restregó su cara engreñada en el agua, la secó en el dorso de su sucia manga y al alzar la cabeza, bajo el sol deslumbrante, quedó contemplando a la pareja que formaban sus hijos. Con más extrañeza que curiosidad atravesó la distancia que los separaba con pasos desmedidos, se detuvo frente a los arcos por un momento con la cabeza meciéndose de atrás hacia adelante, parpadeó queriendo reconocer lo que veía y por fin, sin importarle descifrar la nebulosa figura de Tomás, hizo un gesto despectivo, empujó el sombrero de charro que traía hacia atrás, exhaló aire pútrido en la cara de su hijo y siguió sus tambaleantes piernas hacia la escalera. Como una y otra vez pusiera el pie en el primer escalón sin poder seguir adelante, acabó asestando tremendo golpe con la bota al barandal. Cayó de rodillas…; se acomodó según su borrachera le dio a entender, de espalda sobre los escalones, indiferente a las moscas verdes y peludas que zumbaban por sus ojos, corrían por sus párpados o trepaban por la maraña de su barba. Así quedó, ante sus silenciosos hijos, el niño Marcial, el arrogante Aldama que luciera vistosos trajes de charro adornados del talón a la cintura, de la cintura al cuello, con oro y plata. Aquél cuyas camisas de gala quedaran sujetas con brillantes y que ahora desparramaba su ser en las baldosas, incapaz de subir un escalón, vomitado, presa de la mugre, sin orgullo, sin conciencia.

Sumidos en su consternación los muchachos lo vieron sacudirse. Con dificultad se incorporó, y escupió junto con una flema—: ¡ISMAELLLL!

Cual genio que apareciera de entre las losas, el mayordomo estuvo ante él.

—La botella —indicó Marcial hacia el caballo. Después apoyó los codos sobre sus rodillas y sostuvo su cabeza entre sus manos como a un horrendo fetiche.

De regreso Ismael pasó frente a Mariana; ella intentó detenerlo con un ademán, pero Ismael se negó:

—Más vale obedecerlo, niña —y siguió su camino para entregar la botella que Marcial vació con urgencia hasta la mitad. Al eructar, ordenó a Ismael con un gesto, que lo ayudara hacia la primera puerta del corredor. En ese cuarto Mariana había almacenado algo de muebles rotos y cúmulos ordenados de libros cubiertos con colchas. Marcial se recostó en un largo apilamiento de éstos..., y, presionando contra su pecho la botella, indicó a Ismael que le quitara las botas. Después de obedecer, el mayordomo salió cerrando la puerta.

Siguió un silencio cargado de vergüenza. Mariana y Tomás no se atrevían a mirarse, no se movían siquiera. Sabían que los ojos de los sirvientes estaban sobre ellos y esos ojos parecían verles de todos lados, de cada hendidura, de cada hoja, dentro de ellos mismos. No se atrevían ni a pensar. Un estruendo que hizo añicos el momento estático, liberó la opresión que los había mantenido inmóviles. Cata empezó a llorar, el caballo a relinchar. Mariana sacudía la cabeza, Tomás apretaba los puños. En seguida el lugar empezó a aullar. Las ventanas, las puertas parecían abrir bocas y gritar maldiciendo en un lenguaje demente.

—Ora si ya empezó —Cata gimió corriendo hacia Mariana—. De que se pone así, da miedo. Dice que los animales vienen y lo van a coger y rompe todo y tira balazos y ayayayay, ya empezó. Se pone como loco.

Tomás aseguró que era *delirium tremens*, Mariana que había que traer un doctor. Él movió la cabeza arguyendo que mataría al que se acercara. Cata asintió enfáticamente. El estruendo crecía y Mariana desesperaba.

—Trae un doctor, Tomás, por favor. Él sabrá que hacer, le dará un calmante algo... —No podemos dejarlo así, hay que traer un doctor.

—¿Doctor? ¿Qué puede hacer? —Cata gimoteó para exasperación de Mariana y ésta ordenó:

—Cata, te callas.

Todo se sucedía con rapidez inusitada. O sería el mismo instante que inclemente perduraba. La puerta saltó de súbito en sus goznes y Mariana brincó también asiéndose al brazo de su hermano para decirle con la mirada endurecida:

—Si no vas tú, voy yo.

Él se libró de sus manos. A un lado Cata seguía llorando, los vidrios saltaban; Mariana ya sólo recordaba que Tomás había dicho: "Enciérrate en tu cuarto".

Fue una espera de pesadilla que la pobre de Cata empeoraba exprimiendo su delantal al gemir que así era siempre. Con que se estuviera en su cuarto y no saliera, porque si salía, "!Ay Dios! quén sabe..." Y el aullar de fiera crispaba el aire, silenciaba a Cata y crecía otra vez a mayor volumen.

Un hombre así jamás se iba a interesar en restaurar la hacienda. Ni pensarlo. Tomás tenía razón. ¿Qué importaba todo? Asida a las barras de la ventana, Mariana tenía los hierros marcados ya en la frente. ¿Y Tomás, dónde estaba? No había polvo en el camino ni relevo en esa vigilia que se prolongaba sin esperanzas de terminar. En el límite de su impaciencia, Mariana llevaba sus manos a sus oídos, de ahí a los barrotes, hasta que, sudando, resbalaban por ellos.

Pasó una hora, más..., ya no sabía. Cata, atisbando por la ventana hacia el patio, por fin anunció:

—Ya vienen.

Por el camino Tomás puso al médico al tanto. Aunque al doctor Arteaga le disgustaba lidiar con alcohólicos, pues sabía que en tales casos no había más cura que la propia voluntad, accedió a ir porque desde hacía veinte años era el médico de los Aldama. No podía abandonar en una crisis a los dos jóvenes. Había tomado ya una resolución que no le agradaba porque era durísima para los que la veían y para el que la vivía, pero no había otra. Sujeto a la tensión que causan estos casos, ante el nerviosismo desplegado por Mariana y Cata, lo primero que pensó fue cómo haría para quitarlas de en medio.

—Oigan bien —ordenó el médico que todavía conservaba buena parte de su robustez y, quitándose la levita, se apresuró a hablar en un lapso de silencio—. Trataré que salga. Si no lo logro, entonces entraré. Voy a procurar que dé la espalda a la puerta. En ese momento tú —indicó a Ismael— y tú, Cirilo, lo sujetan rápido. Traigan una cuerda de la silla —apuntó viendo al caballo— y, dirigiéndose a Tomás, indicó—: Tú y yo lo amarraremos.

—¿Cómo amarrarlo? —objetó Mariana espantada.

—No veo otra forma. Mire, Mariana, usted ni se asome. Vaya arriba y arregle el cuarto de su padre.

En seguida, el médico se quitó los anteojos, los dejó caer en su maletín y con otra mirada, para cerciorarse de que todos habían entendido, se encaminó hacia la puerta. Cogerlo y amarrarlo. Los detalles serían del momento. Ismael estaba listo. Tomás también. Cirilo hubiera preferido no estar presente. Los gritos que habían recomenzado, pararon. Hubo un silencio que no ofrecía alivio, que llevaba en sí un ominoso presagio deslizándose como escalofrío por la columna dorsal de todos. Ya frente a la puerta indicada, el médico pasó su pañuelo sobre su calva frente, su nítido bigote y, maletín en mano, dejó caer dos fuertes golpes.

—Abra, Marcial. Soy su amigo, el doctor Arteaga. Vengo a visitarle—. Se limpió la frente de nuevo. Hubiera querido decir algo más, pero nada se le ocurrió.

Adentro, tirado sobre los libros, con la espalda formando un ángulo con la pared, Marcial descansaba de sus ataques. Más libros estaban regados por doquier después de haberse estrellado contra insectos gigantescos que momentos antes lo quemaban con los chispazos de sus ojos saltones, que lo fascinaban con todo y el terror que le causaban y que ahora, encorvando sigilosamente la escamosa espalda, se diluían en las letras de un libro abierto para formar nítidos renglones. No obstante el delirio, se percató de que una voz repetía un nombre... Primero fue un susurro, que creció y creció resonando en su cabeza como dentro de una inmensa cueva. Soy el doooooctooooor Arteagaaaaaaaaaa. En algún punto de su cerebro una imagen se formó. Esa imagen le decía que Clara iba a morir. No; que estaba muerta ya. ¿O es que iba a morir? Si, si era el doctorrrrr Arteagaaaaa, ¿qué diablos hacia allá afuera? ¿No veía que se necesitaba ahí dentro para salvarla? De un brinco estuvo en la puerta y la abrió.

Arteaga retrocedió ante una masa roja con ojos colgantes en cuya febril mirada brillaba un destello avieso. El pelo gris, sucio, hechos nudos, coronaba un cuerpo sudoroso envuelto en trapos fétidos que se balanceaba sobre sus pies descalzos. Había visto muchos borrachos, pero ver a un amigo convertido en basura, era otra cosa. Con trabajo pudo tartamudear un incrédulo—: ¿Marcial?

—Pase —el hombre gruñó jalándolo.

El contacto alertó al médico. Sin poder evitar que lo jalara, maniobró de todos modos buscando la manera de que Marcial diera la espalda a la puerta. Cata, que lo veía todo desde la fuente, hizo una señal a Ismael y a Cirilo, quien fuera de sí de nervios, chocó con su padre en la puerta. El instinto alertó a Marcial. Intentaron sujetarlo. Giró sobre de ellos. Su primer desconcierto se trocó en pavor, de inmediato en ira. Fustigando los brazos luchó, y

Cirilo, temeroso de poner mano sobre el patrón, no resistió como era debido. Por otro lado la ayuda del doctor resultaba ineficaz. Marcial se desprendía, alzaba los brazos en alto y los bajaba con toda su fuerza. Por la boca echaba espuma, las venas brincaban bajo su piel por el tremendo esfuerzo con que sacudió a sus opresores. En la refriega Ismael se golpeó la cabeza contra el filo de la puerta y cayó semiconsciente hacia adelante. Enfurecido, Marcial, arrebató una botella del piso, la estrelló contra un globo terráqueo y apercolló a Cirilo; el mozo, al no poder salirse porque su padre impedía el paso, quedó a la merced de Marcial. Despojado de todo su ánimo, el pobre se daba plena cuenta de que los picos se acercaban a su cuello...; aterrorizado, sintió el piso diluirse bajo sus pies al ver la boca de Marcial crecer junto a su cara y gritar: —Te mato.

—Ay patroncito, yo nomás obedecí, nomás obedecí. Perdóneme pues, se lo juro, ayyy...

Arteaga, desesperado, se interpuso como mejor pudo y vociferó enérgicamente que él había dado la orden. Hubo un titubeo, pero Marcial no soltó su presa. Sus ojos inyectados creyeron verlo todo con claridad, pero al deslumbrarlo, ésta se derrumbó como castillos de luces hiriendo con sus fulgores su entendimiento. ¿Qué diablos traían contra él? Se murió Clara. No fue su culpa que hubiera muerto. ¡Ora le iban a echar la culpa! ¿Si no por qué estaba ahí aquél? ¿Por qué lo querían coger? ¿Pero quién?

—¿Quién trajo a éste? —masculló indicando al médico y apuntaló más a Cirilo.

Cirilo no soportó más. La botella le hacía sangrar el cuello y sollozó:

—El niño Tomás.

¿Cuál Tomás? ¿Aquél Tomás? O era la otra... Esa que andaba por ahí... o los dos. Ellos... La venganza. De súbito arrojó a Cirilo contra la puerta y salió al corredor. Por temor a que Cirilo acabara con la botella en la garganta, Tomás no se había movido. En esos momentos, trató de lazar a Marcial. No pudo. Al ver su intento el hombre le arrojó la botella partiéndole la frente. Cata se lanzó por las escaleras para prevenir a Mariana, indicando, sin quererlo, el camino a Marcial. Y aquel que no había podido subir un escalón horas antes, ahora alcanzaba a Cata, la jalaba y arrojaba contra la pared para alcanzar el corredor del segundo piso gruñendo como gorila. Al verlo venir, la voluntad de Mariana quedó arrestada en expectación que rayaba en pánico. Desconcertado por su inmovilidad, Marcial también se detuvo. Fue como si las emociones hubieran quedado suspendidas para, voraces, arrollarlo todo después. Las hojas no se movían, el aire denso no se podía respirar, el sol era una placa refulgente que hería los ojos de Marcial, que terminó por exasperarlo y reavivar en él los temores y disturbios que lo lanzaron por segunda vez.

—Fuiste tú —la boca amoratada escupía contrayéndose. El pecho hacía un sonido extraño, al avanzar amenazante hacia ella con la mano temblando en lo alto, lista para asir.

Tomás se interpuso.

Parecía haber crecido en estatura, su fragilidad desaparecido como si hubiera descartado un ropaje. Calmado, se enfrentó a su padre. Sin quitar los ojos del borracho confuso, tomó del brazo a Mariana tratando de pasar a un lado de él.

Sería la ropa negra de seminarista, o la herida que hacía una cruz sangrante en media frente, o simplemente que había aparecido tan de repente, tan de ningún lado, que Marcial, temiendo algo monstruoso, se encogió olvidando su furia. Con ojos ardientes veía a Tomás guiar a Mariana lejos de él, y con esa misma lentitud, viendo que no se le atacaba, que no se atentaba nada en su contra, el coraje volvió. Con un gesto los detuvo, esperó, se acercó y demandó:

—¿Quién eres?

Mariana rogó a su hermano con una rápida mirada que no dijera, pero la pregunta había pulsado una cuerda sensible. Sin apartar la vista del hombre que tenía enfrente, Tomás la empujó lejos de sí para responder con despecho:

—Su hijo.

—¿Hijo? ¿Qué hijo? —Marcial se tambaleó—. ¿Aquel marica?

Tomás olvidó todo entonces. Lo único real era ese temor lacerante que por años le había roído el alma haciéndolo temer que aquello fuera cierto. El día en que estuvo plenamente consciente de que no lo era, nació un fijo aborrecimiento en él por aquel que había plantado la duda en su corazón. Ese rencor renacido, obscureció su visión. Sin importarle ya nada, avanzó contra Marcial. Años de amargura, desolación y soledad, surgieron como borbotones hirvientes. Con voz ajena a la suya tropezaba con palabras que lo sacudían con pasión: —¿Es ésto lo que llama hombre? —demandaba—. Mírese, si puede. Con todos mis temores de montar, con toda mi ineptitud, con... con todo y no actuar a lo gritón, a lo pedante, a lo prepotente y estúpido como usted lo ha hecho, yo soy más hombre de lo que usted jamás ha sido. Y óigame

No pudo continuar. Marcial había levantado el brazo y con toda su furia lo azotó contra la cara ofuscada de su hijo haciéndola girar. Al recibir el impacto, Tomás perdió el equilibrio; por suerte, logró asirse a una columna para evitar caer sobre la balaustrada; pero Marcial, impelido por su propio giro, dio contra el barandal, lo desgajó de sus debilitados soportes y, raspando sobre de él, voló por el aire hasta chocar contra el patio.

Bajando apresuradamente el tramo de escaleras que había subido, el doctor corrió hacia Marcial.

—Tú —ordenó a Cirilo— no te quedes como idiota. Trae un jorongo o una cobija para improvisar una camilla.

Desde arriba, al borde del corredor descubierto, contemplaban todo, con mudo asombro, los dos hermanos. Oyeron al médico decir algo de una pierna rota, de un brazo también. Ismael, ya repuesto del golpe, pero tragándose el asombro que le había causado el ver a Tomás agigantarse, ayudaba a colocar a Marcial en el jorongo que había llevado Cirilo y lo levantaron de las cuatro esquinas para seguir a Cata que les mostró el camino hacia el cuarto de Mariana. La sombría procesión pasó bajo las arcadas, fuera de la vista de ellos. Anonadada, Mariana volteó hacia Tomás para encontrarlo aunque muy pálido, tranquilo.

—Me voy —reiteró casi para sí.

—Se puede estar muriendo.

—Me voy.

Ante lo irrevocable de su respuesta Mariana suprimió su congoja para balbucir:

—¿Y yo?

—Siempre has sido fuerte. Te bastarás.

—¿Fuerte? Y ahora lloro y tú lo puedes abandonar.

—Porque se ha dicho todo. Ya no nos quedaría ni la hipocresía como recurso.

Capítulo X

Marcial quedó a merced de unas figuras nebulosas que lo atacaban, lo hacían tragar una mezcla pastosa y beber agua. Si no fuera por el suplicio que paralizaba su brazo y su pierna, ya verían quién era. ¡Maldita! Pero no, yacía indefenso, dominado por manos que lo recorrían con agua, jabón y tijeras. Implacables lo volteaban, lo vestían, lo envolvían y otra vez le daban agua. ¡Agua! Desesperado rogaba por lo que más clamaban sus venas. ¿No podían verlo? ¿Por qué diablos lo torturaban? ¿Quién era esa mujer cuyas órdenes todos obedecían? ¿Dónde estaba? ¿Por qué lo amarraban? ¿No sabían acaso que él era don Marcial? Que tenía amigos influyentes... ¡QUE ME DEJEN... MALDITA SEA! y escupiendo maldiciones la pasaba. Bien hubiera podido abrirse la garganta sin que las figuras respondieran. En silencio se movían a su rededor sin fijarse, sin hacerle caso; desde una silla una mujer lo vigilaba a todas horas. Sujeto por la fiebre, rechinaba los dientes. No quería dejarse caer sobre la almohada porque ésta se hundía en profundidades sin fin jalando con ella su cabeza. Tenía pavor. Le parecía haber sido turnado a un extraño tribunal. Tal vez hubiera muerto y estuviera en el infierno, pues ya no lo perseguían los monstruos rastreros. En su lugar veía a su padre montar a galope siniestro por campos devastados y él corría, corría..., pero no importaba hacia donde huyera, frente a él aparecía siempre el mismo jinete para arrollarlo, demandando algo que lo aturdía y no lograba entender. ¡Ay! Por otro lado Clara gemía, lloraba suplicante ante don Fernando, quien ordenaba a los peones que recogieran al niño Marcial y lo arrojaran al centro de la plaza de toros. Amarrado, lo arrastraban por la arena y ahí lo abandonaban. En un relampagueo el toril se abría, ellos se esfumaban, pero él no podía huir; su brazo y su pierna parecían de hierro. Loco de terror, indefenso y del todo vulnerable, veía a un toro con una brasa candente en cada ojo, escarbar la tierra, agachar la enorme cabeza y arremeter contra él. No había escape. Lo cornaba, lo prensaba, hundiéndose en su vientre hasta que sus entrañas parecían estallar. Tampoco había piedad. Sentía en cada nervio de su cuerpo que el toro lo subía por el aire y el mundo giraba a su rededor. Ensartado en sus afilados cuernos lo sacudía rumbo al corral donde más toros con ojos de fuego aguardaban que cayera para clavar en él sus pezuñas de sangre. En el colmo de su desesperación, un grito de agonía lo volvía en sí y Cirilo despertaba a los pies de la cama para encontrarlo temblando en sudor frío. Quería beber, pedía llorando un trago; pero otra figura movía la cabeza diciendo que no. El licor lo mataría.

La repetición de esta frase cortaba su tormento para luego aumentarlo. ¿Lo mataría? Entonces no estaba muerto. Y no quería morir. No quería en contrarse con quien pudiera demandarle cuentas de sus tierras, ni exigirle cuenta de sus hijos; gimiendo se aferraba a una mano cercana, sentía aquel contacto y lloraba como un niño. Mariana no hacía caso de cómo la miraba Cirilo. Impertérrita, ella negaba a su padre la bebida que pedía entre sollozos. Reteniendo su mano entre las suyas pasaban las últimas horas de obscuridad.

Durante las tres semanas que Marcial estuvo semiconsciente, Mariana no abandonó su lado, sentada en una vieja mecedora de día, recostada en un catre de noche. Quería estar segura de que ni Cirilo ni Cata desacataran sus órdenes y le dieran lo que pedía, pues sabía que de no estar presente ella, no se atreverían a desobedecerlo. Hubo momentos terribles. Fue luchar contra el demonio que circulaba por su sangre demandando su sustento, aullando, sacudiéndose, amenazando con matar a todos si él moría. Lo más estrujante fue verlo llorar, pero la fiebre que lo hacía hablar incoherencias y no le permitía saber quién estaba con él, ya aminoraba. Los periodos de descanso se alargaron; poco a poco se facilitó hacerlo aceptar algo de alimento sólido, sus gritos se fueron debilitando, los accesos empezaron a ceder.

Una tarde, en que el calor había disminuido y la luz empezaba a escapar por la ventana dejando el cuarto en quieta penumbra, arrullada por la rítmica cadencia de la mecedora, vencida por la fatiga, Mariana dormitaba. Entre sueños oyó su nombre. Al aclarar su mente se percató de que su padre, por primera vez, la contemplaba sin descontrol. Ya despabilada, con cuidado se levantó. Él, a su vez, trató de incorporarse, desplomándose de inmediato. La rigidez del brazo lo aquietó. Desconcertado fijaba en aquella dureza su atención al oírla decir que el brazo y la pierna derecha estaban rotos.

Por unos momentos, al parecer, interminables, ni parpadeó. Después, mirando a su rededor, preguntó dónde estaba.

—En mi recámara. No lo pusimos en la suya para evitar moverlo más.

Marcial cerró los ojos por un rato y sin abrirlos ordenó:

—Dame algo de beber.

Mariana acercó a sus labios un vaso de agua que había tomado del buró. Su padre miró el líquido con expresión de disgusto; pero luego bebió ávidamente y dejó caer la cabeza.

—El doctor vino ésta tarde. Dice que va usted muy bien.

Marcial la escuchó con los ojos fijos en los barrotes del techo.

—¿Quiere comer algo? —le ofreció muy quedo.

Movió él la cabeza negando. Así permanecieron por algún tiempo: ella, parada junto al buró esperando no sabía qué, él, muy quieto, a excepción de un abrir y cerrar de ojos intermitente. Casi para sí, balbució:

—¿Y Libia y Tomás?

—Libia en México con la tía Beatriz. Tomás —respondió ella sintiendo la garganta apretársele— se fue.

De manera que sólo ella había quedado. Marcial cerró los ojos, y con ronco despecho demandó:

—¿Qué? ¿ No te avergüenzas de un borracho?

Mariana no pudo contestar. Una sensación ardiente, le recorría la quijada hasta los oídos y le inutilizaba el habla.

—¿Estuvo aquí Tomás?

No podía creer que el pequeño Tomasito le hubiera gritado. ¡A él! Tal vez fuera otra de sus pesadillas, debía serlo. Apesadumbrada, Mariana asentía ya a la pregunta que consumía los ojos de su padre, y éstos recorrieron febrilmente el cuarto computando el pasado y presente en una realización: entonces era cierto, después de todo, Clara había tenido razón. Marcial sentía que la cabeza le punzaba. Con la mirada fija en el cuadro de luz enmarcado por la ventana, recordaba a Clara. Le parecía estarla viendo con un niño en su regazo, y suplicaba: "No seas cruel, Marcial. No le llames así. Mi niño será muy hombre, primero Dios."

—Clara, Clara —, clamó sacudido por el temor de aquellas visiones. Al cerrar los ojos, con un gemido parecía rogar al aire perdón. No fue suficiente. Necesitaba una materialización que lo confortara. Le urgía. Su ávido mirar encontró a su espantada hija y en ella vio la salvación.

—Contigo he sido buen padre, ¿verdad?

Mariana hubiera querido gritar su despecho como Tomás había arrojado el suyo; pero su cabeza se movió afirmativamente.

—Entonces, he cumplido —concluyó Marcial.

Al cabo de dos meses se hallaba restablecido. Los estragos de los años no se podrían reparar ya, pero el altanero mirar persistía sobre las facciones demacradas a las que una barba corta daba apariencia de viejo soldado.

Desde que el alcohol no nublaba su vista, empezó a ver a su hija con cierta satisfacción y la ruina de su casa con pesadumbre. Aunque Mariana le mostraba ilusionada los cambios que había hecho, él respondía con muda contemplación o recordaba las cosas como estuvieron en los días de su esplendor. Y verla a ella, en quien empezaba a cifrar su nuevo orgullo, dedicada a quehaceres que en otros tiempos ni Cata hacía, renegaba de su suerte o se sumía en estado de depresión. "No lo dejen solo en esas ocasiones, Mariana. Estese a su lado, aliéntelo, distráigalo." Mariana seguía las instrucciones del médico al pie de la letra. No obstante de que Cirilo le había dicho, con cierto misterio, que un jinete visitaba los alrededores de la hacienda y le había preguntado por ella, la joven permanecía junto a su padre leyendo, platicando o jugando ajedrez con semillas pintadas de distintos colores, ya que habían desaparecido las piezas originales. Aquel día Marcial había estado muy nervioso. Se le notaba la frente de continuo contraída; sus temblorosos dedos movían inciertos las semillas y, en una mala jugada que hizo, acabó por barrer todo del tablero. No se podía jugar con aquello. Un día las piezas habían sido de plata, de plata y oro, enfatizó golpeando la mesa con su mano libre.

De nuevo serían así, aseguró Mariana.

Él la escuchó sin comprender.

Había llegado el momento. Los labios de Mariana escogieron con cuidado cada palabra. En espera de que él muriera, los tíos no habían vuelto a hacer una oferta, pero sus intenciones eran claras: querían la hacienda y si la querían era porque valía.

Mariana recogía algunas semillas que habían caído en su regazo; las colocaba con cuidado en el tablero. Con el mismo tacto proseguía en su labor de convencimiento, y Marcial escuchaba que en vez de ir a Jorullo para pedir la renovación del contrato —sí, había expirado hacía cosa de quince días— optó por pedir un poco prestado a don Evaristo para aguantar hasta que los de Jorullo dieran la cara. Vendrían, estaba segura, y se les pediría más. También aseguró que la hacienda se podía restaurar. Le propuso cómo y por qué; razones que trajeron un temblor a la mano de Marcial y una mirada de desconfianza que recayó en su pierna.

Ella atajó su pensamiento.

Cierto, no estaba bien todavía; pero llegado el tiempo de sembrar estaría ya recuperado. Ismael sabía todo lo que tenía que saberse de la hacienda. Podía supervisar las tierras; ella también. Además, ella ayudaría con los números y el papeleo. Por otra parte, el licenciado Gómez podía conseguir un préstamo. La hacienda, parte de ella, podría darse en garantía. Las tierras eran nobles, saldrían avante.

La mano de Marcial temblaba más. ¿Qué tal si la perdían?

No la perderían. No hipotecarían el casco. Únicamente parte de la tierra. ¡Tenían tanta! Había veinte mil hectáreas, contando los bosques y las planicies del otro lado del valle. El huerto no se arriesgaría, ni la parte de la presa.

Bajo su recién recortadas cejas Marcial ponderaba.

—¿Dice Gómez que es posible?

—Si usted está dispuesto.

—Soy un inválido —le recordó viendo la pierna una vez más.

—Yo montaré. Todo lo que tiene que hacer es ordenar, ser la cabeza. Debe haber patrón.

—Eso siempre he sido.

—Exacto. ¿Así es que de qué se apura?

De nada, pero Marcial no pudo dormir la siesta. Para que descansara, Mariana solía leerle el periódico. Esa tarde Cata la llamó hacia el corredor.

—Pos ahí está ese encatrinado a ver a su papá, niña—, le avisó toda alborotada ya que después de esas visitas Marcial lucía algo de dinero. En efecto, en la sala aguardaban unas polainas que cubrían un par de impecables zapatos de charol que rivalizaban en brillo con el bastón de ébano que subía paralelo al pantalón rayado. Seguía el chaleco de casimir gris, el cuello almidonado, la corbata asegurada con una perla blanca, un saco bien cortado y, coronándolo todo, una cara de zorro con el pelo partido a la mitad, muy relamido a los lados. Al entrar Mariana, el hombre sonrió bajo sus bigotes de cimitarra. Él era Arnulfo Artimeña a sus pies, y casi lo cumple doblando el cuerpo en dos.

Indicó Mariana un asiento y el visitante lo sacudió con sus guantes grises, inspeccionó el lugar, temeroso de que hubiera un polvillo invisible, se sentó en la orilla. Era delgado, de pequeña estatura. Marcó la línea del pantalón, jaló el chaleco, puso el bastón al lado. Concluido el ritual, sacó de su portafolio un largo escrito con hermosa caligrafía que revisó a distancia. Si no fuera molestia, si fuera posible, él quisiera que la señorita llevara aquel contrato y el recibo a su padre. Sólo necesitaban su firma. Con otra reverencia, puso los documentos en sus manos.

La concesión de Jorullo.

Mariana devolvió todo con igual delicadeza y explicó al sorprendido abogado que el contrato no sería renovado en las mismas condiciones. La cara de él perdió su meloso barniz al oírla decir:

—Para ser precisa, mi padre ahora pide el doble de lo ahí estipulado, lo cual es justo.

Los ojillos agudizaron su mirada. Entonces deseaba hablar con su padre, si es que estaba visible. Dejó los papeles sobre la mesa, tomó de nuevo asiento y Mariana se puso de pie. Sin duda pensaba el señor que su padre estaría igual que en otras ocasiones, dispuesto a firmar para arrebatar unos pesos, pero no era así. Artimeña hizo un gesto de aburrimiento. Su expresión decía no soy estúpido. Estará durmiendo la mona en algún rincón. Sus labios secundaron:

—Señorita Aldama, no he venido a discutir la salud de su padre, que espero sea excelente—. Prosiguió con enfático mal humor—: He venido a arreglar un negocio y pienso que pierdo el tiempo. Que yo sepa, no tiene usted facultades para resolverlo. En cuanto a duplicar la renta... De ninguna manera. Es mejor algo seguro —conminó golpeando el portafolio— que nada. ¿No cree usted? Le aconsejo que lleve usted esos documentos a su padre y nos dejemos de alegatos.

Mariana sostuvo la mirada despectiva del hombre.

—Mi padre le dirá lo mismo que yo. No lo quiero molestar ahora porque ha estado algo nervioso.

Artimeña enseñó una hilera de dientazos amarillos en una mueca que quiso ser sonrisa. —¿Ah sí? pues mire, el dinero y el contrato estarán en mi poder. Ya podrá venir su padre a firmar a mi despacho. Sea tan amable de decirle al menos eso—. Sacó una tarjeta de su brillante cartera y al dejarla caer como sentencia sobre la mesa afirmó —: Doble la renta por esa concesión, señorita, es una broma.

—Que veo no le hace gracia, señor —observó Marcial al rechazar la ayuda de Cirilo para reclinarse de lleno sobre su bastón. Arrastrando la pierna, llegó a la mesa.

Al ver el cambio del hombre y la antigua agresividad en sus ojos, Artimeña retrocedió.

—Doble o nada, amigo. Ya oyó—, dijo Marcial, y tomó la tarjeta, la hizo bola y arrojó a las impecables polainas.

Mariana fue hacia su padre para que pudiera apoyarse en ella. Triunfante, al verse respaldada, agregó:

—Y tenga la bondad de decir a sus clientes, que el nuevo contrato estará listo en el despacho de nuestro abogado el licenciado Gómez.

Artimeña esperó alguna contradicción de Marcial. Después de todo él había llevado sus asuntos por algún tiempo ya... Esperó en vano. Mas se repuso al momento. Gómez estaba viejo, había todavía mucho potencial en Valle Chico. En todo caso...

—Bueno, puede que tenga usted razón don Marcial, sí, por supuesto. Tendré mucho gusto en hacerles saber su resolución. Pondré todo de mi parte para convencerlos. Puede usted estar seguro. Sí. Bue —ejem —es tarde. Recogió su resplandeciente indumentaria, sonrió—: Sí, pueden contar conmigo. Con su permiso, señorita, don Marcial —se retiraba, con el permiso de ellos y a sus pies.

Llegado el día, ante la mirada complacida de la hija y la altanera del padre, los de Jorullo firmaron el nuevo contrato. Satisfecho, el licenciado Gómez no pudo menos que pensar que había subestimado la tenacidad de Mariana.

Capítulo XI

Poco entusiasma tanto a los corazones femeninos de cualquier edad, como la noticia de un gran baile. El que se celebraría en el casino para recibir al presidente de la República tenía a Morelia entera próxima al paroxismo. No se hablaba de otra cosa: una nueva alfombra bajaría por la escalinata hasta la banqueta; cuatro nuevos candiles resplandecerían en el gran salón, tres cocineros habían llegado de la capital para preparar el ambigú, el flamante cortinaje de terciopelo guinda, con flecos dorados, estaba colgado; habían imprimido los carnets y repartido la comisión de recibo entre tres jóvenes varones de las principales familias. Por distintos puntos de la ciudad las costureras oían todo aquello al manejar sedas, encajes y holanes. Presurosas, revoloteaban alrededor de las señoras y señoritas, quienes, llegada la última prueba, podían comparar con las ilustraciones de la *Moda de París* la creación casi terminada. Pero el modelo escogido por Marcia se resistía. Doña Matilde, desde su cama, supervisaba impaciente el atuendo de su hija que no parecía ajustarle después de innumerables alteraciones.

—Basta, basta. Déjenlo por la paz. A ésta no la viste ni un mago. ¡Como quedó, quedó! Quítatelo antes de que lo acaben de ensuciar y llévense todo. ¡Todo! Debo descansar... Ay de mí. Este catarro me está matando—. Quejosa, llevaba sus dedos a la frente, contaba las palpitaciones de su poderoso corazón y pedía se le trajera un pequeño brasero para quemar hojas de eucalipto. Tenía que aliviarse para el baile o de seguro Clarisa acapararía a la primera dama. El catarro no era serio, si acaso escurrimiento nasal. Razón suficiente para que se sellaran ventanas, se prepararan cataplasmas de tomate caliente para las regordetas plantas de sus pies y se saturara el aire de infusiones, pues doña Matilde guardaba su salud como si la salida del sol dependiera de ella. Un torzón cualquiera la hacía temer el mortal cólico *miserere*, la más leve indisposición gástrica el vómito negro y el primer estornudo a una inminente pulmonía. Su actual enfermedad la achacaba a su último viaje a Valle Chico. En efecto, había salido en tal estado de acaloramiento de la improvisada oficina donde Marcial mal la recibió, que olvidó sus acostumbradas precauciones contra las corrientes de aire. Después recordó haber sentido de inmediato una punzada en el pecho, otra en la espalda, y donde más había dolido, en sus derrotadas intenciones.

Mano al amplio seno, ojos al cielo, carraspeos puntualizados por suspiros... Todo en vano. Marcial no vendía.

—Querido primo, mira a tu hija: esas botas lodosas, esa cara quemada, ¡esas manos! Será una negra en un dos por tres.

—Se verá mas saludable.

—Una dama no monta a solas. No es un peón.

—Ismael la acompaña. Y Mariana no es ningún peón. Supervisa.

—Debes evitarle eso; irte a Morelia, tener una casa ahí.

—¿Para que tú te quedes con Valle Chico?

El recuerdo de su desafiante sobrina de pie, con aires de reina dentro de su sencillo vestido de algodón y su sombrero de paja, junto al majadero de Marcial, le hizo hervir la sangre de nuevo. En el acto sospechó estar poseída por alguna fiebre nefasta, de manera que rodeada de vapores e inhalaciones, exhalando quejumbres, suspiros y un fuerte roncar, pasó la noche.

El día la encontró como un *pura sangre* por lo que se permitió pasar al cuarto de estar contiguo a su recámara ya que hubo ordenado que cerraran todas las ventanas de la casa para evitar la infiltración del menor traicionero soplo de aire. Consolada con haber relatado a la servidumbre en un tono gemebundo la negra noche de insomnio que había soportado, procedió a leer con gusto sobre los preparativos del baile. Desdoblando el *Semanario de La Libertad*, en aquel año de 1895, se olvidó que estaba moribunda al contemplar la arrogante figura de pelo cano y abundantes bigotes, con el pecho tachonado de medallas. Doña Matilde no pudo menos que exclamar:

—¡Ah, don Porfirio...! Ese porte se lo da el mando.

En el valle las mismas noticias se recibieron con diferente reacción:

—Ese retrato debe tener diez años. Así estaba cuando lo vi en la capital —comentó Marcial arrojando el periódico sobre la vieja mesa que llamaba su escritorio, y recorrieron sus dedos sus propios bigotes.

Mariana no prestó mucha atención. Tenía cosas más importantes que atender. Se había conseguido el préstamo y la tierra estaba preparándose ya para la siembra. Si bien se trataba de una extensión insignificante comparada con otros tiempos, el corazón del valle adormecido empezaba a latir. Manos morenas se ocupaban de barbechar. Cualquier día las lluvias caerían y correría el agua por los surcos formando una telaraña plateada. Con esa humedad se sembraría maíz y algo de chile. Era cosa de estirar centavos. Alcanzaría para todo siempre que estuvieran bien administrados. Por eso Mariana revisaba cada cuenta minuciosamente, sumaba, restaba. Salario de los peones, semilla, mantenimiento de media docena de mulas adquiridas a cambio de la cosecha de aguacate, incluso los gastos domésticos quedaron reducidos al mínimo. Implacable, seguía estudiando maneras para economizar más, dejando que su padre, sumido en su sillón, cabeceara. Ahora dormía a cualquier hora. Ya no era el hombre que había barajado con dedos nerviosos los papeles sobre su escritorio después de la visita de Matilde preguntándose si podrían salir adelante. Mariana le había replicado que sí, y él, tirando la silla hacia atrás, se había acercado a ella sin disimular el dolor en su pierna, ni sus pensamientos crispados por darse cuenta cabal de su ineptitud.

—Que sí, que sí, ¿eh?

Pues sería ella la que tendría que hacerlo. Él estaba enfermo, viejo, uno de esos días —y ella había sentido el temblor de su mano en su hombro— se iba a quedar sola. Tomás ya no regresaría. Libia ni las cartas contestaba. Sólo ella quedaba. En buena se habían metido. A ver si no se verían forzados a mendigar comprador más tarde. Antes, al menos, no tenían deudas.

—Tampoco trabajo —respondió Mariana. Marcial, bajando los ojos, dejó que su mano resbalara también. Si aquella muchacha había sido capaz de quitarlo de la bebida, era capaz de todo. Sí, pudiera ser... Casi estaba seguro al verla ir y venir tomando nota de cada detalle, escuchando con atención a Ismael, revisando antiguos estados de cuenta de la hacienda. No bien hacía él una pregunta venía la pronta respuesta. Las cosas iban encarrilándose, empezó a tener más confianza en ella y a dormir bien casi a cualquier hora del día.

Acostumbrado a su ausente presencia, Mariana escuchaba su pacífico roncar copiando facturas, haciendo recibos, contando la raya que amontonaba en pequeñas hileras de monedas. De noche escudriñaba los antiguos libros de contabilidad. Eso era fácil. Pasada la euforia inicial, a cada paso se percataba de la responsabilidad que estaba asumiendo porque, aunque Ismael manejaba a la gente, las decisiones eran de ella y afectarían algún día a centenares de vidas. Se sentía mal cada vez que negaba préstamos a los peones a cuenta de salarios. Tampoco recibirían su ración de maíz, sino hasta que entrara la cosecha. Para compensarlos les había otorgado el derecho a pegujales y su padre condonó antiguas deudas. Así se fue atrayendo a la gente.

No era sencillo, era darse al valle. Ella había estado dispuesta, hasta que las noticias del baile llegaron a Valle Chico recordándole que era joven, que jamás había sido presentada en sociedad y que había sonidos más dulces que la campana de los peones al salir y meterse el sol, o el chocar de los yunques. El periódico yacía frente a ella en un doblez que hacía al muy serio de don Porfirio medio sonreír. Impaciente, Mariana juntó sus papeles, los puso en la caja que correspondía, estiró su cansada espalda y salió de puntillas al patio. Era la hora en que los pocos peones que habían reclutado empezaban a regresar de sus labores en el campo. Sus voces se oían en lejano murmullo del otro lado de la barda, el sol se tiraba a descansar sobre la tierra y, a Dios gracias, soplaba una brisa fresca. Sin pensarlo más, ordenó a Cirilo ensillar el caballo de su padre que ahora ella montaba.

El misterioso jinete del que Cirilo hablara, no había vuelto. Después de que su padre estuvo bien, salió ella a montar una y otra vez sin lograr verlo. De haber sido David, tal vez nunca lo sabría. Las colinas que bordeaban la carretera la vieron pasar al ritmo de un cadencioso galope, y al viento jalar su largo pelo hacia atrás, refrescar su cara y llevarle el aroma de la hierba de sus laderas. Mariana no quería pensar más en peones ni en bailes. Sólo galopar, galopar, hasta llegar a aquella colina y detener el caballo haciéndolo girar al palmearle el cuello negro y sedoso para que el animal sacudiera la crin y ella riendo preguntara.

—¿Estás contento, Negro?

Los ojos del caballo rodaron en sus órbitas amarillas. El animal reculó sintiendo antes que ella que se avecinaba otra presencia. Era David, sonriente, con sus ojos un tanto insolentes sobre ella.

—Buenas tardes —saludó y, en efecto, a partir de ese momento la tarde se convirtió para Mariana en una concatenación de maravillas —y con suerte también, pues he andado por estos lugares como bandido esperando encontrarla; he montado guardia en casa de don Evaristo, y nada.

Aunque Mariana sabía que hacía semanas no andaba por el valle, que muchas veces había ido ella a casa de don Evaristo sin ver señas de él, renacieron en ella todas sus ilusiones, se despertaron mil anhelos y, temiendo que se desbordaran por sus ojos, volteó hacia el valle que se eclipsaba:

—Hay mucho que hacer aquí.

Los surcos que empezaban a marcar la negra tierra afloraban ante ellos fugándose en un largo silencio. A su lado David contemplaba su nítido perfil a manera de prolongada caricia. Petrificada y feliz, Mariana hubiera querido voltear al otro lado para inhalar hondo y liberarse de su dominio, de la presión que en ella crecía y, al mismo tiempo, hubiera querido permanecer así mil años. David.

—A todo esto, ¿vas a ir al baile?

—No —respondió con una indiferencia que estaba lejos de sentir—. Mi padre no está bien.

Pero esa no era la única razón. Sus mejillas tomaron el color encendido del sol moribundo. Había salido para olvidar el famoso baile y en medio del campo que se doraba a sus pies, se lo recordaban. Y lo hacía él, la ilusión escondida de aquella ocasión.

—Es tarde —observó al dar una ojeada a las montañas que hacia el poniente se tornaban azul cobalto—. Me voy—. Volteó su caballo para pasar, pero él la detuvo arrebatando las riendas—. Prométeme que irás —insistió acercando su caballo. Los dedos de él rozaron los de ella. Azorada Mariana logró decir—: No puedo.

—¿Por qué? —se extrañó él acercándose más.

Fue un amargo:

—Porque no tengo invitación —y fustigando a Negro voló a casa.

Al día siguiente, en charola de plata, algo empolvada por el viaje a Valle Chico, dos solícitos secretarios del gobernador entregaron la invitación a Marcial. Mariana casi podía adivinar las huellas digitales de David en ella. Abrazándola a su pecho dio vuelta por los corredores, llegó a su recámara, se tiró en la cama canturreando la canción, *Pensando en ti*, que había oído en el kiosco de la plaza de Morelia y la besó una, dos y tres veces...

¡David!

Llegada la noche del baile, al tornarse el cielo en una bóveda lapislázuli, por toda la ciudad la respiración femenina se retenía, las cuerdas del corsé se jalaban, las cinturas se reducían y subían los senos; no descansaban las tenazas de rizar y aunque los caballeros se quejaran de la tardanza, aprovechaban el tiempo en dar el último visto bueno a sus bigotes, componer un milímetro la corbata de moño, bajar los puños y aprobar el lustre de sus zapatillas de charol.

En Valle Chico no era menos la actividad. Cata, convertida en hada madrina, logró hacer que la mantilla blanca de Mariana cubriera su talle, gracias al organdí del vestido de graduación completaron el resto del traje cuya mayor gracia era que sentaba bien. Por todo adorno dos rosas alrededor del macizo de rizos que colgaban hacia atrás y por toda joya una cinta de terciopelo en el cuello lo que bastaba a Cata para revolotear alrededor de Mariana como si estuviera ante una princesa, sin hacer mucho caso de Marcial. Enfadado, argüía que el viejo chaqué le quedaba muy flojo, deploraba que los botones no eran los diamantes que una vez se pusiera y renegaba que la capa olía a leguas a naftalina.

—Si no se va bien, mejor no se va —seguía mascullando rumbo a Morelia. Mariana empezó a temer el haber cometido un error al insistir que él fuera. Pasada la satisfacción de haber recibido la invitación, Marcial mostró una comprensible reticencia. Era cosa de brindar y él no quería tocar aquello; de bailar y él estaba cojo; de ver a gente con la que no hablaba hacía años. Sugirió que ella fuera con el doctor Arteaga y su familia. No, de ninguna manera. Mariana había vencido su resistencia a base de ruegos que en esos momentos, al ver su irritabilidad, le parecieron una egoísta exigencia.

Al cabo de media hora estuvieron ante el casino. Marcial observó con un gruñido los escalones que tendría que subir, dándose perfecta cuenta de que los que llegaban silenciaban su plática al verlos descender del carruaje y apresuraban el paso simulando no haberlos visto. Tan alterado estaba al llegar al recibidor, que casi tira la invitación al presentarla y sus dedos no lograban desabrochar su capa. Mas al notar que eran don Carlos y doña Matilde los que junto a él recibían sus boletos tratando de mirar en dirección opuesta al guardarropa, la indignación operó un cambio. Era una cosa que la gente los pasara de largo, era otra que aquel perico y su ameba le voltearan la cara. Las selváticas cejas formaron una ala ceñuda, enderezó la espalda, ofreció el brazo a su hija y dieron frente a la amplia puerta precedidos por un joven de la comisión de recepción que los conducía hacia el salón de baile.

El departir alegre de los invitados decreció. La voz del viejo hacendado se escuchó con su antiguo garbo al presentar a su hija al gobernador y a su esposa, quienes saludaban a la entrada a los invitados. Ante la cortesía del gobernador, Marcial reaccionó como si le hubieran rendido homenaje y, lanzando una devastadora mirada a su rededor, empezó a cruzar el salón repleto de sedas, encajes, joyas y chaqués, en dirección diametralmente opuesta a la entrada donde el doctor Arteaga y su familia los esperaban. "Encantadora", opinó la señora..., "Gusto de tenerlo con nosotros, don Marcial", había dicho don Aristeo ¡Ea! Ahora sí lo saludaban los demás, colgaban la vista ante él. Como antaño, él les concedía una leve inclinación de cabeza, a cada paso sintiéndose más seguro. ¡Bah! Qué tonto haber temido asistir. Cómo abrían la boca al ver a Mariana. Apostaba que no pensaban que vendría. ¡Pues ahí estaba! No buscaba caras, dejaba caer su mirada en tal o cual rostro y, como si obedecieran un mandato, salía el saludo: "Buenas noches, Marcial, que bien te ves", "Buenas noches, señor Aldama. Señorita..."

La orquesta, formada principalmente por cuerdas y un piano, ahogó los saludos cambiados con la familia Arteaga con un acorde de atención cuyas vibraciones se prolongaron... Todos los ojos voltearon a la puerta principal. Las frases quedaron inconclusas, las sonrisas se estamparon en los rostros expectantes... Precedido por aquellos acordes de solemnidad, con Carmelita a su lado, la esperada figura de don Porfirio Díaz apareció. Tras ellos venía una hueste de caras, unas solícitas, otras sobrias, entre las que destacaban las finas facciones del señor Limantour, ministro de Hacienda, el hombre más importante en el país después de Díaz. El presidente manejaba los hilos políticos: bajo su mano quedaba la designación de gobernadores, diputados, senadores, jefes políticos; su ministro, con suma eficiencia, pero sin que el prócer lo perdiera de vista, tenía a su cargo las finanzas de la nación. Don Evaristo centró su atención en Limantour. Si la oportunidad llegaba le hablaría de su ahijado Alonso, quien al terminar sus estudios de economía política, regresaría de Francia. El momento estático, el silencio seco que permitió a don Evaristo concentrarse en su objetivo, fue roto por un aplauso de tormenta que el gobernador en vano quiso superar al exclamar:

—Damas y caballeros: el señor Presidente de la República, general don Porfirio Díaz y su gentil esposa, doña Carmelita Romero Rubio de Díaz —terminó con amplia sonrisa.

Don Porfirio, vestido de etiqueta, se inclinó reteniendo en su mano enguantada la de su esposa, cuyo alto peinado, esmeraldas y traje parisino estaban siendo escrutados con miradas devoradoras por las damas presentes. Acto seguido: amigos, conocidos y "deseo ser presentados", desfilaron a saludar al hombre más poderoso al sur del Río Bravo.

—Don Marcial Aldama hacendado de Valle Chico —presentó el gobernador llegado el turno a los Aldama— y su hija, la señorita Mariana.

Marcial aclaró que ya tenía el gusto.

—En efecto, señor Aldama. Conozco a su familia y la historia del valle.

Era cierto. Como costumbre, le informaban de las principales industrias, haciendas y demás fuentes de ingresos de los lugares que visitaba. También era costumbre tomar el pulso en cuanto a las simpatías con que contaba que, por lo general, eran considerables.

—Entonces sabrá usted que reconstruimos —Marcial anunció bien fuerte.

—Lo sé y le deseo éxito—. En seguida, mirando a Mariana comentó que su belleza iluminaba el salón—. Con el permiso de su padre, pido a usted que escriba en su carnet un vals para este viejo soldado.

De existir un orgullómetro, Marcial lo hubiera reventado. Su pecho se elevó, las costuras cedieron al máximo y con grandioso gesto asintió. Acariciando su bigote al dirigirse a su asiento, su mirar repetía ¿Eh? ¿Qué tal eso? ¿Qué cara ponen ahora?

El presidente y su esposa habían abierto el baile ya, y todos estaban alelados de puro gusto al verlos bailar. Mariana, aunque encontrara cordiales miradas masculinas dondequiera, no disfrutaba. Buscaba..., sonreía a la señora Arteaga y atendía a medias a la plática de Cristina, su hija, que se confundía en sus oídos con la del doctor y el licenciado Gómez, pues don Evaristo había buscado refugio con ellos de las inquisitivas miradas de las matronas para quienes su celibato era asunto de gran curiosidad y su venida a un baile mayor enigma. El asunto parecía ser de general especulación:

—¿Qué milagro le trae a un baile, mi querido abogado?—el doctor no recordaba haber visto a su amigo en un sarao en mucho tiempo.

—Ah, mi estimado galeno, esta noche hay mucha gente importante aquí. Algunas veces se hace más sobre una copa de champaña que escribiendo largas cartas o haciendo horas de antesala.

—Siempre los negocios, abogado.

Don Evaristo sonrió hacia las damas sin que Mariana se percatara de ello. Ya no vendría. Había llegado el presidente, había abierto el baile. Llegar más tarde era visto como delito de lesa majestad.

—El casino luce bien, ¿verdad licenciado?

—Toda Morelia, mi fino amigo. ¿O es que no se ha dado cuenta usted de la relujada que nos han dado?

Mariana recogió la sutil ironía del abogado recordando el alboroto de Cata, sus apresurados recuentos un día, no hacía mucho, en que habían llegado tarde de sus mandados. "Lestán dando su lavadita de cara a Morelia, niña. Escobazos pallá, pacá. Todos los parques relumbran, los focos rompidos les ponen nuevos y donde no alcanza el alambre ponen faroles y antorchas. Como están lavando las calles nos tardamos porque tuvimos que dar un rodeote y el Cirilo no hallaba el pase. La calle prencipal y otras donde va a pasar don Porfirio, las están adornando con chicos macetones y bola de arcos y ya me dijo un rural que tenemos que ir a vitorar al señor presidente junto con la peonada de todas las demás haciendas. Nomás le digo que vaber rete harta música y dizque va a inaugurar un menumento y todo está rete bonito como pueblito de telón, desos que ponen en las carpas de las ferias".

—Convendría recibir tres visitas presidenciales al año —concordó Arteaga *sotto voce*. Entre los dos hombres hubo un cambio de miradas comprensivas que Mariana captó.

—A decir verdad, doctor, una visita de sorpresa sería más efectiva. Han existido estadistas que lo hicieron. Mohamed, el fundador de la Alhambra, nunca anunciaba su llegada. Por el contrario, llegaba de incógnito en las horas y días menos indicados, pues mejor que encontrarlo todo cubierto para su solaz, prefería ver la marcha normal de las cosas para remediar lo que anduviera mal. No pasaba entre vallas, cohetes y estruendos que, a manera de las cubiertas de ojos para los caballos, no dejan ver.

—Habrá sido un reinado feliz —observó el doctor con sonrisa convencional que no traicionaba la conversación, pues en un lugar así las columnas veían, las sillas oían.

—Lo fue —don Evaristo repuso y agregó con cierto desdén notando la tensión de su compañero—. Descanse, doctor, que no estoy hablando de sedición. De hecho, en muchas cosas admiro a don Porfirio. Lo que me irrita es que teniendo buenos ejemplos que seguir, tan pocos lo hagan.

—Creo que no había oído hablar nunca de ese Mohamed de Granada...

—Uno de los monarcas más justos que ha existido. Pero no me sorprende que no lo conozca. Ese tipo de gobernante es muy poco recordado y exaltado; por el contrario, los militantes, los matones, los conquistadores nos son mostrados como paradigmas desde nuestra infancia.

El médico no pudo responder, ya que uno de esos conquistadores militantes iba derecho a ellos.

Era el vals de Mariana.

Don Porfirio, así asumiera una actitud hierática en ocasiones oficiales, no le pareció a Mariana un hombre afectado. Platicó con ella, la sosegó con su cortés palabra, bailó con destreza, pero con mesura, y la regresó a su lugar con un recuerdo que perduraría en la tradición oral de la familia por varias generaciones. Doña Matilde, al punto consideró apropiado saludar a los parientes que momentos antes había menospreciado. De inmediato se puso en marcha derramando joyas cual cofre de pirata. Más pálido que nunca, don Carlos la seguía custodiando el tesoro y, en partes desiguales, Marcia. Fue mi querido Marcial, mi queridísima sobrina, y ojo avizor para ver si el cortejo presidencial se percataba de su familiaridad con la joven favorecida, distracción que le costó ser desplazada por otras señoronas que, ahora sí, rondaban alrededor de Mariana como títeres sonrientes felicitando a Marcial, esa vergüenza de la sociedad, y a su hija. Rodeada de sedas y moños, Mariana no veía nada. La música tocaba, otras muchachas bailaban y su carnet estaba en blanco. David ni cerca ni lejos..., cuando, entre la falange charlatana que empezaba a dispersarse, lo vio. Tratando de aparecer muy entretenida, se despidió tres veces a la misma señora, pero empezó a sentir el corazón por todas partes. Él se acercaba, ahora estaba frente a ella y se dirigía a su padre:

—Señor Aldama, permítame, David Alpízar a sus órdenes.

—¿Alpízar? ¿Hijo de Mario Alpízar?

—Sí, señor.

—¿Todavía en las minas? —inquirió Marcial interesado.

—Entre otras cosas.

—Pues tuvo más suerte que yo.

Antes de que Marcial dijera más, David pidió permiso de bailar con su hija. ¿Radiantes las estrellas, un espejo de agua o el sol? Ninguno. Mariana sí lo era. La proximidad de aquel hombre que la llevaba con firmeza de la cintura, atrayéndola tan cerca como si fuera su propiedad reconocida, la trastornaba. Si sus caras estaban más cerca de lo que debía ser, ella no se retiraba; llamaba a su voluntad adormecida, recordaba todos los consejos dados por las Estucado... en vano. ¿Cómo se lucha contra la felicidad?

Terminó el vals y David no la llevó a su lugar. Muy serio, tomó el carnet que colgaba de su muñeca, lo hojeó y, sacando un lapicillo, escribió su nombre diagonalmente en todas las hojas.

—¿Todas?

—Si aceptas.

—¿Si no?

—Me voy.

—Ya, ya, que geniecito —rió con travesura desconocida para ella misma. ¿Sería eso coquetería?

—¿No me crees? —retó listo a probar su palabra.

Mariana retuvo una sonrisa:

—¡Claro que sí! Caminas perfectamente y el lugar, que yo sepa, no está sitiado.

Los ojos de él se medio cerraron, su cara empezó a desplegarse en una leve sonrisa que llegó a ser franca—. No me está tomando en serio, señorita Aldama. Pero sepa que no vine aquí a estrechar la mano de don Porfirio. ¿De manera qué? —apuntó al carnet.

—Lo escrito, escrito está —concedió y pensó que había sido una magnífica respuesta, digna de toda una mujer de mundo.

¡Qué revolotear de rizos y plumas de avestruz! Las cabezas de las matronas se encontraban, separaban y se volvían a unir. Las madres de hijas casaderas pronto le encontraron defectos a la muchacha y ni qué decir del acompañante. "Nada más que un don Juan, ya sabes". "Sí, por supuesto, Amelia. Sospecho que ni tan rico como dicen." "Está muy delgada. Tu Lolita es mejor." "Oye, ¿que irán a bailar juntos toda la noche?

Toda la noche bailaron.

Entre sonrisas Mariana veía al acompañante de Marcia hacer desesperados esfuerzos por salvar sus zapatillas de los puntapiés de su prima; a su tía manipular a don Carlos hacía la pareja presidencial, estirar el cuello y fruncir la boca para aparecer más distinguida al platicar con Carmelita. Cómo se encrespó porque la primera dama se excusó y llamó a doña Clarisa a un lado para hablar con ella largo tiempo, cómo el licenciado Gómez conversaba en el salón donde se servía un refrigerio con un caballero que tenía un aire de seriedad metálica. En sueños, veía las cabezas girar a su rededor, a las orquídeas, enlazadas a las hojas de palma que adornaban las columnas, sonreírle desde las alturas. La única realidad era él, su voz, sus palabras. Cosas insignificantes: "¿Te gusta montar, verdad? ¿A dónde vas a misa? ¿A qué hora? ¿Pasando las montañas de Valle Chico? No importa. Por ti cruzaría la Sierra Madre. No te rías, lo haría". Y de algún modo ella le creía y sentía un ejército de hormigas marchar por su espalda. Pisaba por primera vez el terreno de la ilusión. David. ¿Cuándo cesaba la música, cuándo empezaba? No lo sabía. A la hora de la cena David había conversado largo rato al lado de su padre quien se había instalado entre los dos. ¡Qué serio se veía entonces! Aunque alejado de ella, no la olvidaba. Con la mirada le sonreía y no había más en el mundo para ella que él. Ya en sus brazos de nuevo, no escuchaba más música que su nombre dicho por unos labios que parecían conjurar en su aliento toda la potencia del amor, felices momentos que ansiaba retener y que fluían, sin remedio, hacia el pasado.

Demasiado pronto llegó el adiós al baile que se cerraba con la cuadrilla de Los Lanceros. En dos largas filas, frente a frente, se colocaron damas y caballeros; la música empezó, avanzaron, sus manos se unieron, dieron vuelta, marcharon hacia atrás, formaron figuras, pasaban entre unos y otros, y cada vez que Mariana llegaba a él, parecíale haber encontrado su lugar en el mundo. Le costó un esfuerzo reincorporarse al otro, al que existía alrededor suyo, al que despedía al presidente con un largo aplauso, al que decía esto ha terminado. Las capas se recogían, los padres bostezaban, las madres guardarían comentarios para toda una vida. Doña Matilde repasaba las palabras cambiadas por la primera dama que, al transcurrir el tiempo, se convertirían en conversación de dos horas mínimo; la pareja de Marcia contemplaba, afligido, la ruina de sus zapatillas y doña Clarisa, aunque feliz por el reconocimiento oficial, de ningún modo estaba satisfecha: "Los bailes no eran los de antes. ¡Eso sí que no! ¿Habían visto a esos advenedizos de los Tirada ahí? Sabría Dios cómo habían conseguido invitación..." Miradas y suspiros se intercambiaron, una que otra rosa fue pasada con emoción y estaba ya guardada junto al corazón del caballero, y David escoltaba a los Aldama a su carruaje. Al despedirse solicitó permiso para visitar la hacienda, mismo que fue concedido con la gravedad que el caso requería. De regreso, Mariana no sentía los brincos. Todo su ser recordaba cada palabra pronunciada por David, guardaba en su mano la impresión de su último adiós, casi sentía su aliento cerca de su cara y retenía en el fondo de su recuerdo, para ya no olvidarla jamás, la última mirada que le envió.

—El pretendientillo no está mal —Marcial reparó—. Pero no debemos dejarlo creer que nos está haciendo el favor. Ve que no pierdas la cabeza.

Al asentir, Mariana recordó que tenía cabeza. David, David, David.

Capítulo XII

Los domingos, muy temprano, con los rayos del sol casi horizontales sobre su espalda, Mariana subía la montaña al norte de la hacienda camino a San Fermín. La tierra que ascendía cubierta por profunda vegetación de pequeños arbustos de diferentes especies y aromas, de lejos parecía florecer con una hilera movible de motas blancas, rojas, índigo y doradas, las que, al acercarse, se convertían en sombreros de paja, los puntos rojos en cinturones que aseguraban pantalones blancos, el azul fuerte, en faldas y rebozos que, por lo general, ataban a una criatura a la espalda de la madre. Eran las familias de los peones recién instalados en Valle Chico camino a misa.

Con gusto esta gente se afanaba monte arriba hundiendo sus guaraches o pies descalzos en la negra tierra. Los chiquillos corrían al frente; las mujeres de tramo en tramo se detenían en el camino, o se apartaban de él para cortar alguna hierba medicinal que habían reconocido y que, tras olerla para asegurarse de su autenticidad, metían en la bolsa de ixtle que colgaba del hombro del marido. A lo largo del camino, Mariana encontraba grupos similares y al sonreírles los buenos días, ellos se hacían a un lado de la vereda para dejarle el paso a Negro. Invariablemente, los hombres se descubrían la cabeza al responder a su saludo.

Una vez alcanzada la cima, Mariana cruzaba el húmedo bosque de cedros que coronaba el valle. Si no se oían voces cerca, solía detenerse unos momentos para disfrutar de la serenidad del lugar que jamás dejaba de subyugarla. Como por encanto, el mundo y el cielo quedaban borrados, cediendo en breve transición a un murmullo sutil de vida donde se esparcían, por entre el follaje, filtraciones de aire luminoso, trazos de luz matizada que alfombraban las hojas caídas con sombras y manchas doradas. A medida que avanzaba, la majestuosa presencia de los viejos cedros parecía envolverla en una sensación de paz y contento. Era un lugar en donde le gustaba prolongar su estancia hasta que el vibrar de las campanas cercanas estremecía el aire, o algún movimiento en las hojas, un grito cercano, anunciaba la aproximación humana. Entonces, renuentemente, ganaba la otra orilla del bosque marcada por un declive.

Este descenso, terreno de musgo donde se resbalaba con facilidad, se veía moteado por techos de teja enlamada que cubrían humildes casas de adobe. En esa época del año, comenzando el estío, hacia atrás de las chozas se podían ver ya pequeñas parcelas con tierna milpa y, demarcando la extensión de cada lote, los cercos de piedra que no tenían más pegamento que el arte con que estaban embonadas. Estos corrían un poco más de un metro de alto, fieles al capricho del terreno, formando con sus huecos, entre piedra y piedra, un encaje claroscuro al verse a contra luz. No faltaban perros que, librándolos aquí y allá, arremetieran con ladridos hacia Negro que ignoraba su bulla por completo, por lo que los animales, para evitar total frustración, tan pronto pasaba iban a desahogar su nerviosa energía contra alguna gallina que, asustada, cacareaba batiendo alas sobre la ropa extendida a secar y blanquear en los arbustos.

Justo abajo, acunado en una pequeña planicie donde la sierra se tendía a descansar sombreada por eucaliptos pensativos, se vislumbraba el templo de San Fermín. Databa del siglo XVI a juzgar por su pequeña nave de sobria fachada y altar exterior que dominaba desde buena altura el amplio atrio. En los años subsiguientes a la conquista, el gran número de conversos hacía imposible que todos oyeran misa dentro del templo. Por tal razón, en las primeras iglesias construidas, se levantaron altares a manera de tribuna desde donde todos podían presenciar el ritual y oír el evangelio. Un día, aquel gracioso templo fue núcleo de considerables posesiones de la Iglesia que colindaban con Valle Chico en extensión.

Pero en 1856 se decretó la Ley Lerdo que desamortizaba las propiedades de la Iglesia y de otras corporaciones, y el marido de Doña Clarisa aprovechó el momento para comprar las tierras de San Fermín, exceptuando la parte alta que no quiso. Las adquirió a plazos, bajo hipoteca, al igual que muchos otros adquirieron otras posesiones expropiadas a la Iglesia por toda la república, lo que dio lugar a una nueva dinastía de hacendados.

De esta manera, reducido a un pequeño paraje en aquella inmensidad montañosa, San Fermín se conservó como propiedad del estado. El templo construido para atender a la tupida población indígena que en un día lejano ahí viviera, al emigrar la gente, fue desdeñado por la comodidad de una nueva iglesia erigida en la hacienda de Jorullo, como se llamó en adelante a las tierras bajas en memoria del volcán que más de un siglo antes sepultara otra hacienda de ese nombre.

En las cordilleras desoladas unos cuantos campesinos permanecieron arañando una vida miserable de esas montañas. Sus negros ojos de obsidiana vieron cómo el templo cerró sus pesadas puertas, cómo sus campanas permanecieron mudas. Por mucho tiempo los únicos fieles fueron los pájaros que revolotearon para anidar bajo su cúpula, deslizándose entre ventanales de lechoso mármol roto, hasta que un día llegó un sacerdote que se hacía llamar hermano. El hermano Juan, vestía de sacerdote sólo para oficiar. Portando ceñidos pantalones, chaqueta de lana y camisa blanca que, aunque gastada, siempre llevaba limpia, parecía más un montañés y, a decir verdad, montaba como uno y trabajaba así también. Las mismas manos que practicaban antiguos ritos litúrgicos más tarde barrían pisos, escarbaban la tierra, plantaban, enseñaban carpintería y rehusaba recibir limosnas. El hermano Juan era extraordinario; por lo tanto, fuente de controversia.

Cata lo adoraba: "Es un santo, niña."

Doña Matilde y doña Clarisa le sospechaban "de algo". Un sacerdote que se hacía llamar hermano en vez de padre debía ser algún tipo de protestante. Además, el protocolo era el protocolo. En todo caso, estaban seguras de que lo habían enviado a ese templo arruinado como castigo. "¿No crees, Matilde?" "Le da por imitar a San Francisco..." "Nada, se quiere distinguir... "

La realidad no era tan complicada, pero sí rara. Algo así como un verdadero cristiano que seguía el ejemplo del hermano José, un sacerdote excepcional que inspirara su niñez, en otro pueblo, en otras circunstancias, pero con un amor que trascendía el tiempo y cualquier espacio.

Su prelado se desesperaba con él: —Padre, -está bien- hermano, debe usted colectar limosnas, recibirlas por dispensar los sacramentos. ¿De qué vivirá si no? Yo no puedo ayudarlo y el lugar es de por sí paupérrimo.

Vivía de su pequeño sembradío de vegetales y cereales que él mantenía, y de unas cabras. El principio fue difícil. La gente desconfiaba de un sacerdote que no permitía que le besaran la mano y les decía que guardaran sus centavos. Admirados, lo vieron trabajar igual que un peón tratando de restaurar la iglesia..., y un buen día llegaron a ofrecer su ayuda. Reciprocó aquello al ir por la montaña de parcela en parcela para ayudarlos con la siembra. Muchos aprendieron de él cómo hacer queso y mantequilla y otros a construir sillas de las abundantes maderas, las que iban a vender en el lugar del mercado que les había conseguido el hermano Juan. Los fieles, por lo tanto, lo querían, respetaban y confiaban en él. Marcial simuló no saber mucho acerca de aquel singular personaje. A las indagaciones de Mariana, respondió que era nuevo en la comarca y en seguida aparentó dormirse. El recuerdo de su encuentro lo molestaba.

¡Menudo porrazo se había dado! Tan borracho estaba y con tal golpe, que no supo a qué hora lo habían levantado y llevado a pasar la noche en

San Fermín. Muy de madrugada un hombre le curaba con sumo cuidado el feo descalabro.

—¡Me está partiendo la cabeza! —había renegado.

—Me temo que ya lo está, hermano.

—Tenga cuidado. Llame al párroco.

—Yo soy el párroco.

—¿Y a qué orden pertenece? —Extrañado, Marcial reparó en el atuendo del cura.

—Soy secular. No se mueva...

—¿Qué hace usted por estos rumbos? Esto está abandonado desde hace más de treinta años.

—Por eso, precisamente, pedí esta parroquia. Hay mucho que hacer aquí.

Marcial pensó que estaba loco, pero la mirada serena del hombre le dio un golpe interno. En aquel momento su propia decrepitud moral se hizo patente por mero contraste. Masticando un apresurado gracias, había salido.

El día que Mariana conoció al padre Juan, también se sintió conmovida. Una mañana, desde las sombras tendidas por los eucaliptos de San Fermín, lo pudo observar así como él avanzaba bajo el sol mañanero, rodeado de caritas achocolatadas hacia las cuales sonreía. Tendría cuarenta y cinco años. Era de mediana estatura, delgado, pero fuerte, con un cuerpo forjado en trabajos rudos. Su piel morena, bien rasurada, delineaba una cara viril de rasgos mestizos: amplia frente, ojos almendrados, nariz un tanto ancha, el mentón firme, todo suavizado por una mirada de dulzura y humildad. Ningún halo dorado iluminaba su figuraba más que el viso tenue de su cabello encanecido prematuramente. Lo más extraordinario en él era la carencia de afectación alguna. Mariana, no supo por qué el tranquilo acento de su voz tuvo en ella ese efecto: hubiera querido ser la mejor persona del mundo para podérsele acercar y, sintiéndose algo incómoda, optó por evadirlo, pero un día él se había dirigido a ella. Ese día, a la vez que ella, titubeante, miraba hacia él, descubrió en aquellos ojos plenos de bondad, huellas de sufrimiento que aseguraban comprensión también. Bajo el rumor de las hojas acariciadas por la brisa, se encontró diciéndole sin reticencia quién era, de dónde venía. Magnetizada por su presencia platicaba de la hacienda, de sus mejoras, sus esperanzas, y sentía que de alguna manera inexplicable le transmitía, en otro lenguaje, cuanto ella era. Su voz flotaba en el aire y él escuchaba..., sin duda que inscrita estaba en ella la clave de sus posibles penas.

—Señorita Aldama, estoy para servirle —había dicho, y ella había intuido una protección. Acudía al templo para beber de ella. No importaba que fuera aquel recinto sobrio en extremo, que la nave estuviera desnuda, en él había verdadera bondad. Eso bastaba.

Terminada la misa, el sacerdote dio la bendición. Mariana aguardó buen rato junto a la fuente de cantera del agua bendita que estaba un poco antes de la salida para evitar la conglomeración que se hacía en la puerta. Al salir protegió sus ojos con una mano y barrió con la mirada el patio inundado de sol. Por tercera vez David no había ido. Tanto arreglarse para nada.

El hermano Juan había percibido su retobo con una sonrisa y ella corrigió su expresión al doblar su desgastada mantilla avanzando hacia él. Cruzó el atrio hacia la sacristía de prisa. Por su porte y el modo de llevar la altiva cabeza su modesta ropa lucía bien aunque se viera el remiendo que Cata había tratado de esconder bajo un tablón. Esbelta y graciosa se movía con cierto vigor y un aire de reto que aumentaba su mediana estatura.

—Buenos días, hermano.

—Buenos días. ¿Cómo van las cosas en el valle?

—Las plantas ya comienzan a asomarse. Aunque veo que las suyas están mucho más altas—, observó volviéndose hacia la parcela que colindaba con el atrio.

—La verdad, he cuidado bastante esas semillas experimentando con ellas. Parecen estar bien—, encogiéndose de hombros bromeó—, aunque a lo mejor termino con milpa de tres metros y elotes de diez centímetros.

Sonrió ella y algunos peones medio sonrieron. Al encaminarla el hermano hacia su caballo, los hombres se apartaban saludando y apretaban sus sombreros sobre el pecho al inclinarse.

—¿Viene sola?— observó al ver que ningún mozo de estribo guardaba el caballo.

—Sí..., y no —respondió ella—. Lo cierto es que me acompañan todos sus fieles.

El sacerdote asintió.

—Sin embargo, no hay uno que lleve la responsabilidad directa.

Jugando con las riendas que había desatado de una rama, Mariana recordó las mil amonestaciones de su padre: "Sola no vas. Que te acompañe Ismael". Pues saldría con Ismael de la casa, pero el hombre tenía más qué hacer que andar de nana, de manera que él partía al valle y ella subía rumbo a San Fermín.

—Yo creo, hermano Juan —y miró a su rededor— que todos me cuidan.

El hermano Juan sabía que aunque los circundantes estuvieran en apariencia embebidos en su propia plática, también estaban vigilándolos. "Así es pues, hermano, porque nos ven callados nos creen tontos. Pero nos damos más cuenta de lo que ustedes piensan. Usté mismo dice que aquí, en el campo, los ciegos ven más, los sordos oyen y los mudos hablan más que en otras partes donde tenen los sentidos como Dios manda". Sí, estaba seguro de que cada uno velaba por su seguridad.

—Bendita la confianza que deposita en ellos— agregó con intención.

Mariana montó y una docena de chiquillos corrió a rodear al hermano. Ya estaban riendo de algo que les decía, moviendo sus traviesos dedillos dentro de sus guaraches, al despedirse ella por última vez.

En la explanada, situada al oriente del atrio sobre terreno alto, un jinete montado en un caballo pinto de buena alzada, la esperaba con los ojos aguzados sobre el hermano Juan. En vez de darle los buenos días al aproximarse ella, David frunció el entrecejo para preguntar, apuntando con la cabeza en la dirección que se movía el sacerdote:

—¿Quién es?

De todos los encuentros que ella había soñado desde la noche del baile ese fue el menos esperado. En un tono seco, sentada muy derecha en la silla, respondió:

—El párroco.

—Ah vaya, ya me estaba poniendo celoso—. Sonrió, la miró y fue cuanto tuvo que hacer para que ella moviera condescendiente la cabeza como lo hiciera al amonestar a un pequeño travieso, pero consentido, y le sonriera perdonándole la ausencia de dos semanas con la que la había castigado. Se oían voces subir por la vereda y él sugirió que se encaminaran dejándola pasar al frente del angosto camino. Ya que iban en marcha, David alzó la voz para preguntar por qué el padre no iba a la hacienda a decir misa, ella voceó que porque no era su territorio parroquial. De Morelia no podían mandar a nadie, pues no había suficiente gente en Valle Chico; y tomó su sombrero de la silla para cubrirse el sol que le pegaba en pleno rostro.

—Con que no hay bastante negocio —puntualizó socarronamente al emparejarse con ella en donde el camino se ampliaba—. No me mires así. Verás. El día que sepan que pueden recoger una buena colecta, van a ir corriendo —vaticinó—. Entretanto, para evitar condenar tu alma por perder misa en domingo, vas a acabar ese caballo en estos caminos.

Sin comprender por qué, si había estado dispuesto a cruzar la Sierra Madre para acompañarla a misa, ahora le parecía reprochable el que ella transitara aquel no muy largo camino, respondió:

—No es el temor a condenarme lo que me trae a San Femín. Me gusta venir. Hay algo especial en el modo en que el hermano Juan dice la misa. No es como otros.

Los ojos de él se achicaron. Un poco en broma, un poco en serio, acotó—: Vaya, vaya, pues creo que sí me voy a poner celoso.

Mariana lo miró de lleno—: Es un buen hombre, David—. Y hubo más defensa de sus sentimientos en el modo que pronunció aquello que si hubiera hablado una hora. Pero una fría duda la había perturbado—: ¿Eres católico?

Él se encogió de hombros—. ¿Qué remedio? En México nacemos y acto seguido nos meten la cabeza en la fuente bautismal.

—¿Qué tiene de malo?

—Que te la tienen sumergida en un estanque de dogmas hasta que te la sacan para untártela con la extremaunción.

El camino parecía nuevo a cada paso. Mariana miraba a David, quien llevaba la vista fija al frente.

—¿Y es un daño tener fe? La hermana Salustia decía que si a uno le va bien suele andar sin Dios, pero que a la hora del sufrimiento los que no tienen ese consuelo espiritual quedan muy solos y desgraciados.

La íntima desolación que se había posesionado de David a la muerte de sus padres fue compañera de un rechazo que le impidió seguir las oraciones que se rezaron sobre sus tumbas. Eso de vida más allá de la muerte no lo convencía; pero mitos o no, había envidiado la serenidad afligida, pero abnegada, con que habían contemplado sus ancianas tías la muerte ya tan cercana a ellas mismas. Aparte de su propio pesar, él había experimentado un gran vacío.

—Puede ser... No tengo nada en contra de la idea de Dios. Es en contra de la forma de presentarlo que me rebelo, y también contra la hipocresía de los que dicen que lo representan. En primer lugar, el clero menosprecia la inteligencia de sus fieles, que son fieles más que nada por temor. Temor al infierno, al desamparo. Para unos quizá esté bien; sean suficientes las explicaciones religiosas un tanto infantiles que dan, y encuentren más sencillo y cómodo creer sin pedir más explicación. Tal vez son los más afortunados. Pero somos muchos los que no pertenecemos a la liga de la fe ciega. Es natural que el hombre busque respuesta a sus dudas. Creo que toda persona sincera, en algún punto, empieza a querer comprender lo que se le endilga como la verdad de Dios. ¿Y qué pasa entonces? Le dan con los dogmas en la nariz. Yo tenía un amigo en la escuela que sufría elucubrando sobre esto y si el pobre se atrevía a preguntar le decían que creyera tal o cual precepto al pie de la letra y se conformara sin ahondar más. Si insistía, le recalcaban que su cerebro no debía aspirar a comprender tan profundas verdades. Aceptaba, o se iba al infierno.

"El caso es que muchos no podemos aceptar a ciegas porque sentimos que nos estamos engañando; o bien, no nos convencen sus argumentos. A partir de entonces la religión ya no resulta un refugio sino una prisión de la cual tratamos de liberarnos a toda costa. Cualquiera con una chispa de comprensión puede ver esto. La mentalidad del hombre ha cambiado, lo saben. ¿Por qué entonces sofocan su afán de conocimiento con el miedo al castigo? Rehusan ver que toda duda irremediablemente afectará el carácter de la persona o llámala su alma, esa alma que tanto alarde hacen de tratar de salvar y que terminan por desconocer en estas instancias. Dices que presientes en la religión una gran verdad, que además es necesaria para el bienestar espiritual del hombre. Pudiera ser, Mariana. Pudiera ser que en muchos de sus pasos haya un profundo y válido sentido que es necesario encontrar de nuevo, pues lo han desvirtuado al olvidar la esencia del cristianismo para convertir a la Iglesia en un negocio que dispensa bendiciones a comisión.

—Todo lo reduces a dinero —censuró disgustada.

—Yo no. Ellos. Además, soy hombre de negocios. Conozco uno bueno cuando lo veo.

—Los tiempos han cambiado—. Y rápido agregó Mariana—: Ya viste a lo que quedó reducido San Fermín y ni es de la Iglesia. Ninguna propiedad tienen en México.

—Ya encontrarán la manera de darle la vuelta a la ley.

—El hermano Juan se sostiene él mismo. Vive de su trabajo.

—¿De veras? Pues con razón lo mandaron al monte para que no diera el mal ejemplo.

—Vino porque quiso.

—Caso único.

—No es el único, ni ha sido. Él me platicó de otro sacerdote que en su infancia lo salvó de morir de hambre y que fue como un padre para él.

—No será el único entonces, pero es excepcional. La mayoría van por caminos más cómodos—. Meneó él la cabeza—. Todas esas tierras, templos extravagantes. Cristo jamás predicó en ese sentido.

—No por ser sacerdotes o monjas van a dejar de comer, o vestir, o necesitar techo.

—¿Recamado en oro? Para mí que hay algo cruel en dejar que seres, que tal vez no hayan comido, que arrastran pies descalzos, vengan a dejar su pobre, pero total ofrenda.

Hubo un silencio vibrante, semejante al que transcurre después de que algo se ha estrellado. Mariana, con un tono que seguía la reflexión de sus pensamientos, le recordó que los misioneros aprendieron las lenguas indígenas para poder enseñar el español, religión y toda clase de labores y artesanías que pudieran agregarse a las que ya sabía nuestra gente—: Aquí mismo, Tata Vasco, como lo llamaban los indios, es un ejemplo.

—Ya sé que los hubo buenos, y ante ellos me quito el sombrero; pero la mayoría, engordó y engordaron a Roma con el fruto de la nación. Paso que se hicieran ricos, pero no que fueran tan voraces. Se necesitaban más hospitales, orfanatos, asilos y escuelas que una balaustrada de plata sólida para la Catedral de Morelia. Más caridad, menos extravagancia. Eso digo yo.

—En todo México, los que cuidaban a lunáticos, huérfanos y viejos, eran los padres y las monjas.

—Sobre todo las monjas. A esas pobres es a las que siempre ponen a trabajar.

Aquellas salidas la hacían enojarse más. Miró hacia el camino que ahora le resultaba hostil.

David soltó una risilla—. No te enojes, niña. Mira, la verdad es que esos lugares estaban en pobres condiciones comparados con la riqueza que había en catedral.

Mariana empezó a sentirse beligerante. Clavando los ojos en la camisa que llevaba demandó—: ¿Qué criticas? ¿Acaso se ponen tus mineros prendas de seda?

—Trato de ser justo con ellos. De cualquier modo mi trabajo es de este mundo; no divino como los otros pretenden que es el suyo —recalcó. Volteó a verla y se miró en sus ojos que estaban llenos de cuidado—. ¿Te espanto?

—Si hubiera Inquisición ya estarías carbonizado.

—Piensas que soy la oveja más negra. Bueno, si no mal recuerdo, en algún lugar está escrito que el cielo se alegrará más por el retorno de un pecador que por la llegada de cien justos. Como verás, me estoy reservando para darles un gustazo allá arriba.

—No vas a entrar ni de contrabando.

—A lo mejor me salvas tú.

—No soy tabla de salvación.

El fondo burlón desapareció súbitamente de los ojos de David. Parándose en los estribos jaló las riendas de Negro para detener su marcha—. Entonces acéptame como soy—. Sus dedos se cerraron sobre la muñeca de ella—. Sé que te parecerá tremendo lo que he dicho. No sé de qué forma empezó todo esto, no era mi intención hablar de ello. De cualquier manera, más vale que sepas mi manera de pensar. Para mí, Juárez fue grande porque se atrevió a separar la Iglesia del Estado.

—Y de paso le quitó todo lo que tenía.

—Lo obligaron las circunstancias y la economía del país—. Soltándola, volvió a enfrascarse en lo mismo—. ¿Sabías que en 1858 en la Catedral de Morelia se confiscaron cuatro mil seiscientos cincuenta y dos kilos de plata sólida y doce kilos de oro, más cantidades considerables de piedras preciosas y otros valores? ¿Qué en Michoacán la riqueza eclesiástica ascendía a más de ocho millones y esto, sin contar lo que se mandaba a Roma y España de un lugar donde la pobreza es una llaga a los ojos de todos?

—No estoy enterada, pero no veo que el dinero se haya dado a los pobres.

—La mayor parte se gastó en la Guerra de Reforma y la reorganización de un Estado que no percibía impuestos por estar el país dividido.

—La verdad no sé mucho de estas cosas —confesó algo descorazonada por su ignorancia que le impedía valorar lo que él decía. Lo que sí recordaba era a la tía Rocío y a las Estucado repetir con caras compungidas, en tono que velaba delito, que Juárez y su gobierno le habían quitado todo a la Iglesia. Por qué había sucedido aquello, no lo tenía claro.

—Es lo que pasa —suspiró él—. La mayoría de las mujeres no están enteradas de nada. Te traeré unos libros para que te formes una opinión—terminó guiñando un ojo.

Mariana contempló con inquietante mezcla de sentimientos las huellas que los dedos de él habían dejado marcadas en su piel. Llevada por una corriente de aprensión, miró a David que ahora estudiaba el valle a sus pies, comentando con entusiasmo que era un lugar espléndido, que la posición de la presa era estratégica. Si tendieran vías cruzándolo en tres direcciones, a partir de los silos, la cosecha se movería en un santiamén.

La reciedumbre, la seguridad en él, la subyugaban. Sus gestos, su mirada directa, su rápida sonrisa hacían que su corazón volara a él, si bien, en ráfagas de incertidumbre.

Aguardó ella a que terminara de levantar una gran cosecha imaginaria.

—Hablas y planeas como rico. Ahora espero que no quieras comer como uno; la mesa en Valle Chico es muy sencilla en estos días.

Para crédito suyo no pareció notar la loza dispareja en que Cata servía y no se molestó en estudiar con mirada crítica las estancias como otros visitantes lo hacían. Comió de buena gana, habló con Marcial sobre la mina agotada, aparentó estar muy interesado en el asunto, pero aprovechaba las distracciones de Marcial para clavar sus ojos en dirección de Mariana. Entonces ella no sabía ni lo que comía porque todo le sabía a flores y miel.

De sobremesa siguieron platicando de la mina; se instalaron en el corredor con el mismo tema y Marcial mandó a Mariana por los planos. Para la hora de la siesta David había tomado nota de los principales datos. Al levantar él la cabeza, Marcial colgaba la suya a un lado y dormitaba. Mariana, que lo había estado observando todo en silencio, ahora llevó un dedo a sus labios e indicó a David que la siguiera al patio.

Bajo una buganvilia que disparaba rayos violetas, él murmuró casi en secreto:

—Creo que es hora de que me vaya.

—David —, respondió ella retirando su mano de la de él— esa mina no vale nada. Sé que estás tratando de ayudarnos, pero no creo que mi padre fuera tan ingenuo de creer que de pronto había mostrado esperanzas. Si consintiera en vendértela todos sabríamos que estamos representando una farsa. Tú, tal vez nos despreciarías un poco y nosotros de algún modo nos avergonzaríamos. No ofrezcas comprarla.

Él aprisionó sus manos. En silencio las contempló unos momentos, volteó sus palmas hacia arriba, las besó y, al cabo, sin levantar la vista, convino:

—Tienes razón —. La miró largamente... Le gustó que le hablara directo—. ¿Amas este valle, verdad?

—Sí.

—¿Lo quieres ver cómo antes?

Ella asintió.

La conclusión que Mariana aguardaba y que tembló en labios de él, no fue pronunciada. Soltando sus manos, David levantó los ojos sobre su cabeza hacia la fuente. En ellos se avivó, para luego morir, un sentimiento restringido que le hizo decir de un modo que se tornó impersonal:

—Sí, esto puede ser un buen negocio.

Capítulo XIII

Aguardar una promesa era cumplir una sentencia de esperanza... David había prometido regresar al siguiente domingo, pero el día avanzaba sin que él apareciera. Al comenzar la tarde el calor se hizo intenso; ni un soplo de viento refrescaba el sudor que corría por la espalda y un pesado letargo cubrió el silencio de la siesta. En la mecedora de su padre, vestida de blanco con un sencillo ajuar que hacía resaltar lo obscuro de su cabello, Mariana descansaba dejando que sus ojos semicerrados pasearan por el portón de la entrada. Junto a ella, en una pequeña mesa, había dos libros que le había enviado David con un criado esa semana.

Por ellos se enteró más a fondo de cómo, poco después de consumada la conquista en 1521, varias órdenes de religiosos españoles y, más tarde, también religiosas, viajaron al nuevo mundo con el fin de establecer conventos en tierras que les fueron donadas por cédulas reales. Aunque cumplieron con celo su labor, que era ante todo evangélica y después educativa, al paso del tiempo sus intereses se expandieron.

En cuanto a su caudal, la Iglesia se convirtió en un gigante por varias razones: las tierras concedidas eran extensiones vastísimas; el material de construcción abundante, la mano de obra indígena en extremo barata, si no gratuita. De tal forma, el país conquistado no tardó en ver surgir bellos conventos junto con iglesias de todos tamaños. En cada ciudad principal, en todo pueblo, en los más remotos parajes, había iglesias. Si también se construyeron hospitales y escuelas fue en mucha menor escala. Para financiar todo esto se plantaron huertos, se levantaron cuantiosas cosechas y se recibían diezmos y primicias.

No había conquistador o colonizador rico y afamado que no donara grandes sumas a su santo predilecto: un tabernáculo de plata, un marco de oro, un templo. Si no tenían herederos, ¿quién más apropiado que la Iglesia? Su fortuna creció enormemente al parejo que su poder. Así, el clero disfrutaba de una posición privilegiada. Raro era el español, por encumbrado que fuera, que se atreviera a levantarle la voz, y el indio se inclinaba con humildad ante los hombres que los socorrían de las crueldades del nuevo orden. Su presencia era autoridad y su autoridad no tuvo rival durante tres siglos.

Mariana se enteró con asombro de que la mitad de las propiedades raíces de la colonia pertenecían a la Iglesia, la cual, además, operaba como una especie de banco agrario prestando capital por medio de hipotecas a gran número de hacendados entre los que para entonces predominaban los criollos. Según se enteró al revisar antiguos documentos, su bisabuelo, don Onésimo Aldama, supo manejar tan bien esos créditos formando su propio capital, que su abuelo Fernando ya no tuvo que recurrir a ellos más que en una ocasión.

Los criollos también estaban involucrados en el mercado interno y en una incipiente industria que existía por encima de las prohibiciones de la corona. Durante la colonia, el sector minero que remitía a la metrópoli su producción, y el de los puestos públicos, estaban formados por los europeos que, por su sangre y relaciones, se hallaban más ligados a España. Era evidente que, aunque ambas ramas: criollos y peninsulares, estuvieran unidos por la sangre, la base de sus intereses económicos divergía. Pero, ambos padecían en alguna forma las exigencias pecuniarias del gobierno, lo cual afectaba menos a la Iglesia.

En la Nueva España el auge de metales preciosos que marcó el fin del siglo XVIII coincidió con la invasión napoleónica de España, que tuvo necesidad de exigir a sus colonias desmesuradas exacciones para sostener sus guerras. Entonces sí, la Iglesia misma se vio obligada a pagar un impuesto especial, a vender capellanías y hacer efectivas las hipotecas. Fue por esa época que el bisabuelo se vio a punto de fracasar, pero, a fuerza de restringir gastos y tesón, logró salvar su patrimonio. La mayoría de los hacendados no pudo hacerlo y ello ocasionó que la economía novohispana se resintiera a fondo. Tanto entre españoles como criollos existía gran descontento. En el archivo de la hacienda Mariana también había encontrado cartas en las que se ponía de manifiesto que su bisabuelo, al igual que otros amigos, procuraban un nuevo camino político, pero se hallaban desconcertados.

Las abdicaciones de Carlos IV y Fernando VII, forzaron a criollos y peninsulares a buscar maneras de gobernar a la Nueva España en ausencia del monarca sin desligarse de él. Se arguyó que la soberanía, según antiguas leyes castellanas, residía en el pueblo; pero ante un pueblo indio y ante los criollos que dominaban los ayuntamientos, los europeos detuvieron cualquier reforma y la oposición de intereses entre unos y otros se agudizó. Pese a todo, se empezaba ya a vislumbrar la posibilidad de una independencia total.

Entre los criollos letrados, en su mayoría abogados, figuraban miembros del bajo clero como Miguel Hidalgo y Costilla, sacerdotes que, al contrario del alto clero, sí estaban en contacto directo con el pueblo y sus necesidades. En 1810, Hidalgo audazmente inició en un momento de crisis lo que la historia llama el movimiento de independencia enarbolando la imagen de la Virgen de Guadalupe, pero sin desligarse de su lealtad al rey, ya que tenían la idea de que Fernando VII iba a reinar sobre las dos naciones: España y la América Mexicana. Con ello, estuvo muy de acuerdo, en principio, don Onésimo.

Sin embargo, un movimiento que en sus inicios pretendió definir en dónde radicaba la soberanía y cómo establecer un organismo que la ejerciera durante la ausencia del monarca, se fue por una tangente al tornarse en una revolución popular. Pronto se percató Miguel Hidalgo de que para tener fuerza era necesario llamar a todo el pueblo, el cual respondió en masa impulsado por la esperanza de aliviar su miseria, por su sed de justicia y su odio al "gachupín". Por esos días y sus noches, el bisabuelo dormía con su escopeta al lado de la cama y un puñal bajo la almohada. Su mujer, de ojos de venado y oídos alertas, supo que no corría peligro. Además de que le temían a su carácter, sabía, porque se lo había dicho una adivina, que la muerte estaba esperándolo más allá de aquel conflicto.

De cualquier modo, ante aquel oleaje de furor reivindicativo, que nació de la base del pueblo, don Onésimo se angustió a tal grado que se enfermó del hígado. Ya no quiso saber nada de Hidalgo —a pesar de que en el fondo de su alma sentía que el hombre tenía razón— a partir del día en que declaró abolida la esclavitud y decretó la restitución a las comunidades indígenas de las tierras que les pertenecían. La clase alta criolla, la europea, y la Iglesia se opusieron a tan drásticas medidas. Lo que menos deseaban era una alteración del *status* de las clases bajas. Por la correspondencia que sostuvo su bisabuelo con diversos hombres involucrados en aquel movimiento, Mariana se percató de que perseguían exclusivamente un cambio político que los beneficiara en su economía y en su ascenso social.

Pero la genuina explosión libertaria culminaría, a la postre, en la proclama formal de la independencia de México. Al morir Hidalgo, José María Morelos y Pavón continuó la lucha, para terminar también en el paredón y lejos del éxito de su empresa.

Al comentar Mariana aquellas lecturas con don Evaristo —pues a su padre le importaba un comino la historia en general— le explicó aquél que, influenciados por las cortes de Cádiz en 1811, en el Congreso de Chilpancingo en 1813, y posteriormente en Apatzingán, aún con Morelos al frente, se había rechazado a la monarquía y establecido la república que ya no se basaba en los antiguos preceptos castellanos sino en las constituciones francesas hijas de la Ilustración. De ahí partió cierto anticlericalismo y una apertura democrática para los americanos, lo que se anuló al disolverse las cortes cuando retornó Fernando VII en 1814, para luego verse obligado a jurar de nuevo la Constitución de corte liberal en 1820.

—Si así eran las cosas en España, Mariana, imagínese cómo andábamos nosotros. Estar al día era casi imposible. La incertidumbre era lo único seguro y aunque en la Nueva España se conspiraba en contra del anticlericalismo que aquellas Cortes manifestaban, el momento de un cambio había llegado. Agustín de Iturbide, logró la independencia al conciliar los intereses de los insurgentes, de los peninsulares, de los criollos de la élite y los de la Iglesia, a la cual se le prometió respetar sus derechos y fueros. El pueblo se conformó con que se hubiera abolido la esclavitud y se hubieran suprimido las castas.

En efecto, por aquellos días, don Onésimo Aldama se dio de santos al no haber quedado en la ruina pasados once años de revolución; sin embargo, continuarían muchos más de agobio económico y desgarramientos. Gran número de peninsulares optó por regresar a España, o fue exiliado, pero su bisabuelo ya se había apegado al valle que lo había nutrido de pan y esperanzas, y la lejana Vitoria se le había hundido en el recuerdo para siempre. Dio la cara a las nuevas circunstancias con el ánimo de quien subió a un barco un día, cortó amarras en la flor de la vida y ha entregado sus mejores años a otras tierras y a otro cielo.

Era 1821 y nada estaba en calma. Iturbide, alentado por la Iglesia y algunos realistas, se coronó emperador, pero los republicanos lo destronaron en un santiamén. Su ambicioso sueño se disolvió con el humo de los fusiles ante las palabras: "¡Preparen, apunten, fuego!". Orden que se repetiría innumerables veces y ante la que muchos hombres, valerosos o cobardes, valiosos o infames, cerraron su destino. El bisabuelo no vivió para padecer la expulsión de los españoles. Su patrimonio se salvó al ponerlo a nombre de su hijo, Fernando, nacido en México. Antes de morir, don Onésimo se preguntaba si el país llegaría a estar jamás en paz.

—Nadie hubiera pensado —decía don Evaristo— que seguirían cuatro décadas caóticas, guerra con Estados Unidos, pérdida de más de la mitad de nuestro territorio en 1848, pugnas entre liberales-federalistas y conservadores-centralistas e incluso monárquicos, que culminaron en las leyes y la guerra de Reforma. Al nacionalizarse las propiedades de la Iglesia, *sacrilegio* fue la palabra del día e iba acompañada de excomuniones. La gente se persignaba consternada al ver que la soldadesca invadía los templos para confiscar las fortunas amasadas. Esto, Mariana, resultó intolerable para algunos. El desconcierto era general.

"Por su lado, los liberales buscaban reconocimiento a su gobierno en Estados Unidos. Habrá notado que llegaron a hacer tratados equívocos y desesperados con aquella nación, que, por suerte, no fueron aprobados por su congreso; por otra, los conservadores decidieron ir a Europa a buscar emperador.

"Después de un breve reinado de tres años, la aventura terminó en tragedia al morir, fusilado, Maximiliano. Como usted pudo apreciar, los republicanos ganaron la batalla. En 1867 Juárez tomó mando de la capital, pero muchos lo consideraban y consideran hasta hoy el ofensor de todo lo sagrado, sin reconocer que las leyes que apoyara nada tenían en contra de Dios y establecían la libertad de religiones. El punto neurálgico era que el poder económico de la Iglesia se había menoscabado y ésta siguió blandiendo anatemas de palabra y por escrito.

"Por eso, Mariana, muchos hombres, hondamente desilusionados, se alejaron de la Iglesia, si bien permiten que sus familias practiquen su religión en paz. Otros, según soplan los vientos, fingen ser liberales para proteger sus puestos o intereses, pero con disimulo apoyan de alguna forma a la Iglesia.

Mariana había sonreído al recordar cómo su padre remaba a dos aguas sin convicción de ninguna especie.

—Gran número de intelectuales —continuó su tutor— sin duda debido a las presiones ejercidas sobre ellos por todo este conflicto, explotaron en intolerancia e ira. En cierto modo, no son verdaderos liberales ya que sus mentes están encadenadas por el aborrecimiento hacia un enemigo que consideran peligroso por lo que algunos de ellos se pusieron a escribir libros cargados por un sentimiento de odio que nubla el entendimiento y deforma el juicio. Son guillotina sin tregua. La batalla, si no la guerra, continúa y habrá de continuar indefinidamente. Hay libros en que se perfila a la Iglesia como el mal viviente, en otros sin mancha. Ninguno es del todo cierto, pero cada facción se aferra a sus opiniones y de ahí ni quien los mueva.

Mariana se percató así de cómo nacieron dos bandos: por una parte, unos consideraban como hombres satánicos, profanadores de templos a los que trataron de marcar un rumbo liberal a su país, y esas ideas inculcaban a sus hijos y a sus seguidores; los otros, arrojaban su menosprecio sobre todo lo religioso.

—Hoy mismo, todavía, ambos llegan a extremos que causan desconcierto y afectarán a generaciones futuras —predijo don Evaristo—. No es tan sencillo encontrar el equilibrio, Mariana. Pero en el fondo, al correr de los años, la gran mayoría dejará de lado todo esto y perdurará en su lealtad a la Iglesia, ya verá, porque al ser humano le es difícil vivir sin ese amparo. Ante los azares de la vida clamamos por un refugio.

—¿Y usted? —Mariana había preguntado.

—Yo soy libre pensador.

—¿Cómo es eso?

—Tal vez sea un poco arrogante. Pero, en fin, trato de pensar con libertad, formarme mi propio criterio.

—¿Y su refugio?

—Aquí, dentro...

David, al igual que muchos, se había visto jaloneado por estas divisiones desde su niñez; por un lado su padre, un liberal que, aunque tolerante, no dejaba de lanzar pullas contra los curas; por otro, su madre, una católica de criterio estrecho que lo había puesto bajo la tutela de sacerdotes. Su confusión nació cuando sus instructores se referían con resignada conmiseración hacia aquellos hombres a quienes su padre llevaba en alta estima. "¿Quién tenía razón?" se había atrevido a preguntar, y su padre declaró que ya había tolerado de más. Ante su hijo interrogante y don Evaristo, el ingeniero se había paseado de arriba a abajo junto a una alta mesa repleta de rollos de planos y mapas. No, no era jacobino, pero lo estaban forzando:

—¿Por qué diablos sembraban insidia? ¿Por qué no se conformaban?

—Los intereses, los intereses, ingeniero... y tal vez porque la mayoría son hombres desempeñando un papel equivocado —había respondido el abogado en aquella ocasión—. Si sólo los hubiera con verdadera sapiencia para guiar a los corazones en busca de una fuente espiritual. ¿Pero dónde encontrar a aquellos dispuestos a seguir el mandato cristiano? Pensándolo bien, no es tan fácil amarnos los unos a los otros.

Unos ojos de niño habían ido de un hombre a otro. Equivocados... ¿Entonces para qué seguirlos?

Un ligero ruido despertó a Mariana.

—Perdone, señorita, ¿ya no va a montar? —desde el patio Ismael aguardaba su decisión con las riendas en la mano.

Ella atisbó hacia el cielo que empezaba a nublarse:

—Va a llover.

—No tarda —respondió masticando la pajilla que colgaba de la esquina de sus labios y, aguzando la vista hacia las nubes que obscurecían el sol, se caló el sombrero hacia sus cejas.

—Entonces guarda a Negro —ordenó por entero aburrida.

En efecto, el trueno pronto sacudió la hacienda; parecía que descomunales barriles rodaban por las montañas. Grandes gotas empezaron a manchar los mosaicos del corredor con brillantes lunares. Como tren que acelera la marcha, la lluvia empezó a caer más y más aprisa. Pronto se convirtió en chubasco. Las voluminosas nubes se descargaban. Contentos, chapoteando en el lodo, con sus cuerpecillos relucientes como cobre bruñido, los hijos de los pocos peones que había en Valle Chico gritaban del otro lado de los muros al refrescarse bajo los chorros que caían del alero. Marcial se había despertado con el estruendo. Desde la sala, por la puerta abierta, veía la cortina de agua que obscurecía el patio.

—¡Justo a tiempo para ayudar a la cosecha! —exclamó pegando en el suelo con su grueso bastón y sentóse con Mariana a contemplar llover.

La tanda de lluvia duró poco más de media hora y con las últimas gotas llegó David. Venía en una calesa nueva y de un salto estuvo frente a ella. Mariana notó que el chubasco lo había alcanzado. Su impermeable abierto dejaba ver la camisa pegada a su pecho en húmedas marcas. Despachados los saludos protocolarios y ya que la salud de todos había sido recontada, decidieron sentarse en el corredor que Cata había trapeado a toda prisa anticipando sus deseos. Por un incómodo momento contemplaron en silencio la fuente que se derramaba sobre la mitad del patio y al unísono atacaron el tema del tiempo. Después de que David contó cómo se había resguardado de la tormenta, pasó a decir que el valle se veía espléndido, que, sin duda, el año sería bueno. Marcial estuvo de acuerdo y de buen humor, lo que David aprovechó para pedir permiso de llevar a Mariana a dar un paseo en su nuevo *barouche*.

Los bigotazos del hacendado temblaron. A ningún pretendiente se le permitía de visita si no estaba bajo constante vigilancia. Una tía, un hermano, una hermana, en muchos casos la familia entera ponía ojo de águila en la pareja. Una señorita no trasponía la puerta de su casa si no iba acompañada de igual manera. Esto último, claro, si la pareja ya estaba comprometida. Antes eran miradas, suspiros, notas —de preferencia poéticas— recibidas a condición de que un pretendiente hubiera mostrado lo profundo de sus sentimientos al desfilar frente a los balcones mandando miradas lánguidas en la dirección que sospechaba estaría su amor observándolo tras la cortina.

Tanto mejor si había aguantado la lluvia en una esquina o se había levantado de madrugada para escoltarla de lejos camino al templo, donde un día se atrevería a ofrecerle agua bendita de la punta de sus dedos. Entonces las misivas se hacían más apasionadas, los padres se informaban y ambas familias, si estaban de acuerdo, arreglaban el derecho de visitas.

Marcial se estremeció. ¡Éste era de cuidado! Primero pedía permiso de visitar sin más ni más; después llegaba de la montaña con Mariana y ahora quería llevársela en el carricoche aquel. ¡No señor!

David tuvo que apretar los dientes para que no se le escapara una maldición. Él no iba aguantar muchas tardes apoltronado frente a don Marcial bebiendo limonada. Su mirada se dirigió a Mariana con una fijeza que la reclamaba. La tarde se iba, la vida también, y ellos, parecidos a marionetas que debían dar función, seguían los pasos del protocolo, se escuchaban hablar de cosechas, minas y el tiempo, el tiempo... No, no había tenido tiempo de visitar la mina de Marcial. Había estado en la capital toda la semana. Al interrumpir Mariana diciendo que el criado que había traído los libros había dicho que estaba en Quiroga, él pareció no oírla al jugar con las gotas de humedad que sudaban por fuera del vaso hilando brillantes huellas. Así había estado aquella tarde: con ella, para ella; y enseguida lejos, Dios sabría dónde. De pronto retornó, preguntó si se tenía buena vista del valle desde el segundo piso y David pidió permiso a don Marcial de subir. Otro permisito... Marcial dio un bastonazo al piso, pero como tenía la vejiga llena de tanta limonada, accedió. Además, si caminaba hasta la fuente, los podría ver. Sin embargo, no del todo satisfecho, se jalaba los bigotes al verlos subir la escalinata.

En silencio dieron la vuelta al espacioso corredor que tenía a lo largo de sus tres costados una serie de amplias habitaciones indicadas por hermosas puertas de cedro labrado y, del otro, arcos de medio punto de cuyas columnas colgaban linternas de hierro forjado. En compañía de David el trayecto le pareció nuevo a Mariana. Pisando pétalos de luz y sombra dibujados por el sol que se colaba entre las buganvilias, casi en segundos habían llegado a la arcada de un extenso balcón labrado en cantera rosa con barandal de filigrana, marco del paisaje, misterio y nostalgia, de Michoacán. Frente a ellos contemplaron el valle que resplandecía convertido en mosaicos de malaquita de obscuros verdes aquí, luminosos allá, donde los rayos del sol marcaban gigantescas manchas de luz proyectadas entre nubes que se dispersaban dando a los prados visos dorados. El aire, limpio y vibrante con el aroma de tierra humedecida, dejaba ver los más lejanos contornos de los cedros que coronaban las montañas.

David se aseguró de que la porción de balaustrada frente a él no estuviera floja. Aferrándose con ambas manos, descansó en ella el peso de su cuerpo. Pensativa, Mariana se recargó contra el muro que formaba un ángulo con el barandal. Ante ella, el perfil de David se delineaba con nitidez..., a través de su camisa su cuerpo viril expresaba fuerza. Desde la punta de sus botas hasta el lacio cabello, partido por un lado, marcaba de un sólo trazo el anhelo de su corazón. Mitad de la semana la había pasado recordando su última entrevista, la otra mitad anticipando su próximo encuentro. Dormía, comía, trabajaba y hablaba porque podía hacerlo sin tener su mente en ello ya que estaba en todo momento con David. David esperándola en la explanada, David con su mano extendida para ayudarla a bajar del caballo..., y ahora sería David con la mirada alerta, apoyándose en el barandal. Imágenes que la conmovían más allá de lo que jamás soñó llegase a poseerla el amor.

—Piensas bien en no querer vender Valle Chico—. Aguzó la mirada y con ella recorrió el valle de norte a sur de este a oeste—. Si una vez se hizo una fortuna de él, puede volver a lograrse.

Ella sonrió condescendiente. No cabía duda que era hombre de negocios; el entorno entero brillaba tapizado de esmeraldas y él calculaba lo que quería decir en dinero. Para ella ese valle era su irrecuperable niñez, su historia y la de sus abuelos. Era la tumba de su madre y era su cuna.

—La capilla —señaló apuntando con la cabeza hacia la pequeña nave situada rumbo a la entrada principal del otro lado del patio. Ella miró de soslayo el templo de cantera que había tomado un color rosa más profundo con la lluvia y asintió retirando la vista. Presintió que otra discusión estaba por darse.

—Siempre presente —recalcó David, y dejó pasar unos momentos antes de agregar—: ¿Qué te parecieron los libros?

Toda la tarde había temido Mariana abordar aquel punto. Había escondido los libros porque su padre, así no se parara en una iglesia desde hacía mucho tiempo y renegara de que los curas por más curas que fueran no debían usar faldas sino pantalones, siempre se descubría al pasar ante un templo y sostenía que la mujeres sólo en misa era donde abrían la boca por más de cinco minutos sin decir barbaridades.

Sin eludir la razón de lo que había leído, Mariana trataba de encontrar una defensa que le permitiera seguir siendo fiel a su respeto por la Iglesia sin sacrificar su buen juicio. Situación que le había tenido en constante desasosiego toda la tarde, interponiéndose a su alegría, manteniéndola alerta.

Instada por la tensa expectativa de David, contestó con un cauteloso:

—Puede que los liberales tuvieran razón.

—¿Puede que?—David se pegó en la frente—. ¿No leíste que desde la conquista, ricos y pobres, todo capital o negocio, pagaba primero diezmos: diez por ciento sobre entradas brutas; y luego primicias: donaciones hechas sobre el primer producto obtenido? Niña, ¿sabes lo que quiere decir eso? Ellos tenían participación en la producción de todo el mundo y ni un centavo de contribución pagaron al estado hasta fines del siglo pasado.

—Sí, lo leí —subrayó ella enderezándose.

—Entonces, diezmos, primicias, tierras, herencias, mucho sin impuestos por siglos, y dices que ¿puede que hayan tenido razón?

—¿Para qué alterarse tanto? —arguyó ella evadiendo su mirada con franca contrariedad—. Ya todo eso se arregló con la Reforma.

—Y con ella nos liberaron del pulpo.

—¡David, por Dios!

—Es cierto. Quita riquezas y se va el poder. Antes, si un cura no lo salpicaba de agua bendita, un documento no era oficial.

—No comprendo por qué tienes que usar términos llenos de coraje. Si hablaras con más calma, con más ecuanimidad serías más convincente.

—¿No estás convencida aún?

—Lo estoy. Pero...

—Temes al hecho de que el alto clero fuera tan intrigante y egoísta. No puedes negar, Mariana, que siempre actuó en interés propio. Durante la revolución de independencia, no le importó un comino la gente; cuando la Reforma aniquiló su riqueza, no pensó en el bienestar del país. Para protegerse mandó a sus fieles a mendigar rey a Europa. Amparados por el signo de la cruz, cuyo significado han olvidado, había un factor dominante: guardar la bolsa, guardar su influencia para su beneficio. Y eso no lo quieres ver.

—Nada de eso —Mariana lo miró de lleno—: Comprendo muy bien como hombres, no importa la ropa que vistieran, hombres al fin, pudieron ser ambiciosos y mezquinos, sobre todo porque sabemos que el clero era visto más como carrera que apostolado. Tal vez —reflexionó ella mirando hacia el valle— el mal estuvo en que la Iglesia cayera en manos que la llevaran tan lejos de sus metas iniciales.

—Ahí tienes. Cristo afirmó que su reino no era de este mundo. Pero el becerro de oro vuelve a triunfar y los caminos de Dios se convierten en búsqueda de fortuna y derroche de extravagancias.

Mariana recordó la hermosa Catedral de Morelia, sus dorados altares, el gran manifestador que brillaba a lo lejos—. En cuanto a eso —señaló en tono conciliador—: Tal vez el Partenón de Atenas, los templos de Roma y Egipto se hicieron porque necesitamos materializar nuestras creencias y cuanto más hermosos los templos, más merecedores de nuestra fe los encontramos.

—Fe que se materializa ya no es fe.

La dejó pensando...

—De acuerdo, el lujo sale sobrando —accedió—. Ojalá algún día lo comprendamos y lo descartemos.

—Los templos también salen sobrando para el hombre suficiente.

—¿Como tú?

—Como yo.

—Son los menos. Y los demás, ¿a dónde acuden? ¿En qué se apoyan?

—¡Qué sé yo!

Quedó viéndola con detenimiento. Hasta entonces sólo se había percatado de sus absorbentes ojos, la curva de su talle, de su boca un tanto retobona y algo que lo había subyugado desde el primer momento, como si hubiera traído del confín del mundo un solo mensaje el viento diciéndole: "Ésta". Siempre seguro del camino que pisaba y por donde a voluntad se dirigía, no pensó nunca que lo indujera a recabar que la suficiencia era soledad que muy pocos soportaban. Sin encontrar un punto de contacto, rondaban un dilema en que los dos sentían tener algo de razón y David terminó por desplazarse con un impaciente:

—¿Apoyo? ¿Quieres que se apoyen en estructuras gigantescas vacías de comprensión humana?

—Entonces lo que falta es compresión.

—Y acción positiva que la acompañe para que ese apoyo que dices, sea válido.

—La reforma ya no sería política sino eclesiástica.

—¡Vaya! Veo que nos vamos poniendo de acuerdo.

—¡Dios mío! Ya no sé lo que estoy diciendo —desesperó pasando su mano por la frente como si quisiera borrar pensamientos alocados—. ¿Será sacrilegio o blasfemia?

David tuvo que reír—. Ni uno ni otra. Es ser sincero Mariana. No des paso atrás —instó—. El mundo es de los que avanzan.

Como un toque de alerta cruzó por la mente de la joven aquella frase: "¿De qué sirve que ganes el mundo si pierdes tu alma?" Y en seguida la de Tomás: "El mundo necesita hombres sinceros". Un incontenible temor a la par que una innata osadía se debatían en ella. Suspiró dejando escapar la zozobra que la sobrecogía y él se acercó diciéndole:

—Te canso con mis cosas.

Jugaba él con su largo cabello aprisionado por un broche en la nuca, que caía sobre su hombro izquierdo. Sus ojos encontraron los de él...

—No, David. Me inquietas. A veces, me das miedo.

Tomando una de sus manos la presionó él contra su propia mejilla—. Mariana, ¿te he dicho que te quiero?

Entre curas y Reforma, ¿cuándo se había dado tiempo? Pero ahora se lo decía quemándola con su mirada, y el mundo se convirtió en David y sus labios. Unión y fluidez de su aliento que trasponía el límite de la sensación, que se convertía en exaltación de ternura llevándolos a un punto jamás alcanzado ante el cual no querían retroceder. Fue un largo beso, o era que se había aferrado a él y él la besaba y la volvía a besar... Cuando sus frentes quedaron juntas..., moviendo la cabeza, murmuró él apenas respirando:

—Tengo el presentimiento de que en esta vida, sólo a ti querré.

Quiso decir ella lo mismo, pero no pudo. Sin explicarse por qué, huyó del momento con sutil cobardía que revistió de reproche al decir—: Eso le dirás a todas —y, al mismo tiempo, deseó con toda el alma que él lo negara. Lo negó, en silencio, ensimismado, con la cabeza baja. La había soltado y la sujetaba sólo por los dedos. Con la vista clavada en ellos tomó una decisión:

—La próxima vez que venga, vendré con el licenciado Gómez a pedir tu mano.

—¿Tan pronto?

—Sé lo que quiero. No necesito andar con tantos preliminares. Falta que tú quieras.

Mariana asintió buscando sus ojos, pero él mantenía la vista fija sobre los dedos que retenía. De súbito, una duda terrible la asaltó—: David, nos casaremos por la Iglesia ¿verdad?

Permaneció callado.

Algo estaba pasando que ella no comprendía—. ¿David? —insistió.

—Si lo quieres.

Marcial pensó que ya era bastante de contemplar el paisaje y salió al patio a llamarlos. No juzgó de buen tono extender más la duración de la visita, máxime que el señor Alpízar ni siquiera había hablado con él respecto a Mariana. De manera que, sin preámbulos, se despidió del joven en cuanto ellos bajaron, dio a entender que era hora de la merienda y dirigióse al comedor. Pero una vez hubo llegado se devolvió.

—A veces es un poco brusco —, disculpaba ella a su padre.

David no parecía oírla. Sin decir palabra, la guió tras una columna, su dedo recorrió con ternura el contorno de aquella cara tersa, fresca, confiada a su tacto.

—Te mandaré avisar el día en que vengamos —le anticipó refiriéndose a la visita con el licenciado Gómez— y volteó a ver si el patio estaba desierto para acercarse más—. Mariana, recuerda que te quiero. De veras—. Sus labios se esforzaron por ocultar un ligero temblor, la atrajeron hacia sí y dijeron en voz muy baja—: Bésame.

Un ruido se oyó y ella se retiró negándose. Él la retuvo.

—No me voy —insistió.

—David, por favor... Viene alguien.

—Eso digo yo: por favor.

Sus labios acababan de tocar los de él, cuando la voz de Marcial tronó llamándola.

Brincaron. Pero David no la soltaba.

—Ése no valió.

Mariana oía el bastón de su padre acercarse y ni así David la soltaba. Apresurada plantó otro beso en sus labios y él la estrechó más y más.

—¡ MARIANNNAAAA!

Marcial apareció en el corredor justo cuando David daba un salto al carruaje y se despedía con tanta seriedad que ella se admiró de cómo podía asumir tal calma. Por contraste, loco de felicidad, su propio corazón estaba a reventar. Vio a David trasponer el portal principal, dar un último adiós, desaparecer..., mientras ella, que saboreaba aún su aliento, movía maquinalmente la mano. Buscó su voz entre los latidos de un corazón que se ha querido fugar; haciendo acopio de toda su voluntad la encontró y, dando media vuelta, se oyó decir:

—Vengo yo ya..., quiero decir, ya vengo papá.

Lo que quería decir es que hubiera deseado permanecer para siempre tras esa columna, petrificada con él en un eterno abrazo, como figuras de frisos griegos, como monumentos a un instante pleno de amor.

Capítulo XIV

La vida transcurría serena en la provincia mexicana; el trabajo llenaba el día y al calor del hogar, las tardes pasaban. La cadencia de lo cotidiano se interrumpía por las celebraciones familiares como bautizos, cumpleaños, matrimonios y también por las fiestas religiosas que, aunque ya no fueran tan lucidas como antes, atraían a gran número de gente de todas las clases a los atrios de la iglesias. Terminada una corta prohibición, las corridas de toros se habían reanudado en Michoacán, pero éstas, al igual que el teatro, eran de temporada y a ninguna asistían los Aldama de Valle Chico. Lejos de aquel bullicio, supervisando la siembra del maíz, Mariana había pasado tres semanas en espera de David. En su lugar, a los quince días de su última visita, un ramo de rosas había llegado presentando con ellas una excusa por la ausencia que no explicaban y esto no fue suficiente para disipar por completo la intranquilidad que ya empezaba a sobrecogerla. Mientras que las flores estuvieron frescas, gracias a que las habían puesto en alcohol por dos horas y habían bañado sus tallos con tibia goma arábica, parecíale que en ellas había algo de la vital presencia de David, pero al marchitarse, la ilusión se desvaneció. Sin saber qué pensar, contemplaba el florero rehusando que Cata lo vaciara. Los días se arrastraban... La invitación a la boda de Cristina Arteaga la rescató en algo de su melancolía y le ofreció una oportunidad de dejar la hacienda en busca de un regalo de boda.

Marchó a Morelia con la nota que su padre había escrito a don Ramón Ortiz, dueño de una de las principales imprentas. En una calesa que había sido despreciada por todos debido al triste estado en que estaba y que ahora funcionaba gracias al ingenio de Cirilo, Mariana recorría el húmedo camino con el mozo a la retaguardia montando un burro gris. Era un hermoso paseo. Gracias a las lluvias, los mezquites lucían coronados con guías rojas; de los campos había brotado una tierna hierba manchada con montones de flores silvestres y mirasoles que se desplegaban sonriendo al Sol. Este, por lo general, se escondía a dormir la siesta por la tarde cobijado por enormes nubes que se daban cita en medio del cielo.

Esa mañana, aunque lejos del mediodía, soplaba ya un viento fresco. Por encima de las montañas, como si surgieran de los confines de la tierra,

Mariana podía ver los cúmulos de bordes dorados avanzar. Fustigó el caballo que irrumpió en un trote rápido por la carretera. Sería necesario regresar pronto para que no los sorprendiera la lluvia. Las piernas de Cirilo papalotearon más aprisa contra la barriga del burro y a ese paso, pronto entraron en las calles empedradas de la ciudad donde disminuyeron la marcha.

Las angostas banquetas estaban transitadas a esa hora por las sirvientas que regresaban del mercado llevando las provisiones del día. Con los canastos colgados de sus brazos morenos, algunas se detenían a platicar con los mozos que lavaban las banquetas de las casas que servían, o con las comadres del barrio, y desaparecían luego con rápido paso tras los portones. Estos siempre quedaban abiertos a la altura de la calle, si bien guardaban la casa las hermosas celosías de hierro forjado, o madera labrada instaladas al fondo de los amplios pasillos. Trasponiéndolas, se podían ver jardines y patios rodeados por corredores repletos de macetas bajo la arquería de innumerables variaciones que ofrecían un aspecto de serena intimidad y, a la vista de un buen observador, el descubrimiento del ingenio arquitectónico con que se resolvía una esquina, una vuelta, o un remate.

Al llegar Mariana a la plaza que flanqueaba catedral por su costado izquierdo, el reloj de la torre daba las once y media y el tañer de las campanas de bronce inundaba el aire. Encontró frente a la imprenta, situada en la calle opuesta al parque, lugar para dejar su coche e instruyó a Cirilo acerca de varios mandados, citándolo en una hora en el mismo lugar.

El corazón de la ciudad lucía a esas horas sus acontecimientos habituales. Lanzó un vistazo por el jardín donde varios pequeños jugaban y unos cuantos ancianos leían plácidamente el periódico sentados en las bancas de cantera a la sombra de los laureles. Frente a los portales, en un coche de alquiler, el cochero dormía la siesta; con desgana su caballo inclinaba la cabeza y sacudía las moscas con su cola. Los carruajes pasaban con lentitud a lo largo de la calle Nacional. Después de haber bautizado a una criatura, un grupo salía de catedral y en la banqueta opuesta, del enorme portal del Palacio de Gobierno, salieron tres caballeros de altos sombreros y chalecos cruzados. Mariana pensó que ni siquiera sabía dónde vivía David.

Dentro de la imprenta la obscuridad la cegó de momento, poco a poco empezó a delinear estanterías de libros a los lados y, al fondo, tras el mostrador, a un hombre corpulento que llevaba una brillante cadena de oro cruzada al pecho. Como a un faro en noche obscura, Mariana se dirigió hacia aquel punto. El señor señalaba con un dedo regordete una hoja en blanco ante un viejo empleado de hombros caídos que asentía bajo su visera de celuloide. Pasó algún tiempo antes de que pusieran atención a Mariana. Por fin el dueño de la imprenta volteó sus enmarañadas cejas en dirección suya. Mariana no oyó lo que él dijo, ni se pudo hacer entender. El viejo había dejado abierta la puerta que daba a un cuarto trasero donde la imprenta hacía un tremendo ruido al estrellarse contra las hojas. Para aumentar el estruendo, un chamaco flacucho, con las manos entintadas, detonaba dentro una canción a todo pulmón, por lo que Mariana acabó por darle a don Ramón la nota de su padre.

Sus ojos estaban ya acostumbrados a la obscuridad y pudo ver que un rubor se esparcía por la cara del señor a medida que leía. En el acto el ruido de la prensa pareció molestarlo. Con impaciencia volteó a cerrar la puerta y regresó resoplando:

—Con que diga qué quiere, señorita.

—Un misal —respondió ella.

La mirada mal humorada del hombre recorrió a la muchacha, sacó un cajón que quedaba a su espalda y lo puso ante ella. Mariana revisó con la vista los libros. Eran los más corrientes. Atisbó entonces hacia el cajón de abajo que había quedado expuesto.

—Prefiero uno de aquellos.

—Esos son de lujo—. El señor aquel objetó y puso sobre el mostrador uno de los libros que tenía en frente con un gesto definitivo que decía: "tómelo o déjelo".

—Y con todo —arguyó Mariana conforme sentía que la indignación ganaba terreno en ella—, no valen un décimo de lo que valía el cuadro de la Última Cena que usted adquirió, entre otros, de la hacienda. Mi padre, al menos, piensa así. Pero si usted no está de acuerdo, se lo diré.

Enterado de la recuperación de Marcial, don Ramón había esperado que se presentara cualquier día a saldar cuentas; y aún así le dolía deshacerse del misal de concha nácar, hojas doradas muy finas y hermosamente grabadas.

—Éste —aprobó Mariana al examinarlo—. ¿Pudiera envolverlo para regalo, por favor?

—¡ NICANOOOOR!

Nicanor debía estar ahogado en el canto porque la puerta permaneció cerrada. Don Ramón giró y desapareció tras ella. Momentos más tarde, un poco sacudido por la mano del amo, el flaco tenor emergió limpiándose los dedos en su negro delantal.

—¿Cuál es, señorita?

En silencio apuntó ella al misal. El muchacho, revoloteó por toda la tienda como si fuera un extraño en ella, al cabo dio con unas hojas de papel de china en una gaveta y lo comenzó a envolver. Lo interrumpió la entrada de una señora. La mujer ordenó con altanería al darle una tarjeta:

—Diga al impresor que vengo por esto y que las necesito ahora mismo. No puedo esperar más.

Nicanor regresó con el viejo, hombre en apariencia habituado a dejar abiertas las puertas, o tal vez fuera porque traía en las manos un paquete de tarjetas. Lo que sucedió en esos momentos fue tan rápido que Mariana tuvo dificultad más tarde para reconstruir cada detalle. No sabía qué había sido primero: La mujer era joven, tendría alrededor de veinticinco años y guapa, aunque algo robusta. Si sus facciones no eran delicadas, tampoco resultaban desagradables. Lo que sí notó de inmediato fue que parecía muy nerviosa y que su boca iba pintada. Algo objetó acerca de la tinta que debió haber sido dorada, sin que el viejo, quien había cometido peores errores en su larga carrera, se inmutara. Ahí estaban ya, respondió. Si las quería la señora con urgencia, tendría que aceptarlas.

Todo aquel episodio le era ajeno. Se hubiera olvidado de esa mujer, esos momentos y ese día para siempre, a no ser por una frase que hizo que todo tomara al momento otra dimensión: "¿Cómo? ¡Alpízar con Z...!", había exclamado la señora. Una tarjeta fue descartada con enojo y giró en dirección de Mariana. Oyó que se decía que no era error. Alpízar iba con Z. Si no lo iba a saberlo él, que había imprimido desde las tarjetas de bautizo de don David. Claro, había dicho ella, era cierto. David siempre le decía que tenía terrible memoria para esas pequeñeces.

Mariana ya no supo entonces si era su corazón o la prensa lo que oía. El chamaco terminaba de envolver el misal y sus manos presionaban y doblaban. Sus uñas negras destacaban contra lo blanco. No se dio cuenta cabal en qué momento salió la mujer. Anonadada, negándose a sí misma lo que había escuchado, veía sobre el mostrador la tarjeta que había sido descartada. Tomándola leyó:

David Alpízar y su señora esposa, Rosa L. de Alpízar, tienen el placer de ponerse a sus estimables órdenes en la calle Real 178 y se sentirán honrados con sus visitas, los jueves de cinco a nueve.

La estrujó y metió en su bolso.

—Señorita, señorita, se le olvida su misal —el muchacho repetía alargando la mano. Mariana lo miró sin saber bien a bien de qué hablaba. Como autómata tomó lo que se le daba, salió por la puerta y subió al carruaje. Las campanas tocaban una y otra vez. Rodeada por imágenes de niños que alcanzaban una pelota, de hombres que volteaban las páginas del periódico y un cochero que despertaba, vio a la mujer de David partir en una calesa idéntica a la que había llevado a la hacienda en su última visita.

Se olvidó de Cirilo. No veía caras ni casas, nada más la grupa del caballo que fustigaba y la crin ondulante que volaba con el viento al alcanzar el camino. Los cascos azotaban el polvo, al rechinar las ruedas, las flores gemían bajo su peso. Los árboles se estremecieron uniendo su queja al aullar del viento, la solevación cundía y en el alma de Mariana, con agudeza que no la dejaba pensar, una tremenda desesperanza estaba impresa: todo había sido mentira.

El viejo coche, en una vuelta, pegó con una rueda en una piedra conmocionándose y lanzó a Mariana boca abajo sobre la hierba. No supo cuánto permaneció así. Un destello dorado cercano a ella rescató su atención. En la brisa, sobre una inmensidad verde, ante una móvil lejanía gris, se levantaban las hojas del misal en un arco dorado. Las contempló por buen rato sin esfuerzo alguno, con fascinación vacía..., por fin, cerró los ojos. Estaba tan cansada que resistía moverse aunque el húmedo zacate picara su cara y el viento la hiciera temblar. Se incorporó lentamente; recogió el libro y con pasos pensativos, llegó a un viejo sauce vecino. En él reclinó la espalda sobre la dura corteza. No podía evadir más la pregunta que había reprimido con desesperación. ¿Por qué había mentido? Con un sollozo se mordió los labios. No, no dejaría que el dolor tomara posesión de ella de nuevo. Jamás, jamás se dejaría ir así: incauta, tonta, confiada. Sobre todo, confiada. Dejó escapar una exclamación que fue de coraje y se irguió. Había sido una experiencia, había aprendido una lección y con un maestro guapo. El sonido de su risa la desconcertó. Hubiera llorado de nuevo si Cirilo no hubiera gritado desde lejos:

—Niña, ¿qué pasó?

Levantando la vista lo vio brincar del burro y voltear del carruaje a su cara manchada, a su vestido teñido con huellas de zacate.

—¿Pos qué pasó, niña? —e inspeccionó otra vez coche que temía había sido el culpable de su estado.

Mariana caminó hacia él. El viento barría su pelo a un lado. Le pareció muy extraña a Cirilo, como envuelta en misterios remotos que no eran más que reflejos de su decepción. Sin responder, se quedó viendo a lo lejos, hacia el fin de la distancia.

—¿No está lastimada?

Con una expresión que encontró rara en ella la vio sacudir el misal, y responder a sus ojos oblicuos que esperaban ansiosos:

—No—. Y al subirse al coche se recriminó en silencio: mentira. Pero si ella también mentía. Por eso los verbos se conjugaban en todos los tiempos y en todas las personas.

Capítulo XV

Al final del camino flanqueado por sauces, justo fuera de los portales de la hacienda, un jinete aguardaba. Trató de detener a Mariana al verla llegar, pero ella fustigó el caballo y pasó de largo ordenando a Cirilo que cerrara las puertas. No hubo tiempo. David ya había entrado. Se encaró con ella antes de que pudiera descender.

—¿Qué pasa? —preguntó buscando respuesta en la sombría expresión que ella mantenía con dureza en un intento pertinaz de ahuyentar todo sentimentalismo.

Mariana no había esperado encontrarlo tan pronto. Todas sus resoluciones hechas por el camino en el sentido de que actuaría como una reina, que lo humillaría el día que lo volviera a ver y que de paso se reiría de la estúpida aventura, se trocaron, en su presencia, en mudo despecho. Sin quitar su mirada de la de él, tomó la tarjeta de su pequeño bolso con gestos de propósito calmados, contraste de la agitación de vendaval que los rodeaba, sacudía, sus ropas y salpicaba sus rostros con piedrecillas. Aun el más desesperado mantiene un plateado hilo de esperanza, pero al ver la turbación desolada de David, Mariana sintió que se consumía para siempre.

—¿Quién te dio esto? —demandó.

—Tu mujer —le informó sin poder frenar su coraje—, la dejó en la imprenta.

A sus palabras los dedos de David se cerraron con furia sobre la tarjeta y la arrojó lejos de sí con una maldición.

Mariana no se conmovió. Maldita o no, esa Rosa estaría ya rotulando invitaciones.

—Mariana —suplicó con voz tensa, mirando la tarjeta arrugada dar tumbos por el patio —vengo a decirte todo, todo lo de esa mujer.

—Tu mujer —le recordó ella bajando del coche.

—Mariana, espera.

Deteniéndose le lanzó una mirada recta—: Sólo dime una cosa: ¿es o no, tu esposa?

A sus pies los remolinos juntaban las hojas, las revolvían, las esparcían y las volvían a juntar, al parecer, dándose cita a su rededor.

—Pues es, y no lo es —, desesperó David apretando los puños.

Los ojos de ella fueron al cielo; sus labios temblaron en lo que quiso ser risa—: Oye, que soy tonta, ¡pero no tanto!

—Mariana —la sacudió él arrebatándola del brazo— escúchame.

—Mentiras, ni una.

—Te juro que lo que te voy a decir es verdad.

La mirada de él ya no era incierta. Firme como vela al viento, aguantó la tenacidad de ella.

—Bien... — y, con un ademán de la cabeza, le indicó que soltara su brazo para guiarle hacia la sala donde arrojó su bolso sobre la mesa. Se sentó en el sillón cuyos labrados sentía esculpidos en sus propios dedos, se aferró a ellos—. Empieza—, ordenó.

David no la reconocía. Esa figura de inflexible actitud, con ojos de hielo que no parecían haber jamás conocido una expresión bondadosa, no eran de Mariana.

—¿Y?— le instó ella en el mismo tono.

Un sentimiento que había olvidado revivió en él. Era como tratar de explicar una travesura que no había querido hacer y que por accidente salió mal. Frente a la mirada admonitoria, la dureza que lo rodeaba, se sintió empequeñecido, vulnerable. Todo alrededor era rigor: las paredes de cantera desnudas, los muebles obscuros, el frío que se filtraba y aquella impotencia que había rendido inútiles todos sus intentos por desenredar su vida. Camino de México había repasado los detalles de su historia descartando lo superfluo, para hacer hincapié en lo convincente. Daba lo mismo. En esos momentos, al verla tan dueña de sí misma, casi aplastante, se encontró como un actor repitiendo líneas aprendidas al decir:

—La mujer que se dice mi esposa la conocí hace tres años en Quiroga—. Le sonó aquello ajeno, estéril..., con cierta desesperación le dio la espalda. No quiso sentir que hacía su relato a un extraño. Prosiguió, pasados unos segundos—: Mis relaciones con ella duraron algún tiempo. No que me gustara tanto. Sin embargo...— David llevó la mano a su frente sacudiendo la cabeza—. ¡Eres una niña, Mariana! —exclamó—. El caso es que yo seguía visitándola.

Su esfuerzo por sobreponerse lo llevó hacia la ventana, dónde, en inquieto silencio, buscaba palabras para continuar. Al fin cerró los ojos y dejó que su historia corriera sin reservas:

—Un día, hace unos meses, me anunció que esperaba un hijo. Me pidió que nos casáramos. ¡Ni estaba seguro de ser el padre! No quise, claro, y tuvimos una escena terrible. Ella lloró a más no poder, pero yo me rehusé. Accedí ver por el niño, si bien quedó asentado que el matrimonio estaba fuera de toda posibilidad. Tal fue su artificio, su aparente desaliento al separarnos, que empecé a sentir remordimiento al regresar a Morelia.

"Una semana más tarde dos hombres que se decían su tío y hermano, vinieron a decirme que estaba muriendo, que me llamaba... y ¡estúpido fui en ir! A nuestra llegada —continuó— me informó la partera que decía haberla atendido, que el embarazo había terminado porque Rosa había sufrido una tremenda hemorragia, que estaba en sus últimos momentos y que en su delirio pedía casarse conmigo.

"Dije entonces que aquello era absurdo y el más joven de los hombres respondió: 'Qué más da, señor. Se está muriendo'. Parecía tan sincero, creo que vi lágrimas en sus ojos. Entonces pregunté por qué no habían traído un médico, había que traer uno; pero de los dos doctores en la ciudad, uno estaba en la capital y el otro enfermo; por eso había venido la partera.

"Sin decir más, entré a la recámara. Un sacerdote acababa de administrar la extremaunción. Me preguntó si era yo Alpízar, asentí y me preguntó de nuevo si estaba dispuesto a contraer matrimonio con aquella mujer in *articulo mortis*. Entonces los ojos de ella se abrieron, su boca trató de formar un ruego. Admito que me impresionó terriblemente. Los otros dos hombres habían entrado también y me miraban. La comadrona, sosteniendo un trapo ensangrentado en la mano, parecía querer, más que esconderlo a la vista, mostrarlo como prueba de un delito—. Al decir aquello David se sentó, agobiado por el recuerdo... Con un murmullo escasamente audible, como si se recontara a sí mismo lo sucedido, declaró—: Dadas las circunstancias, me pareció mi deber y acepté. Las oraciones en latín se oyeron, nuestras manos se unieron, ella respondió que sí en el oído del sacerdote y finalmente, el que yo dije, se escuchó.

David volteó hacia Mariana para encontrarse con que sus ojos nunca dejaban un punto fijo en el suelo.

—No quise ver el final. Dejé una buena cantidad con el tío para el sepelio y regresé a Morelia. Aunque la verdad, no me sentía bien. No la quería, Mariana, pero creo que he aprendido a ser responsable a mi manera. Las palabras del cura habían sido incomprensibles, un mero rito, sin embargo, sentí haber huido de mi deber al dejarla así. Regresé a los dos días.

"No podía dar crédito a mis ojos —exclamó levantándose—. Si en efecto perdió al niño, sólo ella lo sabe; pero su agonía, la milagrosa y rapidísima mejoría que alegaba, ¡todo olía a mentira! Con decirte que no tardó en mandar por una costurera para preparar su ajuar de novia. Parecía *vedette* barata con aquella bata chillante. Me estaba escribiendo, explicó, para hacerme saber de su alivio para que pudiera transportarse a nuestra casa en Morelia. Al principio quedé atónito, pero en seguida le grité horrores. Creo que amenacé con matarla y le dije que pagaría por su farsa.

"Busqué a la comadrona y la mujer me salió con que ella no tenía la culpa de que la señora se hubiera aliviado. Después de mucho buscarlos encontré al hermano y al tío. Ambos negaron que habían mentido. Les pregunté si no les parecía sospechosa su inmediata mejoría. Era posible que nos hubiera engañado a todos. Callaron. Anduve por las calles, me senté en la banca de un parque a pensar y regresé a hablar con ella. Traté de que nos pusiéramos de acuerdo. Le hice ver que aquel matrimonio se había convenido en circunstancias especiales. Desaparecidas esas circunstancias, no era válido y lo íbamos a anular. Su respuesta fue que lo que Dios unía, nadie lo desataba, que aquel matrimonio valía como el que más y se aferró a su inocencia. Comprendí que no le importaba que no la quisiera. Lo que ambiciona es ser la señora Alpízar, ser recibida por la sociedad, ¡qué sé yo!

"Decidí ir con el cura. Le expuse mis sospechas y fuera de éstas, mis razones para querer una anulación. El sacerdote pareció dudar de mí. Guardó silencio largo tiempo y terminó por decir que estaba inventando cosas para zafarme. Que quería pruebas de aquello que yo decía. Según él, ella había estado moribunda de veras. ¡Como si las mujeres no supieran fingir! De cualquier modo, una anulación era un proceso legal, se seguía algo parecido a un juicio. Tendría yo que presentar pruebas y testigos. Aquello tomaba tiempo, intervenía la *Sacra Rota*; tal vez fuera indispensable un viaje a Roma y pruebas, ¡pruebas! Me desesperé, argüí que la mayor prueba era mi falta de voluntad. Aquello había sido forzado. Para acabar le dije que qué pruebas ni que nada, que todo lo que se necesitaba era un poco de sentido común para enderezar las cosas. Se enojó y yo me enojé más. Gritó y yo resucité a todos los jacobinos que pude recordar. Acabé por decirle que no regateara y pusiera precio y al son de sus gritos de "¡Libertino, irresponsable, por mi cuenta corre que usted no se salga con la suya!", me lancé fuera cerrándole la puerta en la nariz—. David se desplomó en una silla, y, sacudiendo la cabeza, continuó:

—Nadie me podía forzar a vivir con ella. Le advertí que más valía que se estuviera quieta si no quería que le fuera mal. Al poco tiempo te conocí.

David llegó a la mesa de centro donde, sin verlo, contempló el florero:

—Tuve que volverla a ver para tratar de convencerla, por las buenas, que confesara su juego. Fue en vano. Lloró, aseguró que se mataría para dejarme libre, lo cual, claro, no hizo. Entonces decidí ir a la capital para hablar en catedral. De cualquier modo, aunque ella fuera inocente, yo había caído en una situación forzada. Las circunstancias me habían obligado contra mi voluntad. Ese era, en último caso, mi argumento.

"Me escucharon y mandaron traer al padre y a ella. Como te imaginarás, el sacerdote no estaba de mi lado y ella ponía unas caras de dar lástima. Los curas encargados del asunto se anduvieron con mil misterios. Se encerraron, discutieron y concluyeron que yo no tenía razón.

David se retiró de la mesa y de nuevo se dejó caer en una silla frente a Mariana. El silencio pesaba sobre ellos, sobre las rosas marchitas, sobre sus manos crispadas. Continuó diciéndole cómo había permanecido en México por dos días más después de tantas semanas de alegatos, tratando de conseguir ayuda de los amigos de su madre dentro del clero, cómo habían movido sombríamente la cabeza, palmeado su hombro y ofrecido muchos consejos en vía de resignación pero ninguna ayuda.

—Se debió haber sentido muy segura de sí misma. Después de todo, los señorones de la catedral habían dicho que el matrimonio era válido, que ella era mi esposa. Es obvio que decidió jugarse el todo por el todo. Tal vez la aconsejaron. No sé... Lo cierto es que hoy, a mi regreso de México, me informaron los criados que estaba en la casa. ¡La audacia! El ama de llaves me dio toda clase de explicaciones de porqué la había dejado entrar. Casi no puse atención. Si la hubiera encontrado en esos momentos creo que la hubiera matado. Como están las cosas, ya veré qué hago. Ante todo, decidí venir a hablar contigo.

Este era el momento. David se puso de pie e hizo acopio de todo su ánimo para decir: —Después de todo, Mariana, no estoy casado por la ley. Y tú sabes que un matrimonio católico no nos obliga legalmente bajo nuestras leyes.

Afuera el viento se azotaba contra paredes, puertas y ventanas reclamando algo que nadie le podía dar. Ante la mirada ansiosa de David, ella mantenía un desquiciante silencio. Sus ojos se aferraron a los de él para preguntar:

—¿Es por eso que me prestaste esos libros? ¿Preparabas el camino?

Estuvo frente a ella de un golpe.

—De ninguna manera —exclamó con un movimiento tajante de su mano—. Eso es algo aparte por entero. Esta ha sido mi manera de pensar desde mucho antes de que todo esto sucediera. Esas son mis convicciones.

—¿Entonces por qué te importaba tanto el matrimonio católico? Dices que trataste de anularlo antes de conocerme.

—En primer lugar, yo no quería estar comprometido y no me iba quedar con los brazos cruzados. En segundo, pienso... pienso, que yo sabía que algún día iba a ser difícil que alguien se casara conmigo si no era por la Iglesia. Pero desde entonces he reflexionado mucho, Mariana —se apresuró a decir y la miró fija y tan llanamente como ella lo veía a el—. ¡Rayos!, me dije, si Mariana de veras me quiere, ella me creerá. Ella entenderá y aceptará ser mi mujer sin ese requisito.

—¿Sin qué requisito, señor mío?

Mariana se puso de pie y David giró hacia la puerta interior desde donde Marcial los contemplaba.

—¿Cómo es que su visita no me fue anunciada? —demandó dirigiéndose más a su hija que a David.

Sin perder de vista a los jóvenes que permanecieron callados, Marcial caminó hacia el sillón que Mariana había dejado y se sentó para preguntar de nuevo:

—¿Qué pasa aquí?

Mariana miró a David, luego a su padre y entrelazó sus manos para disimular su temblor.

—Nada.

Pero David dio un paso al frente —. Señor Aldama, don Marcial, le ruego que perdone que ninguna persona mayor me acompañe como es debido, pero las circunstancias lo exigen así. Le pido a usted la mano de su hija en matrimonio —dijo entonces con toda formalidad.

Mariana quedó atónita. ¿Aquella mujer quizá repartía ya las participaciones en Morelia y él tenía el desplante de pedir su mano? Ante la firmeza de David, Marcial se desconcertó. Su mirada iba del uno al otro...

—¿Y cuál es el requisito que se tendría que dispensar?

—El matrimonio por la Iglesia —repuso David.

—¿Es usted un extremista, señor? No soy muy partidario de que me anden salpicando con agua bendita, pero ir a tales extremos no es aconsejable. Somos católicos en este país. Después de todo es nuestra religión, nuestras costumbres, tenemos

—No es esa la razón —David interrumpió.

—¿Entonces?

Con una rápida mirada David pidió auxilio a Mariana. Auxilio que ella negó.

—No me puedo casar por la Iglesia —explicó— porque me vi forzado a casarme *in articulo mortis* con una mujer a la que no quería por esposa y que hizo una parodia de su agonía. Pero por ley, ya que el matrimonio eclesiástico no tiene fuerza legal, estoy libre para casarme con Mariana.

La boca de Marcial cayó. Hubo un breve silencio durante el cual solamente se escuchaban sus respiraciones.

—¿Y bajo esas circunstancias pretende a mi hija? —demandó el viejo venteando su indignación—. ¿Cree usted que se la voy a dar para que sea el blanco del veneno de esa mujer, que, si lo engañó como usted dice, debe ser una arpía y en el caso contrario una pobre desgraciada quien vería en Mariana la usurpadora de sus derechos? ¡No señor!

—Mariana siempre tendría mi protección. Yo la pondría sobre todo eso —David afirmó.

—¿Qué protección, señor? Si no se puede proteger usted mismo. Si cayó usted en las redes de esa mujer, pague su error. Mi hija no saldrá de esta casa si no es con la bendición de Dios. Esa es mi última palabra —acabó descargando su bastón en el suelo.

Eso se vería. David apretó los puños..., los nudillos le quedaron blancos.

—Mariana —demandó con voz ronca— te pregunto a ti. Yo estoy dispuesto a esperar a que seas mayor de edad. ¿Te casarás conmigo entonces?

Marcial viró hacia su hija con ojos inyectados. En silencio Mariana le oyó amenazar que si aceptaba saldría sin su bendición, sin la del cielo...

Tal vez ni el cielo sabía lo que era para ella David. Nadie lo que dolía el sentir que se apartaban sus vidas sin remedio. Los ojos subyugantes de él la atraían, la animaban, la urgían a tomar el salto, pero la voz de su padre abría una brecha más y más infranqueable. Él había mentido, había llegado a ella sabiendo que tenía aquel problema.

—Me hubieras dicho la verdad desde un principio, David —reprochó ella mirándolo con tal congoja que él se sintió avergonzado.

—No me hubieras dejado acercarme —protestó.

Marcial sacudió la cabeza al oír a Mariana murmurar:

—Entonces no me conoces.

—Deja que te conozca ahora, Mariana. Antes o después, da lo mismo. Te he dicho la verdad. Por última vez: ¿aceptas ser mi mujer? —demandó dando unos pasos hacia ella.

—No, no es lo mismo —exclamó Marcial interponiéndose entre ellos—. Señor, ella es una menor. Mi hija hace lo que yo digo. Y le pido a usted que salga ahora mismo.

David no hizo caso:

—¿Mariana?—insistió.

—Responde —su padre ordenó—. Al menos que quieras salir como una mujerzuela montada en la grupa del caballo, si eres mi hija, si eres Aldama, dirás que no. No deshonres nuestro nombre más de lo que lo he deshonrado yo —gimió y se dejó caer en la silla agobiado.

Siglos de tradición se agolparon alrededor de ella.

—David —respondió sin la menor alteración en su voz, mirando al suelo para que no viera sus ojos anegados en lágrimas —creo que tu esposa te espera en Morelia.

Con boca amarga David los contempló, al viejo que jadeaba en la silla, a Mariana que permanecía inmóvil. Supo que no había más qué hacer, que no quedaba alivio para su despecho más que en el rencor—. Es cierto. Me retiro —. Su voz era seca, tajante—: Mi esposa me espera.

Mariana aún tuvo el valor de mirarlo. ¿Esperaba acaso que siguiera rogando? El absoluto control que demostró al inclinarse y decir—: Buenas tardes —lo recordaría toda la vida. Nunca le había parecido nadie más hombre.

Los cascos del caballo resonaron en el patio obscurecido por las nubes que habían arrojado medio valle en penumbra. Mariana oía que su padre repetía que era mejor así, que habían procedido con honor. Hombres había muchos, pretendientes tendría a montones.

Nada de lo dicho le sirvió de consuelo. Hubiera querido correr tras él, gritar su nombre, dejar que la llevara contra viento y tormenta junto a su pecho, bebiendo la lluvia de sus labios. Pero... ¿después? Su viejo padre abandonado, sin honor... Se sentía exhausta, sus ojos contemplaban con desgarrante obstinación las rosas marchitas, testigos de aquella mala hora.

—Papá, dejemos esto por la paz y para siempre.

Marcial silenció su perorata. Ensombrecido, la miró arrojar las flores a un cesto, sintió en su frente un leve beso de buenas noches y al verla irse, por primera vez temió por el destino de uno de sus hijos.

Con la frente ardiente, golpeada por la lluvia que lo calaba, David galopó bajo el trueno y las centellas... Estilando agua desmontó frente a la puerta de su casa sobre la que descargó furiosos golpes. Los criados que abrieron no se sorprendieron al ver a su patrón en ese estado. Desde que aquella señora pintada se había presentado llevando consigo varias cosas de don David como tarjeta de presentación, diciendo que era prima del señor y que él la había comisionado para dejarlas en su casa y esperar ahí que él volviera de la capital, en aquella casa otrora tan pacífica, ya nada sorprendía. Ella sabría cómo convencerlo... Con astucia y audacia inauditas, Rosa había vencido la nerviosa resistencia del ama de llaves, un alma cándida que pronto quedó convencida de su buena fe. Bastó una hora de tiernas confidencias y el obsequio de un pañuelo para preparar el ánimo para la revelación suprema: Era en realidad la esposa de don David; situación que nada más a ella, entre toda la gente de Morelia, confiaría. Sí, era huérfana. Don David había sido su pretendiente desde hacía ya tiempo —con toda corrección, claro estaba— pero al verla en peligro de muerte se casó con ella. Había permanecido en Quiroga por su salud y porque él deseaba hacer el gran fiestón, aunque fuera tarde, para celebrar su matrimonio; pero ella no quería bombo. Sin conocer a nadie se sentiría incómoda. Por eso había decidido sorprenderlo a su regreso de la capital. ¿Verdad que era romántico? Desconcertante sí que lo era. Enseñóle entonces su certificado de matrimonio y la vieja ama de llaves, dominando su aprehensión, ya no tuvo más dudas.

A David se le informó de todo aquello esa mañana. Por suerte, ella estaba fuera y él, sin decir palabra ni esperar un segundo, había salido a galope tendido a Valle Chico. Volvía empapado, los ojos rojos y aventando puertas a diestra y siniestra. Sus pasos retumbaban en el corredor haciendo eco a sus gritos reclamando a Rosa. En el último cuarto del pasillo la encontró. El espejo de cuerpo entero reflejaba a una mujer que temblaba dentro de un vestido de satín borgoña moteado de moños azules y amarillos.

—Déjelo —, masculló ella entre dientes al ama de llaves y ésta dejó a medio colocar una gran pluma de avestruz en su cabeza. La mujer salió en silencio. Conocía a don David lo suficiente para saber, por su aspecto, que debía esfumarse y Rosa conocía a los hombres de sobra para comprender que era momento de extrema dulzura.

—David..., perdóname —rogó cayendo de rodillas y extendió sus manos unidas en ademán de súplica.

Él la miró de arriba a abajo, e irrumpió en una carcajada. Rosa soportó sin palabra el insulto que aquella risotada llevaba. David calló, apretó los labios y amenazador vino a ella para arrancar con furiosa mano los moños de sus hombros a la vez que vociferaba:

—¿Quieres ser la señora de Alpízar? Pues vas a parecerlo. No caballo de circo—. De un jalón, le trozó la pluma que acababa de colocarse, haciéndola chillar. Péinate hacia atrás—, le ordenó levantándola. De un empujón la sentó frente al tocador, arrebató una toalla de la mesa contigua y le restregó la cara en vanos esfuerzos por despintarla al escupir—: Pareces jícara de Uruapan.

David tiró la toalla dejándole la cara embadurnada y tomándola del brazo la puso de pie, la miró críticamente y la empujó diciendo:

—Camina.

Rosa cruzó la alfombra con aquel balanceo de caderas tan suyo.

—No. ¡NO! —la estrujó desesperado—. ¿Eres mujer o barco? Dije camina... no navega—. Rosa dio paso atrás y él la aprisionó contra el espejo—: Piensa que vas por un pasillo estrecho, que ambos lados tiene inmensas agujas que te romperán el vestido, la carne, si te acercas a ellas. La cabeza debe ir alta, como si te la jalaran de arriba.

En silencio Rosa obedecía, con el presentimiento de que de todo aquello algo bueno vendría. Se había arriesgado no sin razón. Al saberse en Morelia que David era casado, ella establecería sus derechos. Eso había asegurado el señor cura con determinación. ¿Había dicho David que la mataría? Pues sin duda sería más fácil matar a una mujer desconocida de Quiroga que a la señora Alpízar. Ley o no ley, el matrimonio de la Iglesia era el que valía para la mayoría. Al imprimir aquellas tarjetas Rosa había visto algo así como su seguro de vida. Sin embargo, en momentos desfallecía..., lloraba..., se sorprendía de su atrevimiento, se espantaba incluso de él, sentía que la cara le quemaba, que sus labios se secaban. Pensaba entonces en huir sabiendo que no lo haría, que ahí permanecería atada, más que por su voluntad, por cierta fatalidad.

—Sonríe —instruyó él—. Menos... Así. Ah, y recuerda, ahora tendrás que sonreír a las señoras, no a las barbas de cabra. Conquístate a doña Matilde, a doña Clarisa; haz alguna caridad notoria, no hables ni te rías fuerte —no pongas esa cara—una vez que estés segura de tu triunfo, de tu posición, que seas aceptada, podrás decir lo que quieras, reírte de lo que quieras y de quien quieras; pero en voz baja, recuerda, siempre en voz baja. Sigue mi consejo y te tomarán por una dama. No es difícil, el único requisito es el talento para la hipocresía y en eso tu descuellas.

—¿Qué diablos...?

—Cállate —advirtió él—. Y ten presente que ahora tienes criados que todo lo oyen, todo lo cuentan.

Rosa miró de prisa a su rededor y abrió tamaños ojos:

—¿Quieres decir que me quedo?

Extrañado, David notó que no tenía odio para ella. Su corazón se había fragmentado, el único punto de plenitud que había vislumbrado: Mariana, se había dispersado; la negación del mismo era todo lo que su alma anhelaba si es que iba a vivir en relativa paz. ¡Al diablo las mujeres! Todas. La observó expectante ante él, con el cabello revuelto, la cara embadurnada, el vestido estropeado y le pareció patética. También notó una esperanza genuina, una alegría mezcla de gratitud en la que no quiso reparar.

—Arréglate el vestido —ordenó—. Voy a cambiarme—. Convertido en la personificación de la indiferencia, se dirigió hacia donde las tarjetas estaban con algunos sobres ya rotulados. Tomó uno, lo leyó y, arrojándolo sobre la mesa, se encaminó a la puerta—: Vamos a entregar dos esta misma tarde.

Alentada por el cambio de voz, Rosa casi gritó con exaltación:

—Entonces sí me voy a quedar...

David se detuvo, miró hacia atrás y puntualizó—: Hasta que yo diga.

—David —, llamó corriendo a él, y al besar su mano repetidas veces prometía—: seré buena esposa, te lo juro —y trató de llevar sus temblorosos dedos al pecho de él.

La hizo a un lado.

Lo vio hecho un viejo. Supo que no le valdría ya ni ser buena esposa. Sola con su triunfo, se contempló con los brazos caídos ante el espejo que reflejaba el yermo futuro y se puso a llorar.

Capítulo XVI

Aunque la recuperación de Marcial mortificara a doña Matilde, así como la influencia que Mariana tenía sobre él y la actividad desarrollada en la hacienda, de la cual estaba bien informada, en realidad no creyó que saldrían avante hasta que David entró en escena; por lo mismo, al saber de su matrimonio con otra, tuvo buena razón para regocijarse. Celebró yendo a visitar Valle Chico. Sentada muy erguida ante Marcial y Mariana, con dificultad respiraba dentro de su corsé saltando de un tema a otro al compás de sus ojos-dardo que iban de la sobrina al padre hasta que descargó, como golpe de gracia, el nombre de David, su romántica boda, cómo se había casado el día anterior por lo civil. Para velar el placer que le causaba dar la noticia, dejó caer sus párpados arrugados al preguntarse si tal vez no estuviera ya casado por la Iglesia la noche en que había bailado con Mariana.

La rugiente protesta de Marcial hizo que las perlas rebotaran en el pecho de *madame*. "No sabría decírtelo, Matilde, ya que tú, que estás tan versada en etiqueta deberías saber, no es costumbre pedir acta de matrimonio en tales ocasiones. Ahora, si me perdonas, debo retirarme. Tal vez tú también. Se está haciendo tarde".

Mejor hubiera sido que doña Matilde no hubiera ido. Después de su visita, Marcial estuvo sumamente inquieto, malhumorado y quejándose de cierta presión en el pecho. Mariana quiso llamar al doctor, pero él objetó diciendo que era el día de la boda de su hija. Se había sentido así antes y todo lo que le había recetado era un sedante y descanso. Sí, tomaría su medicina y se iría a la cama, pero ella debería asistir a la boda para dar la cara a las Matildes, a las Clarisas. Debía mostrarles que no les temía.

Desde la Reforma, el matrimonio civil era obligatorio antes del eclesiástico, por lo que esta ceremonia se llevaba a cabo el día del matrimonio católico o, en ocasiones, días y hasta semanas antes. Sin embargo, una joven no salía de la casa paterna hasta que la boda por la Iglesia se había consumado.

Para la boda civil de Cristina Arteaga era que Mariana se preparaba esa tarde en casa de los Arteaga, donde había sido invitada a pasar la noche; ocasión a la que asistían sólo los parientes y amigos allegados. Mariana pensaba que si se tratara de la boda por la Iglesia tal vez pasaría desapercibida su presencia, lo que no era probable en un círculo cerrado. Esto la preocupaba. Cata juntaba sus rizos en un alto manojo sin cesar su perorata a la que ella hacía poco caso. Desde la ventana enrejada del segundo piso miraba distraídamente a los sirvientes que recorrían la casa obedeciendo al ritmo apresurado que sobrecoge justo antes de una celebración. Algo dicho por Cata sustrajo su atención del patio.

—Pos ya le digo niña, don David y esa muje... está bien, como usted diga, su esposa, vienen de seguro. Alcancé a oír, aunque la cocinera les hizo señas a las otras que se callaran nomás me acerqué—. La boca de Cata se contrajo desdeñosa—: ¡Como si no supiera lo que les gusta el chisme!

Así se enteró Mariana de que, de las cocinas a los salones, el tema del día era la boda de David. Sin duda su nombre corría al parejo. No importaba. Su padre tenía razón: ella no tenía por qué esconderse.

—No hagas caso, Cata —cortó—. Por favor sujeta la banda más y apúrate que se hace tarde.

En efecto, las luciérnagas ya empezaban a brillar en el ocaso. Momentos más tarde, Mariana estuvo lista. Un vistazo rápido la satisfizo en cuanto a su peinado, aunque no su vestido que ahora le parecía demasiado aniñado. De cualquier modo su cintura se veía pequeña, su busto alto y, aunque Cata siempre exageraba sus alabanzas, Mariana sabía que había algo de verdad en ellas. La muchacha que la miraba fríamente en el espejo, estaba triste, pero bonita. Recogió su abanico y bajó. Sobre la casa la quietud había descendido; el corredor que enmarcaba un pequeño patio se hallaba vacío. Parecía haberla estado aguardando a sabiendas de que recababa en su seno momentos de mirar profundo. Al lado de un enorme helecho Mariana se detuvo. Sus ojos ardientes contemplaron el cancel que parecía de encaje bajo la débil luz de la linterna. Si tratando de encubrir la cruel soledad de sus noches pasaba por el día como si en el mundo jamás se hubiera escuchado el nombre de David, ahora que el momento se acercaba de verlo, los recuerdos se agolpaban inclementes para replegarse todos ante la escueta realidad: en cualquier momento él atravesaría esa puerta con otra del brazo. No había perdido tiempo en lamentaciones. Sin más, dio la espalda y permitió que Rosa divulgara su historia por toda Morelia: la huérfana moribunda, el matrimonio in *articulo mortis*, su milagrosa recuperación. ¡Ah, cuán novelesco! Precisamente la clase de cuento saboreado en los altos círculos de costura, sobre todo porque cierta damita estaría muriendo de pena.

—¿Quién anda ahí? —La voz venía de la sala. Mariana giró sintiéndose sorprendida en lo más íntimo de sus pensamientos, tanto así que trató de recapacitar si había hablado en voz alta. Atisbando hacia el interior balbució:

—Yo..., Mariana.

Incrustado en un sillón de alto respaldo forrado de terciopelo rojo que parecía estar devorando su frágil cuerpo, un viejecito estaba sentado al fondo de la estancia iluminada por bombillas de vidrio opaco. Llamándola a su lado con un nervioso movimiento del dedo, la revisó, dejó caer su monóculo y se presentó. Era Miguel Peñaloza, abuelo de la novia. Don Miguel era un hombre pequeño, magro, con escasas hebras de pelo cano sobre el cráneo pecoso. Pasaría ya de los ochenta y vestía con el ajuar apropiado para la ocasión: chaqué, gran corbata, fistol de perla y zapatos de charol.

Al decir ella: —Mariana Aldama a sus órdenes—, los labios de él repitieron el nombre bajo unos enormes bigotes amarillentos, la revisó una vez más. Al ver en su rostro reflejado cierto reconocimiento, Mariana asintió—: Sí, esa Mariana.

El abuelo la miró de hito en hito.

—Bien, usted y yo vamos a platicar jovencita. Pero antes —y miró a su rededor escuchando por si había ruidos que de cualquier modo casi no oía— antes—, apremió asiéndola por una muñeca... —dentro de ese jarrón de porcelana hay una botellita de vino y un vaso. ¡Esos malditos criados nunca me hacen caso en día de fiesta!— gruñó, y agregó en tono de complicidad—: Sírveme un poco, por favor.

—¿Está seguro de que está bien? —Mariana dudó de todos modos muy divertida.

—¡Va! Si esos polvos que me da mi yerno no me han matado, eso menos. Anda —insistió, y volteó a ver si nadie se acercaba.

Según Mariana vaciaba el vino él instruía—: Más, más—. Bebió la mitad como si fuera agua—. ¡Gracias! —exclamó. Pero el saborear de su placer fue interrumpido por la entrada de su hija. Rápidamente se puso el monóculo y con la otra mano cubrió el vaso alojado en su regazo.

—¿Haciendo compañía a mi padre, Mariana?—. Al entrar, la señora Arteaga señaló el lugar en el piano para que la sirvienta colocara un florero de cristal. Mariana asintió y la madre de la novia estudió el efecto de los alhelíes blancos, quedó satisfecha y con una sonrisa salió de la estancia.

Don Miguel dejó caer el monóculo—. Ya mero —suspiró con nuevo brío en los ojos, consecuencia probable del vino, y, guiñando en la dirección por la que había desaparecido la señora de la casa presumió—: Mi hija está guapa todavía, ¿eh? Aunque se casa hoy mi nieta, ella luce joven y esbelta.

Cosa de familia. ¡Salud! —brindó apurando el resto del vino. Un eructo interrumpió su gusto—. Perdón —, se disculpó sacando un enorme pañuelo blanco con el que limpió sus bigotazos.

—¿No le hará daño?—. Un tanto preocupada, Mariana puso el vaso en la mesa a un lado de ellos.

—Que me haga. ¡Qué importa! Tengo ochenta y... algunos años—. Mantuvo sus ojos en ella esperando que dijera que no parecía, pero como la joven permaneciera en silencio, continuó—: Si como, si tomo, unos cuantos días más, unos menos. Prefiero pasar menos ¡pero contento! —enfatizó, acabando en un acceso de tos del cual se recuperó muy sonrojado, diciendo que eran esos polvos que su yerno le daba—. ¿Cuántos años tiene usted?

—Casi dieciocho —contestó—. Casi dieciocho —repitió más fuerte.

—Ahh, tan joven. Óigame —advirtió clavando sus ojillos vivaces en Mariana. Esta noche vendrán muchas cacatúas—. Mariana no pudo menos que reír. Animado, él prosiguió—: Sí, siempre que esas mujeres se juntan, así suenan. Que si tomar el chocolate, que si la costura, la caridad —todos pretextos. Se juntan a comer vecino y una a la otra... "No, si mi comadre es linda, yo no digo lo contrario, pero ...", y así se van. Andan en misa, se confiesan, no quitan la mano del pecho pidiendo perdón y todo el tiempo con veneno en la lengua. Las he oído..., creen que duermo en mi sillón, pero mire: —señaló su oreja y aguzó su expresión—. Mi hija no es de ésas —aclaró—, la enseñé que una de las principales virtudes es la comprensión. Ah, si todos tuviéramos un poco más de comprensión sería más amable la vida. Y a propósito —se interrumpió tomando un respiro y lubricando sus labios con un rápido movimiento de la lengua—, me imagino que sabe usted que mi yerno ya había invitado a Alpízar de testigo antes de que todo este fantástico cuento de la boda se supiera ¿verdad? Bueno, pues dado que él ya había aceptado y usted ya estaba invitada... En fin, le aseguro que nos pesa si la situación le causa molestia. De cualquier modo —aconsejó reclinándose hacia atrás y suspirando —no ponga atención a lo que esas venenosas digan. Sonría y no se quite de mi lado. La que venga buscando camorra la encontrará.

Mariana sonrió. El cielo la socorría si no con un caballero andante, sí con uno militante.

Como si él leyera sus pensamientos y envalentonado por el vino que ahora corría por sus venas, don Miguel arremetió una vez más—: A la que se atreva... —y puso la mano sobre su bastón— dentro de aquí hay un estilete —explicó y, haciendo una curva en el aire con insospechada fuerza, amenazó—: al menos perderá un refajo. ¡Ah! ya está usted aquí —saludó a la figura que se enmarcaba en la puerta y puso el bastón a un lado disimuladamente.

El médico dejó su maletín en la mesa de centro, saludó, inquirió sobre la salud de don Marcial, y recordó a don Miguel su medicina, la cual él aseguró haber tomado.

—Recuerde, papá, que son para sus reumas— la señora Arteaga amonestó al entrar, y, asegurándose un prendedor de perlas sobre su pecho, besó a su marido.

—Ay, hija, necesitaban ser milagrosos para curarme —su padre objetó. El médico, que había recogido el vaso de la mesa y lo pasaba bajo su nariz observó que, a juzgar por aquel vaso, él diría que sí lo eran pues parecían tener la facultad de convertirse en vino de consagrar.

El abuelo se salvó de más recriminaciones porque algunos invitados ya llegaban. El doctor se apresuró a cambiarse y su esposa a recibirlos.

—Los médicos qué saben —decía don Miguel a Mariana—. Si son igual que los niños dándole a ciegas a la piñata. Un palo aquí, otro allá, a ver si le atinan. ¿No ve que por eso dicen que son muy atinados?

Algo alterado, rumiando su sabiduría, se encontraba don Miguel al arribo del juez y el licenciado Gómez. Los abogados venían seguidos por el secretario que colocó los libros del Registro Civil sobre una mesa preparada para ello en el centro de la amplia habitación.

Hubo un revoloteo a la llegada del novio, un joven de ojos lánguidos, acompañado de sus familiares y amigos, y abundaron las exclamaciones de admiración al aparecer la novia, pero todo era en realidad un "mientras tanto". El momento cumbre que siempre existe en toda reunión de éxito, pequeña o grande, feliz o desgraciada, era otro. Momentos más tarde hizo su aparición doña Matilde en compañía de Rosa y David.

Al verlos, Mariana maldijo esa propensión suya a sonrojarse. Sabía que debía estar color granada..., se esforzaba por mantener la cara oculta al colocar el bastón de don Miguel en el brazo del sillón. Un pasillo de silencio se había formado hacia ella. En él desembocaban, ya francas, ya veladas, todas las miradas. Por encima de la confusión interna alcanzó a oír con claridad, que David presentaba a su esposa a un grupo de caballeros que estaba separado de las damas. Había hablado con tal coraje de Rosa y ahora qué complacido decía su nombre, cuán lista estaba su sonrisa, a fe que la suya, la que trataba de sostener desesperadamente, temblaba en sus labios. David, cuento de hadas que no tuvo feliz desenlace, que se distorsionó por un perverso encantamiento en el cual ella no sospecharía haber tenido parte alguna hasta que llegara el día en que desechara el disfraz de su cobardía.

Saber que él había sido capaz de aniquilar la ilusión de un tajo para continuar impertérrito por su camino, le había costado a Mariana varios días y sus noches de continuo debatirse. No admitía cabalmente que todo lo que había por hacerse había quedado hecho. Las recónditas esperanzas que albergara de verlo presentarse un día diciendo: "Ya todo está arreglado", se trocaron por fin en impotente desesperación la tarde en que la tía había llegado anunciando su boda civil.

Lo que a Mariana le resultó inexplicable, a David le había parecido el remedio terminante de todos sus líos femeninos. Reconociendo a Rosa ante la sociedad, de un golpe cortaría para siempre la pasión por aquella muchacha que sabía inalcanzable. Además, solucionaría otro problema: estando casado lo dejarían en paz todas esas busca maridos. Por otro lado, Rosa ya no resultaría una amenaza. Si había contraído matrimonio civil con ella, había sido por bienes separados. Con ello, pasara lo que pasare, le quitaba cualquier derecho que pudiere alegar en el futuro. Después de un mes la enviaría a Quiroga, le pasaría una mensualidad y él seguiría su vida como acostumbraba, sin estorbos ni malos recuerdos que su presencia le pudiera acarrear. A su modo de ver se había casado para descasarse para siempre. Pero así lograra desplazarse al confín del universo y seguir viviendo cada día de su vida convencido de haber superado un mal asunto con total sentido práctico, algo había quedado anudado a su alma, algo que en momentos de descuido le haría sentir cargado de pesas el corazón.

Aprovechando que lo habían llamado para pedir sus señas para el acta, David dejó que doña Matilde, bajo cuya tutela Rosa se había acogido desde que David la acompañara a dejar la primera participación, se encargara de ella. Sobre el murmullo de la conversación se oyó a la tía presentarla al círculo femenino. La esposa de Alpízar saludaba con labios que no tenían huella de pintura. Mariana no podía creer el cambio. El vestido de seda azul pálido era sencillo, de buen corte; el alto peinado le sentaba adelgazando su cara, y, por toda joya, llevaba unas hermosas perlas al cuello. Era un ajuar de estudiado recato y Mariana sonrió. Ya no sabía dónde estaba David ni quería saberlo. Al menos sentía cierto alivio al ver que no había llevado su rencor al punto de presentársela él mismo.

—Aquí vienen —murmuró de lado don Miguel—. Con tanta trenza dorada al pecho doña Mati parece coronel de opereta.

—Don Migueeellllll, buenas noches tenga usted.

—Señora, por Dios, está usted más guapa cada día —exclamó el señor poniéndose el monóculo. Con soslayada malicia agregó:

—Parece usted joya imperial. No sé que relumbra más, si sus ojos o su atuendo.

—Gracias, don Miguel. siempre tan jovial, tan galante—. La tía no era tonta. Sabía que se burlaba de ella, sin que le importara. El hombre no duraría mucho. Ésa era una que no le iba a ganar.

Sin hacer caso de que Mariana se había puesto de pie, doña Matilde se dirigió al anciano para presentar, muy ceremoniosa, a la señora de Alpízar.

—Señora —, don Miguel se inclinó. La señora recordó que no debía sonreír demasiado a las barbas de cabra o bigotes canos, que era lo mismo. Así es que angelicalmente, sin levantar los ojos, hizo una inclinación de cortesía. Don Miguel dejó caer el monóculo al decir:

—Y yo presento a ustedes a la señorita Mariana Aldama.

Los que esperaban función se vieron defraudados. En la sonrisa de Rosa no hubo vestigio de triunfo. Mariana se limitó a formular algo convencional con la mayor naturalidad posible. La tía era la que protestaba diciendo que la joven era su sobrina, que ya estaba por presentarle a la señora de Alpízar ella misma.

¿Ah, sí? Prolongando la tortura, ¿eh, doña cobra? Rumió para sí el abuelo y agregó muy sentencioso:

—Vaya, pues como no la saludó usted al llegar, supuse que a lo mejor no la conocía —fingió don Miguel todo inocencia.

La joya imperial perdió algo de su brillo—: Mil excusas —dijo en voz baja a Mariana y ella tomó asiento diciendo que no tenía por qué preocuparse.

No satisfecho, don Miguel continuó hostigando a doña Matilde, si no con su espada, sí con su sarcasmo—. Ahhh, pero eso es imperdonable, señora, siendo usted el *non plus ultra* de distinción que existe en Morelia.

La señora Arteaga pensó que ya era tiempo de intervenir. Con el pretexto de que la boda iba a empezar, guió a las señoras a su lugar enviando de paso una mirada admonitoria a su padre que disfrutaba acariciando sus alados bigotes. Momentos más tarde, el juez pedía a todos ponerse de pie.

Al presentarse como testigo David Alpízar, casado, de veintinueve años de edad, no hubo conmoción alguna, fue abstención general, como si el momento perteneciera por completo a Mariana.

Al fondo de la amplia estancia el juez leía las palabras protocolarias, al lado de los novios David las escuchaba muy serio. Mariana no pudo evitar el pensar que esas mismas palabras hubieran podido ser para ellos. Que, confiada a sus manos, al igual que la pareja que se casaba entrelazaban las suyas, su tiempo hubiera sido el de él. Pese a todo, hubiera sido su mujer. Tal vez no hubieran sido recibidos por una sociedad preeminentemente católica, tal vez hubieran sido una especie de forajidos... Miró con ojos voraces su firme barbilla, adivinó su boca, recordó su voz, lo vio perdido. Al sentir que dentro de ella todo iba a derrumbarse, se contuvo como pudo. El camino escogido era otro: firme, deber cumplido, aunque el corazón se crispara en silencio. David. No podía ya ni verlo. Dolía demasiado.

La ceremonia había terminado, los abrazos siguieron y Mariana esperó su turno para llegar a la pareja. Temía aproximarse al círculo del que era parte David, pero nunca llegó. Un sirviente llamó al doctor y al abrirse la puerta del corredor, Mariana vio a Ismael que hablaba con el médico. Sus ojos le dijeron todo:

Don Marcial se moría.

Capítulo XVII

Por casi dos años había sido trabajo del que no conoce horas ni días de descanso. Otros hacendados podrían sacudir las cenizas en la *Rue de la Paix*. Mariana se levantaba al amanecer envuelta en el tañer de la campana que despertaba a los peones y los seguía al campo para asegurarse de que los reportes del día anterior fueran exactos. Durante ese tiempo había aumentado gradualmente el trabajo. Se cultivaban tres mil hectáreas divididas en potreros de cincuenta hectáreas cada uno, supervisado cada cual, a su vez, por un jefe encargado de cuidar las actividades de los peones en el mismo y de reportar periódicamente el estado de la siembra a Ismael. Éste, rendía cuenta de todos a Mariana.

Para ella, las jornadas eran cortas algunas veces, otras, hasta los confines del valle. Todo dependía de esas noticias que ella misma constataba así fueran halagüeñas, pues aunque Ismael fuera como sus ojos, no era su boca ni su pensamiento. Velar por aquellas tierras desde el barbecho, la limpieza, remover sus entrañas para dejar la simiente, escardar y cosechar, era cosa de constante atención y era trabajo arduo desde que la hacienda estaba en actividad la mayor parte del año con dos cosechas rotadas: chile, de fines de febrero a mayo, y maíz, de mayo a septiembre. Al seguir los cánones establecidos por su abuelo, Mariana se había extendido más con cada temporada, pero, con previsión, dejaba descansar unos potreros para hacer rendir a otros. Ahora que, en cuanto más exigía ella de la tierra, más demandaba ésta a su vez. El chile y el maíz necesitaban librarse de la maleza a su rededor al menos dos veces durante su desarrollo si es que debían progresar. Para arrancar la mala hierba, como decía Ismael, se necesitaban muchas manos que se inclinaran, asieran con fuerza los tallos y jalaran hasta resquebrajar el surco para dejar vivir el tierno maíz. Por eso los peones estacionarios de la hacienda habían aumentado a más de trescientos, y, llegada la hora de cosechar, muchos más se contrataban, porque si la época de plantar era ajetreada, más lo era la de cosecha.

Don Evaristo, bendito fuera, supervisaba las transacciones a la hora de realizar el producto y conseguía los préstamos; Ismael reconocía los signos que indicaban el momento de empezar a escardar tal o cual potrero, justo el modo de empacar el chile; los hombres eran trabajadores, pero nadie perdía el sueño por la hacienda como Mariana, excepto, tal vez, Jorge.

Desde su escritorio Mariana contemplaba el frágil cuerpo, la magra cara de ojos mortecinos que se deslizaban por los libros repletos de nítida escritura y meticulosos números. A Dios gracias, él había tomado un interés en la hacienda que casi igualaba al de ella. El celo con que llevaba las cuentas era un modelo de contabilidad.

Aunque Mariana hubiera terminado de calcular el presupuesto que ahora ajustaba casi a diario tratando de no sobrepasarse y hubiera despachado ya todos los recibos y pagos, no quería dejar la improvisada oficina que era su refugio al retornar del campo. Restaba media hora para la cena... Somnolienta se recargó en el respaldo de su silla escuchando el rascar de la pluma que Jorge guiaba sobre el papel... Ya no podía imaginarse ese rincón del cuarto sin él. Era como si siempre hubiera estado sentado en la misma silla, obscura y dura, frente a los libros abiertos, mojando la pluma con sumo cuidado en la tinta azul. Sin embargo, más de año y medio había pasado desde la noche que se llevó a su padre y trajo a su hermana.

Los ojos de Mariana miraron con lágrimas ausentes hacia un punto vago al recordar los amargos días que siguieron a la boda de Cristina Arteaga. Días en que rezó rosarios y recibió pésames con actitud serena, pero sintiéndose enferma, porque, aunque desde pequeña la gente que la rodeaba había aparecido y desaparecido, a veces inexplicablemente, y ella había aprendido a acostumbrarse a los rápidos cambios que traían un fondo diferente a su vida, la muerte de su padre la había forzado a tocar en sus dedos rígidos, el cambio más grande de todos. El inesperado retorno de Libia no había aliviado aquel sentimiento de despojo. Además de que su hermana era todavía la misma egoísta que no había superado su habitual mal humor, Mariana ahora la resentía por otra razón de la que ella misma no se daba cuenta cabal. Se decía que había sido el choque de ver a Libia casada sin su consentimiento lo que aniquiló a su padre y era cierto..., si bien ese resentimiento tenía otra cara: la velada desesperación de no haberse atrevido a hacer ella lo que su hermana llevó a cabo con la mano en la cintura.

Así fue. Sin notificárselo a su padre, Libia se casó por lo civil en la capital, llegó con su flamante esposo de México y, tras darle a Marcial el disgusto que lo mandó a su tumba, se instaló muy a sus anchas y puso todo su empeño en aparentar ser la hija doliente, la joven atosigada por una monstruosa tía Beatriz. Esto último la había forzado a huir y casarse a escondidas. ¡Al menos había alcanzado a su padre con vida!

Esa era su historia y era elocuente al contarla. ¿Qué podría ser de una joven desvalida? preguntaba de todos los que se acercaban a oír su relato. Presa de terribles peligros que ella había querido evitar por el bien de su alma. Ante la insistencia de su prometido, ella aceptó casarse, al menos, por lo civil. Y, ya casados, le suplicó que la depositara en Valle Chico hasta contraer matrimonio por la Iglesia. Era el único camino decoroso a seguir después de haberse salido de casa de su tía. Libia había aprendido a acentuar "decoroso" con tal austeridad matildeana, que todos los que la escuchaban no tenían en mente la menor duda de que así sucedieron las cosas. Las únicas que sabían la realidad, la callarían para siempre.

En doce años Libia jamás se había quejado de la tía Beatriz. ¿Por qué no había retornado a casa al recibir las cartas de su padre que se lo había pedido después de su recuperación? ¿Por qué lo hizo en aquellas circunstancias? Mariana comprendió la anormalidad de todo al abrir la carta de su tía, dirigida a su padre, que él nunca leyó. En ella, la buena mujer decía cuán difícil le había resultado siempre comprender a Libia; que le entristecía ver que había fracasado en conseguir su cariño. Siendo una muchacha tan atractiva y de buena familia, no le hubiera sido difícil encontrar un buen partido. Entre sus amistades ya le habían presentado a varios jóvenes, algunos de ellos profesionistas que, aunque no ricos, presentaban un excelente porvenir; pero ella se había deslumbrado con la familia Berincuet, al hijo de la cual conoció en casa de una amiga. Su empeño en seguir adelante con esas relaciones la llevó a actuar en la forma que lo había hecho, así ella le hubiera tratado de hacer ver que esas personas le parecían muy fatuas, de poca confianza e interesadas, siempre haciendo alarde de una riqueza que a Libia había impresionado pero que a lo mejor ni existía. Además, el joven, aunque se veía buena persona, se notaba que estaba muy dominado por sus padres. Dado el carácter que tenía Libia, iba a serle algo muy difícil de soportar. En fin, ella había hecho lo posible por disuadirla. Después de indagar sobre la situación económica de Libia, los Berincuet habían prohibido a su hijo seguirla visitando. Pensó que la muchacha se desengañaría, pero fue al contrario. De alguna manera convenció al joven que se la llevara. Un día había amanecido, en lugar de ella, una carta sobre el buró. La carta decía que se iba a Morelia y eso la tranquilizó. Esperaba que llegara. Por lo que a ella tocaba, se lavaba las manos, pues Dios sabía que sus consejos e intenciones siempre habían sido por su bien y en memoria de Clara. El desenlace de aquel matrimonio le daría la razón a doña Beatriz. La pobre tía, afectada por aquel disgusto, se agravó de un mal antiguo y pronto siguió el camino de Marcial. Para Mariana resultó obvio que su hermana no amaba a su timorato marido. Lo constató después de que el hermano Juan los casó y Jorge fue a México a participar a sus padres su matrimonio. El pobre muchacho regresó con malas noticias. Entre tartamudeos informó a su magnífica mujer que su señora madre y su señor padre no querían nada con ellos. Como de rayo Libia descartó la máscara de desvalida dulzura, explotó en ira y las tejas del techo casi botaron al aire al darse cuenta de que al convencer a su novio con sus historias de sufrimiento que se casara con ella, había cometido el error de su vida.

—De manera que ese nombrecito extranjero es todo lo que tienes... tu, tu, Berincuet Oscur. ¡Qué importante suena! ¡Qué remilgado! Y las maneras de tu mami, diciendo siempre que querían protegerte de busca fortunas. Mentiras. Todo el tiempo estaban echando redes para pescar una heredera, ¿verdad? Con razón me ponían peros. Contaban con su pequeño de ojos azules para salvarles la situación. Y tú, tú, me hiciste creer que eras rico y ahora resulta que te tengo que mantener.

Los débiles intentos de Jorge para tratar de convencerla que él no había estado enterado de que la casa de sus padres estaba hipotecada, que las joyas de su madre eran meras copias, no fueron atendidos. Libia se revolvía de rabia. Se había raptado a un millonario para terminar con un despojado y se hallaba de un genio escarlata la tarde en que el licenciado Gómez llegó a leer el testamento de Marcial. El breve contenido del documento encendió a Libia más. La hacienda no podría venderse por un periodo de seis años. Durante ese tiempo Mariana manejaría Valle Chico con el fin de restaurarlo, actuando él como tutor. Después de esos seis años, si, según don Marcial esperaba, la hacienda tenía éxito, no era probable que Libia y Tomás quisieran vender. Sin embargo, si fracasara Mariana, era de los tres para disponer en partes iguales, pero sólo al término de seis años. En ningún tiempo se hipotecaría más de una tercera parte de la hacienda. Si se perdiera esa tercera parte, esa pérdida se absorbería por partes iguales.

Jorge palideció, se redujo cual luna menguante, al ver a su mujer brincar. Sacudida por su ambición frustrada empezó a arrojar acusaciones. Se habían aprovechado de la ausencia de Tomás y de ella para forzar a su decrépito padre a hacer ese testamento. No era justo que tuviera que esperar tanto tiempo para recibir su herencia. Para ella que ese abogado y Mariana lo habían arreglado todo. ¿Qué sabía su hermana de llevar la hacienda? ¿Por qué habría de pagar ella por sus equívocos? Fracasaría, la perdería. No quería entender que a lo máximo se estaría arriesgando un tercio.

Aquel día Mariana había visto al licenciado Gómez perder su mesura. Azotó la mano sobre el testamento de Marcial que descansaba sobre la mesa, y ordenó a Libia con voz cargada de indignación, que se sentara, cerrara la boca y escuchara. No era ninguna componenda. Era la voluntad de su padre sobre la cual él no había ejercido fuerza alguna. Se trataba de un testamento con acción suspensiva que no admitía apelación por lo que más le valía acatarlo.

No la convencieron. Libia, que siempre hacía alarde de la sangre española de sus antepasados, nunca despreciaba ocasión en la que pudiera demostrar su fogosidad. Sacudiendo faldas, marchó a Morelia. A la puerta de la tía Matilde fue que tocó. Desde su regreso había visto sagazmente en la mujerona un punto de apoyo, por lo que no tardó en acudir a ella para mostrarle copia del testamento. Expectante, limpiaba sus mejillas, sin perder de vista a doña Matilde en su marcha del sofá al piano y en reversa. El "Carlooooos" que eruptó de aquel pecho había sonado más a grito de batalla que a un simple llamado. De inmediato, don Carlos apareció en medio de la sala como si lo hubiera escupido el centro de la tierra. *Ipso facto* le empujaron el documento bajo la nariz para su cuidadosa lectura y después de declarar que él en realidad no veía razón para tanto descontento, casi cae bajo el empellón que le asestó con el abanico doña Matilde al enviarlo a traer al licenciado Artimeña, pues él sin duda sí ofrecería alternativa al legado insensato de ese hombre. Pero el licenciado Artimeña sacudió la cabeza. "Todo en orden. Nada había que hacer, señora Libia, doña Matilde, más que esperar. Después de todo, seis años es mucho tiempo, muchas jornadas a caballo, muchos días de trabajo. ¿Aguantaría la señorita Aldama? Tal vez después de un año o dos se cansase y el licenciado Gómez se convenciera de la futilidad de la empresa. En fin, paciencia, paciencia, queridas damas."

Pronto se vio que en paciencia y resistencia, Mariana las sobrepasaba. Sin hacer caso de las quejas crecientes de Libia, ni del polvo que se filtraba por su ropa, obscurecía su vista y se pegaba a su cara, montaba a diario por los campos. Desde la mañana en que el sol refulgía sobre ella, mantenía constante vigilancia. Aunque de hecho ella no sembrara, ni cosechara, ni llevara las cajas de aguacates, ni los sacos repletos de maíz y chile, su continua presencia, su expresión ligeramente tensa, comunicaba a cada peón que ella era el eje del lugar. Bien a bien, no se enteró de cuándo empezaron a llamarle la patroncita, no por costumbre o temor como era el caso con otros hacendados, sino por respeto. Lejos del campo, Mariana iba a Morelia a mandados o se encerraba en la oficina para poner en orden sus papeles, en lo cual Jorge ayudaba.

Temeroso, casi disculpándose, había ofrecido él sus servicios una tarde, a la semana de su llegada. El pobre muchacho, arrojado como madera de resaca por las corrientes de la vida en la vieja hacienda, despreciado por su agria mujer, desconocido por sus padres, quienes, como doña Beatriz con razón había supuesto, esperaban mejorar su situación económica casándolo con ventaja, se había refugiado junto a su cuñada con la que al menos podía hablar sin que se le clavaran miradas hostiles. Día a día surgió una verdadera amistad entre ellos. Su tartamudeo casi desaparecía al hablar con Mariana; de hecho, su voz ganaba calor siempre que ella reconocía que había organizado los diarios y mayores de un modo en que ella jamás hubiera atinado. Lo cual era cierto, pues Jorge amaba su trabajo y, sin que jamás se lo confesara a sí mismo, a Mariana. Su empleo no era una simple ordenación de datos; aquellos números representaban una lucha en la que había tomado el lado de ella. Para él, cargos y abonos se convirtieron en caballeros de diferentes banderas librando una fiera batalla. Seguía él sus movimientos al centavo y Mariana podía confiar en que supiera la situación económica en cualquier momento. La situación había mejorado; lo delicado era que no había reserva alguna.

La primera cosecha fue buena, alcanzó para cubrir los gastos, y el préstamo refaccionario se hubiera cubierto a no ser porque Mariana, espoleada por el éxito y llevada por el deseo de probarse, decidió renovarlo. Consideró que valía la pena correr el riesgo si con eso convencía a Libia de que la hacienda daría para todo lo que anhelaba. Así pondría coto a su constante agresión que había aumentado desde que se supo en cinta. Poseedora de todos los achaques concebibles, éstos se agravaban al regreso de sus excursiones semanales a Morelia, donde saboreaba el chocolate en el círculo exclusivo de la tía. En tales ocasiones entraba de sopetón en la oficina y, marchando de arriba a abajo, empezaba a espetar la letanía de quejas: Los Rosado acababan de regresar de París; los menganos ya se iban a París. Toda Morelia decía que ellos vivían como pordioseros. "¡Miren que ropa llevamos! El sueldo de Jorge es casi el de un peón. Vendamos esto por amor de Dios. Si las dos estamos de acuerdo, será fácil convencer al licenciado Gómez. Si no, podríamos recibir algo por adelantado a cambio de firmar una nota de venta promisoria a la persona dispuesta a comprar bajo esas condiciones".

Mariana casi podía oír a la tía haciendo sugerencias sobre su taza de chocolate ya enfriada.

De algún modo los meses pasaron y la segunda cosecha entró. ¡Qué días fueron! Mariana no había estado preparada para las cantidades rendidas y las necesidades sobrepasaron las manos. Había que cosechar a tiempo, que transportar... Los enormes silos y los hornos se habían reparado con lo que tenían a mano. A toda prisa se prepararon para tostar el chile con el fin de que se ablandara una vez empacado. Filas de hombres cerraban los ojos y tosían tras los pañuelos rojos que se ataban sobre la nariz y boca al llenar y vaciar los hornos. El aire se impregnó entonces de un olor ardiente, irritante, que traspasaba cada poro. Libia se desmayaba mañana, tarde y noche. Ni porque estaba embarazada le tenían consideración. Se iba a intoxicar con ese horrible hedor. ¿Dónde se había visto? ¿No sabían que todos los hacendados tenían casas en las ciudades, en la capital, en Morelia, precisamente para huir de esa atmósfera baja, sórdida, de peones y chile y hornos y de oler esos humos pestilentes? Ayyy, seguramente moriría.

Libia sobrevivió, el aire se esclareció y el chile amontonado en los silos, humedecido en su propio vapor, estuvo listo para el mercado. Se empezó a liar en pacas; usando los mismos petates en que estaban almacenados, se enrollaron y amarraron enfilándolas en los patios para ser sacadas por trenes de mulas.

El viejo comprador español se sorprendió al ver aquella pintoresca joven ofrecerle la mejor cosecha que había visto en muchos años y dio a sus largos bigotes un fuerte jalón porque la señorita no aceptó un centavo menos por kilo del que era considerado el mejor precio en el mercado. La transacción se cerró en la oficina de don Evaristo, pero la sonrisa del abogado se desvaneció al oír las intenciones de Mariana de renovar una vez más el préstamo en vez de liquidarlo. Sus consejos en contra, no valieron. Ella rogó, arguyó. Con ello era posible sembrar la mayor parte del valle; ese sería el golpe de gracia. Don Evaristo dudaba, ella insistía, casi lloraba y él no era uno que gustara de discutir con las mujeres.

Libia había esperado ávidamente a Mariana creyendo que llegaría cargada de riquezas. No le cupo en el ánimo que todo volvería a invertirse en más chile y maíz. Se desató otro berrinche. Ella necesitaba esto, necesitaba lo otro. Lo que no necesitaba era otra tanda de chile asfixiante y apestosa. Y no le importaba si Mariana ya traía agujeros en sus botas. Mariana tenía dificultad en conciliar el sueño alterada por esos encuentros. Con los ojos clavados en las vigas del techo guardaba vigilia; sus pensamientos giraban sobre lo mismo hasta que, casi exhausta, hacía un esfuerzo por no pensar más. Entonces, aun escondiéndose de sí misma, recordaba a David, su mirar, su sonrisa. Otra hubiera sido su vida. Lenta, sutilmente, los momentos que habían compartido ganaban vida: se encontraba escuchando sus palabras, sintiendo sus fuertes dedos cerrarse sobre su muñeca. Para dominar su ansiedad, abría los ojos tratando de borrar su imagen, pero persistía ante ella. Quería escapar de él en vano. No importaba cuánto tratara de olvidarlo, en todo lugar, hiciera lo que hiciera, la seguía su presencia. Estaba en el calor que subía de la tierra, en la brisa que invadía el valle, en la música que oía venir de la cuadrilla en noches de quietud. Mas no sucumbiría. Era trabajo de día; y de noche, si acaso los recuerdos la sujetaban, se sentaba en la cama, abrazaba sus rodillas hasta dominarse y, decidida, hacía a un lado las cobijas, iba a la mesa, se mojaba la cara con el agua fría de la palangana y retornaba a la cama con más planes para la hacienda.

Para su alegría, otra presencia llegó al valle. Una límpida tarde de octubre, Libia presentó a su marido con un hermoso niño de ojos muy negros, piel morena y pelo suavemente ondulado. Después del natalicio se dejó venir una avalancha de mujeres, cada una bien predispuesta para escuchar el menor detalle del alumbramiento, el cual Libia relataba con gusto descansando sobre altos almohadones a los que Cata, por orden de la señora, había agregado encajes quitados a un refajo. La reacción hacia el niño fue clásica de gente que no era consciente de la valiosa herencia recibida de sus padres indígenas, moros, o la mezcla que fuera. Mirando la cuna exclamaban: "¡Ay!, que moreno, ¿verdad? Qué raro, Libia, tú siendo Aldama Lascurain y tu esposo nada menos que un Berincuet Oscur. ¿De dónde?"

Doña Matilde había sido la más sorprendida ya que a partir del momento en que había oído aquel nombre raro y Libia le había informado que era francés, nada menos que el de una aristocrática familia venida con los emperadores, la tía había lanzado su mirada de halcón sobre el hombro y había revisado con cuidado al esposo de Libia. Cierto, había ojos azules, piel clara y pelo rubio. El descubrimiento demandó inmediata media vuelta, una sonrisa pellizcada que ella consideraba su más distinguido gesto y un relato extenso de su conversación con sus majestades. Así fue que, para su total desorientación, resultara moreno el niño de tan augustos ascendientes. Ella y su falange ignoraban los hermosos ojos de pestañas largas y rizadas, la delicada boca, la fina nariz, y algunas veces Mariana pensaba que Libia hubiera preferido tener un sapo, pero güero.

En cuanto a Jorge, estaba estático. Casi no podía creer que fuera suyo aquel hermoso pequeño que crecía con la ayuda de su nodriza con toda la energía que él no tenía. Embelesado se paraba junto a la cuna, a diferencia de Libia que se inspeccionaba en el espejo antes de ir a Morelia. Marchándose ella, Jorge se desvanecía hacia la oficina, en silencio examinaba los libros y sufría la tortura que crecía en la boca de su estómago, que recrudeció en el invierno haciéndolo sudar y se agudizó en la primavera y el verano helando su cuerpo de escalofríos.

Esa tarde, Mariana notó por primera vez la extrema palidez de su cuñado.

Como siempre regresaba del campo con los ojos impregnados de luz, todo en la oficina le parecía muy obscuro al entrar, Jorge casi indistinguible en su rincón. Hasta esos momentos en que él empujó la silla hacia atrás y con hombros caídos llegó a su escritorio, se percató Mariana de las profundas ojeras bajo sus ojos.

Con voz que sólo parecía cobrar vida si se hablaba de su hijo o de sus números, empezó a explicar que Valle Chico podía contar únicamente con el dinero de la concesión de Jorullo para vivir hasta que la nueva cosecha entrara, que sería en unos dos meses, y que, según lo convenido con don Evaristo, las entradas de la huerta irían a pagar parte de la peonada.

Total, la situación estaría apretada. Mariana lo sabía. Había planeado un gran golpe, sembró antes que todos con la humedad de escasos chubascos y ayudada por algo de la reserva de las presas, pero las lluvias no cumplían su promesa ese año. De no llegar, la milpa no iba a tener manera de auxiliarse para lograr su maduración.

El corazón de Mariana dudaba. Pero miró a Jorge con ojos de esperanza:

—Saldremos avante. No tarda en llover. Las presas se llenarán, ya verá. El año próximo no estaremos contando centavos.

Y él, que ahora sentía aquel terrible punzar de continuo, sólo esforzándose pudo sonreír.

—¿Le pasa algo?— preguntó ella.

Dijo él que no. Volvió a su escritorio y Mariana a su cavilación. Desde tiempos de su bisabuelo existían tres presas en el valle. Las que quedaban al norte y oeste eran de mucho menor capacidad que la situada al este. A estas presas, formadas por depresiones naturales en el terreno, que algunas veces eran ahondadas más por la labor humana, se les conocía también como cajas de agua. Situadas al pie de laderas donde el escurrimiento de lluvias era mayor, se lograba retener el agua con una pared de gruesa mampostería edificada en algún punto donde se cerraba el terreno; para liberar el líquido se usaba una compuerta de vigas de mesquite superpuestas y movibles que se ajustaban a ese muro de piedra. Éstas, al quitarse o ponerse, controlaban el escape del agua. Tales presas que databan del tiempo de la colonia, se usaban en el método mixto de irrigación utilizado en el Bajío. La tierra se sembraba con la humedad de las primeras lluvias y se auxiliaba con las mismas. Los últimos riegos; uno o dos a lo más, se proveían del agua almacenada en las cajas.

Ese año, las escasas lluvias que hubo al principio de la temporada, obligaron a Mariana a usar la mayor parte del agua almacenada para terminar de sembrar, y ahora resultaba que no habría suficiente riego para los últimos auxilios. Era cielo seco y, desmintiendo el fulgor del mismo, todos se decían que venían retrasadas las lluvias, que pronto caería agua a chorros. Nadie creía que los anémicos chubascos recibidos hubieran sido toda la descarga del año, pero los días se convirtieron en noches, estas en días y no llovía. La atmósfera se convirtió en una lija que raspaba los labios, que los partía, y resecaba la garganta hasta sentir sus paredes; las hojas en los árboles se crisparon y, quebradizas, cayeron sobre el polvo que volaba bajo los cascos de los caballos. Los peones se hallaban taciturnos e Ismael veía seguido al firmamento y mordía la paja entre sus dientes. Reinaba sobre todos un sentimiento de muda zozobra.

Dos semanas después, el rostro de Mariana mostraba su preocupación. Cansada de la faena en el campo, llegó a sentarse en el corredor donde el calor era menos. Frente a ella, Jorge entretenía a su hijito. Abandonado por Libia que pasaba sus tardes en Morelia, desocupado en la oficina donde todo estaba en suspenso, en lo único que encontraba bálsamo para aquella inflamación que mojaba sus manos y lo hacía temblar, era en estar con su niño y cerca de Mariana.

—¿Cómo va? —preguntó a Mariana al dejar ella su sombrero sobre la mesa.

—Mal —respondió pasando la mano por la cabeza del niño—. Dondequiera se oye lo mismo: "Nunca hemos tenido un año así. Menos en Michoacán. ¿Unos cuantos aguaceros en un estado donde llueve a chorros"?

—Lloverá, Mariana.

Ahora Jorge repetía sus palabras. Palabras de las que ella empezaba a dudar. Mariana esbozó una sonrisa que se desvaneció en un suspiro al tomar al niño de las rodillas de su padre para ponerlo en su propio regazo. Por encima de la buganvilia tostada, podía ver el cielo refulgente, casi blanco, que oprimía todo como manto sofocante.

—Ojalá —soltó al fin.

Su cuñado asintió, aunque aquello que comía su entraña le hacía temer que tal vez él no vería esa lluvia. Mariana no lo oyó la primera vez. Levantó la cabeza de su juego con el niño para encontrar la desolada cara, los ojos azules de su cuñado anegados en lágrimas, al repetir con gran cuidado:

—Dije que si, si algo me llega a pasar, le encomiendo a usted a mi hijo, Mariana.

Jorge murió como había vivido: muy quietamente.

Libia demostró, a la hora del funeral, todo el amor que en vida le rehusara a su desgraciado marido. Ya que los padres de Jorge se dignaron asistir al entierro, fue bien divulgado por ella que eran la aristocracia encarnada, por lo que el acontecimiento se tornó en un evento social de grave magnitud. Se sacaron a lucir los vestidos negros más elegantes, las mejores mantillas, sombreros, pelerinas y guantes. Las damas se esmeraban ante el espejo durante horas arreglándose el pelo con el único objeto de ir a los rosarios rezados por el alma de Jorge, durante los cuales sin duda conocerían a la sobrina de un coronel del ejército imperial, esposa de un hijo de un mariscal francés.

El novenario pasó y la pareja Berincuet partió sin que Mariana les hubiera hecho mucho caso. Si despreciaba el aire de superioridad que exhibían por sentirse extranjeros y se indignaba del cortejo de las amigas de Libia hacia ellos, sintió más cierta actitud desplegada ante la muerte de su hijo. Lo que todos justificaron como modelo de austeridad —¿más que otra cosa se podía esperar de gente que se había codeado con la nobleza?— ella lo había visto como un último reproche, un restringido despecho clavado en ojos secos que contemplaban el féretro con inmutable faz y tuvo lástima de ellos por haber rechazado, sin duda, lo mejor que jamás tuvieron, pues Jorge había sido un gentil hombre en verdad. Extrañaba ella su quieta presencia, su persuasiva manera de alentarla... Muy despacio, sus dedos recorrían los nítidos números dibujados por él en el Mayor y se preguntaba si todo el trabajo que representaban no habría sido en vano. No había más qué hacer que esperar y buscar tregua de las quejas de Libia.

Una vez que la necesidad de dolor visible hubo desaparecido, se volteó contra Mariana con la misma instancia:

—Vendamos —exigió una tarde en su oficina—. ¿Qué vamos a hacer dos mujeres solas?—demandó al arrebatar el periódico de manos de Mariana.

Mariana se puso de pie y se encaró a ella—. Cuatro años más, Libia. Ya lo sabes.

—¿Cuatro años de qué? ¿Hambre? No llueve. Todo México está seco—, recalcó apuntando a los encabezados del diario—. Por toda la república las cosechas se pierden. ¿Esperas acaso que una milagrosa nube se ponga sobre Valle Chico y deje caer lluvia sólo aquí? —burló—. Escucha, querida hermanita, esa fabulosa cosecha que ibas a levantar está perdida. Reconócelo. Has fracasado. Antes de que tengas que pagar más sueldos, antes de que contraigas más deudas, vendamos. Pregúntale a tu precioso licenciado Gómez. Verás que está de acuerdo ahora. Mariana, estamos jóvenes, podemos disfrutar de nuestra herencia, de la vida... Aquí, sin más que peones alrededor, ¿qué va a ser de nosotras?

—Si vendemos en estas circunstancias nos darán una décima parte de lo que vale Valle Chico. Tenemos que aguantar.

—Mira, no soy tonta —Libia reviró—. Sé que casi no tenemos fondos. Sé que estamos en deuda, que no llueve. ¿Con qué vamos a aguantar? Pero tú te has de salir con la tuya y vas a perder mi parte y la de Tomás, que bien se lo merece por haberse largado. Pero en fin, dos años te he visto ir y venir de esta oficina al campo, a casa del licenciado Gómez. Dos años te he visto con esos mugrosos arrieros que cargan y descargan. Cada día de raya veo montones de monedas desaparecer de este escritorio para ir a manos de los peones, y todo lo que he escuchado es: Espera. Algún día ya verás... ¿Esperar qué? ¿Que me plantes chile debajo de la cama? No eres más que una egoísta, Mariana. Casi me dan ganas de que nunca llueva para que veas lo necia que eres.

Libia se lanzó fuera. Mariana sentía que la sangre le golpeaba la cabeza. Había insistido en la renovación del préstamo contra la opinión del licenciado Gómez. Ahora recordaba, atrita, lo disgustado que había estado. Era verdad, se había puesto necia para salirse con la suya. Lo había comprometido todo, actuando alrededor suyo, a sus espaldas, forzándolo a exclamar: "¡Señorita Aldama, no veo el día en que termine mi tutela!"

Desesperada, cogió su viejo sombrero de paja del perchero y salió al patio. Una mosca gigante zumbó a su alrededor y posó sus patas peludas en su pecho. Mariana la sacudió con asco, pero el insecto retornó con su enervante zumbido una y otra vez. Quitándose el sombrero dio furiosos latigazos al aire con él y ordenó a Cirilo que trajera su caballo. No sabía a dónde iba, ni qué iba a hacer. Sobre ella pesaba, imperante, la necesidad de apartarse de todo.

La calle principal de la cuadrilla con sus casas de adobe blanqueadas de cal, estaba en silencio a no ser por el llanto penetrante de un niño al que molestaban las pertinaces moscas. Mariana clavó una mirada de reproche en la madre, y la mujer se apresuró a defender a la criatura que estaba sobre el petate, a la sombra. Si no hubiera sido por eso, hubiera dejado que lo comieran. Avanzó contemplando las caras de los peones que se sentaban en cuclillas, agrupados ociosamente frente a las puertas; dentro, las mujeres empezaban a preparar los braseros para calentar el negro café y las gordas para la merienda. Era posible que la semana próxima no tuvieran ni eso que comer.

La joven puso su caballo a galope rumbo al campo. Quería poner distancia entre ella y las imperturbables caras de resignación.

Ella no conocía aquello. Sentía angustia y coraje, y una maldición habría escapado de sus labios si no hubiera encontrado en esos momentos a Ismael. Bajo su amplio sombrero los ojos serenos del mayordomo contemplaban la tierra que se partía como costra alrededor de la milpa sedienta que empezaba a ponerse amarilla. Era un espectáculo desalentador. Aguantó ella un rato antes de preguntar en un tono seco, que no traicionó su preocupación:

—¿Si lloviera... se salvaría la cosecha, Ismael?

El mayordomo asintió.

—¿Cuánto aguantará todavía?

—Unos diez días. No más.

Agua. La vida dependía de ella, sin ella todo era desolación. Viró Mariana su caballo. Se estaba haciendo tarde, e Ismael la siguió rumbo a la montaña. Adivinaba él la quijada endurecida y los sombríos ojos de su patrona, por su silencio y el lento voltear de la cabeza de lado a lado. Sí, Mariana se recriminaba por no haber hecho caso al licenciado Gómez. "Lento pero seguro, Mariana. Eso es lo que sugiero". Pero no. Había estado llena de impaciencia. Quería correr, volar..., y ante ella estaba el resultado. Los manantiales del lado de Jorullo ya estaban en tratos para que con su venta se liquidara el préstamo. Así, al menos no se verían despojados. Todo lo demás, lo veía perdido. Era vuelta al principio.

Los cascos del caballo quebraban la tierra seca. Todo moría, se desperdiciaba: el trabajo, la vida. Ante sus ojos los campos se convertían en una extensión cenicienta. Así como la Tierra seguía escapándose de la luz del sol, su figura y la de Ismael arrojaban alargadas manchas. Cavilosa, siguió aquellos contornos gigantescos, disparejos; levantó la vista... A lo lejos, en la penumbra de las montañas, reverberando con lentejuelas tornasoles, acunado en su cama de lava, estaba el lago. Mariana detuvo el caballo. Sintió una corriente fría recorrer su cuerpo y se paró en los estribos. Permaneció estática unos momentos, para irrumpir, de súbito, a galope tendido hacia arriba, hacia la tierra alta, seguida por Ismael. Al llegar a la orilla del lago, estaba sin respiración, sujeta por una sensación apremiante. El sol se había ido. A sus pies, tenebrosa y brillante como una superficie de obsidiana, reposaba lo que ella más necesitaba. Volteó a medir de un vistazo la distancia..., cerró los ojos. Era considerable. Sin embargo, ¡en verdad había sido una tonta! Y rió dejando a Ismael aún más serio bajo su sombrerote.

—No estoy loca, Ismael. No me mires así—, y reía.

Bueno, pos si no está, ya va que vuela, la mirada del mayordomo parecía decir. Mariana trató de calmarse—. ¿No ves? ¡Qué importa que no llueva! Mira, aquí hay agua para inundar el valle.

Era una exageración e Ismael respondió.

—Hay bastante, niña. No más que muy lejos para ser de uso.

Mariana no hizo caso. Miró hacia la otra orilla.

—¿Es buena?

Ismael asintió:

—La misma que usa Jorullo del otro lado del volcán. Nomás que allá los manantiales brotan de la base. Aquí se mezcla con agua de lluvia cuando cae.

—Sí —exclamó ella con la cabeza llena de ideas—. Bueno, pues para situaciones desesperadas, medidas desesperadas, y acarició el cuello de Negro como si el caballo fuera el nervioso—. Esa pared debe ser de lava.

—Sí, niña .

—¿Sabes usar dinamita?

Ismael respondió que había algunos peones que sabían cómo manejarla. Los que trabajaron poniendo las vías del tren a la capital habían tronado cargas por todo el camino. Mariana sonreía al pasar por la cuadrilla donde las mismas caras apáticas encontraron sus ojos. Que se prepararan porque ella los sacudiría de su inercia.

Por el momento la que resultó seriamente sacudida fue Libia. ¿Volar un volcán? Casi se desplomó. Al día siguiente el licenciado Gómez limpiaba sus anteojos dubitativamente al oír a Mariana explicar, exponer y repetir que todo lo que necesitaba era el dinero. Un poco más y todo se salvaría, seguramente él veía esto: México entero estaba seco y ella tenía agua. Si quería, podía él consultar varios ingenieros. Y el dinero. Había que cerrar la venta con Jorullo de inmediato.

El licenciado Gómez se resistió. Ese dinero no podía ni debía comprometerse.

Si se vieran obligados a vender los manantiales a Jorullo, que sería lo más probable, ese dinero sería para pagar el préstamo que así tal vez se renovaría para la habilitación del próximo año. Su proyecto a lo mejor no resultaba, la cosecha tal vez no respondiera. Era mejor perderla a que se les viniera el banco encima. Con la venta de los manantiales, estaba a salvo.

Mariana se dio cuenta de que ni súplicas ni argumentos valdrían. Recogió su bolso. Había entrado hecha una ráfaga de esperanza y ahora iba arrastrando su desilusión.

Don Evaristo arrojó los lentes sobre el escritorio. De no ser una cosa era la otra y terminaba por convencerlo.

—Mire, Mariana, ese dinero se va a aplicar donde yo digo porque el banco no espera. Pero consultaré su proyecto con un ingeniero amigo mío. Ya que me diga las posibilidades y el costo, tal vez pueda conseguir lo necesario por otro lado a plazo más largo.

Casi lo besa.

—Así son las cosas ¿verdad, licenciado? Un día agua, el otro dinero—. Iba a perder la razón.

Don Evaristo aseguró que él también.

Contra los pronósticos de Libia, reforzados por la opinión de doña Matilde, Mariana consiguió el dinero. ¿Cómo, cuando todos los bancos que proveían a la agricultura estaban temblando? Libia tuvo la contestación a la siguiente tarde. Quitándose los guantes ante su efervescente hermana, descargó:

—¿Muy segura de ti, no? Como si supieras mucho de dinamita y presas, e irrigación o lo que sea.

—No necesitas talento especial para darte cuenta que el agua que está en alto debe bajar si se libera —Mariana se defendió—. Las canalizaciones que parten de la caja siempre han estado. Todo lo que hacemos es limpiar el monte para que el agua derramada pueda correr libremente. En cuanto a la dinamita, ya habló el licenciado Gómez con un ingeniero de Morelia y vendrá mañana. Deberías dar gracias a Dios que conseguimos el dinero.

—Respecto a eso —observó Libia sentándose a la mesa —no necesitabas haberte rebajado.

Mariana cesó de comer.

—Sí, oíste bien. Te rebajas al mezclarte con hombres discutiendo cosas que no son de tu dominio, te rebajas viviendo peor que un peón, corriendo a Morelia hecha un espantajo llena de polvo. Debes guardar las apariencias, al menos porque me afecta lo que se dice de ti. Bien sabes lo delicado que es el papel de una viuda. Y ahora, en Morelia, la comidilla es que el dinero que tan fácil te prestaron, es de David Alpízar. No sé si será cierto, pero tú y él, bueno, según me han dicho, hubo algo..., me pesaría mucho que se burlara de ti otra vez, ahora quedándose con Valle Chico.

El licenciado Gómez vio regresar a la señorita Aldama ante su escritorio.

—Sé de donde viene el dinero, licenciado. No lo quiero, ¿Por qué se lo pidió a Alpízar? ¿Sabe lo que andan diciendo?

Don Evaristo se quitó los anteojos, cerró su libro sobre los Diálogos de Platón y miró la cubierta de piel en silencio. Le estaba resultando más complicado entender los altibajos de su tutelada que los vericuetos dialécticos en que se enfrascaban los filósofos griegos. Alzó la vista.

—Señorita Aldama, hace algún tiempo usted me dio a entender que estaba dispuesta a convertirse en una mujer de negocios. Como tal, no debe importarle lo que diga la gente sobre este asunto.

Miró ella de lado a manera de retobo.

—Lo obtuve del señor Alpízar porque confía en mi firma, y sabía que estaría dispuesto a prestarlo con la rapidez que el caso demanda sin tomar ventaja de la situación que es, sin exagerar, apremiante. ¿Sabe usted dónde conseguir la misma cantidad en algún otro lado? ¿O quiere que se escalde el valle?

Ante su silencio terminó:

—Por favor, señorita. Tomemos el dinero, hagamos buen uso de él y déjese de berrinches.

Capítulo XVIII

Monte arriba hacia el lago, más de cien hombres blandían sus machetes limpiando el terreno. Bajo el fuerte sol sus frentes morenas estaban perladas por el sudor; sus ojos escapaban, en rápidas ojeadas, de los arbustos que arrancaban hacia Mariana que, a caballo, iba acompañada de un señor de edad. No podían oír lo que hablaban, pero el hombre parecía malhumorado. Al presionar sus botas contra la panza del caballo para hacerlo parar, su aguda mirada dibujó un trazo calculando la distancia de la cima de la montaña a la depresión natural de terreno que formaba, al pie de la colina, la presa principal donde un residuo lodoso empezaba a partirse bajo el sol.

Era suerte que la mayor de las presas estuviera en ese punto, Mariana observó tratando de hacer plática a su serio compañero, un ingeniero minero, ya retirado, cuyas actividades profesionales se limitaban a ocasionales conferencias de matemáticas en el colegio de San Nicolás o a dar consulta sobre cargas explosivas especialmente delicadas. Él contestó que no era suerte sino algo bien calculado, previendo un posible derrame del lago.

A su conocimiento aquello nunca había sucedido, informó Mariana mirando a los hombres que bajo tal influjo trabajaban más rápido y explicó que en años en que había llovido mucho, el nivel, según se podía apreciar por las marcas, no había subido a más de medio metro de la orilla.

Por respuesta el ingeniero Mora dejó escapar un corto gruñido. El calor era irritante. Si bien él era hombre recio, acostumbrado al monte y aquel no era uno muy alto, el tiempo le hacía ya malas jugadas. Su respiración se acortaba al sentir que el grueso cinto de piel le pellizcaba la cintura al inclinarse sobre la silla. En su interior renegaba de don Evaristo por haberlo comprometido a ir a corretear por las laderas de ese volcán con aquella joven que tal vez poco o nada supiera de irrigación ni agricultura y que traía en vilo a cientos de peones y a él de pilón.

Al llegar al lago Mariana quiso simplificar las cosas—: Aquí tiene el agua, ingeniero, todo lo que tenemos que hacer es que baje.

Mora se creyó entonces capaz de volar la ladera de un puntapié. Con un gran pañuelo blanco limpió su tostada frente, lo llevó al bolsillo trasero de su pantalón y sacando de la bolsa de su camisa una libreta y lápiz, hizo caso omiso del comentario. Bajo su viejo sombrero, con la mirada midió la extensión del lago. Tendría un kilómetro de diámetro y, claro, habría que sondear el cono para saber su profundidad y calcular el agua que contenía. Su lápiz volaba y pequeños gruñidos puntualizaban sus rápidos apuntes.

Muy atenta, Mariana cuidaba cada uno de sus movimientos en espera de algún tono favorable en aquel original monólogo. Seguido por Mariana, el ingeniero Mora encaminó su caballo. Desde el borde del lago tomó otra larga perspectiva de la distancia a la presa.

—¿Es posible? —ansiosa, Mariana lo vio llevar la libreta a su lugar.

El ingeniero lanzó una mirada despectiva hacia la orilla del cráter.— ¿Partir esa pared? Por supuesto que lo es, señorita.

El cielo recibió una mirada agradecida de Mariana—. ¡Lo sabía! —exclamó—. ¿Cuánto tiempo tomará, ingeniero? ¿Un día? ¿Dos?

—Señorita, hacer hoyos en esa lava y poner las cargas no es como clavar en madera. Los barrenos deben hacerse con cuidado. No podemos echar a perder una posición estratégica por andar de prisa—. Y se alzó de hombros para concluir, al reclinarse hacia atrás en la silla—: *Chi va piano, va lontano.*

¡Otro partidario del va *piano* va *lontano*! Mariana se mordió el labio inferior. Esa agua tenía que moverse ya. La calma del ingeniero Mora la exasperó.

—Seguramente ve usted cuán urgente es esto, ingeniero. O tal vez no haya estado usted antes en una situación tan apretada.

Y entonces fue ella quien se limpió la frente. Mora la miró de lleno. ¿Cuarenta años en minería y le preguntaban si no conocía el significado de urgencia? Cien explosiones resonaron en sus oídos, vio piedras volar, paredes desplomarse, sintió la tierra temblar bajo sus botas y aquella criatura ¡se atrevía! Bueno, bueno, paciencia, Señor—. Sí, señorita— replicó con mesurada ironía—, ya he prendido algunas mechas en mis tiempos bajo condiciones apremiantes— acentuó recordando tantas cicatrices que había dejado por muchas cordilleras a lo largo del país.

—Ingeniero —ella insistió—, este trabajo se tiene que hacer en cinco días. Si no puede estar listo en ese tiempo más vale que nos olvidemos de ello. Pero me niego a creer que usted no pueda hacerlo. Si Lesseps —gracias a Dios que había sido uno de los héroes favoritos de *mademoiselle* Loló— pudo excavar el desierto para el Canal de Suez a la carrera, no me diga que usted no puede partir esa pared en ese tiempo.

¡Ahora lo retaban! Consciente de ello, el ingeniero empezó a dar explicaciones:

—No dije que no lo podía hacer, entienda. Es que no me gusta comprometerme a menos de estar seguro del todo.

—Ingeniero, si hay una posibilidad hagamos la lucha. Tengo que llenar esa presa en cinco días —apremió ella.

¿Lágrimas? Ni siquiera tenía un pañuelo seco que ofrecer.

—Muy bien, muy bien —la evadió volteando hacia otro lado nerviosamente—. Sondearemos hoy.

—Pero,¿lo haremos en ese plazo?

El caballero bajó su papada más hacia el pecho, miró la cabeza de la silla sin verla; tras una pausa, alzó los ojos hacia ella para decir condescendiente—: Probaremos, señorita.

Sin poder contenerse, Mariana dejó escapar una exclamación de alegría que contagió a su compañero, o sería que se sentía aliviado al no verla llorar.

—Desde la arista, hasta veinte metros más abajo —señaló al indicar una línea vertical imaginaria— atacaremos el cráter—. Tendremos que barrenar— explicó desmontando y, subiendo a la orilla, empezó a marcar con un pedazo de gis grandès cruces sobre la obscura lava—. Esta será nuestra línea de ataque dentro y fuera del cráter —explicó voceando sobre las marcas que había dejado en línea ascendiente.

—¿No habrá peligro de que se rompa más pared de la necesaria?

—No—, repuso él al descender y sacudir de sus manos el polvo del gis—. Las cargas estarán orientadas de manera que su efecto sea hacia afuera. Se detonarán en cierto orden que definiré con el largo de la mecha. De este modo el material tronado permanecerá casi en el mismo lugar aunque permitiendo que el agua pase y así llegue con cierto control a la presa de donde se distribuirá por las canalizaciones de costumbre.

—Eso—, asintió Mariana.

—Me alegro que apruebe—. Mora montó de nuevo—. Ahora, una vez que el lago se vacíe hasta la profundidad que calculemos necesaria, usted tendrá que construir una pared aquí, con la misma lava. Eso, o una compuerta.

Monte abajo continuaba diciendo que probablemente Michoacán no tendría otro año como aquel en décadas y ya que los manantiales en el fondo no iban a cesar su actividad, debería hacer ese trabajo de contención una vez que hubiera auxiliado a la cosecha. Ya en la presa, el ingeniero sacó su libreta una vez más y dio un rodeo inspeccionando las paredes de mampostería. Sí, estaba seguro de que la capacidad de la presa sería suficiente para retener el sobrante del agua derramada. Satisfecho, tocó su sombrero, se despidió y regresó a Morelia a ver a don Evaristo.

—De manera que lo va a hacer, ingeniero...

—Nada fuera de este mundo, licenciado. Si Lesseps cruzó del Mediterráneo al Mar Rojo, tronar unos cuantos metros de lava no es ninguna hazaña.

En cambio, conseguir la dinamita sí lo fue. Decir que se necesita esto o aquello en México es una cosa, adquirirla es otra. Dinamita se convirtió como por encanto en la palabra del día; pero no importaba cuánto se removiera el asunto, el ingeniero Mora no localizaba un gramo. Los comisionistas *Oseguera y Fraga,* dijeron no haber recibido aún su último pedido. Además, desde que la vía ferroviaria a la capital se terminó en 1883, y desde que la era porfiriana barrió con los revoltosos, los explosivos no eran tan requeridos. Fue a *Pocitos,* la mina más cercana que conocía, para hallarse con que la última caja la acababan de mandar a *Boca Negra,* una mina remontada. O tal vez hubiera alguna por ahí, el superintendente especuló con flojera, rascándose la grasosa cabeza. El ingeniero Mora movió cajas, atisbó en cada rincón del almacén y encontró las cosas más raras del mundo, incluso una vieja bota suya. Desesperado, revolvía todo bajo la mirada indiferente de sus comedidos ayudantes que simulaban dar asistencia con sólo contemplar lo que él había descartado, aportando para refuerzo moral: "Pos quen sabe." Rojo y sudado regresó a Morelia cavilando por todo el camino a quién podría recurrir. Alpízar se había llevado toda su dinamita a la sierra. Ni modo. Y él, después de años de retiro, estaba desconectado de los proveedores. Cuando acudió a los que conocía, recibió la misma respuesta: No, tal vez fulano, tal vez zutano. En la estación de ferrocarril, un empleado miró hacia la vía en lontananza:

—Quien quita y en el tren de mañana llegue algo.

Sus esperanzas llamearon—: Qué, ¿alguien ordenó alguna?

—No —, el hombre especuló sin fundamento alguno— pero a lo mejor llega...

Era para tales momentos que un hombre debiera llevar pistola al cinto. Por fin, con un amigo militar consiguió algo, pero no la suficiente, y era una de dos: o *Boca Negra* o la capital. Optó por lo último que sería más seguro.

Mariana no estuvo de acuerdo en que él fuera. Mejor mandarían un telegrama para que se las enviaran.

—Señorita Aldama, yo creía que el asunto era urgente. Mire, conozco a mi gente. Algún mentecato recibirá el telegrama, si lo llevan a tiempo, y por ahí lo dejará, o se sentará en él, vaya usted a saber. Si corremos con suerte y se acuerda, le dirá a otro fulano, ése, a su vez, se olvidará del asunto hasta que mandemos cuatro telegramas más y para entonces su cosecha será paja. Si quiere que se haga algo rápido, tiene usted que hacerlo personalmente. De manera que voy.

—Pero eso tomaría tres días y usted se necesita aquí, ingeniero.

—Pues está claro que no puedo estar en dos lugares a la vez.

Mariana guardó silencio y en seguida miró a Ismael que estaba parado frente al escritorio. —Usted es indispensable —atajó al ingeniero—, Ismael irá. Puede tomar el tren ahora en la noche, recoge la dinamita mañana en la *Dinamite Powder Company* que usted dice, y regresa al día siguiente.

—Señorita, este tren llegará allá al amanecer. Además, estará cerrado pues es domingo.

—¿Sabe usted la dirección de la casa del proveedor?

El ingeniero asintió. Pues el señor tendría que trabajar en domingo. Le escribiría una nota explicando la urgencia del caso. Le haría saber que Ismael tenía que tomar el tren el lunes en la mañana.

—Ismael —, previó ella— si el hombre rehusa darte la dinamita por ser domingo, amenázalo con partirle la cabeza, pero tú me estás aquí con esos explosivos el lunes en la tarde.

El ingeniero miró por segunda vez a la señorita Aldama y de ella a Ismael—. Esas órdenes son muy peligrosas, señorita. Creo que esta nota bastará—. Le entregó a Ismael el recado que acababa de escribir—: Con que sea firme será suficiente, amigo. Estoy seguro de que no habrá trabas.

Ismael tomó el papel, recibió el dinero y salió de la oficina, feliz de pasar un domingo en la capital a la que no volvía desde que fuera a despedir o recibir a don Marcial y sus cinco baúles.

—Espero que regrese a tiempo —Mariana suspiró.

—Con las órdenes que usted da, no me cabe la menor duda. De cualquier modo, si todo va bien, el martes será el día. Mañana pondré en orden los últimos detalles. Buenas tardes tenga usted, señorita.

La tarde se repetía seca y calurosa. Sobre su escritorio Mariana tenía ante ella lo que sabía de memoria: todos sus afanes, esperanzas y desvelos convertidos en aquel montón de fajos de notas. Si la empresa del lago fallaba, tal vez terminara enseñando francés como las Estucado o, como la tía siempre había sugerido, de monja. Inesperadamente la quietud de un convento le pareció atrayente. ¿Por qué no? Un lugar fresco, silencioso, sin tías avorazadas, ni hermanas molonas. Cerró los ojos, suspiró y, al descansar la cabeza en el respaldo de la silla, los cascos de un caballo nervioso resonaron en el patio obligándola a incorporarse.

Llegó Roberto. Era de mediana estatura. Tenía un rostro agradable, aunque no podría recordarse fácilmente, a excepción de sus bigotes delicados y obscuros. Vestía con elegancia, si bien sus pantalones le quedaban demasiados ajustados. Hablaba intercalando el castellano con francés: *ma cher petite, dejá vu, jamais*: por lo tanto, se sobreentendía que Roberto había estado en París y, si no había regresado con grandes conocimientos académicos, había obtenido algunos que hubieran envidiado muchos caballeros morelianos atados a una mujer observadora del protocolo y misa diaria. No permitió que Mariana lo llamara señor Matamoros. No, no. Aborrecía las costumbres coloniales que pecaban de cursis. En resumidas cuentas, iba a averiguar si no estarían en peligro los manantiales que deseaba adquirir su padre para Jorullo.

—Tiene usted a toda Morelia alborotada, Mariana. Medio mundo prende veladoras y el otro medio se santigua. Desde los mercados a los salones la gente anda alarmada porque va a volar el volcán.

—Tonterías —, Mariana sonrió al imaginarse a la gente persignándose, atemorizada porque podría despertar a un gigante dormido. Con razón se había escaseado a tal grado la dinamita.

—Por aquí tememos a los volcanes. No olvide que ya nos han salido varios bajo los pies. En todo caso mi padre ha decidido detener la compra de los manantiales. Tendremos que esperar un año para ver los efectos de la explosión.

De ninguna manera se afectarían los manantiales, aseguraba Mariana con vehemencia, pero él se mantuvo en lo dicho. El trato no se cerraría. A Mariana le dieron ganas de llorar, pero se aguantó.

—Yo haría lo mismo —afirmó.

Había en Mariana una correspondencia fascinante: cierta delicadeza y, a la vez, una actitud de seguridad que, aunadas, trascendían en todos sus ademanes y en sus palabras convirtiéndose en inexplicable atractivo que dejaron a Roberto pasmado. Le preguntó ella cómo iban las cosas en Jorullo, y tuvo él que hacer un esfuerzo para hilvanar su respuesta. Sin percibir su turbación, Mariana a medias lo escuchaba decir que con el agua que tenían al menos auxiliarían una vez la cosecha. Tal vez saldrían al parejo. En su mente ella veía el dinero para pagar al banco esfumarse. Ahora sí que iba a ser todo o nada. Casi para sí musitó—: Qué suerte, tener el agua tan a la mano.

Quiso que él conociera cuál era su situación.

— ¿Le gustaría ver las obras?

El ajuar de Roberto estaba diseñado para montar sobre frescas y verdes llanuras, allá por Irlanda. Durante el ascenso, camino al lago, cruzó su saco sobre la silla, sus botas perdieron su lustre y parecía estar demasiado apretado dentro de sus pantalones claros pero, disimulando, conseguía sonreír siempre que Mariana volteaba hacia él.

La ladera del volcán bullía con los peones, vestidos de manta blanca y sombreros de paja, que la libraban de todo arbusto. Después de dos días, la superficie por donde el agua debía fluir estaba casi esclarecida, las paredes de la caja habían sido reforzadas. Todo esto significaba el trabajo incesante de trescientos hombres que laboraban de sol a sol.

En lo alto del lago los barreneros habían trabajado de día, bajo el inclemente sol; de noche, a la luz de las antorchas de ocote, siempre vigilados por el ingeniero Mora. Esa tarde terminaban ya de taladrar. Mariana y Roberto llegaron a la ladera del volcán donde un hombre se aferraba a la barra de fierro con manos callosas y otro alzaba el martillo muy alto y lo desplomaba sobre ella, con precisión, hundiéndola más y más en la lava con cada golpe.

Una y otra vez el rítmico resonar se oía. Al sentir las poderosas vibraciones que viajaban por aire y tierra, los caballos sacudían sus crines y daban pasos atrás inquietándose con cada resonancia. Después de unos minutos Mariana y Roberto también sintieron aquel desasosiego. En contraste, los hombres que, desnudos hasta la cintura, se asían impertérritos a las barras, parecían estar hechos del mismo metal. Siglos de labor opresiva en pirámides paganas y más tarde en templos ornamentados, los habían hecho campeones de resistencia. Ignorando rasguños y machucones que inevitablemente eran parte del trabajo del día, así como el acero se sumía en la lava, con muda exactitud martillaban unos y, sin pestañear, otros recibían las continuas descargas.

Cuidando a los hombres por el rabillo del ojo, el ingeniero Mora explicó a Mariana que los barrenos ya casi estaban listos y señaló cómo se prenderían las mechas y cómo tendrían que correr a resguardarse todos dentro de una cueva cercana porque esa piedra iba a volar bien alto, terminó jalándose hacia arriba los pantalones, gesto que a menudo repetía desde que había perdido peso subiendo y bajando esa ladera.

Mariana pensaba en Ismael..., estaría ya camino a México. Preocupada, bebió la inmensidad del valle que abrigaba una cosecha agonizante. En el transcurso de la plática, el ingeniero había corroborado que para nada se afectarían los manantiales de Jorullo. Roberto, más optimista, decía que no se perdería la explosión por nada del mundo. Muy impresionado con todo el proyecto, preguntaba por la capacidad de la presa, la del lago y todas aquellas cosas de las que, en esos momentos, Mariana ya nada quería saber. Los golpes metálicos se fueron alejando como si fueran ajenos a su esfuerzo. En su lugar flotaban otros rumores que jamás había escuchado: percibió desde lo profundo de su entraña, la respiración misma de aquel valle de malaquita y topacios que, reflejado en sus pupilas, la invadía y reclamaba para sí —para siempre. Toda la aprehensión anterior se fue tornando en una sensación de plenitud y entrega.

Los hombres ya se aseguraban los machetes a las fajas y se ponían los morrales al hombro para descender. Al pasarlos, Mariana se fijó en sus ásperos pies que la mayor parte del tiempo iban descalzos y se preguntó cuál sería su secreto para poder aguantar tanto a cambio de tan poco. Necesitaba encontrar ese algo que la mantuviera firme aun si fracasara.

Capítulo XIX

Entonces, se haría. Mariana lo supo al ver a Ismael descender del vagón de segunda clase llevando al costado dos cajas de dinamita. Un sentimiento—mitad ansiedad, mitad gusto— que se anidaba en ella antes de cualquier situación importante de su vida, dejó sentir su presencia. Durante el día había estado más activa que de costumbre, ya yendo, ya viniendo a vigilar a los peones que sudorosos apaleaban la tierra para ensanchar los canales principales, ya parada en la pared de la represa para supervisar cómo se quitaban las vigas de mesquite de la compuerta o saliendo en volandas a la estación con el ingeniero para ver si Ismael había regresado; mas en esos momentos en que el sol empezaba a soñar en el día más caluroso de la estación y se encaminaban a la hacienda con los explosivos, su ansiedad se introvertió. Ismael recontó su viaje en términos lacónicos y ella guardó silencio. Tampoco pronunció palabra durante la cena, admirada de la paciencia del viejo ingeniero, quien, ecuánime, aseguró a Libia, por centésima vez, que su persona no estaría en lo mínimo expuesta a peligro alguno. Ya que él se hubo retirado, no respondió a su hermana así augurara toda clase de malos resultados. Sin más, dio las buenas noches a Libia. Afuera, en la obscura tibieza del verano, respiró hondo y empezó a caminar. Su aislamiento no era deliberado. Por el contrario, hubiera deseado que escapara de su interior aquel impaciente anhelo de consumación. A la luz de las linternas de hierro dejó atrás la casa principal que se retiraba en silencio, cruzó muy despacio el segundo patio pasando por la vivienda del mayordomo, las habitaciones de los sirvientes domésticos, y continuó su camino a la sombra de los enormes silos y establos rumbo a la cuadrilla.

La distancia física desde la casa grande a las viviendas de los peones no era mucha. Era sólo un paso de un mundo a otro. La impresionante estructura de cantera, mosaicos pulidos y mármol, daba lugar a paredes de adobe y pisos de tierra. Las filas de casas pegadas la una a la otra con su frente que daba a estrechas calles empedradas o polvosas, dibujaban trazos fantasmagóricos en la obscuridad interrumpida por las débiles flamas de las antorchas de ocote que poblaban la noche de sombras danzantes. La sencilla fuente de cantera situada en el centro de la plazuela desde donde partían las hileras de casas y alrededor de la cual los niños, por lo general, correteaban, esa noche languidecía casi desierta. En torno a ella se respiraba inusitada quietud. El aire caliente, denso, llegaba embalsamado por ondas de expectación.

A lo largo y ancho de la cuadrilla, la escasa luz, filtrada por las barras de las ventanas desnudas de vidrio, se fundía con el resplandor de las velas que, puestas sobre la mesas de toscas patas, alumbraban las actitudes cotidianas de la clausura de otro día. Dentro de sus humildes aposentos algunos hombres sentados en el piso, con la espalda hacia los muros, conversaban en tonos bajos; otros preferían descansar sobre petates, tal vez soñando en sus novias de largas trenzas, aretes redondos y tímidas sonrisas. Alrededor de ellos, las mujeres revolvían, diligentes, las ollas de frijoles sobre los braseros y calentaban tortillas obscureciendo con sus móviles sombras las paredes heridas por clavijas de las que colgaban jorongos de gruesa lana café; sin faltar en una esquina o en un muro descascarado, la imagen de la Virgen de Guadalupe o San Román.

A diferencia de la mayoría de las construcciones de la cuadrilla, que eran cuadradas y sin gracia, las casas frente al patio tenían amplios aleros sostenidos por barrotes; y, bajo ellos, mesas donde algunos peones bebían café negro de sus jarros de barro y comían la cena de frijoles y tortillas con chile. Al notarse la presencia de Mariana, cesó el murmullo que los acompañaba. Por un momento contempló ella un cuadro en apariencia estático. De las casas, de los aleros, del pueblecito que se diluía en la obscuridad, figuras sin rostro, de contornos indefinidos que cobraban vida sólo ante el fulgor de las llamas oscilantes, la confrontaron. En los pétreos rasgos que pudo discernir ahí y allá, sintió una fuerza no del todo desconocida para ella, un tremendo y mudo impacto cuyo fondo la evadía desvaneciéndose en la penumbra de donde parecía tomar su significado. El impulso que la había llevado allí, aquella sensación de coadyuvación que creyó existía en sus esfuerzos comunes, la vio dividida por un golfo: la hacienda para ella, el pan para ellos y entre los dos un mundo que sintió infranqueable. Se detuvo vacilante, sin parpadear siquiera; hubiera dado media vuelta a no ser por un pequeño que corrió a tomar su mano. Cohibida, la madre se apresuró a retirarlo disculpándose con la patrona.

—Véngase mocoso. ¿No ve que tan sucio anda? —regañó abrazándolo a sus faldas.

Mariana le guiñó un ojo con lo que el niño se animó. Zafándose de su madre corrió a meter la cara y las manos en la fuente. Los que lo observaban reían quedamente. Luego de secarse con su camisa agujerada, volvió a ella y le mostró las manos. Era raro ver a un niño así. La mayoría se escondía tras sonrisas vagas o miradas esquivas.

—Ahora sí —aprobó ella—, estás muy guapo —y se dirigió con él de la mano hacia dos jóvenes sentados junto a sus guitarras recargadas en la pared de adobe—. Toquen algo, muchachos —, pidió sentándose sobre un banco, bajo el alero—. Tal vez mañana ya no estemos para cantar.

Sin comprender la ironía que escondía el resignado tono ni la respuesta de mudo entendimiento que encontró en los demás, su compañero se acomodó de cuclillas frente a ella lanzando una sonrisa chimuela en todas direcciones. Se respiró con más libertad. De inmediato, uno de los jóvenes llamó a un compañero. Chucho apareció en la puerta. Entonando las guitarras se pusieron de acuerdo y sujetándolas hacia sí, comenzaron. El muchacho tenía voz de barítono especialmente melodiosa. Su camisa subía con su pecho al dar notas altas y sus labios temblaban un poco al cantar con esa mezcla de desesperación y melancolía característica de muchas canciones mexicanas. En Mariana los pensamientos se disparaban fugaces: la hacienda, la dinamita, la cosecha, David, Tomás, hombres cantando y guitarras que pulsaban el aire allá en una hermosa noche de fiesta hacía muchos años cuando era niña. Reclinó la cabeza en la pared y otras melodías siguieron. Inmóvil, permitió que los pensamientos rindieran su urgencia, se desvaneciera su atractivo; la mente deambuló sin carga por las notas hasta que de ellas mismas se olvidó. Olvidó también que el día siguiente sería decisivo. Entre peones, tierra y cielo, se sintió ella misma, sin máscaras, sin retos ni rencor alguno, con el latir del corazón en paz.

Cuando se percató de que la noche había quedado en silencio la realidad tornó con sus presiones abrumadoras. Confrontándola se erguía la casa principal con su imponente silueta dibujada en la noche. Alrededor de Mariana aguardaban un valle sediento y rostros pétreos bajo sombreros de palma, teñidos amarillo vivo con luz de vela.

Se incorporó, sacudió la cabeza de su compañero, dio las buenas noches, y echó a andar. Pronto dejó la fuente atrás, pasó bajo la arcada.

—La patrona está bien chula —uno de los peones nuevos se atrevió a comentar una vez ella hubo desaparecido.

Algunos hombres miraron en aquella dirección sin decir palabra. Otro, sentado de espaldas a la pared, con los brazos abrazados a sus rodillas, pensó que poco importaba que estuviera chula y rechula, al cabo no iba a ser para un indio pata rajada como él. Con mitad coraje, mitad despecho, sus ojos siguieron los contornos de sus rudos guaraches.

Al día siguiente el campo sintió los primeros rayos del sol junto con las duras pisadas de los hombres que se hundían en la tierra al cargar sobre sus espaldas las cajas que contenían los explosivos. Desde lejos Mariana los veía serpentear como hormiguitas blancas en su ascenso por la gris montaña. Allá arriba, el poblador acataba las instrucciones del ingeniero Mora. Seguía el mismo procedimiento en cada barreno: primero colocaba las cargas de dinamita seguidas de la cánula o fulminante que, al tronarse dentro de un bombillo, provocaría la detonación de toda la carga y, finalmente, cubría todo con un tapón de lodo del que emergía la cañuela que era más corta en los puntos altos. El orden en que se detonarían las cargas, de acuerdo a lo que el ingeniero subrayó, era muy importante y se controlaría por el largo de esas mechas, las mismas que él mismo midió antes de ponerlas en manos del poblador.

Una vez que el depósito de explosivos estuvo listo dentro y fuera del cráter, el ingeniero supervisó todo por última vez y repitió sus órdenes:

—Prendan las mechas cuando oigan el disparo. Cada hombre —instruyó a los cuatro frente a él— prende dos; las que les asigné. Vicente, tú y yo —indicó a su poblador— estaremos pendientes de ayudar al que lo necesite—. Miró a cada uno... — Ya todos tienen experiencia. Hagan las cosas con calma—. Subió los pantalones por el cinto dando unas palmadas a su pistola y asintió—: Bien, veré que todo esté listo allá abajo y luego vuelvo—. Montó, miró por último a los cinco hombres que le seguían con los ojos y deseándoles suerte, bajó a la presa.

Ismael y él vieron a un grupo de gente a caballo que vino a interferir con sus últimas órdenes al acabar su recorrido. Con Mariana venía el licenciado Gómez, el doctor Arteaga, don Carlos, más pálido que nunca bajo la temprana luz solar, y otros desconocidos a los que nadie había invitado. Pronto estuvieron sobre él con preguntas, comentarios, especulaciones y bromas, encantados de la vida sin considerar que había un trabajo muy serio que hacer. ¡En este país todo se hace un gran mitote, hasta los entierros! refunfuñó para sí y, espoleando su caballo, mandó miradas disgustadas a derecha e izquierda, las que nadie tomó en cuenta excepto Mariana que mantenía un tenso silencio al igual que los hombres apostados por las principales canalizaciones. Expectantes, aguardaban el momento de mover las pequeñas compuertas colocadas a la entrada de las mismas con las que se controlaría el derrame de la caja de agua hacia las múltiples ramificaciones de acequias.

El grupo había ascendido un poco más allá de la presa, cuando el licenciado Gómez detuvo su caballo.

—Los toros y las explosiones se miran mejor de lejos —aseguró y Mora volteó su montura para solicitar de los demás que siguieran su ejemplo. En esos momentos un jinete los alcanzó para informar que él creía que hasta ahí era donde llegarían todos.

Oían incrédulos al hombre explicar en una voz perentoria, que era empleado del juzgado y que era necesario revisar los títulos de propiedad dado que las autoridades tenían sospechas de que aquel lago estaba fuera de los límites de Valle Chico. Por lo tanto, se requería hacer un nuevo deslinde, revisar la concesión del uso de aguas antes de proceder; y extendió a Mariana un documento en el cual se le requería presentarse en las oficinas citadas. El licenciado Gómez recibió el documento de manos del hombre, lo revisó, emitió un desahogo verbal en voz baja, y rugió a todo pecho:

—¡Pero este citatorio es para de hoy en ocho! ¿No ve que este trabajo urge? Además —, y taladró al hombre con su mirada— conozco esta propiedad bien. Ese lago pertenece a Valle Chico igual que los manantiales que usa Jorullo y esos se encuentran mucho más distantes y ustedes lo saben y lo sabemos todos. Esto es una farsa de mala fe, señor.

—Licenciado, yo sólo cumplo —el hombre acentuó con esa pose pedante que algunos empleados subalternos usan al tener en su poder un documento oficial. Mora arrebató la notificación de manos del licenciado Gómez y lo estampó en el pecho del secretario casi sacándolo de la silla—. ¡Al diablo! Yo hago lo que vine a hacer.

—No, señor —protestó el hombre recuperando su montura—. Si usted desobedece esta orden, será consignado por desacato a la autoridad —chilló olvidándose de su pomposidad. A Mora se le pusieron los ojos escarlata.

—Esto es todo lo que nos faltaba —masculló y miraba a todos como inculpándolos por aquel impedimento. Mariana, con la boca seca, oía al tío Carlos tartamudear, impulsado a dar explicaciones por la insistencia con que lo observaba su sobrina, que a lo mejor algo se podía hacer... —Porporporque no iba... Puede que fuera tiempo. Era temprano. Bueno, él decía...

El licenciado Gómez levantó la vista de sus manos, fijas sobre la cabeza de la silla y, ya más calmado, convino en ir a ver qué se podía arreglar. Pero el secretario objetó diciendo que don José, el Jefe dela Oficina de Fomento, estaba enfermo.

Lo verían de todos modos, determinó el abogado y encaminó su caballo.

—Pues todo va a estar como lo de la dinamita. Hoy, mañana... Lo que va a pasar es que se va a secar esta cosecha —desesperó Mora furioso y maldijo para sí, pues de no estar presente la bola de metiches ya hubiera él tronado todas esas cargas y que ¡le dieran citatorios entonces!

Por el camino continuaron alegando y aseguraron a Mariana que todo se arreglaría en un par de horas. Ella no decía nada ni perdía de vista al tío que trotaba adelante de todos como sacudiéndose los comentarios. Mariana fue frenando su caballo hasta quedar rezagada junto a Ismael.

—Espérame —indicó, y continuó camino a la hacienda donde aceptó los últimos razonamientos ofrecidos por don Evaristo y deseándoles buena suerte a él y a Mora, retornó al campo. A esa hora, el calor empezó a subir en ondulaciones que ponían al valle en movimiento. Llegó al sitio en donde había dejado a Ismael. Ellos se entendían con pocas palabras.

—Allá están los hombres, ¿verdad?

Ismael asintió.

—¿Había señal?

—Un disparo.

Sentía las manos mojadas y la cara le ardía y ya se había decidido. Si terminaba en la cárcel, ya la sacarían. De cualquier modo el agua derramada ni mil citatorios la recogían y esa cosecha se auxiliaría aunque ella estuviera en el calabozo más obscuro. No permitiría a la sequía que empezaba a apoderarse de su alma abarcar a sus campos también.

Llegaron.

—¿Estarán listos? —. Se hallaban a corta distancia del cráter y por una fracción de instante que la recorrió toda y envolvió en un sudor frío, deseó que le dijera que no. Ismael respondió que sí. Guardó ella silencio mirando al valle que reverberaba en calor ondulante.

—Dame tu pistola —ordenó—. Ponlos en aviso.

Ismael le entregó el arma y caminó hacia el lugar donde los hombres y las cargas aguardaban. Dos cabezas salieron de dentro del cráter y tres hombres se pusieron de pie en la ladera exterior al verlo aproximarse.

—¿Listos? —gritó Ismael entonces.

Desde lo alto del borde, Vicente lanzó la vista más allá del mayordomo, y vagamente saludó a Mariana.

— Sí —respondió—. Pero, ¿y el ingeniero?

—Vengo en su lugar con la patrona —respondió Ismael y repitió más fuerte—: ¿Listos?

Vicente miró una vez más sobre la cabeza de Ismael hacia Mariana y titubeó diciendo:

—Me gustaría esperar al ingeniero.

Pero Mariana alzó la pistola, Ismael se hizo a un lado dejando libre el espacio entre ella y el poblador, y éste, intuyendo que más le valía obedecer, dirigió la mirada a sus hombres, puso en alto la mano derecha en señal y secundó —: ¿Listos?

Pequeñas antorchas se prendieron..., llameantes esperaban sostenidas por manos morenas. Sonó un disparo. Su sorda resonancia viajó por el valle. Las flamas en el acto tocaron unas mechas, en seguida otras, otras y otras más. Las cañuelas chisporrotearon y los hombres arrojaron las teas prendidas al agua. Temblorosos, apresurados, treparon unos por la ladera interior del cráter y resbalaron con los compañeros por el lado exterior sintiendo en sus talones el zumbar de los hilos. Ismael había corrido hacia Mariana gritándole que desmontara y a carrera tendida se lanzaron todos sobre arbustos, piedra y troncos para alcanzar una cueva cercana.

Muy juntos y casi fuera de respiración, los seis hombres y ella, con la vista fija en la tierra, en silencio, esperaban... Afuera corrió el fuego por las mechas, llegó, entró al alma del explosivo y la cueva pareció moverse. Segundos después, las cargas empezaron a tronar. El grupo que iba a Morelia paró en seco. Y, afirmando su asombro, en seguida se oyeron más detonaciones: ocho en total. Afuera de la cueva, los caballos de Mariana e Ismael relincharon y salieron en estampida huyendo de la explosión; adentro, los peones se persignaron. Fue entonces que Mariana se asombró de su atrevimiento y empezó a sentir que había hecho algo tremendo. Cerró los ojos, se encomendó a la Virgen de Guadalupe y afuera el volcán rugió escupiendo por el aire bloques de lava; de inmediato, el agua se agolpó en la tremenda herida formando un gigantesco torrente que descuajaba enormes rocas como piedrecillas. Rodando, estrellándose unas contra otras, arrastradas por la galopante corriente del caudal, se precipitaban hacia la presa.

Tal como el ingeniero Mora lo había previsto, algo del material tronado quedó atrapado en el corte y sirvió de pared de retención que poco a poco contuvo el agua haciéndola fluir con menos fuerza; el desbordamiento empezó a ceder gradualmente, tornándose en una precipitación más pareja. Abajo, aunque el líquido saliera a raudales por la compuerta, la presa se llenaba con rapidez asombrosa. Pronto las bifurcaciones mayores se llenaron, algunas se desbordaron, y así, el agua siguió su curso por la red de canales. Corría tan rápido que hasta en un punto lejano llevaba suficiente fuerza para arrastrar a un hombre por el lodo; por todas partes se veían peones apresurándose a quitar las pequeñas compuertas que permitían al derrame seguir direcciones diferentes por el campo.

Mora se detuvo sólo lo necesario para ver aquello antes de irrumpir a galope tendido rumbo a la tierra alta seguido de cerca por don Evaristo y más atrás, por otro jinete. Jadeantes y sorprendidos, llegaron al lago donde encontraron a Mariana e Ismael contemplando el fluir incontenible que se quebraba con los destellos del sol.

—Señorita —, gritó el ingeniero desde lejos— ¿qué pasó?

Llevando las manos a su boca, Mariana voceó que las cargas se habían tronado por accidente.

—¡Imposible! —, aseguró Mora acercándose a un trote cansado—. Todo estaba perfectamente instalado. Sólo a propósito...

—Ah, fue a propósito —aclaró Mariana sobre el ruido del agua—. La señal fue la accidental. Ismael fue a decirles a los hombres que habíamos sufrido una demora, yo vi una víbora, tomé la pistola de la silla de Ismael y disparé. No sabía que esa era la señal.

Mora sacudió la cabeza y se llevó la mano a la frente—. ¡Es cierto! Nunca le dije.

El licenciado Gómez guardaba silencio. Una vez una señora había preguntado a Mariana en su presencia si no le daba miedo el campo con tanta víbora y encogiéndose de hombros había respondido: "Cada quien lleva su camino. procuro no molestarlas y ellas no me molestan a mí". Levantando la vista le advirtió:

—Ese cuento no se lo van a creer.

Mariana le miró de frente—. En ese caso, por favor empiece a preparar mi defensa —le pidió mitad en serio, mitad en broma. Pero el abogado no estaba de humor.

—Su persona no está en peligro, señorita. ¿Se olvida que soy yo, su tutor, el responsable?

Mora disparaba miradas incrédulas del uno al otro. ¿Sería posible que aquella muchacha? No. Tenía que haber sido accidente. Aunque... ¡total! Y rió de buena gana —. A lo hecho, pecho, mi querido licenciado— exclamó volteando su cabalgadura—. No más mire que correr de agua tan bonito.

—¡Caray!, dio resultado —el jinete rezagado exclamó al llegar.

Mora midió la elegante indumentaria de Roberto de pies a cabeza—. Claro que resultó, amigo, ¿que esperaba? —y le echó un vistazo más a sus ajustados pantalones preguntándose si no estarían por tener otra explosión.

El agua fluía por los canales y la tierra la chupaba. Mora no cesaba en su entusiasmo. Sí, había sido un trabajo limpio, se congratulaba. ¡Y pensar en el tremendo potencial del agua en reserva! ¿Qué importaba que fallaran las lluvias si en años buenos se guardaba el líquido necesario? Todo México se le presentó entonces convertido en un paraíso, su más remoto rincón cicatrizado por nítidos canales provistos por hermosas presas. Si él contemplaba feliz el resultado, el licenciado Gómez, algo sombrío, pensaba qué libros llevaría a la cárcel si sucedía lo peor.

Notando su malhumorado semblante, el ingeniero le dio tan tremenda palmada en la espalda que le sacudió todo el polvo del camino—. Hombre, licenciado, hoy, no importa qué, ya fue día logrado. ¿No se da cuenta? Hicimos lo que nos proponíamos ¡Sí, señor!

Se irguió en la silla Evaristo Gómez y concedió:

—Pues eso sí.

—Ahí tiene. Alégrese y no se preocupe por esos empleaditos con sus papelotes. Para eso es abogado, amigo. Usted se sacude ese citatorio como si fuera una mosca.

Animada por el tono del ingeniero, Mariana sonrió y con los ojos pidió disculpas al abogado. Don Evaristo borró las preocupación de su cara con otra sonrisa:

—En fin, no creo que haya de qué preocuparse. Y permítame felicitarlo, ingeniero, y a usted, Mariana.

Habían bajado ya a donde estaban los peones. Algunos de los hombres, enlodados hasta las rodillas, empezaron a gritar agitando sus sombreros sobre sus cabezas y Mora, desconcertado al principio, a medida que avanzaban y continuaban vitoreándolos, sintió despertar sentimientos juveniles que en él habían guardado reposo sin hacerse viejos. Con un galante movimiento se quitó el sombrero para agradecer aquel entusiasmo e hizo una larga inclinación hacia Mariana. Aturdida, con el alma en vuelo, como las campanas, ella sintió el corazón latirle en el cuello. ¡Arriba la señorita Mariana! ¡Viva el ingeniero! "¡Ja! A ellos los aclamaban y tal vez él acabara con sus huesos en la cárcel", musitó para sí el abogado, pero en el fondo satisfecho de lo que pasaba.

Roberto gritaba tan fuerte como los peones haciendo a Mariana reír. Montaban el mismo caballo y a sus espaldas él exultó:

—¡Esto es México, caray! Ya casi me había olvidado. ¿No sientes que hoy es día de fiesta? Allá arriba el ingeniero Mora tuvo la impresión, y aquí abajo: mira las caras, mira la hacienda... Parece que brilla.

Todo resplandecía: el agua, que bajo el sol culebreaba por el valle, los ojos de los hombres que los saludaban al pasar, las campanas de la capilla a lo lejos que Cirilo se encargó de echar al vuelo. En el aire había destellos de contento..., la atmósfera se sentía impregnada de felicidad. Si la noche anterior había sido triste y melancólica, ahora sonreía junto con los seres que se movían en ella como si fuera parte de ellos, como si bebiera sus emociones para hacerlas suyas. Las mujeres y niños corrieron a encontrarlos al entrar al casco de la hacienda y se vieron envueltos en un torbellino de alegría. Al poco rato bajaron los hombres del volcán y desmontaron en el segundo patio también. Eran los que habían barrenado, los que habían prendido las mechas. Al verlos bajar, Mariana notó que ni siquiera sabía sus nombres y que nunca había tomado cuidado de sus caras. En un arranque espontáneo se dirigió hacia ellos y en silencio estrechó la mano de cada uno. Ellos tomaron la suya temerosos de tocarla, y no sin antes haberse restregado las manos en sus pantalones dejándolos rayados de tierra y sudor. A Ismael, Mariana le dio un apretón más prolongado oprimiendo sus dedos callosos, al mismo tiempo que envolvía al grupo en una mirada de agradecimiento. El ingeniero Mora, con su habitual resolución, irrumpió para sacudir el hombro de Ismael y dar una palmada a la espalda de su poblador. De sus pantalones sacó entonces dos billetes y ordenó que se mandara a Morelia por algo que tomar y comer para todos ellos. Y más sombrerazos volaron por el aire y más vivas se gritaron por el ingeniero. En la sala de Valle Chico se brindó con tequila que había sobrado de los días de Marcial, y Libia tuvo que aguantarse la vergüenza ante el hijo de doña Clarisa, al oír decir a Mariana que eso era lo único que tenían.

A don Carlos casi le para de circular la sangre al dar la noticia a su esposa. Doña Matilde prometía calabozo y guillotina para la insubordinada de Valle Chico y se indignó a punto de colapso ante Artimeña que decía:

—Señora, ¿qué se va a ganar? Esa agua ni Dios la vuelve a su lugar.

—No blasfeme, licenciado.

—Bien, lo pondré de otro modo. Perderá tiempo y dinero, señora. Una de las más grandes virtudes de un buen estratega es saber retirarse y hemos perdido.

Pero la tía era Atila en combate. Amenazó con que ella no permitiría tal insulto a la autoridad. De tanto urdirla, se había creído su propia mentira y aseguraba que ese lago no era de Valle Chico.

—Ahora mismo va usted a hacer que ese bueno para nada que no ejecutó su autoridad escriba un reporte a Fomento, al Ministro, a Palacio, a don Porfirio si es necesario. Para eso tenemos amistades. Cualquier ciudadano influye... consciente, es decir, se puede hacer oír y yo levantaré mi voz en el nombre de la ley.

Artimeña redujo su tamaño al mínimo ante la militante dama.

—¿Me oyó usted, señor licenciado?

La hubieran oído en Fomento y Palacio si hubiera estado favorable el viento. Donde no la oyeron fue en Valle Chico. Ahí, al despedirse el día para saludar a las estrellas, el aire vibraba con los alegres acordes de guitarras, voces humanas y el murmullo del agua que calmaba tranquilamente la sed del valle.

Capítulo XX

Roberto se convirtió en asiduo visitante de Valle Chico. A fuerza de costumbre, aquel relamido, como los peones le decían, dejó de llamarles la atención y continuaban recogiendo los elotes de la milpa para arrojarlos al saco que colgaba de su hombro, sin fijarse en el figurín que pasaba monte arriba en su alazán. Ya era su rutina llegar después de la hora de la siesta a la sombra de unos laureles donde estaba el pequeño campamento que el ingeniero Mora había instalado cercano al lago, y ahí Mariana le esperaba vigilando la construcción de la compuerta del volcán y la actividad del valle. Muchas fueron las tardes que pasaron juntos viendo a la cosecha recuperar su color y madurar a sus pies. Ahora contemplaban aquel ejército de puntos blancos que había invadido los campos y los sacudía y los vaciaba en sacos para luego arrastrarlos hasta los vagones que una vez llenos, retirados por mulas, iban a desembocar a la hacienda donde se apilaban en montones que crecían y crecían en los depósitos. Y así viaje tras viaje, cúmulo sobre cúmulo, y Mariana estaba satisfecha. Con gusto mordisqueaba las suculentas tortas de lomo que Cata siempre preparaba para ella y Roberto, escuchándolo contenta en esa lánguida tarde, como en tantas otras. El tema favorito de Roberto era su inolvidable París, y recontar numerosas aventuras que —empezaba ella a sospechar— eran, en su mayor parte, inventos del momento. *Suzette, Lizette, Colette, Jeanette*, toda la dinastía "*ette*", parecía haber sido subyugada por el joven de Morelia y él suspiraba y evocaba, no sabía ella qué tanto, con un movimiento sutil de la cabeza.

Lejos de enfadarse, Mariana se divertía y muchas veces tuvo que esconder una sonrisa suspicaz. Por su parte, él apreciaba a su buena oyente. Le había jurado que de no ser por ella y el último festejo en honor a don Porfirio, ya se hubiera muerto de aburrimiento en Morelia. Aquello había sido apoteósico: la cabalgata se había iniciado con un carro alegórico en el que una joven envuelta en metros de blanco *fayé*, desfiló a la cabeza simbolizando la Paz porfiriana escoltada por seiscientos jinetes ataviados en trajes de chinaco con blusa roja, la cual ostentaba en el pecho, al lado del corazón, un escudo con el retrato del presidente. En el sombrero también llevaban una leyenda que decía "*Viva Porfirio Díaz*". Aquel desfile, alumbrado por el fulgor de las teas que cada uno portaba, y que partió desde el Paseo de Guadalupe a la calle Nacional, le había parecido a Mariana un incendio de adoración. A medida que avanzaban, los vítores, la resonancia de los cascos de los caballos y el esplendor de las antorchas que iluminaba la noche, enardeció a la multitud que los seguía hasta congregarse todos en la Plaza de los Mártires donde el festejo culminó en corrida de toros y carreras.

Al llegar ahí Roberto se había desprendido de la cabalgata para ir a saludarlas, y Mariana le asestó:

—Algo así, no lo viste en París.

Pero él había estado tan encantado con su ajuar y su participación en el gran mitote, que no sintió la pulla. Para ella resultó inquietante ver cómo aquellos hombres rendían más que un homenaje, un culto al lejano prócer, y algo muy dentro de ella se rebeló ante tanta adulación. Por su parte, Roberto lo vivió todo sin pensar más que en gozar del espectáculo. A decir verdad, y haciendo a un lado, de momento, el rechazo íntimo que ella experimentó, tan grandiosa exhibición emocionó a todo el que la vio, según lo describió la prensa michoacana y comentaron todos los participantes hasta el cansancio.

Fuera de aquel evento, se quejaba de que las noticias eran: quién se iba a casar y de que ya venía el día de tal y tal santo y las campanas repicando que parecía que las tenía dentro de la cabeza. Mariana reía y él, en contagio de simpatía, le decía entonces que era la única persona con quien podía hablar sin remilgos y, como consecuencia lógica, entusiasmado, esa tarde agregó:

—¡Cómo te gustaría París! Si vieras ese Montmartre... Los mexicanos que andábamos por allá nos juntábamos a diario en un cafetín. No todos, claro. Uno que otro tomaba el estudio muy serio, entre ellos, el ahijado de don Evaristo; ejemplo que los demás no dejamos que nos molestara.

De eso, a Mariana no le cabía la menor duda. Sabía que París había sido para él una continua ronda de cafés, clubes, revistas y *vedettes*. Eso sí, amaba a la Bernhardt y, en contrapunto, a La Goulou del *Moulin Rouge*. Si alguien había disfrutado de la *belle époque* era él. Una vez le había preguntado ella por los museos.

—Claro que fui —había respondido indignado—. Visité el Louvre una mañana.

—¿Y en dos años no volviste?

—¿A qué?

Mariana había suspirado—: Tal vez lo hubieras hecho si alguna de las muchachas ahí hubiera sido *Venusette*...

Roberto sintió la lija del reproche. Sin duda pensaba que perdió el tiempo; que lo indicado hubiera sido mirar pinturas y mármol todo el día, pero él había preferido estar donde estaba la vida. En ese café que le contaba, se reunían los tipos más raros. Algunos de sus amigos opinaban que algún día muchos de esos serían famosos. Recordaba muy bien a un hombrecito, por demás muy rico, conde, decían, que pintaba unas mujeres verdes espantosas y los carteles que se exhibían por todo París. Una vez dibujó un bosquejo en una servilleta que vio cuando pasó de mano en mano. Increíble, pero los demás discutieron quién sabe qué tanto sobre aquello durante horas.

El puente que unía vida, creación y obra, le resultaba a Roberto infranqueable. Mariana sugirió en una ocasión que tal vez hubiera sabido qué se discutía si se hubiera interesado un poco más en el arte. ¿Para qué? Lo que le divertía era ver a los artistas. Y "!Qué tiempos y qué mujeres!", se convirtió en su frase favorita, sin considerar que la pudiera incomodar. Para él estaba claro que ella era aparte: ni dentro de sus devaneos parisinos ni dentro del corsé moreliano. En realidad no sabía dónde. Un comentario de la hermosa Libia lo desconcertó más esa misma tarde. Mariana lo había visto comer en caviloso silencio, sin puntuaciones parisinas y por no parecer dos monjes cartujos, se dio a la tarea de amenizar la visita con su plática y ¿de qué cosa podía ser si no de la cosecha?

—¡Al diablo la cosecha!— exclamó él al cabo de un rato arrojando una piedrecilla entre los arbustos y Mariana se quedó muda, con la espalda más tiesa que el tronco del árbol a la que la tenía pegada.

—Ah, ya sé —se disculpó al verla— la cosecha es sagrada.

—Y lo fuera para ti, si hubieras trabajado lo que yo he trabajado.

—*Touché* —respondió él queriendo optar por un tono trivial que le salió, sin poder evitarlo, algo dolido.

—Roberto —aventuró— ¿por qué no te interesas en Jorullo? Tu padre está grande y algún día tú...

—Algún día —interrumpió— quién sabe cuándo. Por ahora haces lo que él dice y eso es todo. Si me aventuro a dar una opinión ni la toma en cuenta o desaprueba y contradice. Si muevo algo, está mal porque yo lo moví. Con el cuento de que hizo todo por sí mismo, está convencido de que en el mundo no existe mejor modo de hacer las cosas que su modo. Le doy crédito —aseveró vehemente, y continuó con un coraje que ella no le conocía —muchas veces comprendo sus razones; pero hay cosas que yo sé que saldrían más prácticas a mi manera. De todos modos, nunca hace caso. Basta que empiece a sugerirle algo para que se ponga tapones en las orejas. Me dice que quisiera que fuera yo su brazo derecho; pues a mí no se me pega la gana de ser la extremidad de nadie. Soy aparte.

—¿Y qué piensas hacer?

Sacudió los hombros—. Nada. Por mi madre, sabes. Soy el único desde que mi hermano murió, de manera que no me queda más que aguantarlo, junto con todas las reuniones que ha organizado ella para presentarme a una hueste de deslavadas con ojos pegados al piso. Y que no empiece esa Marcita a aporrear el piano.

Mariana rió de buena gana—. Válgame, que bravos y agudos estamos esta tarde.

—Enfadados.

—Se nota—. Mariana reaccionó, por primera vez, sentida—. En fin, ¿por qué volviste si extrañas tanto tus "¡qué tiempos, qué mujeres, caray!"?

—Me mandó llamar mi papá —vino la cándida respuesta y la desarmó. No pudo reprimir una sonrisa y él equivocó su razón.

—No te burles —se defendió poniéndose de pie —si he hablado así de las francesas es porque... ¿cómo te diría? ¡Caray! Lo hacen a uno sentirse cautivador—. Sí, aunque me mires así. Repito que son —bueno— en una palabra: coquetas.

—¿Así?— Batió ella las pestañas y dejó escapar la risa que no pudo contener más.

Él no dejó que lo subyugara. Además, tenía coraje. Aunque no le gustara, se lo iba a decir: las mexicanas lo cansaban. Arrastraban la mirada por el piso con sus risitas simples y si lo veían era para decirle quiero pero no puedo, o quiero pero no me dejan.

—¿Eso era lo que le decían sus ojos? —exageró ella con indignación teatral, atribuyendo su enojo a algún disgusto tenido con su padre.

La quería sacar de quicio y era él quien perdía los estribos.

Las Aldama eran diferentes. Libia, aunque estuviera de luto, miraba derecho en su dirección, imperturbable; y era él, el que bajaba los ojos. Por el estilo era Mariana.

—Tú miras y retas —murmuró.

—Entonces prometo garrote y marro —trató ella de bromear poniéndose de pie. Viéndola sacudir las migas de su falda, él quiso saber si era cierto que se iba a México.

Así era. El asunto de la posesión sobre el lago había llegado a Fomento y era necesario que fuera a la capital a defender sus derechos. El licenciado Gómez estaba allá y Cata la acompañaría. A Roberto le pareció el viaje incorrecto acompañada sólo de una criada.

—Ay, mira, no se puede dar gusto a todos —reviró Mariana montando—. Si voy con el licenciado, malo. Si voy sola, malo. Si voy con Cata, malo también. Vámonos que el sol se mete ya.

Ni una palabra más cruzaron al respecto. Con cara agria Roberto puso el pie en el estribo, pero no era su día. El caballo avanzó antes de que él pudiera montar y un sonido rasgante se oyó. Sin poder sacar la bota, ni subirse al caballo, lo seguía, dando saltitos en un pie. Para su asombro, frente a ella, Mariana veía a un hermoso pantalón rasgarse desde su base a la cintura enseñando unos calzoncillos que estuvieron a punto de ceder.

Entre que sacaba el pie y se cubría Roberto logró montar después de varios intentos fallidos.

—Voltéate, ¿quieres? —y casi ahogándose ordenó a Mariana que caminara adelante, ¡pero ya! porque sentía que no sólo se le abrían los pantalones sino el mundo entero.

Roberto se escurría a lo largo del pasillo bien enfundado en un sarape, pero tamaño bulto no se le iba a escapar a doña Clarisa. Su aguja quedó clavada en el bordado y su imperiosa voz en el camino de su hijo. Le ordenó entrar al costurero. ¿Venía de Valle Chico, verdad? No importaba que hubiera tenido un percance. Se sentaba ahora mismo, y se sentó. Doña Clarisa tenía su porte. La tez clara acentuada por polvos de arroz blanco, el pelo gris peinado en restirado chongo, la boca firme de labios delgados, las cejas arqueadas a buena altura sobre un mirar duro y orgulloso demandaban obediencia y silencio.

—Escucha, hijo — mandó enérgicamente —ya te he dicho que esa muchacha no te conviene. ¿De qué te sirvió tanto París si no te das cuenta de que puedes escoger entre lo mejor?

—Mamá, las Aldama son

—Nada. Aunque está de buen ver, es la comidilla de Morelia. ¿Dónde se ha visto que una soltera conviva con cientos de peones; que ese indiote de mayordomo no se le despegue; que trate con hombres de todas edades a todas horas?—Doña Clarisa no admitió protestas y descargó—: ¿Sabes dónde consigue el dinero para la hacienda? Ningún don Evaristo, él es un intermediario. El capital lo da David Alpízar.

Roberto quedó anonadado y doña Clarisa cruzó las manos sobre su regazo dejando a un lado el bordado.

—Veo que estás enterado acerca de eso. Aunque, tal vez, no lo suficiente—. Como él guardara silencio, continuó—: Sí, hijo, primero la dejó plantada y ahora sabrá Dios lo que se traen. La verdad es que él da todo el dinero y un hombre no suelta esas cantidades sin recibir algo en prenda. No sé nada y Dios me libre de levantar falsos testimonios, lo que sí sé es que cuando el río suena, agua lleva. En otras palabras, esa muchacha no te conviene. No tiene prestigio. Tú, en cambio, acabas de llegar de Francia, eres un señor hacendado.

Un hacendado que no podía dar a un peón una orden sin que el hombre lanzara miradas sobre el hombro buscando al verdadero patrón. Roberto no terminaba de suspirar y ya doña Clarisa indicaba silencio para continuar que el licenciado Gómez casi iba a dar a la cárcel por culpa de esa muchacha. Si se había salvado era porque probablemente les habría dado lástima por viejo, la distinguida miembro de las Damas de Caridad opinó, escarbando en su infundada sospecha de que las rentas de los manantiales habían subido debido a la intervención de don Evaristo. De cualquier modo esa Mariana no era de fiarse. Su propia hermana no cesaba de quejarse de las que la hacía pasar; no había partido que se le acercara; y él se iba a poner en ridículo si seguía correteando por el monte con esa —y sólo Dios sabría si lo era—, señorita.

Doña Clarisa continuó hablando sin que él la escuchara. La cara de Roberto ardía. En varias ocasiones había sorprendido a Mariana con una vaga sonrisa en los labios. Recordaba la soltura con que lo trataba. De que era distinta, estaba seguro. Eso mismo lo había atraído. Sin embargo, tal vez una muchacha inocente no hubiera actuado con tanto aplomo aquella tarde lanzándole el sarape para que se tapara. Estaba seguro de haberla oído reír. De todo, nada le ardía tanto en sus cavilaciones, como la plomada que le lanzara Libia al cruzarse esa misma tarde a la entrada de la hacienda. "¿De visita, don Roberto? ¡Qué gusto! Aunque dudo que nada le sacuda de la cabeza a mi hermana a su David. De todos modos, para mí, en lo particular, es siempre de mucho agrado verlo por aquí". ¡Diantre! Tal vez estuviera contándole a David el incidente de los pantalones en esos mismos momentos y reiría de nuevo. La voz de su madre fue ganando sentido.

—Se está burlando de ti. No tardarás en ser el hazme reír no sólo de ella, sino de medio mundo.

—Pues que rían lo que quieran —protestó hecho un haz de resolución y levantóse olvidando el sarape que de súbito recogió para ajustar a su cintura —porque no voy a Valle Chico por Mariana, sino por Libia—. Y marchó fuera sintiendo que ya se había redimido del público escarnio. Doña Clarisa tenía la boca abierta todavía al entrar su marido, un hombre corpulento, de mediana estatura, con un dedo de cuello sobre el que descansaba una masiva cabeza de facciones abotagadas por el buen comer y el buen beber y en cuyas obscuras pupilas estaba estampado un puño cerrado.

Roberto se ajustó más su sarape y disculpándose trató de pasar junto a su padre.

—No te muevas —su madre ordenó ya repuesta. Lo que el señor Matamoros contradijo:

—Déjalo. No ves que anda en apuros—. Observó mandando miradas inquisitivas hacia su hijo—. ¡Esos pantalones!—exclamó sentándose pesadamente y sacando un periódico de la bolsa de su largo saco agregó—: Al menos fueran fuertes como los de charro.

Una vez que Roberto hubo desaparecido, doña Clarisa descargó—: Siempre interrumpes. Estábamos hablando.

—Sí, ya oí —respondió el señor Matamoros mirando sobre la orilla del periódico—. Y también oyó toda la casa.

—¿Y estás tan tranquilo?

—¿Por qué no —calculó exhalando un eructo— si andando el tiempo la viuda trae con ella una tercera parte de Valle Chico?

Doña Clarisa tuvo una explosión interior de júbilo que trató de disimular. —Pero..., es viuda y con una criatura.

—¿Y qué? Así parecerá más Quijote nuestro hijo. Además, es joven y bonita.

Y—, recalcó con un tajo de mordacidad en la mirada e inclinándose más hacia adelante para dar mayor peso a su observación —tengo entendido, viuda de un hombre de muy distinguida familia.

—Ah, sin duda—, doña Clarisa convino posando su mano sobre el brazo del labrado sillón. Un tercio casi en la familia y sin la rebeldía de Mariana. Sus dedos tamborilearon de contento. En cuanto a Matilde... Válgame, tanto que había trabajado la pobre para nada, para nada. Quién lo hubiera dicho que ella, muy tranquilamente sentada en su sala... ¡Vaya! Doña Clarisa tuvo una sonrisa sincera.

—Debo visitarla; ha venido a verme tantas veces.

—¿Visitarla?

—A Matilde. Ya que vamos a emparentar. Viéndolo bien, Libia es muy gentil. Lástima que tenga esa hermana.

—Y acerca de éso —el señor Matamoros aconsejó incorporándose y jalando los botones del chaleco a punto de reventar— no hables tan a la ligera. Nada te consta.

—Pero si todo Morelia dice —doña Clarisa se defendió arqueando más las cejas.

—No me importa lo que toda Morelia diga, señora. Me importa lo que se dice en esta casa —. Acto seguido se levantó y se dirigió al comedor seguido de una mirada despectiva de su mujer. Dona Clarisa, sin embargo, no osó discutir. El señor Matamoros no venía de familias de abolengo y si había tenido oportunidad de hablar con los emperadores fue gracias a su matrimonio con ella. Después de la Reforma había comprado Jorullo haciendo acopio de sus escasas finanzas y su mucha sagacidad y desde ese momento ya no lo intimidaron más los elegantes de Morelia, empezando por la señorita Clarisa. Una tarde, de la que se arrepentiría por el resto de su vida, la pidió en matrimonio justo a tiempo para salvarla de una decorosa soltería. ¡Bueno! Una aristócrata puede hacer concesiones por un nuevo terrateniente... Consciente de que aquel era el último barco para el matrimonio, la señorita Clarisa hizo caso omiso de que descendía en la escala social al casarse con un nombre desconocido y se dignó abordar, no el elegante crucero de sus sueños, sino un rudo bergantín cuyo capitán, pronto se dio cuenta, jamás permitiría motín a bordo. Con este tácito acuerdo ahora navegaban por la vida. Si el señor Matamoros aprobaba el interés de Roberto por Libia, así sería.

Capítulo XXI

El tren llevaba a Mariana de Morelia a la capital. Atrás quedaba la vida provinciana gobernada por el tañer de las campanas, la quieta atmósfera de una ciudad colonial y meses de trabajo agobiador. Muchas fueron las ocasiones en que desayunó de pie, o salió corriendo con un pedazo de pan en la mano, sin prestar atención a las súplicas de Cata rogándole que se sentara, yendo y viniendo al pendiente de todo, olvidándose de sí misma, descartados los guantes, y el sombrero colocado sobre una cabellera flojamente trenzada que necesitaba cepillo y no lo recibía.

El licenciado Gómez entregó la ganancia de la cosecha a unas manos tostadas, de uñas quebradizas. Después de liquidar deudas, el pago al ingeniero, los peones y los gastos para la nueva puerta de retención, y tras apartar una reserva substanciosa —como había insistido el licenciado Gómez— Mariana vio con decepción que por todas sus preocupaciones y esfuerzos, escasamente unos cuantos cientos de pesos le quedaban para gastar. Libia había dicho que ya se lo suponía y contra lo que Mariana creyera, rehusó acompañarla a México, lo que atribuyó a su disgusto por el escueto resultado de otra larga temporada.

Los vagones se contoneaban sobre los rieles al atravesar el campo. Reflejadas en sus pupilas las montañas surgían y declinaban dejando ver parcelas cicatrizadas por la reciente sequía. Si bien se dolía del poco éxito, a la vez, sentía una liberación al recordar sus renovados recursos y un pensamiento se fijaba en su mente: el año próximo sería el decisivo. Acostumbrada a observar el campo, notó que alrededor de los nítidos cuadros de tierra cultivada, la vegetación silvestre había persistido en los valles con la escasa precipitación habida. Frescos se veían los mezquites, los magueyes y las pantanosas tierras bajas donde los lirios blancos flotaban y el carrizo medio escondía en los remansos a largas canoas de madera. Por el trayecto daba gusto encontrar a grupos de pastoras descalzas que contra el incesante verde estampaban sus pequeñas figuras vestidas con largas y amplias faldas de algodón oscuro, sujetas con una banda roja a la cintura. Bajo el sombrero de paja llevaban el pelo trenzado, un morral sobre la espalda airosa y en la mano una larga vara para apurar a las cabras y borregos que se mostraban inquietos al sentir el paso del tren.

A medida que avanzaban, la tierra seguía mostrando la milpa rasurada, casi al ras, sobre las laderas de las montañas que se precipitaban sobre un caudaloso río, el Lerma, que con estrépito corría para luego tenderse a reposar gozando del cielo en el Lago de Chapala, donde se renombraba con el nombre de Santiago al continuar, desenfrenado, hacia el Pacífico. En sus riberas achocolatadas, los árboles se congregaban a lavarse los pies y refrescar la cara. Bajo el sol, los campos continuaban rizándose en la distancia donde se veían remotos pueblecillos acunados en los dobleces de las montañas, con sus casas de adobe sin encalar y techos de teja superados siempre por la torre de una iglesia y, sobre ella, los bosques de pinos que subían más y más y se hacían tupidos al llegar a la ciudad de Toluca. Tierra ascendente que imponía con sus desniveles un reto que el hombre, empequeñecido, lograba vencer con diminutos cuadros de milpa rodeados de naturaleza agreste, con humildes veredas holladas por las plantas de sus pies. En aquella tierra la noche no llegaba de sorpresa. Siempre se insinuaba. A toda hora del día, aun a pleno sol, se percibía una ladera sombreada, un resquicio obscuro, una sutil neblina, recordatorio constante de tinieblas. Al caer la tarde, pronto se convirtió en una espesa sombra que no le permitió ver más que su propio reflejo en la ventanilla, pero Mariana no sintió la transición.

Esta vino de golpe al entrar a la capital mexicana.

Como muñecos a quienes se había dado cuerda, los pasajeros empezaron a moverse bostezando, estirándose, poniendo las manos en las ventanas para poder ver hacia afuera, consultando relojes o jalando bultos y maletas. Un largo silbato y el rechinar de fierros definió el arribo y Mariana se encontró envuelta en un tumulto que se afanaba por bajar como si fueran a dar un premio al que lo hiciera primero. Una vez que lograron descender ella y Cata, en cuanto pudo reparar en los repetidos abrazos de Marta, la bienvenida cordial de don Felipe y en el elegante carruaje al que las subieron. Todo se sucedía tan de prisa: saludos, intercambio de noticias, planes, que se sentía cohibida por la seria supervisión del padre de Marta y anonada por los borbotones de información que su amiga daba sobre la capital diciendo que se le empezaba a llamar el París de América, y apuntaba por doquier nombrando las calles que pasaban. A esa hora, Morelia estaría cayendo en reposo; en contraste, por la capital los carruajes rodaban iluminados a cada lado con lámparas que semejaban una procesión de ordenadas luciérnagas moviéndose por las avenidas.

Marta no había exagerado mucho al decir en sus cartas que tenían casa para alojar a medio Morelia. Por lo que Mariana pudo discernir a primera vista, la mansión estilo francés de altas buhardillas a la Mansart, situada al filo de una calle que daba a Reforma, ocupaba casi una manzana. Al abrirse las imponentes rejas adornadas con moños de bronce, el carruaje se detuvo ante una doble escalinata de mármol.

La casa de la hacienda era más grande y en sus mejores días había tenido sobrio lujo; en Morelia existían muchas casas palaciegas que había visto desde pequeña, pero con todo, no hacían par a lo que tenía ante ella. Los vidrios de las ventanas habían sido importados de Francia y los ramilletes de rosas dibujados en ellos, levemente opacaban el esplendor de hermosos candiles venecianos que pendían de altos techos. Al detenerse, arrobada, en el amplio salón de entrada que también era usado para recepciones y bailes, no supo bien lo que respondía a la frágil doña Sara. Sin reparar en su asombro, la buena mujer la abrazó y la llevó por varias estancias y salas, todas alfombradas y amuebladas en varios estilos franceses, la mayoría con enormes chimeneas cuyas repisas lucían figuras de bronce, mármol y relojes de toda clase de manufactura: de porcelana, de plata, de bronce, de lapislázuli. Objetos que formaban la colección del ama de casa y cuya mayor peculiaridad era que ninguno, excepto el que llevaba don Felipe en el bolsillo, estaba jamás a tiempo.

Esa noche la mesa lucía deslumbrante. La sentaron ante más cristal y fina porcelana puesta sobre encajes de Brujas y esto fue contemplar y contestar a las preguntas de doña Sara. A los postres había rendido cuenta, como mejor pudo, de la mayor parte de la élite moreliana y entonces se le informó de todos los hermosos lugares que visitaría. Mariana forzaba una sonrisa. Notó por primera vez lo humilde que era su mejor vestido, lo gastado que estaban sus zapatos. El rudo contraste de su mano con todo lo que tocaba le concedió la razón a Libia: se había convertido en una campesina. Y al mirar a Marta y a su madre que parecían joyas dentro de sus encajes, se dio cuenta de que no había lugar para campesinas en los lugares que mencionaban. Por la noche se puso a hacer cuentas de lo que tenía que llevar para la casa y sumó los encargos de Libia, habiendo decidido para la mañana siguiente, y no sin un terrible remordimiento, darse el lujo de sacrificar algo de la casa para comprarse un sombrero y un par de vestidos.

Doña Sara oyó compras y se animó de inmediato. ¿Qué si sabía de una buena costurera? ¡Por supuesto! y en marcha.

—A nuestro regreso pasaremos al *Jockey* a recoger a Felipe.

A la luz del día, la ciudad aumentó su encanto. Bajo el esplendoroso sol que inundaba el valle, los bastones de los caballeros relucían con cada paso alternante y los carruajes espejeaban al rodar por los paseos de moda donde las damas presumían sombrerazos de organdí que flotaban como enormes ramilletes en el aire fresco de la mañana. Si las principales avenidas se encontraban transitadas y algunos se quejaran del ruido y ajetreo, era a un paso que marcaba un ritmo elegante ante edificios neoclásicos, residencias coronadas por acogedoras buhardillas y vetustas construcciones coloniales con balcones de hierro que persistían en su lugar. Por parte de ellas, y de muchos otros carruajes que salían al paseo matinal, no había apremio alguno. Un ambiente de sereno convivió imperaba dondequiera que se fuera.

Mariana se arrepintió, más tarde, de alterar ese orden. El incidente no ocurrió en Reforma, la amplia avenida diseñada por Maximiliano a imitación de los Campos Elíseos que lucía bordeada por ambos lados de fresnos, sauces y eucaliptos hasta llegar al bosque de Chapultepec donde el histórico castillo, entonces residencia de verano de don Porfirio, se erguía majestuoso sobre una colina que coronaba las copas de los milenarios ahuehuetes; ni hubo alteración alguna camino al centro de la ciudad pasando por la Alameda, un antiguo parque que databa de la colonia, recién hermoseado con estatuas y fuentes. Sucedió al finalizar éste. Doña Clara comentó que había escuchado a su marido decir que en esa sección se planeaba construir en el futuro un gran monumento a Juárez, y con desaliento agregó:

—Dios lo perdone —al tiempo que sacudía su cabecita y levantaba la mano enguantada para saludar a una conocida que pasaba a un lado en una berlina.

La mano de doña Sara quedó sorprendida en medio del aire porque Mariana decía en esos momentos que no había nada que perdonar, puesto que Juárez había hecho lo que había hecho, con buena razón. Y la carita de la señora se petrificó en un triángulo al continuar Mariana diciendo que gracias a él y a los que con él habían colaborado, ningún extranjero tomaba tan a la ligera meterse en el país.

—Somos los nacidos aquí los que tenemos derecho a gobernar esta tierra. ¿O prefiere usted a un príncipe europeo en vez de don Porfirio?

Ya respuesta, doña Sara se apresuró a decir que sobre eso, ni una queja. Pero ¿y las pobres monjas y padres y las iglesias que fueron saqueadas y vendidas y mal usadas?

Mariana no puso atención a Marta que señalaba que a su izquierda, sobre la Avenida Cinco de Mayo, estaba el Teatro Nacional a donde irían esa noche a oír a Estefanía Collamarini en *Carmen*, y continuó diciendo que seguía habiendo monjas y no se dijera iglesias.

—¡Ah, eso sí! don Porfirio se había portado muy decente con ellos. A Dios gracias —la buena señora acotó —porque con ese rejuego de la Reforma, los dejaron en la calle.

Entonces Mariana afirmó que la Reforma había sido necesaria, la separación de Estado e Iglesia una medida política avanzada y doña Sara ya no puso atención a las elegantes tiendas que pasaban por las angostas calles de San Francisco y de Plateros que llevaban al zócalo. ¿Es que ahora decía aquella niña que los jerarcas de la Iglesia habían recibido su merecido?

—¡Por Dios Mariana! —exclamó la dama con genuina conmiseración—. ¿Y los bienes espirituales que de ella recibimos?

Ella respondió que eso era otra cosa, si se fijaba bien, esos bienes espirituales, los que constituían el verdadero cristianismo, no habían sido tocados por la Reforma. Quienes querían creer seguían creyendo contra viento y marea. La lucha se dio por bienes materiales y por poder político.

—Ya lo creo que por bienes materiales. Todos esos liberales tuvieron el gusto de mal repartir el dinero para su causa, de malbaratar las tierras y de distribuir iglesias para edificios públicos a su antojo, llevando muchos a la ruina, *mijita*.

De cualquier forma, insistió Mariana tozudamente, la misión de la Iglesia debía ser ante todo espiritual. ¿Cuál era la intención de Cristo? ¿Salvar almas o amasar fortunas? Estaban en contra de Juárez y lo que representaba porque les quitó el poderío. Juárez nunca negó la existencia de Dios, por el contrario, la Reforma estableció la libertad de credos. La verdad, no entendía por qué doña Sara se escandalizaba ni por qué decía "Dios lo perdone".

—¿Por qué cómo iban a mantener los hospitales y las escuelas sin dinero? Además, acabaron con las misiones y mira que eran muy necesarias. Evangelizaban, castellanizaban, integraban a la población indígena y ¡purrún!, esos jacobinos de un cuajo las acabaron. Yo no veo que se esté haciendo ahora nada por ellos.

Recordó Mariana un editorial del *Siglo* XIX que había leído esa misma mañana. En efecto, los mismos liberales reconocían la esclavitud en la que vivían siete millones de indios, denuncia enfilada a llamar la atención del régimen hacia aquellos relegados al olvido.

La joven quedó pensativa. En el fondo no le extrañaba que doña Sara renegara de Juárez aunque fuera don Felipe liberal y muy allegado a don Porfirio. Esa división entre marido y mujer, en cuanto a cuestiones de religión y política se trataba, las había presenciado desde pequeña en los padres de sus compañeras de escuela. Pese a todo, había intuido que, en la mayoría de los casos, lograban llevar la vida en paz o, al menos, en disimulo.

—Sea como fuere —musitó— ¿no tiene usted divergencias con don Felipe, siendo él liberal y tan allegado a don Porfirio?

—Claro que no. Yo respeto a Felipe y él respeta mis creencias. Además, don Porfirio es un excelente político, hija. Por un lado sabe mantener a esos liberales jacobinos más o menos en línea; a los moderados se une, y entre ellos se encargan de dividirse —según Felipe— y mañana doña Carmelita recibe al Arzobispo para tomar chocolate. El presidente, aunque no suele poner en un templo los pies, ha hecho excepciones. Apadrinó al Obispo Gillow el día en que fue consagrado Obispo de Oaxaca y asiste a la Misa de Covadonga en Santo Domingo —a ésa sí. Con altas y bajas, tiene bastante tolerancia para con la Iglesia, ahora que, en lo personal, se ha declarado católico como el que más.

—Igual que muchos —sonrió Mariana—. Es cuestión de tira y afloja.

—Bueno, es cierto que no todos están de acuerdo con esta política de conciliación, y a veces ya no se sabe para que lado tira y para cual afloja. Hoy ponen el grito en el cielo unos, mañana lo ponen los otros. Inconformidad, tanto de liberales como de conservadores siempre la hay. Sobre todo, Mariana, como dice Felipe, uno debe tener la cabeza despejada, pues los mexicanos tenemos el hábito de la idolatría. En cuanto alguien nos destruye los ídolos del momento, nos volvemos hacia los nuevos con igual fervor. Eso dice Felipe.

Mariana ya no sabía si estaba platicando con doña Sara o con don Felipe. Pero en fin, supo que se refería al culto que se demostraba a Juárez. Sobre el particular, ella se esforzaba en ser ecuánime respecto a los hombres que figuraban en la historia; lo que no obstaba para reconocer el mérito de la actuación de los que habían logrado dominar las circunstancias adversas por convicción y a fuerza de sacrificio. Ella no buscaba idolatrarlos sino comprenderlos para poder formarse un criterio que no fuera hechura de la propaganda ni secuela de una moda. Pasó por su mente la reciente cabalgata de Morelia, el ardor de las antorchas, el retrato de don Porfirio al lado del corazón. ¿Qué era lo que llevaba a los hombres a tales extremos?

—Si admiro a Juárez —explicó— es por sus cualidades republicanas, su voluntad férrea y su valor civil.

—Tal vez, Mariana, pero tuvo suerte de que no ratificara el Senado de Estados Unidos el Tratado de MacLane—Ocampo. De haber sido así, mal hubiera pasado a la historia.

—No había en él traición alguna.

—Pero sí un detrimento a nuestra soberanía muy considerable que en un futuro pudiera encerrar graves peligros.

—En más grave peligro estuvimos con la invasión francesa propiciada por el partido conservador detrás de quienes manipulaba el clero. Por otra parte, nuestra soberanía siempre estuvo amenazada por Estados Unidos. Basta leer las declaraciones del presidente Buchanan. Eran una franca amenaza de invasión. Ante tales perspectivas y la inminente subyugación por el imperio francés, por otro lado, optaron por el mal menor. Estaban entre la espada y la pared.

—Sí que pareces estar enterada de pormenores. ¿Quién te ha puesto esas ideas en la cabeza, Mariana? Las Estucado no, ¿verdad?—. Preocupada notó que Marta asentía a lo que decía Mariana.

La joven contestó que no, que había leído unos libros en la hacienda, y doña Sara concluyó que ninguna otra cosa se podía esperar de una chica que había crecido sin la debida guía materna. Lo que era más, la política no era del domino de las mujeres y más les valía dejarla en paz.

Mariana sentía que cada vez incursionaba más en el dominio que no era de las mujeres. En lo íntimo de su ánimo se percató de que en algún punto se había formado su propia opinión. Jamás se hubiera imaginado que la misma discusión la sostendrían sus nietos y los primos de ellos, cincuenta años después.

En ese estado de ánimo no puso mucha atención al tocar géneros, aspirar perfumes y probarse sombreros en su recorrido por la tienda favorita de doña Sara, El Palacio de Hierro. Decía ella que su cristal, lino, porcelana y mucho de lo que tenía, lo había comprado ahí, pero, si se podía, se debía economizar. Así es que salieron rumbo al zócalo. De un lado del amplio jardín se veía el Palacio Nacional, un edificio de dos pisos que recorría todo lo largo de un costado de la plaza y que se había erigido sobre el lugar que ocupara el Palacio de Moctezuma II. A su izquierda se erguía la catedral construida sobre las ruinas de lo que fuera el gran Teocalli. Tenochtitlan, la capital azteca, fundada sobre una laguna y convertida en una verdadera Venecia, quedó arrasada durante la conquista. Después, aquellos canales que a la llegada de los españoles se llenaron de cadáveres putrefactos por la viruela y las batallas, se rellenaron con el paso de los años, y en la antigua sede donde el quejido de caracoles y melancólicos ritmos de huehuelts palpitaron en el claro cielo del valle, con las mismas piedras que una vez formaron pirámides se echaron los cimientos de la nueva ciudad colonial, impregnada con las vibraciones de campanadas de bronce.

Alrededor de esta plaza la capital empezó a crecer, y en el sitio donde una vez los príncipes aztecas vivieron y después los conquistadores, ahora estrechas callecillas separaban hermosos edificios antiguos, algunos de ellos palacios coloniales vueltos casas de apartamentos, bazares, estanquillos y vecindades de baja categoría. Joyas perdidas por el uso salvaje o el abandono.

A la sombra de la catedral, en ciertos sitios, que no en todos, frente a fachadas antiguas cicatrizadas por anuncios de pésimo gusto, cartelones rotos y cajones de ropa que exponían la mitad de su inventario abigarrado en las ventanas, se detuvieron donde los comerciantes de telas tenían sus bazares. Un mercader moreno, pasado en carnes y en extremo solícito, tendió sobre el mostrador sus mejores rollos de encaje, terciopelo y bengalina, tan de moda, y empezó el regateo. Citaba precios que doña Sara reducía a un tercio; él se oprimía las manos, las alzaba al cielo, negaba y doña Sara dejaba caer el encaje fingiendo que se iba. Entonces el precio era el que se dejaba caer. Esto fue más escoger y regatear y Mariana empezó a sentirse mareada. No podría decir si era debido a la altura de dos mil trescientos metros sobre el nivel del mar en que se encontraba, o al constante conjeturar de qué si sería práctico, adecuado, más elegante... Se alegró de estar al aire libre una vez más, para encontrarse con que faltaba otro tanto por hacer. Por la siguiente calle subieron la gastada y amplia escalinata de un viejo palacio reducido al mínimo. Al fondo del espacioso corredor, las recibió un hombrecito de gestos rápidos con el pecho tachonado de alfileres. Tras él, como gigantescos pájaros maltrechos, descansaban sobre la mesa del comedor figuras de un material almidonado, alma de futuros sombreros y, regados por las sillas y el sofá: flores, plumas y rollos de tul de todos colores. Doña Sara explicó y dibujó, con gran acierto, los modelos que había seleccionado en el Palacio de Hierro.

—Verás que bien los hace —se regodeó al salir—. Idénticos y a mitad de costo. Los irá a estudiar esta tarde y en tres días tendrás los mejores sombreros de la ciudad. Yo compro vestidos y sombreros originales de París, no creas... Me encantan los de estilo mosquetero, pero prefiero ahorrar y comprarme buenas alhajas. No se devalúan. Al menos eso debe saber una mujer sobre economía.

Gracias a sus ahorros doña Sara se abotonaba con topacios, perlas y amatistas. Al recordar Mariana la bicoca que le ofrecieron los prestamistas por el brillante de su padre y que ella prefirió conservar y regalar a Libia para conformarla por lo escueto de las ganancias de la última cosecha, opinó que las alhajas, salvo casos excepcionales, se remataban por debajo de su precio en un apuro y que mejor le convenía comprar oro, de preferencia, en monedas.

Esa noche doña Sara se quejó con don Felipe de las averigüatas de su huésped. Don Felipe desconcertó a su esposa al responderle que así no le simpatizara a ella y le sorprendiera a él la manera de pensar Mariana, sobre todo por ser una mujer, no estaba mal la joven en cuanto a su postura liberal y más le valía tomar nota de lo que había dicho sobre economía.

Don Felipe puso más atención a su huésped a partir de ese día, pero Mariana había resuelto guardar discreción y no inquietar a la buena de doña Sara con su manera de pensar. Iba aprendiendo que en el medio en que ella se movía era mejor callar.

Fueron días ajetreados y Mariana gastó más de lo que se había propuesto. Si por una parte le dolía, por otra estaba feliz de tener tres vestidos nuevos. Al ver los resultados, Marta aseguraba que parecían modelos parisinos y hasta don Felipe, abandonando por unos momentos su aire de seriedad, concedió con entusiasmo que su huésped era un adorno para la casa.

Todo hubiera estado bien de haber localizado a Tomás. Desde su llegada se dirigió a la dirección dada en el remite de su última carta donde le notificaba que estaba trabajando en un periódico, para encontrarse con que nada sabían ya de él. Se cansó de tocar las puertas de los principales diarios pidiendo informes. En la última, el editor la orientó hacia un semanario publicado por escritores aspirantes, donde un joven, amigo de Tomás, le refirió por fin que su hermano había salido de la capital hacía un mes, y todo lo que Mariana pudo conseguir fue una promesa de que le notificaría su paradero en caso de que llegare a saber de él.

De tal suerte no pudo evitar un ánimo decaído aquella tarde impregnada de presagios otoñales en que paseaban por el Bosque de Chapultepec. La gente sentada en las bancas que reía y platicaba, los que paseaban por las veredas, las sombrillas delicadas que se inclinaban al pasar los apuestos jinetes que tocaban la punta de su sombrero con su fuete en saludo, todo parecía vago y distante, a pesar de lo cual, siempre que un joven delgado, de pelo castaño, aparecía, Mariana buscaba en él la cara de su hermano. Lo buscaba en los paseos donde en grupos o solos, los estudiantes se sentaban a leer versos a la sombra de los gigantes ahuehuetes que le parecieron aburridos y tristes de tanto vivir. Era que en ella algo muy íntimo había cambiado. Por tener cada uno de sus actos propósito trascendente, en contraste, los acicalados le parecían actores en un juego cuyo fin no era más que matar el tiempo y se encontró forzándose al responder al entusiasmo pueril de Marta por dar vueltas y más vueltas, envidiándola un poco por poder disfrutar de algo en que su propio espíritu ya no encontraba sentido.

Con resolución cepillaba su largo pelo ante el espejo esa noche. Había estado tan ensimismada que le pasó desapercibida la gravedad en la cara de su nana ni lo tarde que había entrado a preparar la cama. Al oírla sonarse vio que había llorado.

—¿No encontraste a Pablo?

—Ay, niña, pos mejor ni hubiera ido. Casi ni lo vi.

Parada ante la puerta de la Escuela Nacional de Jurisprudencia, envuelta en su mejor rebozo, la cara bien restregada, su pelo reciamente trenzado y con una bolsita llena de dulces de leche que confeccionó para la ocasión, Cata esperó con mirar ansioso la salida de los estudiantes. Muchos pasaron, ruidosos y contentos con libros o manuscritos bajo el brazo, sin contarse entre ellos a Pablo. Temerosa de que no hubiera ido a clases ese día, Cata había hecho acopio de todo su valor para preguntar al que consideró más accesible de un grupo que permanecía cerca de ella:

—Mil perdones, joven... —, y casi había perdido el ánimo de continuar porque el muchacho volteó dejando caer sobre ella una dura mirada—. Pedóneme —se repuso— pero ¿conoce a Pablo López?

—¿Sí? —el muchacho prolongó la palabra como diciendo ¿Y qué?

—Ay, no podría decirle que lo busco, si es tan amable. Soy su mamá que vine desde Morelia a verlo —agregó con cierto orgullo.

—Espere —le indicó, y se perdió en el patio para volver al poco rato—. Ya viene —le informó de prisa, y con un grito de—: Hey, espérenme —corrió a alcanzar a sus compañeros que iban media cuadra adelante. Ya no oyó las gracias que Cata repetía y los ojos de ella se tornaron una vez más hacia el interior donde un nuevo grupo de jóvenes avanzaba. Tampoco entonces divisó a su hijo. Parecía que ya nadie quedaba en la escuela. Tras una larga espera, Pablo apareció. Al verlo, Cata no se contuvo y con una exclamación de júbilo avanzó hacia él, para detenerse, cohibida, ante el fijo mirar del joven.

—Hijo —, lo saludó muy quedo, casi con respeto. Su hijo era el mismo. No había crecido. Tal vez estuviera más delgado. Sobre su piel obscura, estirada hacia los altos pómulos, destacaban los gruesos labios tarascos que no sonreían.

—¿Cómo está?—le preguntó secamente.

En ese momento tres muchachos salían. Uno le dio una palmada en el hombro a Pablo y se detuvo para ver con quien hablaba. Pablo casi no puso atención a su saludo. Al acercase otro a él para preguntarle algo de unas clases, según Cata pareció entender, dio la espalda a su madre y escribió apresuradamente en el cuaderno del muchacho. Sin recato, aquel joven revisó de reojo su humilde vestido, su rebozo de lujo y ella apretaba los dulces hasta apachurrarlos. Se despidió el joven y Pablo empezó a marchar por la angosta banqueta.

—Ay, perdona que te vine a molestar a la escuela —la pobre mujer se disculpó tratando de alcanzar el paso rápido de su hijo— pero hacía tanto tiempo... Casi nunca escribes.

—Tengo mucho que hacer.

—Pos sí, con tanto estudio.

Dieron la vuelta a la esquina y Pablo pareció descansar. Cata se limpiaba la nariz con un paliacate que había sustraído de su amplio seno —. Tu padre está bien. Vieras que bien nos trata la niña Mariana. Las cosas han cambiado, hijo. La hacienda está poniéndose mejor que nunca.

Pablo tuvo un vestigio de mueca en la boca —. Y trabajan más que nunca, ¿no? —reclamó mirándola de soslayo y con dureza.

—¿Pos y que otra cosa hace uno en la vida si no trabajar?

—¿Y qué les dan? Un plato de frijoles, un mugroso techo y un cajón de palo al morir.

Cata bajó los ojos y se detuvo —. ¿A dónde vamos?

—A tomar un tranvía. ¿Dónde vive?

Ella sacó de su bolsa de palma un papel que le dio en silencio.

—Lo esperaremos cruzando la calle —indicó señalando la siguiente esquina.

Una vez ahí, Cata lanzó una tímida mirada a su hijo —. ¿Has estado bien de salú?

—Salud —corrigió y masculló un sí en dirección opuesta.

—¿Vas bien en tus estudios?

—En dos años me recibo.

Un tranvía jalado por mulas apareció contoneándose ruidosamente por la vía y Cata suspiró... — Ahí viene.

—Ése no —aclaró él y ambos vieron pasar el tren.

Cata dejó que el ruido de los rieles muriera y, sin mirar a Pablo, preguntó:

—¿De qué vives? Mira, hijo, ahora ya podemos mandarte alguito.

—No es necesario, gracias. Trabajo en un juzgado.

Cata revisó su traje. Aunque modesto y algo desteñido, no se parecía al calzón blanco de manta que llevara en la hacienda. También notó que su hijo se paraba junto a ella como si no la conociera.

—Ya viene su tren. Dígales que la bajen en esta calle —. Muy serio, apuntó el nombre al reverso de la nota que ella le había dado —. Luego camina dos cuadras hacia la derecha y esa es la avenida en que vive. Una vez sobre ella, busque el número. Tengo una cita y no la puedo llevar.

—A ver si vas a verme antes de que me vaya la semana que entra. O si no, ven por la hacienda no más puedas. Tu padre, no creas que aunque no diga nada, le puede no verte.

Pablo hizo la parada al tranvía y Cata apretó los labios. Había despachado el carruaje de servicio de doña Sara en el que la fueron a dejar, por no abusar. Daba por hecho que su hijo la llevaría a casa de regreso. Sin poder objetar, con un nudo en el pecho, montó al tren, le dio el papel al conductor y éste lo miró asintiendo. Volteó a decir adiós, pero Pablo ya no estaba en la esquina. Se agarró de un asiento para evitar caer con el jalón de arranque, se sentó junto a un niño y con una triste sonrisa le pasó la bolsa de dulces, explicándole a la inquisitiva mirada de la madre—: Eran para mi niño, señora, pero no lo encontré.

—¿Pos que quere, niña? Ya va a ser licenciado. Se avergüenza de mí.

Mariana recordó la cachetada que estuvo un día a punto de darle a Pablo y toda su rabia renació en ella. Consoló a Cata, excusando a Pablo lo mejor que pudo, la mandó acostarse diciéndole que se tomara un té de azahar y esperó con ansias el día siguiente.

Frente a Jurisprudencia, ataviada en uno de los vestidos que le habían entregado esa mañana, Mariana jugaba con un largo rizo que caía sobre su hombro izquierdo. Aguardaba a que el cochero volviera con Pablo evadiendo las miradas inquisitivas de los que salían de la escuela. A los pocos minutos, llegó Pablo con su talante adusto. Le indicó ella que subiera al carruaje y ordenó la marcha. Deseaba huir de la sorpresa de los mirones y, con el aplomo que le era característico, preguntó bajo la fría luz de aquellos ojos oblicuos si la recordaba.

—¿Cómo está? —respondió él con un dejo que dejó traslucir: Bien sabe usted que la recuerdo.

—Tú tampoco has cambiado —. Ella habló en un tono que trató de hacer cordial, al cual él no respondió.

—¿En qué puedo servirla? —Pablo golpeaba la palma de su mano con un rollo de hojas que oprimía en la otra.

—En una cosa. Ayer llegó tu madre a las ocho de la noche a la casa. Anduvo perdida dos horas sin saber a dónde ir ni a quién acudir.

—Le di una nota.

—El conductor la bajó donde no debía. Después de nueve años de no verla, al menos podías haberla acompañado.

—No sé cómo les cayera que me presentara en esa casa.

—No me vengas con cosas. Ya supe que no tuviste la atención de presentarla a tus ilustres camaradas.

Pablo desvió la mirada.

—La despreciaste. La hiciste sentir que estabas avergonzado de ella, y ésa es la verdad—. Se dio por satisfecha al ver que las pupilas de Pablo ardían—. Vamos a casa —continuó— y le dirás que ayer estabas nervioso por un examen, por tu trabajo, lo que quieras, pero convéncela. Luego le darás este regalo —y le extendió un paquetito —. Son unas arracadas de oro. Siempre quiso unas —. Era un regalo que Mariana le había comprado y que pensó sería más bienvenido del hijo —. No te espera. Así que pedirás permiso de entrar, se te dará y estarás con ella un buen rato.

Pablo alzó la mirada de la caja que tenía en la mano lentamente.

—¿Y qué más ordena la patrona?

Mariana tuvo que reconocer que sólo órdenes habían salido de su boca. ¿Era eso lo que siempre había resentido? ¿Era esa ciega obediencia hacia ella lo que hacía que despreciara a sus padres? En sus facciones esculpidas con dureza vio un rencor rayando en odio que extrañamente se mezclaba con un reflejo apasionado que la perturbaba. Se sentía incómoda ante él y, a la vez, poseída de cierta fascinación que su presencia ejercía. Él la seguía viendo. Era la misma, más linda tal vez, y en su vida y en su cielo por siempre el primer lucero del atardecer: luminoso, pertinaz e inalcanzable. Sí, despreciaba su cuna que estaba en el traspatio, su gente que corría a su mandato por la tortilla del día, la manta para los calzones, unos cuantos centavos para las fiestas. Les tendían las camas, araban sus tierras, lavaban su ropa, cuidaban a sus hijos y serían siempre para ellos la gentuza, los indios… y ellos, la "gente bien". ¿Para que se hacía tonto leyendo a los franceses? *Legalité, egalité, fraternité.* Si no se llevaban en el corazón, aunque se pregonara, se imprimiera, se esculpiera en piedra y se regara con sangre, todo era mentira.

—¿Lo harás?

—¿Por qué me lo pide?

—Tal vez porque yo no tuve madre —. Al mirar de nuevo a Pablo notó en él otro semblante y agregó —: Y porque quiero mucho a Cata.

El guardó silencio. Fijando los ojos en el paquete que le había dado quiso poner las cosas en claro—: Se los pagaré.

—Si gustas —convino ella no queriendo herir su orgullo— por mí no estás en deuda. No era ésa mi intención.

—Después, en cuanto pueda.

—Como quieras. Hemos llegado.

Esa noche, Cata corrió feliz a enseñarle los aretes.

—Sí, niña, vino, y me contó que ayer tenía un esamen u algo así. Luego que le andaban ganando su chamba y que tenía que apurarse y que sé yo, puras preocupaciones, el pobre. Es que uno no sabe nunca las preocupaciones que tenen los hombres, ¿verdad?

La ingenuidad de Cata contrastaba con la experiencia de don Evaristo, pues él sí sabía de las preocupaciones que tenían los hombres. Por lo general: dinero, mujeres y, principalmente, otros hombres. Renuente de molestar a sus conocidos para pedir recomendaciones, esperaba pacientemente en antesalas observando a los secretarios de los subsecretarios que se cuchicheaban, asumían un aire petulante y, con supremo desaire, olvidaban a la gente que aguardaba que sus asuntos se despacharan. Ya había comprobado que Valle Chico estaba dentro de sus derechos al hacer uso del agua del volcán, y había solicitado, para evitar más líos a Mariana, que sus títulos se renovaran arguyendo que era aconsejable ya que los términos de medidas habían cambiado con los años. Además, un título con la firma de don Porfirio era una garantía. Pero los documentos yacían en el escritorio del secretario del subsecretario acumulando polvo. Don Evaristo se desesperó y no tuvo más remedio que pedir al padre de Marta que lo recomendara. Bastó una llamada, una tarjeta, y entonces sí, los secretarios de los subsecretarios y los secretarios mismos, inclinaban las cabezas envaselinadas, se desbarataban en sonrisas cordiales y guiaban a un serio abogado por pasillos antes prohibidos. El Ministro de Fomento, tras un breve estudio y muchos saludos para don Felipe, plantó su augusto garabato.

Faltaba tan solo la firma del presidente.

En la mayoría de los casos el trayecto de escritorios necesario para llegar al destino final era tan largo, que el castellano corría peligro de volverse arcaico; pero en ocasiones privilegiadas, éste último requisito se despachaba expeditamente y por concesión especial se le permitió a don Evaristo llevar en persona los documentos a Palacio. Para esa ocasión, fue necesaria la compañía de don Felipe y él pensó aconsejable que Mariana fuera también para agradecer al prócer la distinción, pues bien sabido era de don Felipe que al presidente le complacía ejercer esa actitud paternalista.

Una soleada tarde de septiembre doña Sara supervisó con sumo cuidado el atuendo de la joven. El resultado fue una radiante Mariana que se sentía algo incómoda bajo la creación de don Simón al caminar por los amplios corredores que llevaban a las oficinas presidenciales escoltada por don Evaristo y don Felipe. Complacidos, éstos notaban el homenaje que en miradas subrepticias se rendía al paso de su acompañante. Al abrirse las puertas de la oficina del presidente, su apreciación no fue menos. En aquel año de 1897, aunque no hacía un mes había sufrido un atentado en plena Alameda durante un festejo de las fiestas patrias, don Porfirio estaba en la cima de su fortaleza y poder. Saludó a su amigo, se mostró cordial con don Evaristo, recordó el baile con Mariana y se dispuso a escuchar. Don Evaristo fue breve; no lo agobió con detalles. Se concretó a especificar que sólo se habían renovado los títulos, explicó el porqué y calló. Sentado tras un hermoso escritorio con incrustaciones de nácar el presidente tomó los documentos, los leyó rápidamente, asintió, pues don Felipe ya lo había enterado del asunto; de un tintero enorme, custodiado por un águila de plata de alas extendidas, tomó la pluma, y se escuchó el rasgar sobre el papel.

Don Evaristo, acostumbrado a observar las reacciones a su rededor, no dejaba de admirar a Mariana. Con cordial naturalidad respondió a las preguntas que hiciera el presidente sobre la hacienda, le informó del mayor rendimiento, consecuencia de una irrigación bien planeada y pidió ayuda a don Evaristo para citar ciertas cifras que escapaban a su memoria. Sabiendo que ella las conocía al centavo, el abogado sonrió ante la sutil manera de incluirlo en la conversación y así en el total de lo logrado, y dio los datos que sabía le iban a entrar al prócer por un oído para escapársele por el otro.

Concluido el epílogo, se pusieron de pie para despedirse.

En todo momento Mariana había actuado agradecida, pero nunca servil y, ante el cortejo rendido a su paso, había respondido con un sereno desprendimiento que también le atrajo respeto. En suma, a don Evaristo le pareció que se estaba convirtiendo en toda una mujer, y pensó que le haría buena pareja a Alonso. Su ahijado estaba por desembarcar en esos día en Veracruz. La misma idea se la había ocurrido ya a doña Sara sin que se atreviera a exteriorizarla, pues ese sobrino era un enigma. No podía decir que lo conocía de veras. Desde chico con una expresión tan seria. Consecuencia de criarse con don Evaristo, le habían dicho algunas amigas, pero ella no estaba de acuerdo. Alonso había nacido así. Ahora que, bastaba un gesto, una mirada, una palabra, para atraer a sus labios una sonrisa franca y obtener de sus ojos algo que a ella la hacía tenerlo por el sobrino consentido y también sospechar que con todo y su aparente distracción, a Alonso no se le escapaba una. Para darle la bienvenida le mandó una carta con don Evaristo diciendo que su casa estaba a su disposición si quería radicar en la capital. Nada menos podía ofrecer al hijo de su único hermano. Además, doña Sara había sido muy apegada a la madre de Alonso. A su muerte, ella ofreció ayudar a su hermano con el cuidado del pequeño de dos años, pero don Alonso lo conservó a su lado hasta morir y todos quedaron desconcertados al saber que la tutela del niño de siete años no se había dado a don Felipe y Sara, sino a un íntimo amigo de los padres de Alonso: don Evaristo.

Conociendo la calidad moral del abogado, guardaron su sorpresa sin chistar, menos doña Sara. Una tarde se había encaminado a casa de don Evaristo para hacerle ver la conveniencia de que el pequeño pasara al ambiente más familiar de su propia casa. Los argumentos preparados por ella se quedaron sin decir al adivinar con fina intuición, ante el cuadro feliz que presentaba su sobrino sentado confiadamente junto a su bondadoso padrino que, de no ser ahí, en ningún lado encontraría Alonso algo muy especial que parecía su vida exigir. Su propia maternidad, acaecida a los dos años, la conformó por un lado y, por el otro, acrecentó su ternura hacia el niño que tuvo el poder de difundir respeto a los demás desde pequeño.

Sabía que era muy independiente, que siempre lo fue y que sin duda rechazaría su hospitalidad, pero que, a la vez, apreciaría el gesto sincero de ella al ofrecerle su casa.

Don Evaristo partió a Veracruz, y Mariana, ya sin preocupaciones, fue sucumbiendo al contagio de la alegría de Marta. Fueron a todos lados, vieron cuanto había que ver. El teatro donde se aplaudía con entusiasmo a la joven Virginia Fábregas; los paseos campestres; la kermés de beneficencia en el Palacio de Minería.

Las tertulias se sucedieron en un ajetreo de gusto que llegó a su apoteosis al recibir una elegante invitación para el baile en Castillo. No le importó llevar un vestido de Marta. A lo largo de Reforma subieron; atravesaron el bosque de Chapultepec, traspusieron las rejas y ascendieron la sinuosa cumbre por una carretera arbolada que las dejó en el amplio patio frente a la escalinata principal. Un lacayo se adelantó a abrir la portezuela, bajaron las escalerillas del coche y pasaron a un mundo encantado.

Era su cuento de hadas.

Desde las terrazas, las damas y caballeros se inclinaban sobre las balaustradas hacia una hermosa noche envuelta en melodías. Respondiendo a saludos calurosos, montaron las escalinatas de mármol, sus capas ondulándose con los escalones que barrían. El tiempo era templado y en aquel cerro donde una vez los emperadores aztecas tuvieron su residencia veraniega, donde los alumnos del Colegio Militar habían defendido a su país durante la invasión estadounidense y Maximiliano y Carlota vivieron los mejores momentos de su trágico imperio, en esos momentos otro capítulo se vivía. En las amplias terrazas que Maximiliano diseñó, por encima de las cúpulas de los centenarios ahuehuetes que surgían de las barrancas que rodeaban el castillo, sobre la ciudad que conoció el tamborileo lúgubre de los teponaztles indígenas, el estruendo de la espada española contra ídolos caídos, la pavorosa procesión de la Inquisición, el desconcierto de la Independencia y la derrota de dos invasiones, ahora se sentían las pisadas de una nueva élite de hombres influidos por todo el sufrimiento y el delirio habido antes de ellos, que se esforzaban por construir un país fuerte, pero aún no lo bastante conscientes, aunque hubiera un titán entre ellos, del cambio de sentir que recorría el país.

Al compás de los valses, Mariana bailaba bajo las pérgolas. La música, el lugar, cierta embriaguez logró capturarla arrastrándola lo más lejos que jamás había estado de Morelia, de Valle chico, de aquella noche en la cuadrilla, de los peones y sus guitarras. Por unos instantes, en que se desconoció, le pareció fácil poder olvidar todo aquello y comprendió las razones de Libia. ¿Cómo podría recriminársele a los hacendados por zozobrar hacia esta vida? Aquí era champaña y exquisitos aromas, y todo era gentileza a su rededor. Si esto era México, no podía culpar a Roberto por extrañar París. Roberto. ¡Ah! Si pudiera ver la ciudad dormida y apacible, allá abajo, custodiada por los distantes volcanes iluminados vagamente a la luz de la luna, cubiertas sus nevadas siluetas por mantos de azul tenue que se perfilaban contra el horizonte de obscuridad... Bailaba y bailaba. ¿Fueron dos, tres o cuatro sus parejas? Fue uno nada más. Un sabor de frivolidad, de ensueño, el espejismo de una vida que no era su vida, pues, de lejos, Valle Chico la reclamaba. La hora de partir llegó.

En una mañana fría, Mariana se hundió en el asiento del tren. Así como la locomotora jalaba los carros fuera de la estación, la seguía la estampa de doña Sara despidiéndola con el pañuelo, Marta tratando de sonreír y don Felipe defendiendo a su hija, con su bastón, de un pasajero retrasado que arrojó su maleta a bordo y casi le pega. Todo el camino cerró los ojos al hermoso paisaje recordando los días pasados y los lugares visitados: La Villa donde había visto a la Virgen de Guadalupe y donde miles de velas parpadeaban ante el altar en testimonio de fe. Como si las viera en la pantalla de los hermanos Lumière, recordaba las carreras de caballos en el Hipódromo de Peralvillo en donde se atrevió a apostar y ganó reponiéndose de algunos gastos; el Jockey Club forrado de azulejos con su ambiente quieto y señorial; la zarzuela en el Principal: *Mujer y Reina*; la Casa de la Moneda que don Felipe recorrió con ellas explicándoles los ciclos mágicos y cielos sabios del Calendario Azteca esculpido en enorme monolito que le hablaba de los momentos de gloria de su raza. Voces de mercaderes, chirriar de carruajes, el clop, clop de caballos. Al señor Cantoya y sus enormes globos; don Simón copia sombreros, con sus rápidos movimientos cual si fuera un pajarraco saltando entre hermosas flores o exangües compañeros; Pablo con su mirada de hielo ardiente... A cada soplo de la máquina del tren, todo eso quedaba más y más lejos. El enorme castillo disminuyó convirtiéndose en un punto blanco en su pensamiento y al despertar en Morelia, en verdad le pareció todo un sueño y la realidad le salió al encuentro en las caras que ya conocía, en las calles por las que Ismael la llevaba y que se sabía de memoria, en Valle Chico, en Jorgito, y en el caballo de Roberto en medio del patio. Al abrir la puerta de la sala, Roberto dejó caer las manos de Libia que se aferraron a las de él un poco más.

Mariana se comportó a lo tonto. No supo hacia dónde voltear, tartamudeó un atolondrado saludo, llamó a Ismael en voz muy fuerte, por cierto, para que bajara la andadera que había comprado para Jorgito y, tan pronto como la nana del niño lo acomodó en ella, rió demasiado tiempo de sus primeros intentos por pararse. Con forzado entusiasmo le participó a Libia que le había comprado unos hermosos cortes que podría usar al quitarse el luto. En ningún momento miró a Roberto. Él no la miraba a ella. Libia, con toda la seguridad de sus bellos ojos, miró a los dos y anunció que por supuesto se quitaría el luto. Para ser precisa, ya muy pronto, exactamente al año de la muerte de Jorge, porque Roberto y ella se casarían entonces.

Mariana los felicitó y él preguntó que tal le había ido en el viaje, a lo que ella contestó con cierta acritud que no hubiera querido demostrar:

—Bien. Sirvió muchos propósitos.

Ya en su cuarto, Mariana abrió su bolso y sacó un par de mancuernillas de plata en forma de unos pequeños pantalones de charro que había comprado para Roberto. Al verlas reflejar los últimos rayos del sol y mandar destellos brillantes por doquier, se sorprendió de encontrarse con los ojos secos.

Capítulo XXII

Suerte te de Dios que el saber nada importa. En eso cifraba doña Matilde la buena fortuna de Clarisa. O si no, ¿cómo era que sin quitar las manos del bordado, sin el menor esfuerzo ni requiebro había ido a parar en su familia la tercera parte de Valle Chico? Total, habría que poner buena cara al mal tiempo, esfuerzo que no pudo borrar del todo la tempestad que rugía dentro. Gracias a una idea que relampagueó en su mente, se calmó, y en su pecho soplaron una vez más los vientos de la esperanza: Tomás y Marcia. ¿Cómo no lo había pensado antes? No importaba que fueran primos. ¿Acaso no había bendecido las uniones reales de este tipo la Iglesia? Satisfecha por haber encontrado otro recurso y por visualizar una situación que la colocara en plano comparativo con la nobleza, doña Matilde terminó de oír la Misa de Bodas con aire de Grande de España. Más tarde, Mariana se vio acosada por la tía que preguntaba con interés inusitado por Tomasito, acerca de su paradero, y, al no lograr información alguna, doña Matilde se encargó de recomendarle muy encarecidamente a Libia que no dejara de buscar al queridísimo muchacho durante su luna de miel, para lo cual Libia no se dio tiempo.

De ida llevaba un modesto baúl, de regreso varios. No tardó en convertirse en la mujer más elegante de Morelia para la envidia de las mujeres, la admiración de los hombres y la desesperación de los suegros que empezaron a temer que la tercera parte de Valle Chico les iba a resultar muy cara. Roberto, por su parte, ya no tenía tiempo de recordar París. Trabajaba todo el día, más que por amor al trabajo, en franca huida de las demandas de su mujer y los reproches de su madre. Prefería la tiranía paterna a la de aquellas dos mujeres. En espera de hacer o comprar casa, vivían con los suegros con resultados catastróficos. Ahora Libia iba al valle a quejarse de su suegra, de su tía y de todas las envidiosas que meses antes idolatrara y que ahora la criticaban acremente por haber llevado a cabo un noviazgo estando de luto. Mariana la escuchaba en silencio al repasar sus tareas para el siguiente día. Había aprendido a sustraer su atención, pues sabía de memoria lo que seguiría a cada expresión y solía asentir maquinalmente o decía que sí. Prefería no contradecir a su hermana o exponerle puntos de vista distintos al de ella. Sabía de sobra que Libia no aceptaba más opinión que la propia y que todo lo que fuera contrario lo transmutaba en agravio que jamás sería perdonado. Aquellas visitas, únicas que recibía, no aliviaban su soledad que se acentuó desde el día en que se llevaron a su sobrino. Al ver su desconsuelo, la buena Cata se mortificaba:

—Niña, no se me vaya a atiriciar como cuando se fue Tomasito. Ándile, coma. Si se enferma usté, ¿pos qué pasa aquí? No más todos nos morimos de hambre.

Habían estado solos antes y no había sucedido tal cosa. De todos modos, era cierto que gran número de personas de la comarca dependían una vez más de la hacienda de los Aldama. La noticia voló con el viento: otra vez florecía Valle Chico y día a día empezó a llegar gente de todo el estado y de estados vecinos. Atraídos por el relato de la prosperidad, a diario se acercaban a los portones de la hacienda pidiendo trabajo. Por los cerros empezaron a blanquear chozas de adobe encalado; el camino a San Fermín se vio muy transitado una vez más, y Valle Chico bullía en actividad. Libre de deudas, después de levantar dos buenas cosechas, Mariana pudo comprar algo de ganado y caballos para los caporales. Los viejos techos se restituían con teja recién cocida en la hacienda, se encalaban paredes, se sembraban más árboles frutales, centenares de hombres barbechaban las tierras preparándolas para nuevas siembras y Mariana lo supervisaba todo. Parecía incansable. Sus días, desde la madrugada, estaban repletos de trabajo y aun los recién llegados le fueron cobrando respeto.

Fuera de la hacienda la opinión se dividía en dos bandos: pocos la admiraban, la mayoría la criticaba. Los hombres que veían a una muchacha incursionar en el mundo de su dominio, aunque interiormente se maravillaban de su tenacidad, la resentían. No podían dejar de percibir su innegable atractivo, pero se distanciaban de ella arguyendo que su autosuficiencia era en detrimento de su femineidad, temerosos tal vez de que su propia virilidad se opacara ante ella, a lo que no se arriesgaba ningún hombre que se las daba en todo momento en toda extensión de la república mexicana de ser muy macho.

A los veintidós, Mariana empezaba a sentirse una solterona. Cuando se era declarada, ya no pesaba tanto. La gente se refería a un romance frustrado o a ninguno y se las dejaba en paz acogiendo ellas su suerte con resignación; por lo general, permanecían en la casa paterna cuidando a los padres que envejecían, y se dedicaban a labores de caridad buscando refugio en la devoción, secándose prematuramente hasta ser parte de aquella casa como lo fuera un mueble viejo. Pero había un periodo crucial, el lapso de incertidumbre, el más lacerante, el de la esperanza frustrada por el tiempo que se sentía pasar, el sentir que la lozanía de la juventud se estaba perdiendo y la gente se preguntaba por qué no encontraba a alguien, o si es que lo encontraría. Entonces un campo de duda, de especulación, de zozobra, las rodeaba, y nadie sabía el agudo tormento que era ver en cada rostro la pregunta, en cada conversación la insinuación y saber que la juventud se iba menospreciada y sin fruto.

Mariana era ante todo mujer. Desde David, su corazón latía en constante búsqueda, la misma que encerraba en un círculo de disimulo y soledad. Ahogaba el deseo a secas, con su voluntad.

En algunas ocasiones Libia la invitaba a pequeñas reuniones e iba por la sola satisfacción de ver a su sobrino. Con el resto de los invitados se sentía desplazada. Las mujeres jóvenes hablaban de niños y maridos y a las viejas indagadoras optaba por no acercárseles, pues era similar a estar ante el tribunal de la Inquisición. Hubiera preferido, en ocasiones, acercarse a la plática masculina que le ofrecía puntos de interés, lo que nunca hizo ya que de haberlo hecho habría puesto a la concurrencia femenina en estado comatoso. Se entretenía en ayudar a servir el chocolate para luego desaparecer hacia el corredor donde se sentaba al fresco antes de retirarse. No había entre Mariana y aquellas personas puntos de contacto: era un juego de cumplidos en el que ella trataba de buscar significado, sin resultados, y cada vez que iba se prometía no regresar; pero pasado un tiempo, la necesidad de ver a otras gentes, otros alrededores, le hacía olvidar los fracasos anteriores, y volvía. Esa noche prometía ser igual a todas hasta que salió al corredor y encontró a Leonardo. Poco a poco se sintió bañada en algo frío que resultó ser su mirada y, al decir "Buenas noches", casi no esperaba respuesta. Tuvo la sensación de que aquella quieta figura sumida en las sombras fuera a desaparecer. No fue así. Pasó él a la luz del farol y vio ella que sus facciones eran simétricas y sus labios, muy delgados, se vestían con un fino bigote de tinte rojizo y puntas retorcidas hacia arriba que le daban un aire de acicalamiento rebuscado.

En esos momentos se abrió la puerta del despacho que daba al corredor, Roberto apareció y los presentó.

Roberto, siempre muy cortés, trataba de evadirla como un niño a quien han sorprendido robando y no quiere que le recuerden su pecado. Por eso sorprendió a Mariana que le pidiera pasar al despacho y, en presencia del licenciado Ruíz, fungiera como testigo de una promesa de venta.

Leonardo González Arellano y Sandoval —así recalcó él, aunque no le correspondía el Sandoval y le había agregado el "y" por presunción— vendía la casa de su abuelo a Roberto.

—Te ruego no digas nada, Mariana. Es sorpresa —Roberto suplicó, pues temía la reacción de su padre a su regreso de la capital. Seguramente el viejo gritaría: "Desperdicio." No importaba, Roberto ya no aguantaba a Libia. Además, sabía que para el señor Matamoros documento firmado era cuestión de honor y sacaría la llave del chaleco para abrir la caja y pondría las pesadas bolsas de oro sobre su escritorio.

Para cerrar la operación bastaba un anticipo y firmar una promesa de venta. Leonardo leyó, saltando renglones, que traspasaba la hermosa casona esculpida en cantera violeta y estampó un garabato. La historia de aquella mansión era de las una que se guardan con misterio, que se murmura al pasar ante un desolado caserón de ventanas herméticas o al ver venir a un viejo y orgulloso caballero de duro mirar y labios apretados que desaparece tras rejas prohibitivas que parecen guardar malos recuerdos. Don Artemio Arellano Sandoval había desheredado a su única hija el día en que se fugó casándose contra su voluntad. Eso no sorprendió a los morelianos, pues era un castigo usual. Lo que los sacudió fue el hecho de que no se pusiera de luto al recibir las noticias de su muerte. Solo, y tras puertas de doble aldaba, acabó su amarga vejez, pasó su agonía, y se murmuraba que murió renegando de la hija infiel y sus descendientes. De ser así, Mariana se preguntaba: ¿por qué no donó a otros su modesta fortuna? A pesar de todo, llegado el final, quiso que su nieto desconocido lo heredara. Al morir don Artemio, don Evaristo, por razones que él solo sabía, localizó a Leonardo por medio de avisos en los diarios de las principales ciudades de la república y éste, una vez probados sus derechos, se puso a vender lo recibido.

Doña Clarisa vio salir a Mariana del despacho en compañía de tres hombres y le crecieron las pupilas como dos boquetes. Mariana hubiera jurado que al pasar ella, el codo de la señora se clavó en el hígado de Pepita —la vasija que recogía todos los comentarios de la augusta dama. "¿No te lo digo? Siempre entre hombres...", estaría diciendo y ya tendría más de que hablar, pues Mariana portaba su más seductora sonrisa al ir del brazo de Leonardo y conversaba con animación procediendo, como diría Roberto, a la francesa. Durante la velada Leonardo estuvo a su lado, pero su actitud era displicente. Sentado a su diestra, la escuchaba a medias. ¡Qué rabieta hubiera hecho el abuelo al verlo agasajado por el pequeño círculo de sociedad moreliana que a él le importara tanto! Los canceles se abrían para acogerlo, las sonrisas se desplegaban y esa joven de los Aldama, tan mencionados por su madre, le sonreía, a él, a quien nunca quiso conocer el viejo cascarrabias por ser hijo de un don nadie. Nunca quiso verle la cara y qué hubieran dado por parecerse a él todos esos flacuchos narigones que se había encontrado en óleos lamosos en el sótano de la casa.

—¿Verdad?— preguntaba Mariana y él la miró sin saber qué contestar. Supo ella que a nada de lo que había dicho había puesto atención, pues Leonardo aventuró un vaga respuesta.

—Dígame: ¿vive usted en Morelia?

—No, en la hacienda —respondió despojada ya de toda coquetería—. ¿Y usted?

—¿Yo? Por ahora aquí, mañana quién sabe.

—¿No tiene residencia fija?

—Sí, y no —. La verdad era que no. Desde la infancia había viajado con su padre por todo México vendiendo libros, cosa que siguió haciendo por su cuenta al morir aquel. Su educación la recibió en trenes, en estaciones de ferrocarril y salas de espera. Muchas veces su cama fue una dura banca, su almohada un diccionario. Al ver la mirada inquisitiva de Mariana explicó—: No me gusta estar atado, por eso he vendido todo. Colocaré el producto en préstamos garantizados y así recibiré intereses sin preocuparme. Usted, sin duda, es prisionera de su hacienda.

Mentía. Qué hubiera dado por vivir siempre en la casona del abuelo, ser el gran señorón. Muchas cartas había escrito al anciano y las mismas fueron devueltas sin abrir. Habiendo perdido por completo la esperanza de que lo aceptara y sin querer ser otra cosa más que el nieto de don Artemio Arellano Sandoval, contrajo grandes deudas al vestir bien, comer bien y rentar lujosos departamentos dejando una estela de deudores que lo demandaron al unísono. De no haber sido por la oportuna muerte del abuelo, en vez de estar sentado en aquella elegante sala, estaría tirando las colillas entre las rejas. Por lo tanto, había malbaratado todo y, después de liquidar a sus acreedores con suma discreción, se encontraba con que lo que le quedaba para vivir de sus intereses era el producto de la venta de la casa.

—Debe ser lindo ser libre —Mariana aventuró— pero hasta el viento regresa a los mismos lugares cada año.

—Las raíces son para los árboles —retrucó él y siguió su mirada el contorno del humo del cigarro que subía en espiral por la pantalla de seda que estaba a su lado.

Mariana no lo podía descifrar. Igual que el humo escapaba entre sus dedos, su personalidad se desvanecía en contorsiones caprichosas que se esfumaban hacia la nada. Pero era evidente que al guardar silencio parecía perder su buen humor. Aunque hablara de libertad, parecía un extraño a la palabra como si su propia alma fuera prisionera dentro de aquel cuerpo por el que vagaba sin encontrar sosiego.

Alrededor de ellos se había hecho un silencio. Leonardo fumaba en presencia de las damas. Damas, que por su lado, y a escondidas, muchas veces parecían máquinas de vapor.

Para borrar la mala impresión de su desatino, pidió disculpas a Mariana ostensiblemente, retiró el cenicero y, con la sonrisa más solícita que ella había visto en su vida, se puso a hablar de sus viajes. La normalidad se restableció, se reacomodaron en los sillones Luis XV de doña Clarisa, los abanicos renovaron su leve cadencia, varios monóculos cayeron y los rostros de los concurrentes se perdieron en tercer término. Si se lo proponía, Leonardo podía ser agradable. Había estado en muchas partes, algunos libros leyó por el camino y su conversación era variada aunque no dejaba de tener un retintín pedante. En fin, concluyó, debía confesar que el haber regresado a Morelia lo había afectado más de lo que creía. Aunque no hubiera conocido al abuelo, su madre siempre le había platicado de su casa, de él. Era como si hubiera vivido ahí.

—Será que me estoy poniendo viejo —se lamentó algo burlón.

—¿A los treinta y cinco? Será nostálgico.

—¿Acaso no es eso consecuencia de los años?

No sólo de los años, se dijo para sí. Ella recordaba haber sentido nostalgia a los cinco, o antes..., pero Leonardo no la escuchaba ya. Su atención estaba en un señor que acababa de llegar. Parado en el quicio de la puerta, el gobernador recibía los saludos de doñas y dones que se agrupaban solícitos a darle la mano, entre ellos, Leonardo. Mariana se mantuvo en su lugar. Sentía que su proximidad la había abarcado en un momento para luego dejarla helada con su abrupto abandono. Así sería siempre, breves toques de acercamiento que luego se perderían en la aridez de la incomprensión.

Esa noche, Libia se encaminó con paso firme al cuarto de huéspedes. Desde el momento en que su suegra le había notificado con tonalidades de suma sospecha que algo se había firmado en la biblioteca y que Mariana sabía de qué se trataba, Libia no había tenido paz. Al irse los invitados irrumpió hecha una ráfaga en el cuarto de Mariana:

—Ya veo que tienes otro amigo. Ten cuidado de no arrojarte a lo tonto en sus brazos. Tengo entendido que pronto se marcha—. Hizo ademán de salir, pero se detuvo —. Ah, y te agradeceré no te entrometas en los asuntos de Roberto y míos, sea lo que fuere que estabas haciendo esta noche en el despacho.

A través de la redondez del espejo Mariana quedó viendo a su hermana. Con un ademán resuelto desató su pelo y sacándose las horquillas dejó que cayera sobre su espalda. Empezó a cepillar. Uno, dos, tres...

—Fui testigo, y nada más. Es asunto de tu marido. De manera que si quieres informarte, pregúntale a él —. Catorce, quince, dieciséis —. Y por favor, Libia, cierra la puerta al salir.

Libia dio el portazo.

Noventa y siete, y ocho y nueve, ¡cien! su brazo descansó.

¿Qué era lo que sentía? Nada la conformaba, nada le parecía bien. Si le hubiera preguntado en esos momentos un genio cuál era su deseo, no hubiera sabido qué elegir. Abrió la ventana, respiró hondo. La brisa del Nordeste llevó su pelo hacia atrás. La noche tibia no llegaba a ella porque frío y vacío era el ámbito a su rededor.

Capítulo XXIII

La gente se preguntaba por qué el nieto de don Artemio permanecía en Morelia y era porque le complacía que lo llamaran don Leonardo la portera y el barbero, quitarse el sombrero ante el gobernador y estar en términos de tú a tú con el hijo de doña Clarisa. Se había infiltrado en las buenas voluntades y en las salas de las matronas por ser pródigo con sus caridades, y ellas, tal vez por afinidad, aprobaban la carga de petulancia que daba a sus conversaciones considerando que un hombre tan bien parecido y con aires de tan gran señor era un digno Arellano, y acabaron por concluir que el abuelo había cometido un grave error al no reconocerlo.

Leonardo saboreaba el éxito. Tenía lo que había soñado: dinero y posición. Por primera vez en su vida no le ponían cara de pocos amigos al entreabrirse una puerta ni tenía que arremeter con una perorata antes de que se la cerraran en la nariz. Ahora las abrían de par en par, sonreían a su llegada, le halagaban... Los señorones lo tenían en muy buena opinión al oírlo citar autores y obras, de lo que él se festejaba íntimamente al recordar que de algunos sólo había leído los prólogos. Era fácil engañar a la gente, si bien la experiencia le había enseñado que no a la larga, y el tiempo volaba y con él el dinero.

Cada vez que pasaba por una librería —y bien surtidas las había en Morelia— sentía frío en la espina dorsal. Aquellos volúmenes eran un constante recordatorio de su pasado. Podía decir cuánto pesaban nada más con verlos y eran para él como insolentes criaturas mostrándole la lengua. Decidido estaba a que el pasado no renaciera y ese día, al cabalgar frente a ellos, los ignoró por completo. De todas las jóvenes que había conocido, Leonardo, estudiando cada posibilidad, escogió a Mariana. Las demás tenían padres, hermanos y sobre todo madres. Ella estaba sola, no era fea, manejaba su dinero y se mantenía ocupada; lo que a él le venía de perlas.

La natural perspicacia que le hacía entender, por desgracia y de preferencia, el lado del cual se podía aprovechar, le indicó que una declaración apasionada le parecería falsa a la muchacha de ojos brillantes, y una tibia, le causaría disgusto. Quedaba pues, otra posibilidad...

La tarde se disponía a declinar y el calor menguaba a la hora en que llegó a la hacienda. Con su media sonrisa notó, satisfecho, que Mariana lo esperaba. Los holanes de su blusa blanca que enmarcaban con cierta gracia su cara estaban recién planchados y un moño de terciopelo amarillo sujetaba su pelo. También notó que despachó al mayordomo con prisa, que su saludo tenía calor y que actuaba un poquitín nerviosa, lo suficiente para decirle que su presencia no le era indiferente.

La saludó diciéndole que la veía muy contenta y ella respondió que así era porque Libia se cambiaba a su nueva casa y habían traído a Jorgito a quedarse con ella. Andaba corriendo por el huerto... El sol del atardecer los vio acercarse a la fuente central. Mariana jugaba con una ramita dibujando signos que se disolvían en el agua; Leonardo, de espaldas, recorría con mirada calculadora los corredores y barandales que los rodeaban. La casa de la hacienda era tres veces más grande que la casa de su abuelo: treinta y cinco habitaciones arriba y otras tantas abajo. Muchos cuartos, mucha cantera, mucho hierro. ¿Qué por qué se había hecho una casa tan grande en el campo y no en Morelia?

—Había otra casa en Morelia —respondió ella dando la espalda a la fuente también —, pero se tuvo que vender—. De todos modos, los Aldama, desde tiempos de sus bisabuelos, prefirieron vivir en la hacienda.

Leonardo observó la barda de cantera que circundaba la casa entera y que en algunas partes tenía dos metros de espesor. Bastaba mirar en rededor suyo para comprender por qué Mariana veía a los ojos, por qué caminaba como reina. ¿Quién no? teniendo el respaldo de todo aquello, desde la cuna rodeada de criadas, mimada... Le había ella contado de días difíciles..., pues se carcajeaba de su días difíciles. ¿Qué sabía ella de fríos, de no dormir oyendo a su madre toser, de tener que ayudar a un viejo a subir al tren, de abrir un maletín y en vez de libros encontrar aguardiente. De escuchar en noches pálidas de luna, con las tripas crujientes de hambre que allá en Morelia, en otro mundo, había un abuelo pudiente, una casa hermosa y una mesa que deslumbraba.

A los abuelos les gustaban las cosas sólidas, decía ella, y relataba que primero fue una humilde casa de adobe que se destruyó para hacer otra más grande, la misma que quedó para uso de oficinas y casa del administrador al terminarse la casa mayor. Cuatro años tardaron en nivelar el terreno, en transportar la cantera, en acarrear caoba y cedro, en erigir aquel rectángulo abierto de arquería y hierro forjado. Don Fernando Aldama no se había conformado con mosaico; eso estaba bien para la cocina. Para los baños se había importado mármol; para el salón parqué; para San Román, el patrón de la hacienda, se había esculpido y estofado una fina estatua recamada en oro; y para los hijos de Valle Chico se había labrado una hermosa pila bautismal de cantera.

—Pensé que iba a decir de alabastro.

No. Al pie de la pila se había mandado grabar: "*Esta es mi esencia*".

¡Malditos abuelos! Amaban lo sólido, lo férreo, lo inflexible. Eran de piedra y hierro. Pero ay, abuelo de hierro, el destino jugaba tretas y la fortuna que tanto cuidara el viejo la había despachado él en un dos por tres y todo lo que para aquél fue sagrado para él sería pan de cada día.

—Sí —, calculó Leonardo caminando alrededor de la fuente— este lugar es magnífico. Pero puede serlo más —agregó—. Conocí una hacienda de unos amigos (vendiendo enciclopedias y misales) que estaba arreglada a todo lujo.

Y se puso a señalar la enorme diferencia que unos toques de comodidad y buen gusto harían aquí y acullá.

Desde pequeña Mariana había aprendido a observar a la gente, sus movimientos, el tono de sus voces. Gestos y ademanes le daban un intuitivo conocimiento de su naturaleza interior. Con Leonardo, por el contrario, se encontraba perpleja. A la primera impresión no siguió una segunda. A veces era simpático, hombre de gran mundo, para tornarse luego rudo, huraño y retraído. Otras, parecía fuerte, y en seguida tan indefenso y frágil como si un soplo pudiera demolerlo. El lustre cobrizo de sus ojos cafés, inexpresivos, reflejaban el exterior y no permitían asomarse a ellos. Hubo momentos en que lo sorprendió mirándola, sólo para encontrarse con que se replegaba en sí y convertíase su expresión en una forma coloidal nadando en la nebulosa de un pensamiento indescifrable. En otras ocasiones parecía estar francamente aburrido, pero regresaba, y tan se había acostumbrado ella a sus visitas que, durante la última semana en que no se había presentado, lo había extrañado. No era la clase de compañía que la mandara a valsear por los corredores, pero la soledad se arrastraba por su alma como la humedad por las paredes y ella sentía que iba desmoronándose para quedar en nada.

Por lo regular, Leonardo platicaba de tal o cual libro, de tal o cual lugar que había visitado, de lo bien que había realizado las propiedades del abuelo y de lo que estaba disfrutando Morelia y de que tal vez se quedaría. Tal vez...

Mariana no ofrecía comentario. Sabía que estaba jugando al gato y al ratón y siempre la dejaba con un sentimiento de desasosiego.

Esa tarde resultó diferente. Le pidió que se casara con él.

En medio del patio, con su sobrino abrazado a sus faldas, ella lo veía alejarse. Había estado muy serio, muy caballeroso, un modelo de propiedad. Se habían conocido poco, cierto, lo cual no era obstáculo para un matrimonio en regla. Tendría en él, el respeto de un marido. Una muchacha sola no sólo era mal vista, sino peligroso. Mal visto, bien visto, propio ¡impropio! Tal parecía que se le estaba declarando su tía Matilde. De haber podido hubiera borrado la sarta de aquellas palabras del diccionario. Sabía que su prestigio, es decir, el poco que le quedaba casi se había desvanecido al saberse en Morelia que la visitaba Leonardo sin estar en compañía de otras personas de respeto. Los hombres la empezaban a ver con morbosa especulación y las mujeres con desconfiada malicia.

—¿Y bien? —había preguntado él con cierta tensión en la voz al ver que no respondía.

Al oír aquel timbre, nuevo en él, Mariana había levantado la vista. No encontró más que la misma mirada yerta y cansada. —No es necesario que me dé su respuesta hoy. Vendré mañana—. Y tomando su mano la había besado.

El sol se desvanecía, el patio a esa hora tomaba un tinte violáceo y el agua de la fuente brillaba en esas mismas tonalidades reflejando a Mariana que sonreía a Jorgito y le preguntaba si quería dar un paseo. El niño soltó su falda y la jaló de la mano hacia el carruaje que estaba bajo la arquería a un costado del patio. Montaron y salieron por una carretera lateral que se insinuaba junto al curso de un riachuelo.

La inocente compañía de su sobrino le hacía bien a su espíritu. La sencilla ilusión de un corto paseo compartido en plena confianza le permitió ver el campo con ojos de estreno.

—¡Aguaaaa! —festejó Jorgito y aplaudió apuntando hacia la corriente que iba mansa y baja en esa época del año. Al llegar a la sombra de unos laureles, Mariana paró el coche, quitó los zapatos al niño, se deshizo de sus propios botines y medias y, descalzos, corrieron sobre la hierba hacia la orilla. Riendo, regresó por un sarape, lo extendió, puso a Jorgito en él y se sentaron a remojar los pies. El agua arrastraba hojas que los cosquilleaban, el pequeño reía y ella las veía seguir su curso río abajo, inexorablemente. Trató entonces de interrumpir aquel orden atrapando unas entre sus pies. No tardó en cansarse de su pueril designio y las soltó para tenderse de espaldas con la vista al cielo.

Había llegado el momento. No quedaba actividad para suplir la indecisión. Por encima del tupido follaje los últimos rayos del sol se fragmentaban en pequeñas luces de Bengala... "Otro, ese no valió", le decía David una vez más tras la columna. "David, por favor..." "Eso digo yo: por favor." Destellos luminosos giraron al voltearse ella y enterró la cara en los brazos. Eso tenía que acabar. David era de otra, de otra, con ella comía, vivía, dormía... ¿Es que iba a ir por la vida recordando fracciones de un romance frustrado? Se sentó y limpió su cara. Tenía que reconocer que lo que había querido desde un principio era que Leonardo se le declarara, y ahora que lo había hecho pensaba en David.

De nada servía el amor. Tan sólo era tormento. Leonardo había hablado con sensatez, sin apasionamiento. Mariana hundió la cabeza en sus brazos que apretaban sus piernas. Era mejor así. Nada de romanticismo, ojos bien abiertos, una sociedad.

—¡Agua, agua! —gritaba Jorgito sentado ya en el charco y Mariana se apresuró a quitarle los pantalones, los calzoncillos, y a envolverlo en el sarape.

—Dios quiera que no te acatarres. Vámonos.

—Aguaaaa...

—Sí, mucha agua —rió besándolo.

Entraron al patio casi de noche.

Preocupada, Cata se acercó al carruaje.

—Niña, ya iban a buscarla.

Mariana le pasó a Jorgito.

— Nos mojamos...

—Pos sí, ya veo.

Y dando un pensativo beso al niño, anunció:

—Cata, vamos a preparar mi ropa. Me voy a casar.

Capítulo XXIV

Desde la ventana del Hotel Gillow, a un lado de La Profesa, Mariana contemplaba la clara noche capitalina. En la calle desierta resonaban a lo lejos los cascos de un caballo que llevaba a un trasnochado caballero a casa y la voz del sereno que pasaba silbando para luego anunciar—: Las dos y todo en calma.

Habían transcurrido quince días desde aquella boda que hiciera con los ojos abiertos... Con amarga mirada contempló la cama vacía y tornó a ver la noche. No podía dormir así estuviera cansada. Habían recorrido México entero. Primero fueron los almacenes de modas en los que Leonardo, sin hacer caso de sus protestas, gastó demasiado. "No seas tonta", la había regañado. "Me pones en ridículo diciendo en frente de la gente que está todo muy caro. Aquí no andas entre peones. Si vas a ser mi mujer, la señora de Arellano y Sandoval —pues ya había suprimido el López— vas a parecerlo".

Siguieron los restaurantes de moda en compañía de Marta y su mamá, a las que habían ido a visitar. Leonardo quedó literalmente encantado con su opulencia, sus relaciones, el *savoir faire* que desplegaban en todo momento. Aunque ellas declinaban sus invitaciones en consideración a su luna de miel, él insistía. La señora de Ramos conocía a mucha gente importante que, en cuanto se presentaba la oportunidad, él invitaba a su mesa sin hacer más caso de su flamante esposa pasadas las presentaciones. Por la noche invitaba al teatro a los conocidos del día y hablando con ellos sin cesar de "su hacienda", de "su abuelo", de las mejoras que haría, dejaba a Mariana aburrirse al lado de señoras que se pasaban comentando de gente que ella no conocía. Más tarde los caballeros, hábilmente manipulados por Leonardo, hacían planes para algún juego de cartas amistoso en el salón particular del hotel o en casa de alguno de ellos, veladas que terminaban de madrugada.

Mariana lo había esperado las primeras noches. Al llegar Leonardo, éste no cesaba de hablar. ¡Qué lujos había visto! Candiles de cristal cortado del tamaño de un cuarto. ¡Qué alfombras! Para él que los Morales eran los más ricos, o al menos los que sabían vivir mejor. ¡Qué bien relacionada estaba su amiga! No, no había perdido gran cosa. En fin, las relaciones costaban. Lo consideraba una inversión —. Ya duérmete.

Al otro día, era necesario andar de puntillas por doquier para que él roncara hasta el mediodía. Después, ya no lo esperaba. Fingía dormir al sentirlo caer como fardo a su lado, para minutos más tarde escuchar, ante el testimonio cruel de la obscuridad, su rítmica respiración. Marta le había preguntado si era feliz. Y como orgullosa Aldama y admiradora de la disciplina espartana que era, sonrió y aseguró que sí, aunque a solas, en la obscuridad de la noche, cruzara las manos oprimiéndose los dedos. Desde su niñez no había sentido esa ansiedad. Era una sensación terrible que la envolvía como la niebla cubre el agua: vaga, etérea, en un principio, paso a paso tornándose densa, sofocando toda comunicación al dejarla ciega, muda, sorda, sujeta a una interminable desesperación por oír, por ver, por tender un puente de comprensión.

—Quítate de la ventana. Te va a ver todo México.

Mariana ahogó el sollozo que estuvo a punto de estallar en su garganta para responder a Leonardo que entraba:

—A estas horas no hay nadie.

—Van a salir los señores con quienes estuve jugando. Cierra —ordenó, y aguardó a que ella lo hiciera para prender la luz que se volvía lechosa dentro de su lamparilla de opaco cristal. Sacó entonces la cartera, contó el dinero y, arrojándolo sobre el tocador, observó casi para sí—: Hoy me repuse algo.

Se despojó de su levita y zapatos, caminó hacia la palangana para enjuagarse la boca y se puso a hacer gárgaras.

Desde la cama Mariana lo observaba.

Pujando un poco al quitarse los calcetines, Leonardo anunció entre eructos que al día siguiente regresarían a Morelia.

Mejor no ver aquella figura. Preferible contemplar las rosas del tapiz de seda que estaba al lado del buró. Si no había soñado con amorosos susurros, ni frases apasionadas, tampoco había esperado escuchar sólo eructos, pujidos y gárgaras.

—De luna de miel ya estuvo bueno —terminó escupiendo.

—Como digas.

La luz se apagó.

—No te quejarás. Hemos andado en lo mejor, comido lo mejor, visto lo mejor —. Y, bostezando, se dio la media vuelta.

Al cabo de un rato Mariana lo llamó —. Leonardo...

Él despertó con un gruñido:

—¿Ahora qué?

Casi en secreto susurró ella —: Tal vez, si tratáramos de comprendernos...

—Mira, no me vengas con sentimentalismos ahora que estoy cansado. Duérmete, ¿quieres?

Afuera el sereno repetía: "Las tres y todo en calma".

Capítulo XXV

Pasaron poco más de dos años. ¿O es que pasa el tiempo? No. Está estático y en un segundo se desploma. Se olvidan los días, las noches y las horas para vivirse todas de nuevo en un instante. El momento que ese día de otoño traía consigo desde que despuntó. De regreso a la hacienda de casa del licenciado Gómez, Mariana se quitó el sombrero y dejó caer los guantes junto a su bolso sobre la cama, seguida por la mirada escrutadora de Leonardo. Al saber el resultado de la liquidación de la última cosecha quedó perplejo de momento, incrédulo luego, y no tardó en poner el grito en el cielo. Se arrancó la bigotera y, frotándose el labio superior, repetía que no podía ser. ¡Tanto ir y venir y dar de tragar a tanto indio para salir con eso! Había ganado más él en una noche de póker.

Sin decir palabra, ella se dirigió hacia el balcón que daba a la huerta y lo abrió muy despacio. Lo que había temido volvía a acontecer. Una vez más Leonardo hablaba de una magnífica inversión. Necesitaba sólo cinco mil pesos.

—Lástima —decía controlando la rabia que lo hacía dar vueltas sin rumbo—. Dejar ir un negociazo por tan poco—. ¡Pero si los candelabros de la sala y el piano le habían costado más!

Olvidó mencionar que ella terminó de pagarlos y que ya en dos ocasiones le había entregado cantidades similares para otros negociazos que sin explicación alguna fracasaban. El olvido no era mutuo. Recordaba ella, más que nada, los breves lapsos pseudo amorosos que siguieron a los donativos y sus ojos seguían fijos en las nítidas filas de aguacateros dejando que él continuara sus peripatéticas explicaciones alrededor suyo.

Al estallido inicial siguió una restricción que por lo súbita era menos convincente. La verdad era que se había sorprendido..., decía en un tono conciliatorio, y acechaba como acechara en otras ocasiones, concentrando en ella la misma mirada obsequiosa, el mismo tacto insinuante, tentándola a caer en una racha de algo que semejaba amor. Los ojos de Mariana se cerraron al sentir los labios de él en el oído y la determinación de no descubrir la cantidad que había guardado, empezó a zozobrar. La rescataron las palabras de don Evaristo, por demás explícitas: "No deje a la mano izquierda saber lo que hace la derecha, Mariana. Sobre todo si esa mano tiende a mal comportarse". Sus pensamientos debieron dibujarse en su cara porque Leonardo calló. Sus manos pasaron de acariciadoras a estrujantes. Mantuvo ella su mirada y sólo la dejó caer al calcular él:

—Hay más dinero, ¿verdad?

Mariana volteó la cara, pero asiéndola por la barbilla, la forzó a mirarlo.

—¿Crees que soy idiota? —. La voz era baja, mesurada, pero dejaba que su uña cortara la piel de ella y transmitiera su violencia.

—¡Tampoco yo lo soy! — exclamó ella con dolor, al zafarse—. Lo que traigo es más que suficiente para vivir un año. ¿Qué más quieres?

Ante la resolución de ella, se revolvía él en su impotencia. ¿Le reclamaba acaso que no traía dinero? ¿No había gastado una fortuna decorando aquella caballeriza? ¿Y la ropa que le había comprado?

—Nada de lo cual era necesario —arguyó ella—. Si hubieras guardado algo de tu dinero, esos negociazos de que hablas tal vez no se te escaparían.

Se desató la tormenta.

Leonardo azotó un cepillo de pelo sobre la tapa de mármol del tocador y al ver que rebotó al piso de ahí lo pateó hacia el balcón por donde salió volando —. ¡Ingrata! Este lugar parecía sótano. Y tú no eras conspicua por tu elegancia —. Además—, le gritaba en la cara —ese era *mi* dinero para hacer con el lo que se me diera *mi* regalada gana.

Se quitó la bata, la aventó, se puso el saco y arremetió de nuevo—. Otra cosa —pobre de ti que me andes consiguiendo trabajo con tus amigos influyentes —. Sí, había rehusado el puesto que le ofreciera el secretario del gobernador. ¿A qué esa cara de inocencia? Sabía que ella estaba tras aquella oferta. ¿Creía que era idiota o algo? ¡El hacía con su vida lo que se le venía en gana y ya sería millonario antes de que ella lo fuera!

Si por milagro resultara cierto, estaba dispuesta a caminar descalza al Santuario de la Virgen de Guadalupe. Cosa improbable, ya que esos augurios habían sido proclamados muchas veces con igual ardor y ni pizca de chispa. Como ella callara y con esto le hiciera sentir la futilidad de sus palabras, el coraje de Leonardo aumentó. Desesperado tornó a buscar en la cómoda un pañuelo que en su nerviosismo no encontraba. Jaló más el cajón para llegar al fondo, éste se atoró, y entonces lo sacudió con ambas manos, lo zafó de cuajo y lo estrelló a los pies de ella de donde recogió de un manotazo una mascada.

El instante se quebró en mil pedazos que giraban dentro de ella sin encontrar su lugar. Brincó el cajón, salió corriendo, se encontró que había caminado equivocadamente hacia el final del corredor y retrocedió en dirección opuesta. Cinco mil pesos y dos o tres semanas de aparente normalidad. Aparente tan sólo, porque sabía que lo mismo sería estar en un escenario. Temblaba. De nuevo sentía el cajón estrellarse a sus pies. Cada vez era peor. Una de dos: o trataban de llevarse bien o ella se cambiaba a otra recámara, porque caminar sobre aquellas líneas paralelas le estaba destrozando el alma perturbando su equilibrio.

Por un lado: "¿Y don Leonardo?" "Bien, muy bien, gracias". Nadie tenía por qué enterarse de que no era así, que lloraba una noche sí, otra no. ¿Acaso les importaría?

Y por otro... Como polvo acumulado en las superficies por el abandono, los agravios iban quedando entre ella y Leonardo convertidos en una costra de malos recuerdos que ella consideraba su mayor fracaso. A excepción de las dos ocasiones en que compartió sus ganancias con él, sus intentos para ganar su estimación paradójicamente consiguieron el efecto contrario inflando su vanidad al punto en que explotaba en crueles comentarios secundados por miradas burlonas. A ella no le valían niñerías, ni mimos, ni coqueteos, ni le valía ser tal cual era, ni le hubiera valido ser otra.

Estaba frente a las circunstancias en total frustración. Se negaba a admitir que había fracasado donde más deseaba triunfar una mujer: con un hombre. Lo que no le permitía su orgullo ver, era que la clase de hombre que había escogido era un vividor. Desde el principio, hasta por trivialidades, su vida se había convertido en fricción: él aferrado en transformar la hacienda en un estuche francés, ella en disuadirlo.

—El comedor de mis abuelos no lo quisiera vender...

—Ridícula, ahora todo es francés, imperio.

—Aquí va lo mexicano, lo colonial, Leonardo. Lo prefiero.

—La cabra tira al monte. Mira que despreciar ese hermoso juego por este armatoste viejo. Además, yo lo pagaré y prepárate, vendrán visitas a cenar.

De día el sol abrasador, de noche la elegante anfitriona. Por un tiempo fue así casi a diario. Ocho, diez gentes de huéspedes y ella a correr a bañarse. Después de andar todo el día a caballo tenía que sonreír, atender. "¡Ay," decían, "Si está hermosa la hacienda. La van a convertir en un Versalles". A juzgar por los candiles y espejos que por todos lados había colgado Leonardo, tal parecía el rumbo de sus intenciones, lo que él descartaba con una sonrisa que no dejaba de ser petulante: "Qué va, sólo un *Petit Trianon*".

Por un tiempo aquello lo tuvo entretenido; mas a medida que transcurrieron los meses y él notó que a ella le hacían preguntas sobre la hacienda y no a él, o si se las hacían a él, ella las tenía que contestar, cambió su actitud. Cada ocasión pasó a ser un campo hostil apuntalado por comentarios que sabía encajar. "Enséñales a estas criadas a servir la mesa. No saben de que lado retirar los platos". "Esta copa está opaca. Traigan otra". "Deberías poner más gente al servicio. ¿No ves que doña Carmelita ya terminó?"

Gastado el entusiasmo de convertir parte de la hacienda en un pastel rococó y la novedad de sentirse el señorón hacendado, Leonardo empezó a aburrirse y ni siquiera se aburría a gusto. La actividad de Mariana contrastaba con su holgazanería y él, por simular ocupaciones, salía a Morelia al mediodía hacia tardes destinadas a leer periódicos en los cafés donde pasaba la vigilia de sus días discutiendo política, toros y finanzas, y sus noches jugando póker o billares, mientras husmeaba el fantástico negociazo que lo haría el asombro del mundo mercantil. No era que el estado de las cosas le molestara demasiado, pero esa Mariana había resultado una peste. Nada más porque tenía inclinación de bestia de carga quería atarlo al yunque también. Uno de estos días tendría la oportunidad y entonces ya vería ella quién era el vivo. "Si no llego temprano, no me esperes." Y así a diario, así trescientos sesenta y cinco días, cincuenta y dos semanas, ocho mil setecientas horas con sus minutos y sus segundos, tiempo que se hacía interminable, que daba pasos de plomo y se dejaba sentir hasta el hastío.

Fútiles fueron los esfuerzos de ella por conocer algo de su vida.

—El pasado no importa. El presente es lo que cuenta. Duérmete.

Jamás le diría que había empeñado *Los Miserables* en edición de lujo para comer. Que ella era su pasaje a una vida que siempre había envidiado y soñado.

Sentía ella la corriente de animosidad que de él emanaba, y sus raros momentos de intimidad la dejaban desolada. Cada vez conocía menos al hombre cuyo contacto congelaba su alma. Si lloraba quedamente, se ponía impaciente al notarlo y le daba la espalda. Si ella quería hablarle, entonces arrebataba la almohada y gritando que no podía conciliar una noche de sueño como Dios mandaba, salía a otro cuarto dando el portazo. Esas eran sus noches. Sus tardes, se semejaban:

—Don Leonardo no ha llegado, niña, ¿merienda usted?

—Sí.

Y en esa ocasión, como en tantas otras, una mesa que cada día crecía más y más... Cata siempre servía el chocolate ardiendo. Y esa mesa era tan larga, tan exigente. Tal vez hubiera sido mejor el comedor que Leonardo no había insistido en comprar. Aquel otro no era tan sobrio. Para éste se necesitaban caritas alegres; una sonriente al otro extremo.

Estaba bebiendo chocolate con lágrimas. Daba lo mismo. Todo en la vida era agridulce. Las cosas más amargas pasaban y las más dulces se tornaban insoportables. Ella era amarga. Sentía la boca extraña al sonreír y estaba cansada.

—¿Entró el carruaje del señor, Cata?

—No, niña. Era Cirilo guardando el suyo. ¿Quere más chocolate?

—No. Bueno..., sí.

El chocolate no estaba ya tan caliente y se hacían natillas formando un mapa. Un mundo extraño, incomprensible. No entendía a Leonardo. Otros hombres la miraban; ella se daba cuenta... y para él no era más que algo que iba con la casa. Nunca había escuchado un halago, una palabra de interés. Siguiendo su inclinación por derribar los obstáculos que hubiera en su camino, habíase propuesto hacer algo bueno de su matrimonio. Tolerancia, prudencia, abnegación, habíale dicho al hermano Juan. Tolerancia. Bastante tenía con un marido que no trabajaba, que no llegaba a su casa más que a dormir o, de ser temprano, acompañado de invitados. Prudencia. No mencionar la vida dispareja de ambos, fingir satisfacción, aparentar ante la gente normalidad, felicidad... Abnegación... Callar en silencio la honda decepción. Ya no desgarradora como fue al perder a David, sino lacerante, continua, sin tregua. La fría actitud que le hiciera pensar que no necesitaba cariño era falsa. Muy pronto se había hallado buscando el más leve indicio de afecto. Había esperado vencer su displicencia a la larga, pero sus esfuerzos resultaban inútiles. Todo el amor que estaba preparada a dar, el que deseaba, se congeló ante su incomprensión. No había más recurso que hundirse en el trabajo, en la incesante actividad, ocultar ante todos la situación de su alma que sufría el extraño juego de ser ambos contendientes.

—¿Algo más, niña?

—No, gracias, Cata. Buenas noches.

Mariana echó a andar por el campo. El viento era ya una ligera brisa y la noche estaba hermosa. Siguió por el camino y se desvió un poco... Ahí, en la colina en que ella y Cirilo descansaban de niños, sola, sin peones que iban y venían, sin el sol que con su refulgente esplendor cegaba, sin el polvo que levantaban los cascos del caballo, Mariana miró hacia el valle. Ya había desaparecido la alfombra ondeante de milpa que cubriera miles de huellas hechas por las pacientes mulas, los rudos guaraches, los pies descalzos y las piedras que la hirieron a través de sus delgadas suelas. La tierra humedecida por el sudor de los hombres, yacía bañada de luz de luna que poblaba de ensueño los paisajes.

Soportando los berrinches de Libia, la crítica de Leonardo y, sobre todo, la falta de dinero, había salido avante. Después de escasos cinco años, el valle florecía y las deudas estaban pagadas. Los escépticos que habían reído de sus intentos ahora callaban. Al fin podía respirar con libertad y para el año siguiente Libia y Leonardo y todos verían que no había hacienda como Valle Chico.

Su mirada vagó desde los edificios del casco, cuya obscura silueta contrastaba con la claridad de la noche, hasta los campos y bosques que yacían serenos en la quietud del otoño. En todo el valle no había lugar para desesperación alguna.

No se dejaría hundir. El mundo, su mundo, era bueno. Era joven y todo podría cambiar. Aquello, podría cambiar. Recogió un puño de tierra... Deseaba tanto un hijo.

—¿Qué haces ahí como loca?

Mariana viró para encontrarse con Leonardo que le había gritado desde la carretera. Más calmada, pero con el corazón latiendo con fuerza, se acercó.

—Vine a encontrarte.

—¿Cómo sabías que venía?

—Aquí estás.

—¡Bah! ¿Qué traes ahí?

Abriendo la mano le mostró.

—¿Y?

—La próxima cosecha será buena... —auguró viéndolo. Y yo seré buena, decían sus ojos... Trataré de serlo. Trata tú también.

Ella no necesitaba hablar para comunicarse. Su alma entera estaba en su mirar.

—¿Ahora qué? —se impacientó él—. ¿Te subes o caminas? —instó impaciente por su silencio.

La luna, muy triste, palideció sobre sus espaldas. Ante la indiferencia malhumorada que la confrontaba, Mariana no encontró respuesta y, sin decir palabra, montó. En la noche se descargó un latigazo sobre la grupa del caballo que sonó cruel y cortante en la paz que los rodeaba. Los ojos de ella se abandonaron despojados de esperanza a la inmensidad del valle. A lo lejos, las montañas azulosas semejaban gigantescas embarcaciones que, por un hechizo, surgían de la tierra para navegar lentamente sobre la obscuridad.

Capítulo XXVI

La carta de Marta anunciando que su madre y ella llegarían a Morelia de visita, puso feliz a Mariana y no creyó que desagradaría a Leonardo porque los Ramos eran los Ramos, y él sabía quienes eran los Ramos. En efecto, la noticia atrajo su raro buen humor y recalcó que habría que atenderlas bien. "Conviene tener dónde llegar en México, ¿sabes?". Muy pronto olvidó sus buenas intenciones, pues regresó en la madrugada, durmió a lo largo de los preparativos para el arribo de las huéspedes y a la hora en que Mariana le mandó despertar para que la acompañara a la estación, no quiso saber de nada.

—Déjenme en paz, fregado. Díganles que me enfermé o a ver qué —y se volteó babeando sobre la almohada.

Él roncaba en Valle Chico, el tren ya había entrado a la estación y al llegar Mariana, encontró a Marta y a su madre esperándola en el andén en compañía de dos caballeros.

Nunca, como en ese momento, le había parecido a Alonso tan nítido el contraste que había notado con lacerante impacto desde su regreso de Europa. Por una parte aquella atractiva mujer que había reconocido a Marta, se deslizaba hacia ellos en un aura de luz envuelta en fina tela que se pegaba a su cuerpo; y por otro, el enjambre de caras chorreadas de los niños descalzos que se apresuraban a su rededor insistiendo:

—¿A quién busca?

—¿La ayudo, seño?

Ella, con una mano sujetaba su amplio sombrero blanco contra el viento, y con la otra, una sombrilla que parecía apartar con toda naturalidad, con todo derecho, a la chamacada. Mariana llegó a ellos y por un momento la Creación se detuvo para dar lugar al encuentro de dos amigas. Siguieron los besos de doña Sara, saludos que empezaban y quedaban sin terminar... ¡Qué chula! Ay, que linda sombrilla. No, si acabamos de llegar... Pasado el parloteo, Marta logró presentar a sus dos acompañantes. Uno de ellos, un joven rubio, vestido de gris a la última moda, dejó que sus ojos, muy azules, se escurrieran sobre Mariana como dos chorros de miel. Al hacer una profunda reverencia reposó sus labios más de lo necesario sobre la enguantada mano de ella y permitió que sus cuidados bigotes rascaran la tela al decir con marcado acento español:

—A sus pies.

Del otro Marta declaró con orgullo:

—Él es mi primo Alonso, Mariana. Del que tanto te conté.

De tantos le había contado, que Mariana no recordó de momento, cuál era aquel que ahora le veía seriamente al estrechar su mano y descubrirse.

—Mucho gusto —se inclinó él y tornó a voltear vía abajo buscando a su padrino.

—Enrique, sea tan amable de ver lo de las maletas —suplicó doña Sara y Mariana agradeció que se desprendieran de ella aquellos ojos melosos que empezaban a ponerla nerviosa.

—¿Estás seguro que pusiste el telegrama a don Evaristo? —preguntaba doña Sara a Alonso, a la vez pendiente de si Enrique daba con el portero que cuidaba el equipaje... —Ah, ya los encontró.

—No ha de tardar —contestó su sobrino ayudando a otro portero, al que acababa de llamar con una señal, a bajar las maletas que ponía Enrique en el marco de la ventanilla.

Cuidando con disimulo cada uno de los movimientos de Enrique, Marta informó a Mariana que Alonso y su amigo se quedarían en casa de don Evaristo.

—Alonso viene a tener unas pláticas con la junta de vigilancia de la sucursal del Banco de Londres y México. Además, va a estudiar la plaza para ver si es recomendable abrir una sucursal del Banco Nacional de México.

—Marta..., —interpuso él—. Recuerda que eso es confidencial —le recordó, e indicándole al portero que dejara las dos maletas de cuero aparte, volvióse una vez más hacia la pequeña caseta de la estación en busca de don Evaristo. Enrique estaba de nuevo junto a ellas, enviando elocuentes mensajes con arrebatadora mirada a Mariana. Todos se percataron de su arrobo y recordando las presentaciones apresuradas, doña Sara juzgó conveniente aclarar la situación.

—¿Y tu esposo, Mariana?

Al disculpar Mariana a Leonardo, la sutil señora notó que la pregunta había servido su propósito. Enrique abrió y cerró la boca, haciendo que Alonso clavara la mirada en la punta de sus zapatos reprimiendo una sonrisa, pues sabía que una de las tácticas de Enrique era hacer creer a las casadas que las había confundido por solteras.

—Si gustan, los llevamos a casa del licenciado Gómez —ofreció Mariana, lo que Alonso declinó.

—Gracias, señora. Estoy seguro de que no tardará.

—Aceptemos, hombre —instó Enrique—. Dices que tu padrino se pasa el tiempo leyendo a los filósofos. Me suena a que no sabe la hora del día.

—Aquí esperaremos.

—¿Y si no viene? —insistió Marta, deseosa de prolongar la compañía de Enrique.

—Hay coches de alquiler en la puerta —respondió Alonso y agregó—: Tía, usted debe estar cansada y querrá llegar a la hacienda antes de que anochezca. No se preocupe por nosotros.

—Se aburrirán de esperar. ¿Irán a Valle Chico, verdad, hijo?

—Señores, nos honrará su visita.

—Sí, Alonso, no dejen de ir.

Y el carruaje partió y quedaron los dos hombres en una laguna de silencio.

—¿Has oído? —reaccionó Enrique —. ¡Qué bulla, por Dios!

Sin comentar, Alonso echó un vistazo a su reloj de cadena y tornó a mirar hacia la estación por cuyo costado las señoras acababan de desaparecer. Enrique estaba encantado y respiraba a todo pulmón.

—Oye, hay que darse la vuelta por la provincia más a menudo, hombre—, saboreó acariciándose el bigote —. ¡Qué chulada la tal Mariana!

—¿No oíste que está casada? —lo reprendió Alonso e instruyó al chamaco para que se encaminara con el equipaje a la sala de espera.

—Si ya lo sabía —reía Enrique—. Lo que no le quita lo guapa y seductora.

—Lo que no le quita lo casada.

—Hombre, tal parece que vinieras de una colonia cuáquera. Que importa que esté casada. Más interesante resulta. Le noté cierto aire de nostalgia. A lo mejor no es feliz. Todas las mujeres casadas están algo decepcionadas; son fruta madura cayendo del árbol. ¿Para quién crees que se inventaron los amantes? ¿Para las doncellas? No, chico. Esas se conforman con noviecitos.

De pie, junto a una ventana que daba a la calle, Alonso montaba guardia..., y Enrique, sacudiendo la banca de madera, se sentó, cruzó la pierna, puso los pulgares en los bolsillos de su chaleco, y especuló:

—Esos ojos prometen pasión.

—Mira, Enrique —, advirtió Alonso en serio —viniste, según tú, a descansar de ciertos ajetreos de la capital. No te busques otros aquí. Además, es amiga de mi familia y te suplico seas discreto.

—Ya, ya —se alarmó Enrique incorporándose—. No quise ofender. Era un comentario entre hombres.

—Te la comías.

—Así miro yo.

—Pues disimula.

—Pero, ¿qué es esto? Si no la acabaras de conocer diría que estabas celoso. ¿O fue amor a primera vista?

¡Que el diablo cargara con él! Alonso rió por primera vez mostrando sus blancos dientes —. El león cree que todos son de su condición.

—¿Sí, eh?

—¡Padrino!

—¿Qué?

—Que ya viene mi padrino. Te lo dije.

El viejo licenciado, jadeante, se dirigía hacia ellos con los brazos abiertos. Estrechó en fuerte abrazo a Alonso, fue presentando a Enrique y dando mil disculpas los dirigió al carruaje.

Pronto quedó frente a ellos parte del antiguo paseo de las Lechugas, las siluetas de cúpulas y torres, cuna de más de cuarenta conventos, numerosos palacios y bellas mansiones, "Flor de cantera rosa": Morelia.

Avanzaron con sosiego por nítidas calles cuyos balcones y altos portones iban dibujando la característica de la ciudad, la cual no se perdía en trazos interminables, sino que acogía, al rematar sus avenidas, en el remanso de un parque diminuto, la vetusta portada de una iglesia, o la silueta de una fuente. Las campanas de catedral tocaron al cruzar la Plaza de los Mártires, y Alonso echó una mirada hacia las altas torres. Esas mismas campanas que inundaban la vida de la ciudad desde hacia casi dos siglos con sus rítmicas vibraciones y que ahora hacían que la gente consultara sus relojes y los pájaros emprendieran el vuelo, lo habían despertado al alba en frescas mañanas ya lejanas en el tiempo, más tarde lo impulsaron a recoger sus libros, lanzándolo fuera del colegio de San Nicolás y, en las quietas noches, al toque de queda, sorprendieron sus más atrevidos sueños que después paseara por calles empedradas, bordeadas por casas de cantera que habían conocido su paso juvenil. Iban ya por la antigua calle Real, renombrada Nacional, línea de arcos y balcones de palacios de barroco restringido o neoclásicos unos, austeros coloniales otros, con sus características pestañas de piedra sobre sus ventanas, que se desvanecía hacia el oriente en la perspectiva de la torre y cúpula del Templo de Las Monjas, para terminar a lo lejos en la silueta del cerro Punhuato.

Alrededor de catedral, siguiendo el patrón de las ciudades coloniales, se agrupaban los principales edificios. Así, frente a ella, el antiguo Seminario Tridentino era ahora el Palacio de Gobierno cuyos acebollados torreones le parecieran en su adolescente fantasía algo de las *Mil* y *una noches*... Esas monumentales puertas de gruesos remaches, hablaban de hombres que hacían las cosas para que duraran, de tiempos en que los elementos eran más duros de conquistar y por lo tanto se oponía mayor resistencia a ellos. Cada enorme clavo, cada aldabón de hierro constataban seria determinación; las ventanas enrejadas definían un temor a la intrusión en épocas esencialmente introspectivas, y cada amplio patio, bañado en luz, afirmaba una necesidad de compensación. Alonso notó con placer que los portones de pesada madera de todas las casas todavía se dejaban abiertos para permitir un vislumbre de patios recluidos, en honor a la herencia morisca, por los canceles forjados en hierro con arte y poética caligrafía, o bien, labrados en encino.

De chiquillo muchas veces había recorrido el pasillo entre el portón de la calle y el cancel del interior, con la respiración retenida esperando encontrar un misterio más allá de los labrados: un gigante, un viejo loco... Nada: sol y macetas y arcos. Hasta que, en premio a su constancia, había encontrado al señor de la casa medio escondido entre los helechos, bese y bese, a una criada. Debieron sentir sus ojos que los observaban, enormes, tras las celosías, y el voltear ellos y encontrarlo, tuvo el efecto de un golpe de taco sobre las bolas de billar. Todos habían salido disparados en distintas direcciones. Alonso sonrió para sí y volteó hacia su padrino:

—Tenemos que salir a caminar como antaño padrino. Desde el Bosque de San Pedro, a lo largo del acueducto y bajando por esta calle, para saludar a todo mundo y después descansar bajo los portales a tomar un refresco. ¿Recuerda?

Don Evaristo asintió:

—Antes de la cena, al ponerse el sol, es buena hora.

—Cualquiera hora es buena, por Dios. ¡Qué chuladas! —celebró Enrique siguiendo con los ojos a una criadilla que llevaba el canasto al brazo y caminaba presurosa, su joven cuerpo lleno de vida.

—Adolece de falditis —explicó Alonso ante la mirada reprobante de su padrino y pararon ante la casa de don Evaristo, justo a la vuelta de la calle Real.

Hay cosas que establecen un sentido de permanencia. En una casa puede ser una taza que ha sobrevivido a la quebrazón y, pertinaz, mantiene su lugar entre nuevos juegos, una pintura, un mueble o un juguete. En casa de don Evaristo nada cambiaba. Las habitaciones se encontraban idénticas; los muebles de pesada caoba ocupaban los mismísimos lugares como diciendo, en contraposición a su propio nombre: "De aquí nadie me mueve"; la loza tenía un modo mágico de perdurar..., pero para Alonso el símbolo de aquel sentido, era la campanilla de la entrada. Ninguna otra tenía la claridad de aquella y al entrar, la sacudió. Su tañer desató un torrente de recuerdos: rostros de clientes, un pordiosero magro, la criada que regresaba del mercado y un chamaco hambriento que llegaba corriendo de la escuela por las tardes para sentarse ante una taza de chocolate y un platón de bizcochos. Su recámara la encontró como la había dejado años atrás, como siempre estuvo. Las cortinas de encaje y las carpetas de *crochette* suavizaban la austeridad de un ropero muy alto y negro y un cuadro obscuro del siglo XVIII cuyo tema era un caballero anémico de mirar moribundo. Don Evaristo nunca sospechó que aquel sujeto aterrorizaba a Alonso en noches de luna y que en dos o tres ocasiones en que se había ido a dormir con él, diciendo que tenía frío, era porque no soportaba a aquel señor. Después, Alonso solucionó el problema tapándolo con su bata, y hoy, lo contemplaba con cierto afecto. Ahí estaba esperándolo, absorbiendo en su mirada todo el tiempo transcurrido.

Alonso, instaló a Enrique y lo dejó en el balcón principal de la sala respirando aires de provincia, encantado con la fisonomía castiza de Morelia. Ya solo, deambuló por la vieja casa donde había pasado su niñez junto al buen hombre a quien su padre viudo lo había encomendado antes de morir. Todo Morelia se había hecho cruces por tal decisión. ¿Cómo? Teniendo el pequeño tan finos y ricos parientes como los Ramos. El padre de Alonso tendría sus razones. Si vivir con un serio caballero que pasaba horas encerrado en su despacho no fue muy alegre, en esa casa Alonso siempre tuvo cariño y comprensión, un equilibrio que llenó su niñez de seguridad y su corazón de confianza y respeto. Si jugó poco, aprendió mucho. Al cobijo de esas paredes había oído hablar desde pequeño de Platón, también le habían explicado la ética Nicomaqueana de Aristóteles. Sus cuentos habían sido las mitologías orientales y occidentales. Y le había enseñado que las brujas y las hadas, contrario a lo que aseguraban los hombres de ciencia, sí existían.

Se topaba uno con ellas en todas partes... El caso era reconocerlas a tiempo.

—¡Con que aquí estás! —don Evaristo sonrió al entrar al despacho—. Recordando viejos libros...

Alonso le vio rodear el escritorio, y sacar el licor y dos copas de una gaveta lateral. —Lo pongo aquí —explicó— porque doña Refugio tiende a refugiarse en brazos de Baco —. Y al ver la sorpresa en la cara de Alonso agregó —: Pequeñeces... En la vitrina del comedor le conservo su vino de frutas para que se endulce la vida.

Sirvió, pasó una copa a Alonso y, mirando al joven con marcado afecto, brindaron.

—Pero siéntate, hijo, por favor —e indicó un sillón de piel que estaba frente al escritorio.

Don Evaristo se reclinó hacia atrás en el sillón de mullido cuero, observó a Alonso por encima de sus anteojos de finos aros dorados y dejó que su mano calentara el licor.

—Así es que dime: ¿te sirvió de algo la recomendación que te di para el señor Limantour?

Abrió las puertas. El Ministro de Hacienda lo había tomado en consideración especial nombrándolo consejero del Banco de Londres y México y, más tarde, también de una importante casa bancaria, propiedad de su hermano. Con esto, Alonso se había acercado y muy pronto se había encontrado establecido en el círculo de los científicos. De ahí en adelante su bufete privado había florecido y bien podía hablar con holgura de su vida profesional.

Don Evaristo le escuchaba estudiándolo. Aún no se acostumbraba a verlo hecho un hombre. Su presencia era enérgica sin ser aplastante; la frente era alta: la de un pensador. Tenía que ser. Los ojos, de mirar firme y a la vez añorantes, miraban lejos, muy lejos... Al sonreír se veía simpático, casi como un niño. La nariz era la de ella, un poco aguileña, noble. No hubiera sido tan bien parecido de haber sido su propio hijo, pero ¡Bah! de eso hacía muchos años... Mejor era no remover viejos afectos. Ella quiso a otro; jamás sospechó su adoración. ¡Qué extraño era el destino! Mira que poner en sus manos a su hijo, que ahora era como si fuera de él; bastaba oírlo hablar, oírlo expresarse. Lo que llevaba dentro, él lo había puesto, él, Evaristo, y podía estar satisfecho. Su repentina y rara exaltación la atribuyó a que se estaba desacostumbrando al coñac. Haciéndolo a un lado, concluyó:

—Así es que estás contento con tu trabajo.

Alonso rodó la copa entre sus manos. La especialización que lo había llevado tan pronto a tan rápido éxito ahora le roía el pensamiento. Estaba viendo en primerísima fila a la brillante economía del régimen inclinarse por una tangente peligrosa. La hacienda pública se estaba consolidando con préstamos foráneos obtenidos por medio de la expedición de bonos en el extranjero; algunos bancos emitían sus propios billetes. Aunque los bancos que él representaba estaban por el momento sanos, dependían más del capital extranjero que del ahorro interno, que casi no existía. Pero para ahorrar, se necesitaba primero producir. El intento de incrementar la producción de tierras baldías por medio de enormes concesiones le parecía empeño fútil que se prestaba más bien a la explotación, o a la especulación en beneficio de los concesionarios, ya que beneficiaría limitadamente a la hacienda pública. Si bien era cierto que las oportunidades que las nuevas redes ferroviarias abrían al comercio y al transporte eran significativas, no se estaban aprovechando al máximo. Era necesario estudiar seriamente cómo incrementar la agricultura; cómo programar la explotación de un inmenso recurso: el litoral que podría algún día alimentar a la nación. Por otra parte, estaba consciente de que, tras tanta inestabilidad política, la tarea era forjar al país buscando un nuevo camino económico, y era grande el esfuerzo por crear una imagen política fuerte ante el exterior, lo cual se estaba logrando.

Mas el padrino se veía en aquellos momentos tan satisfecho que evitó agobiarlo con sus inquietudes :

—Encuentro mi trabajo sumamente interesante.

Don Evaristo descansó —: No me gusta andar sombrereando a políticos, ya sabes. Pero por ti lo haría de nuevo.

Alonso sonrió y miró a los ojos del viejo caballero:

—Se lo agradezco, padrino. Todo.

Alzando la mano, restándole importancia a su actuación, don Evaristo sacudió la cabeza para decir:

—Ha sido un placer —. Y, viendo su copa, pensó: la razón de mi vivir.

En esos momentos, del balcón vecino se oyó un largo silbido. Ambos supieron que era Enrique localizando algún atractivo. La idea de tener que entretenerlo asaltó al viejo abogado:

—¿Qué voy a hacer con don Juan si tú no estás?

—No se preocupe por él, padrino, ya se entretendrá. Perdone la imposición, pero necesitaba un escondite.

—¿Escondite?

Alonso rió al explicar —: De ciertas faldas.

—Pues no entiendo. ¿Primero las corretea y luego se esconde?

A Enrique le gustaba la aventura, el coqueteo, retocarse los bigotes y devastar con la mirada, pero si las cosas se ponían serias... Un regalo costoso de despedida, una triste historia, un importante viaje y, como muchos famosos amantes latinos, mejor poner pies en polvorosa.

—No se quiere dejar pescar —explicó Alonso.

—Que se cuide, porque un día de estos lo alcanzan. Vamos —comentó camino a la puerta— no vaya a tomarle cariño a la misma doña Refugio y me quede sin ama de llaves.

Antes de que ellos salieran, Enrique irrumpió en el despacho.

—Alonso, te puedes quedar con Mariana. Acabo de ver a una diosa griega pasar.

Ante la mirada perpleja de su padrino, Alonso venció el coraje. Se percató de que sonreía como un bobo al encogerse de hombros:

—Está loco, quiere que siga en sus pasos —explicó restándole importancia al comentario, pero, sin saber por qué, se sintió al borde de un camino que lo había aguardado toda su vida.

Capítulo XXVII

El otoño pintaba el paisaje de ámbar, las cosechas estaban recogidas y realizadas, la estación para la nueva siembra lejana y los hacendados tenían tiempo en sus manos. Doña Sara, entregada a su ardua tarea de cumplir con las visitas que no podía dejar de hacer, y encantada de estar de nuevo entre sus antiguas amistades, subía de peso con los pasteles y el excelente chocolate de Morelia que endulzaba el aire al molerse en tibios metates con azúcar, bizcochos y canela. Por su parte, Mariana y Marta, acompañadas por Enrique, iban de compras o paseaban bajo los fresnos que formaban un arco de sombra móvil sobre la Calzada de Guadalupe. En las carreras de caballos, a las que se aficionó Mariana desde aquella vez que había ganado, corrió Negro montado por Cirilo, dando a Valle Chico un triunfo que resonó en la prensa.

Los domingos el paseo era en la Plaza de los Mártires, los miércoles el té en casa de Libia y al Teatro Melchor Ocampo fueron a oír la Marimba de Juan Cipriano que desde Chiapas había hecho una gira por el Caribe y en esos días regaba sus melodías de caoba por el Bajío.

Enrique, cansado ya de la mirada serena de Mariana que negaba el más insignificante flirteo, había cambiado sus atenciones hacia Marta y ahora se encontraba tan absorto con el contagioso buen humor de la muchacha que sus ojos olvidaban seguir las faldas que lo rozaban. Así pasaban los días. Los atardeceres encontraban a las tres mujeres de regreso a la hacienda, cansadas y sumidas en silencio: Marta repasando cada gesto de Enrique, su madre medio dormida y Mariana absorta en la contemplación del campo teñido de amarillo por el sol poniente.

La tensión entre ella y Leonardo le estaba resultando insoportable. Ver a Marta enamorarse de Enrique y verlo responder, hacía su situación más penosa. Le recordaba la vivencia que a ella se le escapó y se insinuaba el logro de otra que jamás tendría, pues Leonardo aceptaba la farsa del día con toda naturalidad para seguir por las noches cada vez más distantes. Lo peor, era que se había dado cuenta de lo que ella sufría y parecía tomar en ello satisfacción. Lo que Mariana pensó sería un remanso gracias a las visitas, se estaba volviendo lacerante. Debido a su bien llevado disimulo, la felicitaban por su encantador marido, su felicidad y su buena suerte. Jamás hubieran sospechado que el insomnio la asediaba y que seguido recurría, para poder conciliar el sueño, a una copa de coñac.

En ires y venires pasaron la semana. La buena de doña Sara se agotó. Descanso, recetó el doctor Arteaga; y a la cama por dos días. Al tercero, la señora se levantó, recorrió la hacienda exclamando que estaba encantadora y se acostó una vez más a la hora de la siesta aconsejando a Marta que hiciera lo mismo, pero Marta no había podido reposar desde que oyó a Leonardo decir que esa noche el licenciado Gómez y dos caballeros más serían sus huéspedes. En realidad no había tenido paz desde que sus ojos vieron a Enrique. Había soportado sus extravíos hacia otros rostros y las miradas que cruzaba con Alonso al ver a una mujer pasar, siempre encubriendo un persistente desasosiego que llegó a convertirse en sutil anhelo que la acompañaba de día y de noche, que no tenía alivio, y que era, a la vez, dicha y tormento.

Marta miró a su madre que ya roncaba bajo el pañuelo con que se cubría la cara y salió de puntillas hacia el cuarto de Mariana. Frente a sus habitaciones, en el ala derecha, dos criadas arreglaban las de los huéspedes y al responder Mariana a sus leves toquidos y abrir la puerta, Marta preguntó:

—¿Dormirán allá?

Mariana sonrió asintiendo.

Sin decir más, Marta apretó el brazo de Mariana al entrar y se lanzó sobre la cama de caoba roja estilo imperio que hacia más sobrias las inmensas vigas del techo y las paredes de cantera con sus nichos donde descansaba un crucifijo y una imagen de la Virgen del Carmen. Con la mirada clavada en alto anunció:

—Si no me caso con Enrique, me muero.

Por toda respuesta Mariana sacó un vestido azul de faya del ropero y lo extendió sobre la silla. Marta volteó a verla y suspiró:

—Pensarás que soy una tonta. No se muere uno. Después de David, encontraste a Leonardo.

Lo dicho se le había escapado a Marta sin pizca de mordacidad, pero al ver los ojos de Mariana interrogantes y dolidos, caer sobre ella, se apresuró a explicar, disculpándose, que les habían contado todo.

—¿Crees que doña Clarisa iba a desaprovechar la oportunidad?— suspiró incorporándose.

¿Y qué había sido todo?

—Que David era tu pretendiente y que inesperadamente se casó con otra o algo así. A lo que mamá replicó que no había mal que por bien no viniera, pues se veía que eras muy feliz con Leonardo. Ya sabes, a ella le gusta conversar, saber cómo está la gente, pero le disgusta toda malicia y evita esa clase de "comentarios", como les llaman para disfrazar el chisme. En fin, lo importante es que te enamoraste otra vez. Pero yo estoy marcada por vida. ¿Sabes lo que haría?

Con temor, Mariana vio hacia el balcón.

—No —, rió Marta—. Huirme, no. Anoche pensaba que sería capaz de besarle los pies. No hagas esa cara —protestó sentándose con dignidad—. Así como lo oyes. Aunque te parezca ridículo.

—Depende..., ¿estando sentado, parado o acostado?

—No te burles —. Para mí es un acto de ternura—. Y muy seria se dirigió al balcón.

Mariana la miró reclinar la cabeza en la puerta abierta. Con el pelo dorado ondeando en la brisa, la vista perdida en el valle, Marta era la encarnación del amor. Aquello resultaba una maldición. Rápidamente sacó los zapatos de una caja. No quería y no se dejaría llevar por aquel derroche de romanticismo que en su despecho lo veía cursi y pueril. Se excusó con impaciencia y simuló estar muy ocupada con los preparativos para la llegada de los huéspedes por el resto de la tarde.

Se despertó doña Sara, encantada de recordar que habría invitados. Tendría gusto de ver a don Evaristo. Ojalá no olvidara traer las escrituras que había encargado Felipe. ¿Venía Alonso? Qué bueno. Las había tenido abandonadas.

—Y Enrique —recordó Marta que aprovechaba toda oportunidad para pronunciar su nombre.

—Ojalá se comporte.

—Mamá...

—Es un don Juan.

—Inofensivo.

—De eso no estoy segura.

Al caer la tarde, Marta se preparaba en su cuarto, un mozo salió a prender las linternas del patio y Mariana inspeccionaba la mesa que Cata contempló satisfecha:

—Igual que antes, niña. Mire no más que chulo se ve todo.

Cosas de la vida. Cata jamás había aprendido correcto castellano aunque lo oyera a diario de sus patrones, lo que no obstaba para que en la cabeza llevara más de cuarenta recetas y pudiera poner la mesa a la perfección.

Mariana observaba sin verdadero placer un nuevo escenario de opulencia. Recordaba el de antaño, en el que, pese a todo, hubo vitalidad, la presencia devastadora de su padre, la brusquedad de un mundo en ebullición que ahora estaba fijo en el acto de una parodia. Llegaron los huéspedes sin haber llegado Leonardo, y ella salió al patio a recibirlos conforme descendían del carruaje.

—Buenas tardes —saludó Alonso, extendió la mano, sonrió y, debido a su presencia, el momento cobró un sentido inquietante. Acostumbrados a que los saludos de rigor corrieran dentro de un marco de frases fáciles, rápidas e intranscendentes en que se perdía el lenguaje mudo, pero elocuente de gestos y miradas, la presencia de formal serenidad que en Alonso había y que muchos equivocadamente tomaban por arrogancia, tenía el efecto de agua clara y quieta que al reflejarse en ella decía verdades ocultas por la garrulería. Era Alonso una firme pausa que acallaba la estridencia. Ante él, ella, que siempre veía a la gente directo a la pupila, se encontró evadiendo su mirada para apresurarse a decir:

—Si gustan señores, Cirilo les ayudará con su equipaje y les mostrará sus cuartos. Mi esposo no tardará. La cena se servirá a las ocho, aunque, por supuesto, tomaremos el aperitivo antes.

Improvisado discurso de bienvenida que al analizarse descubría un intento de despacharlos pronto a sus cuartos para mantenerlos alejados hasta la hora indicada. Así le pareció a Alonso; pero sin reparar más en ello, se apresuró a bañar y vestirse para dar lugar a que Enrique tomara su tiempo ya peinándose, ya poniéndose la bigotera, ya perfumando las axilas.

—No vas a estar listo ni a las diez —apuró Alonso—, tomas más tiempo que una señorita.

—Para tu conocimiento, disfruto asearme. Más, después de haber estado en compañía de tus paisanos. Ese cochero me estaba revolviendo el estómago.

También Alonso había percibido el fuerte olor que dejaba mustios a todos los aromas, pero no dejó que Enrique se saliera con la suya—. No generalices. Recuerda que los europeos ya se habían olvidado de los baños romanos cuando llegaron a México. Y ahorita mismo te aseguro que, en proporción, hay más baños en Morelia que en París o Madrid.

Enrique tomó aquello de buenas—. Si no fueras primo de Marta —masculló moviendo los labios levemente debajo de la bigotera— te retaba a duelo —amenazó levantando la navaja antes de guardarla en su estuche.

—Marta es una buena muchacha, Enrique —respondió Alonso mirándolo—. Y, tú lo has dicho, mi prima. Así es que vete con cuidado.

—Hombre, que te estás poniendo pesado. Si me gusta la bella Mariana, prohibido. Si me fascina tu prima, prohibido. A la única que no le has puesto pero es a doña Refugio. Si continuo con esta abstinencia creo que con ella voy a caer.

—Apúrate.

—¿Qué apuro hay? —Enrique levantó la vista de la corbata que anudaba y, observando que Alonso concentraba su atención en el lado opuesto del patio, especuló:

—No tienes prisa por nuestro pedante anfitrión, ni por Marta, ni por tu tía, ni tu padrino a quien ves todos los días... Sólo resta Mariana.

Alonso se había retirado de la ventana y había llegado a la puerta—: Todo te huele a conquista. Estoy temiendo que eres monomaníaco—. Veré si está listo el padrino.

Salió sin hacer caso de la expresión burlona de Enrique que, al quedarse solo, cambió para revisarse en el espejo. Asintiendo consigo mismo, practicó una de sus miradas derrite corazones que ya se le estaban olvidando. La verdad que empezaba a sentirse cómodo sin ellas. El breve descanso que había encontrado le agradaba. Estaba más en calma, la gente se notaba más a gusto a su rededor. Y qué bien se llevaba con Marta. Además, tenía la chica unos ojos dorados ¡qué cielos! en fin, ya se vería. Trala, lala, la ...

—Debería concentrarse en enamorar. El canto no es su fuerte —comentó el licenciado Gómez al oír la voz de Enrique resonar en el pasillo y siguió buscando sin esperar la opinión de Alonso, diciendo que estaba seguro de haber puesto en el maletín los documentos de doña Sara.

Por la ventana Alonso alcanzaba a ver bien el lado opuesto del patio que seguía atrayendo su atención. Había llegado Leonardo. Cirilo y otro mozo bajaban del coche una caja de madera. En esos momentos Mariana salió y se entabló una discusión sobre aquel objeto. Ella parecía no estar de acuerdo en que se bajara, él vociferaba con un gesto amenazante. Sin arredrarse, ella se mantuvo inmóvil, sus labios concretando algo…; él bajó el brazo y, hecho una furia, ordenó a Cirilo que prosiguieran con la caja. Minutos después la puerta de Enrique se abrió, volvió a cerrarse, don Evaristo encontró los papeles y bajaron.

—¿Oyeron unos gritos? —preguntó Enrique acomodándose el pañuelo en el bolsillo. Al bajar por la amplia escalinata Alonso contestó que tal vez fuera el mayordomo dando órdenes.

En la sala hubo un revoloteo al entrar ellos. El viejo abogado saludó a doña Sara y entregó los documentos; Marta y Enrique se fueron a sentar al sofá, a ella se le cayó el abanico, ambos quisieron recogerlo, se golpearon la cabeza, rieron, se miraron a los ojos y se perdieron en la gloria de un inesperado encuentro. Al incorporarse, Enrique pareció recordar donde estaba, se sentó derecho, cruzó la pierna y la punta brillante de su nervioso zapato reflejó la luz del candelabro.

Mariana sonrió... Parecía que Marta no tendría que morir después de todo. Se sintió más tranquila aceptando la felicidad ajena con plácido contento, aunque este no dejara de estar teñido de irreprimible anhelo. El tenue juego que dibujaban en su rostro esas sensaciones tan sutiles como profundas, lo marcaron con un aire de añoranza y Alonso tuvo que reconocer que Enrique había acertado desde un principio: era una mujer interesante, extrañamente atractiva y él, que creía observarla muy disimulado, se desconcertó cuando pasó Enrique a su lado y le sopló entre dientes:

—Cierra la boca que se te cae la baba.

Como era costumbre, durante la cena los caballeros llevaron la conversación, las damas sonreían, se conformaban con decir que esto o aquello estaba exquisito y servían de signos de exclamación, interrogación o puntos suspensivos ¡ah! ¿eh? ¿y...? ¡oh¡ ¡uhhh¡

Enrique y Leonardo eran los que más hablaban. El primero relataba que lo habían traído de España a México de muy pequeño por lo que se sentía mexicano de corazón. ¿Qué cosa? No, no había cambiado de ciudadanía. Jamás haría eso. Y el licenciado Gómez masculló para sí: "Un tanto por el mexicano de corazón." En tono más audible, Enrique prosiguió satisfaciendo la curiosidad de su anfitrión. Sí, sus padres tenían dos haciendas azucareras en Veracruz. No, no vivían en ellas. Solamente en tiempo de zafra su padre y él las recorrían.

—Claro —exclamó Leonardo—. La única que insiste en vivir todo el año en la hacienda es Mariana.

—Bueno, es que haciendas como esta...—, observó muy cortés Enrique ante la extravagancia que los rodeaba.

—Dígame, Alonso, ¿se abrirá el Banco Nacional o no? La prensa lo menciona a diario—. Leonardo se leía de cabo a rabo los periódicos y estaba siempre informado.

Algo en Alonso se oponía a que le llamara por su nombre de pila aquel hombre. Sobreponiéndose, logró una expresión adecuada al contestar que era muy posible.

—Vaya, vaya, pues es una buena noticia. Sin duda sería aconsejable invertir en acciones.

—Así es —repuso Alonso colocando sus cubiertos sobre el plato.

Vaya, vaya, pues tendría que ver cuántos pesos podía juntar y Leonardo suspiró con desesperación fingida.

Por sugerencia del anfitrión, se brindó entonces.

La champaña que Mariana había rechazado hacía unas horas sabiendo que Leonardo debía ya una remesa, ahora lució diluida en luz solar, prisionera en las copas de cristal que subieron en alto. Ella no terminó la suya. Los demás se acomodaron en la sala para oír a Marta tocar el Claro de Luna, el himno clásico que las Estucado imponían a sus alumnas de piano, pero ella se excusó por seguir el llamado de inquieta urgencia que desplegó Cata al decirle al oído:

—Niña, por favor venga.

Atrás quedó Enrique acodado en el piano de cola contemplando a Marta; doña Sara que ni parpadeaba, pues le parecía oír el corazón de su hija latir en cada nota; don Evaristo que deleitado por la música y el licor dormitaba, y Leonardo que pensaba cómo demontres conseguir dinero para hacerse accionista del banco.

Alonso hizo a un lado la copa de champaña. La expresión en la cara de la sirvienta, así fuera discreta, había dejado traslucir cierto apremio que le mostró que algo fuera de lo ordinario ocurría. La ausencia prolongada de Mariana confirmaba sus sospechas. Se excusó ante una concurrencia distraída y sin saber qué camino tomar ni qué era lo que buscaba, salió al frío de la noche.

Se dirigió al segundo patio, lo dejó atrás... Las notas del piano ya se habían desvanecido... Un silencio ominoso lo precedía, si acaso avivado de tramo en tramo por el rumor de un suave viento que acariciaba las hojas de los eucaliptos haciendo leve eco a sus pasos por el camino de grava. Así pasó las caballerizas que llevaban hacia el tercer patio.

Ya cerca de la cuadrilla, oyó voces. Parado en la arcada que daba a la plazuela de ésta, vió por una puerta medio abierta al otro lado de la fuente a Mariana de pie junto a Ismael, ambos mirando el cuerpo ensangrentado de un peón que yacía sobre un catre de madera. En esos momentos otro peón se hallaba hincado junto al herido preguntándole con insistencia algo que ya no pudo contestar. Desesperado, el hombre se levantó y alcanzó el machete que estaba en la esquina para blandirlo con ademán de venganza. Entonces Mariana lo detuvo con un gesto determinado y le habló, en vano buscando su mirada, la que obcecadamente centraba en la larga y plana superficie afilada que asía con toda su fuerza. Ella continuaba hablando, apuntaba hacia el muerto y, al calcular que ya era prudente, tomó el machete de su mano, logró que lo soltara y lo puso en su lugar. Lejos de estar convencido, el peón apretó los puños hasta que la sangre no llegó a ellos y se volteó hacia la pared dando la espalda a todos. Mariana e Ismael, salieron.

Alonso se replegó en las sombras al momento en que se detuvieron cerca de él.

—¿Sospechan de alguien? —le preguntaba al mayordomo refiriéndose a los dos hermanos del muerto.

—No sé. Se estarán fijando en el que huya —especuló Ismael.

—¿Tenían líos con alguno en particular?

—Con varios —respondió el mayordomo—. Ya los iba a despedir por pendencieros, no más que me rogaron que los dejara otro mes y los dejé porque trabajan como burros. Son de Guerrero.

—¿Cuánto llevan aquí?

—Tres meses.

—Deshazte de ellos. No necesitamos gente de esa calaña. Más vale que regreses y no les quites los ojos de encima. Tendré que informar a don Evaristo para que demos parte a las autoridades.

Continuó sola. Pasó cerca de Alonso sin verlo, y él la siguió con la mirada. Al llegar a las caballerizas notó que Mariana se detuvo. Enseguida, la vio desaparecer en la boca de la obscuridad. Mariana creyó haber escuchado su nombre..., sumida entre los carruajes y el respirar de los caballos se oyó de nuevo una voz que decía:

—Soy yo.

Se dejó guiar por la voz... —: Cirilo..., ¿eres tú?

—Niña...

Mariana no podía ver bien en la obscuridad. Volteó al sentir que había oído pasos, pero sólo los grillos se escuchaban. Adentrándose en la caballeriza se acercó hacia un bulto claro y sus ojos, ya más acostumbrados a la obscuridad, distinguieron una cara y el pelo tieso y parado que conocía tan bien.

—¿Cirilo? —insistió de cualquier modo.

—Niña—, llegó la voz quejosa que se acercó más. Y Mariana lo supo antes de que él lo dijera—. Niña —Cirilo se lamentó—, fui yo.

Siguió un silencio breve, punzante.

—¿Cómo sucedió? —exhaló ella, sintiendo que todos los músculos de su cara se estiraban.

—Fue su culpa, niña. Se lo juro por San Romancito. Andaba tras mi novia y pos, bueno, ella me prefere a mí. Pero ese jijo de la chingada -ay, perdone- me amenazó con que si no iba a ser pa él, pos no sería pa mí, y a uno de los dos nos mataba porque sí. Hoy mesmo, que vine a guardar los caballos, aquí me estaba esperando. "Órale, indio pendejo, ora vas a saber quen soy". Nomás tuve tiempo de voltear y se me dejó venir con un cuchillote, pero que se tropieza con una cadena y que le tuerzo el brazo y que se va de boca —gesticuló Cirilo apuntando hacia algo invisible en la obscuridad—. Y luego, pos ahí no más se quedó él y ahí no más quedé yo. Pero de repente que se levanta y se me deja venir otra vez con el puñal y me cae encima y se me abraza y yo que me lo quero quitar y él que se me pone blando y empieza a resbalarse hasta que azotó.

Mariana ahora veía claramente. Notó que Cirilo estaba embarrado de sangre de la cintura para abajo y que exhalaba un olor ácido—. ¿Y luego?

—Pos vi que estaba de muerte y lo envolví en un sarape de uno de los caballos y me lo llevé pa la carretera. Allá lo tiré pa que no dijeran que sucedió aquí dentro. Si aquí lo encontraban luego daban conmigo y que yo había tenido que ver. No más lo dejé pues, y me vine, pero lueguito dieron con él allá afuera y se armó el escándalo y yo no he podido salir de aquí.

Mariana ajustó sus pensamientos.

—¿Entonces al caer se enterró su propio cuchillo?

—Así mesmo, niña. Yo no vide cómo diablos se lo sacó, pero pal segundo ataque ya no tuvo fuerza.

—¿Y el cuchillo? ¿Y el sarape?

—¿El cuchillo? ¡Diablos! Pos por aquí debe estar. El sarape me lo traje.

—Búscalo.

—¿Niña, qué voy hacer? Nunca me van a creer. Esos hermanos de él son más matones que el difunto y me van a cazar de seguro.

—Busca el cuchillo —Mariana insistió impaciente.

Cirilo empezó a mover y remover la tierra floja con los dedos y dejó de sollozar—: Aquí está—. Y se lo dio a Mariana.

Estaba pegajoso de sangre y tierra—. Quítate el paliacate —le ordenó y lo envolvió en el pañuelo que le dio Cirilo, pero se detuvo y sintió el mango. Tenía la forma de una cabeza. El de Cirilo tenía la forma de cruz—. ¿Y el tuyo? —quiso cerciorarse de cualquier modo.

—Está en mi silla. Donde siempre.

Cirilo fue hacia su caballo que había quedado ensillado a buscar la daga.

—Está bien —asintió Mariana al sentirlo limpio—. Ahora vas a declarar ante las autoridades lo que pasó. Aquí está el licenciado Gómez. El nos dirá qué se debe hacer y te defenderá. Yo atestiguaré a tu favor —trató de calmarlo—. No te van a hacer nada. Pero júrame por tu madre, Cirilo, que no me has mentido.

—Niña, se lo juro por mi madre, por la Virgen de Guadalupe, por lo que quera, pero yo no me paro ante ningún juez. ¿Usté quere juramentos después de que le digo toda la verdad? ¿Usté que me conoce desde siempre? ¿Cree que esos me van a creer a la primera? Ni a la quinta, niña. Van a empezar con sus averiguatas y yo ahí metido en la detención y sepa si salga. No y no, ahí me van a traer de pelota con sus papeles y sepa.

—Nadie te pondrá en duda, Cirilo. Yo te ayudaré.

—No, niña, no. Me largo. Si tiene corazón ayúdeme con unos centavitos pa largarme.

—Nunca. Sería como apuntarte con el dedo. Entonces te van a perseguir ellos y las autoridades.

—Esos hermanos de él me matan de todos modos. Aunque esos jueces y esos lecenciados y don Porfirio en persona digan mil veces que no tuve la culpa. Con esos hombres se paga con la vida y ahí quedó Cirilo. Si empiezo a contar mi cuento me matan con más ganas. Me cazan, me siguen —el pobre se lamentó haciendo tronar los huesos de sus dedos—. Me dan dos machetazos y se largan pa Guerrero. Tienen sus amigos, sus compadres allá. Si mi papá los sigue, a él también le dan matarile.

Se escuchó un ruido y Mariana presionó el brazo de Cirilo para silenciarlo; así sintió el temblor que lo recorría. Silenciosamente quitó su mano y aguardó unos momentos antes de decir, ya sin vacilación alguna:

—Escucha, Cirilo, y harás como te digo. Toma otro sarape de mi coche y póntelo. Llévate el que está manchado también, métete en la despensa y enciérrate. No dejes que nadie te vea. Le diré a Cata que mande a las criadas a dormir y que te lleve ropa limpia. Te cambiarás y quemarán en el brasero todo lo que esté sucio y luego te me vas a velar al muerto como es la costumbre, y aquí limpias lo que pudiera quedar.

—¿Que dijo? Yo no voy al velorio.

—Vas y te portas como hombre y pones esa cara de que no sabes nada. En una semana, con cualquier pretexto, te mandaré a México con Pablo, o a ver a dónde, para que no vayas a meter la pata. Yo despediré a esos hombres cuanto antes. Ya te diré cuando puedas volver. No veas ya a tu novia —ordenó—. Y si la ves, pobre de ti que le cuentes algo. ¿Oíste? Más vale que la mande a Morelia. Libia quería una muchacha —terminó casi para sí.

—Niña, me quero ir horita mesmo —sollozó Cirilo.

—Si te vas ahora, no pasan dos días antes de que te encuentren muerto.

—Conozco estos montes mejor que ellos.

—Pero ellos son dos. Haz lo que te digo o ve a las autoridades.

—No, como usté dice.

—Está bien. Toma el sarape y vete. Yo te sigo.

Mariana esperó que Cirilo entrara en el edificio de enfrente y salió. En la noche, lo primero que encontró fueron los ojos de Alonso. Sin quitar la vista de él, escondió la mano en los pliegues de su falda buscando en su cara la respuesta que él le dio.

—Ayudar a encubrir un homicidio es delito —advirtió.

—Ayudar a otro sería delito también. Además, es inocente.

—Eso no está probado.

Empezó a caminar ella. El aire le refrescaba la frente ardiente—. Para mí sí. Conozco a Cirilo desde niña. En el estado en que estaba, no mentiría.

—¿El estado en que estaba? ¿Un hombre que lleva el cuerpo tranquilamente a un punto lejano y borra las huellas?

—Tranquilamente, dice usted... ¿Y cómo sabe? ¿Lo vio hacerlo?

—Pensó en hacerlo. Eso denota cierto dominio.

—¿Y el cuchillo? Debió haber pensado en esconderlo, pero no, ahí estaba. Ni siquiera se había acordado de él.

—Todo eso se aclararía en un juicio.

—Pudiera ser, y no tengo la menor duda de que un abogado listo lo sacaría libre, pero Cirilo no viviría mucho tiempo después de eso. Si un hermano muere, los otros lo vengan. Estarían esperándolo para matarlo, esos dos —afirmó mirando hacia la cuadrilla—. Después Ismael saldría tras ellos y seguiría la matanza. Tal vez desde su regreso de Francia haya olvidado que así es nuestra gente. La verdad es que del todo no se les puede culpar. La justicia de juzgado suele ser ciega y sorda para los pobres o los débiles, de manera que se han convertido en sus propios jueces y verdugos.

—A su manera —recalcó él— que es igual de inhumana.

Estaba cerca de la puerta de la cocina. La luz de la antorcha de ocote caía dispareja sobre ella. Se detuvo, pensativa, y alzó los ojos hacia él para decir—: El día que las teorías que les han enseñado en sus códigos penales a ustedes los abogados, se ejecuten y haya hombres honrados y enérgicos que las hagan valer, entonces, tal vez, la gente confiará en las autoridades y las respetarán. Mientras, seguirán las cosas igual.

Alonso guardó silencio, su mirada fue hacia el puñal que tenía ella a la vista—. Deme eso. Será mejor que salga de la hacienda—. Al ponerlo dentro de su saco aconsejó—: Entre más pronto mande a esos hombres y a Cirilo por distintos caminos, mejor. Lo más probable es que no aguante la presión y tenga usted otro cadáver en sus manos. Hasta mañana, señora.

Compartir secretos era formar alianza. Perpleja, Mariana lo vio alejarse. Hacía unos minutos aquel hombre era un total extraño. Por urbanidad, habían intercambiado pocas palabras de protocolo. Como todo caballero, guardaba su distancia aislado de las señoras por una fría cortesía. A Mariana le pareció que se aburría. Tal vez por eso había salido a caminar en la noche topándose con ella. Ahora, que si a propósito la hubiera seguido... Las implicaciones se volcaron de golpe sobre de ella sujetándola en un deseo imponderable que aquietó al recordar la manera eficaz y mesurada con que el sobrino de don Evaristo se manejaba. De cualquier forma a Leonardo no le dijo palabra.

Capítulo XXVIII

La hacienda, recogida en el valle adormecido, despertaba de la siesta. Por las orillas de un luminoso campo de octubre Mariana montaba junto a Alonso de regreso a la casa principal. Valle Chico se había convertido en punto de interés para él, y ella quería pensar que el estudio iba en serio y, a la vez, que era pretexto para verla. Aquella tarde él le había dicho:

—Llámeme Alonso. Yo la llamo por su nombre. ¿Porqué no hace usted lo mismo?—Aunque su tono fue casual y siguió concentrado en las anotaciones que hacía, a Mariana le pareció un pacto de intimidad que le supo a gloria.

Pasadas dos horas habían recorrido los edificios principales, las enormes trojes, el extenso huerto, los campos y su sistema de irrigación. El escribía en una pequeña libreta y ella, con las manos cruzadas sobre la cabeza de la silla de montar, explicaba. A un tiempo estudiaba sus facciones simétricas que a primera vista le parecieran de cierta arrogancia y que paso a paso iban revelando una intensa personalidad. Alonso había escogido Valle Chico para el estudio económico que pensaba hacer porque sabía que le daría datos verídicos y nada tenía que ver con el banco; era por su cuenta.

—Para matar el tiempo —se evadió restándole importancia.

Ahora descansaban los caballos en una colina sombreada por viejos cedros, Mariana sentada sobre una roca pulida por el viento, él de pie, con la bota de montar sobre otra peña próxima, en un gesto varonil y pensativo, lo que hacía que sus ademanes, aunque bien definidos, no fueran bruscos. Cierto aire meditativo que era su entraña, ahora se acentuaba al confirmar cifras, discutir sus planes y repasar con ella el material recopilado. Mariana trazó una cruz con su fuete sobre las hojas secas que tapizaban la tierra. Todos esos años tuvo que reinvertir sus ganancias y pagar préstamos. Con sacrificios logró salir de sus deudas. La esperanza estaba en el futuro. Un futuro que él veía como depósito de buenas ganancias y que ella esperaba con avidez como prueba de sí misma. El año entrante sería su última oportunidad de demostrar que podía llevar la hacienda con buenos resultados. Si fracasaba, Libia vendería su parte. En cuanto a Tomás, eso lo sabría si algún día lo encontrara.

Por el aislamiento emocional en que vivía, Mariana sintió la necesidad de hacer una confidencia. Con el inconsciente deseo de acercar a Alonso a su mundo, recontó la desaparición de su hermano, el afán de este por escribir poemas, su ambición infantil de leer mil libros. El comprendió de inmediato la importancia que el hermano había tenido en su vida y trató de recordar si Urbina alguna vez había mencionado el nombre de Aldama. Era un reducido círculo literario el que existía en la capital por lo que pudiera ser que se conocieran.

—Veré que puedo hacer y si averiguo algo, se lo comunico.

Esperanzada y contenta porque se había establecido un punto de contacto en el porvenir, Mariana quiso prolongar la tarde. Esperó a que él terminara de apuntar la dirección del joven que una vez había informado a Mariana sobre Tomás y se apresuró a preguntar:

—¿Qué espera sacar de todo eso? Usted es el primero de mis visitantes que toma interés verdadero en lo que aquí se hace y no es de los que matan el tiempo.

—¿Qué la hace decir eso? —inquirió Alonso sentándose en la peña junto a ella.

Sintió Mariana el calor de su cercanía y quiso apartarse, pero más veloz que su precario dominio surgió el deseo de esclarecer enigmas. Sin saber cómo, se le adelantaron las palabras: le parecía que él hacía todo con un fin determinado. No lo hubiera dicho.

Sin responder, Alonso la midió divertido, aparentando estar desconcertado.

—Predeterminado... —musitó—. ¿Entonces no cree que soy capaz de un acto de audacia, un momento de irreflexiva emoción?

Dio en el blanco. Emoción sonó a pasión, y el mismo modo de pronunciar aquello la hizo sentir que sería muy capaz. ¿Cómo controlar el latir que subía a su cuello si la miraba tan derecho a los ojos? ¡Qué sabía ella de jugueteos amorosos! David directo, Roberto frívolo, Leonardo críptico y los demás hombres, miradas a lo lejos... Unicamente ésta, de cerca y tan fija, que la sentía invadiendo su intimidad. ¡Pero si Alonso miraba así a todos y a todas! Lo que pasaba es que se estaba dejando atrapar en una malla de emociones de escolapia que se ruboriza, tartamudea y deja caer el cuaderno de pura boba ante el profesor.

Al notar que casi no pudo decir que eso no era lo que había querido decir, Alonso se compadeció. La vehemencia en su voz desapareció; su intensa expresión también, al explicarle que todos los hacendados que había consultado le habían dado números vagos, cifras indefinidas, unos exagerando, otros restando. Su única oportunidad para ver las cosas tal como eran estaba en Valle Chico. En cuanto a lo que iba a sacar de aquello:

—Problemas, tal vez sus soluciones —respondió al llevar la libreta a la bolsa de su pantalón de montar. Mirando hacia las montañas parecía hablar con ellas—: México es un país muy complejo, siempre lo ha sido, desde antes de que los españoles vinieran lo fue; de no ser así, la conquista no hubiera sido posible.

Recordó como en aquel tiempo el país estuvo poblado por diversas civilizaciones autónomas que, si bien tenían rasgos comunes, no lograban unirse del todo. La unidad política que se alcanzó bajo el imperio azteca resultó no sólo cruel sino tajante. Los que soportaban las continuas guerras de ellos y sus aliados, estaban hartos de la situación a la llegada de Cortés.

—Que este fue un gran caudillo, nadie lo puede negar— concluyó— pero México no se conquistó exclusivamente con un puñado de españoles sino con huestes de indios insatisfechos que al ser derrotados se aliaron al vencedor. Al sentirse desamparados por sus dioses, aceptaron el amparo de la cruz. Que habían cambiado una tiranía por otra, lo entendieron ya muy tarde.

—Esos españoles sí que maltrataron a nuestra gente —se indignó Mariana olvidándose que el nombre que llevaba era legado del bisabuelo español que había dejado la vida en el valle que tanto amaba.

—Pudo haber sido peor —argumentó Alonso—. Podían haber exterminado la raza. Pero, además de que les convenía tener servidumbre, hubo genuinos humanistas, Mariana, que intervinieron para que esto se evitara: Fray Bartolomé, Tata Vasco y muchos otros.

"Aristóteles debatía si en realidad los esclavos serían inferiores a los hombres libres, los Estados Unidos fueron a la guerra por la abolición de la esclavitud hace unos cuantos años; en cambio Isabel la Católica, en el siglo XVI, promulgaba una ley diciendo que los indios conquistados deberían considerarse como hijos de Dios, poseedores de un alma y por lo tanto igual a cualquier español.

—Tal vez los misioneros detuvieron el látigo algunas veces, pero estaban muy ocupados para controlarlo todo. De esas leyes que usted habla ni noticias tenía. Se habrán quedado, como tantas otras, en los códigos o en algún pergamino enrollado, porque nuestra gente fueron esclavos.

Hacia aquello Alonso tenía una actitud que se la permitían casi cien años de distancia de la era colonial.

—Religión, lenguaje, costumbres, nueva sangre, en fin, la incorporación nuestra a la cultura europea, fue pagada con trescientos años de labor, de esclavitud, si usted quiere. Admito que el costo fue muy alto, pero la incorporación quedó hecha.

—¿Religión?—rebatió ella... Teníamos. Lenguaje y costumbres también. Se azoraban de que se arrancaban corazones ¿y no quemaban ellos a los herejes?

Alonso sonrió:

—Ese es un argumento que pone a una costumbre religiosa masiva: la de arrancar corazones, ante casos aislados como era el quemar herejes. Para mí los que se preguntan qué hubiera sido de nosotros de no haber llegado los españoles, pierden el tiempo en vanas especulaciones. Simplemente no sucedió así. Es innegable que la cultura europea ha predominado en todo el occidente, su marcha era inexorable. Tarde o temprano aquellos reinos indígenas -algunos de los cuales, hay que recordar, iban en franca decadencia, sobre todo en lo religioso- hubieran sucumbido. ¿Y bajo quién?

"No, Mariana, ahora echamos sal sobre todo lo español, los opresores de los indios. Y no digo que hayan sido unas blancas palomas. Cometieron errores, criminales algunas veces, tanto en lo humanitario como en lo político: marcar con hierro a seres humanos fue terrible; prohibir industrias, una falla económica enorme, pero al pasar el tiempo tendremos que reconocer que bajo su dominación fuimos unidos y que también nos legaron una gran cultura. Aunque muchos mexicanos no tengan gota de sangre española, aunque cada estado nuestro tenga sus costumbres peculiares, su comida y su música, la mayoría, ahora, nos consideramos de una familia gracias a un común denominador: el lenguaje, y así es con el resto de los pueblos de habla hispana de América. En vez de ahondar viejas heridas y recordar agravios, deberíamos reconciliarnos con nuestras realidades: en gran parte somos una nueva raza.

Se levantó Alonso y volteó hacia Mariana:

—¿Y qué hace esta raza? ¿Tratamos a nuestros indígenas mejor que los españoles? No. Decimos no es más que un indio, como si dijéramos sinónimo de bruto, que sólo sirve para hacernos los mandados. ¿Cierto o no ?

Mariana tuvo que asentir.

—Nuestras raíces indígenas anteceden a las españolas, Mariana, y al hacer justicia a una herencia, no quiero decir que olvidemos la otra—. Lanzando la vista hacia el valle, Alonso apretó los dedos sobre su fuete—. Aquellos que construyeron pirámides, Cuauhtémoc, el rey poeta Netzahualcoyotl,

Juárez, todos fueron indios puros, y así los idolatremos, seguimos discriminando su casta. Perdone si le parezco ampuloso, pero este tema me cala. De no entendernos nosotros mismos surgen tantos disparates…

Mariana no hizo comentario y él continuó, como cuando hablan los hombres sabiéndose escuchados más que por otros, por sí mismos.

—Somos en gran mayoría mestizos y el producto de dos grandes civilizaciones: la más fuerte de Europa en aquel tiempo y la más grande en América. Sin embargo, despreciamos a la última y sacudimos los puños contra la primera prefiriendo ser malas copias de los franceses, alemanes o lo que se nos ponga enfrente. Eso, es fraude. Pasan los años y no logramos conciliarnos del todo con lo que somos. Ahí está nuestra profunda falla.

Aquello era distinto de escuchar a David, a Leonardo o a Roberto. Alonso hablaba con seriedad, pero sin dogmatismo, exponiendo hechos a los que ella nunca había dado un pensamiento.

Él decía que así eran las cosas:

—Desde que nos independizamos no hemos cesado de pelear entre nosotros. Salvo raras excepciones somos políticamente inmaduros, de lo contrario, no estaríamos tan sumisos ante nuestro venerable y sempiterno presidente.

Había un tono de sarcasmo que ella detectó, algo perpleja. ¿No simpatizaba con Díaz y trabajaba con su ministro de Hacienda?

—Hasta cierto punto Porfirio Díaz me simpatiza —reconoció Alonso—. Políticamente, me confunde. Pero debo estarla aburriendo.

—Siga, por favor. ¿Por qué lo confunde?

—Porque es un dilema. Por una parte necesitábamos un hombre fuerte y astuto que lograra mantener los sables inquietos en su funda— algo que debe admirarse, pues la regla por los últimos ochenta años ha sido declarar nuevos planes para nuevos gobiernos ¡cada luna nueva! Él puso fin a esa macabra danza política y el mundo ha visto a los salvajes mexicanos en paz por más de quince años. Los golpes de Estado, gracias a Díaz, son obsoletos. Ha sido lo bastante sagaz para conciliar a conservadores y liberales, así es que México, sin duda, necesitaba un Porfirio Díaz. Pero, por otro lado, esta era debe ser de transición. No debe volver a ocurrir. En unos meses cerraremos el siglo y él sigue y seguirá en el poder. Ya es demasiado tiempo.

—¿Por qué? Estamos a gusto.

—¿A cuántos incluye esto? La verdad es que los gobiernos prolongados permiten la corrupción a largo plazo. Los de arriba se entronizan y los de abajo se sumen más y más. Nuevas generaciones ávidas y ambiciosas crecen y se les aplaca con balas. "Estamos...", dice usted, y me pregunto ¿quienes? México cuenta con una pequeña clase media: la burocracia, algunos profesionistas y comerciantes. Arriba, los políticos, los extranjeros, los hacendados, señora mía, y, abajo, Ismael y Cirilo. La diferencia entre los que tienen todo y los que no tienen nada, crea el resentimiento. De hecho, exhibimos pasteles ante la gente hambrienta y eso es peligroso. Si las cosas siguen así habrá revuelta algún día.

—¡Ni Dios lo mande! Yo pago bien a mi gente —se defendió al oír mencionar a Ismael y Cirilo—. Dos centavos más al día que otras haciendas y eso lo puede ver en los libros. Además dos almudes de maíz, trigo o garbanzo, y el año entrante recibirán algo de ropa en Pascuas como en tiempos de mi abuelo.

—Diecinueve centavos diarios, no es suficiente.

—¿Pero que no ha visto por sí mismo cuán difícil me ha sido salir avante?

Él la detuvo con una señal de su mano—. Hasta ahora. Mas espere... Unos años más, y usted, al igual que su padre y abuelo, será muy rica. Tendrá lo mejor que el mundo puede ofrecer, viajes a Europa, vestidos de París, sus hijos irán a Francia a estudiar.

—Como usted. Y me lo habré ganado honradamente. ¿Qué tiene de malo todo eso?

—Que Cirilo e Ismael estarán siempre igual. Ahí está lo malo.

—Siempre tendrán trabajo, comida.

—¿Y que condición humana es sólo aspirar a comer y trabajar?

¡Santa María! Aquel hombre perseguía un apostolado.

Alonso se desesperó un poco al verla impacientarse y su voz ganó calor. Alzó la bota sobre la peña en que estaba sentada y sin darse cuenta, casi pisa su falda.

Se acercó hacia ella y empezó a enumerar con sus dedos:

—Mencionó trabajo y comida. Bien, dos necesidades que se suplen. ¿Y medicinas? ¿Qué pasa si se enferman? Se medio curan con hierbas o se mueren. Rara vez, si es que alguna en su vida, ven a un médico. Resultado: criaturas mal nutridas que crecerán para ser hombres y mujeres raquíticos, tarados por enfermedades, mermados por el tifo y la disentería. Son flojos, ineptos, apáticos, ¿o estarán anémicos?

"Con asco contemplamos su suciedad, pero piense: no es fácil agacharse todo el día sobre las piedras del río lavando ropa. ¿Y cuántos cambios tienen? ¿Cuántos tendrán en toda su vida? ¿Cuántos podrán comprar con diecinueve centavos al día?

—No sé; pero ¡bien que pueden comprar aguardiente! —reviró ella con dureza.

—Para aquellos que no aspiran a nada, es fácil tirar todo lo que poseen en una hora. Al menos así pasan unos momentos de escape olvidando su vida infructuosa. Tal vez después se desprecien ellos mismos y desquiten su amargura maltratando a su mujer o a sus hijos y se odien más y busquen el escape una y otra vez.

"Creo que el origen de los problemas sociales está en el desequilibrio de índole económica y moral. Eso es todo lo que busco demostrar. Tenemos un problema social enorme que se nos vendrá encima porque nuestra economía está desequilibrada, nuestra moralidad corrompida en las altas esferas y en las bajas. No lo vemos, ni se los hacemos ver porque estamos muy ocupados jugando a ser aristócratas. Pero algún día la avalancha nos caerá encima y si no hay soluciones bien estudiadas haremos un revoltijo estúpido de las cosas y volveremos a caer en lo mismo aunque con otra fachada. Desde la conquista una vasta mayoría de nuestra población ha estado rezagándose, no sólo en la miseria, sino en lo que es casi tan malo, en la ignorancia, y en ella seguirán si no se toman medidas económicas y sociales para aliviarlos; lo que no se hará, a menos que haya una ciudadanía responsable que posea conciencia humanitaria —terminó apuntando un dedo enfático hacia ella.

—Por lo que concluyo que usted no me considera uno de esos ciudadanos.

Alonso reparó en su expresión indignada. Si pudiera hacerla comprender...

—Tal vez no sea culpa suya. La han criado en este ambiente señorial. Pero dígame, Mariana, ¿cuándo le ha dado a Cata o a Ismael vacaciones?

—A veces les doy permiso para salir —se defendió a medias.

—Permiso... ¿Qué tantas veces, desde que tomó usted la hacienda?

—Dos— mintió y no le vio a la cara.

—No es nada.

—Yo tampoco he tomado vacaciones, lo que se llama vacaciones. A excepción de un corto viaje de boda.

Alonso se dio un fuetazo en la bota y prosiguió sin parecer haber oído.

—Con lo único que cuentan es su miserable salario. Usted conserva el sistema colonial paternalista, pero en otros lados que buscan *racionalizar* la economía ya no se les da más que el salario. En ambos casos no les queda más que recurrir al endeudamiento para subsistir.

—Comida y casa también tienen. Para los sirvientes domésticos al menos—, murmuró ella.

—No les caería mal una gratificación. Al menos a aquellos que la han servido toda la vida.

—Ya había pensado en eso —. Y era sincera.

—Hágalo. ¿Sabe cuánto cuesta un sarape?

—Depende de la calidad.

—¿Un par de huaraches?

—¡Claro que no! —rió ella. Sólo los indios llevaban esos.

—¿El metro de manta para su pantalón?

—No. Pero si puedo, el año entrante compraré manta al por mayor para pasarles buen precio.

—¿Un sombrero de paja? Averigüe. Agréguelo al costo del kilo del frijol, de maíz, de manteca, y vea si lo que les paga alcanza. Ah, y no olvide de contar los hijos que tengan.

—¡Vaya! Yo no soy responsable por toda la prole. Tienen un hijo cada año.

—Sí, ésa es la otra. Debía haber más conciencia y no traer hijos al mundo sin estar en condiciones de darles buena vida.

—¿Y la Iglesia? —. Aquel hombre quería reformar el mundo.

—Con un buen susto, digamos: correr el rumor que una ley se pasará determinando que la Iglesia deberá mantener del cuarto hijo en adelante de cualquier familia católica, vería usted que pronto cambiarían de parecer.

Si la sonrisa franca de Alonso le comunicó que no tomaba en serio un proyecto tal, demostró a las claras su punto de vista.

Sonrió Mariana dubitativamente y, en seguida, volviendo a su problema concluyó:

—En resumidas cuentas estaría trabajando para ellos. Si distribuyo todo, no me conviene seguir. Prefiero dar lecciones de francés.

—No dije todo, Mariana. Una parte justa. Si no se les da, es probable que reclamen el total y eso no les convendría ni ellos ni a usted.

La convicción de Alonso la hizo considerar lo dicho seriamente. Empezó a caminar sobre las hojas crujientes.

—¿De veras piensa que se atreverían a… —la palabra revolución corría por toda su cabeza pero rehusaba salir de sus labios— a apoderarse de la tierra?

—Es posible.

Tras un meditativo silencio caminó hacia él.

—¿Sabe una cosa, Alonso? No importa qué, siempre habrá algunos por encima de otros. Debe haber cabezas para dirigir, si no todo sería desorden, pérdida de tiempo y no saber qué hacer. Yo llego y giran las ruedas.

Estuvo él de acuerdo. La inteligencia de unos, el ingenio, la audacia, la tenacidad, o la sola ambición acompañada de buena suerte de otros, sin duda llevaría a la formación de una élite. Había sido así desde un principio.

—Sin embargo —, puntualizó con ligeros golpes del fuete —es tiempo que aprendamos de la historia. Aquellos de arriba deben responsabilizarse y no ahogar en su puño a los menos privilegiados; de lo contrario, estos, tarde o temprano, reaccionarán con violencia.

Mariana guardó silencio. Miró a Alonso por unos segundos tratando de formarse un criterio sobre lo que había dicho, y tornó a ver el valle con mirada preocupada, bebiendo su inmensidad. Ella cumplía, ¿por qué entonces se sentía tan desorientada?

Al verla delineada contra el cielo que se ponía rojo, Alonso sintió que la había turbado muy hondo. Arrepentido, se aproximó para decirle que sentía haberla preocupado, pero no recibió la mirada conciliatoria que esperaba. Por el contrario, lo miró con una mezcla de auto dominio y reto. Toda la vulnerabilidad que había él visto momentos antes, había desaparecido.

—Mi abuelo, su padre antes que él, y yo, hemos hecho algo de estas tierras. Hemos trabajado y nos hemos preocupado y llevado la responsabilidad. ¿No vale eso algo? ¿No estamos en nuestro derecho al tener esta posición? Nuestro impulso despertó este valle.

¿Vanidad? ¿Ambición? Tal vez... igual a tantos otros que vanidad o no, eran la energía que movilizaba. Además, era innegable que existía también el amor al trabajo.

Vio él en su mirar ardiente y en su frente altiva, en el trazo que había hecho su brazo, encarnado el espíritu de posesión, no sólo de cierta raza, cierta clase, sino de cualquier humano. Era ancestral, innato, y era una tontería pensar que podía aplacarse fácilmente. Tal vez algún día cierta renunciación tomaría su lugar. Renunciación nacida del libre albedrío, pero ese ideal quedaba en mera posibilidad para los siglos venideros. Y él, que no quería caer en esa clase de ensueños, sentía que tenía que recurrir a ellos a menudo para escapar de una realidad que lo agobiaba. Como fuere, estaba claro que para preservar su derecho de posesión en la vasta complejidad que una humanidad creciente traería, uno debía estar preparado para compartir justificadamente.

—Nadie le va a quitar sus tierras, Mariana. Nadie debe hacerlo— terminó sin poder evitar la última frase de advertencia—, si usted es justa.

Sin retornar su sonrisa, Mariana recogió su sombrero y se dispuso a montar.

—No sé, todo empieza con hombres como usted con ciertas ideas que van predicando a diestra y siniestra y ya nos independizamos de España, fusilamos a un Habsburgo y sólo Dios sabe lo que nos espera.

Desastres, si no hacemos algo por evitarlo, pensó él al ayudarla a poner el pie en el estribo, y se disculpó:

—Siento haberla molestado. Le dije que sólo encontraría problemas.

—Problemas... —repitió ella con la vista en el valle que estaba hundiéndose ya en el atardecer— ya tengo muchos: preparar estas tierras, barbechar, sembrar, luego esperar a ver si salimos avante o no. Yo no tengo que andar buscando problemas, Alonso. Los tengo aquí..., a manos llenas a diario.

Montó él también y Mariana se encaminó hacia la hacienda. Se había puesto el sombrero para no recibir los últimos rayos horizontales del sol que la molestaban mucho menos que sus pensamientos. Después de trabajar como esclava día tras día, llevar zapatos con cartón para tapar agujeros de las suelas y vestidos remendados, le parecía al señor que lo repartiera. ¡Santa María, ni que estuviera loca!

Pero la misma fisonomía de la tierra parecía haber cambiado con la oscuridad que se anunciaba; con desalentadoras premoniciones miró a los campos y montañas doblarse en ceñudas sombras.

Alonso iba a su lado. El silencio obstinado de Mariana le hizo adivinar sus pensamientos. El problema existía, la solución lo evadía.

Capítulo XXIX

Alonso Luján escuchaba sin parpadear. Al recorrer su índice izquierdo el contorno labrado del escritorio, sus ojos se agudizaron. Colgó el teléfono recién instalado y, con la mano descansada sobre él, clavó la vista hacia el fondo del despacho. Por un rato permaneció tan inanimado como el resto de la oficina a la que una tarde gris daba al mobiliario obscuro un aire austero, contrastado por el sofá y sillas forrados en piel roja que tenía frente a él. Había algo muy importante por solucionarse, de lo contrario el señor Limantour no hubiera intervenido. Unos días antes el sutil comentario de parte del ministro en el sentido de que uno debiera tener siempre efectivo listo, le había llamado la atención. Ahora, su llamada parecía redondear el asunto.

Pensativo se dirigió hacia el balcón, lo abrió un poco. En el umbral contempló buen rato la angosta Calle de la Cadena, ajetreada después de la hora de comer con los empleados que se dirigían a sus trabajos. Lo tenía todo en la cabeza: tras sumar su haber llegó a la frustrante conclusión de que sólo podía disponer de veinte mil pesos.

Al cabo de media hora un elegante carruaje se detuvo ante el edificio en el cual Luján ocupaba dos oficinas en el segundo piso. Un hombre alto, de unos cuarenta años, cuya cara conocía Alonso bien, descendió. Con gesto preocupado cerró el ventanal, prendió las débiles luces eléctricas y esperó en la puerta de la oficina a su visitante. Minutos después apareció en la pequeña, pero bien distribuida sala de recepción.

Federico Ortiz era el hombre de confianza del hermano del señor ministro y un alto funcionario de la casa bancaria Scherer-Limantour. Un hombre de refinamiento exterior, pero carente de genuina gentileza que solía apartar estorbos ya con movimientos bruscos, miradas abruptas o respuestas tajantes, como si fuera por la selva abriéndose paso a machetazos. En el grupo de científicos era más que estimado, soportado, en deferencia a los Limantour. Ellos apreciaban en él una rara cualidad: la lealtad. Que ésta fuera más bien para su encumbrada posición que para sus personas, los tenía sin cuidado.

Federico le dio un apresurado apretón de manos, Alonso cedió el paso a su oficina y, una vez adentro, Federico se frotó sus manos al tomar asiento.

—Raro frío para mayo, ¿eh? Debe haber mal tiempo en el golfo. Bueno —exhaló mirando a Alonso— al grano.

Frente a él, sentado en el brazo del sofá, Alonso no se perdió una de las palabras de Federico. En resumen: había oportunidad de comprar en esos momentos un grupo de concesiones mineras de oro y plata en poder de un pequeño consorcio en Sonora. Los actuales concesionarios carecían de capital para continuar explotándolas. Se sabía que había mucho más mineral, pero era muy difícil llegar a él sin hacer fuertes inversiones. Preferían capitalizarse ahora.

—Por lo tanto, Alonso, nosotros les pagamos más o menos lo que piden. Puesto que tenemos la manera de canalizar mejor estos recursos, hacemos un negocio redondo.

Pero tenía que ser de inmediato. Esto era confidencial y una excelente oportunidad.

—Canalizar, ¿cómo?— era la pregunta natural a la cual Federico contestó que exportando el mineral o, en su defecto, si les convenía, traspasando las minas.

—¿A quién?

—Eso se verá. Por ahora urge controlar esos denuncios. Mira, aquí te dejo este legajo con la información pertinente: ubicación, nombres... Está muy completa.

Alonso observó la cara que tenía en frente, que no resultaba agradable así tuviera buenas facciones.

—¿Te interesa?

—No creo —Alonso se puso de pie y el otro palideció a punto de verse enfermizo.

—La verdad no entiendo...— La verdad era que no podían arriesgarse a que alguien que no estuviera involucrado supiera del asunto.

—Quiero decir que ustedes —aclaró Alonso volteando hacia él— manejan millones. Por mi parte, mis reservas son insignificantes. Además, acabo de comprar casa.

Federico se sintió aliviado—. No seas llorón, hermano. El asunto de Morelia te dejó bastante. No me digas que en seis meses no has hecho más.

—Ese dinero está en acciones bancarias.

—De seguro tienes efectivo. O si no, un agujero por dónde se te va. ¿Te está viendo la cara alguna tipa, o qué? Para economista andas mal. Eres soltero, con el dinero que nuestra firma te pasa al mes, vivirían dos familias. Además, tienes un importante bufete y ¿no puedes entrarle al toro?— Federico se levantó—. ¿Dónde están los cigarrillos?

Alonso tomó de una mesa baja una cigarrera y la abrió. Federico tomó el último. Al ponerla en su lugar Alonso sentía la tenaz mirada de Federico sobre él. Era difícil llegar a pertenecer al selecto grupo de científicos y fácil caer de su gracia.

—No has ido a nuestras juntas —su visitante tanteó clavando sus pálidos ojos en él.

—Ya lo dijiste, tengo mucho trabajo —repuso cauteloso.

—Bah, pues de que sirve trabajar tanto si a la hora de la verdad no tienes lo que cuenta: dinero —espetó exhalando una gruesa nube de humo.

—Tampoco estoy en la calle.

—Vamos, no te alteres. Mira, si te hemos hecho esta proposición es porque, bueno, ya sabes... hay muchos que tratan de subir, que andan barbeando y que lo logran. Pero nuestro grupo es único. Debemos protegernos. No es que uno quiera sentirse superior, es que no podemos negar que la calidad humana se impone. Tú, tú, a ti te apreciamos, Alonso. Esa es la razón. En fin, ¿con cuánto cuentas?

El desmadejado halago más bien contrarió a Alonso—. Treinta mil—, mintió a secas sin saber por qué había aumentado diez mil.

Federico frunció el ceño, apagó el cigarro sin dejar chispa—. Necesitarás diez mil más, al menos. Estoy seguro que se puede arreglar. ¿Tienes una casa, verdad? Pues te otorgamos la hipoteca en un santiamén.

Alonso supo por qué la casa bancaria estaría dispuesta a darle a él entrada. Si surgiera alguna inconformidad y alguien se atreviera a llamarles acaparadores, habría varios a quien apuntar un dedo acusador, no sólo a la firma de la cual era socio el hermano del señor ministro.

Revisándolo, Federico dejó escapar una risa sarcástica:

—No te entiendo. Por la cara que pones uno diría que había anunciado una catástrofe inminente. Mira, primero se enviaron agentes fidedignos a inspeccionar aquello y todo resultó en orden. Yo mismo acabo de regresar —que fue como ir a la luna— y te aseguro que está bien. Eso es lo que se necesita en la vida: un buen negocio y ¡pas! el resto: maná del cielo. Bueno, tráeme el dinero que tienes, mañana. Temprano. Ya haremos arreglos por el resto —y salió precipitadamente.

En la puerta Federico chocó con el secretario de Alonso. Molesto, arrojó una pétrea mirada sobre él, y Pablo López, sin disculparse ante el visitante, volteó hacia Luján:

—Siento haber llegado tarde, licenciado. El profesor dio una conferencia muy larga.

Alonso asintió. Sus ojos siguieron a Federico un tanto preocupados. Ya que se hubo ido, se dirigió hacia el escritorio del secretario de planta, seleccionó un expediente y pidió a Pablo, quien trabajaba en el bufete por las tardes, que terminara la escritura de la Casa Londres.

Al llegar a la puerta de la calle, Federico tropezó con otro hombre que solía visitar el despacho de tarde en tarde. Se reconocieron, tocaron sus sombreros en señal de saludo y el recién llegado tomó el elevador y sacudió su solapa como si el contacto de aquellos segundos lo hubiera contaminado. Luis G. Urbina, hombre de rasgos más bien toscos, pero agradables —único de los que visitaban la oficina a quien Pablo respetaba— hizo su entrada en la sala de espera.

—¿Y el maestro de este *sancto sanctorum*?

—Lo voy a anunciar, señor Urbina—. Pablo se puso de pie al recibir a unos de los más destacados poetas y escritores del día.

—No se moleste, gracias —declinó quitándose el sombrero. Tocó la puerta con la cabecilla de su bastón y entró en la oficina para encontrar a Alonso sumido en su sillón.

—Ni una palabra —ordenó con un gesto de silencio—. Acabas de vender tu alma al diablo.

Alonso no encontró la alusión divertida, pero tuvo que sonreír—: ¿Qué comes que adivinas?

—Me acabo de topar con él. Creo que todavía llevo un vago olor a azufre. ¿O será metálico? ¿Plata, tal vez? —husmeó y se dejó caer en el mullido sillón de cuero rojo.

—Algunas veces quisiera ser poeta para tener tu intuición.

Alonso se puso de pie.

—No sabes lo que dices, amigo...— Los ojos del hombre se pusieron sobrios. —Ya lo decía nuestro amigo Gutiérrez Nájera, es tener en el alma una flama y un precipicio y no poder alumbrar el uno con la otra. A un poeta, compadécelo Alonso, no lo envidies. En fin, no nos pongamos serios. Me dijiste que querías conocer a mis amigos y a eso he venido. Hoy nos juntamos en el Café San José. Ya deben estar allí, así es que andando...

—¡Pero si apenas empieza la tarde!

—Ningún pero —rebatió levantándose Urbina—. Esta tarde no está hecha para el trabajo. Es fría, triste, hecha para tomar café y fumar—. Al ver que la cigarrera estaba vacía exclamó—: ¡De prisa! Tengo que conseguir unos cigarrillos—. La urgencia de ese pensamiento lo espoleó—. Anda, vamos. Aprenderás más allá, que aquí, haciéndoles escritos a los potentados.

Números y ciencia eso es todo lo que piensas—. Tomó el abrigo de Alonso del perchero y pasándoselo, alcanzó luego el sombrero y el bastón—. Has tomado al cero por dios y a la economía por religión. Malo, malo, amigo. ¿Listo?

—En un santiamén, desde que tengo nana —bromeó Alonso siguiéndolo.

Pablo los interceptó dando a Alonso una carta que trajo calor a su semblante. Ahora, además de la buena compañía de Luis tenía otra razón para estar de buenas.

—Ese secretario tuyo es un tipo interesante —observó Urbina al bajar las escaleras.

—¿Te parece? Su impasibilidad a veces me irrita.

—¿Impasibilidad? Relativa... Es como la tierra que no se mueve y de pronto: ¡Pum! Un volcán.

Al salir al corredor que daba a la calle, un frío viento les pegó en la cara. Después de todo se antojaba el café—. Y un cigarro —, recordó Luis.

¡Ah! Ahora sí se sentía bien, exhaló Urbina saboreando su tabaco, repantingado ya en el coche.

—Y ahora yo no —objetó Alonso desvaneciendo con la mano una gruesa nube.

—¡Je! Esa estancia en Francia te ha dado cierta soltura.

Alonso lo miró socarronamente—: Para ti todos los barnices son franceses.

Las cejas de Luis subieron—. Los franceses tienen *sprit*, fineza, *mon Ami* —defendió—. No lo puedes negar. Su pintura, sus modas, muebles, todos hermosos. Y en la literatura, sin la poesía francesa, estaríamos constreñidos a las viejas fórmulas.

—Conoces más de eso tú que yo —admitió Alonso —, pero esta servidumbre de nuestra cultura hacia la de ellos, me molesta. Sé que debemos estar conscientes de lo que pasa a nuestro rededor. Los vientos que traen la renovación forman corrientes que no permiten el estancamiento, pero en general, nos estamos convirtiendo en una imitación grotesca. No estamos proyectando nuestra verdadera personalidad, Luis. Nos estamos escudando en un espejo que a su vez proyecta el reflejo de otros. Si no has estado en París, no eres nadie; si no hablas francés, tu educación no está completa; si tu casa no está amueblada a la francesa, no tienes gusto. Estamos exagerando y toda exageración es ridícula. Muchos se creen la crema y nata porque hablan un francés pasable y ¡hay que oírles su castellano!

Supo Urbina por qué Alonso jamás presumía de haber vivido en Francia. Y por qué, aunque hablaba francés con fluidez, nunca mezclaba con él el español. Había una interesante resistencia en el hombre.

—El día que Gutiérrez Nájera nos presentó —recordó agudizando su mirada —pensé: He aquí uno que llegará lejos. Pues llegaste, pero no sin sorprenderme.

—Pensabas que todo lo que llevaba en la cabeza era cálculo.

—Es lo que llevas en el corazón lo que me intriga, Alonso. De veras tienes orgullo de raza.

—Llámale comprensión. No soy chauvinista, procuro evitar los extremos.

—Y sin embargo, darle trabajo a ese secretario tuyo y responsabilizarte por él después de que se metió en ese lío por conspirar con los antiporfiristas, fue algo en extremo arriesgado.

—Es de Morelia; paisano mío. Además, el hombre ha trabajado mucho por su carrera, que ya está por terminar. Se merecía otra oportunidad.

Luis pensó que otra razón podría ser que Alonso simpatizaba con los puntos de vista políticos de Pablo, pero se limitó a expresar un especulativo —. Uhú... —. Y al dar otra sabrosa chupada a su cigarro prosiguió—: Ahora dime, benefactor de paisanos, esa paisana tuya, ¿vio o no, a su hermano?

Habían pasado meses desde que Alonso prometiera a Mariana localizar a Tomás y, hacía poco, lo había logrado. La carta que llevaba encima era la primera que recibía de ella después de que le escribiera dándole a conocer el paradero de su hermano. Estaba seguro de que sí se habría comunicado ya con él.

—El amigo que lo localizó en Veracruz, un joven fogoso, ya verás, me enseñó algunos de los poemas de Aldama. No están mal. Algo melancólicos... pero, ¿qué mexicano no lo es? —suspiró Luis al recordar de nuevo a Gutiérrez Nájera, tan lleno de *sprit,* con su gardenia en la solapa, su puro inseparable, su bastón, su alarde de Jockey Club, quien se volvía por la noches a casa con "sus enlutadas" a sondear abismos en la oscuridad. Sacudiendo la imagen del amigo perdido, exclamó en seguida—: Hemos llegado.

El café era uno de muchos que tenía la capital mexicana donde los hombres se congregaban durante las tardes a repetir noticias, a embrollarlas y difundirlas, para luego desmentirlas.

El viento soplaba a lo largo de la calle angosta enroscándose en remolinos alrededor de una placita desierta, donde descendieron del carruaje.

Al abrir la puerta del café un cálido vapor les abrasó el rostro. Adentro, las ventanas color ámbar ceñidas por obscura madera estaban bañadas por el calor que emanaba de las personas... Saturaba el ambiente el aroma de buen café de los altos de Chiapas mezclado con el del tabaco. Alrededor de las mesas de mármol con patas de hierro forjado, varios grupos de hombres se hallaban sentados en sillas con asientos de madera roja. Los respaldos de rígido hierro hacían a los ocupantes inclinarse, dándoles un aire de intensidad aunque sólo estuvieran revolviendo el azúcar con el café; intensidad que no era ficticia en la mesa hacia la cual Urbina y Alonso se encaminaron pasando de largo una barra tras la cual lucían grandes espejos.

Esfumados por el humo, se reflejaban en ellos un par de candiles de buen cristal, un perchero cargado de gabanes, y, al frente, dos meseros de rizados mostachos, en mangas de camisa, con chaleco oscuro y largos delantales manejaban con destreza gruesas tazas llenas de café ardiente.

Saludaron a Luis varios de los parroquianos y muchas cabezas más se irguieron en reconocimiento desde distintos puntos hasta que llegaron a un grupo, sentado al fondo del salón, compuesto por cuatro hombres que miraron a Alonso con ojos brillantes y escrutadores. Él también los estudiaba: su vestir era modesto. Uno de ellos, el más joven, llevaba una corbata flotante; otro escondía el cuello luido bajo una bufanda de lana café. El pelo de todos estaba alborotado, en especial el de un tercero que lo llevaba largo; el de mayor edad, al parecer por su aspecto, se distinguía, además, por una corta barba. La presentación que hizo Luis de Alonso como un sincero admirador de la poesía, pareció disipar tensiones. Se estrecharon las manos, dos sillas más se acercaron, se ordenó de nuevo café, y Alonso se encontró en plena bohemia.

—Pues bien—, dijo mientras revolvía la bebida —quisiera saber cual de ustedes fue el que me hizo el favor de localizar a mi paisano.

El más joven, sentado a su izquierda, habló:

—Fui yo, licenciado. Andrés Cortínez, para servirle.

—Quería darle las gracias personalmente. Luis me dice que los poemas de Aldama son buenos.

—¿Los de quién? —el de pelo más largo quería saber.

—Aldama —el joven repitió.

—Ah, sí —comentó la bufanda—, pero...

—¿Pero qué?— vibró Andrés.

—No ha madurado, muchacho. Un poco de tiempo y...— Andrés se calmó. Había sido Urbina el que interviniera y nunca lo hacía en tono ofensivo.

—¿Mencionó usted que le gustaba la poesía, licenciado? —la bufanda preguntó.

—Mucho.

—¿Y cómo definiría usted la poesía?

Alonso tomó la taza entre sus manos por un momento antes de responder que era una de las expresiones más hermosas y significativas del hombre. Ahora que, se atrevería a decir, había poesía latente siempre a nuestro rededor y dentro de nosotros mismos. Una bella mujer, la mirada de un niño, el sentimiento que provoca un atardecer... Sin embargo, la forma en que se expresan las impresiones o sentimientos, eso era arte, para lo cual se necesitaba percepción y talento.

El hombre avivó su mirada ardiente y sonrió para sí. ¡Definición de diccionario!

—La poesía es fuego —provocó en voz alta—, es aire, es exaltación, es *pathos*.

—Puede serlo todo —lanzó el de pelo largo—. Es expresar el sentimiento universal a tu modo.

—Yo digo que es trascender lo individual para ser universal —se animó a opinar el barbón.

—Ya van..., jugando con palabras de nuevo... Los dos están diciendo lo mismo —protestó Andrés—. En resumidas cuentas a mí no me importa ser universal. Algo que yo siento tiene que ser mío, sólo mío. Nada en el mundo parecérsele. Piensen: ni dos gotas de agua, por toda su similitud, son iguales. Examínenlas bajo un microscopio y verán. Si algo es original, tiene que ser tuyo, como nadie lo ha hecho antes. Un producto de tu alma y tu cuerpo.

—Desengáñate, Andrés—, intervino de nuevo el de la bufanda—. El artista no es más que un conductor de las corrientes a su rededor. El que capta y expresa.

—De cualquier modo, lo que se capta, se expresa filtrado por mí, por ti, y cada uno es un universo en sí. De ahí la originalidad.

—Pero la originalidad no es garantía de grandeza, ni arte —arguyó su contrincante—. Podría corromper el arte dejando que cualquier diablo audaz se convirtiera en pseudo artista. Puedes ser original y muy sincero, sentir o percibir maravillas dentro de ti, verlas, oírlas, pero al momento de expresarlas, perderlas. Lo difícil es poderlas plasmar. Aunque consideres tu producto tu máxima expresión, puede ser un mamarracho, un fraude.

—¿Cómo fraude?— se inquietó Andrés.

—Sencillamente porque aquellos que lean o escuchen o vean tu trabajo, no reciban nada de él. No negarás que el artista lo que busca, además de crear, es compartir. Si no lo logra, fracasa. Con toda nuestra originalidad, Andrés, no somos mas que reflectores de los sentimientos, de las corrientes de nuestro tiempo, del inmediato a venir y a veces del lejano futuro, expresado con nuestro potencial. Gestos, gritos y risas fueron nuestras primeras formas de expresión. Por medio de éstas comunicábamos nuestros humores, nuestras emociones, que pasado el tiempo forjamos con palabras, música, pintura y escultura. El arte nació. ¿Y el fin de todo? Expresión—comunicación. Comunión, como consecuencia, del sentimiento y del sentido. ¿No es así?

Hubo un círculo de asentimiento al cual Andrés, en sus reflexiones, no se unió; el que hablaba, sacudiendo las cenizas de su cigarro, continuó:

—Dime: ¿Qué valdría cualquier clase de creatividad, no importa cuán original, si su expresión no comunica su sentido?

Nadie respondió.

—Para mí, nada. Si hemos estado de acuerdo en que el arte es comunicación por medio de una expresión, y en su más cabal logro, una comunión, entonces el trabajo que no rinda su significado es un fraude. Un fraude hacia aquellos que busquen en él alguna verdad, algún alivio a sus dudas, alguna hermandad de espíritu, alguna cristalización, ya sea escrita, pintada o esculpida, de los sentimientos o ideas que han bullido en ellos pero que no han sabido cómo expresar. Sobre todo, un fraude para ti mismo que has perdido el sentido por la expresión.

—Pero lo que puede ser razonable para unos puede ser incompresible para otros—. Andrés hizo notar—. ¿Piensan que lo que hemos hecho será lo que hay por hacer por siempre jamás? ¿Tendremos la misma expresión por los siglos de los siglos? No, señores. La esfera de conciencia humana cambiará. Con los cambios vendrán las consecuencias y yo las buscaré. ¿Acaso somos universales recorriendo nuestro pequeño globo, nuestra limitada percepción? ¿Qué entonces? ¿Quién será árbitro de la razón y la comprensión?

—Algo más profundo que el intelecto, Andrés, cierto conocimiento intuitivo. Algo muy personal y a la vez universal. Aunque nos valgamos del primero para expresar el segundo, de un modo misterioso este sentido intuitivo conoce ya lo que el intelecto trata de comprender—, confió Urbina—. No importa que vengamos dotados de mil distintas maneras, cada uno con sus peculiaridades, en el fondo todos estamos regidos por los mismos sentimientos. Nuestro ser fluctúa entre alegría—tristeza, odio—amor, orgullo—

humildad... ritmos antagónicos, campos de Marte donde impera el espíritu. Vivimos inmersos en ellos, elevados o sumidos por ellos. Si vamos más profundo, tal vez encontremos que el yo se borra y nos veamos en todos y en todo. De ahí, habiendo comprendido lo esencial de esta carga que es el ser humano, vendrá la reflexión y la expresión. Si la expresión es fiel al sentido íntimo, que a la vez es universal, será arte. Si se pierde el sentido, no. Será sólo una expresión sin fondo.

—Entonces la forma, no importa cual, que logre expresar el sentido, ¿Será arte?

—No. Un grito desesperado en el momento culminante de una obra teatral podría formar parte del contexto artístico de la misma, y, sin embargo, ese mismo grito, aislado, sería una expresión con sentido, pero no sería arte. Así, no toda expresión con sentido es arte. Algunas tratarán de serlo y tal vez otros las acepten como tal, pero quedarán cortas. Para mí, el arte es un sentido intenso cuya expresión es más exigente, y en esa exigencia se amalgaman el delicado balance de un sin número de factores tan sutiles como la emoción, introspección, reflexión y hábil manejo de los materiales que lo expresan. De ahí que sea tan difícil lograr algo satisfactorio. Es un campo cuya aparente limitación es tu propia vista, pero que en realidad, es ilimitado.

—¿Es eso arte o misticismo?

—Llámalo como quieras, Andrés, no te puedo llevar de la mano. Cada cual encuentra su propio camino, que bien puede resultar ingrato. Pero si algún día te encuentras en la otra orilla y sientes que estás alcanzando la vasta esfera de la conciencia humana que es la tuya propia, tal vez trascendiéndola con una proyección palpable, ese día, Andrés, si logras desde el fondo de tu alma asir tus impresiones y trazarlas, ese día no lo olvidarás, ni tú, ni los demás.

Hubo un sentimiento de aleteo, algo afín a una muy deseada liberación. Ebrio con las posibilidades, Andrés exclamó :

—¡Dios mío, eso es lo que busco: Horizontes infinitos, dentro y fuera!

Al ver su exaltación, Luis se sintió agobiado por un antiguo pesar.

—Usamos palabras peligrosas y nos lanzamos a ciegas en búsqueda de su significado —reflexionó—. Ahora me pregunto y te pregunto, si en esta sumersión del yo, no nos perderemos en un laberinto interno. ¿Cómo saldremos de él? ¿Sobrios, sanos, cuerdos, superiores? ¿O en desesperado escape, rasgando, rompiendo formas, buscando lo infinito que hemos percibido dentro de nosotros, fuera de nosotros?¿ Y con qué lenguaje? ¿Con el grito de una criatura? ¿Con distorsión? ¿Exasperación? Temo que esa búsqueda no sea tan liviana, tan gloriosa, ni satisfactoria; que no será el fin sino un nuevo principio. ¿No sienten entonces que acaso estamos atrapados en una rueda que gira y gira? ¿Hacia dónde vamos, hacia dónde conduce todo?

Aquéllas palabras abrieron puertas a la angustia. A su conjuro se detuvo por un instante su mundo.

Luis había tocado un punto clave, pero Alonso notó que todos lo evadieron. Nadie quería ver más allá ni indagar a fondo. Se acobardaron, huyeron, se sintieron más seguros enfrascándose de nuevo en las formas, corrió por sus labios la garrulería. Andrés siguió defendiendo la individualidad y la originalidad. Luis quedó solo.

Ante el reto de Andrés en el sentido de que él iba a encontrar nuevas formas de expresión, pues no podía seguir imitando por siempre, Luis guardó silencio. Esa era su bandera, su tabla de salvación, su qué hacer con la vida que tenía. ¿Por qué arrancársela? No quiso dejarlo zozobrando en conflictos cuya solución él mismo no vislumbraba, en la oscuridad que no lograba aún disipar.

—Una cosa te suplico, Andrés—: que busques la sencillez—, aconsejaba la bufanda—. Lo más grande se dice mejor si se dice así. ¿En qué beneficia el que ofrezcas innovaciones o poseas el mejor vocabulario o lleves en la mente la sabiduría del mundo si el producto final será una masa de palabras que únicamente pretendan entender aquellos que deseen ser considerados inteligentes, o cultos, o perceptivos? Así lo mismo daría escribir un crucigrama.

Andrés se sonrojó. Recientemente había escrito una poesía en forma de cruz—. Pues yo escribo lo que me da la gana. No me importa si tú o tú, no lo entienden. Además, que se esfuercen otros por llegar a mi nivel ¿por qué he de descender yo al de ellos?

—Entonces guarda tus poesías en un cajón y léelas si tienes tiempo.

—Caballeros, caballeros—, interrumpió Urbina reponiéndose —Alonso pensará que peleamos entre nosotros... ¡cielos! Aquí viene don Artemio.

—¿Se me invita o no? —una voz estentórea detonó a espaldas de Alonso, y Andrés se levantó algo caviloso aún, diciendo:

—Cómo no, maestro—, le ofreció su silla a un hombre pequeño, de cabello blanco, ondulado y fino, nariz larga, boca firme y ojos brillantes que refulgían bajo tupidas cejas. Sus gruesos bigotes, unidos a una larga barba, lo hacían semejar a un solemne patriarca.

Andrés jaló otra silla y el profesor, miró a cada uno:

—¿Cómo están todos?

Habían pasado a una nueva situación tan de prisa que Alonso no notó que Urbina había guiñado al resto antes de contestar:

—Aquí estamos, iniciando en la hermandad bohemia a nuestro buen amigo que desea ser poeta, Alonso Luján.

Alonso miró desconcertado a Urbina. No le gustó la idea de tomarle el pelo a un profesor y se apresuró a desmentir aquello.

—No lo niegue —el viejo regañó mirando a Alonso con disgusto—. Negar las aspiraciones del alma es negarse a uno mismo. Entre amigos no se le ridiculizará. Comprendemos sus conmociones espirituales y las respetaremos, señor. Está usted entre hombres inteligentes.

Alonso iba a protestar de nuevo, pero el profesor lo atajó:

—¿Es usted mexicano o español?

—Mexicano.

—Bien, si quiere ser poeta —déjeme terminar— debe ser uno "a la mexicana"—. Aconsejó acercándose a él para infundirle ese sentimiento con la fuerza de su mirada—. Algunos de los nuestros —y señaló a Urbina— ya están empezando a darle su propio sabor a lo que escriben evitando correr a Grecia y Roma o París a cada línea para inspirarse.

—Maestro, tenemos que trascender nuestras barreras nacionales y alcanzar a todos —el de la barba se opuso.

—De acuerdo. Pero dígame: ¿debe ponerse usted la ropa de su amigo para ir a visitarlo?

—Eso mismo les digo yo —aplaudió Andrés—, y ahí me vienen con eso de...

—Silencio. No quiero decir que incurran en obligados regionalismos ni que se vistan de charros y se paseen por las capitales del mundo cantando el Himno Nacional —el profesor arremetió—. Quiero decir que sean lo que son. Así de sencillo—. El viejo pareció perderse y Alonso, muy interesado, lo instó a seguir.

El profesor una vez más lo traspasó con su mirada y luego, perdiéndose en ella, empezó a decir:

—*'Por cuatrocientos años en nosotros hemos estado elaborando un nuevo espíritu. Mucho ha dejado en nosotros el alma española, pero por debajo de esa herencia palpita el sedimento indígena. Junto a la alegría, al delirio quijotesco, nace en nuestros corazones la tristeza del indio, la fuerza selvática, la descoyuntada dulzura y estos son los elementos con que componemos nuestra obra de arte'* ¿No es así, don Luis?— preguntó al citar uno de los poemas de Urbina, y éste lo retomó al continuar:

— En todo lo que hacemos se filtra una gota de melancolía. Perfumamos regocijos y penas con un grano de copal del sahumerio tolteca. ¿Quién sabe? Tal vez no sea yo… tal vez sean los que fueron, mis genitores, mi raza. Los espíritus tristes, la carne flagelada, milenarios anhelos imposibles, místicas esperanzas, melancolías bruscas y salvajes, cóleras impotentes y selváticas que en nosotros han dejado sus marcas. Somos vino español vaciado en ánfora azteca. El líquido no cambia el contorno del vaso, pero el vaso, al rodar de los siglos ha afectado la esencia.

—Eso es poesía —exultó Andrés emocionado.

Animado por la presencia del poeta y el entusiasmo de Andrés el profesor continuó:

—Y esto les digo yo: ya no somos ni lo uno ni lo otro. Somos una nueva raza sobre la tierra. Una nueva raza que, a menos que se reconcilie consigo misma, se traicionará. Tenemos que reconocernos por lo que somos, con defectos y virtudes para usar las últimas en contra de los otros. Tenemos que ser fieles a nosotros mismos, tener el valor de marcar nuestro propio sendero. A los que evitan la imitación les puede caer la sorpresa de que son geniales. No debemos dejarnos llevar por ridículos caminos que deterioren nuestra naturaleza. Hoy día, siguiendo los pasos de Díaz, imitamos todo lo francés, mañana ¿a quién imitaremos? Se los diré: Acabaremos siendo un pueblo sin cara —terminó dando tremendo manotazo en la mesa.

El aplauso que había cosquilleado en las manos de todos se congeló al mencionarse el nombre de don Porfirio. El entusiasmo se disipó en un silencio temeroso de cuyo rincón salieron dos hombres de traje oscuro que avanzaron hacia la mesa. Alonso y Urbina los reconocieron. En un momento estuvieron de pie, dando explicaciones a los agentes del gobierno. Alonso se identificó. Emocionado por todo lo que acababa de oír, lo que había sentido como una confirmación fiel de sus propias convicciones, se percataba, haciendo un esfuerzo, de los murmullos que giraban a su rededor: Urbina explicaba que el viejo profesor había perdido la razón hacia algún tiempo... y, en segundo término, se oía una discusión que uno de los poetas había iniciado a propósito, sabiendo lo que don Artemio sentía por cierto filósofo griego.

—Denos su opinión sobre Sócrates, profesor.

—Era un bocón que se hizo famoso por preguntar estupideces. El mundo no tiene respuesta, ¿saben? La vida se da, es un regalo, y si la sintieran un poco, en santa paz, comprenderían más que dándole vuelta a la lengua.

—Pero maestro, sus diálogos con Gorgias...

—Son futilidad.

—Profesor, les enseñó a razonar, a pensar, a buscar.

—¡Bah! ¡Pensar y buscar para acabar sin saber qué pensar ni qué era lo que buscaban!

Urbina parecía haber convencido a la policía y Alonso veía al profesor, intrigado por lo que decía y el cambio súbito en él. Ahora estaba nervioso y su labio inferior temblaba.

—Era el padre de la filosofía griega —le decía el de pelo largo.

—Ya lo sé, zopenco. No estoy loco.

Los agentes que se iban, voltearon, pero uno de los meseros se tocó la cabeza y aquéllos, revisando al viejo por última vez, continuaron hacia la puerta.

El grupo al que se habían reintegrado Alonso y Urbina, descansó al verlos salir. El profesor no se había percatado en lo absoluto de lo que sucedía a su rededor; ahora miraba la taza vacía con la inspiración y el espíritu lastimosamente agotados.

—Me dejaste plantado.

Alonso volteó para encontrar a Enrique.

En efecto, se le había olvidado que tenían una cita. Alonso se levantó disculpándose y Enrique explicó que supo donde encontrarlos porque el ídolo tarasco —así se refería a Pablo— le informó que había salido con don Luis.

Alonso se excusó diciendo que había sido una tarde muy interesante. Hablaba al profesor también, pero el hombre no se conmovió. Con la barbilla enterrada en el pecho, el ceño apretado, se olvidaba de todo.

—Ya no está con nosotros—. Urbina apagó su cigarrillo—: Más tarde lo llevaremos a casa.

—Permítannos —ofreció Alonso.

—No creo que acepte ir contigo. A mí me conoce. Aquí estaremos otro rato.

El aire de la calle soplaba mucho más frío. Alzando el cuello de su abrigo, Alonso observó por las ventanas al grupo cabizbajo que acababa de dejar. "Les aseguro que así es", había dicho Urbina. "Vive con su hija y va de la escuela de jurisprudencia a los cafés dando discursos que nadie toma en serio. Todos lo quieren. A nadie hace daño".

Bueno, a veces los locos estaban brillantes, y tal parecía, eran de los pocos que se atrevían a decir verdades.

—¡Válgame, que alegres estamos! —se quejó Enrique incorporándose en el asiento del coche. Llevo cinco minutos hablando y ni una palabra tuya.

Dije que exhibían la *Gran Duquesa* —y al buscar los boletos se encontró con que los había olvidado—. Vamos por ellos. Estamos a media cuadra de mi despacho—. Contrariado, buscaba en los bolsillos. Al llegar se apresuró a decir—: No tardo.

Alonso sacó entonces la carta que llevaba en su bolsillo, contempló la escritura pareja que formaba su nombre y la leyó a la luz de la lámpara de la calle.

Estimado Alonso:

Muchas, muchas gracias, por conseguir la dirección de mi hermano. Ya contestó mi carta y de ahora en adelante estaremos en contacto.

Muy agradecida.

Mariana.

Eso era todo.

Podía haber mandado un telegrama.

¿Acaso esperaba una carta de amor? No. Pero toda la tarde..., la verdad que había esperado algo más expresivo. Bueno, decía: "Muchas, muchas gracias". ¡Qué diablos! Estaba loco. Era una mujer casada, con un desgraciado, sin duda, pero casada. Encontró ridículo su coraje, sintió que el cuello le apretaba. ¿Qué habían dicho? Cóleras impotentes y selváticas, anhelos imposibles...

—¡Listos! —exclamó Enrique dando un salto al asiento.

—Enrique, no estoy para grandes duquesas. No tengo ganas de sentarme otras tres horas—. Alonso apretó la quijada al ver que Enrique estrujaba los boletos en la mano diciendo:

—Te estás luciendo, viejo.

Alonso añadió—: Perdona, hermano. Prefiero no ir. Vamos mejor con doña Cruz. Es viernes y va a estar alegre aquello. ¿Qué dices?

—Estos amigos que tengo. ¿No sabes que estoy comprometido?

—Sí, y también que te vi salir de ahí el otro día.

—Con que me espían los parientes. No sé que será de casado.

—¿Vamos o no?

—Estás desesperado. Pues dad de beber al sediento —e instruyó al cochero agregando—: Pero el domingo llevamos a tu tía y a Marta al teatro.

—Como buenos muchachos —Alonso asintió.

La casa era de las mejor puestas, las mujeres atractivas. Todos eran bienvenidos, ahora que, dos jóvenes solteros y con dinero, lo eran más.

Varias puertas se abrieron y cerraron arriba al entrar ellos a la sala que a esas horas estaba vacía. Se les sirvió champaña, doña Cruz cambió unos comentarios corteses con los hombres y con su característica y grotesca sonrisa que semejaba la de una muñeca de feria, demasiado grande, exagerada y por lo mismo desprovista de alegría, fue al segundo piso a llamar a Luisa y a Ema.

A través de sus pestañas, Ema podía ver que Alonso se ponía la corbata frente al espejo y simuló estar dormida cuando él deslizó un billete en uno de los cajones. Siempre le dejaba algo sin que doña Cruz lo supiera y lo hacía con tacto.

Se puso el saco y ella se levantó.

—Te vas a resfriar. Ponte algo —Alonso tomó el chal de sus manos y la cubrió con él.

Viéndolo a los ojos, Ema pasó con suavidad el índice a lo largo de su camisa. —¿Cuándo vuelves?

—Un día de estos... Pronto. Ya sabes.

Alonso salió, y ella se contempló en el espejo. No hubo beso de despedida. Admitió que su aspecto no invitaba a ello: circundaba sus ojos verdes un embadurnado oscuro, el pelo lo tenía desaliñado, su boca sabía amarga y se dijo en voz alta, como si alguien estuviera leyendo sus labios al otro lado del espejo:

—Se ha enamorado.

Capítulo XXX

Alonso levantó el periódico dominical que su camarero había puesto en el banquillo junto a la tina. Los encabezados no eran noticias para él. Se apoyaba al gobierno por la apertura hacia la inversión extranjera con lo cual se lograría fecundar la economía. Ante el temor que despertaba en algunos la llegada del capital estadounidense, se destacaban los lazos comerciales y financieros que, por otra parte, se establecían con Europa para un sano equilibrio. Ferrocarriles, concesiones petroleras, de terrenos baldíos y mineras, aunado todo a una política estable e inspiradora de confianza, impulsarían a México por el camino del "orden y el progreso", y también por el de la dependencia, matizó Alonso para sí.

Al día siguiente de la visita de Federico, Alonso había estudiado a fondo el expediente que le dejara. Estaba en perfecto orden, pero su ánimo no encontró sosiego. Una cosa era verlo todo en papel; otra, de primera mano. Pero como no estaba en esos momentos dispuesto a hacer un "viaje a la luna", cual se lo habían pintado, como quien se tira a un precipicio decidió: en fin, una vez en la vida, o todo o nada.

No tuvo que esperar mucho para recibir la bonanza. Ningún vamos a explotar nosotros las minas y a canalizar el metal por Guaymas. Como nuevos dueños jamás se pararon en un tiro. Los agentes de la casa bancaria Limantour compraron todas las concesiones y las revendieron a la compañía extranjera. A los dos meses todo estaba en manos de la *Marston Mining Company.*

¿Habrían querido vender los antiguos dueños, o se les obligó? ¿Desde cuándo sabían en la financiera que los extranjeros deseaban comprar?

—Mira, Alonso, no me vengas con tantas preguntas. De que no tenían con qué explotarlas a fondo, no tenían; de que sabían que los gringos andaban interesados en esas minas, lo sabían también, pero les querían dar una bicoca. Les convino más vendernos a nosotros que estuvimos en posición de negociar con más fuerza, como es evidente —se jactó Federico sobando el portafolio —y ¡qué diablos! todos contentos.

Concesiones mineras. Aquel editorial le caló hondo. Por un lado las felicitaciones para el presidente y el ministro de Hacienda que publicaba *El Imparcial,* acallaban la inconformidad que algunos manifestaban por la invasión de capitales; por otro, en ocasiones muy especiales, la discreción era esencial para los beneficiados directos de aquel progreso.

Por el contrario, la cantidad que Alonso había depositado distó de ser discreta. Aquella mañana en que el gerente del banco y Enrique se acercaron, el monóculo del primero cayó y la barbilla de Enrique también al ver el monto del efectivo —. ¿Estás depositando o robando?

Ante el silencio de Alonso, ambos caballeros intentaron una sonrisa apropiada que no maduró en sus caras. Sus expresiones siguieron maravilladas al observar al cajero mientras contaba las hileras de billetes en los que parecía haber quedado estampada la sonrisa de enfermiza seducción de Federico.

Alonso fue a depositar a la hora más ocupada contra el prudente consejo de aquel, sin saber en esta ocasión por qué, como no lo supo aquella tarde en que aumentó diez mil pesos a su haber. Ni las gracias le había dado al hombre al salir de sus oficinas llevando un portafolio repleto de dinero y, al preguntar Enrique si aquel capital era suyo, respondió con un culpable "sí", que le pareció resonar en su interior como un "Yo, confieso..." Sin embargo, todo era legal.

—Cuando te dije rico, Alonso, iba en serio —Federico había reído palmeándole la espalda.

¿Sabía don Porfirio que se había especulado en aquel trato?

—Viejo, si lo sabe, es muy zorro y se hace el disimulado. Al gobierno le entra dinero, a él lo alaban. No creo le importe si algunos cuantos aprovechamos las oportunidades que se presenten.

Alonso había dejado caer el último paquete dentro del portafolio.

—Alta política, más altas finanzas, resultado: nuevos ricos. Amén y buenos días, Federico.

Alonso tiró a un lado el periódico, cerró los ojos y se sumió en el agua tibia. Así se empeñara en liberar su mente de todo pensamiento, estos parecían estar atados a un sólo tema: los encabezados, al cajero contando un nítido cúmulo tras otro —porque Federico no había querido extender cheque— y Enrique:

—Bueno, si no quieres decir donde hiciste esa fortuna estás en tu derecho, pero vamos a celebrar de todos modos.

En el casino sus vasos habían chocado.

—Por ti y por mí —se incluyó con una sonrisa.

—¿Qué por qué? Porque tengo un amigo rico a quien poder pedir prestado y me caso con Marta. ¡Palabra de honor! ¿De qué te ríes?

—Siempre tuve el presentimiento de que te atraparía.

—Y yo de que ese viaje a Morelia fue una conspiración familiar. De cualquier modo, ¡salud!

Morelia..., sus calles quietas, su silueta de torres y cúpulas, sus canceles y un sonido especial en una puerta para él siempre abierta. "Quisiera que pasaras aquí tu día", don Evaristo había escrito en su última carta. "Ven, antes de que se pongan peor las lluvias".

Iba a cumplir treinta y tres. Había pasado mucho tiempo desde aquella mañana en que su padrino lo despidiera por primera vez en la estación de ferrocarril. Las ventanillas del carro habían brillado al sol y don Evaristo se había sonado varias veces diciendo que era catarro. Sí, eso debía ser... "Ya parte el tren..., Alonso, hijo, ve con mi bendición."

Por la ventanilla, Alonso lo vio secarse los ojos, ponerse de nuevo los lentes y agitar un pañuelo húmedo al tratar de sonreír. El también había sonreído levantando la mano, pero al perderlo de vista, se fue a encerrar al gabinete de baño donde el eco de los rieles ahogó sus sollozos. Tenía diecinueve años, iba a Leyes. ¿Qué diría la gente si lo oyera llorar? Con un largo suspiro había salido al pasillo.

Los cinco años en la capital transcurrieron rápido; pronto se encontró sobre otra despedida. En aquella ocasión fue reconfortante ver al padrino tomar las cosas con alegría. Probablemente ya se había acostumbrado a la soledad una vez más, reconciliado con el hecho de que su tutelado ahora iría por su camino, y ese llevaba a París, a especializarse en economía política.

—¿Dos años? Tienes tiempo, estás joven. El dinero que tu padre dejó será una reserva para el futuro y te ayudará a poner tu bufete, a encarrilarte. La Sorbona va por mi cuenta. Ni una palabra más. ¿Para qué quiero yo el dinero?

Y había sido suficiente para mantenerlo bien vestido, bien alimentado, bien alojado y en buena compañía. En cuanto a vino, mujeres y canto..., no le había ido tan mal. Pero su verdadero amor en Francia había sido París. Durante su última tarde había caminado por horas, había recorrido los bancos del Sena, había bebido su último *pernod* sentado bajo las sombrillas alegres de *Montparnasse*. La *belle epoque* en París, y joven, ¿quién podía pedir más? Un acordeón tocaba un vals y al contemplar el despreocupado ir y venir de la gente en aquella tarde de colores, pensaba en la nueva vida que le esperaba, para la que se había estado preparando tanto tiempo.

"He hablado con el Ministro de Hacienda acerca de ti", su padrino había escrito, "en un baile, imagínate. A tu regreso estaré en Veracruz para acompañarte a México y presentarte con él. En caso de algún impedimento, aquí va esta carta de presentación. Ponte en contacto con él en cuanto regreses. Comprendo que quieras quedarte en la capital. La provincia es para viejos que quieren leer; pero no olvides: aquí, tienes tu casa".

Treinta y dos, y de perlas. Tenía salud, le iba bien. Por amigos contaba a la élite de la nación. Todo parecía haber sido demasiado fácil, como si la fortuna vaciara sus bienes para recogerlos de un soplo. Entonces, ¿por qué sentía ese hilo de pesimismo enredarse en su alma? El agua chapoteó a su rededor al salir de la tina. Tonterías. Necesitaba un descanso. Eso era todo. Iría a Morelia. Su padrino había sido el único en recordar su próximo cumpleaños.

A su llegada, la capital michoacana estaba sofocante, el sol de la tarde brillaba luminoso, como si fuera mediodía y, en un intempestivo cambio de escenario, las nubes se congregaron, el viento noreste empezó a soplar con furia y una tormenta de granizo se desató. En unos minutos las grandes canicas de hielo que pegaban contra los vitrales se amontonaron contra las puertas y cubrieron el zacate y los empedrados. Por doquier todos corrían a cobijarse. Los vendedores bajo los portales se apresuraron a cubrir su mercancía con mantas de hule. Pasada la tormenta el aire quedó helado y la noche exhalando humedad. Al día siguiente don Evaristo cayó con un fuerte resfriado; tres días llevaba ya en cama, la cama de latón muy alta, custodiada por dos burós con tapa de mármol, una silla, una mecedora de mimbre y el enorme ropero de oscuros labrados que parecía imponer respeto al resto del mobiliario.

—Pensar que te hice venir para cuidar a un viejo achacoso. Este será un cumpleaños que tratarás de olvidar. De cualquier modo, a tu salud, hijo.

—A ver si no le sube la calentura —previno Alonso acercándose a la cama.

—Ya bajará. Si las friegas de alcohol son buenas, imagínate lo que hará por dentro. Para la gripe: tequila.

Alonso esperó a que terminara don Evaristo y tomó la copa que este le dio para ponerla sobre el buró.

—Sea como sea, has podido descansar de la capital.

—Y engordar mi libreta con datos de Valle Chico —le recordó sentándose en la mecedora al lado de la cama.

—Celebro que haya parado la lluvia —. El viejo se acomodó en el gran almohadón—. Estoy preocupado por Mariana.

—Por lo que he visto le está yendo bien.

—En algunos aspectos. En otros no deja de tener problemas. Ya se va a vencer el plazo de seis años y Libia está decidida a vender su parte al postor más alto. No quiere tener nada que ver con Mariana ni Valle Chico. Así es que Mariana le quiere comprar. Pero si la cosecha se arruina, no va a poder y una tercera parte del valle irá a parar en manos de quién sabe quién —, suspiró alisando la sábana.

—¿Y el marido? Pensé que era rico. Quería comprar acciones en el banco.

—Presunciones. Despilfarró el dinero del abuelo y no da indicios de enmendarse. En vez de ponerse a trabajar anda busca que busca negociazos que lo hagan rico de la noche a la mañana. ¡Como si fuera tan sencillo!

Alonso guardó silencio.

—¿Y tú?

—Me va bien...

Don Evaristo le miró largamente y descansó la vista en el pie de la cama—, quise decir en el departamento del amor—, guiñó sintiendo que el fuerte licor ya le calentaba.

Al responder Alonso que nada en serio, el padrino sonó los labios—. Por lo general, uno suele decir eso cuando hay mucho que no se puede contar — y sus ojos se achicaron para tornarse graves—. Ten cuidado. Fíjate bien. Espera a tu Beatriz y el día que la encuentres, no la dejes ir. No es bueno estar solo —negó cerrando los ojos y aflojó la cabeza de pelo cano sobre la almohada—. Por fortuna, el destino te confió a mí, de otra manera...

No dijo más. Un ligero temblor que corrió por sus dedos completó su frase. Ninguno habló. Sin abrir los ojos, don Evaristo se recriminó:

—¿Qué te parece? Tomo una copa y me pongo llorón. Creo que lo mejor es que duerma la mona.

Alonso se despidió dando un firme apretón a la mano que descansaba en la sábana.

Después de cuatro días de lluvia el sol brilló, y brillaba también en dirección de Valle Chico. ¡Diablos! había estado encerrado, muriendo por ir allá.

—Lencho —ordenó al mozo de la casa—. Ve a la cuadra de don Herminio y tráeme el caballo que me gusta montar: el blanco.

El camino a la hacienda estaba enlodado y para su decepción, una vez ahí, le informaron que don Leonardo dormía y que la señora Mariana había salido a San Fermín. Lo correcto, a todas luces, era esperar a que don Leonardo despertara, o que la señora regresara. Pero no. Se tocó el sombrero y salió rumbo a la montaña.

Ya en la cima, una vez que hubo atravesado el bosque, los rayos del sol brillaban entre las nubes cual gigantescos reflectores e iluminaban las delgadas torres de la iglesia. Desde esa altura vio a un vestido blanco y a un hombre que iba de negro, moverse entre una multitud de sombreros de paja y oscuros rebozos. Después de despedirse, traspuso ella el umbral de arquería románica, montó y empezó el ascenso.

Conforme Mariana ascendía, Alonso pudo distinguirla mejor. A solas, desde el lugar donde aguardaba la contempló venir, segura en su montura. Con toda naturalidad exhibía un modo cordial para él desconocido. De las chozas, salpicadas a lo largo de la vereda sinuosa, los hombres en su ropa de domingo y las mujeres que llevaban un hijo en brazos salían a su paso a darle los buenos días y Mariana contestaba alegremente. No era el nombre Aldama y lo que representaba lo que subyugaba a la gente sino la presencia en sí de aquella mujer que sin miedo montaba por el monte rumbo al valle. De alguna manera presentían en ella la esencia de la indómita tierra mexicana: sombría y melancólica de ser abandonada; alegre, hermosa y pródiga al recibir amor. Su voz era el terso murmullo del viento, su sonrisa llevaba el calor del sol naciente. Ahí era otra, dualidad que lo dejó perplejo, descubrimiento que era enigma. Afín al elemento parecía gozar con que el aire jugara con su larga y oscura cabellera llevándola dócilmente lejos de su cara, de nariz recta, labios bien definidos, pero no demasiados llenos, barbilla determinada con un leve toque de obcecación, y los ojos magníficos, grandes como dos almendras tostadas que ya miraban de lleno o se apagaban para resurgir luego devastándolo todo en el oleaje de su mirada que se imponía para velar una necesidad imperativa que él creía adivinar porque Mariana, en ocasiones, tenía la expresión contristada de una criatura con hambre.

Aunque próxima a él no notó su presencia encubierta por los pinos. Desmontó para guiar a su caballo por un tramo resbaloso; pero antes de emprender la cabalgata de nuevo, titubeó por un momento. Deteniéndose, se mantuvo por un breve lapso con la vista clavada en San Fermín, después, soltó las riendas para permitirle a su caballo pacer y se sentó a la sombra sobre unos troncos derribados.

Entonces su semblante fue cambiando: se disolvió la sonrisa para fraguarse en estática mirada que se ensombreció. En el momento en que ella cruzara el bosque y viera la hacienda todo sería distinto. Desde el día, ya lejano, en que había devuelto dos pinturas que Leonardo no había terminado de pagar, éste se había tornado más irascible. "¿Quién te autorizó que las devolvieras? Podrías haber pagado el saldo. Tacaña. Avara. Si no quieres vivir como la gente, si no te gusta lo que te he dado, lo remataré todo". Primero se fue el piano de cola; después una pieza de porcelana con todo y pedestal, en seguida un juguete de Baviera y, no hacía mucho, una vitrina. Necesitaba el dinero para poder sentarse a platicar toda la tarde en el café, para poder leer su periódico a gusto, para poder jugar. La gente comentaba que aunque le ofrecieran trabajo lo declinaba; que era un haragán a nadie le cabía la menor duda.

¿Haragán él? Lo que pasaba era que había unos estúpidos con suerte. Para contrarrestar atormentaba a Mariana con su enfermizo sentido del humor. "¿Y cómo está el alto mando?" "Sabes, si te pones unos bigotes te parecerás más a tu abuelo y entonces te podrán decir patrón". Las breves treguas se hacían cada vez más lejanas. Siempre que se mostraba irritable en extremo, desaparecía algo de la casa. Mariana empezaba a reconocer la enfermedad por los síntomas.

Recogió una piedrecilla y la tiró monte abajo con fuerza como si con ella quisiera arrojar lejos de sí los malos recuerdos que ya no quería analizar ni enfrentar. Cerca a ella Alonso saludó suavemente:

—Buenos días... —y ella giró sobresaltada al verlo acercarse.

—¡Licenciado! No lo vi.

—No, no. No se levante—, y se apresuró a sentarse junto a ella.

Como si Mariana temiera que hubiera oído sus pensamientos, preguntó:

—¿Estaba aquí o acaba de llegar?

—Aquí estaba, pero no quise interrumpir su diálogo con San Fermín.

—Me gusta la vista —respondió turbada, y trataba de recordar si no había hablado en voz alta, lo que solía hacer estando a solas; costumbre de la infancia que de nuevo echaba brotes. Por seguir el tren adecuado de conversación continuó:

—Hacía mucho que no teníamos el gusto de verlo.

—Casi nueve meses.

—¿Y cómo está México, Marta, Enrique? ¡Válgame, que sorpresa! Se apareció usted como uno de esos duendes del bosque.

Todos estaban bien, felices, ¡encantados de la vida! Y se sorprendió a sí mismo al ver lo locuaz que se ponía al referirle detalles de la próxima boda, de los amigos de su hermano, de cómo estimaban a Tomás y su trabajo; y a ella le dio mucho gusto oírlo. Le agradeció de nuevo el haberlo localizado con una sonrisa que Alonso encontró llena de calor. Mas al preguntarle por Cirilo su semblante se entristeció de nuevo. Así estaba aquel día: ya alegre, ya triste. Cirilo, le informó, se había marchado días después de que Alonso partiera a México. Desde entonces no sabían de él.

—Ya regresará.

—Más vale que no —. Mariana explicó que aunque había despedido a los hombres aquellos, los habían visto merodeando por los alrededores—. Contra Ismael no atentarán nada. Están esperando que regrese Cirilo. De eso estoy segura. Sea lo que fuere que hizo a Cirilo huir, también les dio a sospechar que algo había tenido que ver con la muerte de su hermano —aseguró al mirar hacia la distancia donde la sombra y la luz manchaban las tristes montañas.

Por un rato estuvieron en silencio rodeados por los rumores de las criaturas del bosque y el conversar de las hojas sobre ellos. Las filtraciones de luz iluminaban el pelo, el rostro de Mariana y Alonso repitió casi para sí:

—Murillo...

—¿Perdón?

—Que parece usted una pintura del maestro sevillano.

La indiferencia de Leonardo había minado su confianza al punto que tuvo que preguntar :

—Murillo... —murmuró ella—. ¿No es el que pintaba unas vírgenes hermosas?

—El mismo.

—Pero como compara.

—Lo dicho.

Y todo lo que veía Leonardo era un capataz. El mundo se obscureció. Las nubes parecían surgir de escondites en las montañas y el sol se veló, dejando que marcharan unas contra otras como masivas falanges.

—Va a llover —exclamó desesperada y se puso de pie volteando hacia el volcán. Sin poder verlo, porque el bosque sobre la cordillera que separaba los dos valles impedía la vista. Alonso adivinó su preocupación.

—¿Qué tan lleno está?

—Como nunca; casi llega al borde, la presa también. Si sigue lloviendo tendré que abrir las compuertas. Con eso se pudrirá la cosecha.

—Esperemos que no sea necesario —alentó Alonso sin que el cielo concordara, pues a su voz respondió un tremendo rayo que dibujó agudos ángulos luminosos en el cielo gris sobre San Fermín.

—No están de buenas allá arriba —Mariana medio sonrió y, sintiendo que el trueno estremecía el valle, exclamó —: Nos dejamos atrapar. Mas vale apurarnos.

Alonso no quería irse. ¡Malditas nubes! Se debatían arrojándose hacia el centro del horizonte chocando en estallidos y centellas al soltar enormes gotas que empezaron a caer sobre ellos.

—Sígame —voceó ella y, montando, galoparon hacia la choza más cercana.

Adentro una muchacha de catorce escuálidos años, sentada sobre sus pies en el suelo de tierra, torteaba y cocía tortillas en el comal que tenía enfrente. Un joven de su edad, o poco mayor que ella, trajo una silla para Mariana y para Alonso una caja de madera.

—Aquí, patrón. Está limpia —ofreció sacudiéndola con su paliacate para asegurarle que lo estaba y, en seguida, se apresuró a detener una gotera que comenzó a mojar el petate donde yacía una criatura de un mes; de nuevo levantó algo de tierra, la envolvió en un trapo y taponeó con ello el lugar de donde caía el agua.

Las paredes de la choza eran de adobe, los techos, de maderos enlodados y tejas. Arriba del fogón estaban colgadas unas cazuelas; del otro lado del cuarto, sobre un petate, pendían una cruz y una imagen de la Virgen de Guadalupe. En una esquina se veía una caja con algo de ropa, otro petate enrollado y, en la pared, sobre una repisa de madera, una vela apagada se reflejaba en un espejo roto manchado por la humedad que se filtraba por todas partes. En total: dos petates, una silla, dos cajas de madera y un fogón maltrecho, envuelto todo por un olor peculiar indescifrable suma de los olores revueltos de la pobreza.

Una anciana, que Mariana no había notado, avanzó hacia el comal al ver que la joven había terminado con las tortillas y miró a su hijo. Él asintió ante la insinuación que llevaba aquella mirada.

—Si quere una, niña —la mujer convidó al tiempo que la muchacha se levantaba con cierto trabajo—. Si no quere está bien, pero están calentitas y hay frijoles.

Moviendo la olla, su nuera se detuvo.

—Ay, no más que perdimos las demás cucharas, doña Cuca —dijo poniéndose color ladrillo.

—Pos sí, las perdimos —su marido secundó clavando los ojos en el piso.

—No faltaba más —animó Mariana extendiendo la tortilla que había tomado del cesto de palma tejida. Alonso extendió la mano también esperando que le sirvieran los frijoles que empezaron a caérsele, embobado como estaba viendo a Mariana comer su tortilla como la mejor campesina. La muchacha se apresuró a servir en seguida a su marido y éste se puso a comer en cuclillas junto al comal. Su madre tomó asiento a su lado en otra caja de madera e hizo una seña a su nuera para que atendiera al niño que ya lloraba de hambre. Tomándolo en brazos la joven se cubrió con el rebozo en que estaba enrollado y lo empezó a amamantar sentada en el petate.

Había atendido a todos, sus manos habían trabajado desde la madrugada moliendo el nixtamal, sus piernas estaban entumecidas de estar hincada; al retornar al brasero el fuego estaría extinguido, la pobre comida, fría. Mariana pensó cómo ella, la espartana, lloraba en el alma porque no la consentían. ¿Qué amor tendría esa pobre muchacha, ayer salida de la niñez? ¿Qué amor le esperaba como mujer? Con la espalda vencida, la cara marcada por mil angustias iría por la vida, siempre al servicio de otros sin esperar nada en el mundo donde era irrefutable la palabra y hasta un gesto del hombre, ni siquiera un poco del respeto que como ser humano se merecía. Bien conocía Mariana el maltrato que daban a sus mujeres muchos peones. La Juana anda coja porque le dio un garrotazo su marido. No vino Chole porque le quebraron una cazuela en la cabeza. "Pos no, niña, se lo emborracha todo. ¿Con qué quere que me compre otras naguas? Por eso, si se puede, déjeme ayudar en la cocina." ¿Cómo trataría este niño—hombre, a su niña—mujer? Parecía bueno, amable... ¡pero ay!

Afuera la tormenta sacudía el follaje, lavaba las montañas y adentro de la choza, precariamente protegido por paredes de lodo, un niño hambriento se colgaba del pecho de su madre en cuyas negras pupilas se reflejaba el fuego moribundo y sobre ellos el tapón del agujero en el techo se desgastaba.

En sus años adolescentes Alonso había leído muchas veces románticos relatos sobre monarcas que visitaban chozas y dejaban a los campesinos boquiabiertos al regalarles una moneda que llevaba su efigie grabada. Pues bien, la situación se repetía. Comparando su propio haber con el de ellos, bien podía sentirse rey. Y no era que él tuviera tanto, sino que los otros no tenían nada.

Sus espaldas habían soportado la cantera del continente para erigir pirámides y catedrales, sus manos transformaron la mayor parte de América, ayudaron a sostener el imperio más grande de Europa, lucharon con palos y piedras por la independencia y repelieron invasores. En esos tiempos, la inescrutable mirada chispeaba como hierro golpeado; pero una vez que la tormenta pasaba, el resentimiento liberado, vuelto odio, retornaba a su lugar de refugio para alimentarse una vez más porque en el fondo su infortunio seguía igual.

—¿Cuándo se les quitará el peso de encima?

—El día que haya hombres responsables y humanitarios —enfatizó don Evaristo esa noche—. Nada más que esos son más raros que estrellas fugaces en medio de constelaciones fijas.

Alonso se paseaba frente a su padrino y don Evaristo cambió de posición.

—La naturaleza humana, por razones ancestrales de supervivencia es egoísta, envidiosa y ventajosa, Alonso. Esporádicamente se tiñe de ideales por remordimiento de estos instintos, pero no los vence. Y eso mismo que en un principio nos hizo dominar grandes peligros y sobrevivir como especie, será lo que nos aniquile a menos que cambiemos de raíz nuestra manera de ser.

—Padrino—, Alonso se desesperó asiendo el pie de la cama —el ahora es el que me preocupa. Esta gente no tiene más que cargas. Lo sabía ya; pero hoy, en esa choza, tuve la oportunidad de vivirlo a quemarropa. No estamos funcionando bien.

—Para mí es una maravilla que estemos funcionando como sea —don Evaristo exclamó alzando las manos—. Además de las flaquezas humanas universales, hemos estado plagados por una casta de pseudo políticos compuesta de compadres, parientes y recomendados buenos para nada que sólo buscan hacer de la política una carrera de beneficio propio o satisfacción del culto a su persona. Según veo, este gabinete es uno de los más aptos que hemos tenido.

Alonso sostuvo una débil sonrisa al mirar a su padrino.

—Si te recomendé fue porque sabía tu capacidad y tu honradez —aclaró muy serio.— Hay sus excepciones.

Calló Alonso. Le ardía el alma al voltear hacia el inmediato pasado y don Evaristo, interesado en su preocupación, decía:

—Mira, este país a duras penas se ha formado. Asediado como ha estado por tantas potencias, poco o nada lograron los gobiernos para formar una estructura que, como a ti te preocupa, altere la vida del grueso de la población para mejorarla en todos sus aspectos. La Independencia no fue mas que un cambio político que en muy poco afectó a los humildes. Se abolió la esclavitud, pero en la práctica la estructura social quedó definida en igual forma. Siguieron siendo los mismos, los desheredados de siempre, que buscaban acomodo económico al amparo del patrón o caían bajo la rueda del cacicazgo. Consumada la Reforma las tierras expropiadas a la Iglesia fueron a dar a manos de unos cuantos porque los de abajo no tenían con qué comprarlas ni capital para trabajar. Y si a esas vamos, el gobierno tampoco lo tenía.

Alonso bien sabía que las circunstancias políticas habían sido adversas desde un principio. Que las deudas contraidas desde la Independencia eran un lastre continuo que impedían el avance de la nación. Al negociar la perenne deuda con intereses más favorables y plazos más largos, por fin, el gobierno porfirista había enderezado la nave en cuanto a ese ogro histórico.

—Se ha avanzado —intervino—, no lo niego. Algunos aspectos muy importantes han quedado resueltos, pero los beneficios económicos de esos triunfos han sido en gran parte como lluvia: encharcan a los de la superficie beneficiando a los inmediatos a ella y raramente llegan, o no llegan, a la profundidad —. ¡Si no lo sabría él!— Éso pasa hoy con las concesiones— puntualizó—. Se otorga una concesión, se recibe el pago por ella y este capital queda en las altas esferas. Lo que aparece como una inyección a nuestra economía no es mas que un premio de consolación por lo que se explotarán en adelante nuestros recursos materiales y humanos. En otras palabras: nos vendemos barato.

Alonso guardó silencio unos momentos. Recordaba con asco Sonora y su parte en aquel asunto.

—Bueno, Alonso, aún con tremendas fallas hemos hecho algún progreso como nación. Comprendo que hay mucho que caminar para llegar a cierta madurez política y social, pero no todas las batallas pueden ganarse en un día.

—De acuerdo —respondió Alonso deteniéndose y enderezando la espalda—. A cada época le toca su responsabilidad. Creo ir comprendiendo la mía. — De alguna forma, él quería cambiar de rumbo. Se relajó un poco y empezó a hablar entonces de su estudio económico, de un plan a seguir y al explayarse su entusiasmo crecía.

Don Evaristo escuchaba con atención. Aun encerrado en su despacho, conocía la censura que se filtraba hacia el régimen, el comentario irónico que, aquí o allá, aparecía en la prensa; la denuncia abierta y valiente que desde hacía tiempo provenía de la pluma de Alberto García Granados en contra de la reelección pidiendo la libertad electoral y su crítica de la torcida administración de justicia. Era del dominio público que él y muchos otros, padecían cárcel y destierros por haber osado censurar al gobierno. Temió por Alonso. ¿Acaso podría don Porfirio mantener el disimulo ante lo que una nueva generación veía claro? De ser así, era imprescindible que los atendiera por su propio bien, y por el de todos.

—Se lo presentaré al ministro e Hacienda primero y, si es necesario, a don Porfirio mismo —Alonso terminó refiriéndose a su estudio económico.

Don Evaristo aprobó no sin cierta reticencia. Esas eran ideas revolucionarias y, por el momento, palabras pasadas de moda.

—Hazlo, hazlo —animó, porque ¿cómo se detiene el torrente?— Pero cuida cómo lo haces —advirtió—. Tendrás que recurrir a mucha sagacidad. A los poderosos no les gusta que otros piensen mejor. Ven en opiniones divergentes o fuertes, una censura y la resienten. Creen que por estar en un puesto se lo merecen cual ninguno y es difícil hacerlos escuchar. Harás bien si los haces pensar que son básicamente sus ideas—. Al decirlo sabía que no era tan sencillo y su sonrisa se desvaneció.

El trueno que estremeció las paredes agitó un fuerte viento, sacudió la ventana del balcón y la abrió de par en par. Alonso se apresuró a cerrar las puertas de madera sobre los cristales.

—¡Qué tiempo! —se quejó don Evaristo ajustándose el camisón de dormir alrededor el cuello —. ¿Dijiste que viste a Mariana?

—Sí. Quise visitar la iglesia de San Fermín y allá la encontré. Muy antigua iglesia... —observó sin voltear.

—¿Mencionó algo del nivel del volcán y la presa?

Alonso no lo quería preocupar.

—No. Nada más hablamos un poco. Al salir de la choza, Ismael y un peón nos andaban buscando con unos impermeables.

—Y no deja de llover. Si esto continúa no vas a poder regresar a la capital. Va a haber deslaves en la vía.

Los relámpagos iluminaban la obscuridad del cuarto de Alonso. Tumbado boca arriba en la cama, con las manos cruzadas tras la nuca, deseaba con toda el alma que parara de llover. No era que le urgiera regresar a México... Le preocupaba Mariana. Le gustaba toda ella: su voz, su andar, su sonrisa, el modo en que ladeaba la cabeza al hablar y la añorante nostalgia que la había envuelto durante su silencioso contemplar a San Fermín.

Alonso, se recriminó: te estás volviendo romántico. Eso te sacas por andar con poetas. Y un relámpago iluminó su leve sonrisa. Otra vez en la obscuridad, ya no sonreía. Sentía un rigor descender sobre él y no vislumbraba el alivio.

Afuera, las ráfagas de viento sacudían los faroles, azotaban las paredes, barrían los balcones. Miríadas de gotas arrasaban las calles. En los campos crecían las lagunas, se filtraba el agua ablandando la piel de las montañas y en Valle Chico el nivel del volcán y el de la presa, inexorable, subía.

Capítulo XXXI

Con la frente pegada al vidrio del comedor Mariana contemplaba el cielo. A los cuatro días de continuo llover se habían pelado las tejas dejando escurrir un polvo rojizo sobre las paredes impregnadas de humedad; de los aleros caía el agua en cascada y la fuente se derramaba en medio del patio. Ismael le había dado en esos momentos las noticias del día: la cuadrilla estaba inundada y los hombres se mantenían ocupados abriendo zanjones para que se desaguara.

—Con otro día de estos, niña, se nos derrama el volcán. Si queremos conservar la presa, habrá que abrir las compuertas.

Mariana había asentido.

Tenía dinero para pagar a la peonada y el huerto ayudaría. Con nuevos créditos podría empezar de nuevo.

Se llevó los dedos a los labios y los apretó para no dejar escapar un lamento. Después de seis años presentaría un valle inundado. Había planeado la cosecha más rica en la historia de la hacienda, había querido probarse, pero el destino se mofaba de sus intentos. Ya los podía oír: "¡El dinero que puso en esas obras y para lo que sirvieron!" "Irrigación, préstamos, presas, cuántos aspavientos, querida, y mira los resultados." "Le dije, Mariana, que había que irse con cautela".

Mariana vio al nuevo mozo cruzar el patio, abrió la puerta y lo llamó. No podía permanecer encerrada un minuto más, era la impotencia total lo que la oprimía. Lo llamó otra vez y entonces el mocito la oyó. Brincando sobre los charcos llegó hacia ella estilando agua de su sombrero de paja. Sus ojos brillaban al reflejo de la capa de hule negro que llevaba.

—Mi coche.

—Señora, todo está lodoso. Se va a atascar.

—Tráelo.

—Seño, se va a empapar.

Era el mismo que una vez se atreviera a coger su mano una noche en la cuadrilla, pero en esos momentos Mariana no estaba de humor para discutir con su protegido.

—Tráelo, te digo.

Entró de nuevo, se puso su capa de hule, se echó en la cabeza un chal tejido y corrió hacia el coche que había acercado Sebastián.

—La acompaño, seño.

—No.

Quería estar sola.

Enfiló el carruaje hacia el portón de salida, lo traspuso, y dejó que el caballo avanzara a su paso por el lodazal en que se había convertido el camino, lenta muy lentamente, sin que Mariana lo apurara. Con la constante mirada perdida en los rededores sombríos, escuchaba el rumor de los arroyos que por doquier se empeñaban en inundar el valle buscando su camino hacia las tierras bajas llevando con ellos piedras y raíces, convirtiéndose en crecientes lagunas una vez que encontraban su lugar de reposo. La lluvia no importaba ni el lodo. El cielo caprichoso de Michoacán que ya daba sol, ya lluvia o granizo, ahora prefería descargar todo su peso que parecía no tener fin. El valle entero pronto sería un pantano. Las esperanzas y esfuerzos de Mariana se hallaban saturados con un sentimiento de futilidad. Al cabo de un buen trayecto el caballo había parado de propio acuerdo. ¿Qué importaba mojarse? El capote del carruaje apenas la protegía. Las riendas resbalaron de sus manos. Sentada estólidamente en medio de la interminable cortina de agua que se renovaba sin cesar, no era más que un punto perdido en un mundo de gotas. Hubiera querido disolverse en la tierra, irse deslavando..., correr por los arroyos y fundirse en ellos. Pero la carne resistía, frágil y fuerte a la vez. Descendió, no supo cuándo, y se encaminó hacia una loma desde donde se podían ver desdibujados por la lluvia la presa y el volcán. Sin sollozos, sin ansiedad, como el agua de la fuente, sintió que sus ojos también se derramaban, que ella corría por todo el valle siguiendo lágrimas que iban unas tras otras en silenciosa procesión. Así estuvo algún tiempo, quién sabe qué tanto. No se dio cuenta de la llegada de Alonso ni de su quieta presencia. Le pareció como si el fuerte viento que había empezado a soplar lo hubiera depositado frente a ella y sin decir palabra, volteó una vez más hacia el campo.

Al acercarse notó él que su cara no estaba manchada únicamente por la lluvia. La figura patética, casi infantil en su abierto sufrimiento, hizo que se le endurecieran los músculos de la garganta. Alcanzó una de sus manos que colgaba a un lado, pero ella la sustrajo. Aquel gesto huraño tuvo un efecto de sacudida sobre Alonso .

—Más vale que regrese. Está empapada y se va a enfermar.

—Todo está perdido —se lamentó ella levantando los hombros.

—Nunca, a menos que la determinación de seguir adelante lo esté.

Las palabras de Alonso resbalaron de su mente como el agua por las barrancas. Que no le vinieran ahora con retórica. Determinación. Lucha. ¿Qué era todo eso? Parecía haberlo olvidado. Recordaba sí, a una estúpida muchacha subiendo un volcán, temblando en una cueva, a una tonta contando unos cuantos miles de pesos, o emocionándose en una noche de luna al contemplar surcos en la tierra.

—Vámonos —propuso Alonso y, sin mirarlo, ella accedió.— Más vale que se quite éso —dijo al ayudarla a subir al coche—. Póngase mi sombrero.

Una vez más ella obedeció. Se quitó el chal, se puso el sombrero que le dio y cruzó sus manos sobre el regazo. Por un momento Alonso dudó. Sería más difícil que el caballo jalara el coche en el lodazal si él subía, pero viendo que ella no hacía intento de tomar las riendas, ató su caballo atrás y montó. El viento había aumentado haciendo que las gotas de alfiler les picaran al azotarles la cara. Si él volteaba para no recibir la descarga de lleno, Mariana parecía no sentirla. A medida que avanzaban una nueva ráfaga, más dura que las anteriores surgió, y voló hacia atrás el sombrero cuyo cordón lastimó su garganta. La pequeña emergencia pareció sustraerla de su inanimación. El quiso sujetarle sombrero al tratar de ayudarla; sólo un instante descuidó el camino, lo que bastó para que una de las ruedas cayera en una zanja. La sacudida terminó de sacar a Mariana de su letargo.

—¿Qué pasó?

El coche se había ladeado. Contrariado, Alonso examinaba la rueda.

—Pasó que ya la amolamos —renegó impaciente y midió la situación. Atisbando por entre la lluvia buscó un leño con la mirada. Hasta los tobillos en lodo fue en busca de él. Mariana lo observaba.

—Allá hay otro —indicó apuntando al más cercano que pudo localizar.

Alonso arrojó a un lado la capa que traía; al cabo ya estaba empapado. Puso los leños bajo la rueda y aseguró su caballo al frente, junto al otro. El viento soplaba cada vez más llevando su voz lejos en el momento en que gritaba, y Mariana hizo señas que no oía. También a señas, Alonso le indicó que fustigara los caballos al tiempo que él empujara de atrás el coche y ambos se dispusieron.

Los caballos alzaron las orejas, rodaron los ojos, trataron de jalar, se movieron unos centímetros, resbalaron, alzaron los cascos y volvieron a resbalar hacia atrás.

—¡De nuevo! —instó Alonso. Mariana fustigó las bestias una y otra vez, sin lograr nada.

—No se baje —objetó él sacudiendo la cabeza, pero ella ya estaba en el lodo.

—Así estará más ligera la carga... Yo jalo los caballos por delante y usted empuje —voceó, y él asintió.

Alonso sentía que las venas le iban a reventar al empujar con todo su peso contra el coche. El sombrero de Mariana voló de su cabeza rodando por el campo, las patas de los caballos resbalaban en el mismo lugar; por fin, uno logró pisar en firme, Alonso empujó más fuerte y salió el coche.

A Mariana se le vinieron los caballos encima. Enterrada en el lodo, al no poder retroceder, se tiró a un lado. Cayendo y levantándose en medio del vendaval Alonso llegó a ella. Primero había dejado que el coche se atascara y ahora la tenía sentada en medio de un charco.

—¡Valiente ayuda soy!— se recriminó con coraje—. ¿Está bien?— preguntó ayudándola a pararse en tierra mas firme.

Ella asintió. Sólo las manos le dolían de haber jalado tan fuerte de las riendas. Se las frotó —fue entonces que lo notó— en ellas no caía una gota.

Alzó los ojos, extendió las manos más lejos, las abrió palma arriba.

Nada.

Alonso también miraba al cielo. El grueso techo nebuloso se desintegraba descuajado por el viento que aullaba taladrando agujeros en la masa gris. Algunas nubes giraban convirtiéndose en hilos plateados, y un charco lodoso resplandeció con el brilló de metal bruñido. Con la boca abierta Mariana miró a su rededor. El valle se iluminaba con túneles de luz.

—Paró, paró —repetía incrédula—. ¡Paró! Exclamó aplaudiendo y riendo. Alonso empezó a reír también, sus manos se extendieron hacia ella y esta vez sintió que se asían a las de él. Con alegría espontánea empezaron a brincar de arriba a abajo, a girar chapoteando como niños. Repentinamente una duda la asaltó: —¿Y si empieza otra vez?

—Nunca volverá a llover —voceó él recalcando cada sílaba y se abrazaron.

El campo estaba de oro y plata, con suerte ni la presa ni el volcán se abrirían y Alonso la tenía en sus brazos. Con una sonrisa disimulada, Mariana trató de liberarse sin que él la dejara ir. En medio del viento ululante la sujetaba cada vez con más insistencia. Al verlo a los ojos, Mariana poco a poco vio desaparecer de ellos toda alegría y concentrase una tremenda seriedad. El ulular del viento se apaciguó momentáneamente por el rechinar de los caballos que, libres y nerviosos, jalaban al viejo coche camino arriba.

—Nos dejan —balbuceó ella tratando de zafarse.

Él la soltó. Sus ojos siguieron a los fugitivos. Con una sonrisa, luego riendo, respondió:

—¡Y a pie!

Aquel desahogo trajo la normalidad que parecía haberse fugado por unos momentos. Sonrió ella también, más para liberar la tensión que para celebrar el hecho de su nuevo desamparo. Contra el viento iban por el lodazal, ella, levantando sus faldas y dando gracias a Dios porque había parado de llover sin querer reparar en nada más porque le daba miedo. Él, asegurándose que más valía así. Por poco y..., pero que estúpido era. Lo que necesitaba era una novia. ¿Qué hacía ahí, en medio de charcos con una mujer casada? ¿Qué diablos le importaba que el marido fuera un desgraciado, que la cosecha se perdiera, que esa niña melodramática se calara hasta los huesos? Se iba a México ¡y ya!

Capítulo XXXII

Un pordiosero era cosa común en aquellos días. Niños, viejos, mujeres, hombres andrajosos y enfermos deambulaban por las calles, se recostaban contra las paredes, solían agazaparse en los portales de las iglesias, tocaban puertas y muchos habían pasado por Valle Chico. Ismael no se detuvo a considerar al que cojeó hacia él arrastrando un pie. Al regresar del campo esa tarde calurosa, dejo caer unos centavos en las escuálidas manos que se alzaron temblando y siguió su camino. Con muda desesperación que no encontró fuerza para gemir, el hombre trastabilló al hacer un esfuerzo por alcanzar al mayordomo y, habiendo gastado su débil aliento, cayó sobre su cara.

Los peones que a pie seguían a Ismael, se acercaron a voltear el cuerpo. Uno de ellos se arrodilló y vio que el hombre parecía respirar.

—No está muerto —anunció y con asco huyó de la peste que llegaba del pie del pordiosero.

Ismael había volteado. Miró más de cerca. Desmontó. Su cara se obscurecía con cada paso que daba porque creía reconocer a su hijo.

Pensaron que Cirilo no viviría. Tenía la piel pegada al hueso, el estómago no toleraba bocado, sólo la voluntad que lo había sacado del Valle de la Muerte arrastrando un pie infectado, comido por piquetes de mosco, lo había hecho vencer la última prueba. El doctor Arteaga aseguró que era un milagro que no hubiera presentado gangrena. El hedor intolerable al quitar los trapos inmundos y las hierbas del pie inflamado que lloraba pus, le indicaron que Cirilo venía de tierra caliente donde los moscos y moscas eran abundantes y venenosos. Ya que Cirilo pudo hablar comprobó que tenía razón. Su relato de los meses en que había estado ausente llevó a su auditorio hacia un mundo de crueldad difícilmente sobrepasado en las épocas más negras. En casa de Cata, sentada sobre una dura silla frente a la cama de Cirilo, Mariana lo escuchaba. A la luz de una lámpara que llameaba sobre la cabecera, bajo la compasiva imagen del Sagrado Corazón, Cirilo contó su historia:

—Pos si, niña, llegué a la capital —había empezado—, pa buscar a Pablo. Pero no conocía el lugar y en un parque que llaman la Alameda, me estuve parado sin saber qué calle tomar, pa dónde jalar, nomás esperando a ver si le preguntaba a alguien de la dirección que traiba, cuando un hombre se me acercó. Me pienso que vio lo bruto que era, ahí nomás paradote... Vino pues, y se portó rebuena gente. Me preguntó de dónde venía y luego, luego, me ofreció trabajo en una hacienda de Veracruz ganando tres pesos diarios. ¿Se imagina? Pensé que entre más lejos de Michoacán, pos mejor. ¿Qué iba a hacer en la capital? Una hacienda estaba mejor, y acepté.

"Ay, niña, y que me lleva a una casa no lejos de donde estábamos, cerca de un teatro. Ahí me hizo cambiarme de ropa, dizque pa que no se maltratara la mía. Traiba mis botas buenas, mis pantalones de charro y mi camisa y el sombrero que mi papá me dio. Pos no, ni modo, dijo que las iba a arruinar y me dio un aparejo de peón: guaraches, sombrero de petate... ya sabe. Luego, que me iba a guardar mi ropa pa cuando regresara. Ahí mesmo me hicieron firmar un contrato y me dijeron que me pasara a un patio muy sucio dentro de la casa.

"En el patio había ocho hombres más. Algunos dijeron que ellos iban a trabajar también y ora que me acuerdo estaba una familia con un niño de brazos y dos chamacos más chicos que se veían rete espantados. Pos así estuvimos dos días. Todo ese tiempo el hombre acarreye y acarreye gente y yo me fijé que a todos les decía lo mesmo. Nomás que si la ropa no estaba tan buena se las dejaba. Viendo eso yo dije que mejor me quería salir a ver a mi hermano pa despedirme antes de que nos juéramos, pero el hombre no me dejó. Salió con que le debía dinero por el alojamiento y la comida que me había dado —puras tortillas y un caldo chiloso—, y que a lo mejor no regresaba y que ya tenía contrato.

"Por fin fuimos veinte y nos llevaron una mañana muy temprano, a tomar el tren. Entonces debí haber corrido. Pero no, ay voy y me meto en el vagón de tercera y ay vamos pa Córdoba.

"El calor no era mucho pero sudamos todo el tiempo. Llegamos rendidos, ya de noche, y nos pusieron a dormir en un galerón grandote. Ahí había muchos hombres más y muchas mujeres con sus niños y hasta de pecho, y en la noche nos encerraron como ganado y un rural montó guardia. Eso ya no me gustó. Y me gustó menos cuando vide que algunos de los hombres tenían las manos amarradas. Pensé que eran creminales.

"Pos al día siguiente ay vamos pal tren otra vez. Vimos más rurales venir y nos empacaron en un vagón. Me tocó conjunto a un hombre que no parecía peón y él fue el que me desengañó. Pero casualmente traiba las manos amarradas y le pregunté muy aprisa que ¿por qué estaba ahí? ¿Por qué sus amigos, que no parecían peones, iban ahí? Y miró de frente y dijo:

—Porque somos pobres.

Yo me quedé callado, sin entender, y más adelante me dijo:

—Vamos a Valle Nacional.

Le pregunté que ónde quedaba eso y me contestó que en Oaxaca y se puso muy triste:

—De ahí nadie vuelve.

—Ay, niña se me encogió la tripa..., yo que creiba que iba a Veracruz. Pero dije de todos modos que no, que yo iba a trabajar por unos meses nomás, que iba a ganar tres pesos al día, que había firmado contrato y que decía que eso me iban a pagar. Él nomás sacudió la cabeza:

—Esos hombres andan por todo el país engañando a la gente, haciéndola tonta. Prometen tres, hasta cinco pesos, que nunca verás. Te van a cobrar por tus comidas, tu alojamiento, y acabas debiéndoles dinero.

—Entonces sí sudé a chorros. Miente, le dije, y él sacudió otra vez la cabeza.

—Eres prisionero. Esclavo.

—Yo soy libre —grite, y él se sonrió muy raro.

Uno que estaba oyendo se puso igual de espantado que yo y le preguntó al hombre de dónde venía y por qué era prisionero y lo traiban con nosotros.

—Porque escribí algo que no les gustó allá arriba sobre esto del enganche. Anda —, me dijeron— para que te enteres mejor. Yo había acompañado a una mujer a una casa cerca del Teatro Riva Palacio, porque se quejó ante el periódico de que los enganchadores ahí tenían prisionero a su hijo. La denuncia de doña Petra se publicó y recuperó al muchacho, pero los enganchadores quedaron libres después de una faramalla de interrogatorio. A la semana me detuvo la policía a la salida del diario y aquí vengo. Además de los que embaucan, como a ti, todo aquel que se les hace bueno para el trabajo lo detienen con cualquier pretexto: que si se emborrachó, que si armó escándalo, y no más cae en la cárcel lo mandan para las haciendas tabacaleras. Si no tienes quien te defienda, dinero para la fianza, o no se enteran los tuyos, acabas como yo. En mi caso, mi familia está en Oaxaca, y los amigos ni se enteraron... Cincuenta pesos por cabeza es el precio de un hombre. En algunas partes diez van para el gobernador, otros diez a las autoridades del camino y algo para los rurales —dijo más quedito—. La parte gorda es para el enganchador. El que te prometió el trabajo.

—Me prometió tres pesos... —repetí ya sin creerlo y él me aseguró:

—No te darán ni un centavo y saldrás para morir, si no es que te mueres allá. Yo sé bien como están las cosas.

—¿Y por qué no protestó? —preguntó entonces el otro que estaba junto a mí y yo temblé cuando contestó:

—¿A quién? Todas las autoridades están de acuerdo con los de Valle Nacional. Son uno. Nos hacen pasar por criminales para hacerse ellos mismos pensar que están haciendo justicia, pero en realidad todo lo que quieren es llenarse los bolsillos o taparnos la boca. Es fácil robar al pobre todo lo que tiene: la vida. No hay justicia.

—Pos entonces sí que me espanté. Pero a mí no me arrestaron, dije. Yo me largo. Y que me levanto y me voy hacia la puerta del vagón donde estaba el rural.

—Pa trás, amigo —me aventó y contesté:

—Yo soy hombre libre y no quiero ir pa Valle Nacional—. Entonces que da un silbido y que se deja venir el enganchador del fondo del vagón.

—Ey tú, éste dice que se va.

—¿De veras? ¿Pa dónde?

—Pa fuera... —le dije.

El enganchador se levantó los pantalones y me hizo una mueca.

—Pos ándale. Pero antes me das los cincuenta pesos que me debes y te vas pa donde quieras. Si no, me respetas el contrato.

—Yo no le debo nada.

—¿Y la ropa que llevas?

—Deme la mía.

—No puedo. Está en la capital.

—Pos me encuero. O quédese con ellas y yo con éstas.

—¿Y la comida que te has tragado y el pasaje? ¿Y el hospedaje?

—Miré al rural que nomás veía pa fuera a la selva que nos pasaba. Todos estaban silenciosos, nadie se movía. Sentí ganas de brincar. Vi que la tierra parecía correr allá abajo, pero el rifle se cruzó en la puerta que iba abierta.

—Ni lo intentes. Estás mejor sin una bala dentro —dijo el rural.

"Y ahí me quedé tambaleándome entre el rural y el enganchador y todos silenciosos, y el periodista como muerto nomás viendo pa delante. En cuanto regresé a mi lugar el hombre repitió que íbamos a nuestra tumba. El calor se puso peor y dentro del tren era como estar dentro de un horno de chile. Por fin nos bajaron, pero estaba el solazo y nos llevaron junto al río para que no nos fuéramos a meter en el monte, y a esa hora no había ni una sombrita. Me ardía la cara como si me la estuvieran cortando con navajas.

"Así caminamos dos horas o más, como cuarenta de nosotros y los rurales y sus caballotes siempre a un lado. Luego entramos en un pueblo donde había unos hombres esperándonos. Eran españoles, los meros patrones. Esos nos dieron una ojeada y los enganchadores y los rurales nos dividieron y entregaron cada grupo con sus papeles y se metieron bajo un tapanco de palma y vide que lo que el periodista me contó era la pura verdad porque les pagaron su dinero y se me puso la carne de gallina. Los patrones entonces les dieron a los capataces sus órdenes y se largaron. Nunca los vide otra vez. Viven en la capital o en España, según dicen. Palabra que sentí odio, niña, pero más aborrecí a los mexicanos que nos traiban a ellos.

"Al periodista nunca lo vide más. Lo mandaron pa otro lado. Nosotros llegamos al valle y fuimos viendo hombres, mujeres y niños trabajando en el campo con sus machetes. Tabaco, eso es lo que siembran.

—¡Ay, niña, los viera visto! esqueletos, puros huesos algunos de ellos, y aquellos negrotes de capataces brincando de un lugar a otro con sus varotas de bejuco y ¡zas y zas! si alguien no se apura, y así todo el camino.

"Yo nunca había visto un negro, pero en esa hacienda había muchos. El patrón se los traiba de Cuba y a todos los hacía capataces para que trincaran como reyes y nos trajeran a nosotros de animales.

"El día que llegamos era antes de la caída del sol, pero qué descanso ni qué nada. A trabajar se ha dicho. Y trabajamos esa noche muy tarde —ya ni se veía. De regreso del campo nos pusieron en fila dizque en la cocina para agarrar una tortilla con unos cuantos frijoles, niña. Y eso fue todo lo del día de comer.

En ese punto Cirilo descansó un rato y Cata se apresuró a limpiar su frente como había estado haciendo a lo largo de su relato como si con aquel gesto buscara mitigar los malos recuerdos. Cirilo cerró los ojos y se acomodó para continuar:

—Había un gran galerón y pa dentro nos empujaron como mular. Dormíamos sobre la tierra húmeda y si se tenía suerte, en el petate de alguien que había muerto o si se quería comprar uno, costaba cinco pesos. ¿Yo pa qué quería más deudas? Me dormí en el suelo.

"¿Aunque dormir? La verdad no pegué el ojo en toda la noche así me estuviera muriendo de cansado porque pos verá: las mujeres y niños y hombres, todos duermen juntos. Algunos que acaban de llegar todavía traen fuerzas y se van tras las muchachas. Ni las casadas se escapaban. ¿Y que hacía el marido? ¿El padre? Los capataces se reían de sus quejas, y si alguien se quejaba mucho o se ponía bravo pa defender lo suyo, pues ahí estaban los chicotazos para quitárselo y esa máquina o algo donde le meten a uno la cabeza y se está tieso, sin agua ni nada, con los brazos a lo largo de un palo y de rodillas, y al sol.

"Si niña, hay todo eso.

"¿Pos así cómo quería que durmiera con aquel desastre? Y de remate un campanazo o algo por el estilo que se tocaba cada media hora pa que el guardia no se durmiera y no nos fuéramos a escapar aunque la puerta tenía un candadote del tamaño de una cubeta.

"Así pasaron los meses, niña. Trabajo desde las cuatro de la mañana con una tortilla y unos cuantos frijoles y todo el día con aquellos capataces picándole a uno las costillas o donde se les hacía bueno. Yo siempre trabajaba duro. No quería que me quebraran la espalda y de todos modos recibía mis bejucazos y a veces donde más duele y ese negrote que tenía el alma más negra que el cuerpo, no más moviendo sus ojos amarillosos pa todas partes. Y luego a las nueve de la noche, de regreso del campo, nos esperaba una tortilla —a veces, dos— y frijoles... y si nos iba bien, chile. Eso era todo. Siempre.

"Después yo ya también dormía. Me acostumbré a los quejidos de las mujeres, a la lucha que algunas ponían y a esa alma podrida de capataz que espiaba todo por una rendija entre los maderos. Pero dormía con todo y las toses, los suspiros y los quejidos. Algunas veces creo que eran míos.

"¿Escapar? Ay mamá. Algunos trataban y venían pa trás, segurito, a más tardar después de dos días. Y luego los golpeaban hasta que se les veían las costillas. No duraban fuera nada. Había una recompensa de diez pesos para cualquiera que regresara a un hombre de Valle Nacional y diez pesos es mucho dinero.

"De todos modos la gente no dura con esa vida. Un hombre que había estado dos años, una noche me platicó que siete..., ocho meses..., es lo que la gente aguantaba. Los chamacos jóvenes duraban más. Él estaba maldito, no se moría. Otros más fuertes que él venían y se acababan y morían; más jóvenes que él y se morían... ¿Qué por qué no había pagado la deuda en todo ese tiempo? Siempre que ya casi la pagaba era ya tiempo de comprar otros pantalones porque los harapos que traiba ya se le estaban desbaratando en el cuerpo y pa cuando había pagado los pantalones, su cuenta de comida ya había subido. Una tortilla, frijoles... y a peso la cobraban. Ni cuándo íbamos a pagarles si con sus cuentas veníamos gastando a la larga más de lo que nos habían prometido.

"Los yaquis eran los únicos que se podían escapar. Cuando yo llegué, quedaba uno. De otra manera, nomás había que esperar la muerte.

"Un hombre estaba muy enfermo. Bueno, todos estaban enfermos pero aquel estaba muriéndose. Una noche la tos hizo que los otros se quejaran de él. Pos al día siguiente ya no podía, y el bestia del capataz que le medio rompe el machete en la espalda, niña. No sé cómo vivió con ese golpe pero a la mañana siguiente escupió mucha sangre. Ya no se pudo levantar. Entonces entró el hombre y le dio un vistazo: 'Ta bien. Si te quieres ir, te puedes ir. Aquí ya no puedes trabajar'.

"Yo pensé que era lo más maldito que había visto, que a un moribundo le dijeran levántate, viendo que no podía. Pero que se levanta, niña, que se levanta y, aunque no lo crean, parecía feliz.

"Lo dejaron ir. ¿Y sabe por qué? Para no tener que enterrarlo. Así me dijo mi amigo: 'Si se muere en el camino, las autoridades lo tendrán que enterrar porque no les conviene que vean lo fregados que salen de aquí. O si no, se va a morir a la Casa de la Piedad'. Le pregunté qué era eso y me dijo que era un galerón a la entrada del pueblo donde la gente de Valle Nacional se arrastraba pa morir.

"No pude dormir esa noche y vide que al indio yaqui le brillaban los ojos en la obscuridad. Oí, a eso de las doce, que las mujeres se fueron a dormir después de moler todo el nixtamal, las oí regresar a las tres de la mañana otra vez, y luego vide que el yaqui se movía como gato entre la gente, pero sintió mis ojos y regresó a su lugar. Supe que quería irse y supe que se iba a escapar algún día. Era diferente aquel hombre. Tenía orgullo y una mirada muy distinta. Nunca se agachaba ante los capataces de manera que lo fregaban lindo y bonito, pero estaba hecho de piedra. Un día me le acerqué en el campo y muy quedito le dije que se fuera. 'No te delato'.

"No dijo nada. Nada.

"Luego, una noche, después de que todos se habían dormido, se vino a acostar junto a mí y me contó cómo lo habían separado de su mujer y su hijita y que a ellas las habían mandado a Yucatán. El gobierno invadía sus rancherías, los tomaba prisioneros y claro, se rebelaron porque ya sabían pa que los querían: pa mandarlos lejos de allí. A la gente le decían que los yaquis no eran más que rebeldes que no dejaban al país en paz, pero asegún él, no era cierto. Los políticos empezaron a molestarlos y ellos tuvieron que defenderse. Querían cogerles sus tierras y a ellos sacarles jugo.

"Algunas autoridades en Sonora tenían un trato con los hacendados de Yucatán y mandaban peones para las plantaciones de henequén, igual que a Valle Nacional. Pero ahora ya no traiban yaquis al valle porque se escapaban. De Yucatán no había escapatoria. 'Si quieres irte, hazlo antes de que estés débil. Es mejor morir que vivir así. Vete por el río.' Y me dio la espalda.

Al día siguiente no amaneció.

"Le hubiera hecho caso pero me dio miedo. Otro mes pasó y el calor se puso peor y yo más débil y las moscas y los mosquitos que no lo dejaban a uno en paz. Uno de mis pies se me empezó a hinchar; a muchos les pasaba lo mismo y le dije al capataz que no me podía mover de prisa, que el pie estaba hinchado y que ya apestaba y se rió tan fuerte como nunca he oído reír a nadie y nos echó en cara que todas las patas de indio apestaban y todos se carcajearon. Pues el pie me siguió creciendo y creciendo y un día nomás ya no pude andar. Me dolía más arriba de la rodilla y me sentí todo fiebroso; ya ni veía bien y no me importó que me apalearan. Me senté en medio del campo y que se deja venir el negrote brincando surcos y me vio el pie y como que hizo una mueca: 'Este no sirve ya. Va que vuela pa carne de gusanos'. Ni me pegó el desgraciado. Como pude me arrastre pa salir del campo y ya ni caso me hicieron, no más un capataz me detuvo y me picoteó el pie y me desmayé.

"Reviví a medias y me di cuenta de que me habían aventado junto a la carretera. Supe que me estaba muriendo, niña. Y me acordé de la Casa de la Piedad y seguí arrastrándome. Me arrastraba un poquito, me detenía un poquito. Cuando vide luces le pedí a un arriero que me dijera donde estaba la Casa de la Piedad, y se compadeció de mí y me subió a una de sus carretas vacías y me dejó cerca y me arrastre pallá a morir.

"Pero a la salida del sol, niña, todavía estaba vivo. Pensé que estaba en la hacienda y voltié a ver, pero que veo a algunos ahí nomás tirados en la tierra y todos marcados de muerte. Cerca de mi estaba una viejita. Estaba sobre su cara y en eso que voltea hacia mí y me quere coger y que me hago pa trás y me arrastro, arrastro, fuera de ahí. Seguí arrastrándome por una callecita y unos niños me encontraron y corrieron por su mamá y la mujer ya no los dejó que se me acercaran. Pero entonces un viejo pasó y me vio, y ya me llevaba arrastrando de vuelta pal galerón pero le dije que no, ¡no! y me le colgué y se me quedó viendo y me acostó bajo una palma y pensé que era mejor morir al aire libre; pero al poco rato que lo siento regresar y vi que me lavaba el pie y que le ponía un líquido y me lo dejó por mucho rato, hasta que volvió con un muchacho joven y entre los dos me llevaron a su choza y me envolvieron el pie con hierbas y hojas y me dieron de comer y con ellos estuve unos días que ni sé cuantos.

"Luego me empecé a poner mejor con las curaciones que me hacía el señor, niña, y ya que me pude sentar empecé a notar la mirada del muchacho. Diez pesos es mucho dinero. Así es que entantito se fueron ese día al trabajo, tomé unas tortillas, dibuje un corazón en la tierra de la choza pos no sabía como más dar las gracias, y me fui.

"El pie me dolía como el carajo pero ahí iba medio brincando, medio cojeando, medio arrastrándome, hasta que llegué al río. Me mantuve con pescado crudo. No sabía donde andaba, pero nomás veía Rurales me tiraba a pedir limosna y ponía cara de moribundo. La verdad no tenía que disimular.

"Una familia que llevaba sillas a vender a Tuxtepec me dio permiso de subirme a su carreta. En llegando me fui hacia la vía.

Cata volvió a limpiar sus ojos y levantando la mano de su hijo la acariciaba. Cirilo estuvo callado por un rato y al cabo continuó:

—De pura suerte pude subir al vagón de un tren que se detuvo, pero no tardaron en dar conmigo. Le pedí al conductor de tercera que si me dejaba ir de caridad, pero me bajó más adelantito. Resultó mejor. El pie me punzaba cada vez más y me fui al arroyo cerca de ahí y lo lavé bien, y lo envolví otra vez en hojas de plátano. No sé si fueran buenas o no. Yo me lo envolví y me fui cojeando hasta la carretera, y otra vez le pedí a unos arrieros que me llevaran, pero ni caso me hicieron; pero más después uno se apiadó de mí y así llegué a México, niña. De pura suerte me dejó cerca de los trenes y yo sabía que un día era todo lo que se tardaba pa llegar aquí y me senté a pedir limosna pa mi pasaje. Sin comida, nada. Tenía un hambre que sólo Dios, de manera que gasté unos centavitos en tortillas y luego ni me las pude comer y las devolví todas y mis centavos pa nada. La siguiente mañana me sentía volando. Ora sí mestoy muriendo pensé. Me quedé tirado en el portal donde dormía y nomás salió el sol, ay como pude llegué al tren que venía pacá. A uno que no le vide tan mala cara me le acerqué y le dije que quería morir en mi tierra, junto a mi madre, que me dejara por el amor de su madre, irme en el tren del ganado, de carga, como fuera, pero que me dejara y me dejó. Así fue como llegué.

"Ay niña, Valle Chico es el paraíso. De veras. Pero en México hay demonios y hay infierno.

Capítulo XXXIII

Existía el lado obscuro: el Valle Nacional, las plantaciones en Yucatán donde hombres, mujeres y niños vivían en esclavitud, y existía el lado brillante.

Alonso se movía en esa luz y dedicaba su tiempo a vivir el papel que el destino le había asignado en el foro porfiriano en una obra llamada *La buena vida*. Era impecable en el vestir, asiduo asistente a los toros, conciertos, la ópera y el teatro para aplaudir a la joven Esperanza Iris, que cada día ganaba más celebridad. Algunas tardes tomaba café con Enrique en el Café Colón y no dejó de presenciar el gran invento de los hermanos Lumière en la calle de Plateros. Los domingos paseaba por Reforma y, para tranquilidad de sus amigos, había desistido de ir a ciertas reuniones bohemias que se salían del aro. Cierto, en cierta ocasión hubo un loco entre ellos, pero se supo.

El estudio económico ya lo terminaría... Por entonces sus negocios lo absorbían por completo. Alonso se descubrió la cabeza al pasar un *Victoria,* desde donde lo saludó una encantadora sonrisa.

—Se muere por ti —lo codeó Enrique.

Alonso volteó a ver una vez más hacia la joven que se sonrojó.

—¿No te lo dije? —insistió, y Alonso dio instrucciones al cochero para que procediera a casa de su tía—. No te hagas el disimulado. Tienes a media docena alborotadas, pero no te decides. Ahora bailas con una, mañana visitas a otra. ¿No que eras hombre de un solo amor?

Porque él se iba a casar, quería que todos se ataran la soga al cuello, respondió Alonso y Enrique espetó:

—¡Traidor!

Ineludiblemente el domingo al mediodía era ocasión de familia. Los hombres se sentaban a sus mesas con puntualidad. Alonso acudía siempre a la de sus tíos. Desde que la boda de Marta y Enrique se anunció tras la ceremoniosa petición de mano, en aquella casa no se hablaba de otra cosa. Al terminar la comida Marta y su prometido desaparecían en el jardín, el tío dormía la siesta y Alonso tenía que escuchar a su tía para quien cada incidente y hasta cada tropiezo era suculento manjar.

¿Le gustaban las invitaciones? ¿El tipo de letra? ¿Cuál prefería... ésta o aquella?

A él le daba lo mismo, sin que por eso dejara de conceder a doña Sara la cortesía de su atención, pues comprendía que gozaba la buena tía uno de los mayores gustos de su vida.

Ayyy, no cabía duda que las bodas eran emocionantes—. Querido, Alonso, ¿Cuándo tendremos el gusto de verte en las mismas? Pensé que Myrna...

Él también lo había pensado..., aquella belleza de ojos dorados lo había cautivado por algún tiempo para desilusionarlo más tarde con su demanda de adoración, los gestos estudiados, la caída de pestañas lenta, lenta, a punto jamás, que terminó por exasperarlo. Ni por curiosidad había tratado de saber algo de él; en cuyo caso, tampoco Mariana. Mariana..., a veces se decía que ya la había olvidado, pero sabía que se engañaba. Su imagen prevalecía sobre todas.

Camino a su casa esa tarde decembrina las calles desiertas en su soledad dominical lo deprimieron. Odiaba los domingos por la tarde: aburrimiento puro, el mundo suspendido de su actividad, y él vagando en un insomnio, siempre esperando el lunes para amanecer a la vida.

Los sirvientes estaban fuera, la casa a la que llegó, fría y solitaria. Subió escuchando sus propios pasos sobre las escaleras que daban a la sala y comedor. Su casa era una de esas que tenían sótanos y cochera dando a la banqueta, y arriba los balcones sobre la calle. Calentó café, prendió la chimenea y revisó los periódicos. Había visto todas las zarzuelas y estaba cansado de posadas. ¿Ema? Se estaba volviendo posesiva. No la iría a ver en una semana. De manera que no había nada que hacer más que leer o contemplar el fuego. Con desgano tomó del librero un volumen al azar.

Resultó ser Don Quijote, ufano dentro de su improvisada armadura, discutiendo con Sancho al trotar por las tierras de La Mancha. La aventura del muchacho flagelado por el amo pasó bajo su vista..., por un rato su imaginación fue capturada por la narración, sin que tardaran sus ojos en deambular por las páginas como errantes vagabundos. Se encontró mirando fijamente al fuego cuyos reflejos flameantes bailaban empequeñecidos en sus negras pupilas. Cervantes tenía razón: Para andar de quijote se necesitaba estar loco o hacerse pasar por uno. Pero la había encontrado tan sola y triste...

—Ya supe que se empapó el otro día, licenciado —había dicho Leonardo. Su cara, plena de escondida mofa, había sido una abierta invitación para un moquete y sólo haciendo acopio de voluntad se había contenido.

—Me da gusto que haya parado de llover. Me alegro por la señora —había contestado él y había seguido su camino furioso. ¡Maldición! ¿Por qué no lo había retado? ¿Qué, que estuvieran proscritos los duelos?

Nada. Pensamientos de rabia para acallar su cobardía. De que algo podía hacer, bien que podía. Lo que le estaba ocurriendo lo analizaba con masoquista ironía. Con un golpe seco Alonso cerró el libro, lo arrojó lejos de sí y entrelazó los dedos apretándolos. Le había sucedido la peor ridiculez del mundo: se había obsesionado por una mujer habiendo tantas. Y esa era Mariana. Lo pensaba con coraje y al mismo tiempo hubiera querido correr a sus brazos, estrecharla, refugiar su cabeza en su pecho.

Ahora sabía por qué había evadido siempre lazos muy estrechos. Temía entregarse porque tenía el presentimiento de que así sería: como una enfermedad.

Se puso tenso en el respaldo del sillón, sus manos se apretaron a los brazos del mismo. Ella no era feliz, ni quería al marido. Obteniéndola, tal vez pasaría todo. Los amores más grandes se enfriaban tras la posesión; los nunca logrados se volvían endémicos.

Se avergonzó un tanto al notar lo contento que se puso su padrino al verlo llegar.

—Sabía que no me olvidarías. Vamos a divertirnos de lo lindo. Será una espléndida Navidad, hijo. Dime, ¿que te has hecho? No he recibido carta tuya desde hace un mes.

—Todo esta bien. De veras —lo tranquilizó Alonso al pasearse alrededor de la plazuela de las Rosas donde un vientecillo inesperado hizo que las hojas caídas se revolvieran en vertiginosos vuelcos a sus pies.

Dicen que los remolinos traen malos espíritus y Alonso lo empezó a creer. Leonardo apareció ante ellos con su burlona sonrisa al doblar la calle. Sin embargo, estuvo de lo más cortés, inclusive los invitó a una posada esa misma noche en la casa de Libia, organizada por la Junta de damas de la caridad.

—Yo ya estaba invitado por Mariana. ¿Quieres ir? —preguntó don Evaristo una vez Leonardo se hubo ido.—¡Pero qué pregunta! Claro que querrás. No todas las damas de la junta son doñas Matildes y Clarisas. Habrá muchas muchachas bonitas. Ya verás.

—¿También Mariana pertenece a esa junta? —Alonso veía a Leonardo cruzar la calle y por un instante sintió el mezquino deseo de que se diera un tropezón.

—Desde que levantó su gran cosecha no la dejan en paz. No tiene tiempo y declina, lo cual no evita que la hagan miembro honorario de todo. Poderoso caballero...

—...es don dinero —completó Alonso y los dos se descubrieron al pasar un carruaje.

—Ahí va un avío cargado, cargado de... —don Evaristo insinuó y Alonso rió recordando el juego con que solía entretenerlo de chico:

—Brujildas.

Eran doña Matilde y Marcia con dos piñatas.

—¿No es aquel el primo de Marta, ese Alonso? —creyó reconocer la señorona—. Sonríe, niña. No, tonta, ese es el poste de la luz. ¡Allá!—. Contrariada, doña Matilde se abanicó al ver a su hija lanzar una sonrisa errante hacia el parque—. Basta. Ya los pasamos hace media hora. No arrugues las piñatas. Ay, espero que Mariana haya llegado a ayudar a Libia que siempre anda atrasada— censuró—. Hora que, Mariana, de que es eficiente, nadie se lo quita.

Doña Matilde era excelente navegante. El viento soplaba en cierta dirección..., muy bien, ese rumbo tomaría. Estaba más vieja, más gorda, pero su mirada de punzón, afilada por sus mezquinos sentimientos, no perdía su impacto. Desde que su única esperanza de plantarse en Valle Chico era casar a Marcia con el siempre errante Tomás, quien tenía fe algún día volvería soltero y, según sus cálculos, dispuesto a ello, y desde que Mariana tenía algo más que carácter que mostrar, la tía se había suavizado. Mariana, a su vez, aceptaba el cambio como tregua porque sabía que en el fondo siempre sería la misma.

—¡Ah! —aprobó al llegar y ver a Mariana en plena actividad —sabía que estarías aquí poniendo esto en orden. ¿No te lo dije, Marcia? Qué bien te ves Mariana, de veras. Te sienta el guinda. ¿Todo está listo? Pues gracias a que llegaste tú querida, porque esa tu hermana... Bien, y veamos que tal andan aquí las cosas... —y se puso a inspeccionar todo rápido y certeramente.

La residencia de Libia era un hermoso, antiguo caserón de amplios corredores, altos techos y espaciosas habitaciones. El patio de arquería neoclásica que largos años permaneciera mudo guardando los pasos quejumbrosos del abuelo de Leonardo, en aquella ocasión había sido resucitado con adornos de festones multicolores que trenzados en verde, amarillo y rojo, cruzaban de un lado a otro. Por lo débil de la luz eléctrica de los candiles recién instalados, la iluminación de la sala se complementaba con bombillas de gas y el amplio comedor lucía una mesa enorme enriquecida con mantel de encaje sobre el que brillaba la plata y el cristal.

—Todo está estupendo —exclamó la tía acomodándose un rizo —. Una de las piñatas —no se quejarán— además de fruta y dulces, tiene una moneda de oro. Para hacerlo más interesante, ¿sabes? Pero claro, al que le toque, le pediremos la done para alguna de nuestras caridades.

En otras, palabras, pensó Mariana: ida y vuelta.

Ah, ahí venía Clarisa...

—¿Trajiste los peregrinos, querida?

—Por supuesto —y doña Clarisa apuntó al mozo que llevaba el pesebre con la Virgen y San José.

—Bueno, falta Rosa Alpízar por llegar con las canastas de colación. Vendrá tarde de seguro, y tal vez las olvide. Ya sabemos que de ese pie cojea —aseveró doña Matilde lanzando a Mariana una mirada subrepticia. ¡Pero diantres! siempre la encontraba dueña de sí.

La música también llegó y tomó su lugar en el salón de baile. Las piñatas se colgaron en el segundo piso de una cuerda atada de balaustrada a balaustrada, ambas forjadas en hierro y bronce, y alguien, en un descuido, decapitó a San José. Hubo crisis. ¡Oh! el pequeño San José de doña Clarisa que había estado en la familia doscientos años.

—Te apuesto que lo compró esta mañana en el mercado —doña Matilde logró carraspear en el oído de Mariana.

Se daban voces de "traigan pegadura", "cola", "¡algo!" Nadie sabía dónde encontrar aquello. Cirilo cojeó hacia ellas trayendo cola y puso la cabeza al santo —al revés— se la quitó, la descascaró, y a doña Clarisa le estaba dando la pataleta.

Por fin todo estuvo en orden. Al caer la noche, el patio quedó iluminado por la tibia luz de las linternas. Los candelabros de cristal brillaron dentro, dando la bienvenida a los invitados que empezaron a llegar.

Mariana tuvo que fungir a manera de anfitriona al lado de Roberto porque Libia todavía no estaba lista a esa hora. Una vez hecha su entrada, se limitó a sentarse en la sala cosechando admiración, incluyendo la de Leonardo el que, ya adelantado en copas, repetía exagerados cumplidos.

Para sosiego de doña Matilde, Rosa Alpízar y su marido no tardaron en llegar con la colación.

Mariana no había cruzado palabra con David en años. Iba cada uno por su camino. Si por casualidad se encontraban en la calle ni se volteaban a mirar. En las pocas fiestas a que ambos asistían, se mantenían alejados. El mensaje era: ni existimos ahora ni existimos jamás. No había manera de que una irrealidad saludara a otra.

Las canastitas le dieron la oportunidad de evitarlo. Con un breve saludo que no fue para nadie, volteó a llamar a un mozo para que recibiera las charolas que llevaba el ayudante de los Alpízar. Alguien más dio las buenas noches en esos momentos y se vació su nerviosismo reprimido al responder con más efusión de la debida:

—Don Evaristo..., y Alonso, ¡qué sorpresa! Qué amables en venir—. Sus ojos brillaban, la cara le ardía, sus rápidos movimientos acentuaban su excitación—. ¡Licenciado, usted en Morelia! Bienvenido... ¿Cuándo llegó?— Al ver a Alonso enmarcado en la noche de luz y color, se sintió invadida de un gusto travieso, un sentimiento que había estado bullendo en ella desde que Leonardo le dijera que había visto al licenciado Luján.

—Ayer —replicó él con cierta satisfacción al ver la reacción que su presencia causaba.

Mariana, sonriente, decía que era un verdadero placer tenerlo entre ellos, que lo habían extrañado, y le invitó al comedor para ofrecerle algo de tomar. Alonso la observó serenamente al tomar la copa de cristal cuyo contenido sabía a repulsivo perfume ¿pero qué más daba? Le pareció que estaría dispuesto a aceptar lo que fuera de sus manos. Don Evaristo lo llamó entonces, Alonso se excusó y se encontró, contra su voluntad, rodeado por un grupo de caballeros que querían saber de la capital, de don Porfirio, de todo aquello que él representaba. Mundo de un lustre singular que íntimamente envidiaban, del cual tomarían posesión al relatar en futuras conversaciones esto o aquello de tal ministro, de esta o aquella noticia que de lejos les llegaba y que ahora se personificaba en Alonso Luján. Superada hacía tiempo la crisis de la deuda nacional gracias a la política de austeridad de Limantour y a nuevos préstamos, Inglaterra cobraba sus intereses con seguridad; la capital se embellecía y la plata experimentaba una ligera alza después de haber estado a la baja por la adopción del patrón oro. La última devaluación que dejaba al peso a dos por uno respecto al dólar, se atribuía a la volátil economía mundial y preocupaba sólo a unos cuantos. El círculo de Morelia, al ver que Luján no hacía mayores comentarios, se tranquilizó.

La voz de mando de doña Matilde no dejó lugar a dudas de que el momento de pedir posada había llegado.

—Formados por favor —ordenó y organizó a la mitad de los invitados, los que representaban los hospederos, en varios cuartos a lo largo del corredor, y a la otra mitad, la que llevaba los peregrinos, afuera. Se repartieron las velas. Los jóvenes jugaban amenazando con quemar los rizos de las muchachas que gritaban y reían y mandaban miradas que pedían se repitiera. Así se movieron los de afuera de puerta en puerta pidiendo posada; los de adentro, rehusándola, según aseguraba la tradición que sucedió a José y María casi dos mil años atrás. La sala era el refugio y entraron cantando con alegría:

—¡Entren santos peregrinos, peregrinos...!

Por su parte, don Evaristo y Alonso se habían quedado platicando con David sin participar, pero una vez congregados los dos grupos no tuvieron escapatoria.

—Ustedes también, señores. Es hora de romper las piñatas—, indicó doña Matilde dando golpecitos al hombro de don Evaristo y éste le confió a Alonso que si la comandante en jefe de la posada no se hacía a un lado corría el peligro de que la confundieran y le dieran un palo.

De una en una vendaron los ojos a las damas y con un largo palo envuelto en listones trataron de romper la piñata que colgaba, danzando sobre sus cabezas, manejada por las maniobras de Cirilo que balanceaba lejos de sus golpes a la olla revestida de picos multicolores de papel.

Con una sonrisa Alonso notó cómo Cirilo dejó que Mariana le pegara; mas el honor de romperla estaba destinado a otra persona. Cirilo no pudo anticipar los dispares movimientos de Marcia. En tres locos golpes acabó con ella. Dulces y frutas se dispararon al aire y todos se lanzaron al centro para recogerlos. A cada santo le llega su día, asentía don Evaristo al ver que felicitaban a Marcia, y se reía de Cirilo que, un tanto desconcertado porque le habían ganado la maniobra, se rascaba la cabeza antes de poner la otra estrella de colores en la cuerda.

Llegado el turno de los caballeros el círculo se hizo más amplio porque los golpes serían de más cuidado. David rehusó tomar parte, pero Alonso no pudo negarse ante las instancias de Rosa. Había notado un mosaico flojo precisamente bajo la piñata. Vendado, se encaminó hacia él, localizó el mosaico y aguardó sin moverse para oír el sonido de la cuerda. Al sentir que se deslizaba, golpeó, Cirilo la levantó rápidamente; Alonso esperó otra vez, pero antes que Cirilo la pudiera jalar hacia arriba él había enrollado el palo en la cuerda y jaló hacia abajo la piñata estrellándola. Le pareció que el mundo se le vino encima. Se quitó la venda y vio a los jóvenes y señoritas luchando a sus pies como niños por alcanzar naranjas, tejocotes, dulces y manzanas, y a los mayores reír a su rededor. Claro, había mucho empujar y asir de manos accidentales. Las golosinas no eran todo lo que importaba. Una moneda de oro brilló cerca de él y Alonso vio a Leonardo dirigirse a ella. Sin más, le plantó el pie encima. En vano trató Leonardo de quitar aquel zapato que no se movía..., alguien lo empujó lejos sin que él pudiera saber, en la trifulca, quien le había evitado ganar su presa. Por fin Alonso levantó el zapato y Marcia se encontró con una moneda de oro en vez de la naranja que esperaba coger. Su madre se la arrebató:

—No la vayas a perder —amonestó, arrepentida de haber sugerido que volviera a lar arcas de la Junta. En fin, sólo Mariana había escuchado su propuesta y se guardó bien la moneda. No se debía hacer muecas a la buena suerte despreciándola.

En cuanto a Marcia, poco le importó que el oro se le escapara. Era su noche y todos la felicitaban, excepto Leonardo que manifestaba su descontento entre tragos de whisky. Alguien deliberadamente le había impedido coger aquella moneda argüía con don Evaristo y David. La indiferencia que mostraron a sus quejas lo puso de peor humor y refunfuñando se fue a sentar a una esquina donde Mariana se reunió con él. La música empezó a tocar y ella sonreía a su lado.

—¿Te gusta la fiestecita, verdad? —Leonardo arrastraba la lengua. Aquel tono era de cuidado.

—Está bien. ¿No te parece? —aventuró.

—¿No te parece? —la arremedó tomando otro trago y ella trató de levantarse pero Leonardo la sentó de un jalón. Permaneció quieta, forzando una sonrisa. Alonso lo había visto todo y poniendo a un lado su bebida, vino hacia ellos.

—¿Señora, me permite esta pieza?

Ella no se atrevió a responder. Palideciendo, miró hacia Leonardo para encontrarlo tan campante.

—Esta y todas las que quiera, amigo —resopló de lado y tomó otro trago.

Aliviada de su temor y al mismo tiempo humillada, Mariana aceptó con expresión sombría por alejarse de él. Pensaba dar unos cuantos compases y excusarse por lo que dejó que Alonso la guiara lejos de las miradas inquisitivas hacia el corredor donde, aunque la noche era fresca, algunas parejas bailaban, sus rostros vagamente borrados por las sombras de las columnas. Para Alonso todo eso dejó de existir. Eran solamente ellos bajo las sonrientes estrellas invernales..., nada más importaba. El contacto con Mariana le permitía sentir su calor que fue envolviéndolo hasta convertirse en una situación mitad ensueño, mitad apremiante realidad. Comprendió que ella era su debilidad y para siempre. Atrayéndola, sin decir palabra, se detuvo y se inclinó, ante su estupefacción, para besarla en la mejilla.

—¿Pero qué...?

—¿Significa esto? —completó él.

Cesó ella de rumiar sus amargos pensamientos. Al tratar de zafarse replicó que eso no lo hacía ningún caballero.

En sus labios asomó una sonrisa extraña: —No. Sólo un hombre enamorado.

¿Ah sí? se dijo, pues no la impresionaba mucho. Estaba harta de hombres enamorados. Ahí tenía a David con su Rosa. Roberto haciéndole los mandados a Libia, y ahora este...

—No me diga —sonrió despectiva—. ¿Y de quién?

—De ti y lo sabes.

—¡Bah!, pues para romance pueblerino estoy de perlas. Un marido que me ofrece, un beso robado y mañana México y nueva aventura—. Lo miró con sorna y levantando su vestido con toda elegancia terminó con despecho irreprimido: —Para su conocimiento he estado enamorada y no tengo intenciones de repetir la hazaña.

De todos los argumentos con que podía haberlo rechazado ese fue el peor. Jalándola del brazo Alonso hundió los dedos en su piel. Tanto, que ella tuvo una expresión dolorida. Algunas cabezas entonces voltearon y él la soltó. Sin embargo, aquel urgente contacto había dicho algo más, algo muy perturbador que la hizo contemplar con temor y fascinación, primero, los ojos de Alonso, luego las impresiones que habían dejado sus dedos en su piel. —Mariana —la tía llamaba con apremio desde la puerta y al ver que no se movía; se apresuró hacia ella—. Escucha — apremió jalándola hacia adentro—: Ese tu marido insultó a Alpízar por no sé qué diablos. Llévatelo a casa —le decía en tonos sibilantes preñados de urgencia—. Vamos a quedar todos en ridículo.

Unos cuantos alrededor de David y Leonardo habían notado lo ocurrido. Al llegar Mariana, David ya había dado la espalda a Leonardo y aunque éste insistía picándole el hombro. David optó por alejarse.

—Leonardo —susurró muy quedo—. No me siento bien. Vámonos.

—No me digas... ¿Qué, no te gustó bailar con el licenciadete?

—Vámonos, por favor —suplicó sintiendo que la sangre le inundaba el rostro.

Pero entre más bajo hablaba ella, él más gritaba.

—¿Desde cuándo me das órdenes? ¿Qué crees que soy uno de tus pendejos peones para seguirte así nomás?

Todo se hizo silencio. La orquesta no sabía si seguir tocando o no..., las notas se apagaron en quebrantes titubeos y Mariana temblaba.

—Lárgate al demonio si quieres. Yo me quedo —terminó Leonardo.

Don Evaristo no aguantó más su insolencia. Viró, cogió a Leonardo de las solapas y se sorprendió al ver que se convertía en hilacho mojado bajo sus manos. La boca de Leonardo cayó, sus ojos rodaron hacia arriba y con disgusto don Evaristo lo soltó dejando que se desplomara en una silla.

Sin mirar a nadie Mariana salió de la sala, cruzó el comedor, se perdió de la vista de todos. Pasado el primer impacto de la escena, los comentarios empezaron a surgir:

"¡Qué rudeza!" "Una bajeza, diría yo." "Mira, se lo merecía, mi hijita. ¿Qué no la viste en el corredor? " "No. ¿Con quién?"

Mariana no sabía lo que hacía. Había llegado a ciegas a la salida de la casa y, desesperada, trataba de desatar las riendas del primer coche que encontró en la banqueta. La sangre galopaba en su cabeza. Quería gritar y no podía, llorar y no podía, huir, y sus dedos temblaban inútiles, desahuciados. Con vigor un par de manos se cerraron sobre las de ella.

—¿Qué hace?—se interpuso Alonso.

—¡Déjeme en paz! —estalló con voz ronca, gutural, desconocida para ella misma. Desconcertado por la desfigurada mueca en que su cara se había convertido, la soltó. Jaló ella las riendas y montó en el coche, pero Alonso se había repuesto.

—No puedes ir a Valle Chico a esta hora —y trataba de quitarle las riendas que ella jalaba obstinadamente.

—¿De veras? ¿Y quién lo ha nombrado mi ángel de la guarda?

—Mariana, no seas niña. No es más que un borracho.

—Déjeme en paz —gritó arrebatando las riendas.

—No te vas sola —y trató de subirse, pero la carcajada de Mariana lo detuvo.

Alonso, en todos sus años, nunca había visto a una mujer histérica. No sabía qué hacer.

—Santo Dios, ¡Cuánto decoro! —reía ella—. ¿Qué no sabe que soy la vergüenza de Morelia precisamente por eso? Que voy y vengo como me place y a la hora que me place. ¿Me oyó? Ahora dígame, qué tal le parezco. Porque así es como soy. Míreme y míreme bien para que se le grabe—. Sus labios temblaban en incontrolables contracciones, lágrimas corrían por sus mejillas hinchadas. Intempestivamente el látigo cortó una curva en el aire y el coche salió a todo galope.

Alonso trataba de localizar el coche de don Evaristo para seguirla. Paró en seco al escuchar una voz que ordenó bajo el portal:

—Síguela.

—Si patrón —le respondieron. Alonso se quedó estático al ver a Cirilo montar el caballo que guiaba y romper a galope hacia la noche. En la penumbra, sin que él lo viera, distinguió la cara de Alpízar.

Adentrándose en la oscuridad, el carruaje de Mariana cortaba el viento y brincaba dando tremendos tumbos que ella no sentía. Nunca lo vería otra vez. Jamás. Se mataría antes que volver a aceptarlo. Para ella había muerto. Muerto. No le bastaba el desdén íntimo, ahora recurría al público. ¿Pero por qué? ¿Por qué? La frente le ardía, sentía en su corazón algo que no comprendía: una furia incontenible, una desesperación sin freno.

Pasó un rato antes de que notara el jinete que cabalgaba junto a ella y asustada, detuvo un poco al caballo.

—Soy yo, niña: Cirilo —la tranquilizó el mozo. En silencio, juntos siguieron por algunos minutos antes de oír que otros caballos se acercaban.

Entonces Cirilo volteó y ordenó alarmado:

—Píquele, niña. Pero duro. Nos vienen siguiendo.

Mariana miró hacia atrás y vio a dos peones que ganaban terreno hacia ellos. Al mismo tiempo Cirilo fustigó primero el caballo del coche, en seguida el suyo. La carrera se desató, loca, descabellada como aquella noche. Ella presentía que entre más corrían, más se acercaban al siniestro.

Los perseguidores empezaron a alcanzarlos, los cascos resonaban ya sobre ellos. De súbito, sin entender nada, Mariana sintió que le arrancaron las riendas de sus manos. Vio entonces a uno de los hombres lanzarse encima de Cirilo y arrastrarlo por el camino donde rodaron hasta caer en una zanja.

—Mátalo, mátalo —gritaba el otro.

Hubo un forcejeo rápido, quejidos..., y ambos hombres yacieron quietos.

—Pancho —el otro llamó sin soltar las riendas del coche.

Trató ella entonces de bajarse por el otro lado, pero el hombre la jaló del brazo e instintivamente Mariana alzó el fuete que voló por el aire, al arrebatárselo él. Unos ojos de carbón candente se le acercaron—. Esta vez no le ayuda —afirmó y trató de forzarla hacia abajo, pero ella se resistió pataleando y mordiendo.

Sin saber cómo, Mariana se encontró libre. Alejándose de ella apresuradamente, aquel hombre instaba a su hermano a que se levantara.

—Ahí viene alguien, Pancho. Levántate. ¿Pancho? ¿Qué pasa? —Al ver que no se movía, corrió hacia él, lo volteó, dejó escapar una maldición, volvió a montar y huyó.

Un hilo grueso de sangre corría por la nariz de Cirilo, se unía al que salía de su boca y Mariana sacudía la cabeza una y otra vez. El otro, no se movía. Alejándola de la escena, don Evaristo le preguntaba si estaba bien y en la misma exhalación renegaba de los rurales que nunca estaban a la mano en los momentos que más se necesitaban. Allá abajo, Alonso decía que Cirilo estaba vivo y le rompía la camisa para vendar la herida del abdomen para detener la hemorragia.

—Lo llevaremos a mi casa —decía don Evaristo ayudando a Mariana a subir al coche. Si vamos a Valle Chico se nos desangrará en el camino. Usted viene con nosotros también, Mariana.

—No—, sollozó.

—Mire, Mariana, no se ponga necia. No va a continuar a la hacienda después de esto.

—No—repitió mandando a Alonso una mirada que no escapó al viejo abogado.

—Entonces con su tía…

—No, no, no —desesperó ella—. Quiero ir a mi casa, a mi casa.

No hubo más remedio. La llevó.

Le pareció a Mariana una noche interminable. Tenía sed todo el tiempo. Entre brumas recordaba haber abierto las ventanas para dejar que la fresca brisa entrara, entrara, y calmara la fiebre y se llevara sus temores. ¿Había sido todo un sueño? ¿Era cierto que Libia la había ido a ver para contarle lo ocurrido?

—Morelia entera está alborotada por lo que pasó y mírate, tú durmiendo. ¿Me oíste? Despierta. ¿No estás tomada también, verdad? Todo el pueblo hablando de ti y tú preguntas por Cirilo. Ya sabes: hierba mala nunca muere. Está bien. En primer lugar, sabrá Dios lo que les hizo ese indio ladino a esos hombres. Nunca le tuve confianza. Claro que la policía busca al que se escapó, pero eso no es a lo que vine.

"La verdad, Mariana, ya es el colmo. No creas que tienes simpatías. Dicen que te sacaste tu merecido y estoy de acuerdo. En cuanto a esa escena con tu marido...; por qué lo escogiste, nunca podré comprenderlo. Se te fueron los pies. Con razón su abuelo no quería nada con él. Sabrá Dios que clase de gentuza era su padre, pero se está notando. Para tu conocimiento, no se conformó con aquellas palabrotas. ¡No! Aunque te puso en tu lugar, querida, dicho sea de paso. Lo peor fue que se desplomó en la silla y se orinó. ¿Oíste? Y en una de mis sillas de terciopelo francés. Ni pensar en lavarla, aquello parecía de zorrillo.

"Ya te puedes imaginar lo que siguió. Todos se fueron tras ese decadente incidente y ni siquiera habíamos repartido la colación. En fin, será mejor que te abstengas de la vida social en el futuro porque ni Roberto ni yo estamos dispuestos a lidiar con el borrachales de tu marido mientras tú te vas a campo traviesa. ¿Oíste?

Mariana tenía sed de nuevo, sintió que la levantaban y que le daban de beber. Vio la cara de un hombre, una cara amable, y sintió que ponía una cosa metálica en su boca y que decía a alguien, una sombra, que se le diera aquello cada tres horas. La sombra asentía y se retiraba a rezar y rezar en un rincón..., las plegarias lejanas se esparcían por la habitación como vuelo de palomas y ella parecía zozobrar en un almohadón de aire y niebla sin contornos ni linderos.

Soñó que el valle se cortaba en dos, tres, diez, cien mil pedazos; que cada peón gritaba: "Esta tierra es mía", que la veían con odio y todos eran los ojos de Pablo..., Pablo que enseñaba manos callosas; confundiéndose, veía a Leonardo reír mientras ella trataba de explicar algo que nadie quería escuchar, a David voltearle la espalda y a don Evaristo recoger los títulos de sus tierras y romperlos en cuadritos para lanzarlos por la ventana donde se esparcían con el viento. Libia la llamaba avara, las Estucado rebelde y ella, sola, dentro de una iglesia alta, muy alta, altísima, cerraba la puerta a todos. Ahí, perdida en su inmensidad, rezaba siempre la misma oración: "Ayuda, que ya no puedo más..."

Abrió los ojos y oyó las Aves Marías, pero no era su voz. Vio entonces a una monja hincada casi junto a ella y con un gemido reconoció a la hermana Salustia.

—Mariana —, se allegó a su lado... — ¿sabes quién soy?—. Mariana extendió la mano, se asió al brazo de la monja acercándola más y recostando su cabeza en su regazo empezó a llorar. La Madre Salustia permitió que se desahogara, enjugó sus lágrimas y se vio obligada a decirle:

—Tu marido ha estado esperando a que despiertes, Mariana. ¿Quieres verlo?

Sumida en un impotente silencio, asintió.

La madre Salustia abrió la puerta para permitirle entrar y salió. Él no se acercó a la cama.

—¿Estás mejor?

Sin entender, Mariana asintió.

—Tuviste fiebre tifoidea. Tres semanas. El doctor dice que ya no estás en peligro. Dieta, eso es todo, y zarzaparrilla para purificar la sangre—. Viendo hacia la ventana agregó—: Voy a Morelia. ¿Se te ofrece algo?

—No, gracias. ¿Y Cirilo?— Mariana trató de incorporarse.

—Está bien. Cata se fue con él a casa de don Evaristo para atenderlo, pues no lo podían mover. Hoy regresa ella. Él tardará unos días más. Lupe se está haciendo cargo de la cocina.

Hubo un largo silencio, el mismo de siempre.

Al fin, Leonardo salió.

—De nada, de nada...—don Evaristo repetía dando ligeras palmadas al hombro de Cata al ver que la mujer no sabía en qué forma agradecer más su hospitalidad. Cata, confusa, sólo logró hacer una inclinación hacia Alonso antes de montar en el carruaje junto a Ismael.

—¿La señora? —preguntó Alonso al mayordomo.

Quitando la paja de sus labios, Ismael informó que ya estaba mejor. El doctor Arteaga había dicho que ya no había peligro.

Bueno, pues eran buenas noticias, celebró don Evaristo y una vez que despidieron a la pareja los dos hombres retornaron a la casa para sentarse a la mesa.

—Las cosas vienen así —reflexionó don Evaristo e hizo a un lado la servilleta al terminar de comer—: por etapas. Hoy se fue Cata, mañana partirás tú y en un par de días Cirilo... La temporada se ha cumplido.

Alonso sabía por qué estaba tan conforme con que se fuera, por qué lo había ayudado, con urgencia, a resolver asuntos que le había encomendado su tío Felipe. Frente a ellos, como fantasma, estaba el recuerdo de la noche de la posada y por único comentario, la mirada auscultadora de su padrino que recaía sobre él con disimulo, buscando respuestas sin hacer una sola pregunta.

Alonso también buscaba respuestas. El nombre de Alpízar lo había encontrado en una ocasión en los libros de Valle Chico. No se le ocurrió jamás que pudiera estar inscrito en otro lado. Con impaciencia había esperado la oportunidad de hablar con Cirilo; esa tarde fue al traspatio en busca de los cuartos de la servidumbre y tocó en la puerta contigua a la cochera.

—¿Quién? —preguntó Cirilo.

—Luján . ¿Se puede?

—Pásile, patrón.

Cirilo estaba recostado en un catre, con una pierna y el abdomen bien vendados. La cara había perdido su tinte cobrizo, ahora estaba amarilla; el pelo, lacio y negro, y su escaso bigote habían crecido. Con dificultad se volteó sobre el costado al ver entrar a Alonso.

—¿Cómo te sientes?

—Pos ya mejor, gracias, licenciado. Pero siéntese...

Alonso tomó una silla, se sentó a horcajadas y cruzó los brazos sobre el respaldo. El lugar olía a hierbas revueltas con sudor, pero hizo caso omiso.

—Te alegrarás de saber que los rurales capturaron al otro.

Cirilo descansó la cabeza sobre un almohadón de paja.

—¿Ya lo encerraron?

—Dentro de un cajón.

Los ojos de Cirilo brillaron.

—Resistió el arresto y le dispararon —explicó Alonso. Tras un breve silencio prosiguió—: ¿Sabes que por ti tu patrona estuvo en grave peligro, verdad?

Cirilo no se movió.

—Harás bien en andar con cuidado de ahora en adelante.

—¿Usted sabe? La mirada de Cirilo cruzó como filo de machete la estancia.

—Lo supe por casualidad. Ella no me lo contó expresamente —aclaró Alonso al notar que los ojos de Cirilo se achicaban, y agregó: —Una vez se cree —defensa propia y todo eso...

—Así fue, patrón. Se lo juro por la Virgencita —exclamó incorporándose y se desplomó en seguida con una mueca de aflicción.

—Está bien..., cálmate.

—Se dejó venir como el mero demonio con el cuchillote... —tembló.

—¿Y cómo supieron los hermanos que fuiste tú?

—Pos la verdad no sé. A lo mejor como vieron que me acobardé y me fui. La verdad, desde esa noche, pos les huía la cara. Ya que vine de Oaxaca supe que estaban en Maravatío, que no se habían largado pa su tierra esperándome y siempre andaba con cuidado, pero la noche de la posada salí así —recordó tronando los dedos— sin armas, ni nada, porque don David me ordenó de repente que siguiera a la niña Mariana.

Alonso se levantó. Por la ventana miró hacia el patio adoquinado.

—¿Don David? No sabía que fuera amigo de la señora... —Alonso dio la espalda a Cirilo y se despreció por sondear sirvientes.

—Pos sí. Si fue el mero, mero novio de la niña.

Alonso clavó los ojos en una mosca que iba de un lado al otro del sucio vidrio.

—Pero nunca volvió —continuó Cirilo sabiendo que Alonso escuchaba—. Nunca, desde aquella tarde en que el patrón, don Marcial, lo corrió porque se quería llevar a la señorita sin la bendición del cura. Y pos la señorita le dio la razón a su padre. Si le tenía reteharto miedo, y él había dicho que se casaba en la iglesia o no más no se casaban.

Alonso sacó su reloj y vio la hora. Podía irse en el tren de la noche

—Sí, pobre señorita —Cirilo iba a continuar, pero Alonso, volteando, lo interrumpió:

—¿Por qué pobre? Se casó ya.

—Ay pos no, patrón —Cirilo reveló meneando la cabeza—. Mi comadre Lupe, ora que volvió a la hacienda, me cuenta que llora mucho la niña Mariana. Pa mí que todavía quere a don David.

—¿Y tú qué sabes? —La mirada dura que le reviró Alonso sumió a Cirilo en el fondo del catre. Parecía haberse encogido.

—Pos la verdad, la verdad, que yo no sé nada. Nadita. De veras, patrón.

—Entonces no andes con chismes que también por esos apuñalan.

Le pareció a Cirilo que todas sus heridas se le habían vuelto a abrir con el portazo que dio Alonso y ya no le quedó más que santiguarse.

Capítulo XXXIV

La vida se deslizaba en un plan de hastío, todo estaba tan bien organizado que su firma era ya lo único indispensable. La presencia de la seño Mariana la suplía Ismael, el nuevo administrador se entendía de los pagos y los campos no sentían su sombra pasar. Ahora habitaba el corredor en un vaivén monótono, péndulo de madera que mecía su cuerpo sin más razón que dejar al tiempo ir y venir. De su enfermedad se había repuesto rápidamente. Era la pesadumbre la que se agravaba y los nervios traían a su corazón locas palpitaciones, a sus manos ligeros temblores y a sus ojos lágrimas sin reclamo. Como de niña lo hiciera, recurrió a la lectura pero a veces el libro yacía en sus manos inertes y el viento se encargaba de voltear las hojas, la oscuridad, de recordarle el transcurso de las horas.

Leonardo se había tornado más accesible, incluso había pedido disculpas por su comportamiento anterior y, aunque ella sabía que el cambio no era sincero, dejaba que corriera la nueva parodia como tregua incierta que finalizó una tarde de ruptura total.

Los mapas que él había manipulado por varios días quedaron extendidos sobre la mesa bajo la arcada. Cuando le dijo que necesitaba urgentemente quince mil pesos para cerrar el trato de que tanto le había hablado, ella le recordó que recién había comprado a Libia su parte de la hacienda, a lo que él arguyó que su firma sería suficiente para avalar el préstamo. Pero para ella eso significaría apostar sobre el futuro y estaba cansada de jugar partidas que ponían sus nervios como cuerdas de arpa. Las lluvias, las sequías, las noches de insomnio le habían enseñado cautela. Por entretenerlo, le sugirió que al menos esperara a que entrara la nueva cosecha.

¿Meses? La resolución era urgente.

La voz melosa de Leonardo traslucía impaciencia por más que tratara de disimularlo. Una discusión que empezó en tonos más o menos cordiales se ennegreció poco a poco entre impulsos de agresión y sólida resistencia. Ella no cedía, ni cedería, y él lo supo bien pronto. Volvían a lo mismo, vivían lo mismo: ella, aferrada a su seguridad, él se ahogaba en su perenne impotencia y recurría como siempre a su único escape: la violencia. Arrugó los planos, los barrió de una brazada al piso y, desesperado, se arrojó a una bajeza de la cual ya nunca se repondría.

—¿Quieres un hijo? —le gritó en la cara —. ¡Dame el dinero!

Mariana le había cruzado el rostro y él había regresado el golpe.

La dejó anonadada, contemplando mudamente los papeles estrujados que se esparcían con mustios quejidos a sus pies. ¿Cómo podía una tarde apacible tornarse en rojo coraje tan súbitamente?

Oyó los pasos rápidos de Leonardo, el azotar de puertas, gritos demandando el coche, y otra vez quedó sumida en el insoportable sentimiento de frustración y angustia que era su pan de cada día. ¿Cómo lograba salir a flote? Llanto, rabia, estrujar de manos, más lágrimas, más rezos, autorecriminaciones sin fin, y las horas idas la encontraban exhausta. Cuando la gente le preguntaba por su marido, siempre acudía la pronta sonrisa y el fácil tono de voz que decía: "Muy bien, gracias". Ella no iba a ser objeto de lástima, ni correría la intimidad de sus noches y sus días, de boca en boca. A solas, como siempre, sufriría los colapsos y se levantaría. A nadie le permitiría sondear las profundidades de su corazón, a reserva de una excepción: el hermano Juan a quien una vez había recurrido y otro, a quien sin decirle nada lo había adivinado todo. Su consuelo era que Alonso estaba lejos y no tenía que ver reflejado en él su infortunio.

Y de lejos vino, semanas más tarde, la invitación para la boda de Marta y Enrique lo que presentó un problema: se lo tendría que participar a Leonardo ya que era imposible que se presentara sin él y eso quería decir su constante compañía que ella temía y aborrecía. Su primer impulso fue declinar. En Valle Chico casi ni se hablaban, ni se veían. Desde aquella tarde él iba por su lado, ella por otro; pero no podía rehusar ya que Marta le había pedido que fuera madrina de lazo. Pase lo que pase, al mundo hay que darle la cara, se decía recordando la boda de Cristina Arteaga. Los preparativos para el viaje se hicieron y el humor de Leonardo mejoró. Hasta le empezó a dirigir la palabra, y aunque las respuestas de ella eran monosílabos, la idea de estar entre la élite capitalina lo mantuvo animado.

Sin reparar en la ruta del tren que se insinuaba por los hermosos paisajes michoacanos, él revisaba su libreta de direcciones examinando con cuidado los nombres de las personas que había conocido tres años atrás durante su luna de miel.

—¿Fue el señor Montalvo León al que invité a la ópera?

—No recuerdo —venía la respuesta.

—Más vale que recuerdes. Las damas en esos círculos son amables. Trata de practicar una sonrisa o me harás quedar en ridículo con tu cara de palo.

Mariana veía los mezquites coronados de guías anaranjadas y el río que se precipitaba en dirección opuesta. La recomendación era superflua. Había olvidado sonreír cuando a solas y con él, estaba sola; pero al encontrarse con otras personas, aún los deslumbraba y envolvía en cierto magnetismo muy personal que la hacía receptiva, amable y hasta alegre. En realidad, en ella había una ansiedad por olvidar el lado oscuro y arrebatar los buenos momentos que ofreciera la vida. Por eso, con gusto llegó a casa de Marta donde todo era un remolino. Las telas recién llegadas de París alborotaban al cortejo que se probaba los modelos escogidos, primero cortados en manta para evitar errores fatales en las sedas y tisús. Alrededor de las jóvenes encorsetadas, una falange de costureras aflojaban aquí, ajustaban allá y había regocijo dentro del cual Mariana casi se sentía como una despreocupada muchacha. Por unas horas reía y se entusiasmaba con cada detalle relegando a un sótano obscuro todos sus pesares. Las raíces de esta habilidad venían de la niñez, de aquellos días en que aprendió a alternar su soledad con la euforia de recorrer el campo a matacaballo, respirando un aire que le decía que la vida, a pesar de todo, tenía su lado bueno.

Marta perdía tanto peso que en cada prueba el vestido quedaba más holgado. Todas querían esto o aquello en especial, con excepción de Mariana que permitía a su costurera hacer lo que quisiera, y la mujer, agradecida por el descanso, se esmeraba con ella—. Nada como una buena figura —mascullaba entre dientes que mordían alfileres—. Su marido, señora, se va a volver loco con usted—. Y Mariana mantenía la sonrisa que al cerrar la puerta de su cuarto en hotel ya no tenía sentido.

En aquel ambiente era inevitable recordar los preparativos de su propia boda. Vencida su voluntad, los ojos se le anegaban al evocar su ingenuidad y se convertían en negros lagos de estáticas aguas al contemplar su inocencia. Se había esmerado en arreglar la casa lo mejor que pudo. Sacó brillo a sus modestos muebles hasta verse en ellos, y para colmo, había esparcido pétalos de rosas entre las fundas y las había alisado con suaves dedos al colocarlas en su lugar. A un camisón de fino nansú le bordó florecitas en los puños y agregó un encaje al cuello; había albergado esperanzas contra lo que le decía su cabeza y su corazón. Y por no sufrir más, renegaba ahora de su bondad. La veía estúpida porque Leonardo no la había sabido apreciar.

El contraste que ofrecían Enrique y Marta era lo que no podía desplazar. Increíble, pero él sí alababa sus esfuerzos por quedar bien, festejaba sus esmeros, el entusiasmo que Marta ponía en cada preparativo, el sabor a hogar que ya había dado a la casa que ocuparían. Estaba encantado con la ilusión que veía a Marta disfrutar y le había confesado a Alonso que se proponía pasar la vida lo mejor posible al lado de ella.

Tal vez pensando en Mariana, Alonso había dicho—: Es mucho bombo. El ponerse de acuerdo es lo que importa.

A Enrique no lo había perturbado el comentario. Como fuera, él estaba de acuerdo con el festejo. La decisión que habían tomado afectaría para siempre sus vidas. ¿Qué? ¿Iban a pasar de una situación a otra, así nada más, como quien sale de un cuarto y entra al siguiente? No. Los momentos cruciales de la vida se enmarcan en cierta forma para darles la importancia que tienen. Así opinaba Enrique, y doña Sara no podía estar más de acuerdo. Por primera vez tuvo una voz dura para su sobrino—: La verdad Alonso era un aguafiestas.

El día llegó.

Mariana se vistió temprano. El joven que la peinó explicaba al conserje, al bajar de su cuarto, que su atuendo de chiffon rosa fuerte hacía que su cara se iluminara y el pelo lo llevaba en un alto chongo del que caían rizos que lucían más obscuros bajo un enorme sombrero de organdí.

—Ya verá ahora que pase por aquí... Esta mujer es una reina.

Leonardo tardó más en vestirse que ella y con escasos minutos llegaron a la casa de Marta a tiempo para no perderse la excitación de los últimos momentos: doña Sara regañaba a todas las criadas porque no aparecía el rosario de oro con que Mariana lazaría a los novios, las damas, hermosas, en un tono más bajo de rosa, consolaban a la novia pronta a estallar en llanto por el incidente; afortunadamente, un pajecito que jugaba de rodillas sobre la alfombra vio el lazo que había resbalado bajo un sillón y todos suspiraron con alivio. Los ramos se pasaron, el padre de la novia, controlando sus nervios y tratando de imponer calma a los demás con un serio semblante, escoltó a su hija y a los metros y metros de fino tul de seda que pendían de su cabeza a lo largo del vestíbulo y de las escalinatas hasta el carruaje.

Siguiendo su cauda, la corte de honor llegó hasta la iglesia de moda: La Profesa, en la calle de Plateros, templo de larga historia, a veces cruenta y, en ocasiones, escandalosa. Justo adentro de la puerta principal, congregados a ambos lados del señor obispo que aguardaba vestido con su regia indumentaria convertido en un monumento de solemnidad, el novio y su familia esperaban.

Se formó la procesión. Las resonancias de la marcha nupcial invadieron la hermosa nave. De propósito, Mariana se fijó en todo menos en Marta y Enrique. Notó que las tres naves estaban repletas de formidables caballeros ceñidos por tiesísimos cuellos. Reparó en los mostachones perfectamente engomados que escoltaban a elegantes damas ataviadas con enormes sombreros, sedas, encajes y organzas suizas sobre las que cintilaban las joyas que no lograban opacar con todo su esplendor a doña Carmelita Díaz, figura máxima, muy elegante y soberbia, que estudiaba al cortejo desde la primera banca.

Leonardo se infló de importancia al verla. Repitiendo "con permisitos" logró colocarse cerca de ella. Doña Matilde, sin quedarse atrás, se lanzó, con abanico y polizón, hasta la segunda banca desde donde se dedicó a enviar cordiales miradas al sombrero de la primera dama como si estuviera llevando con él íntima conversación. Como consecuencia, doña Clarisa, rezagada por extraña discreción en lejano punto, tragaba buches de indignación. ¡Pensar que había hecho el viaje para ver a aquella cacatúa tan cerca de la primera dama! Un disgustado y altanero movimiento de su cabeza hizo que la larga pluma de su sombrero barriera el monóculo de un sorprendido caballero que quedó abriendo el ojo más que nunca al sentir que le volaban su lente.

El desfile se efectuó como era de costumbre, las damas primero, la madrina de lazo después, los padrinos de velación, Enrique con su madre, doña Sara con el padre de Enrique, y al final, muy hermosa y feliz, la novia con su padre seguidos por la pareja de pajecitos que llevaban la cola del traje. Ante el altar, don Felipe entregó su hija a Enrique con una mirada tan desolada que hizo sacar el pañuelo a doña Sara.

Mariana era un éxito. Todos preguntaban quién era y los hombres no dejaban de acariciarla con la mirada. Alonso parecía no verla. En vano se había preocupado por él. La boda, ritual de amor en aquel caso, siguió su curso. Los anillos se bendijeron, las arras también... El Orfeón del Conservatorio cantó la misa, Marta y Enrique se casaron. Inmersa en el profundo significado de aquel momento, Mariana sentía que los músculos de la garganta se le endurecían. Se puso tan nerviosa que no colocó el lazo sobre la pareja hasta que doña Sara le hizo señas urgentes con los ojos y lo mismo pasó cuando llegó el momento de quitarlo. Leonardo estaba molesto.

—Echaste a perder la ceremonia con tus titubeos—. Le dijo al reunirse con ella cuando ésta hubo terminado—. ¿En qué diablos estabas pensando... en la cosecha?—. Y se inclinó y sonrió hecho un encanto hacia una señorona muy tiesa.

En la Sacristía se formaron los invitados para dar el abrazo de felicitación a los novios y en seguida se dirigieron a la recepción en el Casino Español a unos pasos de distancia.

Por nefasta coincidencia, doña Terremoto, como había bautizado don Evaristo a doña Matilde, en un susurro discreto hacia Alonso, entró con don Carlos al mismo tiempo que Mariana y al unísono entregaron sus capas en el recibidor, pero la tía conservó su boa de gasa y encaje por aquello de un enfriamiento.

Te olvidaste de poner el lazo a tiempo —regañó la tía.

—Ya me lo hizo notar Leonardo.

—¿Y dónde está? —preguntó doña Matilde lanzando su mirada de puñal alrededor.

—No sé. Me dijo que me viniera contigo hace unos momentos.

—Espero que se comporte y no nos vaya a poner en ridículo. ¿Te fijaste? Ocho familias de Morelia fueron invitadas en total y tres son Aldama. Eso enseñará a Clarisa quién es quién.

Al final del pasillo se encontraron con el amplio atrio y por una vez en su vida doña Matilde quedó muda. La balaustrada del segundo piso que enmarcaba el cuadrilátero florecía adornada con guías de follaje fino y azahares, unidas en el despegue de sus triples columnas por crespones de gasa blanca y guirnaldas que caían en cascada hasta los pilares adosados, del primer plano, flanqueando los arcos que ostentaban en lo alto los escudos de las principales regiones de España labrados en cantera.

Al centro del atrio se había colocado una gran mesa de ébano rodeada de macetones de porcelana china de donde surgían orgullosos alcatraces, y sobre ella descansaba enorme, pero delicada jaula de filigrana que aprisionaba a dos quetzales traídos desde las selvas de Chiapas para el jardín de don Felipe, los que doña Sara quiso lucir en aquella ocasión.

Hacia la derecha, al subir la escalinata de mármol alfombrada en rojo, otras guías subían por ambos lados del barandal. La luz de los candiles de pie, colocados en los puntos en que ésta se bifurcaba en direcciones opuestas, daban un brillo cintilante a las alhajas. El salón de recepciones pasmó a la tía: rodeado de columnas adosadas, en cuyos capiteles se repetía el mismo adorno de guirnaldas, este lucía en toda su riqueza con siete altos ventanales biselados unos, emplomado el del centro. El cortinaje de terciopelo estaba recogido para permitir que, entreabierto, dejara pasar el aire fresco; el cual, como diría la alambicada reseña social: suspiraba esparciendo el aroma de los nardos. Tres enormes candiles de cristal destacaban la amplia bóveda del techo, auténtica joya de artesonado.

En cuanto doña Matilde se repuso de absorber tanto esplendor, desde la triple arcada de la entrada, se percató de que la mesa de honor estaba situada a mano derecha frente al baldaquín de regio terciopelo azul marino bordado con hilo de oro, cuya corona al centro la trasladó al instante a su presentación con la emperatriz Carlota y como saeta hacia ahí se dirigió. La mesa dispuesta en forma de U extensa al frente, corta a los lados, vestía delicados manteles venecianos adornados con guías de follaje, ramilletes de azahares y los decantados nardos. Todo el servicio lucía vajilla de Limoges, cristalería de Bohemia y centros de plata labrada. Dos hileras de mesas redondas para ocho personas rodeaba la pista de baile, y el resto se desbordó hacia los pasillos que bordeaban el cuadrángulo que daba al gran atrio inferior, espacio libre cubierto desde lo alto del segundo nivel por un vitral cuyo fin era proteger de la intemperie y filtrar la luz. Hacia el otro extremo del salón se oía a la orquesta tocar el vals de moda: *Un recuerdo.*

—Exquisito —aprobó la tía llegando a la mesa de honor con el tío Carlos a la zaga—. Estoy segura que será correcto que nos sentemos aquí tu tío y yo, ya que tú eres del cortejo—, carraspeó la tía al mismo tiempo que manoseaba el mantel con índice y pulgar para cerciorarse de su calidad—. Ya se lo he dicho a Sara, no te preocupes —aclaró al ver la mirada de cierto reproche que cruzó con ella Mariana—. Marcia se sentará con doña Armida Buenrostro y Arizmendi y sus hijas, ¿sabes? ¡Ayyy! Ahí vienen los Sánchez de Ortega y Pineda y..., bueno, se me escapa el último apellido, pero ahí vienen. ¡Mira! Los siguen...

Sí, ya sabía, los fulanos, zutanos, menganos y perenganos, más y más nombres para sentirse más y más importantes.

—¿Qué piensas, Mariana? Daría cualquier cosa por saber qué piensas cuando pones esa cara.

—Pensaba, tía, que esta va a ser una ocasión que rivalizará en su memoria con la conversación imperial.

Bueno, eso se sacaba por andar preguntando.

El salón se llenaba. Así, como disimulando, pero más obvias que un sol de mediodía en el Sahara, algunas damas juntaban las cabezas, tanto como sus sombreros permitían, para murmurar la aprobación o reprobación que de pies a cabeza sus ojos barrían sobre los recién llegados. Y los caballeros, después de sentar a sus mujeres e hijas, de tal manera deshaciéndose de ellas discretamente, se retiraban acto seguido a conversar en pequeños grupos que salpicaban el salón.

Doña Matilde, sin dejar de sonreír su sonrisa de compromiso, continuaba devorando imágenes como si fuera la asignada a dar el veredicto final. Nada la amilanaba, a no ser por la mirada fija y constante de la tía de Enrique, una viejecita muy delgada que quedó junto a ella y que con su constante observación la estaba poniendo de nervios. Aunque la anciana casi no podía sostener ya su falsa dentadura, todavía hacía acopio de sus fuerzas para centrar sus débiles ojos azules en aquella enorme curiosidad que resultaba ser la tía Matilde, pues doña Terremoto, fiel a su tradición, se había excedido. El sombrero ocupaba tanto espacio como la circunferencia de su amplia cadera y llevaba flores, pájaros, posiblemente hasta una jaula —la verdad no se podía estar seguro— pero algo más había allá arriba. El alto cuello se mantenía en una decorosa rigidez por la cantidad de perlas que se había enrollado, los holanes de la pechera rivalizaban con el camafeo y el broche para ganar atención, y sus guantes de cabritilla se ajustaban más a sus dedos y puños con los anillos y pulseras. La cara también reclamaba lo suyo, constreñida como estaba, en aquella expresión de pellizco que asumía para las grandes ocasiones, esfumada un tanto, en ese día, por el velo araña que caía de su sombrero y que le iba de perlas.

La viejecita seguía tan absorta en su contemplación, que no notó que don Porfirio había llegado aunque el toque de atención puso a todos de pie para aplaudirlo. En compañía de su esposa, llegó al lugar de honor junto a los padres de la novia. Al tomar los invitados de nuevo su lugar, la viejecita, sin interesarle más nada, se acercó a su sobrina para preguntar en voz quebradiza, pero audible:

—¿Quién es ésa?

—Ay tía, por el amor de Dios, cállese —le suplicó la prudente muchacha vaciando sus palabras en su cono auditivo a la vez que doña Matilde volteaba sobre ellas como pájaro de fuego.

A lo lejos Mariana veía a Leonardo esmerarse con los señores que saludaba. Conocía tan bien la sonrisa demasiado solícita, los rápidos movimientos. Disgustada, miró hacia la entrada y, justo antes que los novios aparecieran, vio a Alonso. El maestro de ceremonias le preguntó algo, él asintió, se dio la señal a la orquesta y la marcha nupcial se dejó oír en los momentos cumbres en que Enrique y Marta cruzaban el salón. La mirada de Alonso viajó por las mesas. Cuando Mariana vio que llegaba a ella, volteó a otro lado.

Las bodas así eran: los novios bailaban un vals, enseguida los padres también, luego entre sí con los novios y todo parecía decir: Vean que bien hemos quedado. Misión cumplida. Al finalizarse el vals, se daba comienzo al banquete.

Para entonces Leonardo ya estaba junto a Mariana como si no estuviera. De inmediato averiguó el nombre de la joven junto a él y al reconocer uno de alta sociedad, puso su cara simpática. En adelante se dedicó por completo a ella, al punto que la muchacha empezó a lanzar miradas nerviosas hacia Mariana, quien mordisqueaba los entremeses en santa paz. Terminaron las sopas, los platillos principales y llegó el momento del postre y el brindis.

Don Felipe anunció al licenciado Palacios, y un hombre de poca estatura y fuerte constitución, con largas patillas y esplendorosos bigotes, tomó posesión del estrado, esperó pomposamente hasta que no se oyó ni un suspiro, aclaró su garganta y empezó...

La voz, aunque poderosa, era flexible. Con facilidad subió y bajó por todos los tonos de la escala ensalzando las virtudes de los novios, hablando de amor, sublimándolo con metáforas decorativas, transportándolo al Olimpo donde lo puso en contacto con todos los dioses que se le vinieron a la mente; una vez ahí, los alineó, hizo descender a la tierra, paseó por todas las mesas y, sin saber exactamente como regresarlos a su lugar de origen, seguía y seguía y seguía...

Algunos caballeros asentían al oír mencionar los nombres mitológicos, ya fuera porque querían que sus acompañantes supieran que los reconocían o porque ya era la hora de su siesta. Los novios, de tanto sostener la sonrisa, empezaron a semejarse a los muñecos de dulce del pastel y todas las damas tenían cara de que les apretaba el corsé con una excepción: la viejecita que se entretenía con la estrafalaria tía Matilde, y a quien ya no le importaba ni la cintura ni erguir el pecho, sino poder eructar a gusto.

¿Cómo concluyó el discurso? Nadie estuvo seguro. Probablemente el *maitre d'hotel* dio una palmada a un mesero y se desencadenó el aplauso rescatando así al orador de su propia elocuencia.

Pero resultó que el brindis no se había efectuado. Doña Sara hacía ojos a su marido. Bastó un breve coloquio entre don Felipe y Enrique para que se dirigieran a Alonso. Hubo un rápido cambio de impresiones tras el cual el abogado, un tanto subido de color asintió. Dando la vuelta a la mesa de honor, Alonso llegó al lugar recién abandonado por Zeus y su corte dispuesto a terminar con el encargo con un vocablo. No se hubieran encontrado sus ojos con la mirada expectante y amable de Marta... Comenzó a oír su voz cambiar de tono, y hablar de bienestar dentro de lo que era humanamente posible. Decía que creía que podrían tratar de alcanzar algo semejante porque ella tenía una genuina alegría de vivir y una tremenda capacidad para dar, y él era sincero en su afecto. Deseaba pues, que forjaran una buena vida y, ¿por qué no decirlo?, una vida de amor con el cual era posible soportar las vicisitudes de la existencia sin amargura, y sin el que todo bien podría resultar árido y sin sentido. Aquello era posible si no se traicionaba la confianza que habían depositado el uno en el otro.

—Damas y caballeros —terminó— brindemos por los novios.

Se pusieron todos de pie, Alonso llegó a la mesa, tomó la copa y la alzó. Hubo un toque de atención y Marta, con húmedos ojos, veía a Enrique al chocar el cristal que sostenían sus manos. Tras el aplauso general Alonso se retiró al fumador y en otro punto, Mariana bebía su champaña con labios temblorosos.

Luis G. Urbina alcanzó a su amigo en el salón fumador minutos más tarde.

—¡Válgame! —lo saludó lanzándole una mirada inquisitiva—. Te inspiraste después de todo.

Alonso ya estaba arrepentido de su ardor. Con una sonrisa desganada apagó el cigarro, pues solía fumar cuando estaba nervioso—. El tío me tomó por sorpresa. Cuando eso pasa...— rió al vaciar otra copa de champaña.

—Cuando eso pasa —completó Luis—, uno se descubre.

La base de la copa de Alonso se partió al ponerla él en la mesa de mármol. ¡Malditos poetas! Solían ver a través de tormentas y sonrisas.

—¿Y tú, cuándo te casas? Oh, glorificador del amor..?— un amigo le preguntó riendo al llegar a los dos hombres.

—Un día de estos —replicó Alonso—. Con su permiso caballeros.

El baile había empezado y Mariana se dirigía a la mesa de Libia, vecina a un grupo de damas que conversaban de pie cerca de la pista, cuando Alonso llegó a ella. Sabía él que se le había pasado un poco la champaña pero con mesurado paso se plantó frente a ella y extendió la mano:

—¿Bailamos? —solicitó.

Sonriendo para disimular su negativa, murmuró ella un breve—: No, gracias.

Pero él estaba decidido —. Más le vale, porque no me muevo de aquí hasta que acepte.

Mariana notó la retirada obstruida por el grupo de señoras y optó por avanzar tratando de esquivarlo. Él le cerró el camino.

—Lo digo en serio —recalcó y su brazo se cerró sobre su cintura—. No hay que temer —agregó un tanto acariciante, un tanto burlón y dio resultado.

—¿Temer, licenciado? No me conoce —y poniendo su mano en la de él, empezaron a bailar.

¿Y qué si la criticaban por bailar con un soltero? ¿Dónde andaba su marido en todo caso? Cortejando nombres y barbones, poniéndose una borrachera de abolengo. Y ella no tenía miedo. Podía manejar diez Alonsos.

—No habíamos tenido oportunidad de saludarnos.

—Hay mucha gente.

—El otro individuo que la asaltó fue capturado, ¿verdad?

—Usted sabe cómo estuvo todo —le recordó.

—Se enfermó después, y ya no tuve la oportunidad de despedirme.

—Ya estoy bien, gracias —replicó secamente pero su mano temblaba en la de él.

Hubo un breve silencio que no era silencio. Cualquiera que ha estado enamorado, sabe. En esos momentos se dice todo, aún más. ¿Por qué se empeñaban las palabras en desdecir lo que habla su ausencia?

Alonso se acercó:

—La última vez quedó mucho por decir.

—Se habló más de lo debido.

—No.

—Entonces nuestras opiniones difieren, y eso es todo, licenciado.

—¿Licenciado? —Alonso rió, si bien con despecho—. Alonso, dirás —y te reto a negar que no piensas en mí así. Ningún licenciado, ningún ahijado de don Evaristo, ningún señor Luján. Alonso, no importa lo que pase y desde siempre.

Algunas cabezas voltearon y Mariana, temiendo otra escena, sonrió, aunque miraba fijo sobre el hombro de él y apuntaba cada palabra que murmuraba:

—Hay algo que le ha dado a usted una idea equivocada de mí y de mi matrimonio, y es obvio que piensa que soy fácil presa. ¿No es así? No, déjeme continuar... Está equivocado.

Por un instante Alonso se detuvo.

—No estoy equivocado, Mariana. Tú no eres feliz. Nunca lo has sido. Podrás engañar a otros, pero a mí no. En cuanto a fácil presa, estás equivocada también. No busco aventura. En ti sé que encontraría mi compañera, la de toda la vida.

Todo aquello era incongruente. Bailaban de nuevo en un mundo que no tenía sentido.

—Estoy casada y usted con copas —dijo sacudiéndose lo que había oído, pero él apretó más su mano.

—Anularemos el matrimonio. Yo arreglo todo y dentro de un año...

—Está loco —exclamó ella y lo miró como si de veras sospechara que hubiera perdido la razón.

—Loco no. Decidido.

—¡Señor, estoy casada por la Iglesia! Un anulamiento es imposible— casi sollozó y los cristales de su mente reflejaron deslumbrantes otra escena, otra discusión sobre el mismo tema hacia no muchos años, ¿o eran siglos?

—Pues entonces no se consigue. Ya no eres una niña, Mariana, como lo eras en aquella ocasión. Muéstrame que ahora eres una mujer. Errar es humano. Si lo hemos entendido en la tierra seguro lo entenderán en el cielo. Para eso tenemos libre albedrío, para escoger lo que es mejor para nuestra alma —arguyó tratando desesperadamente de convencerla y al ver que escuchaba instó—: ¿Por qué asirse a un falso lazo? Yo te ofrezco la realidad, la verdad. Tal vez mi amor no sea perfecto —francamente no creo que la perfección exista, pero soy sincero—. La cara de Alonso estaba tan seria y desencajada que Mariana casi temía mirarlo—. Mírame—, ordenó y ella obedeció subyugada por su vehemencia—. Yo sé que hay algo en ti que no encontraré en nadie más. Algo que me ha rendido. Y te quiero, Mariana, porque te quiero, y sé que necesitas mi amor.

La últimas cuerdas del vals fueron rápidas, alrededor de ella los ventanales enmarcados con guías de azahares giraban y de pronto todo se detuvo. Librándose de él, huyó entre la gente.

—Mariana, te buscaba. Ven por favor y ayúdame.

Marta la llevaba del brazo hacia el vestidor. Ella seguía sin creer lo ocurrido, lo que acababan de decirle. Se sentía mareada, aturdida. Oía a Marta decir a la camarera que cerrara la puerta con pasador mientras que ella se cambiaba en ropa de viaje.

"Necesitas amor, amor..." las palabras de Alonso se aferraban en su corazón. Cielo santo, ¿lo sabrían todos? ¿Era tan claro que él lo había leído en su cara?

—Sí, sí, Marta. Ya te lo prendí —dijo al ayudar a su amiga.

La camarera guardaba el vestido y el velo. Al tomar la corona, resbaló de sus manos y rodó a los pies de Mariana. Ella la recogió, con los dedos recorrió suavemente los azahares de cera. Al dársela a la mujer, esta sonrió diciendo:

—Algún día usted también será una novia muy feliz y muy hermosa, señorita.

¡Ay! no lo hubiera dicho.

Esas palabras de sencillo e inocente halago tocaron un punto sensible que radió por Mariana como cruel choque que la disolvió en llanto. Por más que trató, no pudo contenerse, no pudo evitar los sollozos. Marta se volteó a abrazarla, pero ella lloraba más. Empezaron a tocar la puerta y no podía parar. No podía.

—Espera, mamá —suplicó Marta—. ¿Mariana, qué te pasa?

—Nada—sollozaba.

—Ya vamos, mamá. Dios mío… ¿Mariana? —preguntaba Marta sin saber qué hacer.

—Abre —dijo limpiando su cara.

—¿Estás segura?

—Sí, sí. Ya se me va a pasar.

—¿Qué sucede? —preguntó doña Sara al ver a Mariana escabullirse entre ella y las otras señoras que iban entrando.

Marta quedó parada en medio de la estancia moviendo la cabeza—. No sé. Sería verme alistándome para el viaje...

Doña Sara hizo pasar a las señoras explicando que Mariana y Marta eran amigas de la infancia. Pobrecita; la impresión de la despedida...

—Alonso, estás nervioso. Pareces el novio —dijo Luis, y Alonso se excusó al ver a Mariana pasar a ciegas por el pasillo y bajar las escaleras hacia la calle.

La siguió.

En el vestíbulo el encargado del ropero le recordó su capa:

—Parece que va a llover, licenciado.

Alonso extendió un brazo impaciente para recibirla y el hombre pidió el boleto. El boleto, boleto... Lo buscó con premura, lo encontró—. Dese prisa —instó al hombre que se tomaba su tiempo buscando el número.

—Aquí tiene…, don Alonso, su paraguas... —le recordó, pero Alonso ya estaba en la calle buscando con la mirada. Caminó hacia la esquina, dio la vuelta y no la vio. Un viento fresco, precursor de la lluvia, empezaba a soplar. Eran los días de esplendorosas mañanas y tardes grises. Caminó hacia la otra esquina y no vio a nadie más que a un mendigo arrebujado contra los muros de La Profesa. Un peso rodó en el miserable plato que tenía en el regazo. Sorprendido, el hombre alzó la vista.

—¿Ha visto pasar a una señora vestida de rosa?

De entre los pliegues de sus harapos el pordiosero sacó una escuálida mano que apuntó hacia el interior de la iglesia.

Alonso volteó en esa dirección y dejó otra moneda en el plato del hombre que lo bendijo hasta que desapareció dentro del templo.

Hincada en la última banca, con la cabeza enterrada en los brazos, pudo discernir a Mariana.

La iglesia que había lucido tan alegre, llena de flores, resplandeciente de luces, plena de sonrisas aquella mañana, en esos momentos era toda desconsuelo y soledad sumida en oscuras y frías sombras, mudo testigo del sufrimiento humano. Mariana ya no sabía por qué lloraba. Era un dique abierto. Como en torrente irrestringible su calvario fluía. Lloraba desde el principio, desde su primer llanto, la muerte de su madre, sus frustraciones de niña, la separación de su hermano, la indiferencia de su padre. Otra vez lo vio venir hacia ella furioso, lo vio recriminarlos, y vio a David, ¡David! Lloraba la ausencia de Tomás, la ausencia de sus hijos. La ausencia... ¿Quieres un hijo? Te costará quince mil. Santa María, y era su marido. Lo era. Por siempre y siempre... ¿Divorcio? No existía en México. ¿Anulamientos? Cuentos de hadas. Una vez casada era hasta la muerte. ¿Qué podía hacer? ¿Qué podía hacer? Sus manos se apretaban y se desenlazaban para volverse a apretar. Se oyó gemir suave, dolorosamente, como jamás se había oído.

Del fondo de la sombra, Alonso la veía con ojos que ardían. El pecho lo sentía oprimido, la quijada de piedra.

A la hora del rosario salió el sacristán, prendió unas velas, miró hacia la nave, reparó en Mariana, pero ella no pareció notarlo. Tomando un pañuelo de su manga se limpió los ojos, la nariz. El hermano notó que alguien más estaba en la iglesia y retornó a la sacristía. Mariana no supo cuanto tiempo perduró inmóvil. Poco a poco la invadió un cansancio como nunca había sentido. Su pecho se alzó en un suspiro disparejo y cerrando los ojos se sentó y descansó la cabeza hacia un lado del respaldo de la banca.

Le hubiera gustado quedarse así y no despertar jamás.

Al poco rato un par de ancianas vestidas de negro entraron y el ruido de sus pasos la hizo reaccionar. Entre húmedas pestañas las vio llegar hasta un altar lateral, prender dos velas e hincarse a rezar. Mariana las contempló por un buen lapso y, al fin, se incorporó cansadamente, se persignó, hizo una genuflexión y deambuló hacia la puerta que daba a Plateros, pues la otra se hallaba cerrada. De lo obscuro, una figura avanzó hacia ella. Por un breve momento su corazón tuvo una esperanza:

—¿Leonardo? —preguntó.

Alonso avanzó un paso más. La poca luz hacía ver los ojos de él más sombríos en su repentina desilusión. Por un instante Mariana se conmovió, pero sólo por un instante. Estaba agotada.

—Ah, es usted —y siguió caminando.

Al llegar al portón un viento frío trajo lluvia a sus caras. Se detuvieron y ella empezó a temblar de frío y nervios. Al sentir que Alonso ponía su capa sobre sus hombros ni siquiera tuvo aliento para darle las gracias. Arrebujándose en ella, se recargó contra la esquina formada por la antiquísima puerta y la cantera. El viento y la lluvia azotaban la calle. Todo era solemne y frío. El agua formaba arroyos sobre las baldosas del pequeño atrio, a través de la reja se podían ver las luces que se prendían en los edificios de enfrente y algunos carruajes de los invitados a la boda que se retiraban, empezaron a desfilar.

—Tendremos que esperar un rato —dijo a Mariana.

—Estoy cerca del hotel —respondió ella enderezándose.

—No puede irse bajo esta lluvia —objetó reteniéndola y con una mirada desalentada Mariana contempló el agua que caía y dócilmente se recluyó en la misma esquina. A pesar suyo, Alonso no podía dejar de mirarla y a Mariana no parecía importarle que lo hiciera. En cambio, para él, el estar junto a ella en tales circunstancias resultaba una prueba de rigor. Hubiera insistido en su empeño a no ser por aquella palabra musitada en el frío de una iglesia que había demolido su determinación: "¿Leonardo?", había preguntado. Estaba ciega. Esperaba lo inesperable. Quería encontrar remedio donde no lo había. ¿Y él? ¿Acaso no estaba tan ciego como ella? Se ponía estúpido de emoción ante la mirada cándida de Marta y hablaba de felicidad y de amor. ¿Era ese el sentimiento que había exaltado ardientemente esa misma tarde? ¿Era eso amor? ¿Esa patética pasión que la corroía el alma? Sus ojos se perdieron en ella... la soñaba, la deseaba como nunca había deseado a ninguna mujer porque se le había metido en la cabeza que en ella encontraría su sosiego y desde que la había visto no había tenido más que incertidumbre y pena.

Llovía. Llovía. Llovía.

El espacio entre ellos era despiadado. Alonso hubiera querido tomarla en sus brazos, envolverla en su calor, aliviar con sus besos sus sufrimientos, verla suspirar contenta a su lado...

Terminado su rosario, las ancianas salieron y una dijo a la otra:

—Mira, Concha, ya paró de llover.

Al oírlas, Alonso se hizo a un lado para darles el paso y se limpió con los dedos la frente—. Vamos, la voy a llevar —dijo a Mariana.

Salieron en silencio, en silencio caminaron la distancia gris y húmeda que los separaba a corta distancia del hotel, y con un ausente: —Gracias—, Mariana le entregó su capa y desapareció tras la puerta que un botones sorprendido mantuvo abierta para la señora cuyos rizos iban deshechos y cuyos ojos estaban visiblemente hinchados.

Sin saber cómo Alonso se encontró frente a la puerta del casino.

—Don Alonso —dijo el encargado—, cerraron el guardarropa pero dejaron su paraguas conmigo por si usted regresaba. ¿Le busco coche, señor?

Hizo él una vaga señal de negación y, poniéndose la capa, aún tibia del calor de Mariana, sobre los hombros, empezó a caminar rumbo a la Alameda.

Muchas luces se habían encendido y sus destellos se lanzaban sobre las banquetas mojadas en líneas quebradas y brillantes. Continuó por San Francisco hasta llegar al gran parque. A paso apesadumbrado lo recorrió a lo largo, recibiendo tardías gotas de lluvia que se habían detenido en el follaje de los árboles.

Era tristeza lo que sentía. Una tristeza tan grande como sólo se dibujaba en un paisaje mexicano, como sólo se oía en la música de esa tierra y se sentía tan hondo porque era sin principio ni fin. Había estado ahí siempre: en el cielo que lo envolvía, en el aire que respiraba; era la eterna melancolía de la raza, era suficiente para dejarse sacrificar, suficiente para arrancar corazones, para pensar que no podría volver a salir el sol.

Alonso se detuvo en seco, cerró los ojos, y golpeó la banqueta con el paraguas. No. También había coraje para reír de los males, un poco de loca alegría, de rebelde aunque tal vez quebradiza alegría que podía fácilmente disolverse en llanto... No lloraría, ¿o era que la lluvia estaba salada? Rió y su risa obró como antídoto. Dio vuelta, paró un coche y ordenó la dirección montando ágilmente. ¡Andando, que la vida es corta!

—Alonso, pensé que ya no volverías.

—Te equivocaste.

Ema recibió el torrente de pasión. Su cara, su cuerpo, ardían con los besos de Alonso... Horas más tarde, pensativa, lo veía dormir a su lado con un vestigio de preocupación en la frente. Le acarició la mejilla, lo besó suavemente y se recostó con los ojos clavados en el techo. Había recibido algo que no le pertenecía, lo sabía.

Capítulo XXXV

Las noticias volaron con el viento y éste sólo hablaba de las reformas que se hacían en Valle Chico. De muchas partes los hombres acudían ahí en busca de una vida mejor y los hacendados de la comarca tuvieron una junta. Era un escándalo. Aquella mujer pretendía arruinarlos. Les había subido el jornal a los peones diez centavos diarios. No conforme con eso, ahora que estaba entre cosechas había retenido a gran número pagándoles salario para que hicieran mejoras a la cuadrilla. ¿Habían oído bien? A la cuadrilla. Además, el doctor Arteaga iba dos veces por semana por cuenta de ella a dar consulta y medicinas. Los peones estaban inquietos en una hacienda, peligrosamente alebrestados en otra. Algo tenía que hacerse para poner coto a tamaña locura.

—Nada pueden hacer en su contra, Mariana. Está usted en su derecho —le decía el hermano Juan dirigiéndose con ella rumbo a la casa grande de regreso de la cuadrilla—. Con excepción, claro está —agregó— de no permitir que trabajen aquí los que están endeudados con sus amos.

Y esos eran gran parte de los que habían acudido con esperanzas de mejorar. No bien estaban sus nombres inscritos para la siguiente temporada, se presentaban los mayordomos de las haciendas vecinas a las que pertenecían, con la misma cantaleta:

—Estos hombres no pueden trabajar aquí porque le deben dinero al patrón—. Para comprobarlo sacaban el libro de deudas de la tienda de raya de la hacienda en cuestión, donde los peones adquirían, por comodidad o por fuerza, todos los artículos de primera necesidad, ya que las haciendas, por lo general, quedaban muy retiradas de los núcleos de población. Era común que permanecieran endeudados en ellas porque su magro salario no era suficiente para cubrir las primeras necesidades. El trabajo de una vida si acaso lo era. Bajo aquel sistema paternalista que les brindaba un pobre marco de subsistencia, los hijos muchas veces sólo heredaban deudas, único legado que los padres podían dejar.

Las condiciones en Michoacán no eran aquellas de Yucatán ni de Valle Nacional o de ciertos lugares de Chiapas, y existían patrones en toda la república a quienes estimaban sus trabajadores. Mariana sabía de algunos.

Sin embargo, un peón, con todo su trabajo, apenas ganaba lo suficiente para irla pasando. Los días de descanso eran excepcionales, más bien de santos patronos. Semanalmente, sólo contaban con la tarde del domingo, eso, de no ser tiempo de cosecha.

También sabía que la mayoría de las haciendas tenían tiendas de raya que, si bien llenaban la necesidad de ofrecer víveres a la mano ahorrando así viajes a lejanos pueblos, había denuncias en el sentido de que sus precios eran abusivos. Por el contrario, algunos hacendados afirmaban que no obtenían ganancias ya que al comprar manta, granos y otros bienes de primera necesidad a precio de mayoreo, pasaban esta ventaja a sus peones, lo cual, si era factible, también era excepcional. Como fuere, lo que los hombres recibían de salario lo dejaban ahí.

Para desesperación de Mariana, en la región cercana a Valle Chico había surgido, además, la presencia de los aguardienteros que merodeaban por la hacienda en días de pago situándose fuera de los linderos de la misma, medio escondidos en la maleza, desde donde atraían a los hombres con música y risas de mujeres. Una vez que esos vivales los tenían en sus garras era fácil emborrachar a los peones y el poco dinero que les restaba se los quitaban en juegos chuecos de azar.

Al igual que Mariana, otros hacendados, entre ellos, el padre de Roberto, que pagaban en efectivo y no en vales, habían corrido a gente de esa calaña de sus tierras protestando ante las autoridades en contra de esos coyotes que explotaban a la peonada; pero éstas, poco o ningún caso hacían pensando que no tenían por qué hacerla de nana a los borrachos que querían tirar su dinero. Así que esa manada de chacales era una continua coladera de los escasos recursos de los peones, en especial los de temporada.

La situación era similar en otros ramos, sobre todo en la industria textil y la minería. Según Mariana se iba enterando desde que leía ciertos periódicos que, a pesar de la censura, solían decir verdades, estos obreros estaban miserablemente remunerados, mal nutridos y agobiados por enfermedades. Por todo ello, el rayo de luz que se filtró en Valle Chico hizo que el panorama cercano a ella pareciera más lúgubre. No era de sorprenderse entonces que los hacendados estuvieran inquietos por las innovaciones que pudieran causar desasosiego entre la gente, por lo que en consenso optaron por dejar sentir el peso de su autoridad. Ni la más insignificante deuda se perdonó y lanzaron capataces armados tras sus peones. Éstos, ceñudos, solían llamar sus nombres revueltos con el polvo que removían las patas inquietas de sus caballos:

—Juventino y Antonio Pérez, Jesús López...

¿Qué hacer? Bajar la cabeza, marchar de regreso a servir a sus amos y esconder la mirada de seco rencor que Mariana sentía como eco de las advertencias de Alonso y que vagaban en su mente confundiéndose con otra mirada que había conocido desde niña.

Ella había tenido que sufrir para llegar a otra actitud. Bien a bien no supo en que momento se operó el cambio. Sería llegar al colmo al verse sufrir por quién no valía, al sentir que sucumbiría si se dejaba aniquilar.

Fue una línea trazada en sí. Nada valía su vida y su salud si las mal gastaba en desesperarse. Otras gentes en otros lugares vivían en esclavitud, soportaban más. Pensó en Valle Nacional, en Cirilo, en aquella tarde que pasó en la choza con Alonso y aprendió a ver su propia vida desde otra perspectiva. Se encontró olvidando sus pesares al planear mejoras para su gente. Por el momento así superaba otra crisis. Habría más, casi tenía la certeza; también la tenía de que iba a resistir. Sin embargo, en el fondo percibía, con cierto remordimiento, que no era tanta su bondad, sino que aquello se había convertido en su tabla de salvación.

A lo largo de un tortuoso camino había llegado a comprender que tenía que compartir si quería conservar. Era simple supervivencia. De cualquier forma, a ella le sabía bien lo que estaba haciendo. En cuanto a los otros... ¿En verdad se necesitaría una revolución para abrirles los ojos?

Al mirar las callecillas recién empedradas, la escuela casi terminada, la enfermería, pero sobre todo las caras contentas que la saludaban, se sentía feliz.

Mucho se había hecho desde el día en que se desbaratara en llanto aquella tarde lluviosa de meses pasados. Su primer colapso lo pudo atribuir a su enfermedad; pero aquel último le había puesto de manifiesto que iba debilitándose. Había sido incapaz de dominar su ánimo. Si sus defensas se adelgazaban cada vez más, su breve armadura podría romperse al más leve toque y se haría añicos de nuevo.

No había tenido otro lugar a donde recurrir. A él llegó un día cansada, con la boca amarga: San Fermín. En frases hiladas con pesar había desahogado su alma. Aunque en un principio las palabras del hermano no estuvieron del todo claras, paulatinamente adquirió sentido aquello de que el egoísmo engendraba obsesiones; de que tal vez olvidándose un poco de sí misma... El sendero quedó marcado. Paso a paso se despojó de pensamientos deprimentes y dirigió su energía hacia actividades constructivas. Así, al menos, tenía algo bueno, algo limpio, que mostrar como consecuencia de ello.

Que las bestias bramaran en la montaña. Valle Chico era reina de las haciendas una vez más y haría con ella lo que le viniera en gana. Pero mucho más importante que su triunfo era que estaba aprendiendo a vivir con su fracaso. Porque ¿dónde los clarines, las guirnaldas? La corona era de maledicencias: que su dinero sabría Dios cómo lo había conseguido; que era en realidad una avara; que hacía aquellas mejoras para presumir de magnánima y no le importaba si comprometía a los demás; que no tenía hijos de tanto montar a caballo. Ningún marido quería a una sabihonda, mandamás. Si la abandonaban era porque a los hombres les gustaba sentirse hombres y ahí ella tenía el mando. Lo sabían todos.

No era fácil. A veces despertaba en la noche llorando en el sueño y esto era combatir pensamientos que escarbaban viejas heridas. Era cuestión de no dejarse arrastrar hacia la desesperación. Haciendo a un lado las cobijas se levantaba a tapar a Jorgito que dormía con ella, pues Libia y Roberto recorrían Europa. En lugar de preguntarse por la prolongada ausencia de Leonardo de casi tres meses, daba gracias por ella y hacía planes para el siguiente día, recorriendo en su mente cada paso; sólo así lograba dormirse.

Era una batalla sin tregua. Esa tarde, al ver al hermano Juan cabalgar hacia San Fermín, la fortaleza que su mera presencia le infundía pareció debilitarse y al reflejarse en los ojos de su pequeño sobrino en cuyos destellos moriscos recordaba a Alonso, temió no poder volver a ver a Leonardo sin rencor, ni saludar a David serenamente, ni estar frente a Alonso sin evitar su mirada. De regreso a la hacienda la certeza de no haberse sobrepuesto del todo a sus debilidades la confrontó. Al ver a su marido, toda aquella bondad de que estaba tan satisfecha se crispó en desprecio.

Lo encontró muy a sus anchas, cenando de buena gana. Sin molestarse en ponerse de pie al verla entrar, preguntó con toda naturalidad:

—¿Recibiste mis cartas?

—Ni una.

—Bueno —se limpió la boca—, ya sabes lo que es el correo.

—Sí, ya sé. Y ahora, si me disculpas, iré a acostar a Jorgito.

—Espera. Deja que Lupe lo haga—. Y agregó en tono menos áspero— quiero platicar contigo.

Pero no tuvo la oportunidad de decir más aquella noche, pues entró la tía Matilde cubierta por una nube de tul.

—¡Qué polvareda en ese camino! Más tenía que ver cómo estabas querida, tan sola en este caserón. Ah, con que de regreso... ¡Vaya, vaya! —exclamó apuntalando a Leonardo con una mirada de falso asombro.

La verdad era que lo había divisado en Morelia. El viaje al valle era con el único propósito de indagar por qué había estado fuera y por qué había vuelto. Las tardes de costura se estaban tornando aburridas. Si uno tenía pequeños gajos de noticias que aportar podía darle sal a la plática. Para el colmo de su frustración, esa noche doña Matilde no logró averiguar nada. Aquel hombre no tenía ni pizca de educación. Sentadote, mal encaradote, contestando con monosílabos a sus preguntas, dejando que ella y Mariana llevaran todo el peso de la conversación. ¡Ah!, se había ganado su reposo. Ordenó a la criada que le diera una buena frotada con alcohol alcanforado para menguar la fatiga que podría tornarse en algo serio, vaya usted a saber, y al minuto empezó a roncar más fuerte que leona en brama, ritmo que fue interrumpido alrededor de la media noche. La tía se sentó en la cama. ¿Estaba soñando, o de veras había empujado alguien la puerta?

—¿Quién es? —preguntó muy quedo, buscando con una mano la sombrilla que siempre dejaba cerca y con la otra el bulto de su bolsa bajo la almohada.

—Mariana, abre. Necesito hablarte.

Un escaso segundo de cotejo mental, y ¡qué! ¿El hombre no sabía dónde dormía su mujer? Tal vez el viaje a Valle Chico no había sido en vano después de todo. Se quedó callada, dejó que la noche siguiera hablando.

—Mariana..., Mariana..., te digo que es importante. Esa vieja loca de tu tía no me dejó decirte nada. Abre.

¡Con que vieja loca!

—Vete —carraspeó doña Matilde. Lo importante sería importante, de seguro, sólo para él. Pues que se amolara. Y se acostó.

Leonardo trató de forzar la puerta, pero la tía dormía bajo tres aldabas más un sillón contra la puerta.

Una luz brilló en el corredor... Leonardo, creyendo que doña Matilde se había despertado en aquel otro cuarto, se apresuró hacia abajo. Cuando Mariana salió no encontró a nadie.

En el despacho, Leonardo trató en vano de abrir la caja fuerte. Después de mucho batallar, se le ocurrió que Mariana había cambiado la combinación. ¡La avara! Cerró los ojos y apretó los dientes. Tuvo un momento de total descontrol, pero su furia cedió. En un estado de nerviosa anticipación de inmediato se dirigió al escritorio, abrió el primer cajón, y sus dedos buscaron cuidadosamente en el fondo exterior. Sintió un papel. Jaló el cajón, lo vació, lo volteó, y una amplia sonrisa se dibujó en su cara. Metódica era y encontró sus secretos pegados al lado inverso.

Pudo abrir la caja, pero no había más que una insignificante cantidad de efectivo que de todos modos se embolsó. Revisó entonces varios sobres con documentos. Sus ávidos dedos manipulaban, sus ojos los escrutaban. Había una cantidad considerable en acciones de banco, la mayor parte a nombre de Tomás Aldama; las escrituras de la hacienda; los certificados de nacimiento de Tomás y Mariana; el certificado de matrimonio... Se detuvo, lo leyó, lo golpeó con el dorso de su mano y su risa gozosa recorrió la quieta noche. Régimen de sociedad conyugal. ¿Por qué no lo había pensado antes? Estaba a salvo. Le daría algo de trabajo, pero estaba a salvo. Puso todo en su lugar de nuevo. De cualquier manera consultaría a un abogado al día siguiente; entre tanto, no se dejaría ver por si aquellos hombres daban la cara antes de que él estuviera listo.

Con una dura mirada pasó por el cuarto que creía era el de Mariana. Adentro doña Matilde contaba las cuentas del rosario. Sus labios se movían automáticamente al compás del Ave María, sus pensamientos deambulaban por caminos menos santos. Vieja loca, ¿eh? Mequetrefe. Y de Tomás y sus andanzas ni una palabra. Vieja loca... ¡Bah! Ese hombre se traía algo. Total: una buena molida de huesos y una mala noche. Amén.

El repertorio de pullas ardientes que había preparado para Leonardo quedaron sin decirse. El señor, Cata le informó en el desayuno, había abandonado de nuevo la hacienda.

Capítulo XXXVI

A medida que el tren ascendía por las cumbres, el aire se hacía más y más frío y Alonso se enderezó estirándose en su asiento al oír el alargado silbato de la máquina que anunciaba la próxima estación. Cerró la ventana para evitar la avalancha de vendedores que se dejaban venir en cada parada. En efecto, antes de que se hubieran detenido totalmente, ya algunas mujeres subían a los carros de segunda y otras corrían por fuera a lo largo del carro de primera, de ventana en ventana, ofreciendo con voz que tenía un dejo de súplica:

"Tamalitos, patrón". "Quesos frescos". "¿Tacos de birria?"

Una muchacha con ojos de carbón y expresión ansiosa tocó a la ventanilla de Alonso con una rama de laurel que llevaba en la mano —al ver que sacudía él la cabeza, se apresuró a la siguiente con su cargamento de tamales. Por un rato hubo tremenda conmoción: algunos bajaban, otros subían, el silbato sonó de nuevo, los vendedores que habían subido al vagón de segunda brincaron a tierra y el tren continuó su marcha por montañas húmedas, cargadas de pinos.

Al esclarecerse el ambiente de los olores de comida, el aire se tornó refrescante otra vez. Restaban ocho horas para llegar a Morelia de manera que Alonso recogió el periódico. Desde la primera página, impasible y austero, don Porfirio lo miraba majestuosamente. *El Imparcial* —hasta el nombre era una ironía— aclamaba al gobierno, a Limantour, al presupuesto que se había balanceado por primera vez en la historia mexicana en 1894 y continuaba con superávit al despuntar 1903. La Cámara de Diputados se había sacudido con aplausos. "Prestigio ilimitado en el extranjero", presumían los encabezados.

Alonso dobló el periódico y lo arrojó a un lado. Días atrás, satisfechos con el discurso del último informe, se habían felicitado repitiendo que México nunca había estado mejor. Y era la verdad, porque desde la Independencia el país había estado que se lo llevaba el diablo. En las famosas reuniones en que se bebía café negro y coñac y se fumaban habanos en estilizados salones franceses, había tratado de escuchar una opinión ecuánime, una que no estuviera velada por el interés propio, el servilismo político o ambos a la vez. Salvo casos excepcionales, había escuchado en vano. Éramos patrioteros de cornetín, de bandera ondear, pero a la hora de hacer patria en verdad, sólo unos cuantos contaban. La oligarquía, siempre pronta a vociferar el progreso del país, ya fuera respaldando proyectos atinados o desatinados, se sentía muy satisfecha. A los pocos que protestaban en contra de los últimos, se les apabullaba con la cantaleta de retrógradas.

Había hecho y sido testigo de infinidad de contratos. Un puerto aquí, concesiones para una vía ferroviaria allá, algunas veces duplicadas aquí y allá... Progreso para la nación y también ganancias para unos cuantos. Pensaba a veces que con tal de que algo se hiciera podía encogerse de hombros; pero a medida que ahondaba en aquel panorama era mayor su preocupación.

Ya había recorrido gran parte de México, principalmente el norte y Veracruz. Salvo excepciones como la inminente inauguración de la Fundidora de Fierro y Acero de Monterrey, destacaba un factor inquietante: las industrias que existían estaban en su mayor parte en manos de extranjeros. Era cierto que éstas traían capital y conocimiento técnico, pero, apadrinados por la ley del país, se habían convertido ellas mismas en otra ley. Siempre que dichas empresas mantuvieran su parte del trato y proveyeran al gobierno de las tarifas impuestas, podían hacer lo que les viniera en gana.

El gobierno, por su parte, alentaba la inversión que proveía trabajo y se llevaba de perlas con los señores extranjeros de billeteras gordas. Sus dirigentes no se detenían a pensar que estaban poniendo los recursos del país en su poder, ni que las futuras generaciones, tarde o temprano, les demandarían cuentas. Aquellos que tomaban ventaja eran sagaces, ambiciosos y, tal vez, sólo humanos. Incluso llegaron a preguntarse cómo era que los mexicanos, siendo perfectamente capaces de desarrollar su industria, prefirieran ponerla en otras manos.

Cualquiera con un poco de sentido común podía ver que se iba creando una situación de inconformidad peligrosa. Así lo sentía Alonso. Ese fue el impulso de su estudio económico, e ingenuo fue en esperar que se le tomara en serio. Después de la triste tarde de la boda de Enrique, sacó el legajo del último cajón de su escritorio y se puso a trabajar. Una vez que lo hubo presentado ante el Ministro de Hacienda, supo lo que era hablar con paredes. Pasó un mes sin que recibiera comentario alguno. Una noche, no hacía mucho, todo cambió. Limantour hizo el manuscrito a un lado. Apuntando con un fino dedo, concedió que existían algunos puntos interesantes en aquel trabajo; uno en particular: el de establecer cooperativas con los obreros —de preferencia con capital nacional— en el ramo de la pesca, de los aserraderos, y otras industrias. Pero en cuanto a reglamentar las inversiones del capital extranjero en el sentido de que quedaran sujetas a un porcentaje minoritario respecto al capital nacional con el que se deberían complementar, eso era soñar.

Repantingado en un mullido sillón de su biblioteca, el señor ministro había mirado hacia el círculo de allegados que la prensa había bautizado como los *científicos.*

Tiempo atrás, durante su estancia en París, don Evaristo había enviado a Alonso copia del manifiesto que la Convención Nacional Liberal había publicado a favor de la cuarta reelección de Díaz y que había dado lugar a que los firmantes fueran apodados con ese mote, ya que su filosofía de cómo se debía gobernar se regía por la ciencia positivista: la sociología. En los comentarios que cruzaron sobre el manifiesto, convinieron en que era un texto complejo y audaz. Complejo, porque si por un lado reconocía que sólo por el camino de la paz y el orden podría seguir el país avanzando y para esto era necesario imponer una disciplina racional que permitiera *"más participación"* en el quehacer político y que este condujera a la libertad; por otro, se afirmaba que el Partido Liberal necesitaba convertirse en Partido de Gobierno.

Era imperativo hacerse fuertes. Su credo era la paz, el progreso y consolidar el orden. Deseaban lograrlo con bases científicas al madurar el régimen tributario, reducir los gastos de guerra y que la política de tratados de comercio siguiera poniéndose en íntimo contacto con los intereses de capital para que movieran las riquezas aún yacentes.

Según suponía don Evaristo, Justo Sierra seguramente había insertado en el texto que se deseaba también elevar el nivel de progreso intelectual y moral y continuar lo que se había iniciado en cuanto a la educación popular para apropiar esta a las necesidades del país. Con ese punto él y Alonso estuvieron totalmente de acuerdo. Pero ante la propuesta de los científicos de asegurar la paz social y transmitir la paz civil por medio de la *justicia haciendo inamovibles a los funcionarios judiciales*, don Evaristo supo de un golpe que esto no garantizaba la impartición de la justicia que, por lo regular, andaba muy tapada de ojos.

Por otra parte manifestaban que si la paz estaba vigorizada por la autoridad, la paz definitiva tenía que asimilarse con la libertad electoral, respetando la opinión y la prensa, pero con resguardo. El pueblo era instintivo, apenas estaba despertando a la conciencia racional de su derecho. Los inconformes, argüían, estaban divorciados del bien general.

Para caminar con paso firme por el camino de la libertad, pero sujetos al orden, era necesario "*afirmar el sacrificio de la democracia... con una reelección reiterada*". Díaz era el hombre indispensable. Con cualquier otro, corrían un "*ciego azar*".

De ahí a que fueron y vinieron cartas de Morelia a París, ya había sido reelecto el presidente por cuarta vez.

Don Evaristo ponderaba la difícil e interesante relación entre este grupo y Díaz. Se necesitaban y complementaban; pero era obvio que había una distancia considerable en su formación anímica e intelectual. Díaz encarnaba el poder, la reciedumbre física, la mente pragmática, la fe en sí mismo. Compartían la ambición personal y preocupación por la estabilidad política de su país, no cabía la menor duda, pero los firmantes temían ver desaparecer esa fuerza que era su sostén para dar curso a sus aspiraciones y facultades, las que Díaz reconocía. Sin él sus propios anhelos no se realizarían. Por todo ello, de momento, y en plena conciencia, prefirieran sacrificar sus ideas o ideales en cuanto a la democracia. Algún día, lo habían dicho, esperaban que el pueblo se percatara de sus derechos para que surgiera una democracia real.

Por lo pronto...

Los que serían llamados *científicos*, estaban inmersos en un "ser o no ser"; Díaz, en cambio, cada día afirmaba más su propia manera de ser. El hombre, para bien y para mal era de una pieza. Los otros vivían fragmentados.

Lejos estaba Alonso de imaginarse en aquellos días que su propia vida caería en esas redes. Por su parte, don Evaristo, y muchos otros, no veían otra forma de mantener el progreso sostenido del país más que conservando en el poder a Díaz.

Ya en México, Alonso se percató cabalmente de que todos los firmantes respaldaban por entero la política económica del régimen que tan buenos resultados estaba dando, y a la que él se había sumado pese a lo que dijeran los inconformes; pero, al sumergirse en aquel mundo se había ido convirtiendo en uno de estos últimos.

Llegado el momento de contrastar opiniones Alonso hubiera aceptado un rechazo razonado; pero una actitud displicente no. La terminante respuesta del ministro y las actitudes aprobatorias que la rodearon le confirmó que nada querían entender de argumentos. Bien se percataban de lo delicado de la situación, que de sobra conocían, pero pensaban que era manejable y estaban satisfechos de cómo iban las cosas.

—No es presunción, licenciado Luján —se congratuló Limantour aquella tarde —nuestra economía está mejor que nunca. Recuerde que Roma no se hizo en un día.

—Pero se destruyó en horas —le recordó.

Percibió que una valla de negación se apretaba a su rededor y aquello encendió su beligerancia. Apuntando enfáticamente hacia el manuscrito sobre el escritorio, recalcó otros renglones:

—Ya que hablamos de tiempo, permítanme que les diga que este es un plan precisamente a largo plazo. No pretendo que se nivele la situación de la noche a la mañana, pero me atrevo a contradecirle, señor ministro, y asegurarles que es muy factible lograr lo aquí propuesto. ¿O es que no somos capaces de estudiar nuestros recursos hidráulicos para planear la irrigación de manera que la gente no trabaje el campo únicamente por temporal y el resto del año se cruce de brazos?

"Donde esto no sea posible, se puede investigar que otros recursos ofrece la naturaleza en determinada región para establecer artesanías, pequeñas industrias y crías de animales.

"Minería. Bien podemos estudiar el mercado mundial para saber qué productos están más en demanda y cuáles costea más explotar. La plata ha bajado y, paradójicamente, estamos produciendo y exportando más. ¿Quién la acapara? Estados Unidos.

"El cobre. Tenemos bastante, el mercado es excelente por su uso en alambrado eléctrico y con excepción de las minas del Boleo en Baja California que embarcan el producto, y que han sido concesionadas a una compañía francesa de los Rothschild, o Cananea, todos los demás fundos están casi incomunicados. Y así, como ésas, la mayoría de nuestras minas se han dado en concesión a extranjeros, que me consta inyectarán una cantidad significativa sólo una vez, pero que operarán por muchos años, muchas veces con exenciones de impuestos o tarifas ridículamente bajas, a cambio de una continua sangría al país.

"Exportación. Nuestras exportaciones se van en materia prima. Deberíamos al menos procesarlas en la primera fase antes de que salgan del país. Esto daría ocupación a mucha gente y aumentaría nuestro ingreso.

"Pesca. Las costas son ricas, ¿y no es posible empacar pescado?

"Petróleo. Todo en manos extranjeras. Pero se sabe que hay más. ¿Cómo es que no podemos involucrarnos a fondo en su explotación? Este es el momento de imponer condiciones tales como establecer una cuota de empleados mexicanos que se vayan entrenando en todos los niveles de su manejo.

Antes de dar una concesión tenemos las cartas en la mano, hay que saber jugarlas. Ya otorgadas, es muy difícil negociar un cambio.

—Licenciado Luján —aclaró el señor ministro sin conmoverse —las condiciones en que recibió el gobierno del general Díaz las finanzas del país eran caóticas. Usted bien sabe que la economía es algo que no se basa exclusivamente en el trueque. Hay otro factor subjetivo entrelazándolo todo, un sentimiento subyacente que se llama confianza. En eso estábamos en cero. Hoy nuestro crédito es reconocido por todo el mundo. Con base en ello estamos logrando gran estabilidad y me temo que por muchos años no podamos extendernos a financiar programas tan ambiciosos como ese de medicina social que usted presenta. Por ahora, licenciado, estamos tratando de forjar este país.

—Lo sé, señor ministro, y aplaudo tales logros, pero me preocupa cómo se utilizan esos créditos. Siento que estamos en un momento histórico crucial. O hacemos las cosas muy bien o nos reprueba la historia—. Entrelazando sus manos fuertemente, se inclinó un poco hacia adelante sobre el escritorio—. La verdad, estoy cansado de oír de los trescientos años de conquista, de las guerras ¡qué se yo! Todo eso lo comprendo. Pero quisiera que dejáramos de ver hacia atrás y miremos el presente y hacia el futuro. Tenemos que empezar ahora—declaró— a hacer un análisis debidamente asesorados por técnicos, como lo he hecho aquí en parte, de lo que tenemos y de su potencial.

—Estoy muy de acuerdo con su tesis sobre política económica, licenciado Luján. Pero todo a su tiempo.

—El país, tú lo has dicho, tiene grandes recursos y saldrá avante —intercaló Federico pronto a defender el punto de vista oficial.

—Pues no será por casualidad o con buenos deseos, Federico. Debemos encausar bien nuestra economía —enfatizó golpeando su manuscrito—. Se debe ayudar a impulsar a los mexicanos con espíritu de empresa a fin de que creen fuentes de trabajo. Si el capital de un individuo está en su haber personal, el de un país está en su potencial natural y en el de esos ciudadanos con iniciativa que, unidos a una base laboral bien remunerada, logren la prosperidad. Unos y otros serán así productivos al gobierno pagando impuestos que redundarían, bien administrados, en beneficios para la ciudadanía por medio de la educación, comunicaciones y servicios médicos, para nombrar los esenciales. En el estado en que están las cosas—, señaló abriendo el manuscrito en la hoja alusiva— buena parte de nuestros impuestos se va para pagar una burocracia indolente.

—La burocracia se necesita a querer o no —uno de los señores refunfuñó rizándose el bigote con los nervios de punta, ya que de no ser así toda su sobrinada se quedaría sin pan.

—La mitad. La otra mitad sólo sirve para complicar el papeleo, señores. Alguien acepta un documento que el subsecretario debe firmar para que él a su vez diga a un tercero que vaya a buscar el documento en trámite, mismo que no encontrará en una semana porque un cuarto ¡lo archivó!— Alonso se impacientó arrojando su legajo sobre el escritorio. Veía que no llegaban a nada.

—Mire, licenciado —prosiguió Limantour algo conciliador— veo que tiene muy buenas ideas y estoy seguro de que todo eso—, apuntó viendo su trabajo— se hará con el tiempo.

—¿Pero a tiempo?

—Se hace lo que se puede—. Limantour pugnaba por mantener la calma.

—Y usted ha hecho mucho, señor ministro —Federico proclamó al fondo de la biblioteca y hubo mucho removerse en los sillones franceses y mucho ruido de aprobación.

Así era. Por el genio financiero del Ministro de Hacienda se había estabilizado un país en bancarrota. Con la paz porfiriana las inversiones del capital extranjero aumentaban día con día; sin ellas era claro que no habría despegue. Con la paz, la productividad había aumentado, pero los beneficios eran repartidos entre unos cuantos. Alonso lo dijo. No podía, ni quería callarlo.

Limantour se puso de pie. Estaba perdiendo la paciencia. Era obvio que hacía un esfuerzo por mantener su estudiada calma al apuntar hacia un gran mapa del país que estaba tras él.

—No veo por qué nos dice que no vamos bien. Por primera vez México cuenta con una reserva significativa. Y le pregunto a usted: ¿Cuándo hemos estado mejor?

Por el trayecto sus palabras habían perdido la entonación ecuánime para subir a la cúspide del orgullo. La suntuosa biblioteca se volvió una cámara de satisfacción.

—Presupuestos balanceados, reservas... todo eso está muy bien, ¿pero qué me dicen de la deuda nacional que va en aumento? —inquirió a expresiones de inmediato congeladas—. Aunque con términos favorables, deuda es deuda. Lo más inquietante es que desfilamos ante el mundo con cara próspera, cuando en el traspatio nuestra gente tiene hambre. Lo vemos a diario.

—Alonso, cuida tu entusiasmo —le llamó la atención Federico.

Alonso no hizo caso.

—En lo que he puesto cuidado es en el presupuesto balanceado, señores. Balanceado a fuerza de expedir bonos en el extranjero, balanceado a fuerza de maniobras de juglar en finanzas que exigen genio, no lo niego, pero un paso en falso y se hecha todo a rodar—. ¡Qué diablos! Esa era la situación y lo había dicho—. Los bancos están emitiendo demasiados billetes. La ley no se está acatando debidamente. No existen las mínimas reservas de capital requerido, ni reserva metálica. Para mí que se deben reducir las instituciones emisoras. Hay demasiado papel sin valor real y nosotros tan campantes.

—Alonso, se está sobrepasando usted—. Uno de la reunión protestó golpeando el brazo de su sillón con la palma de la mano.

—Y aún no termino —replicó levantándose con ágil movimiento—. Nos decimos seguidores de la filosofía positivista científica de Comte: amor como principio... ¿Qué amor tenemos caballeros? Para nosotros mismos, para nuestras familias y tal vez para unos cuantos selectos amigos. De ahí la barrera y de ahí el abismo. Que se pudra el resto ¿verdad? —preguntaba paseándose ante ellos como si estuviera ante un banquillo de acusados—. Orden como base... ¿Qué orden, a no ser el que protege la avaricia, la conveniencia? Progreso como fin, y en ese fin: yo, ustedes, nosotros.

—Así es—, afirmó como si hablara consigo mismo. —No dudo que haya espíritu de servicio en algunos casos, pero en nosotros reina la ambición desmedida encubierta en una filosofía que nos conviene. ¿No será que estamos confundiendo los intereses de la nación con los nuestros? Y—, agregó volteándose hacia ellos, tal vez movido por su propio remordimiento—: La maravilla es que hemos adquirido el genio para hacerlo parecer legal—. Cayó sobre cada uno el peso de su mirada ardiente—. Lleva el signo del águila azteca que de saber para qué la usan ya hubiera batido alas porque es algo que un hombre que se respeta no debe hacer.

Federico brincó frente a Alonso pronto a cruzarle la cara con el guante, pero él lo asió del puño fuertemente—. No te atrevas —lo paró en seco.

Limantour, pálido en extremo, contemplaba mudo la escena. Alonso soltó el brazo de Federico y recogió sus papeles que estaban sobre el escritorio, frente a Limantour. Los dos hombres se vieron al fondo del alma y supieron que aquel momento era irreparable. Sumamente serio, el ministro bajó la mirada, le dio la espalda. Alonso miró a todos en silencio, puso su legajo bajo el brazo y salió de la estancia.

Al cerrarse la puerta estalló la explosión: —¡Qué arrogancia!

—Si usted ordena, señor ministro, le demandamos satisfacción ahora mismo. Casi nos acusa de ladrones —se quejaba Federico.

El silencio de Limantour acalló los ánimos. Viendo hacia la puerta, inhaló hondo. Sin darse cuenta musitó:

—Y pensar que don Porfirio lo tenía en mente para un alto puesto.

Con aliento codicioso, uno tuvo la ingenuidad de preguntar:

—¿Se halla alguien enfermo?

Después de que Alonso rompió con el grupo de científicos se había creído perdido. Para sorpresa suya, por el contrario, se le llamó a Palacio Nacional.

En su oficina de brillantes pisos de parqué que enmarcaban a una alfombra persa, tras un escritorio labrado, decorado con incrustaciones de nácar y bronce, bajo una pintura de sí mismo con grandes bigotes canos y una mirada a la káiser que hacía juego con el uniforme fructífero en medallas, pues recién había pasado revista militar, el original esperaba a Alonso.

—Señor presidente —Alonso lo saludó estrechando con firmeza la mano que el viejo soldado extendió al levantarse.

—Licenciado Luján, buenas tardes —respondió aquel y le pidió se sentara.

Así lo hizo Alonso frente al presidente. Díaz lo midió con deliberada dureza, la que Alonso resistió sin altanería, ni sumisión. El general bajó la mirada, levantó los labios haciendo que sus grandes mostachos montaran más alto y después de relajarlos, empezó:

—He sabido que cierra usted su próspero bufete, abogado.

—Así es, señor.

Díaz no lo veía. Escuchaba la voz:

—También he sabido que tuvo usted un —digamos— intercambio de opiniones con el señor Limantour.

—En diferentes ocasiones... —replicó Alonso con cuidado, sabiendo que empezaba el juego del gato y el ratón.

El dictador entrelazó sus dedos y prosiguió mirándolo de lleno:

—Créame, he tenido los ojos en usted. Hay algunos que siempre se destacan de la —se detuvo a tiempo, y Alonso alcanzó a suprimir una sonrisa al percatarse de que *caballada*, la palabra de confianza que usaba don Porfirio para designar al grupo de científicos, había quedado suspendida...— del grupo—. Terminó y continuó—: Don Ignacio, nuestro Ministro de Relaciones Exteriores, se encuentra delicado de salud, necesita a su lado a una persona bien educada, culta, con personalidad, buena presentación, conocimiento de inglés y francés. Había pensado en usted y si nos desenvolvemos bien... Pero, se me olvidaba que se nos va, de manera que tal vez haya alguien a quien usted pueda sugerir.

El viejo era un zorro. De manera que si quería brincaba y decía mi vida por el servicio a la nación y vénganos la subsecretaría. Mas ¿qué sabía él de lidiar extranjeros? Además, don Ignacio podría estar enfermo, por el momento, pero, como todo el elemento porfiriano sexagenario: gobernadores, senadores y ministros, era de buena madera y ninguno de los viejos fieles era despedido a menos que un cólico *misere* o una pulmonía los hiciera evacuar el puesto.

—Veo que usted está indeciso, licenciado.

—Pensando, señor presidente.

—Piense, piense, licenciado. Como usted sabe, nuestras relaciones con el extranjero no podrían estar mejor. Los principales países europeos están en excelentes términos con nosotros. Estados Unidos, por su parte, respeta mi gobierno.

Alonso le escuchaba al verlo pasear por la estancia. Sus pisadas casi no se sentían sobre la gruesa alfombra.

¿Por qué aquel interés en él? Lo había tomado por sorpresa. En su mente ataba y desataba... Sintió que la sangre le cubría la cara. ¡Claro! Nada le era más conveniente al jefe como el que sus títeres fueran infieles los unos a los otros, mas fieles incondicionales a él. De esa manera no tendría que agradecer su encumbramiento a nadie sino al prócer. Era la política porfiriana: unos contra otros para que nadie fuera suficientemente fuerte contra él. Alonso sabía que si aceptaba, los hilos de su vida pasaban a esas manos.

El presidente había regresado a su lugar—. Bien, ¿ha pensado en alguien, licenciado?

Alonso negó—. Me temo que no conozco a la persona indicada, señor presidente. Me ha tomado usted por sorpresa. Por mi parte me siento muy honrado en haber sido considerado—. La cara del presidente estaba dura como la de un ídolo zapoteca. Alonso se sintió impulsado a continuar—. Sé que mi carácter y mi carrera no son adecuados para ese puesto.

—¡Bah! Es usted modesto.

—No, sincero. Mi especialidad es la economía —. ¡Cielos! Con que no pensara que lo que quería era la cartera de Limantour.

Díaz se sentó más derecho en la silla y le miró con interés casi divertido, pero Alonso descartó sus propios prejuicios—. Como decía, la economía es mi fuerte. Para eso me he entrenado, para eso califico. En esa línea podría yo servirle como he tratado de servir al señor Limantour. Sin duda sabe usted del estudio que presenté al señor Ministro de Hacienda.

—Sí. Expone usted a nuestro gobierno como un administrador mediocre que progresa bajo falsas pretensiones. Me temo que está usted equivocado. Por primera vez en la historia del país hay dinero en la tesorería, hay reserva. Somos solventes por nuestra estabilidad política y esa no es una falsa situación.

Estaban en campo abierto.

—En eso tiene usted razón, señor presidente. Pero lo que le da a un país estabilidad política un día, no será la fórmula mágica cinco o diez años más tarde. Se ha mantenido el país unido por más de veinte años. La paz ha sido la palabra clave, pero no será la única, ni la última palabra. La gente y los tiempos cambian, y con ellos las situaciones y las necesidades también. El gobierno debe auscultar su camino paso a paso para mantener su equilibrio. En realidad, debe ir más adelante que las necesidades del país o su estabilidad se pone en peligro de desmoronarse.

Don Porfirio parecía contemplarlo con bondad. ¿Pensaba acaso que le iba a dar una lección de política aquel señorito que todavía no peinaba una cana? Sí, paz, era el secreto y lo sería mientras él estuviera alerta. Por hoy, se sentía tranquilo. Los militares estaban bajo su pulgar, los gobernadores de todos los estados se reportaban cada noche por telégrafo a Palacio Nacional y para los bocones insatisfechos estaban los calabozos de San Juan de Ulúa o las selvas de Quintana Roo con sus plantaciones chicleras para quitarles lo alborotador. Sobre todo y ante todo, había dinero. Sacudiendo la cabeza suspiró:

—Gozamos de unión y dinero en la tesorería, señor.

— Y crédito ilimitado —Alonso se sorprendió de oírse decir.

—Que me esmero en cuidar por cuestiones económicas y como signo de prestigio. Hoy mismo me he dirigido a uno de los gobernadores indicándole que no debemos rebasarnos en el crédito, pues no es prudente comprometerse al grado de arriesgar el tener dificultades internacionales por adquirir compromisos mal calculados.

—Convengo plenamente, señor presidente, en que el crédito es muy conveniente en ciertas circunstancias, siempre que esté bien administrado. Pero buena parte de ese dinero se va para mera decoración y a las altas esferas. En los estratos más bajos se beneficia, cuando mucho, la burocracia. En mi estudio demuestro cómo la estructura económica del país se está lacerando y aquellos que lo sienten son los de abajo.

La voz de Alonso había ganado calor, su trabajo era un hijo para él. Don Porfirio, por su parte, no pensaba que lo estaba haciendo tan mal. Un país desgarrado por guerras, una población analfabeta, un Estado que el mundo culto había considerado salvaje y al que él le había dado prestigio

—La gente está más contenta que nunca, señor mío. En cuanto a adelantos técnicos, bien sabe usted lo que ha costado traer electricidad al país, lo que ha costado extender las vías ferroviarias que cruzan México, que es como ir de España a Rusia. Nunca habíamos producido tanto azúcar, café y henequén. Somos el primer productor de plata en el mundo. Construimos escuelas, contamos con una excelente Normal para profesores, y todas nuestras escuelas superiores —que digo— todo el sistema educativo se está impulsando en forma brillante por nuestro subsecretario de Instrucción Pública y Bellas Artes, el licenciado Justo Sierra. ¿Hemos progresado o no?

—Unos cuantos, sí. La inmensa mayoría, no. Los jornales son miserables, con trabajo alcanzan a medio comer. Un pueblo mal nutrido no puede rendir. Poco saben de higiene. La mortandad y las enfermedades no encuentran resistencia y su manera de vivir, impuesta por la costumbre y el medio ambiente, es, a veces, infrahumana. ¿Qué se hace para cambiar eso? ¿Y de quién es responsabilidad enseñárselos? Yo diría de los que sabemos llevar una vida mejor. Ahora que, se podrá hacer a un lado la responsabilidad por un tiempo, pero la necesidad está ahí. A la larga se vendrán encima las consecuencias de todas estas carencias y la necesidad clamará. Usted mismo ha dicho que el mejor programa de gobierno es poca política y mucha administración.

Los dos hombres estaban tensos. Alonso dio otro paso:

—No se puede dar de comer y educar a millones con los fondos de la tesorería, señor presidente. Pero sí se pueden organizar las cosas de modo que el trabajo del hombre y las riquezas naturales del país lo hagan.

"Tenemos suficientes. Nuestros minerales son abundantes, poseemos diez mil kilómetros de costas y sobre todo, señor, está la tierra. Podemos y debemos hacer mejor uso de ella. Contra nosotros están desiertos al norte; selvas al sur; sierras y volcanes; precipitadas y ricas laderas que se deslavan hacia el mar; pero quedan veinte millones de hectáreas y suficientes recursos pluviales para trabajar organizadamente en ellos. En nuestra nación yacen baldías tierras arables que ya quisieran tener otros países.

El presidente se levantó y empezó a pasearse por la estancia en silencio.

Alonso lo estudiaba con cuidado. Lo había puesto a pensar...; aguardaba con una ansiedad que lo mantenía en completa inmovilidad. Supo que no lo había convencido cuando el hombre se detuvo ante él y enderezando la espalda declaró:

—Es fácil arreglar el mundo sobre unas hojas de papel. En la práctica, créame, todo cambia.

—Lo sé. Sin embargo, hay que definir una meta—, insistió Alonso—. Para progresar, un plan racional debe seguirse desde un principio. Un plan en cada ramo, una visión, incluyendo las posibilidades variables, a fin de evitar desperdicio, malos manejos y caos.

—Todo de acuerdo con la ciencia, ¿no?

Díaz lo miró con un destello de ironía y Alonso medio sonrió, aunque tristemente. Comprendió la futilidad de su empeño, a pesar de lo cual, como el corneta que debe tocar su última nota antes de la derrota, agregó—: Sí, aunque templada al servicio de la humanidad, no a favor de unos cuantos ni en detrimento de ninguno. Ciencia limpia.

Cuadrando los hombros, Díaz suspiró:

—Entonces la ciencia no se lleva con la política.

Si había durado en la silla presidencial no era por casualidad. Uno de sus principales haberes era conocer la naturaleza humana, especialmente sus debilidades. Vio que la de Alonso era aquel apostolado económico científico y comprendió que podría convertirse en enemigo si no se controlaba. De manera que debería conservarse como amigo, pero de lejos. Eso, siempre que no se pusiera peligroso. Le pidió por lo tanto un legajo de su estudio para leerlo y lamentó su decisión de dejar la capital.

—Hubiera querido que su juventud inyectara con energía la Secretaría de Relaciones.

Lo que la Secretaría de Relaciones y todo el cuerpo gubernamental necesitaba, no era una inyección sino una transfusión. Alonso supo que a partir de ese momento su vida cambiaría radicalmente.

—Señor presidente...

—¿Sus planes, abogado? —preguntó al ver que Alonso no decía más.

—Europa por un tiempo, señor. No he tomado vacaciones en varios años. En realidad, nunca.

—Se lo merece. ¡Quién pudiera! Es usted afortunado. Salvo una excepción, yo no he podido tomar vacaciones en mi vida.

—Sería conveniente —y Alonso bajó los ojos para que no lo traicionaran— por su salud.

—Es usted de Michoacán, ¿no es así?

—Sí, señor.

—Hermoso estado. Rico. El terruño siempre llama.

Era una sutil sugerencia: A tu tierra, rebeldito.

—Siempre. Antes de zarpar pienso despedirme de mi padrino, el licenciado Gómez y de algunos amigos.

—Me hará el favor de saludarlo de mi parte, así como al gobernador. Licenciado Luján, he tenido mucho gusto.

—Señor presidente, mis respetos.

Tras un fuerte apretón de manos, el presidente volvió a su escritorio y alzando el bigote asintió varias veces, lenta, muy lentamente. Lástima. Serio, buen tipo, pero demasiado independiente y pletórico de ideales. La mirada se aguzó. Estaba rico. Ya no daría lata. Esa noche le recomendaría por telégrafo a Aristeo Mercado que tratara bien a Luján y eso pondría a la caballada con los pelos de punta. Sonó la campanilla, su secretario apareció anunciando a la siguiente persona y no volvió a pensar en el hombre que iba por el corredor, de cuyo talento se hubiera beneficiado y que se había convertido en un desterrado porque no había estado dispuesto a hacerse él mismo más trampas ni volverse acomodaticio sino que había preferido andar con quiméricos estudios económicos bajo el brazo.

El ocaso derramaba tintes rojizos sobre la tarde de invierno. El tren silbó cortando el campo. Las montañas, siempre verdes, se tornaban violetas al desplomarse sobre los lagos que resplandecían como espejos lilas donde las canoas de madera, con sus redes desplegadas que simulaban transparentes alas de mariposas, se acercaban jaladas por los pescadores hacia su remanso en el carrizal. Allá, no muy lejos, los grupos de pastores bajo sus sombreros azuzaban a sus rebaños con largas varas y el ladrar de los perros seguía al tren que contoneándose pasaba. Desde las chozas de adobe cercanas al río, los niños corrían hacia la cerca de piedra que circundaba su casa alzando sus bracitos sobre la nopalera para decir adiós, y un viejo campesino, de regreso al hogar, conducía su par de cansados caballos a lo largo del campo recién arado. Existía del hombre a la canoa, al lago, del hombre a las bestias, a la tierra, tal armonía, que envolvía el alma en reverencia…, ante ella, Alonso sintió sus ideas replegarse para no perturbar el reino de la paz.

Por la vía corría el tren… El anochecer encontró a Alonso frente al escritorio de su padrino. A esa hora ya había quedado desplegado ante ellos el invisible telón de su experiencia y lo contemplaron en meditativo silencio.

—De manera que la respuesta final a tu estudio fue la Subsecretaría de Relaciones.

—Así fue. Que si hubiera andado tras el puesto, no hubiera sabido como hacerle.

Su padrino se hundió en el sillón de cuero. Sus anteojos brillaban esporádicamente a la luz de la débil bombilla eléctrica que pendía del techo de un largo cordón. Para alumbrarse se atenía a la lamparilla de mesa, pues el candil que planeó adquirir para el despacho la tarde lluviosa en que instaló la electricidad, quedó sin comprar. Al cabo de un breve lapso resumió:

—Me preocupa saber todo esto porque augura revuelta y esa es una palabra que Díaz ha ido borrando de nuestra historia —don Evaristo frenó la protesta que vio venir de Alonso con una leve señal de la mano para proseguir—: La anarquía debida a las facciones personalistas fue un factor constante a lo largo de nuestra historia. Desde nuestra independencia los buenos elementos se vieron sobrepasados por los oportunistas, ¿y qué nos trajo eso? Un Santanna, la pérdida de más de la mitad de nuestro territorio, guerras e invasiones. Si otros se aprovecharon fue de lo que propiciamos nosotros. No conocimos la paz hasta que Díaz puso a todos en su lugar. Supo atar a los lobos y ha dado una lección de disciplina. Por fin he podido leer un libro sin que un cañonazo me vuele las hojas.

—Perdóneme, padrino, pero usted está alejado de todo. Aprecia el batir de sus alas de paloma, otros, sienten las garras.

Don Evaristo supo que se le acusaba de complacencia. En verdad no podía declararse inocente y calló viendo a Alonso pasearse por el despacho.

—Tras la fachada de orden y protocolo las cosas andan mal, decía. Los bancos están operando en falso terreno dando préstamos a corto plazo que en realidad son indefinidos, pues los renuevan cada seis meses. Si la gente exige el cambio de billetes por metálico no podrán hacerlos efectivos.

—Si tú sabes esto, Hacienda lo debe saber.

—Limantour está por crear la Inspección general de instituciones de crédito y compañías de seguros, me temo que un tanto tarde. Para evitar una crisis y cubrir este déficit, habrá necesidad en el futuro de recurrir a la venta de más bonos en los mercados internacionales. Además, hay otros factores más inquietantes. Al paso que vamos, en estos años, con las concesiones que repartió a diestra y siniestra Manuel González a intereses extranjeros, se extraerá tanto o más metal de México que durante toda la Colonia. Y no son palabras, son cifras demostrables.

—En muchos casos no tenemos los conocimientos técnicos que ellos traen.

—Ahí entra la planeación. Bien podríamos enviar jóvenes aptos a donde sea necesario para adquirir esos conocimientos. Con raras excepciones, somos tradicionalistas al punto de ser meros imitadores. No me refiero a las tradiciones familiares. Me refiero a las carreras que escogemos, a las ocupaciones que seguimos. Carecemos de espíritu de aventura. Basta que a alguien se le ocurra hacer algo nuevo, para que inmediatamente vea uno la duda reflejada en los rostros y salgan a relucir los peros. Las cosas tienen que estar comprobadas, el final del camino debe vislumbrarse para que nos decidamos a andar por él.

Don Evaristo asintió recordando a un amigo suyo que en vano trató que tomaran en serio una máquina despepitadora muy efectiva que inventó y que ofreció a medio mundo, sin que le hicieran caso, hasta que terminó malbaratando la patente en Estados Unidos.

—Es por eso —prosiguió Alonso—, que de muy buena gana, caemos en manos de los que vienen a proponernos manejar nuestras minas, vender nuestro café, procesar el henequén en otros lados. No nos fuerzan, tal vez nos seducen.— Alonso se dejó caer en la butaca. Frunciendo el ceño miró fijamente a don Evaristo—. No advoco la guerra ni la violencia, padrino, por el contrario tiemblo al verla inminente. Me fastidia que siendo posible trabajar para la paz, en paz, no lo hagamos.

Los dos hombres permanecieron en silencio, Alonso estudiando la frente del viejo padrino, don Evaristo, sopesando sus pensamientos.

—¿De todo esto hablaste con ellos?

—Detalladamente.

—Pues son unos brutos si no te hicieron caso.

—¿Entonces no piensa que soy un soñador o un loco?

Don Evaristo meneó lentamente la cabeza—. Soñador, tal vez; loco no.

—Me empezaba a sentir de atar —descansó Alonso—. Con excepción de la clase que doy en la universidad, en donde he expuesto mis opiniones, se encogen de hombros, o me quedan viendo como si desvariara; pero usted ha comprendido.

El abogado asintió—. Siempre pasa igual. El poder es un aire que intoxica. Una vez que se aspira se hace uno adicto y produce parálisis parcial. Los que lo detentan no creen estar afectados porque sofoca la percepción. En algunas ocasiones es tan aguda la afección que no oyen, no ven, ni sienten la realidad. Se hacen insensibles a todo lo que no sea un eslabón de seguridad en su cadena de dominio.

Hubo un largo silencio que Alonso rompió para decir—: Me temo que mi brillante carrera ha sido un fracaso.

Don Evaristo asumió una expresión seria. Sus bondadosos ojos mantuvieron la mirada del ahijado—. Un hombre no tiene que actuar en el gran escenario nacional para valer. Cierto que el aplauso es atractivo, pero eso no es lo que tú perseguías. Fuiste sincero en tus esfuerzos de servir y, claro, te sentirás defraudado, pero no te sientas aniquilado. Un abogado de provincia tiene sus compensaciones en modos más sencillos, pero no menos valiosos. Si fue imposible que continuaras en ese medio, no pienses que porque no estás en la alta esfera tu trabajo deja de tener trascendencia. Si en el pueblo más humilde cumples con tu deber como ciudadano, como profesionista, como hombre, tu existencia está justificada ante ti mismo y ante todos—. Abriendo el cajón de su escritorio continuó—: Aquí tengo varias medallas que me han otorgado por ya no recuerdo qué— un ruido metálico se oyó al revolverlas con sus dedos—. Entre todas no hay una que diga a un hombre honrado. Esa medalla sería difícil de otorgar, ¿no crees?

Alonso asintió recordando su participación en el negocio de Sonora. Legal y todo, aquello le seguía molestando. Su mala sombra enturbiaba sus más limpias intenciones.

—Te lo digo sinceramente, sería la única que exhibiera satisfecho— declaró. Cerró el cajón y cruzando los dedos sobre el escritorio, continuó—: Sin embargo, he sido recompensado. Encuentro gran satisfacción en saber que tratándose de herencias me vienen a ver, que una viuda o un huérfano depositan en mí toda su confianza, que nunca ha sido traicionada, que si hay algo chueco ni se molestan en verme porque saben que los pondría en la calle.

"Ah, siempre habrá los que, no conociendo la honradez, no crean que exista y encuentren modo de atacarme. No me importa. Mi conciencia está tranquila, de mi vida estoy satisfecho y no lo cambiaría, te lo digo de corazón, por ninguna subsecretaría de ningún ministro.

Se vieron, ambos sorprendidos por la rara exaltación en la mesurada persona de don Evaristo.

—Bien, esto merece un brindis —y abrió el cajón—. Lo siento, mi arsenal... —guiñó refiriéndose a las medallas y en seguida abrió otro cajón, sacó el coñac y dos copas.

Sirvió, se puso de pie, lo emuló Alonso, y ambos brindaron en silencio.

Capítulo XXXVII

El barrio se sacudió a la hora de la siesta con el ruido de dos carruajes que se perseguían. Las cortinas de los ventanales se apartaron en ambos lados de la calle y frente a la casa de don Evaristo se oyó que uno de ellos rechinó al frenar, y el otro lo libró apenas, continuando la carrera. Mariana saltó del que se había detenido. Con todas las fuerzas de su puño arremetió contra la puerta olvidándose que había campanilla. Al toparse con la expresión sorprendida de Alonso, sintió una oleada de alivio. Le explicó, entrando al corredor, que de regreso a la fábrica de costales la habían tratado de detener dos tipos que fueron esa misma mañana a buscar a Leonardo a la hacienda. Asustada por estar en despoblado, puso el caballo de su coche al galope.

Le complacía verlo tan solícito y en esa complacencia se recreaba, olvidándose del susto, de la calle desolada, del rechinar de ruedas sobre el empedrado... No, por supuesto que no tenía que sentarse, y no, no era necesario despertar a don Evaristo. Por cortesía tomó el vaso de agua con azúcar que le trajo doña Refugio y por precaución y un innegable placer que le proporcionaba su presencia, aceptó que Alonso la acompañara a la pensión donde solía pernoctar en Morelia.

—Si usted insiste, Alonso, se lo agradeceré.

Insistían las circunstancias que bailaban en círculos a su rededor. Nada podía contra el destino que lo había nombrado caballero de aquella mujer de ojos negros. Sumergido en los cambios por los que atravesaba su vida, pensaba que estaba logrando dominar aquella obsesión, y esto era verla para sentirse otra vez como un chamaco que acaba de recibir un premio en la escuela, y andar muy acomedido ofreciendo investigar aquel asunto. No, que va, si no era ninguna molestia. De todos modos iba camino a ver al gobernador más tarde. Una vez en la pensión, prometió regresar tan pronto como supiera algo.

En la apacible pensión de doña Petra, donde Mariana prefería quedarse de un año a la fecha en vez de la casa de Libia, encontró el ambiente vibrante de expectación aquella tarde. Los sirvientes corrían por todos lados preparándose para una fiesta. De su recámara en el segundo piso, doña Petra se dejó venir:

—Guapa —, saludó a Mariana al pie de la escalera con su garbo español, correteada de cerca por una criadita que la seguía con las tenazas de rizar—. Hoy es mi día, y será más feliz por tenerla aquí. Hará el honor de acompañarme en el pequeño agasajo que tendré esta noche, ¿verdad? ¿Qué le pasa? Me parece que le caería bien un poco de distracción...

Mariana notó que la exhuberancia de la señora decrecía hasta convertirse en un vistazo auscultador, y ella, en esos momentos, no sabía a ciencia cierta lo que le caería bien. A su rededor ocurría todo tan rápido, que se encontró presa de una turbulencia interior que doña Petra acrecentó con su locuacidad, sus ojos brillantes, sus rápidos ademanes y su determinación, de la cual no había escapatoria.

—Claro que no será la gente que usted frecuenta, pero me honraría muchísimo.

Confundida, Mariana no encontró razón para rehusar. La señorona giró y empezó a disparar órdenes permitiendo que Mariana llegara a su cuarto. Ahí agradeció al arquitecto de la casa por haber puesto puertas tan gruesas. El ruido se apagó al cerrarse la de su estancia. Como por encanto la tranquilidad reinó... Muy a lo lejos, se oía el abrir y cerrar del cancel, el llamado de voces. Mariana se desprendió de su capa, se sentó a la mesa de centro y vació su bolso. Entre los papeles buscó el recado que Leonardo había dejado a la mañana siguiente de su regreso: "Si alguien me viene a buscar, di que no sabes a dónde fui y que no regresaré en tres días".

Dos veces lo leyó buscando en él la explicación de todo lo acontecido desde su imprevisto regreso, su inmediata salida, la falta de efectivo en la caja fuerte y la presencia de esos dos hombres que nada bueno parecía augurar. Tal vez no se hubieran lanzado tras ella en la forma que lo hicieron si no hubiera empezado ella misma la carrera, pero acabó por enervarla su acechadora presencia desde que saliera de la hacienda. Dejó el recado a un lado. Por su lista constató que en días pasados había terminado con la mayor parte de sus negocios. Según su costumbre y, en ese día, en contrapunto a sus emociones, ordenó entonces sus facturas, sumó detenidamente, sacó una nueva lista de las cosas pendientes e hizo un memorándum sobre asuntos que tendría que discutir con don Evaristo y el contador. A la larga, terminó. El reloj que colgaba de su cuello en una larga cadena, le hizo ver que habían pasado, sin sentirlas, casi tres horas desde que Alonso se había ido.

Había postergado toda reflexión y nada, que tenía un lapso vacío de actividad que la llevó hacia la ventana de aquel segundo piso desde donde contempló las cúpulas de la capilla de un convento cercano que dibujaban oscuras curvas, graves y solitarias, contra el cielo violáceo. Las campanas tañeron. Una parvada de palomas que habían estado picoteando semillas traídas por el viento de las cúpulas de los árboles al techo de la iglesia, revolotearon y se fueron llevándose la luz que quedaba.

Día extraño... Primero la acosaban dos hombres con tipo de hampones y la correteaban después por calles desiertas; instintivamente, sus manos sintieron las fuertes barras de la ventana. Experimentó alivio al pensar que nadie podía deslizarse entre ellas; mucho menos aquel hombrón que parecía partir los mosaicos que pisaba, y ni siquiera su compañero de esquelética hechura. ¿Qué querrían? ¿Cómo se habría involucrado Leonardo con ellos? No eran desde ningún punto de vista la compañía que a él le gustaba cultivar. La ropa que vestían, aunque nueva, era chillona. En la voz melosa del hombre robusto había escuchado tonos de impaciente amenaza: "Si don Leonardo no está aquí, señora, estoy seguro que lo encontraremos".

Sin duda pensaron que ella los guiaría a él y la siguieron. ¡Como si supiera dónde pudiera estar! Y luego, su voz interior se hizo un susurro: Alonso... Hablaron como si jamás hubiera existido una tarde de llanto, una iglesia de sombras, como si nunca hubieran cruzado una palabra íntima. El encuentro súbito, las circunstancias extraordinarias, ayudaron. Desde aquel suceso, deliberadamente había evitado pensar en él; lo que demostraba que un lazo se había establecido entre ellos. Al verlo de nuevo lo sintió. Lo sintió en toda su plenitud camino a la pensión. Fue una sensación tibia y emotiva, sabía que también peligrosa, y al convertirse la caída de la tarde en noche, se encontró impulsada a saborearla un poco más antes de que la tapa de la reflexión cayera sobre ella. La presencia de Alonso era una tentación poderosa... Sus ojos se avivaron, para de nuevo perder su fulgor. Tendría que ser amistad. Eso era lo único decoroso, como diría la tía.

Sonrió, si bien su sonrisa quedó velada por una vaga amargura. Le preocupaba don Evaristo. Había notado cierta frialdad de su parte últimamente y ella sabía por qué. Sus espejuelos habían visto el continuo involucrarse de Alonso con ella durante sus visitas a Morelia y sin duda se sentía desolado al verlo perder el tiempo con una mujer casada.

Al tocar la puerta, la pequeña sirvienta anunció que un caballero deseaba verla. Por las explicaciones que dio, Mariana supo que era Alonso. Abajo lo encontró paseándose por el corredor.

—¿Hay algún lugar donde se pueda hablar en privado? —preguntó deteniéndose ante ella.

Mariana lo guió hacia la sala, encendió la luz y esperó... Había sido fácil para Alonso averiguar quienes eran los individuos que habían seguido a Mariana. Durante su conversación con el gobernador mencionó el asunto y dado que don Aristeo tenía instrucciones de tratar bien al señor Luján, antes de que la hora se cumpliera los dos tipos estaban dando explicaciones a la policía. Lo que probaba que "mañana" quería decir "ahora mismo", siempre y cuando...

—Esos hombres esperaban que usted les indicara dónde está el señor López.

Ella desvió la mirada—. Hace tres días, después de meses, regresó para volverse ir. No tuve oportunidad de hablar con él.

Alonso se dio cuenta de que Mariana no sabía más. Cierto escrúpulo le impedía delatar a Leonardo, pero ella instó:

—Si usted sabe de qué se trata todo esto, dígamelo, por favor.

Él hizo un ligero ademán con la mano:

— Es un negocio.

—¿Qué clase de negocio?

—Esos tipos tiene en su poder un pagaré de López Arellano por diez mil pesos de unas tierras que valen la cuarta parte.

—¿La cuarta parte? ¿Cómo sabe usted?

—Uno de los federales que los interrogó me informó que ya estaba enterado del asunto. Esta misma mañana López Arellano le habló para platicarle que lo habían timado haciéndole creer que podría vender esas tierras rápido y con buena utilidad, antes de que su pagaré se venciera. Además, dice que le enseñaron otras tierras de las mencionadas en los títulos.

Mariana se sentó en el borde de la silla más cercana repasando las explicaciones de Alonso. Sin duda ese era el trato de fabulosas ganancias para el cual, meses atrás, le había pedido dinero. Por lo visto se habían conformado con que firmara documentos. Ahora él quedaba con tierras por el valor de la cuarta parte y un documento por pagar. Casi podía verlo al firmar las escrituras: apenas pasarían sus ojos por ellas.

—¿Por qué no consultó con un abogado en vez de ir con el agente federal? —desesperó.

—Lo hizo, pero no hay remedio. En las escrituras figura el precio justo por esos terrenos; cifra que convinieron estipular para ahorrar timbres. Aparte, le hicieron firmar un pagaré por el resto. Sólo entre ellos consta de qué fue en pago. Leonardo les dio un anticipo mínimo en efectivo, según lo entendido, para cerrar la compra, y sobre eso tiraron las escrituras como si el costo indicado en ellas estuviera liquidado. Leonardo no tiene prueba alguna contra ellos. Son estafadores profesionales, porque desde el punto de vista legal no hay falla. Las escrituras fueron firmadas, registradas y timbradas. López supo que no había más alternativa que pagar, por eso fue a ver al policía, amigo suyo, con la esperanza de que los intimidara y se conformaran con algo menos.

—¿Y?

—Lo intentaron. Los tuvieron en su poder esta tarde. La verdad es que les dieron un mal rato, pero se sostuvieron. Parece que están dispuestos a dejarse aporrear con tal de cobrar. Dijeron que el pagaré era ajeno al trato de los terrenos, que era deuda de juego, y ya que López tiene fama de jugador, la policía los dejó ir.

—¡Cómo pudo ser tan ingenuo! —exclamó Mariana levantándose—. A esos hombres se les ve la pinta de bandidos a leguas.

Alonso se encogió de hombros—. Son muy hábiles para escoger sus víctimas. Los convencen de su buena fe de mil maneras, asegurándose, claro, que habrá modo de cobrar.

Y en este caso el modo, era ella. Estaban casados en sociedad conyugal —la mitad de lo que tenía era de él. Aunque su deuda fuera personal, Leonardo podría disponer de aquella mitad.

—Mariana —, oyó que decía Alonso— si no tiene usted esa cantidad...

Su tono llevaba una oferta que ella rechazó de inmediato—. Tengo dinero, gracias—. La encontró orgullosa e inflexible una vez más. Una mujer así nunca admitiría..., ni ayuda. Alonso recogió el sombrero que había dejado sobre la mesa.

Entró doña Petra convertida en un manojo de rizos y encajes. El pecho había montado a nuevas alturas y, a consecuencia del apretado corsé, la voz salía en pequeños lapsos. —Pónganlos aquí. ¡Oh, que encanto!—. La seguían dos mozos que iban a tientas, cargados por sendos ramos de gladiolas. Topándose con la pareja, doña Petra se detuvo y miró de uno a otro.

—Perdone, señora —se adelantó Mariana a explicar—, pero el licenciado Luján me informaba sobre un asunto y me tomé la libertad de usar su sala.

La señora aceptó la explicación con un gesto elocuente que significaba que no había que dar razones—. ¿Luján? ¿El ahijado de don Evaristo ? Ay pero si a usted le conozco desde que estaba así. ¡Sí que vuelan los años! Imagínese hoy cumplo, bueno... vuelan los años. Al morir mi marido, don

Evaristo se encargó de todo. Eso fue hace..., bueno, hace mucho tiempo—. Lo miró afectuosamente y tuvo una racha de inspiración—: Dígame, ¿puede quedarse a cenar?

—Señora, yo se lo agradezco, pero...

—A menos que no quiera sentarse con personas humildes.

—Nada de eso, señora.

—La señora Mariana estará aquí. Ella no es presumidilla ni usted tampoco. De eso estoy segura. De manera que se queda, ¿verdad?

Y hubo complicidad en los ojos de la mujer al mirar de uno a otro.

De nuevo todo era confusión.

Doña Petra se llevó a Alonso, a quien se notó incómodo, pero la festejada, tras abandonarlo en un sillón, se apresuró a recibir a sus invitados que empezaban a llegar.

Sería incorrecto dejar a Alonso solo en una situación que le había sido impuesta por su culpa... Subterfugios del alma, que ella, acostumbrada a hablarse con la verdad, no podía evadir. Al abotonar su blusa limpia se detuvo en su ajetreo para quedarse viendo en el espejo. Diez mil pesitos, Mariana. No, no lloraría ni sentiría lástima de sí misma. Al diablo con la sagacidad de doña Petra, con el dinero, con Leonardo y todos los estafadores del mundo, todos los diques y las cosechas. Estaba harta de preocuparse por todo. Pagaría el maldito dinero y trabajaría otro año y otro para pagar Dios sabría qué, pero esa noche iba a borrar de su mente toda preocupación, de su cara todo vestigio de soledad. Había fiesta. Volaron los polvos de arroz, sacó la pequeña polvera que le había traído Libia de París y se coloreó por primera vez en su vida las mejillas. Cepilló su pelo, lo alzó sobre la nuca en una cascada y se halló devastadora. En seguida recogió su abanico, lo abrió, cerró, se guiñó un ojo frente al espejo, y bajó.

Una vez entre la gente, saludó afablemente al boticario, a su esposa... Al secretario del Ministerio Público que un día tratara de detener la explosión en Valle Chico, lo recibió con cortesía y siguió su encantador recorrido saludando a todos, a sabiendas de que los ojos de Alonso no la abandonaban. La cena se anunció, los invitados tomaron su lugar en una larga mesa. La mirada insinuante de doña Petra de nuevo brilló al sentarla junto al ilustrísimo abogado. Poco importaba. Ella se sentía dueña de sí sonriendo, platicando, ¡y sin marido! ¿Qué diría Morelia mañana? Que se echaran al vuelo todas las campanas, que retumbaran los oídos con su conducta escandalosa. Sí, bebía vino en una fiesta —y ni siquiera una fiesta de los mejores círculos— iiimaagínennse. ¿Qué te parece eso, tía Matilde? ¿Qué decía el secretario aquel?

¿Un brindis? La voz del hombre fue ahogada inesperadamente por un ruidazo en el corredor que vibró por doquier. Un señor pequeñito apareció entonces, de puntitas, bajo el dintel de la puerta, recogió el instrumento que se le había adelantado y ofreció disculpas. El orador no sabía si aceptarlas o no.

—Como iba diciendo… —. ¿Cómo iba diciendo? —. Ejemmm… Ah sí... A nuestra querida anfitriona

¡Pfuuummm! El tololoche errante resonó una vez más por los mosaicos y Mariana se puso tontilla y empezó a hacer pucheros de risa.

—Bueno —el orador concluyó viendo de soslayó hacia ella—, ya que está aquí la música, ¡que toque!— Y recibió el aplauso más caluroso de su vida.

¿Desaprobaba Alonso su conducta? Ah, pero si él era siempre así, como si viera algo que nadie más podía ver. Lo miró de lleno… Él, abstraído, estudiaba el vino de su copa. Su fuerte expresión, suavizada por la curva de sus labios, guardaba el atractivo de su sonrisa. Era definitivamente patricio. Entre más lo miraba, más lo apreciaba. Estaba percibiendo por primera vez en su vida el placer de dejarse ir, así, así, sin importarle más nada. Ahora todos bailaban. Frente a ellos, doña Petra intempestivamente se detuvo instándolos a que hicieran lo mismo. Alonso lanzó tal mirada a la mujer que la mandó girando muy lejos, instantes después se dirigió a Mariana:

—¿Quiere bailar?

—Sí.

Mariana sabía que existía un nombre para las mujeres que hacían el papel de doña Petra y que en esos momentos no recordaba. No importaba. La música era hermosa, ella danzaba —no—, flotaba pisando arpegios. La desconcertaba que estuviera él tan serio si ella sonreía. No entendía que su proximidad le hacía daño. A unos cuantos centímetros tenía sus labios, aspiraba su olor; su pelo lo rozaba, su piel estaba en sus manos. La tenía tan cerca y tan lejos. Alonso llevó a Mariana a su lugar antes de que se acabara la música. Por largo rato no pronunció palabra. ¿Quién entendía a los hombres? Primero era "Bailas conmigo o no me muevo de aquí" y ahora que podía bailar con ella, se sentaba cabizbajo y sombrío. ¿Sería esa su falla: no comprender a los hombres? ¡Qué raros eran! Levantó ella su copa y él volteó a mirarla.

—Ya que va a beber, hagamos un brindis. Brindemos, Mariana, por este momento y porque su recuerdo la siga para siempre, como me seguirá a mí.

La voz dura llevaba timbre de maldición. Mariana, sobria, bajó la copa y no bebió. Alonso vaciaba la suya.

—Ya ve, yo no tengo miedo.

—Al patio, al patio —doña Petra decía dirigiendo a sus invitados hacia fuera—. Ustedes también, mis queridos — invitó a Mariana y Alonso.

Los juegos pirotécnicos empezaron. El cohetero parecía gnomo encantado que, al toque de su vara mágica, hacía cobrar vida a la torre de papel y pólvora que terminaba en estrella. En un suspiro se iluminó la noche. Las ruedecillas lanzaron destellos que se diluyeron en rocío de luz. Las exclamaciones y el aplauso no se habían calmado, y ya cruzaban el aire, disparados hacia arriba, docenas de cohetes que se correteaban con sus traviesos y fútiles impulsos por alcanzar las estrellas. Por encima de sus miradas expectantes, muy lejos, explotaban en refulgentes cascadas contra el cobalto del cielo desintegrándose en miríadas de luces que pronto se perdían en la oscuridad. Así siguieron más cohetes, semejantes a las esperanzas y las ilusiones que luchan por alcanzar un punto y alumbran un fugaz instante al realizarse para desvanecerse ahí mismo.

El último cohete estalló en gigantescos chorros de luz que bañaron el patio de polvos luminosos. Mariana volteó hacia Alonso, sonrió, y él la miró de un modo extraño.

Entre aplausos, las chispas murieron, cayeron difuminadas en cenizas a la tierra, todas, excepto una que fue a dar al tul de doña Petra. Sin que ella lo notara, se convirtió en llama, una muchacha a su lado gritó, y aquello se volvió un tumulto. Se vociferaba pidiendo agua... Todos se movían presurosos en distintas direcciones: las mujeres buscando chispas en su falda, algunos señores en sus solapas, y un solícito voluntario, temiendo que dónde había humo había peligro, vació una jarra de agua sobre el puro de un invitado, ensopándolo. Con mayor tino, Alonso arrancó un mantel de la mesa y envolvió a la mujer.

Acallada la bulla, la señora emergió ahumada, pero sin novedad. Y más que nada, sin humor de continuar la fiesta. Abatida por el peligro en que se había visto, se despidió de todos excusándose con un cansado ademán. Muy conmovida agradeció a Alonso:

—La Virgen de la Macarena lo mandó aquí esta noche, licenciado. ¡Ay mi virgencita ...! —repetía apoyándose en Mariana a la que suplicó la acompañara a su recámara. Los huéspedes —cada uno refiriendo como había estado a punto de salvar la situación— ya no tuvieron más qué hacer que recoger sus pertenencias y salir de la casa. Pasado un buen rato, ésta quedó desierta, a excepción de Alonso que caminaba por el patio oscuro para asegurarse de que no quedaran pavesas.

Sin notar la presencia de Mariana, removía con la punta del zapato los residuos quemados que habían caído al piso..., después, se mantuvo quieto. En la penumbra, Mariana pudo ver que, sumido en sus pensamientos, hacía un movimiento de cabeza negativo, casi imperceptible. Fue entonces que la vio.

—Qué susto, ¿verdad? —intervino ella casi en seguida, pero la infinitesimal vacilación, antes de que hablara, delató su observación.

Transcurrió un calculador silencio—: ¿Está bien la señora?

—Sí. Ya se le dio su té de tila para los nervios y la sirvienta dormirá con ella. Me pidió que dijera a la cocinera que cerrara la puerta principal—. Mariana le mostró la llave.

—Lo que quiere decir: fuera, licenciado —replicó Alonso tratando de secundar su tono ligero.

—¡Dios me libre! Es usted el héroe de la noche. ¿Qué digo? De la tarde también. Si no hubiera sido por usted que abre aquella puerta tan a tiempo... —Mariana se dirigía hacia el cancel que cerraba el paso del corredor hacia la calle.

—Me alegra verla tan contenta y que tome todo con calma —dijo él a su lado.

—¿Le sorprende?

—La verdad, sí.

—Claro —suspiró— siempre me ha visto llorando por algo. Pero eso se acabó—, aseveró con vehemencia—. De ahora en adelante voy a pasarla bien cuando pueda.

—¿Es por eso que me ha estado coqueteando?

—No he estado coqueteando.

—Sí, señora. Toda la noche.

—Con permiso.

La detuvo por el puño y la atrajo hacia la sombra—. ¿Es por eso? Habla. Conmigo la verdad, o nada.

Mariana pudo haber gritado, pero no lo hizo; pudo haber huido porque la había soltado, pero se quedó.

—¿Es esa la razón?—demandó Alonso acercándose—. ¿O hay otra? Dime—, y sus manos se cerraron sobre sus puños.

Mariana sentía el corazón en la boca, que se debilitaba al acercarse él más y más, y hubiera deseado que aquel momento se eternizara. La vehemencia de su voz, su mirar, le decía que en verdad la amaba y se le nublaron los ojos.

—Mariana, si supieras...— tomó su cara entre sus manos, sus labios descansaron sobre los de ella y ella se asió a él con el alma y el cuerpo. Al sentir su inesperado abandono, Alonso se dejó llevar. Su boca no descansaba besando sus ojos, su cuello. Sus labios se encontraban una y otra vez. Rindiéndose a él, Mariana abrigaba el aliento de Alonso en su pecho, oía cristalizar la vida a su oído en un lenguaje que había presentido siempre, que decía: tú y yo. Un lenguaje que, aun dada su enorme potencia, fue vencido por el eco, primero lejano, luego estruendoso, de otras palabras. No en vano la habían ceñido en la inquebrantable moral puritana. Sintió que el mundo entero le arrojaba piedras y del fondo de su alma surgió un oleaje de remordimiento que acalló la pasión.

—No. Por el amor de Dios —sollozó tratando de desprenderse de él—. Estoy casada—clamó al empujarlo y él retrocedió apretando los puños.

—Mariana.

Vio ella en sus ojos algo que no había visto en los de ningún hombre y se espantó. Con un gemido corrió hacia arriba.

Trastabillando, llegó a su cuarto, oyó la puerta del cancel retumbar y Leonardo, que estaba parado frente a la ventana, dijo:

—Ya se fue.

Ella lo miró con ojos que trataban de descifrar lo que tenían en frente. Haciendo un esfuerzo supremo por controlarse, se fue a sentar a la silla junto a la mesa que estaba a la mitad del cuarto. Temblando, se cubrió los ojos con una mano y con la otra, la boca.

—Con que esas tenemos: el gato se va y los ratones se ponen a jugar.

Mariana luchaba por recuperar su compostura—. Ya que viste, y sin duda, oíste, no tengo nada que explicar —desafió y bajó sus manos trenzándolas sobre el regazo.

—¿Lo quieres? —preguntó Leonardo cruzando los brazos sobre el pecho al recargarse sobre la pared en actitud indolente.

—Estoy segura que no estás aquí para discutir mis sentimientos que nunca te han interesado.

—Sabías desde un principio que no era un sentimental.

—Cierto —asintió ella. Enderezando la espalda, agregó—: Y ahora, ¿qué quieres?

Hubo un breve silencio. La actitud de Leonardo cambió un poco. Llevó sus manos atrás, dando unos pasos, se detuvo ante ella—. ¿Recuerdas las tierras que te mencioné? Pues bien —dio unos pasos más— parece que

—Ahórrate palabras. Estoy enterada de todo. Tus socios me vinieron a buscar esta mañana—. Tenía el corazón dando vuelcos; sin embargo, nunca había estado más en posesión de sí misma, tan agudamente consciente de la situación que vivía. La confusión había desaparecido.

Se miraron de frente.

—Necesito pagarles quince mil —murmuró él y ella guardó silencio—. Si no, voy a la cárcel.

Ella se reclinó hacia atrás y desvió la vista hacia un punto lejano.

Ante su frialdad, la contención de Leonardo se hizo pedazos.

—¿Te gustaría, eh? —masculló acercándose a su cara. Sacudiendo la silla por los brazos repitió—: ¿Te gustaría, verdad?

Mariana no parpadeó.

—¡Pero no se te va a hacer! —exclamó soltándola—. ¿Sabes por qué? Por que la mitad de lo que tienes es mío—. Y se enderezó triunfante—. ¿Sabes otra cosa? —prosiguió—. Somos más ricos de lo que pensaba. Me he tomado todo el día andar sumando tus haberes—. Sonrió aquella sonrisa burlona y sacó de su saco una lista que le pasó por la cara—. Tendré para escoger... Vale más que nos pongamos de acuerdo. ¿Efectivo, ahorros, acciones, o un pedazo de Valle Chico?

Mariana estuvo de pie de un salto. Arrebatándole el papel lo hizo pedazos y lo lanzó al aire—. Pagaré, porque no tengo más remedio. Estoy bien enterada de que son diez, no quince. Pero no te tocará un centímetro de mis tierras y te aseguro que jamás dejaré que me pilles en situación igual otra vez. Rescindiré la sociedad conyugal. De alguna manera me podré proteger de los de tu calaña y si no la hay pensada, la pensaré. Y ahora, lárgate.

Era la primera vez que ella mostraba todo su genio ante él. Leonardo retrocedió hacia la puerta con una coja amenaza:

—Haré un escándalo de lo que vi esta noche si no me das el dinero.

—Grítalo. Reparte pasquines. No me importa.

—Más vale que me des ese dinero pronto porque esos hombres andan...

—Diles que hablen con don Evaristo mañana por la tarde, diles que dejen de seguirme si no quieres acabar en un calabozo junto con ellos, y tú, no vuelvas a pisar Valle Chico jamás porque, te lo juro, no saldrás de ahí con vida.

Capítulo XXXVIII

Leonardo caminaba de prisa. Aunque la noche era fría sentía una agitación que lo hacía sudar. Al llegar a la esquina le pareció oír pasos y aminoró la marcha. Bajo la débil luz de una linterna se detuvo, sus ojos recorrieron la calle angosta y silenciosa. Presentía algo, otra presencia cercana, de su frente pequeñas perlas de sudor comenzaron a brotar. Al dar vuelta a la esquina, dos fuertes manos lo asieron intempestivamente por el pecho. Demudado, se encontró ante Lizor.

—Buenas noches tenga usted, don Leonardo —el hombrón sonrió bajándolo con sumo cuidado—. Uno no debe andar solo a esta hora. Es peligroso —advirtió sacudiéndole las solapas con gentileza afectada secundado por su flaco compañero que asentía.

Leonardo había temido tanto aquel encuentro que así supiera en esos momentos que podía pagarles, el sólo verlos lo dejó helado. Por instinto trató de proteger su espalda contra la pared de cantera.

—Lo hemos estado buscando.

—He estado muy ocupado, Lizor. Ustedes saben... mis negocios. He tenido que atenderlos —se explicó.

—No deberán andar muy bien, ya que se nos anda escondiendo.

—¡Me timaron! —chilló desesperado.

—Usted delira.

Una luz se prendió al otro lado de la calle y el gordo instruyó a Leonardo con un lento movimiento de su índice que siguieran caminando.

Al obedecer, Leonardo no se apartaba de la pared más que para pasar las fauces de los leones, labrados a la altura de su cabeza, los que a intervalos adornaban aquella casa para desaguar el techo.

Llegaron a un punto donde no había balcones cercanos y el trío se detuvo.

Entonces el flaco sacó una pequeña pistola. El frío metal tocó la mejilla paralizada de Leonardo.

—Fue usted a la policía —el hombrón observó—. No mienta. No me hice esto al bajar el tren—. Le señaló con dedos de gusano una cortada en su frente. Los ojos saltones lo miraron de hito en hito y exhaló con aliento que olía a tabaco—: No queremos saber más de estos jueguitos—. El sonar del pasador de la pistola agregó énfasis a su advertencia. Aterrado, Leonardo se pegó más a la pared—. El pagaré ya está vencido. Queremos el dinero, señor.

—Lo tendrán. Se los aseguro.

—Baje la voz —. El hombre volteó y, satisfecho de que no había nadie a la vista, silbó—. Si llega a tener más ideas tontitas, de algún modo nos emparejaremos con usted. De algún modo..., somos varios. Recuérdelo. Y ahora: ¿Cuándo recibiremos el dinero?

—Mañana por la tarde en casa del licenciado Gómez. Acabo de arreglarlo todo. Él es el abogado de la hacienda, el que lleva nuestros asu..., quite esa pistola. Les digo la verdad.

Los ojos del Lizor no lo soltaron, hizo un leve ademán y el otro escondió el arma. Aguzando la mirada bajo sus enmarañadas cejas, se acercó más—¿Por qué no en la mañana y por qué en casa del abogado?

—Tiene que ser por la tarde. Necesitamos la mañana para arreglar las cosas, conseguir el dinero.

Las poderosas manos una vez más tomaron a Leonardo por lo alto de las solapas, lo levantaron de puntillas—. Si miente lo pagará muy caro.

Leonardo no podía responder. La tremenda fuerza lo sofocaba. No pudo más que sacudir débilmente la cabeza.

—Lo esperaremos afuera en un coche. Venga solo y tráigalo todo. Ni un centavo menos. ¿Entendido?

Leonardo asintió con dificultad.

—¿La dirección?

—... las Rosas 7 —luchó por decir.

—Oíste, Flaco?

El Flaco asintió a un ritmo lento y grave que pareció concordar con el de las campanas de una iglesia perdida en la obscuridad que daba la primera hora del día.

—Bueno, a las cuatro, y nada de cuentos —amenazó Lizor acercando la cara de Leonardo a la suya... Con una mirada despectiva lo soltó arrojándolo contra la pared.

Leonardo abrió los ojos más. Una expresión de sorpresa bañó su cara. Donde su cabeza había golpeado, las fauces abiertas del león quedaron manchadas de sangre, y en la noche dos sujetos atónitos lo vieron caer. Como débiles ecos de su asombro, las resonancias de bronce se desvanecieron en quejidos lejanos.

Capítulo XXXIX

Mariana jamás consideró que el velorio fuera en Morelia. Su único pensamiento fue regresar a casa. Ante ella iba la carroza que portaba el ataúd gris donde yacía Leonardo. Paso a paso se recuperaba de su asombro para dejar lugar a la ponderación. Le parecía haber vivido tanto en las últimas horas que al cernir su mente los eventos del día, estos regresaron con vívido significado.

Recién se había ido don Evaristo esa mañana después de que ella lo hubiera mandado llamar con urgencia, cuando se presentó el Agente del Ministerio Público con su secretario. El licenciado había solicitado un ambiente privado y doña Petra, muy acomedida, los hizo pasar al pequeño despacho al lado del recibidor. Recordaba con precisión el saltó que dio la mujer del otro lado de la puerta de vidrio que ella dejara un tanto abierta, al momento en que el Agente del Ministerio Público, notando también su presencia, la cerró. Mariana sintió entonces que sus ojos crecían al oír la voz monótona construir frases precisas. Lamentaba mucho ser el portador de tales noticias, pero ya que la muerte del señor López Arellano se debía a causas no naturales, habría una investigación. No quería molestarla, no, no; pero la ley exigía ciertos requisitos con los que había que cumplir.

Una frase quedó resonando en sus oídos: "causas no naturales". El relato que siguió fue algo confuso. Le explicó que el secretario —el mismo que había estado en la fiesta la noche anterior— le había informado al Agente del Ministerio Público que había visto al señor Leonardo entrar en casa de doña Petra justo a la hora en que él salía del festejo, lo cual sería alrededor de la media noche. Basándose en eso, su muerte debió ocurrir entre la media noche y las seis de la mañana cuando se le encontró. Según constaba, ella era la última persona que lo vio con vida, por lo que era necesaria una declaración. Los tendría que acompañar al Ministerio Público donde también identificaría el cadáver.

Cadáver, fue una palabra que oyó mucho durante el curso del día.

Pepita, la amiga íntima de doña Clarisa, fue quien se tropezó con el cuerpo de Leonardo esa mañana camino a misa. También ella estaba en el Ministerio Público rindiendo su declaración. Al descender Mariana del carruaje, la señora se le había abalanzado ofreciendo sus condolencias—: Dios santo que terrible. El cráneo aplastado, ¡imagínate! El cuerpo está en el último cuarto del atrio —, le informó caminando a su lado, y se apresuró a susurrar que no había tocado nada, que su hijo, y apuntó a un joven delgado que las acompañaba en silencio, había llamado a la policía. Ellos, dicho de paso, tenían las pertenencias del difunto.

Llegaron así a la última puerta del gran atrio que daba a un cuarto oscuro y frío, apestoso a humedad. El Agente del Ministerio Público avanzó unos pasos adelante de Mariana. El techo era extremadamente alto. Cerca de él había una ventanilla con barrotes que le parecieron a ella incongruentes dadas las circunstancias. En medio del cuarto, Leonardo yacía sobre una mesa burda cubierto con una sábana sucia. Era todo lo que había ahí. El secretario entonces había tomado una punta del lienzo y lo había alzado. Ella no sollozó, ni se encogió.

—Es él —, reconoció.

Recordaba ahora que el hombre levantó otro poco la sábana esperando impresionarla debidamente si descorría más, pero ella ya salía pasando frente a Pepita, quien lista con su expresión de plañidera, se encontró con que la tuvo que aflojar para lograr una de circunspección.

Esperaron quince minutos de pie en el vasto y sombrío atrio frente a la oficina del Agente del Ministerio Público, a que éste terminara de despachar otro asunto. A la vista de todos Mariana se había encontrado más que calmada, pétrea; pero interiormente, sus sentidos parecían haber recibido una descarga que para entonces le permitían oír y ver todo con nueva lucidez. Esparcido por el ruinoso patio del siglo XVII que obscurecía un tejabán, algunos hombres se recostaban contra los pilares o permanecían en cuclillas. Varias mujeres, sentadas en las losas, cuidaban sus canastos que tenían al lado. Una daba el pecho a su criatura y todas esperaban que soltaran al marido borracho, o fallaran sobre el amante pendenciero, el hijo descarriado. Eran los desamparados que aguardaban la acción de la ley. El común denominador era su pobreza y su ignorancia. Doña Pepita, su hijo y ella eran un lunar, algo inusitado en medio de tanto pie descalzo, ropa mal oliente, oscuros rebozos y trenzas. Los policías, así estuvieran uniformados, parecían pertenecer a aquella mayoría, aunque en su porte había el sello de los que se sienten protegidos por la vara mágica de la ley que sacudían el Agente del Ministerio Público y los secretarios al moverse como dioses en un mar de caras marcadas con expectación e impotencia.

El estrépito de gritos que se oyó, había desviado a todas las miradas a fijar su atención en un mismo punto. Una puerta de lámina de dos hojas que estaba al fondo del patio se abrió y dos guardias arrastraron a un niño, al parecer de nueve años, hacia adentro. Al cerrarse la puerta sobre él con estruendo, el cuerpo de aquel infeliz se azotó con furia repetidas veces contra las láminas; exasperado por lo fútil de sus intentos, de algún modo logró subir por la resbalosa superficie hasta arriba. Prendido de las pequeñas barras que había en el orificio de ese extremo, por donde se recibía la única luz y ventilación en aquel galerón oscuro, empezó a patear la puerta desde esa altura y a escupir obscenidades amenazando con sacar la reja de sus bisagras. Por respuesta un guardia le arrojó una cubeta llena de agua la cual debió haber golpeado sus dedos porque se dejó caer gritando maldiciones al golpearse contra la lámina que retumbaba así iba cayendo.

—¡Santa María, Santa María! Dios tenga piedad de nosotros—. Doña Pepita se había persignado. ¿Cómo podía una criatura gritar cosas tan groseras? Al notar que doña Pepita se persignaba de nuevo, un guardia cercano a ellas quiso quitarles la venda de los ojos:

—Esa criatura sabe más que un hombre de mi edad, señora. Está perdido —sentenció.

—Y ahí, ¿a quienes encierran? —. Interesado, el hijo de doña Pepita veía hacia las puertas de lámina.

—A todos los detenidos —informó el policía— nomás se decide pa dónde van.

Mariana se repitió para sí misma: Perdido. ¿Y quién era responsable de que hubiera aprendido tanto, tan pronto? ¿Quién respondía por aquella pérdida? Las líneas que marcaban la responsabilidad llegaban muy lejos y apuntaban en todas direcciones. En el eje, apelmazados y haciéndolas girar: la indiferencia, la apatía, la irresponsabilidad paterna, el menosprecio de todos. Sintió rabia de que aquel mundo existiera.

Al morir los gritos del niño, todos retornaron a sus inescrutables expresiones. A ellas las hicieron pasar entonces a otro cuarto sucio, de paredes descascaradas, fiel al aspecto desaliñado que guardaban las oficinas públicas. A un lado se encontraba una vitrina repleta de expedientes atados con correas. Las sillas eran duras, muy apropiadas para las actitudes tensas. De pie, junto a su viejo escritorio a un lado de la puerta, dando la espalda a ella, el Agente del Ministerio Público por unos momentos aparentó estar distraído con otra cosa, acentuando así su importancia. Ya que lo juzgó conveniente dejó caer el escrito que tenía en la mano, se volvió con rapidez dando a entender "ahora sí estoy con ustedes", tomó asiento y, acto seguido, la locuaz declaración de doña Pepita, la cual tuvo que podar considerablemente al transcribirla.

En aquel vigésimo día de enero de 1903...

Todo quería decir que Leonardo estaba muerto. Su vida terminada en un legajo que se encerraría en esa misma vitrina.

Al ser interrogada, Mariana contestó a todo con calma. Lo había visto por última vez a las doce pasadas. Toda la escena se despertó en su mente al agregar: —Se fue casi en seguida—. Todo lo podría corroborar la cocinera. La mujer lo vio salir, porque cerró la puerta con llave a petición de ella.

No se transcribirían las miradas que cruzaron el secretario y el Ministerio Público, ni el jalón que éste había dado a sus bigotes. ¿Entonces ella no había salido más esa noche?

—¿Para qué? —¿Qué quería decir el hombre al mirarla con los ojos cargados de sospecha, casi insultándola con su insistencia?—Pregúntale a la sirvienta si quiere estar seguro.

—Señora, señora, seguro estoy de su palabra. Es que para levantar el acta tengo que ser escrupuloso—. El lápiz se había volteado varias veces en sus dedos—. Dígame, ¿hay alguien quien pudiera haber deseado la muerte del señor López?

—Sé muy poco de su vida y de sus amistades.

—Don Leonardo jugaba.

—Siempre logró pagar sus deudas.

—¿Sacaría ventaja alguien con su muerte?

—No, que yo sepa.

Había dejado de dar vueltas al lápiz, la punta se hundía en el secante manchado de tinta que tenía frente a él.

—¿Venganza?

— Como he dicho, sé muy poco de su vida y de sus amistades.

Hubo un silencio... Mariana aguardó a que el señor sacara una hoja debajo de su secante—. Creo que usted tiene conocimiento de que don Leonardo debía cubrir una suma importante a ciertas personas.

—Ese asunto quedó arreglado entre nosotros anoche. Lo podrá atestiguar el licenciado Gómez. Le pedí que me auxiliara con los arreglos esta misma mañana, antes de que ustedes llegaran.

—Entonces usted y su señor esposo estuvieron de acuerdo sobre esto antes de que él saliera?

—Así es.

El licenciado agente del Ministerio Público sostuvo los papeles en sus dedos de uñas amarillas revisándolos. Las cosas no las veía muy planchadas. Si estaban de acuerdo, ¿por qué se había ido el hombre? Lo más probable era que se quedara, a menos que lo de Luján... Sus ojos de aguililla se fijaron en el secretario. Este le había informado que en la fiesta la señora Mariana y Luján habían estado muy amartelados, por lo que cabría pensar que ella accediera a pagar la deuda para aplacar al marido, pero y si éste salió tras Luján y lo alcanzó y se pelearon porque había estado en la fiesta con su mujer... Pero si el que la había visto era el secretario, no López. Además, el licenciado Luján era intocable —ni interrogarlo sería prudente. Total, después de la entrevista con su mujer, López sabía que podía pagar la deuda. En caso de que el par del que pudiera sospecharse lo hubiera alcanzado a su salida, se los habría dicho. ¿Por qué matarlo entonces? No era posible que se arriesgaran a perder a lo tonto un negocio seguro sabiendo que ya tendrían lo que buscaban. Además no era el *modus operandi* de esos tipos. De cualquier manera tampoco tenía pruebas contra ellos. Nadie les había visto salir de su cuarto después de la cena y si le pasaron por la nariz al velador de la pensión cuando éste dormía, el hombre jamás lo admitiría aunque lo amenazaran con el garrote. Le temía más a su patrón y perder el empleo que al castigo por perjurio. A ése no le iban a sacar más de lo que había declarado. En cuanto a los guardaespaldas de *madame*, Ismael y Cirilo, sujetos que la habrían podido librar de un marido *non grato*, ya había constatado que habían permanecido en la cuadrilla toda la noche. Así pues, ni la señora salió, ni los perros fieles tampoco. La lógica lo estaba arrinconando en una situación que más que esclarecerse, se obscurecía.

—¿Sospecha de alguien? —preguntó Mariana.

El pareció decir en la respuesta de su mirar que sabía ya quién era, pero que se lo guardaba. Centró con gesto reflexivo la carpeta sobre su escritorio y al cabo resumió:

—No había señal de lucha. Su ropa, con excepción del cuello, estaba en orden—. Iba buscando las palabras como si con ellas fuera encontrando la verdad—: Claro que de las solapas fue de donde lo asieron. Lo tomaron por sorpresa —especuló al ponerse de pie y, paseándose con las manos detrás, reconstruyó el crimen para la atónita Pepita e incólume Mariana—. Probablemente le salieron de algún portal inmediato a la escena del homicidio y lo despacharon al azotar la cabeza contra el león. La casa de don Rosendo... ¿la conoce, verdad?

—¿Quienes salieron? ¿Quienes lo tomaron?

—¿Quienes? Los ladrones. Digo en plural, porque por experiencia sé que éste tipo de asalto lo perpetran dos. Nunca uno. No se arriesgan —terminó jalando las mangas de su camisa hacia fuera.

—Pero doña Pepita me informó que usted tenía sus pertenencias —objetó Mariana y Pepita asintió *ipso facto.*

—Y se las regresaremos en cuanto se cierre la investigación, señora—, el abogado aseguró tomando asiento.

—No las reclamaba. Pero sí quiero saber ¿por qué, teniéndolo todo, asume usted que fue robo?

—Hemos hecho nuestras pesquisas. Una señora de la vecindad oyó voces alrededor de esa hora porque recuerda haber oído el sonar de las campanas poco después. Prendió ella la luz y salió a mirar al balcón. Aunque asegura que no vio a nadie, sí oyó pasos que se alejaban. Entonces—, continuó paseándose de nuevo— después de atacar a don Leonardo, se prende la luz y los hombres corren sin llevarse nada. Tal vez ni quisieron matarlo, tal vez lo mataron por accidente, se asustaron y huyeron—. Hizo pausa y dio otro jalón a sus mangas... —¿O piensa usted distinto? ¿Tiene otras sospechas? Eso es, además de esos dos hombres a quienes debía su marido, que, dicho sea de paso, ya tienen coartada.

—Ninguna.

De saber lo mucho que se había acercado a la verdad se hubiera sorprendido de sí mismo. Con un gesto vago, el abogado instruyó al secretario que dejara de tomar nota.

—Bien, señora, eso será todo por ahora. Perdone tanta molestia, pero debemos cumplir con la rutina.

Mariana se levantó y firmó.

—Ah—, concluyó el licenciado a sus espaldas —he instruido a esos dos tipos para que no la molesten en este día, porque estoy seguro que sabrá usted que la deuda se debe pagar de cualquier modo.

Mariana lo vio de frente—. Lo sé muy bien. Ya he heredado otras deudas. Las de mi padre. ¿Recuerda?

El agente del Ministerio Público asintió. Otro chispazo que se le apagaba. Algo parecía andar fallo pero no sabía qué—. Entonces, señora, permítame presentarle mis condolencias. La acompañamos en su pena.

—¿Cuál pena? —Pepita, no contenta con todas las declaraciones dadas, todavía fue a rendir una más—: Hubieras visto, Clarisa, ni un pestañeo al identificar el cadáver, y el pelo del hombre pegajoso de sangre. ¡Ayyy, que día! Va una devotamente a misa y... Creo que me voy a desmayar.

—Ahora no, Pepa.

El mandato de doña Clarisa fue suficiente para revivirla y poner en marcha maliciosas suposiciones—: Dios no permita que yo piense mal, Clarisa, pero, ya te digo, lo buscaban para cobrarle una fortuna esos dos que mencionaban tanto. Ya sabes como defiende su dinero. Además, la interrogaron de una manera muy sospechosa.

Siguió un calculador silencio, transcurrido el cual, cruzando las manos con debida parsimonia, doña Clarisa acabó por sentenciar:

—Que Dios la juzgue.

—Por supuesto.

Y se pusieron en marcha para ir a dar su más sentido pésame.

Capítulo XL

Alrededor de la carroza los peones se agruparon. Ismael desmontó allegándose a uno grupo de ellos al mismo tiempo que Cata se dirigía, cautelosa, hacia la sala con la cabeza envuelta en un rebozo negro. Oculta por las cortinas de encaje Mariana observaba los gestos de luto: los hombres sostenían el sombrero en sus manos en señal de respeto, las mujeres se acercaban santiguándose, escuchaban las explicaciones del más cercano y dirigían sus ojos una vez más hacia la carroza. Desde arriba de ésta, el cochero, vestido de negro, enviaba miradas inquisitivas por doquier. Mariana salió al patio rodeada por una multitud de ojos oscuros. Todos los murmullos se acallaron ante su presencia. Su voz sonó en la quieta tarde en tonos que ella misma desconocía al dar sus órdenes.

—Ismael, diles a estos hombres que pongan el ataúd en la capilla. Cirilo, pídele a tu mamá los moños de raso negro. Por favor los pones en la entrada principal, en la puerta de la capilla..., ahhh, Cata, aquí estás...

—¿Niña?

Al ver la cara demudada de su nana, la voz de Mariana se hizo más delgada—. Haz que corten flores blancas. Ten lista bastante comida para la noche y... —ya no pudo seguir. Cata, tan ansiosa y preocupada... Mariana le dio la espalda, pidió su caballo y se abrió paso caminando a ciegas entre ellos. Después de entregarle las riendas, Cirilo se apartó.

El animal, contagiado por la urgencia de su ama, galopó por la ladera bañada en el oro del sol poniente. ¡Qué más daban los ocasos, los bosques encantados! ¿Qué significado tenía la vida que desembocaba en odio? Porque ese era el centro corrosivo de su existencia, el que ella trataba de encubrir jugando a ser la benefactora. Sabía que lo había despreciado, que a momentos lo había aborrecido, pero nunca se había percatado de cuánto había deseado su muerte. Las ramas de los árboles le pegaban en la cara, jalaban su pelo, pero ella continuó a mata caballo, llegó a la cima y bajó a la carrera hacia San Fermín, dejando atrás una estela de polvo que nublaba el aire.

En la soledad del atrio los cascos del caballo resonaron a duelo. El hermano Juan alzó la vista de su hortaliza cuando Mariana, a jalones, rompía su falda tratando de librarla del estribo donde se había enganchado al desmontar. Haciendo a un lado el azadón, él limpió su frente con un lienzo que colgaba de su cinturón y llegó a ella en la puerta de la sacristía. El rostro de Mariana lo evadió.

—Si no está muy ocupado, quisiera confesarme.

—¿Aquí? —preguntó señalando hacia la sacristía—. ¿O prefiere el confesionario?

Entró ella al pequeño cuarto que servía de sacristía y despacho, se sentó ante la burda mesa que él utilizaba como escritorio y aguardó a que se pusiera la estola. Las altas botas enlodadas y el chaleco de piel hacían fuerte contraste con la casaca sacerdotal colgada en un gancho a sus espaldas. La cara del hermano Juan asumió una expresión concentrada al hacer el signo de la cruz; sentado frente a ella pronunció con serio ademán las palabras rituales. El aire fresco de la sacristía comenzó a ejercer un efecto sedante en ella. Mariana tenía la vista fija en el grano de madera de la mesa que los separaba.

—Mi marido ha muerto.

Siguió otro prolongado silencio que el hermano interrumpió:

—¿Cómo?

—Asesinado —. Al decirlo lo miró derecho a los ojos—. Nada tuve que ver yo.

—¿La ha acusado alguien?

—No, pero el Agente del Ministerio Público me interrogó de un modo que implicaba que pudiera ser así.

—Es su trabajo investigar.

Mariana meneó la cabeza rotundamente—. Quiere decir que no estoy por encima de toda sospecha. En la mente de alguien se contempla la posibilidad de que yo pudiera hacer algo así. Ha visto en mí algo malo.

—Mariana, nadie es totalmente bueno.

—Yo me creía así. Qué ingenua fui.

Llevó ella los dedos a sus labios para ahogar un sollozo. Acto seguido sus manos cayeron para lanzar casi con coraje—. No me importa que haya muerto. No lo siento. Los peones se entristecieron, estaban respetuosos ante la muerte; Ismael se veía grave, Cata ansiosa, ¿y yo?—. Sus labios temblaban, trató de hablar y balbució—: Lo odiaba. No quisiera sentir lo que siento, pero no lo puedo evitar. Además, se lo merecía —juzgó, desafiante, ante su remordimiento.

El hermano la miraba y ella comprendió el sentido de su mirada.

—Odiar es pecado, ya lo sé. Pero no puedo evitarlo. Llegué a desear su muerte, y ahora que ha muerto de todos modos no me libero. Lo sigo odiando y eso me destruye, me consume. Eso es lo que ha minado mi entereza. Levanto algo aquí y se desploma al vencerse los cimientos. Lo poco que logro se barre. Yo no sé qué quiere decir todo esto. Por qué paso de una prueba a otra. ¿Qué dedo siniestro me marca una y otra vez? Tan pronto creo haber ganado una batalla y ya se viene la siguiente. Es la eterna lucha, ¿ha dicho usted? Pues estoy cansada ya. He luchado desde la niñez —se dolió casi en secreto— y sólo he aprendido a odiar.

Él se puso de pie. Acercándose a la pequeña ventana que daba al patio guardó silencio. El fuerte perfil del hermano Juan cortaba una sombra perfecta en el cuadro de luz que se iba. Afuera, el ramaje de los eucaliptos se mecía en su cuna de aire. Las cimitarras de sus hojas llevaban un murmullo apaciguador que se mezcló con la voz del hombre:

—Ahora, Mariana, debe aprender a perdonar.

Capítulo XLI

Afuera, el viento barría de los mosaicos las hojas que siseaban como eco prolongado de las oraciones, monótonas y constantes, que se habían escuchado en la capilla de la hacienda durante el novenario que siguió a la muerte de Leonardo. Por la sala de Valle Chico Alonso se paseaba... Ensimismado, medía sus pensamientos a cada paso. Se detuvo al oír que alguien se acercaba a la puerta.

—Ya mandé a Cirilo a buscar a la niña Mariana, señor —Lupe informó dirigiéndose hacia las ventanas para asegurar los pasadores—. Santa María, este maldito viento que se soltó —mascullό y, volteando hacia Alonso, se disculpó—: Ay perdone, señor, pero desde la noche en que doña Clara murió no aguanto el aullar del viento. Se me figuran ánimas del purgatorio.

—¿Desde entonces está aquí? —preguntó sorprendido por la apariencia juvenil de la mujer aumentada por su esbeltez y largas trenzas negras.

—Sí, señor. Yo ayudé a criar a la niña Mariana. Me fui por algunos años cuando las cosas iban mal, pero luego volví con mi marido. Si yo la conozco rebien —suspiró arreglando las cortinas para dar pretexto a su estancia—. Nomás algo de veras duro le pasa se pone rete rara. Después de que se llevaron al niño Tomás se metió en un rincón y esto fue leer y leer, y luego hablaba sola; y pos cuando terminó con don David —suspiró de nuevo alisando su delantal —también para entonces dice el Cirilo que se montaba en el caballo y todo era galopar por el monte—. Alonso hizo a un lado la cortina y miró hacia fuera. Su aparente distracción no pareció desalentar a Lupe—. Y pos ahora, le ha de haber dolido también —añadió arqueando las cejas—, aunque la mera verdad, ese don Leonardo, descanse en paz, como marido no valía un cacahuate.

El trueno sacudió las paredes y un relámpago centelleó por el cuarto. Alonso no pudo resistir la tentación. Al quedar la estancia una vez más oscurecida, miró hacia el cielo escondido. Muy serio le advirtió:

—Ya ve, no debe uno hablar de los difuntos.

Lupe no hizo más comentarios. Se persignó de prisa, besó la cruz de plata que pendía de su cuello y se apresuró a encender las luces y un candelabro colocado sobre la mesa de centro, por si aquellas fallaban. Las flamas se agitaron al abrirse la puerta. Mariana estaba pálida, delgada..., su largo pelo lo llevaba recogido al cuello; sobre su vestido negro brillaban manchas de gotas de lluvia. Al darle las buenas tardes a Alonso había tal sobriedad en ella, que casi se sintió impulsado a inclinarse y salir sin decir más.

—Niña, ¿quiere chocolate? —Lupe ofreció viendo del uno al otro.

Mariana asintió. Al salir la criada el viento barrió el corredor y la mano de Mariana juntó una vela prendida con otra que se había apagado. Ante la tenue luz que iluminó su cara, Alonso pudo ver sus finas cejas unirse; bajo las oscuras pestañas: la melancolía de sus ojos. Inevitablemente, a la primera impresión siguió un sentimiento de ternura que ya le era familiar.

—Perdone que lo hice esperar. No me di cuenta de lo lejos que había caminado—. Siéntese por favor —indicó—. Hoy fue el último rosario —le informó tomando asiento frente a él.

—Habrás tenido casa llena.

—Sí. Mi tía estuvo muy contenta. Antes de subirse al coche esta tarde me comentó que no me podía quejar porque la gente más sobresaliente de Morelia se había quedado toda la novena.

Sus miradas se encontraron y ambos sonrieron bajando un poco la cabeza.

—Vine a mala hora... , ahora que ibas a descansar.

—Nada de eso.

La verdad es que se sintió perdida al ver al último carruaje abandonar el patio aquella tarde. Había deseado que el día llegara en que todos se fueran porque, siguiendo las instrucciones de la tía de no "dejarla sola con su pena", no le dieron un minuto de descanso. Sin embargo, ya que partieron se había sentido en un mundo cerrado. La vacuidad que la rodeaba se hizo insoportable. No era el vacío de la soledad que tan bien conocía. Era algo más grande, extraño e indescifrable. Para huir de esa sensación había salido a caminar por el aguacatal donde Cirilo la encontró. Con el aullar del viento no había oído bien quién era la persona que la aguardaba, ni importaba. Cualquiera que la sustrajera de sus propios pensamientos hubiera sido bienvenido.

Afuera la tempestad llegaba a su apogeo. Aunque era muy temprano en el año para esa clase de precipitación, el trueno rodaba por el cielo. Una centella iluminó todo el patio con luz de mediodía y Mariana se apresuró a ver si el rayo no había caído cerca. Corriendo las cortinas aguardó, atenta a cualquier sonido que anunciara estragos.

—Me gusta ver llover —dijo al cabo, volteando un tanto hacia Alonso—.

No sin parar, como aquella vez que el valle se inundó, ¿recuerda?– una vez más tornó la vista hacia afuera–: Así no. Como llueve ahora, emociona. Tomás una vez me comparó con esas nubes, desde entonces pienso en ellas como mis hermanas–. Una nueva descarga hizo vibrar las ventanas. Ella ni parpadeó–. Le ha de parecer extraño.

–¿Por qué?

–Porque lo normal, lo común, es que las mujeres se espanten con las tempestades; que prefieran cosas delicadas, cómodas. Por lo mismo, debo parecerle una especie de fenómeno –terminó dejando caer la cortina.

–Pero si a ti te va ser así, Mariana–. Aunque la voz llevaba un tono ligero los ojos de Alonso eran graves–. Vives en una dimensión distinta a la de la mayoría.

De un tiempo acá ella también había empezado a notar que seguido tenía que refrenar sus emociones, sus pensamientos, sus expresiones, para ajustarse al medio. Dondequiera que estuviera, pasara lo que pasare, la tónica era estar exteriormente de acuerdo con la norma; el sobrante, para adentro. Aquellos impulsos de plenitud, a veces eran maravillosos, pero también venían tropiezos seguidos por sombras de angustia terrible y aguda. A nadie, que no fuera su hermano, se había confiado y no sabía por qué lo estaba haciendo ante él.

–Así trates de ocultarlo, Mariana, no creo que en el fondo hubieras preferido ser menos sensible.

Lupe entró llevando en una charola el servicio del chocolate. Él calló y Mariana lo contempló con íntima sorpresa. Los laberintos de su alma, aunque conocidos para ella, representaban un enigma. Acercándose a la mesa tomó asiento frente a él. Hubiera querido mostrarle la palma de su mano. ¿Qué más veía? Ella misma no sabía en qué se estaba convirtiendo. ¿O es que lo sabía y trataba de ocultarlo tras extraños vericuetos emocionales? Y así se encontró de nuevo voceando en silencio su divagar incierto. El haberse percatado de ello la contuvo. Cansada, observó a Lupe servir el líquido espeso, caliente.

Alonso aguardó a que la sirvienta saliera para reanudar aquella conversación que tanto había buscado–. Dime si estoy equivocado.

Ella bajó la taza que casi había llegado a sus labios–: Tal vez sí... Sería más descansado. Siempre he tenido que sobreponerme a esa sensibilidad. Mi trabajo me ha costado.

Por fin se iban entendiendo.

–Sea como sea, has salido avante. Tuviste valor para crecer sin madre, constancia para soportar a un padre difícil, imaginación para tolerar la pérdida de tu hermano, voluntad para salvar lo que era tuyo y fortaleza para llevar la decepción de tu matrimonio.

La taza de Mariana temblaba en su mano. La dejó sobre la mesa.

—Siempre ha existido una fuerza restringida en ti, Mariana. Tal vez por eso ames las tempestades. Quién como ellas que se dejan ir...

Ella no contestó. Su mirada, vacía de toda responsiva, le advirtió a Alonso que le faltaba otro tanto por comprender. Aguardó a que hablara y ella no hablaba más que consigo misma. Aquella noche, esos momentos en que casi se abandonó a él, en que pareció desconocerse a sí misma, era mejor olvidarlos. Lo había pensado bien durante los días en que sentada en el banco frontal de la capilla de la hacienda sus labios repetían Aves Marías que resultaban un *requiem* para todas las ilusiones de su corazón. Estaba al fin en paz. No perseguiría más quimeras. El amor era un mito, algo que nos ponían en frente desde la niñez intoxicándonos de romance con todos esos cuentos de princesas y príncipes azules. Bien se podría desperdiciar la vida entera en buscarlo, esclavizados por una quimera. Y si no fuera así, tal vez ella era la que llevaba la desilusión a otros... Ya no quería averiguarlo.

—¿Cuánto tiempo estarás de luto? —abordó él notando que por algún resquicio imprevisto se le escapaba, se diluía como en tantas otras veces, en momentos inesperados.

—Un año... No lo he pensado. ¿Por qué?

Él la miró como siempre, con la verdad —. Ya sabes por qué.

Mariana ignoró la tibieza de su voz—. Quiero tu amistad, Alonso, y te daré la mía. Pero eso es todo —respondió tuteándolo por primera vez.

—¡Bah! —exclamó él poniéndose de pie—. Perdóname, pero es una oferta que no acepto. Yo no soy David que se conforma con hacerte favores de lejos y te mira envuelto en su capa de dignidad. O todo, o nada —enfatizó cruzando el aire con un gesto determinado. Frente a ella, la estudió con vehemencia—. Dime una cosa: ¿quieres a otro?

—No.

—¿David?

—¿Estás loco? ¿Acabo de enviudar y me dices todas estas cosas? —se indignó Mariana poniéndose a su vez de pie.

—Por lo visto hablamos en idiomas distintos. Mira, Mariana, ya no es el momento del protocolo ni de recortar el patrón. Es el momento de la verdad: la tuya y la mía.

—No te entiendo. En vez de ofrecerme tu pésame y de aceptar mi amistad...

Alonso perdió la paciencia. Se vino hacia ella obligándola a dar un paso atrás, asombrada, y demandó:

—¿Pides pésame? ¡Cielos! Eso sí que no lo entiendo. Necesitaría ser el peor de los hipócritas. ¿Qué hubiera dicho? Siento que se murió. No lo siento ni pizca. Mi más sentido pésame... Mentiras. Tengo muchos defectos, pero la hipocresía no es uno de ellos. Ni con otros, ni conmigo mismo. Y mira que me has obligado a decir cosas que mejor no se hubieran dicho. Ahora dime: ¿qué pasa con ese David?

—No tengo que dar explicación —se escudó ella dejándose caer en el sofá porque Alonso se acercaba cada vez más.

—No pretendas que blasfemo. La verdad, por lo general, desata tempestades, Mariana, de esas que ti te gustan. ¿Qué hay con David?

Se encogió ella y murmuró—: Nada. Fuimos novios hace mucho tiempo.

—Te prestó dinero.

—Don Evaristo lo arregló todo. Él y yo ni una palabra cruzamos.

—¿Por qué estuvo tan dispuesto a prestarlo entonces?

—Era un negocio. Él sólo piensa en negocios.

—¿Te pesa?

Mariana lo negó sin dejar de mirarle. Todos sus sentidos se hallaban en turbulencia. Comenzaba a sentirse enferma con la cercanía de Alonso, su apasionada insistencia, su mirada en la que ella parecía perderse.

—¿Lo has olvidado, Mariana?

—Sí —pero al sentir que Alonso se acercaba más a ella exclamó—: Mi marido acaba de morir... — y, forzándose a voltear su cara lo más lejos que pudo de la de él, mordiéndose los labios, cerró los ojos.

Alonso se crispó ante sus palabras. Había llegado al colmo.

—Tú marido. ¡Qué marido! Lo aborrecías —declaró volteándose.

Aquella franqueza sin topes la anonadó. Lo que ella descubriera con horror, él lo gritaba.

— Cállate. No digas más.

—Ya no tengo que decir.

Trató Mariana de levantarse pero él viró una vez más en su dirección y la contuvo con un gesto de la mano que no llegó a ella. Encogida, quedó inmóvil temiendo que un gesto suyo provocara otro de él.

—No, espera. Sí hay algo que debes saber. Una decisión que debes tomar. A eso vine, a aclarar esto de una vez por todas.

Su seriedad se impuso. Al ver que permanecía quieta empezó a caminar frente al sofá. Tensa y sin habla, Mariana le oyó decir que dejaba el país por razones políticas. Esperó él a ver su reacción y al no notar ninguna, continuó: también había decidido ir a verla antes de partir para definir si existía una posibilidad de que ellos se pusieran de acuerdo sobre su futuro. Respetaría el famoso luto por no exponerla más a la maledicencia. Alzó ella los ojos y él comprendió... Si lo había hecho antes era porque había sido necesario. Quería rescatarla de la soledad en que estaba a cualquier costo. Pero ahora que, llamáranlo el destino, los había librado de él, no había para qué hacerlo. Estaba dispuesto a esperar. Pero no se iría envuelto en esperanzas, siempre deseando algún cambio en ella como un tonto chiquillo enamorado. Estaba harto de aquello. Por eso era que antes de irse había decidido terminar ese estado de las cosas de una manera u otra.

Y aún así la respuesta de ella fue no.

—Dime por qué —demandó él, sentándose a su lado.

Mariana se puso de pie. Buscaba serenarse, evadirse... la verdad no sabía bien a bien lo que le pasaba, en esos momentos el terreno bajo sus pies era movible y ahora se aferraba a una decisión que le parecía la más acertada, la más segura. Al rodear, casi imperceptiblemente, la mesa, empezó por admitir con humildad que, en efecto, su matrimonio había sido un rotundo fracaso. Por eso temía otro. Estaba buscando su equilibrio. Ya que todo había pasado, aunque fuera duro, prefería continuar sola. Eso era todo.

—Llevarás una vida muy triste.

—Lo prefiero a la decepción, a la ansiedad, al desamor.

Estaba tratando de arrojar todo eso de su vida y ya no arriesgaría una relativa paz del alma por buscar algo llamado felicidad que tal vez ni existiera.

Sacudió él la cabeza—. Yo conozco todo esto también, Mariana. Todos lo conocemos en cierta forma; sin embargo yo, muchos otros, se arriesgan en su búsqueda.

—Por candidez, tal vez. La felicidad es un mito.

—La felicidad —se esforzaba él por convencerla —debe uno ganársela. Muere ante la amargura y la arrogancia. Se sofoca en la propia compasión… — La veía con ternura, suplicante, y ella sentía que su alma se mostraba en sus ojos—. No te puedo prometer felicidad, Mariana, pero sí podemos hacer el intento de encontrar algo de ella juntos.

—Eres un buen hombre, Alonso —respondió, pero yo ya no soy la que fui, la que estaba dispuesta, ansiosa, de dar y de creer. Estoy acabada.

—No digas eso.

—Es cierto —afirmó asiéndose a la orilla de la mesa—. Ya no tengo capacidad de amar. No sé qué es. De manera que estoy mejor sola.

Alonso se acercó, sus manos subieron a sus brazos—. Estás equivocada, Mariana.

Pero ella se sacudió. En sus ojos errantes y en su hosca actitud Alonso vio que en realidad pudiera ser así.

—Lo que pasa es que tienes miedo.

Mariana cerró los ojos, negó con un leve movimiento de cabeza. Volvía él a repetir lo mismo:

—Sí, y con ese miedo te convertirás en una tumba, ¿sabes? Te fascinas con la presencia de tus fracasos y acabarán por encadenarte.

—Estaré en paz.

El negó en silencio forzándose a retener el torrente de argumentos. Desesperado, la quería convencer pero se había prometido no rogar. Sin poder evitarlo, el —Piénsalo...—, que salió de su garganta sonó a ruego y dejó traslucir su preocupación al advertirle—: Sola vivirás una vida amarga.

—Tal vez mejor a la de muchas que soportan en silencio una compañía odiosa como la que yo sufrí —respondió ella desviando la mirada.

—Si temes que yo también pertenezca a esa categoría, entonces —murmuró recogiendo su sombrero y su capa— ya no te volveré a molestar.

El viento apagó las velas al dar paso a su ausencia. Mariana quedó sumida en la penumbra de una noche que, gastadas sus fuerzas, ya sólo se lamentaba.

Capítulo XLII

—¿Dónde podría estar Tomasito? —la tía Matilde se preguntaba una y otra vez...

Inesperadamente, la respuesta llegó una fría mañana. Entre la inocente correspondencia un sobre sucio, un garabateo infantil que enredó la atención de Mariana, la aprisionó y la condujo de la mano adentrándola al campo yermo de la miseria, pues Tomás estaba en un mundo ajeno a Valle Chico, a los saraos de Libia y a las tías Matildes. Lejos de la mansión de Marta, de las tardes alegres y elegantes del Jockey Club, de las recepciones en las embajadas, de Palacio, de los bailes en el Castillo de Chapultepec..., tan lejos y tan cerca. Si Mariana subía a la azotea, podía ver en la distancia sus torres y balaustradas, meros puntos blancos que coronaban el lejano follaje.

En donde estaba, no había brillo. A donde llegó, la brisa que suspiraba entre las hojas, sólo removía los humores de la necesidad. Todo era a propósito. Desde el momento en que bajó al andén y entregó su maleta a Cirilo, no hacía aún diez días, en aquella mañana neblinosa de febrero imperaba una tristeza opresiva. No hubo alegría alguna que pudiera recordar; ninguna frivolidad en la ciudad silenciosa que exhalaba un hálito gris. Por la mañanas, con la calma de un ritual, el sereno apagaba las luces. En la Plaza de la Constitución en el Zócalo, envueltas en negro, figuras fantasmagóricas se deslizaban hacia la misa de seis que se anunciaba con un gemir prolongado de las campanas de catedral.

Los cascos del caballo se habían hundido por el camino de la desesperanza adentrándose más y más hacia la desolación. Por esas calles de miseria, pedazos de periódicos viejos se abatían con el viento, volaban, se azotaban contra las ventanas del coche pegándose a ellas para mirar hacia dentro con sus ojos gráficos y demandar: "¿A qué has venido?" "No perteneces aquí. Hay un lugar para tu parsimonia, para tu cuello de piel, para esos botines brillantes." "¿Temes estar entre nosotros? ¿Te sientes inquieta, disgustada, asqueada? Si perteneces en otro lado, ve, veee, veeettteeee...", y aullando se lanzaban de nuevo a su macabro recorrido con una mueca de venganza.

En un callejón sin salida, ante un edificio de piedra con balcones cuyas ventanas mostraban agujeros en vez de vidrios y barandales ruinosos que precariamente sostenían macetones descascarados, el carruaje se detuvo. El cochero, bajando su gorra sobre los ojos, se hundió en su bufanda, y tres veces tuvo que tocar Mariana el portón de madera antes de que una voz modorra refunfuñara:

—Ya vengo, ya vengo. Está uno despierta toda la noche esperando a los tecolotes trasnochados y luego quieren que esté uno girita al amanecer. ¡Chist! Ya vengo. ¡Y a v e n g o!

Al entreabrirse a la puerta, por la rendija, acechó a Mariana una mirada aguda. Tras un rápido escrutinio se dejó ver la cara arrugada, coronada por una masa de pelo cano y revuelto. La vieja estudió a Mariana de pies a cabeza, escuchó con atención calculadora y entonces la puerta se abrió de lleno. Sí, sí, seguro. ¡Chist! Ella nunca se equivocaba. Ésa se parecía a las señoronas que paseaban por Plateros.

—Ya me decía que el señor Tomás era de buena familia. Ya me decía... —, la voz cascada masculló entre dientes carcomidos por las caries. —Ayyy, ay, si le contara —la mujer había lloriqueado entonces limpiando la pegajosa saliva de las comisuras de sus labios con la orilla de la manga raída—. No, eso no. Más si se moría y yo ni cuenta me daba. Por eso me dije: Chole, debes escrebir aunque te tome una semana hacer esa carta. Venga.

Mariana siguió al revoltijo de enaguas sucias escalera arriba. El pequeño patio que abandonaban se había olvidado por completo de sus buenos tiempos. Un fuerte olor a orina se desprendía de las baldosas. Las escaleras de piedra, sombreadas por un tragaluz que también tragaba viento, concordaban con el cojear de Chole y su voz de lija al decir que don Tomás no salía para nada. Si acaso pedía algo para comer, ella se lo llevaba y cerraba la puerta otra vez. Nadie más entraba. Así pasaron dos meses desde que se largara lindo y bonito esa piruja—. Nomás vio que tan malito estaba. ¡Chist!¡ Se peló! De buena suerte una vez me contó la muy presumida que él era de gente muy rica, de hacendados de Morelia, de manera que me dije: Chole, si es cierto, esa gente es bien conocida, todo lo que tienes que poner es *haciendaldama* y les llega la carta.

La voz disminuyó a un susurro al aproximarse a una puerta, los toquidos leves de Chole pasaron a ser los urgentes de Mariana. Y entre el signo de la cruz y revolver de enaguas, apareció de las profundidades de las faldas una llave que se volteó en la cerradura para dejarlas entrar. Mariana quedó sobrecogida por aquel cuarto oscuro y helado regado de ropa sucia. Trapos llenos de moco y sangre estaban junto a la cama y su pecho se contrajo con amargura que subía hacia sus orejas y su garganta al irse acercando al leve bulto que yacía encogido sobre ella, como si fuera un montón más de ropa sucia. Debió haber dejado escapar alguna expresión angustiada al reconocer a su hermano porque Chole lo tomó por señal para empezar a chillar.

No hubo más remedio que dominarse. Temió que el frío terrible lo helara y tomó un abrigo viejo de un clavo vencido que pendía de la puerta para cubrir a Tomás. Él no se movió siquiera. Por un momento se detuvo a contemplar la misma expresión de infantil inocencia que había visto hacia muchos años en su rostro en las luminosas mañanas en que solía irlo a despertar.

En el corredor, Mariana recuperó la suficiente entereza para dar a Chole un billete e instrucciones. El "Ay, ay, ay, ay, Dios mío", de la vieja paró en seco al ver el dinero. Su mirada de águila relució en el acto. Sí, conocía a un médico. Sí, iría volando. Desde ese momento Mariana reconoció la ansiedad de una larga espera. Al llegar al fin el médico, el tiempo se arrastraba con deliberada lentitud gravando en su mente la inescrutable expresión de un hombre que escuchaba los latidos cavernosos y arrítmicos de un pecho hundido. Fue en esos momentos que Tomás abrió los ojos para dejar caer su mirada alucinada en ella. Al reconocerla, le advirtió que no se acercara, ¡que se fuera!

Tal fue la respuesta a sus esperanzas de una reunión, a sus muchas cartas: "Valle Chico está hermoso en esta temporada, Tomás. Navidad pronto llegará... ven, te espero".

Desde un principio rehusó tozudamente que se le hospitalizara. Sus dedos asieron la sábana deshilachada. Él ya no iba a ningún lado. Al toser y boquear, todo lo que pedía era que lo dejaran en paz. Sólo al recibir la promesa de que no lo moverían, descansó. Si es que se le podía llamar descanso a la continua tos desgarradora, la fiebre, los vómitos.

Un mes de vida a lo sumo, el doctor había dicho. Pero no. Estaba ella. Arrebataría a su hermano de la muerte. Ni pensaría en la otra. Desplazaría su temor con actividad. Alquiló de inmediato el cuarto contiguo, con la ayuda de Cirilo y Chole lo lavaron, lo desinfectaron. Compró tres camas, colchones, dos estufas, toda clase de enseres de primera necesidad. Cirilo no descansaba, ella no se detuvo a comer. Buena alimentación el médico había dicho—: Mucho descanso. No se fatigue. Ya traeré alguien que la ayude si lo desea.

No se fatigue. Así pasó el buen consejo a la hermana Caridad. A esa mujer sí le iba bien el nombre. Con su modesto vestido azul marino, su apretado chongo sobre el delgado cuello, estrecha y amarilla, la pequeña monjita se dedicaba en vida y alma a ayudar a los enfermos a cambio de cuarto y comida; si ésta última la hubiera.

En un principio a Mariana pensó que más bien la monja era quien necesitaba ayuda, pero pronto supo su equívoco. La figurita que parecía haber descendido de un retablo de Cimabue, con finas cejas arqueadas sobre su triste palidez, hacía todo con tanta diligencia que hacía parecer a Mariana como una mera atolondrada. Con precisos movimientos, casi sin molestar a Tomás, lo bañó y rasuró. No titubeó al ver el vello caer dejando al descubierto una cara citrina, ni se espantó a medida que aparecía más y más su emaciación. Manejaba los miembros con delicadeza, movía su pobre cuerpo con bondad.

La tos lo sacudió, pero no permitió que Tomás se ahogara; lo puso de lado para desalojar las flemas y él logró descansar. No se estremeció al contemplar su pecho completamente hundido. Observó que se llevaba inconscientemente la mano bajo las costillas del lado derecho, y explicó a Mariana—: Ahí le duele—. Así terminaron de vestir con ropa limpia un cuerpo que parecía de paja y que Cirilo llevó no sin dificultad, al cuarto contiguo donde ella había dispuesto todo para su mayor comodidad. Asearon también el que acababan de abandonar y terminaron, rendidos, a las doce de la noche.

Ni por haber visto lo poco que quedaba de su hermano, ni porque un segundo médico corroboró el diagnóstico del primero, admitió Mariana que la muerte estaba sobre ellos. Quería barrerla con cada escobazo que daban ella y Cirilo, quemarla con todos los trapos fétidos, envenenarla con la creolina que esparcía. Por doquier se empeñó en borrar sus huellas, en detener su embestida, sin admitir que con cínica complacencia se burlaba de sus fútiles esfuerzos desde las cavernas que había cavado en los pulmones de su hermano.

Al día siguiente, muy temprano y ya consciente, Tomás llamó desde el otro cuarto pidiendo que sus papeles no se quemaran. No logró terminar su frase. Un acceso lo estremeció convulsionándolo. Sus ojos se abrieron, se ahogaba... La hermana Caridad no titubeó. Arrebató un periódico de la mesa, lo arrojó al suelo y, tomándolo de las axilas, lo volteó hacia un lado. La rigidez del cuerpo de Tomás inmovilizó también a Mariana. Mostrando la infinidad de sus rostros la muerte lo sacudía, rezumaba de las llagas de sus pulmones, resbalándose por su boca en mocos verdes y purulentos. Una y otra vez pisoteó su pecho estremeciéndose, se aburrió de ser pus, se acompañó de rojo para vestirse de sangre.

Mariana sintió que el estómago se le endurecía, que algo amargo subía a su garganta. Pero no vomitó. Controlándose se apresuró hacia la caja de los utensilios de cocina, sacó una palangana que la hermana Caridad le indicó, con un movimiento rápido y preciso, recogió las esquinas del periódico y lo arrojó dentro. La tos continuó. Salía sangre roja, pura —la poca que quedaba. Pasado el terrible acceso, Tomás quedó exhausto en brazos de la hermana Caridad, quien, abrazándolo, oraba. A Mariana se le había olvidado rezar. Rezó entonces una continua plegaria que sin palabras se podía traducir en un concentrado deseo de que Tomás sobreviviera. Rezó al ayudar a la monja a limpiar la boca de su hermano. Rezó al ver que la hermana Caridad quemaba la muerte en la estufa, lavaba la palangana en una llave del corredor, la ponía en el balcón al sol y la rociaba con alcohol para flamearla. Al ver a su hermano exánime, su oración se unió, a pesar suyo, a una sensación de impotencia. Sentada en la cabecera, lo tomó en sus brazos como a un niño, incorporándolo para que no se volviera a ahogar con las flemas. A manera de consuelo, de su garganta salía un arrullo instintivo, cadencioso, y con su mano libre acariciaba su pelo, besaba su frente. Al verlos así la hermana Caridad se hincó al pie de la cama y sacó su rosario.

Las mañanas que siguieron fueron trémulas de tos, las noches se consumían en fiebre, pero Tomás vivía. Parecía que la muerte había perdido interés. La tos se hizo menos frecuente por las tardes. Pasados unos días Tomás empezó a notar sus rededores limpios, el calor de la estufa, y aceptó más de dos cucharadas de avena y un poco de jugo de carne preparados por Mariana.

Una mañana, cuando limpiaban el cuarto, preguntó por sus escritos. Señalando una caja de cartón que había acomodado sobre una vieja mesa, su hermana le aseguró, feliz de verlo mejor, que estaban guardados.

Por primera vez, al día siguiente, rehusó quedarse acostado para su comida del mediodía e insistió en sentarse en la orilla de la cama.

—Puedo tener un acceso de tos y ensuciarlo todo —explicó.

Se le colocó una almohada tras la cintura, le cubrieron bien la espalda, las piernas y los pies y empezó a comer por sí mismo, pero sus esfuerzos fracasaron; la cuchara temblaba tanto en su mano que derramaba la mayor parte de su contenido. No quedaba más que tomarla ella firmemente y darle de comer igual que a una criatura. Mariana mojaba trozos de pan en el líquido caliente para dárselos.

—No sopees —la amonestó intentando hacer una broma del recuerdo que les dejara la tía Rocío con aquella suprema orden de buenos modales. Esta observación, en vez de hacerla reír, casi la desata en llanto. Meneó la cabeza, sonrió, y bajó la mirada para que no viera sus ojos.

"No sopees..." Los recuerdos de la infancia se agigantaron en un oleaje incontenible que trajo consigo todas sus amarguras, sus alegrías, sus esperanzas, sus pérdidas. Leer mil libros... Ella ignoraba cuántos había leído ni lo que le habían enseñado o si había encontrado su camino. De lo único que podía estar segura era de que había sufrido. Al terminar de comer, Tomás alzó la vista con ojos anegados por la gratitud.

—Gracias —. Tomás asió su mano en silencio urgente sacando fuerzas de ella que le permitieran expresar algo que había querido decirle desde siempre —: No hay muchas personas como tú, Mariana.

Al ver que Tomás mejoraba, pensó llevarlo a Morelia, pero el doctor aseguró que no resistiría el viaje. Mariana salió entonces a buscar otro alojamiento. Detestaba el arruinado edificio, la presencia solícita de Chole, el sórdido mundo que los rodeaba. Si Tomás muriera, no quería que fuera ahí. Auxiliada por la hermana Caridad recurrió a un sacerdote para pedirle que entre sus feligreses le ayudaran a conseguir alguien que estuviera dispuesto a darles alojamiento costara lo que costara. Dos recámaras eso era todo y derecho a usar el baño. Con su sentido de independencia, jamás pensó en molestar a Marta o a sus padres. Esta era su responsabilidad. Pero lograr que alguien admitiera en casa a un enfermo infeccioso y tan grave fue imposible. Tomás se resistía salir de ahí al mencionar ella un hospital. Los días pasaban... Por las noches, yacía cubierto por sus sábanas y cobijas limpias. Una vez administrada su última cucharada, la hermana Caridad se sentaba a su lado a recorrer las cuentas del rosario o se recostaba en la cama contigua.

Estas eran horas febriles preñadas de los murmullos nocturnos del vecindario. Tomás los conocía bien: la voz quejumbrosa del organillo callejero que desgastaba el vals de moda, el quebradizo contralto de Chole haciendo zigzag por las escaleras al descascararse contra los chiquillos que se burlaban de su cojera. Era la hora en que los tonos azul añil se prendían al cielo con cabezas de alfiler doradas, la hora en que la gente del teatro empezaba a alistarse... La hora de Teresa. Los ojos de la hermana Caridad se aguzaron temiendo que se avecinara una crisis al ver los dedos de Tomás temblar sobre las cobijas.

—¿Desea algo, señor?

A la luz de una veladora los ojos compasivos de la monja aguardaban inquisidores, y él respondió—: No, muchas gracias.

—Entonces, trate de dormir —sugirió bondadosamente la hermana.

¿Dormía o era la fiebre de nuevo? Daba igual. Al llegar, lo libraba de todo, hasta del martirio bajo sus costillas; lo llevaba hacia temibles y gloriosos reinos, al corazón de las nebulosas. Ah, era terrible por un momento... Al principio, toda aquella masa amorfa, aquel pavoroso desorden de estrellas que chocaban entre sí desplomándose desde infinitas alturas, prontas para aniquilarlo, se lanzaban furiosas sobre de él. Rasgaba el espacio la destrucción y el espanto y, de pronto, en el colmo del delirio, aquel caos se hacía correcto, hermoso, ordenado. Todo era perfección, tomaba su lugar, embonaba. Incluso él.

Había sido un garabateo infantil el de Chole, las palabras corridas una con otras sin ortografía alguna. Como si se necesitara la mejor caligrafía para describir el vicio, las voces sin huellas de bondad, el sufrimiento en los ojos de las criaturas que algún día se convertiría en despecho para tornarse luego en veneno. O hicieran falta letras en forma de guirnalda para rendir cuenta de las indias agazapadas en cuclillas, con sus hijos alrededor arrastrándose, confundiéndose con la tierra; o del hombre que frente a su balcón llegaba, tras haber dado tumbos por toda la vecindad, a golpear a su mujer y a sus hijos. Los chicos salían a refugiarse en el resquicio de la puerta, uno contra otro, para protegerse del frío y del borracho, hasta que juzgaban que era seguro regresar adentro a dormir. Más allá, amontonados, Mariana veía los periódicos al fondo del callejón. En las tiritantes madrugadas, durante su turno de reemplazar a la hermana Caridad, notaba que por debajo de ellos aparecía un brazo, una pierna, una cabeza. Tres niños y una niña emergían y empezaban a brincar de arriba abajo para entonar sus músculos entumidos. Una vez recogidos los periódicos, refrescaban de nuevo la pared manchada de orina. Debajo de harapos sucios sacaban a veces trozos de pan duro, los mordían con ahínco y cogían su camino buscando siempre la luz del sol que calentaría sus cuerpos, la luz que sembraban de miseria rumbo a su desventurada vida cargando canastos en el mercado, vaciando letrinas, vociferando en la esquina: ¡Millones en la reserva!

¿Eran los hijos del régimen acaso? ¿De qué fuente inagotable manaban? Para mayor desconsuelo, de haber estado en un punto que dominara la Tierra, hubiera visto hermanos de ellos en todos los rincones donde la humanidad existía. El desaliento que sentía al verlos teñía de gris el despertar, impregnando de miseria los rumores matinales: el rechinar de puertas, los pies que se arrastraban por las escaleras, un cubetazo de agua que resonaba en la calle, los buenos días y las voces de los niños que hacían fondo a la tos de Tomás..., y Mariana dejaba entonces la ventana para volver con su hermano.

Cada día esperaba ver en él la suficiente mejoría para llevarlo a Morelia, o al menos vencer su resistencia para trasladarlo a otro sitio en la ciudad. Quería rescatarlo del horrible cuartucho, del cual, por más que hacía, no lograba disipar por completo su ruindad. En Tomás se había efectuado una leve mejoría. Las inhalaciones de eucalipto, las cataplasmas de hierbas y los incesantes remedios de las semanas pasadas lo habían mejorado. Sin embargo, pasaba el tiempo mirando un punto fijo sobre el dintel de la puerta sin moverse, sin decir una palabra. Pronto comprendió ella que no luchaba por vivir. De sus labios jamás salió una palabra de queja, de dolor, ni de esperanza.

Mariana trataba de amenizar sus horas despiertas platicándole de Libia, que ya había regresado de Europa acompañada del marido y cinco baúles llenos de extravagancias, opinando que la Venus de Milo era gorda, los sirvientes insolentes en Francia y, para probar que los niños se hacían en París, esperando familia de nuevo. Eso la puso de un humor desastroso ya que no luciría por mucho tiempo su extenso guardarropa parisino. En vista de la urgente situación, organizó varios bailes a lo grande, de manera que las reseñas de sus saraos pronto opacaron los rumores que giraron alrededor de la muerte de Leonardo, los comentarios de que el perenne gobernador sería depuesto y las sospechas de que Alonso Luján tuvo que cerrar su bufete en México porque lo expatriaron.

Sí, Libia se había convertido en la nueva reina de la sociedad de Morelia y la tía Matilde la cortejaba aunque sin dejar de censurarla: "Esto ya es demasiado, Mariana", solía decir sentada más tiesa que nunca en la sala de Valle Chico, siempre con ojo avizor para detectar mejoras o deterioro. "Sus extravagancias exceden el límite del buen gusto. En fiestas es en todo lo que piensa. Yo asisto, por Marcita, sabes. Debe uno estar al pendiente de con quién baila, de qué familia viene. Eso es lo que cuenta, querida: la cuna. ¡La cuna! Educación, maneras... Sí. Pero, sobre todo, la cuna". Y enseguida: "¿Has tenido noticias de Tomasito? ¿Dónde estará mi querido sobrino?"

Mariana remedaba a la tía a la perfección y previno a Tomás:

—Te tendrás que cuidar de ella. Te quiere para yerno.

Tal vez sí estaba escuchando porque se persignó.

En cuanto a Valle Chico, lo encontraría cambiadísimo. Los jardines florecían, la huerta también, el aire era puro. Ahí gozaría de la reclusión que parecía desear.

Un día en que el sol brillaba benigno y la voz de Mariana parecía más cercana, él la miró con más atención. Preocupado, quiso saber cuántos días había estado con él.

—Veinte —. Él meneó la cabeza con gravedad diciéndole que no debería ni acercársele siquiera.

Le explicó ella las precauciones tomadas y Tomás sonrió con un dejo de amargura. Bien hecho. Aunque pensándolo, esos bacilos no se atreverían con ella. Eran cobardes. Sólo de los débiles hacían presa.

—Te vas a aliviar, Tomás —casi suplicó ella y él se limitó a responder:

—Cuéntame, Mariana, cuéntame de Morelia, de ti. Cerraré los ojos, pero te estaré escuchando. Cuéntame todo, desde que regresaste de la escuela.

Poder narrar años de esfuerzo constante en unos cuantos minutos, poder sustraer a David del fondo de su recuerdo, decir todo lo que para ella había sido y cesado de ser en unas cuantas frases; hablar de Alonso y recorrer las emociones más caras, los recuerdos más queridos en una hora, la dejaba con el sentimiento de que todo había sido irreal.

Tomás, Tomás...

Llegó marzo. Aunque frío, el sol brillaba sin obstrucción. Durante la tarde se derramaba de lleno en el cuarto de Tomás y él buscó su calor al salir a sentarse al balcón bien arropado, si bien Mariana siempre tomaba antes la temperatura con su mano para cerciorarse que era lo suficientemente agradable y lo ayudaba a llegar a la mecedora que casi nada se movía al recibir su peso.

Tomás permanecía asoleándose un buen rato. Las primeras veces se limitó a recorrer con la vista las azoteas del escuálido vecindario. Eran casas en su mayoría de adobe emplastado, cuadradas y sin gracia, adosadas a una construcción de dos pisos que irrumpía esporádicamente en el paisaje, haciéndose más rara su presencia a medida que la población disminuía. En las azoteas ondeaba la ropa de los vecinos cual banderas de náufragos. Aquí y allá se dejaba ver una porción de patio cruzado por los arroyos en los que corrían las aguas grises y fétidas que brincaban los niños descalzos. Desentendidas de aquellos juegos, sus madres mecían al más pequeño o intercambiaban chismes con las vecinas. Las voces se oían de cerca o de lejos acompañadas por el choque de una puerta de fierro, el cerrarse de una ventana y el insólito traqueteo de una carreta que iba de la ciudad rumbo al lejano basurero que se confundía en la distancia con los llanos que se deslizaban hacia las colinas y ganaban alturas mayores para convertirse en enormes montañas. A lo lejos, sobre todo el valle, destacaban vestidos en su nieve perpetua el Ixtacihuatl y Popocatepetl.

Una evocación contemplativa lo unía con los volcanes. Se contaba que el padre de la hermosa princesa india mandó al galante enamorado que deseaba su mano a buscar fama y posición como guerrero, antes de otorgársela. Que ella subió a esas alturas por años esperando su regreso hasta que un día, exhausta y sin esperanza , se acostó a dormir, su perfecto perfil delineado contra el cielo. Si sus ojos hubieran recorrido el valle una vez más, un día más, lo habrían visto regresar lleno de gloria habiendo vencido todo, menos la fatalidad. En lo alto del volcán la encontró muerta Al caer de rodillas a su lado, con la cabeza y el ánimo vencidos, él mismo se había olvidado del mundo entero. Entonces cayó la nieve, los cubrió, y preservó como eternos monumentos al amor. Así había esperado él a Teresa, no se había querido mover de aquel sitio con la esperanza de que volviera.

Tomás miró a Mariana que, sentada un poco en la sombra, con un pañuelo blanco cubriendo su pelo, respetaba su silencio absorta en pelar un tazón de chícharos. En aquella actitud de domesticidad serena parecía la encarnación de un cuadro de Jan Vermeer, reemplazada en ella la flemática humanidad de sus mujeres por una corriente que corría por su delicado cuerpo dándole especial viveza.

Esa tarde le aconsejó:

—Mariana, no esperes a que regrese Alonso. Búscalo.

La mera sugerencia le pareció monstruosa. Además, ya se lo había explicado: prefería estar en paz.

—¿Y eres feliz?

—¿Quién lo es?

Paz, si ahogaba anhelos destructivos era una. A costa de negaciones vitales era una falacia y una violencia contra sí mismo. El problema yacía en reconocer cuales fuerzas operaban en uno. Parecía querer decir más, pero su aliento se acortó haciéndolo toser. Dominado el leve acceso había cerrado los ojos y casi en un suspiro se escuchó:

—No olvides lo que te he dicho.

Sus miradas viajaron por la tarde dorada que, acompañada por las notas lastimeras de un organillo de barrio, se despedía.

No conversaron más. Al día siguiente Tomás se vio agitado de nuevo por fiebres altísimas. Pasó muy mala noche y en la madrugada Mariana se despertó para encontrar a la hermana Caridad cambiando la cama. Confirmó la hemorragia la palangana que estaba en el balcón. Mariana llamó de inmediato al médico sólo para verlo menear la cabeza y recibir unas palmadas en el hombro.

Desde ese momento Tomás parecía ver en ellas a una nada más: Teresa.

La reclamaba como si quisiera comunicarle un urgente mensaje, un tremendo secreto y no tenía sosiego. Después de que Mariana, sin saber quién era aquella mujer, prometió traerla a como diera lugar para calmarlo, Tomás cayó en un sopor.

¿Teresa?

—¡Esa piruja! —Chole gruñó haciendo pasar a Mariana a su cuartucho—. La mujer que vivía con él. Sí, señora, ni se apene. Todos los poetas tienen viejas. ¡Chist! Algunos también tienen hombres. Sí, señora. Pero él no..., que yo sepa. De veras quería a la fulana.

Mariana se sintió mareada por la cercanía de la vieja. En el cuarto todo trashumaba un hedor ácido que le recordó el humor que exhalaban los fieles en la iglesia en días de aglomeración.

—¿Dónde estará esa mujer? —preguntó casi en un suspiro.

—Eso sí quién sabe. En lo que tuvo su primer vómito de sangre el señor Tomás, se peló —cacareó Chole escarbándose los dientes con una horquilla—. Pero a lo mejor la encuentra en el teatro. ¡Artista se decía! Ni se ha de ver visto tras las cortinas —escupió a un lado recordando los modos altaneros que para ella había tenido.

En el teatro el nuevo conserje no conocía a Teresa. Le sugirió a Mariana que regresara a las cinco, a la hora que las tiples empezaban a llegar.

Fue un largo día. A cada momento Mariana aseguraba a Tomás que traería a Teresa, que vendría tan pronto la encontrara.

Antes de las cinco, Mariana ya estaba frente al Teatro Principal. Junto a las ventanillas cerradas encontró a tres mujeres jóvenes que se disponían a entrar por una puerta lateral y se apresuró a detenerlas.

Las mujeres la miraron inquisitivamente al preguntar ella por Teresa. Con urgencia les explicó para que la quería. Sin decir nada la seguían mirando... Una de ellas tomó la palabra para informarle que la habían suspendido por una semana, que la buscara en el café de la esquina.

Mariana se dirigió al café —anduvo de mesa en mesa. Donde quiera que veía a una mujer joven, preguntaba, pero ninguna resultó ser ella. Unido a las miradas curiosas la seguía un sentimiento de premura. Salió a la calle así estuviera haciéndose oscuro. Sin titubear se fue en busca de la dirección que le dieron unas personas que dijeron la conocían. Dobló por calles oscuras, siguió por otras más tenebrosas, brincando atarjeas pestilentes se internó en una miserable privada, tocó puertas, auscultó todas las caras de los vecinos que se asomaron, se repitió hasta el cansancio y no la encontró. Una mujer le aseguró que estaba en el teatro.

Regresó, pidió ver al empresario, y como le dijeron que no se podía pues iba a empezar la función, irrumpió en su oficina demandando ver a la tiple Teresa. Al verla tan exaltada, éste ordenó al apuntador que la llamara. El hombre, tras mirar a Mariana con recelo, regresó seguido por la misma joven que había mandado a Mariana a buscar en balde.

Al ver la mirada que cruzaron las dos mujeres, el empresario optó por dejarlas solas.

—¿Por qué no me dijo que era usted Teresa? —reclamó Mariana secamente—. Mi hermano quiere verla. Está muy grave.

Sin disimular su fastidio, la joven de ojos dorados y cabello muy negro, volteó a ver al apuntador que se había detenido junto a la puerta. Cambiando de inclinación su cadera, se desenfadó:

—No es correcto que andando una de novia vaya a visitar a otros—. ¡Ah, que necios eran los poetas! Parecía que lo sabían todo, lo comprendían todo: las flores, los arroyitos, el cielo, la luna y el sol. Pero no entendían cuando uno se había fastidiado.

—Ya le dije que mi hermano está muriendo —respondió Mariana con la seriedad que demandaba su petición.

—¿Y todavía insiste en llamarme? —se maravilló la mujer aprovechando el incidente para dar un toque de celos al que escuchaba.

Armando se dejó venir y se desató entonces un pleito de amantes.

—Lo has estado viendo.

—¡Que no!

—Por algo te llama.

—Será que no se ha olvidado de mí.

—Pues no vas.

—Iré si me da la gana.

En medio de todo, Mariana trató en vano de explicar al joven la situación, pero éste la hizo a un lado con un movimiento brusco. Sus ojos llamearon sobre Teresa al decir:

—Estoy harto de andarte cuidando el aliento. Si vas —, masculló sobre un murmullo— conmigo no vuelves—. Y la soltó.

Teresa se frotó las huellas que la quemaban. Recuperado su alarde anunció:

—No iré porque no me pega la regalada gana, no porque me lo prohibas. En cuanto a usté, señorita, váyase a su casa. No es hora para que anden solas las niñas buenas—. Con una mirada de reto apuntaló a su amante y salió a toda prisa rumbo al escenario.

La sonrisa de Armando mostró su dentadura perfecta. Satisfecho la vio alejarse.

—Ande, Macarena. Ya oyó. No tiene caso. No irá. La tengo aquí —afirmó cerrando el puño. Cubrió entonces a Mariana con una ardiente mirada de gitano. Casi estuvo sobre ella con un movimiento felino para terminar en un susurro—: Y dese prisa..., las chicas guapas corren peligro por aquí.

De un salto Mariana estuvo en el pasillo seguida por la risa de Armando. ¡Miserables! Aguantando su coraje, desesperada, se encontró en la calle sin más recurso. Pasaron unos segundos antes de que se percatara de otra presencia: ante ella, las pupilas inmóviles de Pablo la aguardaban.

—Buenas noches.

—Buenas noches —reaccionó ella—: Qué coincidencia...

—Ninguna. Si me permite iré con usted para explicarle —Pablo abrió la portezuela del coche.

Era negro el ambiente. El carruaje traqueteaba ahora por calles solitarias y dispuestas a escuchar el monótono hablar de Pablo explicando que Cirilo le informó que ella había salido hacía ya mucho rato. Le había dicho también a su llegada a la capital, que la patrona —oh, cuánto respeto, tanto que lo hacía sonar a insulto—, no necesitaba de nadie más, pero se presentó aquella tarde al saber que el señor Tomás estaba muy grave y sinceramente le dolía. Siempre había sido un amo muy bondadoso.

Mariana sintió que dejó sin decir: el único.

—Estaban muy preocupados por usted. Como mi hermano no conoce la ciudad, yo vine. Espero no le moleste.

—Se lo agradezco —corrigió ella.

La incomodidad que siempre sintió ante él, regresó. Miró hacia fuera, hacia nada. Todo estaba oscuro y frente a ella una dualidad que no podía asir. En él, el latir de sus pertinaces rencores y ambiciones, el ritmo tenaz de su existencia: justicia a los pobres, muerte a los acaparadores, a los señorones, a los amos, hinchados los estómagos, vacíos los corazones. Y por otro lado la melodía que se filtraba, que envolvía, que tejía sus sueños alcanzando las notas más altas, y que, para su desdicha, estaba encarnada en un par de ojos oscuros, en unos dientes muy blancos, en unos labios que besaba sin cesar el viento. Transcurría el tiempo y siempre en su alma la misma sinfonía convertida ya en médula de su ser. En silencio llegaron a la casa, Mariana le dio las gracias. Él se retiró. En las escaleras encontró al sacerdote que había llamado la monja y éste le puso una mano en el hombro.

La presencia de Pablo le había impedido pensar en lo que diría a Tomás. Todo hubiera sido superfluo, pues la hermana Caridad limpiaba de nuevo la palangana. Su hermano estaba inconsciente.

Esa noche, como en tantas otras, guardaron vigilia las dos. A la luz titubeante de la veladora yacía su hermano quieto, afiebrado, cadavérico. Mariana ya limpiaba su frente, ya sostenía su mano entre las suyas.

Pasaban de las doce y la calentura no cedía, al contrario, parecía subir. Empezó a llamar a Teresa, a recitar fragmentos de poemas... Luego calló y todo apareció ante él con tremenda lucidez. Se sosegó completamente. Vio a Teresa, coqueta, desleal y desagradecida, hundiéndolo en el sufrimiento, pero quizá debido a él, había salido de su mediocridad, había alcanzado unas cuantas líneas que lo conmovían. Sin duda aquello era inútil, ¿pero qué otra cosa hubiera hecho con su vida? A través de ella había experimentado una gama de vivencias que de otra manera jamás hubiera conocido y éstas lo hicieron, si no comprender, al menos conocer al mundo mejor. Ella lo había enseñado a renunciar. Lo había hecho hombre. Más que la pasión con que contagió sus horas de amor, recordaba las horas en que había llevado él su mano para enseñarle a deletrear su nombre: Teresa.

¿Para qué había insistido en que escribiera más? Se había ido sin que él le dijera que ella había sido su paso a la verdadera hombría: su salida del egoísmo. Si pudiera verla le daría las gracias. No era culpa de ella que no lo hubiera querido. Su virtud era que a él, le había hecho posible amar.

—¿Comprendes, Mariana?

Tomás yacía muy quieto. La hermana Caridad se persignó en silencio. Mariana, angustiada, buscó el pulso de su hermano en vano... Puso un pequeño espejo frente a su boca y se mantuvo limpio, sin empañarse, como el alma de Tomás.

Capítulo XLIII

—¿No va usted a bajar?

Mariana se asomó por la ventanilla. Perdida en sus pensamientos y en el sueño que la había vencido, no se había dado cuenta que ya estaban a mitad del camino.

—No, gracias —respondió acomodándose otra vez en el asiento, pero enseguida agregó una sonrisa en espera de que no fuera a sentirse ofendido por su rechazo. Había sido una gran ayuda con el arreglo de los trámites para transportar el ataúd y ordenando las esquelas para enviarlas con prontitud.

Disponiéndose a bajar, Pablo tomó su sombrero del asiento contiguo—. ¿No gusta que le traiga algo de comer?

—Nada, de veras. Vaya usted.

Al llegar Pablo al comedor de la estación, la mayoría de los pasajeros de primera que habían preferido el restorán a comprar comida afuera, recorrían ya el menú del día con ávidos ojos. Después de lanzar una rápida ojeada a los meseros que aguardaban las órdenes, con la esperanza de que nadie fuera a sentarse con él, Pablo se dirigió hacia una mesa apartada. Se instaló junto a una ventana y se arrepintió de su elección. Se había olvidado por completo de Cirilo y al verlo bajar del carro de carga, donde venía custodiando el féretro de Tomás, experimentó una ligera contrariedad de la que se repuso retirándose hacia atrás para que no lo viera. Hubiera preferido no comer a sentarse a la mesa con él. Una vez que Cirilo hubo escudriñado con sus pequeños ojos los alrededores, pasó de largo por el edificio en dirección de una joven a la que le compró sopes. Pablo descansó. Ordenó entonces su comida y tomando un bolillo del cesto, lo partió, lo desmigó. Con sus dedos empezó a amasar el migajón dejando que sus ojos recorrieran las ventanillas del tren.

Sin detenerse a pensar que acababa de esconderse de su propio hermano, arremetió de nuevo contra el bolillo. Así era Pablo. Estaba demasiado ocupado apuntando las deficiencias ajenas para importarle las propias. Creía comprender el porqué de todos los demás sin jamás preguntarse el porqué de sí mismo. Bajo lacias pestañas sus ojos recorrieron la estancia que era humilde aunque estuviera patrocinada por los pasajeros de primera. Las señoras tenían que recoger sus faldas para no ensuciarlas con el polvo que se traía en los pies y los caballeros sacudían las sillas para dejar el sombrero, pero todos lograban olvidar los alrededores tan pronto una sopera humeante aparecía frente a ellos. El apetito podía más que los prejuicios. En cuanto a Pablo, con sólo mirarlos perdía el uno para ganar en otros. Los chalecos de seda y holanes de encaje se le antojaban fastuosos e innecesarios atuendos, se imaginaba sus bolsas repletas de dinero, sin excepción, mal habido. En cambio, afuera, las indias corrían descalzas en sus esfuerzos incesantes de vender los tacos o la fruta que les dejarían unos escasos centavos de ganancia. ¡Ah, los buitres, la aristocracia de ópera cómica! Pablo mordía su pan con dientes hermosos como si quisiera masticar a la gente que tenía enfrente para escupirla después.

—No quiero sopa. Traiga lo que sigue.

El mesero se encogió de hombros.

La mente agita las masas... Los ojos de Pablo se cerraron en una línea horizontal. Con el cuchillo marcaba el mantel. Justo al otro lado de la ventana una indita bonita contaba unos centavos sobre su jícara vacía. Su rostro aprensivo descansó con cierta satisfacción al guardar el dinero que había ganado dentro de un pañuelo que depositó en su seno, bajo su rebozo. Un señorón que pasaba aminoró el paso ante ella, la quedó viendo y, con una sonrisa, le alargó una moneda. La muchacha le mostró la jícara vacía, pero él insistió. Ella se puso roja sin saber qué hacer y Pablo apretó el cuchillo..., pero la joven sonreía ya aceptando la moneda y echaba a correr. ¡Ah, maldita! Pablo cortaba su magro bistec con encono. Así era en todos lados. Por una limosna se arrastraban ante los amos quienes luego reclamaban todo. Seguirían así siempre y siempre porque por su ignorancia eran tan tontos, tan desgraciados, tan serviles. A esa gente se la tenía que mover, los ojos tenían que abrírseles, las cadenas se tenían que reventar.

—Nada de postre. Gracias.

Pablo salió al patio. Al verlo, Cirilo se guardó bien de acercarse a él, escondiéndose tras una planta enorme de noche buenas en su postrer floreo. Prefería que no lo viera. Si lo había ido a buscar en la capital fue para decirle que su madre no se había sentido bien. Aunque no era serio, quería verlo. Si no fuera por ese recado ni se le hubiera acercado. Le imponía, más que respeto, incomodidad, aquel hermano al que nunca había comprendido y que ahora, de pilón, era abogado. Lanzó una mirada de soslayo por entre las hojas y vio con aprehensión que Pablo se le acercaba.

—¿Comiste? —preguntó al llegar a él, pero con la vista dirigida hacia el tren.

—Sí. ¿Y tú?

—También —. Dio un vistazo a su reloj, regalo de Alonso y en esos momentos objeto de extrema admiración para Cirilo—: Saldremos de un momento a otro.

Cirilo aprovechó la oportunidad—: Entonces más vale que me vaya.

—¿Qué prisa tienes?

Cirilo metió las manos en los bolsillos de su apretado pantalón. Aturdido, meneaba la cabeza de un lado a otro sin saber qué se esperaba de él, aguantando la mirada de su hermano que lo observaba despiadadamente. Mover a los de su estirpe... ¿Cómo?

—Jemmm, este —Cirilo se meneaba— este, le va a dar mucho gusto a la jefa que vinites.

—Viniste, menso. No vinites.

¿Para eso quería que se quedara? Cirilo se enardeció y reviró:

—¿Pos qué más da ónde anden las eses? ¿Me entendites, no?

Al ver centellear los ojos de su hermano, Pablo tuvo una de sus extrañas sonrisas:

—Vaya, vaya —exclamó— todavía ladra el perrito faldero.

Sin más, Cirilo echó a andar convencido de que un cadáver era mejor compañía.

La gente ahora se apresuraba hacia el tren, la máquina empezó a ronronear, el conductor jaló el silbato. A una mujer sentada bajo un laurel, Pablo compró un pequeño cesto de naranjas y corrió a subirse. Llegó ante Mariana, ofreció la fruta que ella aceptó, y, ya que era necesario darle las gracias, mejor sería darlas por todo de una vez. Escuchaba él… Le dirigía la palabra en respetuoso usted. Ya no era lo mismo de antes: haz esto, haz aquello, ten el caballo, llévatelo. Bueno, al menos algo se había ganado. Algo...

Al notar la mirada ligeramente triunfante de Pablo, Mariana se volvió hacia la ventanilla. Con ese modo que tenía, hasta darle las gracias resultaba difícil.

—Era lo menos que podía hacer por un verdadero caballero —murmuró él. Sorprendida, Mariana volteó a verlo con cuidado.

—¡Pero si usted no lo había visto desde niño!

Se equivocaba, también había visto a don Tomás en la capital poco después de que lo localizara el licenciado Luján.

—¿Alonso Luján?

—El mismo.

—¿Lo conocía usted?

—Desde que daba clases de economía política en la Escuela de Derecho. Además, trabajé con él por algún tiempo.

—¿Conoció a mi hermano el licenciado Luján?

—No. Cuando regresó a México, el licenciado ya no estaba.

Yo vi de casualidad al joven Tomás una vez que fui a entregar a casa del señor Luis Urbina unas escrituras que quedaron pendientes de darle de parte del licenciado Luján. Al mes, don Tomás me buscó para hacer su testamento y llevarlo al notario.

—¿Usted lo hizo?

—Sí. Una copia quedó registrada, otra se mandó al licenciado Gómez y una tercera era para usted.

—Me la dio antes de morir —asintió Mariana—. Ni la he abierto.

—Todo se lo deja a usted —agregó—. A él únicamente le importaba escribir. La última vez que lo vi mencionó que tenía un proyecto al cual dedicaría todo su tiempo. El único que lo veía era don Luis. Más tarde, ni él. Lo sé porque lo anduvo buscando. Una tal Teresa le informó, falsamente, que se había ido a Morelia.

—Eso debió haber hecho. Allá estaba su casa.

—Estoy seguro que no quería molestarla. Me acuerdo que don Luis le preguntó que por qué no se beneficiaba él de la hacienda y repuso que no tenía derecho porque jamás había trabajado en ella.

—El dinero era suyo de todos modos. Estaba a su disposición y a su nombre, pero me decía que se lo guardara, que él se mantenía solo—. Mariana se sintió obligada a explicar y negó tristemente:

—Ahora sé que nunca tuvo intenciones de tocarlo.

—Por eso digo que era un verdadero caballero, jamás hubiera tomado ventaja del trabajo de otros.

Ni un músculo de su cara se movió. Fue la entonación inequívoca de sus palabras lo que hizo a Mariana responder:

—¿Cómo yo? Dígalo.

La mirada de Pablo se enfocó en la desgastada alfombra. Lo retaba de nuevo... Revivió las frescas mañanas de sus adolescencias cuando ella galopaba frente a él, siempre ante él, la barbilla alta, la mirada posesiva como diciendo "Aquí va la reina", y él atrás, muriendo de la agonía de verla tan cerca e inalcanzable. El sentimiento de esos días en que hubiera querido lanzarla del caballo y recogerla en sus brazos, quitar el pasto de su cara y besarla, besarla, volvió a él con su filo de guadaña. Volvía ¿o era que nunca lo había abandonado?

Pablo guardaba silencio y Mariana se reclinó hacia el respaldo.

—Un verdadero discípulo del maestro —sentenció. Pablo se dominó para mirarla inquisitivamente—. Del licenciado Luján —aclaró ella y él lo negó.

—Se equivoca.

—¿Cómo? Si el licenciado cada vez que visitaba la hacienda no hacía más que observar cuánto trabajo había, las mejoras que se podrían hacer, y no para beneficio mío. Pensé que usted, estando tan cerca de él...

—No, señora. El señor Luján y yo nunca cruzamos palabra al respecto—. El caminaba con sus pensamientos, yo con los míos. Además—, agregó—: era un tibio.

Mariana se incorporó.

—No se moleste. Es cierto. Hizo, en efecto, un estudio de su hacienda, entre otras cosas, y en él expuso todas sus teorías. Lo presentó allá arriba y cuando se lo rechazaron se conformó con cerrar su despacho para irse tan calladito.

Se aclararon así los rumores de que Alonso había caído en desgracia, que había peleado con toda la hueste porfiriana. Lo tildaban de vano orgullo, siempre viéndolo a uno como si no lo volvería a mirar a menos que fuera necesario. Mariana algo de eso había escuchado, ignorando lo que había detrás de todo sin atreverse a preguntar a la única persona quien sabía que conocía la verdad: don Evaristo. Ahora que ésta le llegaba de fuentes inesperadas, se daba cuenta de cuán ajena había estado a todo lo concerniente a Alonso, siempre envuelta en su mundo.

—¿Estaba bien hecho el estudio?

—Era bueno. Estoy enterado porque yo lo pasé a máquina. Además, con permiso del licenciado, tomé muchos datos de él para hacer mi tesis, pero la terminé después de que se fue. Por eso no la comentamos.

—¿Sabe usted qué pasó con el estudio?

—Que no le hicieron caso. Los señorones están muy ocupados amasando sus fortunas para dedicarse a la de otros. La única forma de hacerse oír, de escalar peldaños, es a punta de bayoneta.

Mariana lo miró de lleno. ¡Bayonetas! ¿Tras setenta y tantos años de guerra? Pero si había paz, prosperidad.

—Paz sí. Prosperidad, para algunos.

—Usted no se puede quejar, ha recibido instrucción gratuita del gobierno. Gracias a eso y a su empeño, no lo niego, es usted ahora abogado. Los que quieren, se hacen oír, suben, prosperan, sin necesidad de bayonetas.

—¿Y quién escucha a un licenciadillo que maneja asuntos ratoneros? ¿A dónde quiere que suba si los mejores puestos están repletos de vejetes? ¿Los negocios de quién voy a arreglar? ¿Los de las comadres del vecindario donde vivo? Los buenos negocios son para los abogadazos, los de buena presencia, los de alcurnia, los venidos de Francia y ya ve, los hacen a un lado si no marchan en línea.

"Vivimos bajo una dictadura y por todos lados se emula a Díaz. En cada estado, mientras el gobernador le jure obediencia al dictador, permanece inamovible, haga buen papel o no. En cada ciudad, siempre que el jefe político sea leal al gobernador y todos a Díaz, puede contar con su puesto de por vida; en cada oficina, si el jefe se inclina incondicionalmente hacia el de más arriba, él a su vez puede ser todo poderoso con los subalternos y sigue la cadena. Todos se juran lealtad y continúan por ese camino. Hemos destronado virreyes y emperadores para entronizar una banda de burócratas. Hemos combatido con la aristocracia, la nobleza y los extranjeros, para darles la bienvenida años más tarde como nuestra nueva casta de patrones.

Sus ojos semejaban el reflejo del lago que rodeaban. Cuitzeo brilló como un millón de dagas aceradas.

—Todos —asestó con un dominio pétreo que contrastaba con el follaje móvil que atravesaba la vía— son pequeños dictadores.

—Incluyéndome a mí.

—Su palabra es la ley de Valle Chico.

—Sí, y espero que abra bien los ojos y note las mejoras. Las nuevas construcciones, las mejoras en las cuadrillas, que son, para decirlo modestamente, decorosas—. Mariana se mordió los labios al percatarse de que a medida que pasaba el tiempo usaba más y más la palabrita de la tía—. En fin, cada día doy trabajo a más gente y pago los sueldos más altos de Michoacán. Mi gente está bien.

—"Mi gente". Lo ve, la esclavitud no está abolida en México.

—No lo digo en un sentido posesivo. Lo digo en uno de protección. En todo caso, pregúntele a cualquiera en Valle Chico si prefiere trabajar en otro lado.

—Entonces, acaba de probar lo que yo digo. Usted se ha convertido en la excepción y la felicito. Pudiera haber otros, algunos más, pero no son el sistema y ese es el que critico.

¿Cómo negar el escándalo que habían armado los demás hacendados al enterarse de que dio gratificaciones y aumentó al salario cinco centavos? Implacables habían salido los mayordomos tras la gente. Desde sus caballos llamaban a los peones y los conducían de regreso a sus haciendas no bien habían llegado a pedir trabajo a Valle Chico. Tal vez no los azotaran, ni metieran en mazmorras, sin comida, como había sabido ella que hacían en otros lados; pero no dejaba por eso de ser menos cruento el puño que se cerraba sobre las existencias de aquellos infelices. Pablo Sánchez, Juvencio Martínez..., todos habían colgado la cabeza, habían marchado dócilmente. Pero, ¿habría tenido acaso Alonso razón? ¿Se atreverían? "Bayonetas", había dicho Pablo. De Alonso tal aseveración sonó un día como una opinión drástica. En Pablo tomaba otra investidura. Se convertía en una amenaza viviente.

—Bien—, argumentó esforzándose por dirigir sus razonamientos lejos de aquel destello metálico— siendo abogado debería estudiar como obligar a estos hacendados, o a quién sea, a proceder con justicia. Para eso son las leyes.

—Volvemos a la misma, y usted bien lo sabe. Por algo ayudó a Cirilo a huir. Consciente, cívica, legalmente, poco o nada se gana. ¿Cómo me muevo o nos movemos para hacer campaña política que traiga reformas si no lo dejan a uno hablar, no se diga llegar a puestos claves? Ya vio lo que pasó al señor Luján. Hay personas enteradas y preocupadas por la situación; pero los que están arriba piensan que lo están haciendo de maravilla. No dan oído al estremecimiento bajo sus pies, ni lo oirán hasta que la tierra se empiece a mover. Si escucharan a tiempo los rumores, tal vez estas conmociones se pudieran evitar, pero ya ve, no pusieron atención a un fino jurista doctorado en Francia. ¿Se imagina que pondrán atención a un indio como yo?

—En tiempos más difíciles la gente escuchó a un indio como usted: a Juárez. Y, si no me equivoco, ahora mismo hay uno en la silla presidencial —terminó Mariana más quedo.

Pablo simuló reír—: ¿Tiene miedo de que la gente oiga que dice usted que Díaz es medio indio? No hubiera bajado la voz si fuera de ascendencia austríaca.

¡Maldición!

—Digo la verdad, señora. Todo lo que tiene que hacerse es mencionar algún abuelo europeo real o ficticio, noble o escoria, para que todos lo tomen muy en cuenta. Por otro lado, si se nota la raza, se dice despectivamente: "No es más que un indio"; o si merece algún reconocimiento: "Es un indio, pero muy inteligente". Como si dijeran: "Tiene ese grave defecto que se compensa con tal cualidad". Rinden pleitesía a extranjeros y desdeñan a su propia clase. El resultado es que muchos de nosotros sobrevivimos como en el tiempo de la conquista, no hemos dado paso al frente, no se nos ha incorporado. Somos casta aparte. Pero que importa, no somos más que la indiada.

—Todos somos mexicanos. Una nación. No podemos negar la afinidad, el latir en nuestras venas de la sangre que está aquí antes que la española.

—¡Viva Cuauhtémoc! Y sin embargo, no se casaría usted conmigo.

Había dejado caer su guardia. La piedra se partía a su rededor, se derrumbó en pedazos ante esa declaración inesperada. Pablo había caminado desolados caminos de penurias y humillaciones diciéndose que era para un excelso fin, fin que tendría que perseguir sin tregua, ya que el otro, el que jamás hubiera querido confesar y que siempre estuvo en él cual viborilla adormecida, había saltado para demandar respuesta a una pasión alimentada de pena como atávico ritual.

Sintió ella la espalda una vez más junto al húmedo pilar, vio a Pablo acercarse más y más... su boca, sus labios gruesos habían dejado una estela de vapor... Había desaparecido en la noche para no volver hasta aquel momento.

Una verdad exigía otra.

—No, Pablo. No me casaría con usted.

La piedras se habían recogido a su rededor, encajaban a la perfección, se ajustaban para no mostrar donde habían cedido.

—Pero no por la razón que supone. Yo me casaría usted si lo amara, pero no es ese el caso. Y no es así, porque piense o sienta que usted es inferior a mí, créamelo, sino porque no siento compatibilidad alguna entre nosotros y estoy segura de que usted está de acuerdo, por lo que usted jamás me pediría tal cosa por la misma razón.

—Así es.

Bien a bien, Mariana no sabía lo que había dicho. Sabía que no quiso herirlo y que habló con sinceridad. Nada más.

—Con su permiso, saldré a fumar.

El tren se mecía sobre los rieles que temblaban bajo su veloz rodar. Desde el balcón del último carro Pablo miraba los durmientes con fascinación absoluta. ¿Por qué habría de amarlo? En realidad, nada había hecho para lograr que lo quisiera. Pero, ¿y ella? No había tenido más que existir para que él... Alzó los ojos hacia el campo cicatrizado de surcos, fijó la vista en un grupo de campesinos que venían corriendo en dirección contraria por el zanjón vecino a la vía, con las espaldas entumidas bajo la carga de leña. Volteó a mirarlos hasta que no fueron mas que puntos en la lejanía. Sólo la banda de cuero que fajaba sus frentes, de donde pendía la carga, persistió vívida en su mente.

Bestias de carga. Eso eran. Tendrían que rebelarse y no sería con ruegos ni finas maneras. Si las cosas iban a cambiar, sería a gritos y amenazas y sangre.

—Señor..., señor..., su cigarro.

Un caballero de edad que acababa de salir, señaló con urgencia hacia la colilla que Pablo sostenía y que sin darse él cuenta, quemaba sus dedos.

Capítulo XLIV

¿Olvido? No. A pesar de todo, era increíble ver como el tiempo aliviaba. Hubo un día en que Mariana hubiera pensado imposible tener un recuerdo de Tomás sin llorar y ahora se sorprendía al notar la serenidad con que recordaba todo: los pésames apenas murmurados, el profundo y sincero dolor de Cata contrastado con los sobresaltos de la tía Matilde que muy alterada la había llevado a un rincón para preguntar con su mirar de tecolote, si no habría sido suicidio.

—Es muy de los poetas, ¿sabes? ¿No? Bendito el Señor—, porque ya estaba todo dispuesto para que las honras fúnebres se llevaran a cabo en la Capilla de las Ánimas donde se habían velado a todos los Aldama desde hacía siglos.

Siglos.

Esas horas se habían convertido en tiempo de penas: el velorio que se prolongó por dos días hasta que llegaron los amigos de Tomás de la capital; los ritos lúgubres, las entonaciones de muerte, las velas que languidecían alrededor del ataúd.

Luis G. Urbina había dado el adiós recordando un poema de otro entrañable amigo que se había adelantado en el camino: Manuel. Adiós que surgía con un desprendimiento que se llevaba lejos todo, hasta un punto inalcanzable: *"Ni una palabra de dolor blasfemo. Se altivo, se gallardo en la caída, y ve, poeta, con desdén supremo, todas las injusticias de la vida. Recordar... perdonar... haber amado, ser feliz un instante, haber creído, y luego reclinarse fatigado en el hombro de nieve del olvido".*

En las expresiones taciturnas que rodearon la tumba de Tomás, en su mirar, asomaban almas que mañana serían sonetos juntando polvo, páginas silenciosas que encerrarían las añoranzas de un ser. ¿Qué temores, qué alegrías, qué sufrimiento los habrían lanzado por ese camino?

—¿Olvido, don Luis?— había preguntado Mariana... El viento pasaba los pétalos de las gardenias volteándolos sobre la tumba de Tomás—. Ustedes vivirán en su obra.

En la mirada de Urbina, Mariana encontró por respuesta varias preguntas:

¿Era más que el amor a la vida, el temor a la muerte lo que hacía al hombre creador? ¿Qué vanidad o ingenuidad era aquella la de tratar de alcanzar la inmortalidad con unas palabras? Sin embargo, ricas o pobres, geniales o sencillas, eran testimonio del hombre.

Besó su mano, y sobre la tumba de Tomás dejó una gardenia más en memoria de Gutiérrez Nájera. Dolía verlos partir tan jóvenes. Manuel había alcanzado la fama; a Tomás lo había devorado la gran ciudad. Urbina escribió en *El Mundo Ilustrado* un sentido y amplio comentario sobre la obra de Tomás, el mismo que Mariana utilizó como prólogo cuando publicó póstumamente su poesía. La introducción de Urbina describiéndolo como el quijotesco hacendado inflamó las imaginaciones románticas. Muchos de los poemas se leyeron en veladas literarias, otros, para uno mismo, en silencio.

—¿Quién lo hubiera pensado de Tomasito? ¡De veras! Muy apasionado, *muy* apasionado —se oyó sisear a la tía Matilde.

La primera edición se agotó. Michoacán tuvo otro hijo de quien estar orgulloso. La segunda, se acomodó en complaciente espera. Alguien llegaría algún día, abriría el libro, leería... Un par de ojos recorrerían letras que habían callado largo tiempo y espíritus hermanos se encontrarían al rozarse las almas de los que son con los que fueron y nada más. Los poemas se dieron así a conocer. Otros escritos los meditó Mariana con fascinación y recelo. No tenía manera de saber si esa era la obra a la cual había hecho alusión Pablo; se trataba sobre Dios, el Universo y el destino.

A Mariana, recluida en la provincia, lejos de tratar temas filosóficos y mucho menos metafísicos, aquel escrito le pareció temerario. Con razón Tomás guardaba su distancia. Lo inquietaba la idea que tenía el hombre de Dios. Acerca de ello un ensayo con advertencia de "*confidencial*" decía que un Ser omnipotente, omnisapiente y omnisciente, con las características intrínsecas de cada uno de esos atributos como se los adjudicaba el hombre, le era inaceptable.

Para él existía una Energía Creadora primigenia que debió haber sido neutra. En sus fuerzas físicas se contenía todo y a medida que se desencadenaba iba, y continuaba encontrando su propio destino que se había fragmentado en infinitas posibilidades. En todo estaba, todo lo sabía y todo lo podía en la medida de cada especificidad. Afirmaba que la humanidad era parte de su destino.

Tal Energía Creadora era un proceso en sí misma en evolución, al igual que todo el Universo, y dentro de esta evolución, hasta donde él alcanzaba a percibir, el ser humano era su máxima creación.

Decía que la dinámica o *voluntad de ser* en el Universo no pensante actúa por instinto o por experiencia, obedeciendo a leyes naturales de causa y efecto; los seres pensantes, por todo eso y por discernimiento.

No concebía que esa Energía Creadora hubiera creado el Bien ni el Mal conscientemente. Éstos se habían dado como consecuencia del proceso de evolución de la vida.

"Venimos del caos," decía. "En las distintas etapas de la evolución humana, el instinto preponderante de supervivencia necesario para subsistir se corrompió a través del tiempo hasta convertirse en mero egoísmo y éste generó una diáspora del Mal. Porque una cosa es luchar por sobrevivir, otra, hartarse en cualquier sentido a expensas de otros.

Para el hombre primitivo no existía el Bien ni el Mal tal cual lo concebimos hoy. Sensorialmente era sujeto del bien y del mal, a su modo. Lo que lo hacía padecer era malo, lo que le satisfacía era bueno.

Llegado el momento, perdido en la historia, de percatarnos de nuestra capacidad racional para elegir entre el Bien y el Mal, no sólo para uno mismo *sino para otros,* dimos un paso gigantesco en la evolución del pensamiento y del espíritu. Y aún más importante, el percatarnos de que hacer el Bien era bueno, aún si nos lastimaba el hacerlo.

¿De dónde, cómo, en qué momento surgió esa capacidad? Es un misterio. La simple *voluntad de ser* que nos había legado la Energía Creadora se convirtió en *voluntad de ser bueno o malo,* y a partir de entonces la responsabilidad de nuestros actos recayó en cada uno de nosotros.

Con excepción de los accidentes, o los actos de la naturaleza que no han sido provocados por el hombre, todo lo que acontece en este planeta, en el plano humano, es la suma de nuestras voluntades. Somos el producto de la *voluntad de ser* de una Energía Creadora, pero la *manera de ser* reside en nosotros. A partir de nuestra capacidad de ejercer el libre albedrío entramos a un grado superior o inferior, según nos conduzcamos".

En otros pensamientos afirmaba:

"Entonces, para mí, existe una Energía Creadora en perpetua evolución que dirige el Universo con la *voluntad de ser,* desde el microcosmos hasta el macrocosmos, la cual posee infinitas gradaciones según el grado de conciencia que ella misma haya alcanzado.

De lo que nosotros conocemos, el ser pensante es la mayor y el ser pensante bueno, la mejor. Aunque dicha energía en todo participa, sólo se exalta superada totalmente. Y esta superación la alcanza a través del triunfo del Bien sobre el Mal. Lucha que sólo se libra en los seres pensantes o conscientes de ambas posibilidades. Si es grandiosa la vida de que gozamos también es inmensa la carga que conlleva. Sobre nuestras pequeñas almas recae el peso de un Universo entero.

Si hay algo más allá y por encima de todo esto, ¿quién lo sabe? ¿Han alcanzado en otros espacios y otros tiempos seres conscientes otros modos de ser? ¿Existirán entidades superiores tan depuradas que sólo aspiran al Bien? Esta posibilidad la encuentro muy factible y dentro de esta línea de pensamiento bien pudiera ser que la Energía Creadora haya llegado a su plenitud en algún punto. Entonces me pregunto: ¿Será en forma individual o múltiple? Como fuere, entonces ahí, donde exista un ser o seres que por su voluntad ejerzan la plena bondad, radicaría la manifestación cumbre de la Creación.

¿Cuándo los mundos sufran un colapso total, permanecerá en sus átomos memoria de todo lo que fue y volverá a ser? ¿Volverán las flores a ser flores? ¿La lluvia, lluvia; el oro, oro, y el hombre, hombre? ¿O vendrán otras variaciones de la *voluntad de ser?* Habiendo trascendido la lucha por alcanzar el Bien, ¿será más fácil o igual de difícil volver a comenzar?

Si pervive algo de mí después de que se destruya el cuerpo será de acuerdo a leyes que desconozco y sujeto a ellas continuará mi existencia, o no. Por ahora, si la Energía Creadora está en mí en la medida que yo soy yo, la responsabilidad es mía de hacer que se manifieste mejor a través de mí y debo admirarle en donde se manifieste con mayor bondad a través de otros seres tales como hombres justos, hombres santos...

De existir manifestaciones muy superiores al hombre actual en otros planos, tal vez algún día nuestra humanidad los alcance. O tal vez no, y se pierda. Si no logramos vencer el Mal, esa perdición, esa caída, probablemente cause nuestro aniquilamiento, pues sólo así, causando a través del Mal la propia destrucción, se depura el Universo.

En este punto deseo aclarar que no es por soberbia que anhelo a comprender con mi escasa herramienta la magnitud de lo que me rodea y que hay en mí. Es más, creo que cada uno es responsable de hacerlo si es que desea ser sincero consigo mismo. Esa es mi preocupación, siempre lo dije: el mundo necesita hombres sinceros. Por eso rompí con el seminario. No me dejaban serlo."

Ahí, abruptamente se acababa aquel escrito que sacudió a Mariana y que ella guardó con sigilo. Lamentó no haberlo leído cuando él estaba con vida para comentarlo y haber explorado más el pensamiento de su hermano. A partir de entonces contemplaría los aconteceres de la vida desde otra perspectiva más enigmática y mucho más trascendental.

Tomás.

Un año había pasado ya. La misa para conmemorar la defunción de su amado hermano se dijo en la hacienda y no en la catedral para frustración total de la tía. Si eso no era capricho, ella no sabía que otra cosa podría ser. Muy apoltronada en la primera banca, la señorona se arregló la mantilla y comparó con desdén los sencillos servicios del hermano Juan, la simplicidad espartana de su atuendo. Tomasito se merecía más. Podrían estar tan cómodamente sentados en Morelia oyendo una Misa de *Réquiem* cantada, con todas las velas de la Capilla de las Ánimas ardiendo, porque Mariana bien que podía pagar eso ¡y más! Después de todo, la parte de Valle Chico de Tomás estaba en sus manitas de hierro. Pero no, era un dolor de cabeza la tal Marianita. En un santiamén, se había puesto a dilapidar el dinero en becas literarias o premios, o algo por el estilo. ¡Más poetas! Como si México necesitara más bohemios melenudos.

Un año.

Mariana notó sus pálidas manos sobre la negra falda. Negro, tan natural se le hacía ya, que no recordaba cómo se veía vestida de color. ¿Sería cierto que el negro la había desmejorado? Libia le decía que se veía verde —verde bilis— la tía continuamente escudriñaba su cara buscando huellas de contagio de la enfermedad de Tomás. Aquel año doña Matilde había estado amabilísima. Desde el momento en que don Evaristo leyó el testamento de Tomás, la tía había apoyado a Mariana en público y privado condenando el escándalo de Libia. Pero si la pobre de Mariana en realidad se había quedado en huesos por esa hacienda. Nada más justo que él le dejara su parte a ella. Tomás, después de todo, no había ido al seminario en vano.

Ahhh, Marianita, no pongas atención a las quejas voraces de tu hermana. ¿Te sientes bien? Te ves pálida. Tal vez sea el negro. De veras, Mariana, ¿crees que sea necesario eso de la beca? Un donativo pequeño, decoroso, ¿pero una beca permanente.? Bien, tú sabes lo que haces. Cualquier cosa que necesites, si no te sientes bien, aquí está tu tía Matilde.

Tenaz era la tía.

Últimamente Mariana se entretenía con el pensamiento de tomar algún dinero, comprar una casa para vivir, otras para rentar, justo como le había sugerido doña Matilde, para luego decirle—: Tía, quédate con todo. Quédate con Valle Chico—. Ay, pero entonces tal vez no fuera tal el favor. El gusto podría tornarse insoportable, la sorpresa fatal y un pesado ataúd cargado de moños, iría camino al cementerio.

¿Sonreía acaso en la misa de su hermano?

Tomás, Tomás, sólo nos has precedido. Porque por el mismo camino vamos todos; con pasos cuidadosos unos, otros atrabancados, pero todos, irremediablemente, hacia allá.

Ite, missa est.

Capítulo XLV

Una vez más llegó la época de sembrar, enseguida la cosecha, lluvias y sequía. Una vez más los mismos ciclos, que ahora parecían ir pisándose los talones. A una estación pronto la desplazaba la siguiente. Los acontecimientos cotidianos o los destacados de cierta temporada, tan esperados, transcurrían con prontitud. Así sucedió con la fiesta de San Román que había preparado por semanas para verla pasar en un abrir y cerrar de ojos.

Parecía ayer que Jorgito empezara a caminar y ese día había montado a galope tendido. Vestido de charro, había lazado su primer caballo ante la multitud que lo aplaudía. Jorgito estuvo en pie desde la madrugada, al resonar el primer campanazo de la capilla que despertara alegremente al valle para el día de fiesta. A esa hora se unió a los hombres y sus guitarras en la fresca mañana, con el sarape arrastrándole sobre los brillantes mosaicos, para ir a dar las mañanitas a San Román.

Debido a las ausencias de Marcial, los lutos y los años de recuperación, el patrón de la hacienda quedó relegado un tanto al olvido, pero en ese día, según la tradición, se le levantó con música, paseó por toda la cuadrilla; una misa solemne se celebró en su nombre y se le dejó descansar en su nicho lleno de flores por el resto del día mientras todos se divertían y algunos se emborrachaban en su honor.

De san Fermín, de Morelia, de Maravatío, de toda la vecindad, llegaron señores y criados, pues en tales ocasiones se podían olvidar pequeñas diferencias del pasado. La noche anterior el comedor principal estuvo repleto con cincuenta invitados a cenar. Esa mañana se sirvieron cantidad de corundas que llenaban las ollas inmensas y que, ya peladas de sus hojas, se saboreaban bañadas en crema y salsa de tomatillo verde, al gusto de Mariana.

Más tarde hubo jaripeo. La plaza se llenó de espectadores y de vaqueros, esos hombres que consideraban el caballo parte suya, los que montaban por montañas prohibitivas, desiertos, valles y selvas. Ataviados con pantalones y camisa bien ajustados, portando amplios sombreros, los charros venidos de Jalisco, se unieron a sus patrones vestidos con un ajuar que seguía las mismas líneas, pero a todo lujo: las espuelas eran de plata, los pantalones estaban adornados con el mismo metal del tobillo a la cintura, las chaquetas se abotonaban de igual modo. No era raro el sombrero que llevara un kilo de plata encima. No había ajuar más gallardo para la figura varonil y así eran las charreadas. Al galope lazaron potros por las patas para tumbarlos en la arena; por un largo pasaje, a caballo, se correteaban novillos, se les daba alcance y arrebatándolos por la cola, se retorcía ésta en la pierna derecha del jinete, para tumbarlos haciéndolos morder el polvo. De un brinco estaban sobre el animal sujetándoles las patas con la soga. No faltaron las manganas y, más tarde, otros jinetes lanzaron sus caballos a carrera tendida para rayarlos en seco jalando las riendas que ponían el hocico en alto, las patas delanteras tirantes y las de atrás aguantando el peso: fuerzas desencadenadas que exigían un punto de dominio, una restricción imperativa en la que se calaban la pericia, la fuerza y aguante del hombre y su montura. Era probarse sobre las circunstancias y, después de haberlas arrojado al espacio, tenerlas en el puño.

Para terminar, se hacían las suertes de la reata. Sobre la arena se balanceaban las sogas. En pequeños círculos, a los pies de los charros, crecían y se expandían en vastos giros que dominaban brincando dentro y fuera de la órbita dibujando en el aire un vaivén de armonía que se resolvía al reducirse los círculos lenta, cadenciosamente, mandados por el movimiento magistral que regresaba las reatas, como por arte de magia, a sus manos.

En el tiro al blanco nadie pudo ganarle a Ismael. Tampoco faltaron aficionados que se atrevieran a torear. De todo hubo: carcajadas, cuando el novillo arremetía contra el espontáneo que ya brincaba la barrera o yacía agazapado en absoluta inmovilidad hasta que los peones distraían al animal que escapaba con la capa colgada en un cuerno; olés por un pase lucido, tan lucido que el afortunado se sentía Atila y el Cid en uno.

Con tanta excitación nadie durmió siesta. En la casa principal los hombres comentaban quién había destacado en tal suerte; las mujeres suspiraban... Todas decían que habían comido demasiado. En la cuadrilla la kermés continuó bajo la alegría de hileras de papel crepé entreveradas en verde, rojo y amarillo. Las muchachas de largas trenzas, moños chillones y aretes largos, iban y venían riéndose entre ellas al pasar frente a sus novios, mordisqueando frutas, nueces y ates, en especial las madres que, en un descuido, no sabían bien a bien donde habían quedado sus hijas, aunque hubieran podido consultar a los aguacatales del huerto, pues ellos sabían de algunos pellizcos, uno que otro beso, y manos errantes sobre curvas juveniles.

Al llegar la noche, bajo el domo azul del cielo alumbrado por los toritos de petate que al quemarse se iluminaban como si fueran de pólvora, resplandecían las caras al bailar sobre la tarima que se había colocado en la cuadrilla.

También en la casa principal habría baile, si bien aquellos caballeros con sed de aventura y ganas para dar gusto a alguien más que a su mujer, se irían a rondar después la cuadrilla para bailar con una morena con la que habían cruzado miradas a lo largo del día. Muchos se acabarían la voz cantando, las botas bailando y los deseos dando vuelo al corazón. Que les importaba que en nueve meses nacieran aquí y allá los hijos de don Don...

Otros invitados se retiraron a sus cuartos a descansar y dejaron que los peones despidieran el día con fuegos artificiales que se confundían con las estrellas que empezaban a brillar.

Bajo esa luz, Mariana acompañaba al hermano Juan hacia su caballo con paso lento, cuidando su ritmo. Había ya una atmósfera de cosas idas, de entusiasmo gastado que la hizo decir:

—Todo pasa tan pronto.

Él asintió desprendiendo las riendas del caballo del anillo enclavado en la columna de la arcada—. Ya ve, nueve años pasé en San Fermín y me parecen nada.

No contestó. Envuelta en la tranquilidad de su mirada buscaba en sus ojos la respuesta. Todos se iban: su padre, David, Tomás, Alonso... y ahora él. Pasaban por su vida dejándola a ella estacionaria, extendiendo sus manos hacia aquellas ausencias. Ya no tendría su paciente oído, ni sus amables palabras. Ese día había sido también su despedida. Mariana presintió que ya no lo volvería a ver.

—¿A dónde irá, hermano?

—A un pueblo de Jalisco.

—Ganancia de ellos, pérdida nuestra. Sí. Usted fue el único que se acordó de San Fermín cuando Valle Chico quedó en ruinas. El único que ayudó a la gente compartiendo su pobreza y ahora que todo florece, se va.

Se iba porque los médicos le habían metido en la cabeza a su superior que necesitaba un clima más seco. Así lo había explicado a sus fieles. Ella notó que los círculos alrededor de sus ojos eran más oscuros, sus mejillas más deprimidas. Su mirada era lo que hacía a uno olvidar los rasgos penosos que marcaban su cara.

—Siento mucho que se vaya. Ya no volveremos a ver a otro como usted. No proteste, hermano. Es la verdad. Mire, por lo que a mí respecta, desde pequeña tuve en el alma una confusión que no comprendía. Sería el presentimiento de tantas cosas... En fin, a veces, en catedral, sentía que el corazón me explotaría. La música, el canto, me provocaban una emoción que ahora sé no era más que sentimentalismo acarreado por un hermoso culto. Conforme fui creciendo empecé a observar... Vi a muchos sacerdotes oficiar de manera untuosa, iban de una esquina del altar a la otra, doblaban paños, volteaban a bendecirnos con movimientos mecánicos... Buscaba en sus ojos, en sus rostros... No sé que esperaba de ellos... Lo supe cuando lo vi a usted. Todo cambió entonces. Nunca había oído a un sacerdote llamar hermano a un fiel. Nunca había visto a un cura tan satisfecho con su trabajo... Tal vez eso fue—, reconoció—. En usted lo que hay es genuino: su humildad, su devoción y sobre todo, su amor.

El cura no respondió en seguida. Sus ojos miraban, como siempre, un poco pensativos.

—No a todos se nos facilita encontrar el camino, Mariana. Tuve la fortuna de conocer de niño a un sacerdote que también se hacía llamar hermano. Él fue mi inspiración. Por el contrario, otros pueden estar rodeados de circunstancias que los lleven por rumbos equivocados, lo que ocurre a muchos hombres, y los sacerdotes no están exentos. Algo o alguien los ha inducido por un sendero que no es el suyo con las mejores intenciones y, a veces, malos resultados.

—Eso iba a pasar con mi hermano. Lo vieron inteligente, huérfano, y lo querían hacer cura. Pero Tomás no tenía vocación. ¿De qué beneficio es un sacerdote que no sea sincero? Además, el sacerdocio requiere de muchos sacrificios.

Pero él sonrió negando:

—Para mí, mi manera de vivir no es sacrificio alguno. Soy feliz. Algunas veces causas exteriores me entristecen, pero la vida que llevo, nunca.

Era cierto. Lo que hiciera: ya fuera arar, curar, enseñar, o rezar, lo hacía en paz consigo mismo y el mundo que lo rodeaba.

—Envidio su felicidad, hermano.

Mariana tenía a veces una manera de decir las cosas tan llana, que lo desarmó.

—Mire que me apena. Nada más procuré no equivocarme para no resultar una calamidad ni para mí ni para los demás. Pero, ¿cómo podría decirlo? —pausó...—: A veces la persona con quien más trabajo da ser sincero, es con uno mismo. Sin embargo, es imprescindible serlo para orientarse. A partir de ahí no hay más que seguir adelante, Mariana, porque cualquiera que sea nuestra participación, estoy convencido de que contribuye a un vasto plan que si quisiéramos, podría ser hermoso.

¿Podría su insignificante vida, su partícula de ser, importar?, se preguntó.

Mariana lo vio irse. Ya encendían las linternas del patio. La hora azul se insinuaba ya por el oriente cuando el hermano Juan levantó la mano para decirle adiós.

Capítulo XLVI

No había ya el incentivo del triunfo y muy poco que edificar. El manejo de la hacienda estaba tan bien organizado que sólo requería de una fracción del tiempo de Mariana. Esta situación la sometía a un oscilar entre monotonía y fastidio. En busca de compañía se encontró zozobrando hacia el círculo de su hermana y la tía, con sus eternos temas de niños, maridos y vidas ajenas que a fin de cuentas a ella nada le importaban como parecía a otros importarle la suya.

—Mariana, ¡de veras! Te expones mucho al vivir sola en la hacienda. Deberías vivir en Morelia —Libia decía, y la tía y demás damas levantaban la vista del bordado para concordar.

—Se lo he dicho, Libia, una y otra vez, sin que haga el menor caso. Así le salga un volcán en medio del patio, no dejará el lugar.

—Tía, el caso no es amenazarla con un volcán, por amor a Dios, si no hacerla entender que una señora de buena posición no debe vivir sola.

—Exactamente —convenía entonces la tía, ajustando la papada al pecho. Al menos todas se darían cuenta de que la familia se preocupaba porque hiciera las cosas bien.

Y así per *secula seculorum*..., por lo que aquellas tardes no se le hacían ya aburridas, sino pesadas. O sería que nada tenía que contribuir a ellas excepto las noticias de que se había quitado el luto. Ese día la felicitaron por su nuevo vestido azul; don Arturo, el viudo recién liberado, se había mostrado expansivo en sus cumplidos al inclinar ante ella su cráneo brillante cruzado por unas cuantas hebras de pelo pajoso. Pensándolo bien, demasiado expansivo...

Y bien, tenía la paz que había deseado. Frustrada yacía la voracidad de la tía, calmadas las demandas de Libia, publicados los poemas de su hermano. Pablo escribía panfletos revolucionarios, según había oído, pero sus peones estaban contentos, su hacienda lucía mejor que nunca.

Total, la mirada altiva era más fija, la decepción que velaba más profunda. Más solitaria que nunca, veía su vida como una noche de estrellas fugaces que se desvanecían hacia la completa oscuridad. El valle, la hacienda —ese monumento de su trabajo, la prueba palpable de su voluntad— jamás secarían sus lágrimas ni la abrazarían las ondulantes cosechas envolviéndola en afecto y ternura. Regían su vida las decepciones que la habían hecho sofocar toda esperanza, pero no lograban arrancar el anhelo de su naturaleza amante. Ansiaba acariciar la frente de un ser querido. Deseaba tener un hijo contra su pecho.

Abrazando sus brazos a su cintura en sus solitarios paseos nocturnos por pasillos y cuartos vacíos, vivía lo que Alonso le había pronosticado. Empezó a recordar cada momento de sus encuentros, cada palabra que había pronunciado. Reconoció entonces lo sincero que siempre fue hacia ella y hacia sí mismo. También reconoció que un hombre así era capaz de retirarla de su vida si se lo proponía. Pensarlo la hacía temblar. Sin embargo, podría haber preguntado a don Evaristo por él y no lo hizo. Aguardaba su retorno, a su modo: en silencio.

Optó por escribir a Marta más frecuentemente con la esperanza de tener noticias. Noticias que nunca llegaban. Diez páginas había tenido la última carta de su amiga sin una palabra de Alonso. Le contaba Marta de su niño, de lo que había crecido, que Enrique estaba loco con él, que Enrique era tan bueno, que Enrique la hacía feliz. Había hecho bien en no hacer caso cuando le dijeron que era un don Juan. Su marido era el mejor. El parto ocupó dos hojas. Tener un hijo era el fin del mundo. ¿No habían oído sus gritos en Morelia? El pobre médico había acabado medio sordo y la enfermera con menos pelo del que tenía al comenzar el día... Más valía. Mira, todos me consideraron. Enrique, dice mamá, se dio un cabezazo contra la pared. Por otro lado, Cuca, una amiga que es muy valiente (como tú), se vio malísima al dar a luz a su hijo y ni un ay, ni un quejido, y todos afuera platicando como si nada, luego felicitándola por tan fácil parto y la pobre ¡se estaba muriendo! No, Mariana, el día que tengas un hijo —porque tú te tienes que volver a casar— aunque les revientes los tímpanos, GRITA. Ay, había pasado tanto tiempo desde que habían ido a Morelia. ¡Tanto tiempo! Qué bueno que ya no anduviera de luto... Pero tendría que terminar la carta. Era hora de llevar a la hermana de Enrique de compras y su madre estaba de prisa. Va camino a ahorrarse algo de dinero, ya sabes.

"Oye, quisiera que vinieras a la fiesta de los quince años de Nelda, la hermana de Enrique. Ya los cumplió hace seis meses pero entonces no hubo festejo porque el padre de Enrique estaba muy enfermo, pero ya está bien y tendremos un fiestón. No es que sea mi cuñada, pero es una belleza. Además, simpática, y de veras que sabe cantar (no como Marcia, ¡brrr!) Los pollos pelean por ser su chambelán, pero ella no se decide. Te digo que ésta no dura soltera. Bueno, nos veremos pronto de cualquier modo. Después de la fiesta tenemos pensado ir por allá. Tengo tanto que platicarte que ya verás... Por carta uno no puede decir nada. Cariñosamente. Marta."

Su carta la dejó alegre aunque añorando una palabra sobre Alonso.

Bajo cualquier pretexto empezó a visitar a don Evaristo con el fin de discutir el trillado tema de la hacienda, pero en el fondo deseando que en algún punto surgiera un comentario acerca del ahijado ausente; mas don Evaristo no tenía el hábito de digresar e invariablemente salía con un sentimiento sordo de vacuidad que se desgastaba con el transcurso de los días y ella regresaba de nuevo con la misma esperanza.

Fue en una de esas ocasiones que de nuevo se encontró con David. Lo encontró sentado en el pasillo, hojeando una revista. A su llegada se puso de pie, entre dientes murmuró un breve saludo para volver a sentarse y tornó a su lectura.

Sentados el uno frente al otro, dejaban que el frío pasillo desmintiera las corrientes adversas que los habían separado. Permanecieron así: la muchacha de ayer a quien había despertado el hombre posesivo, apasionado... su primer amor, ahora convertido en callosa indiferencia frunciendo el ceño ante un tonto grabado que tenía en sus manos.

David se veía un poco cansado, un poco más grueso. Algunas canas empezaban ya a asomar en sus sienes. Sobre todo, ya era padre. La tía había hecho un escándalo por el hijo que Rosa acababa de tener diciendo que era el retrato de David. Más que de nadie, para sorpresa propia, Mariana había recibido la noticia con ecuanimidad. Que no le hubiera causado escozor cuando en otro tiempo hubiera sufrido con ella, la hizo darse cuenta cabal de que en algún punto del camino había dejado de amar a David, de considerarlo como algo que pertenecía a ella, sin importar las circunstancias. ¿Cuándo? No podría decirlo... Muchos años se había aferrado a su recuerdo tenazmente, y ahora daba gracias por la nueva ilusión que había desplazado todo lo demás relegándolo al pasado. Ahora dejaba que el presente tomara preponderancia, que el ayer fuera ayer. Todo lo que le deseaba a David era bienestar donde fuera. Era un lazo que de alguna manera quería perpetuar. Le pesaba que vivieran en latente antagonismo causado por el rencor, que no pudieran contemplar su situación con calma, que se evitaran en vez de fraternizar y, si no olvidar, al menos aceptar la vida como había resultado.

Hubiera querido acercarse a él, decirle todo aquello... Lo habría hecho de golpe de no haber sido por lo áspero de su actitud que la limitó a la cautela en la cual se dejó traslucir, de todos modos, algo de la urgencia que estaba en ella al preguntarle:

—¿Llegará pronto don Evaristo?

Había anticipado que el cuarto girara al oírse las primeras palabras que cruzaban desde su última entrevista en Valle Chico, pero éstas resonaron en el aire vacías del sentimiento que habían querido transmitir. Resultó apropiado que, sin abandonar su interés en la revista, él se sacudiera la pregunta con un corto:

—Así dicen los criados.

Siguieron momentos de silencio en los cuales ella titubeó; pero no había ya más remedio que adentrarse en su resolución. Tomó otro paso:

—¿Tenías cita?

—Sí —, contestó él sin despegar los ojos de la revista.

—Entonces no tardará —descansó ella.

Le sorprendió ver lo calmada que estaba así surgieran los recuerdos que la voz de David evocaban, a pesar del tiempo transcurrido, de nuevas ilusiones. A pesar de todo.

Como si hubiera tomado una decisión, cerró él la revista intempestivamente y la miró de lleno.

—Ha pasado mucho tiempo—, aventuró ella en un tono, en una actitud de entera conciliación que él rechazó con altivez.

—Ni tanto.

David, David. ¿Por qué tenía que ser así?

—David—, avanzó decidida —me alegro que esta coincidencia nos hiciera encontrarnos.

Se mostró inafectado por sus palabras y arrojando la revista sobre una mesa contigua se puso de pie. Ella no se detuvo ante la brusquedad de sus maneras.

—Nunca he tenido la oportunidad de darte las gracias.

—¿De qué? —Sin darle importancia, recogió el sombrero de la mesa.

—De todo lo que hiciste por Valle Chico..., los préstamos, en ocasiones cuando nadie me los hubiera facilitado. Deseaba…, hubiera querido decírtelo desde hace mucho, pero…, no sabía cómo…

Se mantuvo él de pie ante ella, con semblante adusto, inspeccionando el sombrero que rodaba entre sus dedos.

—David —sugirió ella con cuidado— si pudiéramos ser amigos. Verdaderos amigos...

La fría luz de sus ojos cortó su frase. Comprendió que ya no había más que decir.

—Acerca de los préstamos —consideró él oportuno aclarar y detuvo la manipulación de su sombrero— no tienes que darme las gracias. En serio. Fue un buen negocio. Y ahora, con tu permiso —se inclinó y salió de su vida sin escuchar el sentido de su voz, así como ella, un día, no prestara oídos a la suya.

Muy quieta, escudriñó sus sentimientos: No había coraje, desconsuelo nada más.

Don Evaristo llegó hecho un remolino. La sacudió de su desaliento con su inesperada alegría. ¿Se había ido Alpízar? ¡Bah! Pues cuanto lo sentía, pero se había entretenido en el correo poniendo una carta de entrega inmediata.

—Porque verá usted, Mariana, Alonso regresa —anunció arrojando sus espejuelos sobre el escritorio. Dejándose caer en su sillón de cuero, se dio masaje en el puente de la nariz. ¿Había mucho que tratar?

Poco, casi nada. La noticia deseada por más de un año era para que la hubiera lanzado por la calle sacudiendo el último polvo de tristeza, por el contrario, se sintió invadida de una extraña aprensión.

Capítulo XLVII

Las lluvias habían cesado sin que hubiera disminuido el calor, de tal manera que doña Matilde y la mayor parte de la sociedad moreliana permanecían en sus casas veraniegas de Guadalupe, rumbo que, aunque a poca distancia del centro de la ciudad, recibía las brisas refrescantes que provenían del bosque de San Pedro que estaba a unos pasos. Por esos días eran las salidas al Jardín de Flora, un cenador favorecido por sus deliciosos platillos. También eran los días de los últimos paseos por la Calzada de Guadalupe sobre la que descendía un vago preludio de nostalgia que anunciaba el término de la estación.

—Antes de que termine el verano, doña Clarisa —decía Libia— debemos organizar un paseo a Santa María.

—Ah, sí —concordó su suegra—. Aunque dudo que los girasoles florezcan como antaño.

Para doña Clarisa ni las flores preservaban su esplendor... A un año de esos momentos estaría suspirando por lo que ahora vivía y así iría siempre saltando en retroceso, perdiéndose del presente para añorarlo después.

A la sombra de los robustos fresnos que formaban un arco sobre la antigua calzada, unos paseaban a pie, otros, permanecían sentados gozando del sol y la frescura que se disfrutaba en las lunetas de cantera que la recorrían por ambos lados. Por fuera del paseo, a uno y otro costado, frente a las residencias que flanqueaban las avenidas, los brillantes *landós* y *victorias* avanzaban a paso lento rumbo al Santuario de Guadalupe; desde ahí se devolvían, dando vuelta a la rotonda, para continuar por el bosque de San Pedro a lo largo de la arquería monumental del antiguo acueducto de contornos románicos, enlaces de un pasado colonial.

Era costumbre engalanarse para ir a respirar el poco aire que se pudiera absorber sujetas por los apretados lazos del corsé. Con el hígado comprimido, era de admirarse cómo lograban todas verse tan a sus anchas y hacer acopio en tales circunstancias de suficiente aliento para medir a los que pasaban de la cabeza a los pies.

—¿Te fijaste? —preguntó Libia.

Distraída, Mariana alzó los ojos de su juego con la bebé de Libia.

—Sí, muy bonito.

—¿Bonito? Era ridículo. Siempre contradices.

¿Qué no era bonito? Ella pensó que eso habían dicho...

—¿Cuál sombrero?

—No voltees, por favor —Libia mascullό con desesperación—. ¿No le parece el colmo, doña Clarisa? Enterrada en esa hacienda ha olvidado cómo comportarse. Ni siquiera hace caso de los saludos—. Libia hizo a un lado sus recriminaciones para saludar al jinete que se descubrió ante ellas —. Mírela —prosiguió ya que hubo pasado—. ¿No le digo? Jugando todo el tiempo con la niña. Lo que necesita es...

—Casarse —interrumpió doña Clarisa con su acostumbrado tacto. Aunque, dándole un rápido giro a la idea, concluyó que tal vez no..., los hombres no eran lo que habían sido y Mariana le dio de inmediato la razón.

Libia perdió la paciencia—. Deja esa criatura. Acaba de pasar don Arturo. Es viudo, muy rico, de buenas familias.

—De las de antes de la Independencia —doña Clarisa juzgó oportuno hacer notar.

—Y los hijos todos crecidos.

—Viéndolo bien, el hombre todavía está entero —prosiguió su suegra.

—Cada que pasa se derrite mirándote. ¡Mariana!

—Sí. Te oí.

—Lo ve, doña Clarisa, no se le puede hablar. No me hace caso. ¡Ay!, creo que viene don Arturo de nuevo. Sonríe, Mariana. Es un hombre influyente. Al menos se puede uno beneficiar con su amistad. *Au revoir*, don Arturo...

Don Arturo se animó por fin y se acercó a su grupo. Libia no hallaba cómo hacer para que el hombre luciera. Acordándose de su interés por la historia local, le preguntó si algo sabía del cómo y cuándo del acueducto.

Lo resabía, y se aprestó a dar cátedra. Desfilaron antecedentes biográficos, geográficos y demográficos. Las instruyó diciendo que con el doble objeto de traer agua a la ciudad desde los manantiales que fluían al oriente de ella y dar trabajo a una multitud de hombres hambrientos que en el año de 1786 acudían allí en busca de sustento, Fray Antonio de San Miguel, Obispo de Morelia, costeó su construcción.

—Con esta obra, que será herencia para muchas generaciones, mis queridas damas, se surtieron veintiséis fuentes públicas, se alivió en algo el hambre ocasionada por una sequía que arrasó el país por aquella época, y se embelleció la ciudad con estas enhiestas curvas de cantera enmarcadas por el follaje inquieto de los fresnos.

—¡Válganos Dios, don Arturo, pero si es usted poeta también! —aplaudió Libia, pero la admiración de Mariana, se dirigió más bien hacia el acueducto.

El atardecer las encontró aguardando que les sirvieran los tamales en el Jardín de Flora, merendero donde martes, jueves y domingos se veían las mismas caras, se hacían comentarios parecidos y se esperaban los eternos altercados entre doña Clarisa y doña Matilde.

—¡Ay, antes lo más selecto asistía al Jardín de Flora! Ahora se codea uno con cualquiera... —se lamentaba doña Clarisa.

—Por eso —decía doña Matilde— añoro los días del Imperio.

—Pero en ese caso —insinuaba doña Clarisa— quién sabe cuántos que se creían no fueran... Bajo tal régimen sí se exigía la hidalguía, la historia familiar pesaba.

Y dagas saltando de sus ojos, doña Matilde entonces reviraba qué suerte habían tenido algunas de sus excelsas amistades de que las cosas cambiaran, sobre todo con maridos tan democráticos.

Por fortuna las consecuencias de aquellos arrebatos no pasaban de una leve indigestión y así seguía la vida... La noche se desenvolvía como regalo ya visto, cuando, al llegar retrasada Marcia, en compañía de su padre, anunció inesperadamente que afuera estaban Marta, Enrique, su hermana y el licenciado Luján.

—¿A dónde vas, Mariana?

—Con Marta, tía.

—¡Deja que lleguen a nosotros, niña!

—Hace mucho tiempo que no la veo. Voy a recibirla.

Doña Matilde, no muy satisfecha, se quedó explicando que eran taaan amigas... Mariana salió hacia un círculo que le resultó enorme. Abrazó a Marta, a doña Sara y a Enrique, le presentaron a Nelda y aborreció su belleza porque estaba junto a Alonso. Estrechó entonces la mano de él con un firme saludo. Desplegó una devastadora sonrisa, una franca, casi retadora mirada, al darle la cara diciendo:

—Alonso, qué gusto tenerlo con nosotros.

Le sonó lo dicho a recitación de las Estucado, pero no abandonó su sonrisa. Soltando su mano con toda naturalidad los invitó a unirse a su grupo. Se sentía un modelo de compostura. Después de todo, no era un total desastre. Ni tan alegre ni tan seria. Ya lloraría más tarde... La mirada de él había sido el colmo de nada. ¿Pero dónde había quedado don Arturo? Una ojeada de ella bastó para traerlo a su lado.

—Señora mía, caballeros, si permiten a este humilde amigo un momento de su compañía...

Libia de inmediato dejó libre el lugar junto a Mariana. Él lo ocupó en el acto con un cupido estampado en cada pupila, lo que don Evaristo consideró estúpido tomando en cuenta que el hombre era casi de su edad; algo que doña Matilde empezó a codiciar desde el calculador fondo de su alma para Marcita; situación que Alonso miró con entera indiferencia.

La conversación brincó de Europa a Valle Chico a la capital, del bebé de Marta hacia Jorgito, sin que Mariana permitiera que su aterciopelada mirada se posara jamás sobre Alonso ni rozara a Nelda. Si no los veía, no existían, y así logró vincularlos más.

Alonso se dedicó a Nelda por completo. Al retirarse de la mesa todos daban por hecho que la pareja estaba en vías de serio compromiso. No fueron frases directas..., fue un lazo de sonrisas, bromas y unos ojos azules, inmensos, que respondían.

Derrotados los esfuerzos de don Arturo porque la misma insinuación se pronunciara a favor de él y Mariana, nadie estuvo de humor ya para seguir en tal vena. Se despidieron con promesas de verse al día siguiente.

Esa noche, por lo tarde que se había hecho, Mariana se quedó a dormir en casa de Libia, como insistiera ésta, siempre velando por el prestigio de su viudez. Bien, a eso había llegado: Alonso con su virginal belleza a un lado, ella con el vejete de bigotes amarillos. Que pudiera sonreír le mostraba cuánto camino había andado. Un largo camino. No era extraño pues, que estuviera cansada y aburrida de rumiar desilusiones. No podía dormir. Retiró las cobijas..., se quedó sentada largo rato en la orilla de la cama. Sería otra noche solitaria, sin un beso siquiera de buenas noches. Repetición que le repugnaba hasta el hastío. Se levantó, se envolvió en su chal. En la puerta se detuvo. Libia y Roberto ya estarían dormidos... Para no alertar a nadie se movilizó de puntillas por el largo pasillo, bajó la escalinata, llegó al comedor. La doble puerta se hallaba abierta. Logró distinguir los contornos de los obscuros muebles, recorrió la ruta marcada por las sillas enfiladas al lado de la larga mesa, alcanzó su objetivo al fondo del salón y ante él dudó, pero sólo un momento. En seguida su mano giró la manivela de la vitrina, abrió la puertecilla, tomó la botella de coñac y se sirvió medio vaso...; sosteniéndolo con fuerza bebió la mitad. Su boca se hinchó con una sensación de ardor que se vació por sus costillas y anidó en su estómago. Eso no la detuvo. Cerró los ojos y bebió el resto; regresó la botella a su lugar, limpió el vaso bien con su pañuelo y cerró la vitrina. De nuevo recorrió el comedor, cruzó el pasillo y llegó a su cuarto sintiendo que la sangre se volvía caliente dentro de ella.

De haberla visto, a las Estucado les hubiera saltado el camafeo del pecho. "Si alguna vez necesitas consejo..." Necesitaba..., pero no. En el momento de alcanzar sus metas éstas cesaban de significar algo para ella. Cerró la puerta de la recámara con mucho, mucho cuidado, para dar el portazo en el último momento.

—Ssssshhhhh —se amonestó en secreto poniéndose tensa por unos segundos.

Tras el breve ¡firmes ya! con sumo cuidado se dirigió a su cama sin notar un banquito vecino a ella con el que tropezó.

—Sshhh... —siseó deteniéndose ante el espejo de cuerpo entero desde donde una vaga silueta la arremedó.

¿Era ella? ¿Ella, en medio de un cuarto que no era el suyo, dentro de ese leve cuerpo que parecía desconocido?

—Mariana Aldama —, susurró invocando a la vaga figura. Luego llamó más y más fuerte—: Mariana Aldama Lascurain... ¡Ssssshhh! —la oirían.

—¿Y qué, que me oigan? Que me oigan los Davides, los Leonardos— ay, que descanse en paz. No se me vaya a aparecer. Pero que me oigan los viudos con bigotes amarillos y ¡todos los Alonsos!

Alonso.

No, ni una lágrima. Con dignidad. Firmemente. Así... Así, hasta la ventana...

—Ahhh...—, abrió el balcón, salió, reclinó la cabeza hacia atrás sobre la pared; el chal resbaló de sus hombros, su cuello se estremeció con la fresca brisa. Sintió hundirse toda en el muro como si éste fuera una enorme esponja que la absorbía.

—Noche, noche hermosa... —respiró. Enderezándose, dio unos pasos y se asió al barandal para poder, con su mano libre, saludar al cielo.

Tal como dijera Urbina... ¿o era Gutiérrez Nájera? Mirar a las estrellas... Ni una nube. Ni una...

—Hermanitas mías, que me vieron bailar bajo su luz en mi inocente adolescencia, véanme ahora... —. Absorta contempló el cielo silencioso, eterno, envolvente... Llevándose las manos a los labios reprimió un traicionero sollozo que brotó como descarga de todos sus anhelos y la hizo girar y esconder la cara en su brazo, contra el muro. ¿Para qué llorar? Se enderezó, alzó el rostro y al hacerlo se golpeó la frente. Ni lo sintió.

¿Y si los vecinos la vieran en el balcón, actuando extrañamente, alcanzando estrellas, dándose en la cabeza?

—¡QUE DIGAN LO QUE QUIERAN! —desafió de cara a la calle.

Ahora sí, había gritado. Espantada, se escondió en las sombras pero sólo un segundo. Dando paso al frente afirmó:

—Sí, grité —y gritó de nuevo—: ¡Maldita sea!

Y ahora maldecía. Se dobló de risa sobre el barandal y casi dio la maroma.

¡Ahhh! Me voy a romper la cabeza. Eso es lo que va a pasar. Mañana me van a encontrar parada de cabeza.

Entonces sí que rió. Y luego hubo un silencio que lo devoraba todo.

Las estrellas brillaban con misericordia. Era ella, sola, bajo la Creación entera. El impacto de su ser se tornó agobiante, desolador, y huyó de su propia mirada. Bañada en sudor frío, trastabilló hacia dentro. Si pudiera llegar a la cama... Así, unos pasos más... ¡Ea! Lo había logrado. ¡Ay!, todo daba vueltas, giraba. ¿Dónde, dónde estaba? ¿A qué punto había llegado? ¿Hacia dónde se dirigiría ahora?

Hermano Juan, Tomás, quiero una respuesta:

¿Somos de barro?

Capítulo XLVIII

La noche de su regreso a Morelia la recordaría Alonso muchos años después por varias razones: fue un adiós a la quietud, uno de los últimos momentos serenos. En adelante su vida sería una de agitación por mucho tiempo. Una vez restaurada la calma, sólo la duda, triste ángel de la guarda, quedaría en su lugar. Pero por aquel entonces ardía en él la llama de la certeza que avivaba sus convicciones.

Al caminar con su padrino por la desierta Calzada de Guadalupe la noche de su regreso, la única compañía que tuvieron fue la de un policía; después de haberlos inspeccionado de un vistazo, los había saludado con respetuoso reconocimiento para seguir su ronda. De no ser él, los únicos testigos fueron las débiles luces eléctricas que alumbraron su paso, los fresnos que acallaron su murmullo para escuchar sus palabras en el reposo que ofrecía una noche sin la más leve brisa. La portada del Templo de Guadalupe por siempre guardaría su secreto. Habíale preguntado don Evaristo cómo se sentía estar de nuevo en casa y Alonso, según su costumbre, había medido sus sentimientos por unos segundos antes de contestar:

—A veces contento, otras decepcionado. Contento de verte a ti, viejos amigos, lugares familiares —dijo mirando a su rededor— y decepcionado al ver que las cosas van de mal en peor en cuanto a política.

Su padrino asintió:

—Me supongo que es muy pronto para preguntarte lo que tienes en mente para el futuro, aunque Enrique me decía que te recibieron con los brazos abiertos en la capital; que en la fiesta de su hermana todos tus amigos distanciados se comportaron muy bien contigo.

Alonso marcó su paso con el bastón que llevaba—. No me puedo quejar. Limantour me saludó muy amablemente y no me lo esperaba. En realidad, es buena persona—. Su tono implicaba que sentía haberse distanciado. Mas haciendo a un lado el sentimiento continuó—: Me mandó un recado confidencial diciéndome que lo pasado, pasado estaba. Si quería regresar al seno de la familia, sería bienvenido.

—¿Y?

—Si regreso sería capitular. Ellos no han cambiado, ni yo.

—¿Entonces te quedarás en Morelia?

Alonso golpeó la banqueta con su bastón.

—No lo sé aún.

Habían llegado al final del paseo y don Evaristo volteó a verlo. Dándole unos golpecitos en el brazo, tomo asiento en una de las bancas:

—Hay tiempo para decidir. Aunque deja que te diga que aquí sobra qué hacer y necesitas trabajar después de tanta vacación.

Ah, pero su deambular no había sido en vano. Europa no fue sino parte de su vida, la que él comentaba. Además, había otros lugares: como Yucatán. Habría regresado a Morelia hacía tres meses si no se hubiera encontrado en el barco en que hizo la travesía de Bremen a Veracruz, a un alemán que iba a Mérida. De ese encuentro un nuevo interés lo desvió hacia aquella península.

En una plática sostenida sobre cubierta con *Herr* Rotter, se había enterado de que era ingeniero mecánico y que iba a entregar maquinaria para una plantación de henequén. Ya había hecho otras entregas, según supo Alonso, y esperaba hacer muchas más. El henequén era la industria floreciente.

—Imagínese —había dicho inclinándose sobre su silla de cubierta— sale a un centavo el costo de la libra y la venden a ¡ocho centavos!

—¿De veras? —Alonso había musitado en voz alta.

Como Alonso expresara interés en visitar la península, el ingeniero cambió de actitud. Llegó a decirle que los fuereños no eran bien vistos en Yucatán. Aunque Alonso se apresuró a explicar que su interés por conocer el lugar no era mercantil, *Herr* Rotter no quedó del todo convencido. Por el resto de la travesía evitó la compañía de Alonso, lo que aumentó su curiosidad e hizo que decidiera ir.

En esa época Yucatán estaba pobremente comunicado con el resto de la república, excepto por los barcos comerciales que iban de Veracruz a Progreso. Esa difícil ruta fue la que Alonso tomó.

Aquella provincia le imputaba al gobierno federal que la tuviera en abandono. Solían decir con una sonrisa que dejaba la duda de si lo dirían en serio o no: "Nosotros no somos mexicanos, somos yucatecos", por lo que Alonso les hizo notar que en otro recorrido por las costas del Pacífico, había llegado a la Baja California, otra península igual de alejada del núcleo nacional y en tan difícil posición de alcanzar como ellos; sin embargo, se conservaba ahí una mentalidad firmemente unida al resto del país. Los pocos mexicanos que allá vivían, en verdadero destierro, jamás dejaban de manifestar su adhesión a México y a sus raíces, por lo que él consideró justo hacerles ver que en un país joven, de continuo amenazado en su soberanía por potencias exteriores, agitado en su interior por disensión política, era comprensible que no se hubieran extendido las redes de comunicación, pues no era cosa fácil de hacerse cruzando por sierras, selvas y desiertos, deudas y asedios.

Todavía no aprendía que con decir la verdad no caía bien y con mal pie Alonso llegó a la tierra que yace al sureste de México, se lanza al Golfo por el norte y se baña en el Caribe hacia el este.

Una vez ahí, palpó que la península yucateca de aproximadamente ciento veinte mil kilómetros cuadrados, comprendía a principios del Siglo XX, dos estados: Yucatán, Campeche y un territorio: Quintana Roo.

Demarcadas por cada división política, se encontraban zonas bien definidas: en el sureste, por el Caribe, Quintana Roo era la zona de candentes junglas chicleras. Hacia el Golfo de México, por el sureste, Campeche era el escenario donde daba comienzo la tupida vegetación tropical acompañada de ríos. En cuanto a la parte prominente de la península, que era el estado de Yucatán, la topografía plana del terreno se hacía notoria. En toda su extensión no se encontraba una montaña. El horizonte trazaba una recta línea verde de apretada vegetación; el agua corría y seguiría corriendo, siempre escondida bajo un terreno calcáreo, de cuando en cuando formando depósitos subterráneos llamados cenotes.

Ésa era la tierra del henequén, una fibra proveniente de un agave que se convertía, ya manufacturada en Estados Unidos y Europa, en soga y sacos de empaque. De esta fibra dependía la riqueza del estado. Alonso averiguó, sin sorpresa alguna, que esta industria estaba en manos de unos cincuenta hacendados.

Al salir al campo se apreciaban las vastísimas llanuras de henequén, entre cuyas filas alguna planta lanzaba esporádicamente, como grito al cielo, una alta mazorca antes de morir. Aquí o acullá, a los lados de polvorosos caminos, se destacaban pequeños poblados indígenas de casas blanqueadas y techos de palma seca en forma de V invertida. Detrás de ellos la vegetación cerrada se perdía en el horizonte.

En cuanto a la capital del estado, Mérida, Alonso la encontró muy agradable. Se había ganado el mote de la Ciudad Blanca porque preferían ese color para pintar las casas. Ya que el resto de las poblaciones del estado eran villorrios adornados por unos cuantos hermosos edificios coloniales, Mérida se enorgullecía de su Teatro de Ópera y se comparaba a París porque tenía un bulevar amplio bordeado por árboles y unas tres docenas de opulentas mansiones que habitaban los reyes del henequén con sus familias de fina educación y amplia experiencia en los viajes.

Al igual que gran parte de la población mexicana, eran mestizos de sangre en su mayoría. La ascendencia indígena era maya y era una ascendencia excepcional. Los mayas, aunque en decadencia a la llegada de los españoles, habían alcanzado una destacada cultura. Constancia de ello eran sus hermosas ruinas esparcidas por toda la península, Chiapas, Guatemala y Honduras, su atinadísimo conocimiento de la astronomía y su alto concepto matemático basado en un sistema vigesimal.

A su llegada, Alonso pudo ver que la clase alta se componía de criollos, mestizos y unos cuantos extranjeros. El pueblo, en su vasta mayoría, era maya puro —aunque algunos de ellos se llamaban *mestizos,* cuando se habían asimilado en alguna forma a la cultura hispana, aunque no lo fueran por la sangre. Era gente cortés, gentil que parecía dotada de infinita paciencia para soportar el sufrimiento, lo que no lo hizo olvidar que, para los españoles, los mayas habían sido un pueblo difícil de conquistar y que a la fecha surgían serias insurrecciones entre ellos.

Se sorprendió al no encontrar en las clases altas la cortesía llana que tenían las humildes. Con una excepción, la de un anciano profesor que había guiado a Alonso por la historia y la literatura maya y colonial, nadie más se mostró accesible. Por el contrario, encontró una reticencia poco común, un hermetismo cercano a la sospecha. De no haber sido por el amable profesor que había abordado en su recorrido de reconocimiento por la Escuela de Santiago, se hubiera encontrado completamente aislado. Los señores hacendados a quienes lo presentaba en su deambular por la ciudad, se inclinaban, sonreían y le daban la espalda. Si de casualidad los encontraba de nuevo, sus miradas indiferentes y el leve toque del sombrero parecían decirle; "Por favor guarde su distancia. Si en realidad no afecta nuestras vidas, ¿para qué le ponemos atención?"

Los dueños del estado no querían entrometidos ni nuevos empresarios, por lo que Alonso continuó haciéndose pasar por un hombre al que sólo interesaba la soledad para bien de su salud y espíritu.

Pronto se dio cuenta de que no averiguaría nada con esas personas, por lo que buscó otras fuentes. Los jueves y domingos la banda tocaba en la plaza, ya fuera música clásica o yucateca. Ahí se complacía viendo a muchachas mayas de piel aceitunada bailar graciosamente la jarana ataviadas con sueltos huipiles blancos bordados con flores en la orilla de la falda, y procuraba conversar con la gente sentada a su lado.

Alerta a cada indicación, escuchando cada palabra, observando, paseándose por la ciudad y el campo,pudo percatarse de la situación.

Lo que había visto en otras haciendas por todo el país era poco comparado con Yucatán. En este estado, los peones mayas que se calculaban en cien mil, aproximadamente ocho mil yaquis llevados de Sonora, y alrededor de tres mil coreanos, vivían en condiciones abominables. Por supuesto que la forma oficial de empleo no se llamaba esclavitud. Por todo México se conocía el sistema como trabajo a cuenta de deudas.

¿Cómo llegaba esta gente a estar en posesión de los henequeros? Amén de los enganchadores que en todas partes merodeaban pendientes de alguien que tuviera hambre, estuviera desesperado o fuera lo suficientemente tonto para caer en sus garras, como había caído Cirilo, a los yaquis se les desarraigaba de su tierra acusados de rebelión y se les traía a expiar su crimen a Yucatán, y a los coreanos se les compraba a mil pesos la cabeza. Sobre todo, se contaba con el grueso de la población que necesitaba trabajar para comer.

La mayor fuente de trabajo era la producción del henequén, de manera que el amo imponía las condiciones que quería. El propósito era conseguir la mano de obra al costo más bajo para obtener las mayores ganancias.

Alonso se decía que el daño no estaba en el capital en sí, ni en promover industria, ni en tener más que otros, ni en llevar la responsabilidad, ni ser la cabeza, sino carecer de sentido humanitario.

¿Era difícil conseguir trabajadores? De ningún modo. Se compraban, como era el caso de los coreanos, o bien, todo consistía en lograr que un pobre diablo se endeudara y lo tenían a él, a su mujer y a sus hijos en un puño.

Las haciendas de Yucatán eran típicas. Vecino a la carretera se encontraba el casco con su amplio patio alrededor del cual estaban los edificios principales: el almacén, la maquinaria desfibradora, la casa del administrador, la del mayordomo y una capilla. Adyacentes a estas construcciones, quedaban los corrales, los patios para secar el henequén, los establos y dormitorios. Alrededor de aquel núcleo se esparcían las chozas, de una habitación, donde vivían los peones casados con sus familias.

La forma de trabajo era semejante en todos los henequenales: por lo general, sonaba la campana a las cuatro de la mañana, los hombres se levantaban, se formaban en el patio, les pasaba revista el mayordomo y se iban al campo para regresar cuando la oscuridad hacía imposible el trabajo. Pero en el casco, la labor continuaba de noche.

En el campo el trabajo consistía en cortar las hojas del maguey y en escardar la tierra de las plantas que crecían a su rededor. Cada hombre tenía un número fijo de hojas que debía cortar. La cuota diaria era tan alta —dos mil hojas por cabeza— que se veía el hombre obligado a llamar a su mujer y a sus hijos para poder cumplirla. Así, también desquitaban la mayor parte de las mujeres casadas y niños. A las solteras se les obligaba a permanecer en el campo todo el día; a un niño de doce años ya se le exigía la cuota de un adulto.

Los domingos eran libres. Los peones podían trabajar en la pequeña parcela que rodeaba su choza o visitar haciendas vecinas, pero las muchachas de una hacienda difícilmente se podían casar con los de otra porque eso complicaba las cosas para los propietarios: siendo así, tendrían que comprar el contrato de la novia o el novio.

El suelo de Yucatán es quebradizo, pedregoso y duro para los pies descalzos, pero todos iban descalzos. En un clima sofocante, bajo un sol despiadado, los hombres, vestidos de harapos, trabajaban sin parar seleccionando las espinosas hojas del henequén con sumo cuidado y rapidez ya que su cuota de dos mil hojas tenía que cumplirse. Si no, se recurría al látigo.

Una vez cortadas las hojas del agave, éstas se transportaban a las desfibradoras: máquinas con dientes de acero que raspaban las gruesas pencas separando la pulpa de la fibra, de donde salía lista para ponerse a secar al sol. Hecho esto, se comprimía en pacas para enviarse por tren a Progreso, desde ahí se embarcaba a Inglaterra o Estados Unidos.

En la desfibradora había muchos niños trabajando y en los patios para secar, muchos hombres marcados con adinamia. Eran los enfermos cuyo descanso era trabajar a media paga en tal forma. Ese era su remedio y su consuelo.

En una de las haciendas donde el mayordomo permitió a Alonso y al profesor cierta libertad, tuvieron la oportunidad de ver lo que llamaban el hospital de las mujeres: un galerón con piso de tierra, sin ventanas, y en una cama de palo, una triste y abandonada figura humana.

En cuanto a la comida: todas las tardes, cumplidas más de doce horas de trabajo, los hombres llegaban del campo con hambre de lobos y se apretaban alrededor de las enormes ollas para comer, de pie, dos tortillas, frijoles o un caldo apestoso de pescado. Una bola de masa cocida era todo el sustento que se llevaban con ellos al campo en la madrugada.

Había unos que trabajaban medio año en la hacienda y durante la otra mitad del año les era permitido arar sus pobres parcelas fuera de ella. Pero eran una minoría. La tierra que tenían no era suficiente para alimentarlos todo el año, por lo que se veían forzados a trabajar en las haciendas por el resto del tiempo, temporada durante la cual no se les permitía ver a sus familias. Los patrones pagaban doce centavos por día a cada hogar para que éstas no se murieran de hambre.

Ahora Alonso comprendía cómo y por qué una libra de henequén podía costar un centavo.

Escapar era imposible. Analfabetos, enfermos, con el talón del amo al cuello, no había escape. Yucatán es una placa calcárea donde predomina una vegetación hostil interminable. En una tierra durísima, donde se necesita dinamitar para hacer una excavación cualquiera, el que huyera tendría, tarde o temprano, que llegar a una casa o a un rancho para pedir agua, ya que ésta corría escondida en el subsuelo y afloraba nada más en cenotes, hacia el norte, o en sartenejas, hacia el sur.

Un estricto sistema de identificación funcionaba en el estado. Toda persona necesitaba llevar consigo una tarjeta con su retrato. Mientras se tuviera alguna deuda, ése y otros documentos personales permanecían en manos del amo. Por lo consiguiente, un hombre que no enseñaba sus documentos para demostrar que era libre de toda deuda, jamás encontraría empleo ya que nadie ocupaba a una persona que no mostrase sus documentos. De cualquier modo, si alguien accediere a pagar sus deudas, nada ganaría, ya que las condiciones eran las mismas dondequiera que se fuera.

Este era pues, en aquel año de gracia de 1904, un girón de la tierra que había abolido la esclavitud hacía casi cien años, y cuya Constitución declaraba libres a todos los hombres.

La situación pesaba sobre Alonso y no había con quién desahogarse. Por la noche escribía y escribía, y quiso la oportunidad que se hiciera amigo de un periodista norteamericano.

Fue un encuentro inesperado.

Una tarde, en el parque, habían cruzado una mirada, una sonrisa, un velado comentario y los hombres habían reconocido entre sí un interés común. Aún así no se arriesgaron de lleno. Con cautela se abordaron las primeras veces hasta que el trato llegó a ser franco.

El periodista estadounidense estaba trabajando de incógnito, posando como millonario en busca de inversiones. Dos mexicanos exiliados en Los Ángeles, California, lo habían interesado llamando su atención hacia la corrupción del régimen de Díaz. Sin creerles del todo, se había propuesto verificar por sí mismo lo que decían. Pues bien, lo había verificado.

—Siberia no es de temerse —el señor John Kenneth Turner había sentenciado—. Algunos políticos mexicanos refugiados en mi país me comentaron que aquello sólo es un infierno congelado. Yucatán arde. El esclavo de Yucatán no tiene hora para comer como nuestros negros tenían antes de la Guerra civil; el yucateco va al campo al sonar la campana a la madrugada, come su bola de masa agria por el camino, coge el machete y ataca la primera penca tan pronto puede ver. Además de cortarlas, las tiene que podar, acomodar y contar, al igual que tiene que contar las pencas que deja en cada planta para asegurarse que no ha cortado de más. Mire usted, licenciado, se estima que cada planta produce treinta y seis pencas al año; doce de las más grandes se cortan cada cuatro meses. No importa cuantas se corten, exactamente treinta deben quedar en la planta tras cada corte. Si se dan cuenta que restan treintaicinco o treintaisiete, se le azota; si no corta dos mil, si no las poda bien, si llega tarde a la revista que se les pasa cada mañana, se le azota también. Se le azota bajo cualquier pretexto que el mayordomo encuentre. Yo he visto lo que llaman revista, licenciado. Es un espectáculo cruel, créame. Al sonar las campanas los peones se apresuran a formarse en filas en el patio y bajo la luz deprimente del amanecer, a cualquiera que merezca castigo, se le da.

"Los dueños visitan sus haciendas dos o tres veces a la semana para que todos sepan quién es el patrón, pero dejan el trabajo sucio a su hueste de perros rastreros. Licenciado, en mi opinión, Siberia es un asilo comparado con esto.

Habían pasado su último día en Mérida paseando en una calesa por el Paseo Montejo que custodiaban los pretensiosos edificios estilo francés y Turner había volteado para decirle:

—Viendo todo esto uno no creería lo que hay detrás. ¿verdad?

Alonso había hecho un ademán negativo sin más comentario. Se sentía demasiado avergonzado para decir que había averiguado esa mañana que el gobernador del estado, uno de los principales reyes del henequén, acababa de agregar a sus posesiones alrededor de dos millones de hectáreas más, que sumaban un total, a su nombre, de seis millones.

En vista de todo aquello qué poco significaba que un orgulloso mexicano dijera: "Está balanceado el presupuesto".

No, no había estado inactivo. Ya sabía dónde yacía su responsabilidad. No podía quedarse aparte y dejar que las cosas siguieran así. Concedía él, decía a don Evaristo, que hubiera ciertas facetas políticas que se habían dirigido con éxito durante los años pasados: las comunicaciones habían mejorado enormemente, el capital crecía, otros países respetaban a México, pero era imperativo un cambio. Había muchos factores que se estaban congregando para demandarlo.

—Hemos tratado de ensayar la democracia desde la independencia y estamos todavía bajo una dictadura. Hemos abolido la esclavitud y aún los campesinos no son más que esclavos.

—Somos jóvenes —le recordó don Evaristo al ponerse de pie y reiniciar el paseo en sentido contrario—. Nos queda mucho por aprender.

—Más vale que lo hagamos de prisa, padrino. El mundo se moverá cada vez más rápido. Las lecciones que a otros países les tomó siglos aprender, nosotros nos veremos forzados a asimilarlas en años. Es importante evitar convertirnos en copias al carbón de otras gentes, otras ideologías, otros métodos. Cada país tiene distinto temperamento, situación estratégica, distinta economía y gente. De todo esto debemos forjar nuestro sistema político y social. Lo que es adecuado para unos, puede resultar imposible para nosotros—. Alonso miró a su padrino y se detuvo. No importaba cuan seguro de sí estuviera, siempre pesaba la opinión de aquel hombre—. Calla usted...

—Pienso.

—¿Está de acuerdo?

—Sí. Cuando otros piensan por ti, se convierten en tus amos.

Alonso suspiró y agregó con más entusiasmo—: Por el momento nos hemos estancado. No podemos permanecer así más tiempo. Debemos movernos.

—¿En qué dirección?

—Cambio de poder por medio del voto popular.

—Todo eso es camino que ya hemos andado. Don Porfirio no bajará fácilmente.

—¿Aún si hay clamor nacional?

—Si lo puedes levantar... Recuerda que tenemos la mejor vigilancia cuidando cada paso. Te apostaría que el respetuoso policía que nos saludó reportará a su superior que don Evaristo y el licenciado Luján pasearon de tal a tal hora en Guadalupe. No dudes que les pique la curiosidad. Quintana Roo está lleno de inconformes.

—También lo está el resto de la república.

Don Evaristo guardó un breve silencio.

—Pareces muy seguro.

—Lo estoy.

—Comprendo —asintió el abogado al reanudar la caminata—. Y si don Porfirio dejara el poder, ¿entonces qué?

—Por mucho tiempo no hemos visto más que trampas con los votos y el mismo hombre arriba... Lo que más queremos es sufragio efectivo y no reelección. Díaz se ha burlado demasiadas veces de su propio lema y de nosotros con sus triquiñuelas. Cuatro o seis años, si se quiere, y el hombre ya tuvo su oportunidad. Que siga otro.

—¿Y quién elegirá el hombre? O más bien dicho, ¿seleccionará?

—La gente.

—Vamos, Alonso...

—¿Por qué no? Respaldado por un partido fuerte. Uno que también sea capaz de darle el apoyo en las cámaras para que pueda trabajar.

—¿Y no se convertiría ese partido en una especie de dictador global? ¿Y no estaría el hombre que descienda pendiente del que ascienda? ¿Y el que llega, supeditado a los compromisos del tal partido?

—Una pregunta a la vez —sonrió Alonso—. Admito que si un partido resultare muy fuerte existiría la posibilidad de convertirse en dictatorial, lo que deberá evitar si a la larga quiere subsistir y no caer en corrupción.

—Y la otra pregunta: ¿No se vería obligado el presidente entrante a seguir los pasos de su antecesor?

—Depende del hombre. Si cuida su actuación, si se toma su tiempo, una vez en el poder hará lo que piense que convenga sobreponiéndose a los antecedentes que pudieran ser equivocados.

—Un hombre así puede encariñarse con el puesto.

—Por eso debe ser fuerte el partido.

—Y sabio también. La fuerza por sí sola, no basta. Ya lo estás viendo: con todo y ella, hay subversión.

Alonso sopesó aquellas palabras.

—Por ahora saben ustedes lo que quieren... —continuó el abogado—. Bien, asegúrense de que constituyan algo que los capacite a conservarlo el día de mañana sin caer en los mismos errores que ahora denuncian. Ahora dime: ¿Tienen hombres que den la medida para una empresa que exige crear un nuevo orden de cosas? Gobernar, Alonso, es muy difícil.

Alonso bajó la voz y siguió explicando a su pensativo padrino los planes forjados por otros revolucionarios. Principalmente trabajaban los antireeleccionistas y los que tenían esperanzas de una distribución justa de la tierra.

—Veamos —analizó al cabo don Evaristo,—: en una situación como esta que discutimos, hay por lo general dos elementos que agitan a la gente: uno los idealistas como tú, otros los oportunistas, a quienes no les importa un comino la situación sino para buscar en las revoluciones un avance propio.

De esos hemos estado plagados. Son los fracasados de la vida, o los ambiciosos que anhelan destacar a como dé lugar y, desgraciadamente, los que van a ver que sacan, son la mayoría. Los sinceros deben estar preparados para reconocerlos, para soportarlos, óyelo bien, amalgamarlos o destituirlos a fin de cuentas, y también estar dispuestos a satisfacer sus clamores individuales si es que ha de tener éxito su movimiento. Si el que triunfa no hace caso de las demandas de los otros, de seguro lo derriban de un tajo.

"Para lo que ustedes proponen tenga éxito, deben tener suficiente sagacidad para unir, de otra manera las contrarrevoluciones se van a concatenar. No trato de disuadirte —aclaró al sentarse— sólo te muestro un patrón histórico. En ese punto, Alonso, es donde veo la dificultad. Recuerden que al liberar esas ideas también irán montando caballos salvajes y que se requerirá gran fuerza frenarlos, amén de que exigirán su parte. Alborotar a la gente no costará trabajo, el que no tiene causa justa se apropia la de otros. El apaciguarlos, será el problema; y apaciguarlos con cumplimiento de aquello por lo que pelearon, lo será más—. Una ponderación profunda pareció envolver sus pensamientos antes de decir: —No creo que la gente que buscan beneficiar esté preparada para el cambio y espero que los dirigentes lo estén. La democracia es un arma de muchos filos.

Alonso era el que caminaba ahora, preocupado, frente a su padrino:

—Ha incursionado usted a fondo en el futuro. Por ahora sé que la necesidad primordial es sacudirnos este sistema. Más tarde será educar a la gente para que el día de mañana no malgaste sus derechos. Los de hoy sólo podemos dar un punto de partida. A cada época le toca resolver lo que venga y ojalá sea, como usted dice, con sabiduría.

—Que al fin de cuentas, Alonso, resultaría en beneficio de todos.

—Y ¿en qué basa usted el beneficio de todos?

—En la justicia —vino la pronta respuesta—. Le doy preponderancia. No digo la justicia contemplada desde el punto de la legalidad escrita en códigos. Las costumbres cambian, las leyes también. Me refiero a principios inconmovibles que dan equilibrio a toda situación. El día que actuemos de acuerdo con sus principios veremos equidad y significado en lo que persigamos ya sea en el campo económico, intelectual o espiritual. En mi opinión, Alonso, el verdadero bienestar es saber qué hacer con lo que se tiene, sea mucho o poco. Saber qué hacer con tu libertad, tu dinero, tu tiempo, aun con tus sufrimientos, porque nada de lo que poseas, económico o moral, vale mucho si no lo aplicas a tu elevación espiritual.

Don Evaristo enderezó la espalda, frotó sus cansados ojos y miró hacia el cielo estrellado diciendo:

—Perdona que me ponga a filosofar, pero ya sabes que es mi debilidad. He abandonado el agobiante presente por un futuro incierto, pero a veces, Alonso, me permito soñar y en ese sueño veo a una humanidad felizmente unida, despojada de su ancestral egoísmo.

—Me temo tomará milenios.

—¿Por qué decorazonarse, hijo? A miríada de años se les dice el prehistórico. Siete siglos estuvieron los árabes en España y es la dominación árabe; otro tanto para la era romana. Tal vez algún día envolveremos todo en la Época Bélica. Veo con aflicción que el único factor constante desde que el hombre recuerda su existencia es la guerra. Entre hermanos, familias, naciones, continentes, siempre la guerra. De poco sirve, Alonso, que cambiemos de régimen. Fuera feudalismo, fuera imperialismo, fuera todos los *ismos*, y seguirán las cosas, si no iguales, fundamentalmente parecidas, si no cambia lo esencial: la naturaleza humana. Ahí es donde hay que trabajar. Vuelven a operar las mismas fuerzas malignas porque no se va a fondo. Desean cambiar el sistema cuando lo que se debiera pugnar por cambiar es al hombre. Y va incluido desde el más humilde al más encumbrado.

—Lo que equivale a querer alcanzar las estrellas —murmuró Alonso en desaliento.

—Tal vez se puedan alcanzar, Alonso. Tal vez los ideales del hombre estén a la distancia de su voluntad.

Permanecieron en completo silencio. La noche hablaba y ellos escuchaban. Decía tantas cosas incomprensibles...

—Bueno, acabas de escuchar tu sermón de bienvenida —exclamó el viejo abogado al ponerse de pie. Alonso rió abrazando los hombros cada vez más vencidos de su padrino. Aquel gesto de calor trajo vida a don Evaristo—. Demos un último paseo.

Platicaron más de política, de los que hacían y cumplían, de los que no cumplían; de los que dejaban que otros cumplieran por ellos. Habían ya recorrido el largo paseo al término del cual llegaron a tocar los asuntos locales, los eventos sociales, nacimientos, bodas... Don Evaristo preguntó que había con la princesita de ojos azules.

—¿Princesita de ojos azules? —Alonso sonrió—. De veras lo impresionó, padrino.

—Nada de bromas. ¿Te gusta?

—Es bonita.

—No seas evasivo. ¿Hay algo serio?

—Todavía no.

—Me parece que te ponen la trampa.

—Ya va siendo tiempo que me case, si es que me voy a casar. La verdad es que no quiero que me critiquen un día por andar de novio a los setenta como don Arturo.

—O te compadezcan como a mí.

—Ni pensé en eso.

—Tanto mejor. Porque escucha, Alonso, preferí permanecer solo a hacerle a una mujer mala compañía—. Al fijar la mirada en un remoto pasado agregó—: Era muy hermosa y muy afable..., pero ella amaba a otro. Nunca sospechó mi adoración porque yo la guardé bien, sabiendo que en el momento en que se la revelara me prohibirá acercarme y eso no lo hubiera tolerado.

"Ah, traté de distraerme, de buscar en otros lados..., sin resultado alguno. Supe que aunque me uniera a otra mujer y la llegara a apreciar con el tiempo, en el más íntimo recinto de mi alma, estaría aquel amor. Tal vez de casarme con otra hubiera sido relativamente feliz y me hubiera acostumbrado. Tal vez hubiera podido demostrar cariño hacia otra persona, pero jamás hubiera sido enteramente suyo, y eso, para mí, era cometer el peor de los fraudes. Las mujeres más que saber, sienten cuando han sido defraudadas—. Descansó en su bastón y, deteniéndose, miró a Alonso—. Esa joven de ojos azules merece mejor suerte, Alonso.

Alonso prendió su mirar obscuro en el puño brillante de su bastón—. ¿Por qué dice eso?

El viejo lo quedó viendo...

—Por Mariana. Si te preguntas quién me lo dijo, fueron tú y ella.

—¿Ella?

Don Evaristo sonrió:

—Con sus miradas, sus actitudes.

—¡Pero si casi ni nos vimos!

—Cierto. Se evitaban como si temieran quemarse. Sin embargo, cualquiera que no hubiera estado ocupado escuchando a las cacatúas, se podría haber dado cuenta.

—Es una mujer extraña...—. Alonso le relató todo brevemente. Se había prometido no dedicar al asunto más de su energía ni de su tiempo. No más decaimiento, ni desperdiciarse en melancolía. Para él la vida resultaba demasiado valiosa para despilfarrar en vanas ilusiones. Había leído hasta que le ardían los ojos, había viajado, estudiado y, sí, también se había divertido.

Conoció a toda clase de gente..., de pensamientos... El recuerdo de Mariana se fue haciendo una lucecilla que se perdiera en un punto lejano, cada vez más vaga y retirada, pero aquella tarde, en el más íntimo recinto de su alma, según lo había puesto ensoñadoramente el padrino, sólo bastó el regalo de su presencia para renacer con toda su fuerza y el contacto de su mano para alentar en él la sed y revivir la adormecida fascinación con que siempre lo había tenido sujeto.

—¡Mujeres! —don Evaristo exclamó poniéndose de pie—. ¿Quién las entiende? Estoy seguro de que te quiere—. Empezó a caminar otra vez. Sólo quedaba una cosa por hacer: hablarle de nuevo—. Les fascina el asedio, el ruego... ¡Qué se le va a hacer!

Alonso se negó. Si acaso lo quería, que viniera a él. Él no daría un paso más en aquella dirección.

—El orgullo es mal consejero, Alonso —advirtió don Evaristo al estudiar sus facciones endurecidas.

—Que cierre ella sus oídos a él.

¡Juventud, juventud! Si supieran que vuela la vida. El había visto esos fresnos pequeños y tiernos y ahora surgían como torres sobre ellos... Fue en un abrir y cerrar de ojos: ¡Así!

Las campanas de Guadalupe tocaron la media noche..., al diluirse la última campanada el aire quedó vacío de sonido.

—¡Qué tarde se ha hecho! —exclamó don Evaristo.

—Lo ve, padrino, y criticamos a las mujeres porque hablan demasiado.

Capítulo XLIX

La semana se fue en un suspiro. Lástima que llegara a su término porque la disfrutaron a plenitud. Doña Sara no dejaba repetir que el aire libre la había rejuvenecido, Marta de suspirar porque su hijo creciera tan fuerte y sano como Jorgito que había llegado de la escuela para el fin de semana. A Enrique se le oía renegar de la capital que se estaba poniendo imposible con automóviles que anunciaban su paso a bocinazos y su casi medio millón de habitantes.

En Valle Chico otro era el ambiente. Se despertaban por las mañanas con la alegría de tordos y petirrojos que trataban en vano de opacar la cacofonía de las urracas, para dar un paseo a la luz del sol. Mariana y sus huéspedes emprendían la caminata matinal bajo los arcos de cantera de los corredores del patio, hacia los jardines que unían la casa con la huerta, desde cuyo punto más alto se dominaba el valle. En los macetones, jardineras y prados, los hibiscos, cempaxúchiles, rosas the, nardos, amapolas, floripondios, ambarinas rojas y azucenas, se desplazaban unas a otras impregnando la tenue brisa con su esencia.

Rodeados por aquel escenario de cantera, musgo verde y rabioso colorido, el grupo tomaba su tiempo; cada paso, cada lugar se saboreaba: el patio con sus columnas envueltas en las guías rojas, lilas y guindas de buganvilias que se convertían en ramos gigantescos al caer en cascada sobre los barandales del segundo piso; el jardín, donde era necesario abrir las sombrillas para caminar por veredas de fina grava color de rosa que Jorgito recorría saltando, adelantándose a cortar una que otra flor que ofrecía a las señoras al tiempo que Enrique aplaudía: —¡Así se las conquista, muchacho!

De esa manera, llegaban a los amplios escalones adornados con grandes macetones de cantera repletos de rosas que enmarcaban el escenario hacia una explanada de pasto muy fino. Desde las bancas de hierro forjado, a la sombra de los fresnos y eucaliptos, podían disfrutar del panorama: a sus pies el valle se extendía hasta su confín, casi listo para la cosecha. Labor que resplandecía en plácida complacencia antes de rendirse. Días espléndidos, días de malaquita, tendidos en la llanura rodeada de protectoras montañas bañadas por un cielo azul que grababa la retina con belleza y el alma con un sentido de plenitud.

Tanto demoraban, que una mañana Cata dispuso que se les llevara allá el desayuno. A partir de entonces, se hizo costumbre. En la mesa puesta en toda forma, se escogía entre olorosas papayas, mangos, naranjas, pan recién horneado, chocolate, corundas en salsa y crema, tamales de dulce, de carne, y frijoles bien refritos con chorizo y abundante queso encima.

Terminado el almuerzo, si no montaban, iban a los baños termales al otro lado del volcán donde Mariana había descubierto un ojo de agua en una franja de terreno que pertenecía a Valle Chico.

Se había dado el lujo de dejar con la boca abierta a Morelia construyendo dos balnearios vecinos al manantial, uno para caballeros y otro para damas. Al fondo de cada sala de entrada, amplia y alfombrada, había dos vestidores individuales con hermosos tocadores y divanes para reposar el baño. Cada vestidor daba a una tina romana redonda de mármol rosa, guardada por divisiones del mismo mármol, las que no llegaban al techo permitiendo así la conversación entre los bañistas de cada recinto que, abrigado en la luz tenue filtrada por los altos vitrales emplomados, azul y verdes, acentuaba el aire de intimidad.

Bañada en el líquido humeante que daba lasitud a sus músculos, Mariana abandonaba el parloteo para sumergirse totalmente y salir de nuevo aspirando a todo pulmón. Con la cabeza descansando en el borde cóncavo de la bañera, extendía entonces los brazos a los lados, abandonando el cuerpo para que flotara libremente, ajeno a toda tensión. Siempre deseaba haber permanecido un rato más.

Terminado el baño encontraban la mesa dispuesta bajo la sombra de una pérgola cubierta por una enredadera de diminutas rosas blancas, repleta de la provisión que habían llevado desde la hacienda: tortas de jamón, pollos, fruta, agua de Jamaica, y aquello que Cata pensaba se les podría antojar, más el excelente café de olla con canela que hacía la mujer del encargado.

Con el camino, el baño y el aire fresco, Cata sabía que el apetito se hacía voraz, por lo que se encargaba de que hubiera bastante comida para los señores, para los cuatro criados que los acompañaban en carruaje aparte y para la familia que tenía una casa contigua a los baños, encargada de cuidarlos.

Terminado el festín, ya fuera en el campo o en la hacienda, esto era revivir los recuerdos de los días de internado, lo que para esas fechas hubiera capacitado a Enrique para dar tan buena cuenta de las Estucado como sus propios camafeos. Cuando Marta notaba, ahogando risillas, que su madre empezaba a dejar caer la barbilla y que a Enrique se le iban los ojos de sueño, emprendían el regreso. Una vez en la hacienda, se retiraban para hacer una larga siesta de la que despertaban cuando el calor del día había pasado. Más tarde, esperaban la quietud del atardecer escribiendo, leyendo o jugando con los niños. Terminada la cena, bajo una débil luz de gas, Marta o Mariana tocaban el piano que ella había vuelto a comprar para aliviar sus horas de soledad. Enrique y Mariana jugaban a las cartas con doña Sara y a veces contaban cuentos de espantos hasta que se oía algún bostezo, se enderezaba una espalda y las mujeres se daban el beso de buenas noches.

Nadie podía negar que la pasaban bien. Sin embargo, de haber estado presente, doña Clarisa hubiera insistido en que las cosas no eran como habían sido y no habría estado equivocada del todo, pues nada volvía a ser igual. Mejor, peor, faltándole algo o más prometedor en otro modo, cada momento era único. Mariana sabía que aquellos días de contento se irían a reposar por siempre al reino de los buenos recuerdos. Debió prevalecer el mismo sentimiento en todos. La última noche de su estancia los encontró inusitadamente callados. Marta resbalaba sus dedos sobre el piano acariciando melodías de nostalgia; Enrique la escuchaba abstraído, contemplando la noche iluminada por luna llena que se extendía más allá de la puerta abierta del corredor. Doña Sara rompió el silencio al pronunciar, con tenue voz, recordándose a sí misma, que debían aceptar la invitación del gobernador para luego pasar dos semanas más en Morelia antes de partir. Sería el adiós. Un año, dos, tres, ¿cuántos, hasta volverse a ver? Para entonces todo sería diferente. Si se pudiera prolongar los buenos momentos, asirlos con la mano y retenerlos para que no se escaparan... Más lo único que se podía hacer era propiciarlos y esperar que aceptaran prolongarse un poco más.

—Ojalá vuelvan pronto —Mariana murmuró...

Doña Sara, al verla acariciar la cabeza de Jorgito que a sus pies jugaba con sus soldaditos, respondió:

—Mariana, ¿no has pensado en casarte de nuevo?

—Mamá —, reprendió Marta con suavidad y doña Sara se defendió diciendo que Mariana era demasiado joven para permanecer sola el resto de vida.

—Mariana tiene su trabajo —. Rumbo a la puerta abierta, Enrique pidió permiso para fumar, prendió un habano, exhaló y agregó—: Su hacienda la mantiene feliz y ocupada. Se ve el cariño que le tiene. Por mi madre que nunca había visto un lugar mejor organizado. De veras, Mariana, es algo digno de admirarse.

El intento de Enrique por desviar la conversación no tuvo efecto en doña Sara. En su gentil, pero firme modo, le aclaró al yerno que ante todo una mujer necesitaba el apoyo moral de un hombre.

—Ah, sí —concordó Marta llegando a Enrique, pero, abrazándolo por la cintura, concluyó que un hombre también necesitaba el apoyo moral de una mujer.

Aunque él hubiera querido refutar esa opinión diciendo que los hombres eran muy capaces de andar sin esa clase de apoyo, no pudo, porque ella le veía de una forma que lo hizo recordar la siesta de esa tarde y disimuladamente logró tomar refugio en afirmar:

—Es admirable lo que Mariana ha hecho. Hay limpieza y orden extraordinarios. Sobre todo, cuenta con algo seguro: ese monumento de irrigación que le permite dos cosechas al año librándola de la eventualidad de las lluvias. En otros lados todo es un albur. Así, las cosas funcionan a medias.

—El modo en que Mariana lleva la hacienda uno podría llamarlo casi científico —aprobó Marta.

Para entonces Enrique había llegado a la cuna del bebé. Meciéndola aventuró:

—Tal vez ha sido adoctrinada por Alonso en una de sus visitas—. Sonreía, más no la miraba. Mariana respondió:

—Hemos platicado algo...

—Hazte a un lado amor. El humo...—, Marta rogó desvaneciendo con su mano la nubecilla que flotaba sobre el niño.

—¿Ah sí? —preguntó Enrique al retirarse—. Pues lo tiene que invitar para que vea que no ha predicado en el desierto.

—Si lo quieren hacer venir de Morelia —interpuso doña Sara— tendrán que rescatar a Nelda de Marcita y traerla aquí.

Mariana sintió la mirada velada de Enrique sobre ella y se agachó a formar uno de los soldaditos de su sobrino.

En vista de que a su insinuación no hubiera eco en gesto ni palabra de parte de su yerno, doña Sara mal interpretó su silencio—: Creo que eso debe alegrarle, Enrique —saltó para defender a su sobrino de la más leve desaprobación—. Alonso es algo soñador…, eso de abandonar la capital así nada más con tan brillante carrera..., pero es un magnífico hombre. Además, no está en la calle, sabe. Dondequiera que vaya logrará una buena posición. Su hermana no debe perderlo de vista como partido.

Sin despegar los ojos de Jorgito, Mariana le veía hacer pum, pum, a sus soldaditos que caían de cara. Enrique la veía a ella. Mirándola con fijeza, opinó:

—Nelda es una niña, señora. Lo que Alonso necesita es una mujer.

Dejó que su suegra diera vuelta a lo dicho en su cabeza...; se fue a sentar junto a Marta, e inspeccionando sus uñas, preguntó:

—Y dígame, Mariana, ¿cuánto paga a sus peones?

Esas eran las palabras mas no la pregunta. Lo que quería saber era si algo había tras lo que había creído notar desde el primer momento que Alonso puso sus ojos en ella.

—Cuarenta centavos y su compensación de maíz.

Enrique recibió una sacudida. Olvidó a su hermana y a Alonso. Todo lo que podía ver era un gran signo de centavos cuarenta.

—¿Y qué le queda? —exclamó después de un rápido cálculo.

—Bastante.

—No lo puedo creer.

—Si quiere ver mis libros...

—No, no. Pero... ¡Con razón todos andan alborotados en su contra!

—Sin embargo, usted lo ha dicho: la hacienda florece y la gente con ella. Están mejor que en ningún otro lado.

—Con esos salarios está trabajando..., no, qué digo, matándose para que otros ganen.

—Si he trabajado duro, ellos también.

—Pero la tierra es suya.

—Y a mí me toca la mayor parte de las ganancias.

—Pues si usted puede hacerlo, otros no —. Enrique decía dando vueltas por la sala—. ¡Cuarenta centavos! En época de zafra casi tenemos a mil quinientos hombres trabajando en las dos haciendas. Imagínese si podría pagar miles de pesos por meses. Quebraba. No podría competir con el precio que ofrecen otros en el mercado.

—No conozco el mercado del azúcar. Pero si yo puedo, otros pueden sacrificar un poco de sus ganancias o exigir mejor precio.

—¿Y quién compraría? No todos están en las mismas condiciones, Mariana. En otros estados la falta o exceso de precipitación, quiere decir perderlo todo. Con esos sueldos ¿dónde acabaríamos? Usted está en un emporio, un paraíso.

—Porque he trabajado para hacerlo.

—Pero la tierra estaba aquí, de primera. Cuenta con las aguas perennes del volcán...

—Eso sí. El lugar es privilegiado —Mariana admitió.

—Como sea —interrumpió Marta—, Mariana ha invertido una fortuna en los trabajos de irrigación, en bombas, en tubería de distribución. Además, no tenía que pagarle a los peones eso si no quisiera y lo ha hecho. En otros lados la gente está muy mal. Los patrones, ya sea que les vaya bien o no, jamás se preocupan por ellos. Muchos ni de sus tierras se ocupan. Ya sabes que papá condena a los Arizmendiz y a los López por andar en Europa todo el tiempo. Nada más vienen de cuando en cuando para recoger dinero de las haciendas. Todo queda en manos de sus administradores. Ya supe que en la de los Arizmendiz, el capataz trata mal a la peonada...

—Mira, nena, no andes creyendo todo lo que te dicen —condescendió Enrique—. No sabes lo que es tener que lidiar con esta gente.

—Dirás lo que quieras —reviró Marta—. Pero cuando ves a la gente de Valle Chico no puedes negar que en otros lugares están en la miseria.

Marta se había dirigido a la mesa de centro de donde recogió su abanico... Nunca se le había oído discutir aquellas cosas. Doña Sara, siendo de la firme creencia de que a un hombre no se le contradecía —al menos en público— la reprendió.

—¡Bah! No tiene importancia, señora —intervino Enrique—. Lo que me parece es que Alonso la ha adoctrinado a ella también —bromeó sentándose al piano y se puso a tocar unas notas errantes.

—Tengo ojos para ver —esgrimió Marta parándose ante él—. Y en efecto, le he oído decirte repetidamente que mejores las cosas o te arrepentirás. La última vez que fuimos a Agua Clara, no habló, pero vi en su cara la indignación. Me hizo sentir avergonzada al pasar a lado de los peones. La diferencia entre ellos y nosotros es tremenda. Algunos casi parecen inhumanos, con los pies todos partidos, las uñas parecen de hueso y la piel de elefante. Están relegados a la categoría de animales.

—¡Vaya! —exclamó Enrique dando un acorde disonante que hizo saltar a doña Sara.

—Hija —, quiso ella suavizar —eso es natural. Esta gente vive entre la tierra. ¿Cómo lo vas a comparar con nosotros?

—Admito que haya diferencias, por lo que ustedes quieran, son los extremos los que debíamos ayudar a suprimir si no es que queremos que nos brinquen al cuello.

—Ayyyy —doña Sara exclamó sintiendo ya en su garganta una mano callosa.

—¿Y dices que Alonso no habló? —se sorprendió Enrique—. Pero si eso es Alonso puro.

—Pues sí —Marta consintió sentándose en el amplio sillón afirmando su posición—. Lo dijo y tiene razón—. Tenemos otros ejemplos. Digamos: la Revolución Francesa.

—¡Escuchen eso! Como no pudo convencer a los científicos ahora trata de convencer a las mujeres —rió Enrique palmoteando su muslo y anticipó con gusto—: La que le voy a poner cuando lo vea.

—Si quieres hacer el ridículo.

Al oír a su mujer, el gusto de Enrique trastabilló. Pero, ¿qué era aquello? ¿Una conspiración? ¿Qué ahora también se iban a meter en política las mujeres imitando a esas cotorras neuróticas de Inglaterra que demandaban sufragio y cometían suicidio por esas cosas?

—Si me permite, Enrique —puntualizó Mariana—. Creo que el licenciado Luján tiene razón. Para conservar lo que se tiene, uno debe compartir cuando y hasta donde sea justo.

—Compartir hasta que lo dejen a uno sin nada. Esa será su justificación.

—No exageres —amonestó su mujer y Mariana continuó:

—Lo que le puedo decir es que no estoy pobre y que toda la gente envidia a la de Valle Chico. En cambio, los de aquí ni soñarían con irse a otro lado. Si algunos hacendados han puesto el grito en el cielo es porque no acaban de entender que ser patrón no sólo consiste en mandar. Implica la responsabilidad que viene con tener, con el poder, con ser fuerte. En último término, por propia conveniencia tiene uno que cumplir. De lo contrario, resulta que cría uno cuervos y, ya sabe usted el dicho...

—Te sacarán los ojos... —completó doña Sara santiguándose.

—Ay, les fascina el melodrama —rió Enrique alzando los brazos—. A éstos se les domina con unos gritos y unos balazos al aire.

—No quisiera verte aplacando a gritos a dos mil peones atacando una hacienda —retobó Marta.

—Eso no va a pasar, nena.

—¿Por qué no? Si Alonso considera que puede pasar y da razones convincentes, no ha de ser el único que piense así en todo México.

—Estos hombres ni piensan —alegó Enrique.

—Pero sienten y, habrá quienes piensen por ellos —respondió Mariana recordando a Pablo y sí, a Alonso también—. Los subestima usted demasiado Enrique.

—¿Alonso un agitador? —captó Enrique—. No. Y escuchen: más vale no hablar de esto en sus reuniones, con sus amigas, si no quieren verlo macheteando en Quintana Roo —advirtió por primera vez preocupado—. Ni tu padre lo podría ayudar, Marta, y el mismo podría salir perjudicado. Así es que a callar. Lo que han estado hablando suena a revolución.

—¿Qué es éso, tía? —Jorgito había suspendido su juego al encontrar las caras y actitudes de los adultos sumamente novedosas.

—Guerra —Mariana respondió viendo los pequeños soldaditos de plomo tirados en su alfombra.

—¿Va a haber guerra? —aplaudió el niño.

—Ni Dios lo quiera —Marta se puso de pie y tomó en brazos a su hijo, quien también se había inquietado.

Enrique, molesto por todo el asunto , se tornó cruel.

—Pues sí, amiguito —, respondió a Jorgito—, así parece, por lo que opinan estas pacíficas damas.

El niño lo oía todo sin entender nada.

—No bromees, Enrique, que tenemos un hijo.

—Pero si no soy yo el que presagia estas calamidades sino ustedes, junto con su gran maestro —acusó desplomándose en un sillón.

—Mira —afirmó Marta dando un paso al frente—, si los hombres se detuvieran a pensar las cosas seriamente, cuerdamente, tal vez las guerras se evitarían.

—Ay sí, nada de guerras, por favor —doña Sara suplicó y moviendo la cabeza desesperó—: pero a los hombres les encanta. Miren a Jorgito, desde chiquitos empiezan a jugar con la muerte.

Sintiendo que la desaprobación general se centraba en él, el niño se acercó a su tía quien lo abrazó, y él escondió en su pequeña mano un soldado.

—¿De qué sirve que los tengamos, que los cuidemos, que suframos viéndolos crecer, que los eduquemos y esperemos ver convertidos en hombres si van a acabar despedazados, sabrá Dios dónde? —retrucó Marta viéndole.

—Vamos, nena, cálmate. Se está asustando Jorgito. Nada de eso va a pasar —advirtió Enrique.

—Eso dicen siempre y antes de que uno sepa por qué, o cómo fue, se están matando. Les fascina la valentía, la gloria, las medallas y esa astucia de matar que llaman estrategia. ¿Y qué les importan las madres, las esposas, los niños? —demandó estrechando más a su hijo.

Enrique empezaba a sentirse apuntalado contra la pared. Frente a él, los ojos de un niño esperaban la respuesta.

—Algunas veces para defender todo esto, es que uno pelea. Por ideales, para mantener su modo de vida, por alcanzar otro mejor, el hombre se ve forzado a pelear.

Todos lo quedaron viendo.

Enrique había cerrado el círculo.

—Niega ahora que no puede haber revolución —reclamó su mujer.

Pasó él una mano por su pelo—. No se puede razonar con ustedes. Más vale que dé un paseo —y se encaminó hacia el corredor.

—Quién no quiere ver la razón —reviró Marta siguiéndolo con su pulla—: eres tú.

—Hija, no te exaltes. Nunca la he visto así —explicó doña Sara a Mariana que acariciaba a Jorgito—. De la nada sacaron una revolución. ¡Ay! No debemos usar esa palabra... ¡De veras! Debo hablar con Alonso de esto por su bien y el de ustedes.

—Por lo que más quieras, mamá —atajó Marta depositando a su niño en la cuna—, Alonso no tiene nada que ver con mi temor a la guerra. Tal vez éste nació de escuchar a mi papá contar sus interminables historias de la invasión francesa, relatos de muerte y sufrimiento; de oírlo decir que casi lo matan en tal ocasión, que escapó por suerte en otra. Acabó por parecerme que era un milagro que estuviera frente a mí y me espantaba pensar que de no ser por una mera casualidad no hubiera estado ahí para nada. Yo no quiero que mi hijo viva esos riesgos. Quiero que viva en paz.

—Marta, hija, realmente estás exagerando —su madre reprobó abanicándose—. No va a pasar nada.

—Tú puedes estar tranquila, mamá. Cuando mi papá luchó ni lo conocías y ahora ya está viejo. No estarías tan calmada si tuvieras un esposo joven y un hijo.

Doña Sara no contestó. Marta miró pensativa al niño que chupaba su dedito.

—Algunos quieren más, otros no se conforman con lo que tienen, y otros lo quieren todo. ¡Qué se yo! El resultado siempre es guerra. Seguido me he preguntado por todos los muertos en las guerras desde el principio del tiempo. Todas las lágrimas que se han llorado al ver sacrificados a los hijos en el nombre de Darío, César, libertad, igualdad, cualquiera que sea la bandera.

"Se deben perseguir ideales, tener metas, ¿pero es que aún no estamos lo suficientemente civilizados para lograrlo de otro modo? ¿Razonando? Las madres y esposas deberíamos formar un frente que aniquilara el grito de guerra. Tal vez las inglesas que dice Enrique tengan razón—, declaró alzando la cabeza—, tal vez las mujeres deban tener voz y voto, cuando menos para evitar que los hombres se maten.

Enrique, recargado contra la pared, justo afuera, sacudió las cenizas del puro. Metiendo la cabeza, reconvino con todo el sarcasmo debido—: ¿Y crees de veras que interviniendo las mujeres no habría guerras?

—Yo a mi hijo no lo mando a morir para que después los enemigos se estén dando la mano.

Entró Lupe en esos momentos para llevarse a Jorgito a dormir y el niño dio a todos el beso de buenas noches. Enrique sonrió al despedirlo y se encaminó conciliatoriamente hacia Marta que se hallaba contemplando a su hijo caer en el sueño.

—Pronto nuestro hijo estará de su edad —presagió Marta con auténtica preocupación siguiendo con la mirada al niño que salía—. No tardarán los dos en ser hombres.

Nadie habló. La estancia estaba aparentemente quieta, ocultas en ella se movían extrañas y opresivas premoniciones..., los pequeños de ojos oscuros y luminosos y los de cabello rubio y brillante, aparecieron ante los ojos vacíos de los juguetes de plomo convertidos en hombres rodeados por un torbellino de rugientes cañonazos, balas, fuego, heridas, carnicería y muerte. Cuando todos se hubieron ido, quedaron los soldaditos regados en la oscuridad, listos para ponerse en pie y matarse tan pronto los moviera una mano inocente.

Capítulo L

Cuando partieron sus amigos, la cosecha empezó. Mariana se escudó una vez más en su trabajo desde muy temprana hora. Rehusó toda invitación y arrasó la hacienda dando órdenes de sol a sol, apurando las cosas, desesperándose cuando no se movían tan aprisa como ella quería. Todos se apresuraban y corría un murmullo en voz baja: "Uy, pos la patrona ¿qué cree? ¿Que semos máquinas?" "Cállate que ahí viene". Sin levantar la vista, con las caras escondidas bajo sus sombreros, los peones que tronchaban las mazorcas se apresuraban al sentir la sombra de su caballo pasar.

Al hacerse el sol insoportable Mariana iba a la oficina a revisar cuentas, limpiar cajones, romper papeles obsoletos, ordenar todo de nuevo sin dejar un momento para descanso. Por la noche ya no contemplaba estrellas y se había olvidado del coñac. No importaba que hubiera un tal Alonso y un par de ojos azules junto a él. Que se casaran, que se llenaran de hijos. Había sucedido con David y toda aquella aflicción le parecía ahora tonta y remota. No sufriría hoy para sentirlo estúpido mañana. Eso le recordaba... mañana... ¡Había tanto que hacer! La gente no se movía si ella no estaba presente para cuidar cada detalle. La luz de la madrugada la encontraba haciendo a todos sentir que no hacían las cosas con la prisa que debieran y dándoles a pensar que de veras estaban desquitando los cuarenta centavos. Cata tenía cuidado para dirigirse a ella, rumiando con desánimo que Mariana empezaba a mostrar los modos de don Marcial. Ya no miraba a uno cuando se le hablaba, seguía manipulando papeles, impacientándose con la más leve demora. La mirada era, si se recibía, directa y fría como si viera a un objeto.

Ni Marta se libró de su impacto cuando llegaron ella y Enrique a buscarla para las fiestas de Independencia. Desentendiéndose de ello, insistió en que gustare o no, debía descansar unos días—. Ningún pretexto. No puedes tener a los hombres trabajando de noche ni durante las fiestas.

Mariana, con muda rabia, escogió de mala gana lo que llevaría.

Sin poder evitarlo, se encontró en medio de las celebraciones del 15 de septiembre. Noche iluminada por giros alocados de fósforo que crepitaban sobre el parque: fiesta nacional.

Frente al antiguo seminario convertido en Palacio de Gobierno después de la Reforma, se contemplaba, a un costado de catedral, el parque atestado por la muchedumbre que fijaba su atención en el hermoso edificio del siglo XVIII, ya restaurado. Ese día se hallaba engalanado con festivas banderas verde, blanco y rojo y grandes moños con los mismos colores situados sobre puertas, balcones y arcos exteriores; iluminado por las luces de focos y antorchas que destacaban las prominencias de su arquitectura, lucía como un monumental cuadro en claroscuro.

Dentro del palacio, los invitados de la alta burocracia y la sociedad más destacada esperaban que a las once se repitiera la misma escena que por todo México se llevaba a cabo desde el pueblo más pequeño hasta la capital. Aunque el *Grito de Dolores* se había dado originalmente en la madrugada del 16, era costumbre adelantar la hora a la noche del quince para empezar con la debida anticipación la festividad porque coincidía, nada menos, que con el cumpleaños de don Porfirio. Ocasión que hacía a la mayor parte de la gente comprar un ajuar nuevo y adornar desde la más humilde casa hasta la más opulenta mansión con banderitas tricolores, que también lucían en los carruajes, puestos, kioscos y arcos triunfales. Regocijo inquieto, preparación de comidas picantes, bebidas de colores y sabores a miel; delirio intoxicante que permitía vivir unos momentos que eran importantes porque escapaban al tedio de cada día, rompían el yugo de la monotonía mientras guardaran el encanto de no convertirse en ella también. Tiempo cumbre en que todo puede pasar y todo pasa: el amor, el odio, la alegría, el sufrimiento, el logro, el desengaño, la euforia y la saciedad...

Llegado el momento, las autoridades civiles y militares de Morelia salieron al balcón principal. Pronunciado el discurso oficial de rigor, el gobernador extendió el brazo que sostenía el asta de la ondeante bandera para dar el grito que cientos de gargantas repitieron:

¡Vivan los héroes que nos dieron la patria! ¡Viva la INDEPENDENCIA! ¡Viva México!

Al momento se echaron al vuelo las campanas de catedral, los cohetes se lanzaron hacia la oscuridad; en el kiosco la banda hizo vibrar los primeros acordes del himno nacional. De los balcones y de la muchedumbre abigarrada en los jardines que abrazaban el gran templo, salía el mismo canto marcial. Al terminar, un alarido de júbilo subió hacia el palacio, quedó suspendido por unos vibrantes segundos en el aire y se dispersó en alegría. Muy cerca, los estudiantes del Colegio de San Nicolás continuaron quemando cohetes y don Arturo aprovechó para recordarles a los reunidos en el balcón, que en esas aulas el Padre de la Patria, Miguel Hidalgo y Costilla, había sido primero un estudiante, luego rector, antes de irse a Dolores, Guanajuato, donde se daría cita con su destino una madrugada del 16 de Septiembre de 1810. Alarmado por las noticias de que el complot para independizar el país se había descubierto, decidió actuar y salió corriendo a su iglesia para llamar con las campanas al pueblo, que en tropel acudió al atrio para oír que la hora de liberación había llegado. Hora que se tornó en años de bregar. Un triunfo que él no vio; por lo que no era de extrañarse que uno de los más antiguos colegios de América tuviera razón para festejar.

Por su lado, haciendo memoria de los días en que disfrutara lanzando cohetes y armando bulla, Alonso había dejado la recepción del palacio poco después de dado el *Grito*. Al cruzar rumbo a su casa entre la gente, se encontró ante su ingenuo y a veces desesperado gozo, con una especie de remordimiento. Se sentía como gota de hiel al fijar su atención en los borrachos y los pies descalzos, en las caras y miradas sin retribución de los ancianos, en vez de reparar en las llanas sonrisas y la alegría sin remilgos de la juventud. ¿Qué significaba para unos y otros independencia? ¿Qué significaría para ellos revolución? ¿Una fiesta al año solamente? ¿Irían de fiesta en fiesta, este siglo por una, el otro por otra y otras más que vendrían, sin que ellos comprendieran completamente su significado, aprovechando una efímera razón para estar contentos sin saber bien a bien por qué?

Alonso se olvidó de que en palacio, en el parque y en muchas residencias los bailes se prolongaban hasta la madrugada. En casa escribía a toda prisa un urgente ensayo sobre la educación... Al ahondar en su tema el *cómo educarlos* crecía, pero era más enorme el *por quienes*, pues, tal como propugnara Justo Sierra, no se trataba sólo de transmitir conocimientos sino de formar carácter.

A la luz del alba apuntaba que no era suficiente mejorar salarios. Habría que sanear su mentalidad; despojarlos de un mórbido fatalismo y de otras actitudes corruptivas... No se podía continuar siendo el conquistado cabizbajo. Hombres que desposeídos de dignidad suplieran de algún modo la servidumbre, impuesta o aceptada, volteándose contra los más débiles. El patrón cruzaba la cara al mayordomo, éste le daba un fuetazo al peón quien llegaba a golpear a su mujer. Ésta, al reponerse, repartía golpes a sus hijos. El hombre y la mujer se unían en silencio por las noches, una en sumisión, el otro en demanda, para despertar siendo extraños. Al hablar de su intimidad la mujer decía: "mi marido me usa", como si fuera un mueble o un limpia platos y mostraba con orgullo, para probar que hacían caso de ella, hijos y más hijos. Por otro lado, la irresponsabilidad paterna era común y motivo de alarde machista. En el país más bien existía, una constante: la responsabilidad materna. En gran parte, la mujer sostenía la casa lavando, planchando, vendiendo en el mercado o sirviendo en casas acomodadas. El trabajo de ellos por poco que rindiera, en algo podría ayudar al sostenimiento de la familia, pero, desgraciadamente, en muchos casos el producto iba a dar a la pulquería.

En un ambiente tal, la crianza de los hijos resultaba corruptiva. Las niñas crecían con la idea de que serían algo que iban a usar. Desamparadas por su propio concepto de no valer nada, aguantarían los malos tratos y malos tiempos con resignación destructiva, pues servía de eslabón en la misma cadena. Los varones, siguiendo malos ejemplos, a medias cumplirían con su responsabilidad. Eso tenía que cambiar si no se quería una triste raza de hombres que sólo lo fueran de nombre. ¿Cómo cambiar sus actitudes? ¿Cómo dignificar sus pensamientos?

Lo despertó un tamborazo. A la luz del día lo que había escrito le pareció una ilusión, que de cualquier modo llevaría por su vida como cilicio interno.

Descorrió la cortina y abrió el balcón un poco. Donde habían lucido hombros desnudos se veían altos cuellos, enormes sombreros protegían los rostros del sol que se levantaba en el oriente. Abstraído, contempló por un rato el desfile, tanto como se lo permitía la bocacalle de su cuadra que daba a la calle Nacional. Vio pasar a un destacamento de soldados portando sus mejores uniformes seguidos por la policía, a los rurales que hacían orgullosa demostración de sus magníficos caballos y recordó que tenía compromiso de ir con Enrique y Marta a un día de campo.

Sobre la pequeña mesa que le había servido de escritorio, vio los borradores de sus escritos, los cuales sabía no estaban resueltos del todo. Si en ellos había quedado lo que quería decir, la experiencia le había enseñado que era conveniente dejarlos enfriar para darles una repasada. Era necesario contemplar sus pensamientos de nuevo, con fresca perspectiva —lo que no resultaría así si permanecía trabajando, por lo que decidió salir. Se apresuró a bañarse. Acompañado de don Evaristo llegó al palacio cuando el desfile ya había terminado de pasar bajo el balcón principal.

A lo largo de la calle Nacional la gente que se había arremolinado en las estrechas banquetas para verlo todo, ahora se dispersaba. Las calles estaban punteadas por faldas de algodón variegado, por rebozos alegres que se mezclaban con los pantalones rayados de charro y los ajuares de algodón blanco de la peonada que había salido para disfrutar el día después de recortarse el pelo en línea recta sobre el cuello. Hacia el oeste, desde los balcones de las casas, las jóvenes y los niños seguían agitando banderines tricolores al pasar el desfile que se cerraba con la banda que hacía vibrar el aire con resonancias marciales.

En un balcón del palacio Mariana disfrutaba de la alegría general, arrepentida de haberse recluido sin razón. La noche anterior de lejos había divisado a Alonso platicando con un grupo de señores. Esa mañana ni lo había visto. Fue cuando ya sentadas en los coches aguardaban a don Felipe y a Enrique para emprender el camino hacia Santa María, que lo vio de cerca. Vestía un traje blanco que le iba a su piel morena y una mirada de soledad y cansancio que lo destacaba y alejaba de todos también.

—¿Cuánto más debemos esperarlos? —desesperaba Marta. Lo mejor del día se iba y ellas sin moverse. Era día de campo, no tarde de campo—. Don Carlos —, suplicó al padre de Marcia— por favor tenga la bondad de apurarlos.

—Marta, debes ser más paciente —doña Sara hizo notar e instruyó al cochero que subiera el toldo.

Nada. Estarían esperándolos horas.

—Ya sabes que papá se olvida de nosotras cuando está todo empoliticado.

—Marta, Marta, desde que estamos en Morelia creo que has regresado a la infancia. Los hombres deben atender sus negocios y nosotras debemos ser comprensivas. ¿No es cierto doña Matilde?

Por supuesto que doña Matilde estaba de acuerdo con todo lo que doña Sara, íntima amiga de Carmelita Díaz, dijera. Mariana pensó que tal vez no pudiera soportar el día. Desde que vio a Alonso lo demás le parecía marcado con devastadora lentitud, llevaba el sello de escena repetida. Sintió como el peso de una lápida la carga de vivir los mismos momentos mil veces, todos, menos el soñado. Alonso se fue en otro carruaje con Nelda, Marcia, don Evaristo y don Carlos. El camino ascendente hacia la Loma de Santa María no era muy largo. Al llegar al sitio escogido, encontraron a Libia y familia ya instalados bajo unos laureles en compañía de don Arturito. Entusiasmado, se apresuró con Roberto a recibirlos. Volaron saludos, risas, frases repetitivas que ella seguía como actriz cansada ya de la comedia... Se sacaron mesas, sillas, manteles y cobijas para poner bajo los árboles; Nelda se movía con la novedad del primer amor y Mariana se descorazonaba más y más ante su fresca belleza. Desentendiéndose por completo del resto del mundo, se dedicó a colocar las viandas sobre la mesa, la fruta, el agua de Jamaica, las botellas de vino... y no supo que hacer cuando todo estuvo listo.

—Vamos, Mariana, que no la hemos traído a trabajar —, llamó Enrique. El grupo joven decidió tomar un paseo monte arriba para despertar el apetito. Las señoras mayores se instalaron bajo los árboles en compañía de don Evaristo, don Carlos y el señor Matamoros que daba vueltas a la mesa picando los platillos.

Por su parte, don Arturito no se sintió incluido entre los últimos. Con todo el ardor de su libertad recién adquirida, animado por las fuerzas vitales que sentía recuperar gracias a su nuevo cinturón eléctrico del doctor McLaughlin, ansiaba alcanzar a los jóvenes olvidándose de cuidar su impecable traje y zapatos blancos que ofrecían un lacerante contraste con aquel bigotazo que de pálido tabaco se había tornado, de la noche a la mañana, en ala de cuervo.

—Dese prisa, don Arturo, o se nos va a perder —rió Marta. Todos se detuvieron a esperarlo. Impelido por la broma de la joven, don Arturo se enderezó, limpió su frente y atacó el monte con un ímpetu que desmentía su respiración—: Aquí estoy —jadeó al llegar a Marcia y Mariana que iban rezagadas.

El cerro estaba libre a no ser por una carpeta de escaso zacate, mas ante el mínimo escollo, Mariana notó cómo, al trastabillar Nelda, la mano firme de Alonso se extendía para detenerla. La retiraba después, pero no daban unos pasos cuando de nuevo "Ayyy, qué disparejo está el terreno".

—Y usted, Marianita, permítame —se ofreció solícito don Arturo—. No se me vaya a caer—. Para desventura suya trató de sostenerla por el codo.

Mariana se hubiera podido tragar un melón entero, pero eso de "No se *me* vaya a caer", no.

—Gracias, don Arturo. Yo no me caigo —respondió secamente—. Estoy acostumbrada a peores caminos y siempre los he andado sola.

La voz había sido más dura de lo conveniente. El silencio que siguió la hizo sentir su aspereza. Arrepintiéndose, volteó hacia el hombre que estaba muy mortificado:

—Claro que le agradezco su bondad.

Se detuvo. No quería seguir subiendo y abajo nada la esperaba. Se percató de que mataba el tiempo, que moría ella también. Alonso no la había saludado siquiera. Ella lo había recibido amigablemente, con cordialidad. Sí, esa fue la pauta... ¿Por qué ese comportamiento? Acaso era necesario hacerla notar que ya nada le importaba. Eso era. Por no decirlo, lo quería demostrar. Alonso siempre había sido muy sincero. Pero esa actitud no era necesaria. "De ninguna manera", se oyó decir en voz alta.

—¿Decía algo, Marianita?

¿Marianita? ¡Ayyy! Ese hombre le iba a derramar la bilis, a partir el hígado. —Nada. Una exclamación.

—¿Se lastimó su piececito?

No, su piececito estaba de perlas, gracias. Y se apresuró a seguir sus propios pasos que se le escapaban sin darle ya punto de partida ni dirección alguna. Entonces ocurrió que tropezó en un hoyo y cayó. Pudo haberse levantado de un brinco sin que nadie lo notara de no haber estado sobre ella hecho un genio de Aladino, don Arturo, al hacer una bulla, una tragedia, de un simple tropezón. En vano trataba de levantarla y ella, desesperada, lo retiraba en su afán por incorporarse por sí sola. Debieron haberse visto ridículos.

—Pensé que habías dicho que podías caminar sola —timbró Marcia con su voz de trompeta resquebrajada.

—Que no me caí, don Arturo. Deje usted, por favor. Me senté a descansar —declaró Mariana deshaciéndose de sus manos.

Sorprendido por una afirmación que era negación de lo que había visto, don Arturo cesó en sus intentos, la miró desconcertado al verla extender su falda a su rededor. Para fortuna suya, don Arturito tuvo la ocurrencia de su vida:

—Pues en ese caso ha sido una decisión acertadísima... —celebró el viejo recuperándose—. En estos campos no había una flor y ahora hela aquí —canturreó levantando el brazo.

—Olé —aplaudió Enrique. Don Arturito, muy orgulloso de su salida, se enderezó cuanto pudo, dio paso atrás, cayó en el mismo agujero donde se había tropezado Mariana y rodó con todo y zapatillas blancas monte abajo. Mas el zacate estaba suave, las piedras se hicieron a un lado, el cinturón del doctor McLaughlin lo revivió, y una vez que Enrique y Alonso le hubieron sacudido la cabeza y puesto en pie, todos pudieron soltar la alegría. Cantando y haciendo erupción de cuando en cuando con risillas recordatorias, alcanzaron la cima...; y, a la larga, bajaron de manera más conservadora, del monte.

La comida resultó espléndida. De sobremesa se contaron chistes, doña Clarisa cubrió una buena media hora con sus remembranzas, don Arturo se lució recitando un par de poemas románticos y acarició su bigote como quien acaricia un gato y piensa en una gata... Roberto sacó la guitarra y, formando grupos bajo los árboles en un estado lánguido y contento, empezaron a cantar. Sentada en el césped, Mariana descansó la espalda y la cabeza en el tronco de un encino. Ya no se molestaba en deshacerse de don Arturo... Por su lado, siguiendo las instrucciones de mamá, Marcia le ayudaba haciendo desesperados intentos por llamar su atención. Sorprendido por su éxito, el pobre hombre ya no sabía a cual de ellas atender. Viéndolo en tan apretada situación quiso Mariana sonreír, pero había algo en la música a lo que no se podía sobreponer. Cerró los ojos porque le pareció que se le convertían en agua al hacerla cautiva una imponderable sensación... Hubiera querido correr, correr, arrojarse sobre la hierba y desahogar en el oído de la tierra: "¡Estoy viva! Y muerta a la vez". Abrió los ojos. Sintió pánico ante la hermosura de la tarde, ante el mundo, que también lo era. Sí, el mundo entero, el cielo y Morelia, su ciudad de rosas y violetas a sus pies...

Alrededor suyo la tarde resplandecía con los últimos rayos del sol, allá abajo las torres y domos de conventos y capillas de la ciudad dibujaban sus siluetas doradas contra el cielo rosa y, hacia la distancia, recorriendo el llano esplendoroso y verde, del mismo corazón de las montañas circundantes parecía salir el ritmo sonoro de las campanas cuya voz misteriosa, impregnada de añoranza, sacudió en ella todos sus anhelos y los dispersó hechos ceniza de ilusiones sobre el valle de Guayangareo. Dejaron aquellas de tocar, el sol se fue...

Como si los hubieran despertado de un sueño, todos se empezaron a mover. Roberto recogió a Jorgito de la falda de Mariana donde había caído dormido, Libia anunció que era hora de regresar. Enseguida los criados juntaron las cosas permitiendo que las señoras tomaran el último paseo sacudiendo las hojas de sus faldas. Con destino al pueblo de Santa María, justo sobre de ellos, venía por la vereda ondulante una recua de mulas cargada de leña. El arriero, al ver que montaban en los carruajes y se disponían a bajar, dejó escapar un largo silbido para apresurar a sus bestias. Ya que hubo pasado el hombre, la comitiva empezó el descenso. El aire de la tarde se sintió algo fresco al entrar a Morelia. La gente parecía haber desaparecido. Aquí y allá se veían jirones de papel tricolor desbaratados por el vaivén de pies y cascos. Por la ciudad entera languidecía un ambiente de entusiasmo gastado.

Al llegar a casa de Libia se hicieron planes para la cena. Antes de que se retiraran, Alonso y don Arturo fueron invitados. Mariana declinó. Se iba a casa. No atendió súplicas, ni siquiera se molestó en dar excusas. Simplemente se iba a casa.

Momentos más tarde, al dirigirse a paso lento rumbo a Valle Chico, detuvo el coche para dejar pasar a un hombre. Era Alonso. Se miraron, trató ella de sonreír, no pudo y él siguió su camino.

Sin querer llegar, sin poder detenerse, seguía ella adelante.

Alonso.

Sabía que se alejaba el momento clave, el conjuro de circunstancias que le decían ahora o nunca. A medida que entre sus manos disminuía la marcha del caballo, se abalanzó sobre ella el impulso de retornar. Dio media vuelta al coche, lo puso en marcha, pero no bien había andado una cuadra cuando detuvo el caballo. Se vio ridícula. Tenía la cabeza llena de melodrama. A ver, si ya no la quería, para qué iba ella ahora a decirle: "Te quiero".

Había roto tradiciones, había pisoteado las limitaciones impuestas sobre su sexo y ahora estaba atada por los mismos soportes que la habían sostenido. Su orgullo, su estoicismo, su cerrazón la habían llevado por el camino y ahora parecían reclamarla como suya —de nadie más. Sin aquello no podía andar, tenía miedo de caer. Había olvidado como hablaba su corazón.

Aquella revelación la fue inundando de un poderoso sentimiento, mezcla de todo lo que desde siempre había sido en ella búsqueda. No era un reclamo, no era un destino. Era la contemplación desde un punto único y para ella completamente desconocido: la posibilidad de ser, la afirmación completa.

Las mejillas le ardían. De nuevo echó a andar el caballo por las calles en busca de Alonso. Fue hacia donde lo había visto, dio vuelta al parque principal —no lo vio. Pasó por segunda vez el pequeño jardín cercano al Convento de Santa Teresa... Fue ahí donde lo encontró.

—Alonso —, llamó al verlo y guió el coche hacia un pasaje lateral.

Tras un instante en que se mantuvo quieto, Alonso se encaminó hacia ella. Nada más sucedía. Unicamente existía él, acercándose, llegando a un lado del coche para preguntar:

—¿Pasa algo?

La formalidad de su voz la encontró arrepintiéndose.

—Yo... Nada, que regresaba a Morelia porque no me sentía bien y...

La mirada seria, retraída en lo más profundo de él, no la dejó continuar. Mariana dejó de jugar con las riendas.

—No es cierto. Regresé por ti.

Esperó y no hubo reacción.

Levantó la cabeza entonces y se mordió los labios. No iba a llorar, al menos no lo haría en esos momentos. Le miró a los ojos, sin pestañear.

—El pasado es el pasado… No lo mencionaré, a no ser para conceder que tenías razón. Creyéndome valiente he sido cobarde... —se detuvo, y, mirando hacia el fin de la calle, apeló a todo el control de que se creía capaz para continuar—: Desde tu regreso sé que lo que sentiste por mí se terminó. Lo sé, así es que, Alonso, no es necesario que me lo demuestres ¡a cada paso que das! También sé que tienes otros intereses —recalcó sin ver la sonrisa que empezaba florecer en él— tal vez un compromiso. No importa. No lastimaré a nadie— porque, con... será la última vez, la única —con decirte que te quiero.

Nunca olvidaría Mariana ese momento. Ahí, a media calle, había sentido que la envolvía la emoción en un latido único. Alonso, Alonso. Sus labios, y su voz; Alonso y su comprensión, su ternura y todo él.

Era la hora azul, la que amaba tanto, la del ocaso. Los momentos del día cuando el sol, ya desaparecido, deja una luz en fuga y la noche empieza a envolver en sombras el mismo aire tiñéndolo de azul, convirtiendo la penumbra en polvos mágicos.

¿A dónde iban? A dónde fuera llegarían bien, de eso, tenía plena confianza.

Capítulo LI

Dentro del laberinto de cambios que conmocionaron al país hacia el segundo lustro del siglo, Mariana y Alonso recordarían como indeleble visión aquellos acontecimientos que marcaron de una manera u otra sus vidas.

Su boda, muy íntima, se llevó a cabo en el Santuario de Guadalupe ya que Mariana no quiso que fuera en la hacienda, en el mismo sitio donde se había velado a Leonardo. ¿Malos recuerdos? No, gracias. Aquel día nublado le pareció tan luminoso como si hubieran brillado mil soles y en los brazos de Alonso logró sentirse, por primera vez en su vida, plenamente amada. Le dio por llorar. Hecha ovillo junto a él, suspiraba, y Alonso comprendió que esas lágrimas eran distintas a otras que le había conocido: sabían a miel y felicidad.

Ésta se fue menguando —por un lapso, por suerte, corto— con las náuseas que le dibujaron ojeras de pálidas lunas menguantes que, gracias a un bebedizo que le dio Cata, desaparecieron junto con los demás malestares. Alonso reía al verla comer elotes, untados de mantequilla, con gusto de antojo, y la amonestaba diciendo que se iba a acabar la cosecha ella sola. No sucedería tal cosa, ya que la estancia en Valle Chico fue breve.

Era necesario hacer proselitismo en provincia. Por no comprometer el domicilio de su padrino, Alonso rentó una casa en Morelia que se convirtió en punto de reunión para muchos inconformes cuyos ires y venires eran vigilados por el cíclope de la capital. De día eran juntas y más juntas de gentes extrañas que entraban y salían. Las horas de comer variaban según se extendían las discusiones y ella atisbaba por puertas entreabiertas a su marido quien, ante sus mudas instancias, solía hacerse el disimulado.

—Estas malpasadas no te caen bien, mi vida —insistía ella, pidiendo se recalentara la sopa por tercera vez—. No bien se están despidiendo, cuando vuelven a coger el hilo y se eternizan...

Alonso solía tomar su sopa en silencio con el pensamiento puesto en lo último que se había discutido. Sólo cuando imperaba un silencio absoluto se daba cuenta de que a su lado estaba su mujer viéndolo como se ve a un enfermo sin tener el remedio. Entonces alargaba la mano, tomaba la de ella, y la miraba con sus ojos morunos dándole a entender que la quería, que la necesitaba, que le tuviera paciencia.

La felicidad que ahora ella probaba era tan novedosa que hubiera querido no desperdiciar un instante. Anduviera atendiendo cuestiones de Valle Chico o asuntos caseros, en su ánimo prevalecía una sensación de bienestar que relegaba todo lo que no concerniera a Alonso a un segundo término en su ánimo, y esperaba los momentos de su intimidad con un preludio de mariposas en el centro de su ser hasta que descansaba en sus brazos. Aquellos primeros días de su unión, en que se fueron descubriendo para bien, los hicieron comprender desde su primera intimidad que eran en verdad el uno para el otro. Ella no podía dejar de comparar el abismo entre éste y su primer matrimonio; la diferencia era enorme y a la vez sencilla: ahora había amor.

A veces, inseguridades antiguas la hacían temer que él pudiera decepcionarse en alguna forma y llegó a pedirle que si aquello llegare a suceder, se lo dijera claramente. Preferiría sufrir de una vez por todas a pasar por malos modos, recibir rechazos o palpar infidelidades. Al ver su mirar ansioso de criatura inocente con hambre, Alonso le juraba, solemne, que así sería y, acto seguido, sin decir más, la abrazaba estrechamente para transmitirle que en esos momentos la amaba más que nunca con una ternura indecible.

Repuesta de sus achaques y de aquellos temores, resabios de otros desengaños, con la actitud de Alonso fue sanando su alma, afianzándose en ser mujer con la naturalidad de una entrega feliz que se sabe bien correspondida. Percatada de los intereses políticos que regían la vida de su marido, lo acompañó a las ciudades principales del Bajío a donde se iban formando clubes liberales. Alonso escuchaba..., y él mismo se ponía a la máquina de escribir para corregir, agregar y tachar propuestas hasta que los conceptos quedaran en claro y a la medida individual de cada grupo. Por encima de divergencias que no eran de fondo, todos llevaban la misma bandera: querían libertad y la democratización del país.

La desconfianza que en un principio le demostraban por saber de sus antiguos lazos con el grupo de los científicos, cedía al ver su sinceridad. Él, conocedor de la naturaleza humana, daba tiempo al tiempo y persistió en su afán sin demandar retribución alguna. Por los extraños caminos que a veces recorren las compensaciones de la balanza universal, los enlaces con la provincia le favorecieron en su profesión ya que meses más tarde, al abrir de nuevo su despacho en la capital, muchos de los asuntos que fue adquiriendo provenían de esas mismas fuentes. La eficacia con que los resolvía lo restablecieron en aquel ejercicio mucho antes de lo que él se hubiera supuesto.

Sólo Mariana no hallaba su lugar. Extrañaba Valle Chico, se preocupaba por la hacienda y, mientras pudo viajar, iba cada quince días a supervisar la situación de todo aquello. El administrador que contrató pasó a vivir a la antigua casa adyacente a la principal, y éste e Ismael se comunicaban con ella por telegrama cuando no funcionaba el teléfono recién instalado en casa de don Evaristo. Fue necesaria esa desvinculación ya que Alonso no estaba dispuesto a ser un Leonardo que viviera a su sombra y ella se convirtió en ama de casa que se aburría a pesar de las carpetas de gancho que tejió, de las de *frivolité*, de las deshiladas con que tapizó todos los muebles y respaldos de sillas y sillones de la casa. Antes de que naciera su primogénito, tejió también chambritas como espuma de mar y empezó un mantel enorme que sería pasado de generación en generación. "Todo sirve en la vida" se decía, "si no hubiera sido por las Estucado no sé con qué me entretendría yo ahora". Aprendió a cocinar y para ello se llevó a Cata por una temporada. La cocina quedaba hecha un campo de batalla cuando terminaba. A ella, al menos, le gustaba mucho lo que hacía y Alonso nunca se enfermó con sus guisos; hubiera persistido de no desesperarla un tanto ver la labor de toda una mañana, a veces de todo un día o días, desaparecer en un tronar de labios y un breve comentario de "Qué rico te quedó".

Muy a tiempo, la llegada de su bebé la rescató del brasero. No recordó el consejo que Marta le diera en el sentido de que gritara a todo pulmón el día del alumbramiento. Concentrada en su dolor, obedecía al médico cuando le decía que se esforzara, rogaba en silencio que aquello terminara porque sentía como si le estuviera poniendo un fierro candente en las entrañas y se olvidó de todo al oír el llanto de su niño al que hizo eco una feliz carcajada de Alonso cuando se le dijo del otro lado de la puerta que era varón. Ese día fue Alonso el que, con disimulo, se enjugo unas lágrimas de plenitud a su lado. Tenía familia.

Mariana no quiso saber de nanas. Aunque agradecía y acataba todas las sugerencias de Cata —pues tenía presente que Cata, con sus pechos de melón, era quien la había sacado de la infancia— ella cuidaría de su hijo. Había esperado la maternidad mucho tiempo y anhelaba disfrutarla a plenitud. Sabía que ese pequeño correría peligros, que algún día, de seguir su vida un curso normal, se haría viejo... ¡Quién sabe qué le depararía el mundo! Por eso, mientras estuviera en sus brazos, le brindaría todo el amor, todo el cuidado posible.

Fueron días de paz, frutos maduros que la envolvieron en una aura de domesticidad que nunca había disfrutado. Alonso regularizó sus horarios y ella saboreaba la mesa puesta a sus horas, las comidas y sobremesas con su marido, el calor del fuego en la chimenea de la sala, las visitas a Marta y Enrique, las visitas de Enrique y Marta, la mullida cama con la impresión de otro ser en la almohada a su lado. Se aficionó a los paseos por Chapultepec para que su niño respirara el aire libre, gozaron con sus primeros pasos y al oírlo balbucir las primeras palabras. Cada que podía, con cualquier pretexto, se lo llevaba a Valle Chico que no había decaído como temiera. De cualquier modo, al entrar en la hacienda le parecía como si ésta la aguardara con cara de reclamo, resentida por su ausencia. Por eso resolvió que Alonso, hijo, celebrara ahí su segundo cumpleaños. Ese mismo día le anunció a su marido que de nuevo serían visitados por la cigüeña y su arribo se dio un 26 de octubre, en la capital, justo en el día en que naciera su hermano, por lo que no hubo duda alguna y una vez pasada la cuarentena en que aborreció el caldo de pollo, a diario, se le bautizó con el nombre de Tomás en la gran pila bautismal de la capilla de la hacienda donde ella y sus hermanos habían sido bañados para borrar la mancha atroz del pecado original.

¿Cuál pecado? Se preguntaba ella al contemplar la mirada limpia de su hijo. ¿Qué mal había hecho esa inocente criatura que temblaba en los brazos de Marta? Por el contrario, al caminar por la vida ella veía que en vez de ganar, se iba perdiendo ese candor inicial. En ella misma, la bondad que recordaba poseer de niña, aún de adolescente, se había trocado por desconfianza hacia el mundo. Había aprendido a disimular, a mentir, incluso podía herir si se lo proponía. El estado natural de gracia con que se nacía, la ingenuidad, la autenticidad del alma de los niños poco a poco se desvirtuaba y se perdía. Tal vez fueran más necesarias las aguas limpiadoras al terminar la vida para que el alma llegara bañadita a donde tuviera que ir para recuperar la inocencia perdida por el viaje de esta existencia. Si la misma claridad que se tuvo en la primera mirada consciente, en la primera sonrisa de niño, se pudiera repetir al final, en verdad sería ese ser un bienaventurado.

Los primeros meses de la vida de Tomasito serían los últimos en que reinaría la calma en aquel hogar. Al terminar el año de 1908, los vientos renovadores soplarían sobre las brasas de la esperanza que se enredaba en el alma del país. El incidente que reavivó la efervescencia política fue la entrevista que el sempiterno presidente, Díaz, concedió al periodista James Creelman. En las salas, cafés, en las esquinas y en el senado se sorprendían y especulaban sobre el por qué, si sería cierto, si estaría tanteando al mundo, o qué... El presidente había admitido que México estaba maduro para cambiar de gobierno sin revoluciones armadas y que un partido de oposición sería bienvenido.

—No es sincero... —le comentó Alonso al enseñarle el periódico que había llegado a sus manos—. Díaz jamás dejará el poder por las buenas. Ingenuos son si le creen.

Inquietaba a Mariana que Alonso persistiera en sus inclinaciones políticas porque cada día se apretaba más el nudo de la supresión. Desde hacía dos años Pablo había desaparecido con dos periodistas más. No había podido Alonso saber su paradero exacto: primero le informaron que estuvo en la prisión de San Juan de Ulúa; antes de que terminara el año, que lo habían desterrado a Yucatán, y los hilos telegráficos no alcanzaban hasta las selvas de Quintana Roo. Pensar que algún día su marido pudiera seguir ese trayecto le hacía dar vuelcos al corazón. Se angustió de veras el día de los Santos Reyes en que Alonso llegó con un libro llamado *La sucesión presidencial* escrito por un hacendado del norte, Francisco I. Madero, y le anunció:

—A este hombre lo tengo que conocer.

Y sí, lo conocieron, lo llegaron a querer, a admirar y a llorar.

Convocados por Madero, el rico terrateniente del norte, abogado de la democracia, que había levantado con su libro una oleada de aliento renovador por todo el país, en un mes de mayo florido pleno de entusiasmo, en una casa de las calles de Tacuba se reunieron ochenta y nueve personas y se fundó el partido *Antireeleccionista*. Madero, convertido ya en el opositor de Díaz, lanzó su candidatura y Alonso se fue con él a Veracruz y a Yucatán, donde, durante las veladas —así se percatara de que todos se inquietaran, pues se lo decía a los mismos hacendados— Alonso hacía hincapié en temas que reclamaban atención: tal como la necesidad de aumentar los salarios y clausurar las tiendas de raya.

Al continuar la campaña en el norte, ella se le unió en Tamaulipas y de ahí pasaron a Nuevo León antes de regresar a la capital. Mariana iba feliz al recorrer tan diversos paisajes, agrestes unos, húmedos y tropicales otros. Así como el entorno, solían cambiar los modos de la gente: en el norte se mostraban directos, a veces hasta bruscos, en tierra caliente expansivos y corteses; como fuere, había un rasgo común: la simpatía por Madero. El entusiasmo de todos era palpable, el hacendado de pequeña estatura y limpias intenciones, quien osó retar al viejo león, crecía. En los rostros afloraba una gran ilusión que convertía a toda reunión, pequeña o grande, en un campo vital de intercambio de opiniones, de ideas, de planes. Se incursionaba en un terreno antes cercado que ahora se abría hacia la expresión de tantos sentimientos reprimidos que se iban dejando escapar con libertad. En Alonso, Mariana conoció a quemarropa lo que era una genuina entrega a sus ideales.

Al término de aquella gira no le vio ni el polvo hasta que regresó de la campaña en Querétaro, Jalisco, Colima, Manzanillo y Mazatlán, nombres, estos últimos, que olían a fruta y a flor. Se comunicaban por teléfono, telegramas o carta; y en voz, estilo y letra, jamás volvió a escucharlo, en cuanto a política, tan entusiasta, apasionado y feliz. Sólo eso mitigaba sus horas de extrañarlo, de desearlo, de sentirlo ajeno a su mundo.

La vorágine se había desencadenado. Si se levantaban falsos en contra de Madero urdidos por el régimen, se enardecían más sus partidarios. Lo que había empezado como un movimiento pacífico fue tomando otro cariz y se oía hablar de armas cada vez más. A su regreso en la capital, antes de dedicarse a hacer proselitismo a diestra y siniestra en favor de Madero, Alonso se iba al campo a practicar tiro al blanco sin decirle a Mariana. Más valía estar preparado. Acusado de incitar a la violencia a través de sus discursos, se apresó a Madero y, al celebrarse las elecciones, se impuso Díaz en las urnas por séptima vez. En la ciudad de México todo era júbilo al celebrarse el centenario de la Independencia, el cumpleaños del octogenario presidente y su reelección. Aquello semejaba a una enorme y luminosa pompa de jabón, iridiscente, ligera, pronta a estallar.

"Era de esperarse." Escribió Alonso a su padrino, pues no se atrevió a usar el teléfono. "Esta elección fue una farsa más. Salgo para el norte. Como Mariana no me puede acompañar, le ruego se venga a la capital para que no esté sola en casa. Si es posible, mucho le agradeceré dar finiquito a tres asuntos que están por resolverse y cuyos expedientes están en mi despacho. Mi secretario lo pondrá al tanto. En cuanto sepa en dónde encajo en esta nueva situación, me comunico de nuevo."

Don Evaristo tomó el tren al día siguiente de recibir aquel mensaje. Al llegar a la capital se enteró de que Madero había escapado de la cárcel y cruzado la frontera hacia Estados Unidos. Con él iba un grupo de fieles, entre ellos, Alonso. Mariana vio a don Evaristo tan desolado al recibir la noticia, que, por su parte, ni una queja expresó, por el contrario, lo animó asegurándole que todo saldría bien y lo distrajo lo mejor que pudo con la presencia, en pequeñas dosis, de los niños, para los que, esta vez, sí consiguió nana: Lupe estaba de nuevo con ella en compañía de su marido y dos hijas. El padrino, al ver a Mariana deshilar aquel rollo de muselina de su eterno mantel, solía musitar:

—Como Penélope... Esperemos que este Ulises no tarde tanto en regresar.

—Acabo de recibir carta de San Antonio, Texas. Algo va a pasar el día 20.

En efecto, ese 20 de noviembre de 1910 se puso en marcha el Plan de San Luis que demandaba reformas agrarias y exhortaba a la gente a reclamar todo por las armas. Para llevar copias del plan a la capital en el tren que lo transportó desde el norte, Alonso escondió los pliegos en un tambor de juguete que iba a plena vista como inocente regalo para su hijo mayor. Divulgado por diversos medios, el nuevo plan hizo brotar insurrecciones aquí y allá en el país. Se aplacaron todas.

Y surgieron nuevas.

Tomaron las armas hombres que parecían haber estado esperando su momento histórico: Pascual Orozco y Francisco Villa en el norte; en el sur Emiliano Zapata, no tardaría en lanzar el reclamo reiterativo, fracasado y ancestral de las tierras usurpadas.

Pasados unos días de suspenso durante los cuales Alonso se comunicaba con ella por medio de distintos mensajeros desde un modesto hotel capitalino, pues no se atrevió llegar a su casa porque estaba vigilada de día y noche, se fue de nuevo a sabría Dios dónde. Aquellos mensajes escritos eran breves. Decían: "Te extraño." "Te quiero." "Besos a mis hijos." y "No te atrevas a seguir al mensajero porque va de por medio mi vida".

¡Qué bien la conocía! Al leer el último, puso el canasto a un lado y se quitó el rebozo de Lupe, pues ya estaba dispuesta a seguir, muy disfrazada, al mensajero.

Al silencio siguieron los rumores... A las tropas porfiristas se les atacaba aquí, allá, por todos lados, pero en la ciudad de México, ombligo de la nación, centro del poder y anquilosado cerebro, todo era calma forzada. Durante el día Mariana sostenía un semblante apacible, recreándose en la presencia de sus hijos, contenta de tener la compañía amena y amable del padrino cuando regresaba del despacho. Antes de llevar a los niños a la cama, mientras ella deshilaba, él les relataba historias antiguas con sus momentos cumbres: huidas de los héroes para fundar nuevas ciudades al ver las suyas destruidas. Conocieron a Eneas, supieron de Rómulo y Remo, de su admirado, Mohamed de la Alhambra, de Cortés y Cuauhtémoc, y, al escucharlo, recordaba las horas de lectura con Tomás y volvía a ver reflejado en los ojos de sus hijos el asombro.

Por la noche, con todo en calma, la casa era otra. Hablaba del vacío que dejara su dueño. Sus pasos no resonaban en las escaleras, el toque de su mano al abrir la puerta de la alcoba no se dejaba percibir y en el lecho no se sentía su peso. Mariana, con la mano puesta sobre el lugar donde solía descansar la cabeza de Alonso, se quedaba dormida, con frecuencia, envuelta en una pesadilla que la estrujaba. Lo soñaba revuelto entre holanes, ahogado en holanes, y un sudor frío y el corazón desbordado de coraje la hacían sentarse en la cama con los cabellos desmadejados, jadeante, como Medusa atormentada por los celos.

Llegada la mañana, corrían los rumores por la ciudad de las nuevas luchas que se estaban dando a su rededor. Pelotones de cuarenta, quince, treinta y cientos de hombres se alzaban bajo algún líder que en diversos puntos del país hacía suyo el revolucionario Plan de San Luis.

—El alma de un México dormido, ha despertado —decía don Evaristo, y enseguida se corregía—: No, el alma de un México ensoñador que parecía dormido.

El norte ardía. Las riendas del poder resbalaban de manos de don Porfirio y el papeleo de una administración rígida y lenta, eficaz en tiempos de paz, lastre ante la insurrección abierta y propagada, no hacía llegar los fondos a las fuerzas federales. Llegada la primavera se suspendieron las garantías individuales, se decía que por seis meses; en la realidad quedarían en suspenso por largos años. Un domingo, de visita en casa de doña Sara, al ver Mariana el rostro demudado y el total desaliento que mostraba don Felipe al decirle—: Por lo visto Alonso tenía razón—, los sintió lejanos, cortados de su vida, y tuvo la poderosa premonición de un inminente adiós.

—¿Se puede saber dónde se encuentra?—preguntó doña Sara.

Se hallaba en la *Casa Gris* justo en la frontera, llevando informes a Madero, y allá se quedó atrapado en un *mare magnum* de planes, intrigas, negociaciones y estrategias políticas y militares que por fin dieron en el blanco con la toma por las tropas revolucionarias de Ciudad Juárez.

En el centro, la capital estaba rodeada por la sublevación. Ahí mismo había fracasado un complot, sin que por ello decayeran los ánimos; mas al cabo de unos días, así se hubiera firmado un armisticio, e incitados por las voces de fieros oradores, los barrios formaron una marcha que daba vivas a la Revolución.

Lupe llegó de comprar el pan para la merienda a dar la voz de alarma—: Niña, se están juntando en la Avenida Juárez con palos y garrotes. Es una gritería que da miedo, lloriqueó.

Exacerbada, la muchedumbre marchó por la ciudad, invadió la Avenida

Juárez, pasó ante el Hemiciclo a Juárez gritando ¡Vivas! a Madero, se encajonó en Plateros —que cerraba sus puertas, bajaba cortinas, retiraba joyas de las vitrinas, apagaba luces— y desembocó en la Plaza Mayor frente a Palacio Nacional demandando temerariamente la renuncia del dictador exponiendo el pecho a las balas que silbaban por el aire y regaban la muerte entre ellos. El plexo solar del Anáhuac recibía una vez más la sangre de sus hijos.

La noche trajo la calma acompañada de congoja y pavor. Sin que nadie lo viera, don Evaristo sacó el revolver de su pequeña petaca de cuero que tenía un compartimento secreto en el fondo. Mariana, Lupe y Juan, su marido, cerraron con doble pasador las cubiertas de madera de los balcones, atrancaron las puertas a la calle y guardaron para siempre en la memoria aquel zumbido de abejas salvajes. De madrugada se oyeron unos toquidos insistentes que se volvieron retumbantes. Nadie quería abrir, sólo Mariana tuvo un presentimiento. Al asomarse al balcón vio a un forajido barbado que de inmediato reconoció. Bajó volando, desbarató trincheras y se arrojó en sus brazos, tumbándole el sombrero, husmeándolo, queriendo descubrir entre el sudor que lo acompañaba desde hacía tres días, un rastro de otro ser, algún indicio delator.

—¿Qué haces, mujer? ¿No ves que estoy de dar asco?

—Sólo si encuentro en ti algo que no sea tuyo.

Alonso apenas pudo sonreír y abrazados subieron a la alcoba. Ahí arrojó a un lado las alforjas llenas de oro. Mariana le dijo que le prepararía un baño para que descansara mejor y cuando regresó encontró las botas al pie de la cama, el cinto con pistola sobre el buró y a Alonso dormido. Con sumo cuidado lo cubrió para protegerlo del frío madrugador y se tendió a su lado con la paz de tener su casa completa.

Al día siguiente, un 25 de mayo de 1911, entre las lágrimas de los allegados y el júbilo de los revolucionarios, Porfirio Díaz renunció al poder. Llegada la hora del exilio el veterano general salió de México para pasar los últimos años de su vida en París; desde el momento en que pisó el "*Ypiranga*", barco que lo llevaría a Europa acompañado de su familia y allegados, la era porfiriana fue cosa del ayer.

En casa de los Ramos el ambiente era de duelo y de prisas. Pese a que las cosas iban por el camino que él había apoyado, Alonso no se pudo sustraer a la opresión que reinaba en todos.

—Nos vamos, hijo —anunció su tía como si hubiera envejecido años de la noche a la mañana. Viendo como arrastraban los criados un enorme baúl rumbo a la puerta, agregó—: Por más que nos des ánimos, Felipe teme por nuestra seguridad. Créeme que también tememos por la tuya.

—Considera reunirte con nosotros —invitó don Felipe—. Ya triunfó tu causa, bien puedes hacerlo—. Lo dijo en seco, sin rencor. Se enfrentaba a los hechos con la misma solidez que había mostrado toda su vida, que lo había convertido en hombre de respeto hasta para el dictador. Sin embargo, algo nuevo residía en su mirada...

Marta, atenta a la expresión de Mariana, supo que no habría invitación que valiera. Mariana no lanzó ni una mirada hacia Alonso en apoyo a esa sugerencia, y Enrique, que no era tan observador, insistió:

—Si no a París, vengan a Madrid. Marta y yo partiremos con sus padres y proseguiremos a España. Tenemos casa de sobra y Mariana conocerá Europa. Alonso —le dijo aparte—, me han matado al administrador. Fue una partida de rebeldes que está tomando fuerza en el sur. Se está desatando un odio cerril en contra de nosotros: los españoles y los hacendados. Piensa en Mariana y en tus hijos.

Alonso permaneció muy pensativo por unos instantes y al fin dijo:

—Lo tendré muy en cuenta. Por ahora es necesario quedarnos—. En ese instante captó la expresión en los ojos de su tía que recorrían su casa. Sus pupilas acariciaban el entorno, se detenían en un ventanal, luego en otro que miraba hacia el jardín. Habiéndose percatado don Felipe también de aquello, dio las últimas instrucciones y se allegó a su mujer.

—Vamos Sara —le dijo abrazándola por los hombros...—, no tardaremos en regresar...— y al cruzar su mirada con Alonso, supo que bien pudiera ser que jamás volvieran a pisar su casa. Hizo un leve movimiento negativo de la cabeza y exhaló un suspiro con el que también dijo adiós a aquellas paredes que habían cobijado sus vidas, que habían sido la culminación de su prestigio, los testigos de horas felices... Sobreponiéndose, con un gesto definitivo extendió su brazo izquierdo—: Ten, Alonso. Tú cierra, y guárdame las llaves.

Muy de mañana, en el frío de la estación del ferrocarril, trataban de aparentar la alegría que se despliega ante la aventura de un viaje, pero éste era diferente, llevaba el sello del exilio y en los últimos adioses se quebraron las voces y los abrazos se estrecharon más y más. Mariana recordó otra despedida: el día en que Marta y ella abandonaron el internado y se prometieron ser amigas para siempre. "Nos escribiremos", afirmaron al mismo tiempo aferrando sus manos para sellar la promesa.

Cargados de baúles e incertidumbres, se fueron todos. Los Ramos se detuvieron por un tiempo en París antes de reunirse con Marta y Enrique en España, quienes vivirían allá diez años; a su regreso, México sería otro.

Capítulo LII

"Contentar a la gente iba a ser difícil, y aún más, apaciguarlos otorgándoles aquello por lo que lucharon." Eso había previsto don Evaristo y así fue. La victoria de Madero en las elecciones presidenciales que se dieron tras el derrocamiento de Díaz, había terminado una lucha cuyas secuelas repercutían en el ambiente cargado de discordia. En el sur, surgió el grito de "Tierra y Libertad" con el que Emiliano Zapata continuó insurrecto, pues para él, el triunfo de la Revolución maderista todavía no había significado nada tangible.

Aquel dinero de su fortuna personal que le había confiado Madero y que Alonso transportó del norte a la capital, lo entregó con toda puntualidad para que, mientras se tuviera acceso a los fondos de Hacienda, sirviera como una gota para solventar los gastos más inmediatos entre los que destacarían millones erogados para licenciar a las tropas desplazadas de su lugar de origen, desconcertadas y sin trabajo.

Nadie estaba conforme. Un sentir de cosas inacabadas se percibía por doquier. Como tregua en medio de aquel revuelo, las elecciones de 1912 para formar el nuevo congreso repuntaron como una señal democrática inequívoca. Sentada en la alta galería, Mariana vio con orgullo como Alonso ocupaba su curul de senador. Pronto el orgullo se tornaría en desesperación. Llegaba muy noche, dormía inquieto, se levantaba a cualquier hora a garabatear escritos que luego rompía y se enfrascaba en largas discusiones con don Evaristo, quien, cansado de oír tanta controversia, empacó y se fue a Morelia moviendo la cabeza y musitando para sí:

—Pobre Madero.

Alonso respetaba a Madero por ser un hombre íntegro y bien intencionado. Le preocupaba, empero, su moderación que sólo debilitaba su poder. La crítica era despiadada. La reserva de sesenta millones dejada por Limantour había bajado a cuarenta y cuatro, pero la economía no había sufrido en su base. De continuar todo normalmente, en breve se repondrían las arcas. Era posible porque el campo seguía produciendo, las minas habían aumentado su rendimiento y el petróleo iba a la alza. Sin tomar todo ello en consideración, la intriga cundió fomentada por las compañías petroleras extranjeras que, inconformes con el impuesto sobre el petróleo decretado por Madero, y las reformas laborales que podrían venir, se unieron a las facciones reaccionarias de antaño para derrocarlo.

No tuvieron que esforzarse mucho para encontrar contrarrevolucionarios. Dentro del mismo congreso se conspiraba en contra de un hombre al que apenas se le había dado la oportunidad de empezar a gobernar. Alonso no tardó en darse cuenta de que varios senadores maquinaban algo turbio:

—Se están poniendo de acuerdo, Mariana. Lo siento en la entraña—, le confió una noche cargada de premoniciones, de esas que no se olvidan porque Alonso estaba en lo cierto.

Jamás se imaginó sus alcances ni en manos de quien iría a parar el destino de la nación. Dos generales porfiristas Bernardo Reyes y Félix Díaz, que estaban presos por sediciosos, auxiliados por fuerzas militares de contrarrevolucionarios, escaparon de la prisión para demandar la renuncia del presidente. La noche de su fuga, Reyes murió acribillado frente a Palacio Nacional, y Díaz se replegó con su destacamento hacia el centro de la ciudad rumbo al arsenal de la llamada Ciudadela que se le entregó sin chistar.

Entre aquellos dos puntos se dio comienzo a diez días de cañoneo que estrellaba y hacía vibrar los vidrios de la casa, y Mariana esperaba, noche a noche, el retorno de Alonso. Muda, afligida, trataba de acallar el llanto de sus dos hijos mientras contemplaba la oscuridad pendiente del más leve ruido. No se cambiaba de ropa hasta no verlo llegar.

Todas las armas que el gobierno de Madero comprara para fortalecerse, ahora se usaban en su contra. Los cadáveres regados en el Zócalo que fueran carne de cañón —ahora carne de gusano— exudaban su putrefacción. En aquel turbio febrero, rodeado de un ambiente tenebroso, expectante, Alonso se movía de un lado a otro tratando de formar coaliciones para hacer del congreso un cuerpo unido que en un momento dado marcara el rumbo. Imposible. De todos los diputados y senadores que Alonso entrevistó, sólo a un puñado encontró resueltos a dar la vida. Los demás eran todo evasivas, recelos, o posturas de partido infranqueables. El 18 de febrero de 1913, último día de la Decena Trágica, y principio de una era con el mismo nombre, tres senadores, los mismos de los que él sospechara, lo llamaron aparte. Pensaron que por sus antiguos nexos porfiristas sería fácil convencerlo. El plan era pedir las renuncias a Madero y a su vicepresidente. Una vez aceptadas por el congreso, según la Constitución, pasaría de inmediato a asumir la presidencia el Secretario de Relaciones Exteriores. Éste, a su vez, nombraría a otro Secretario de Relaciones Exteriores; acto seguido, el primero, renunciaría a su cargo ejecutivo y el nuevo secretario tomaría el poder y se establecería un gobierno que supiera gobernar: un gobierno militar. El militar contemplado, era funesto.

Por una vez en su vida Alonso descendió al nivel de lo que le estaban proponiendo al echarles en cara—: Dudo de ustedes, pero yo sí tuve madre.

Azuzados por el embajador estadounidense, dirigidos por las eminencias grises del senado, los conspiradores terminaron encumbrando a la presidencia, por vía de esa escalerilla, a un hombre despreciable: el recién nombrado Secretario de Relaciones, general Victoriano Huerta.

La revolución montó entonces caballos salvajes.

Antes de la votación, Alonso intentó abandonar la Cámara para dirigirse a Palacio Nacional, pero dos bayonetas se cruzaron en su camino. Ya estaban rodeados por la fuerza militar. Regresó a su lugar, desencajado y decidido. Sentía el corazón retumbando en su pecho, la boca seca, las manos heladas. Cuando se obligó a los miembros del congreso a votar, uno por uno, alzando la mano, la aceptación de aquellas renuncias, sólo seis hombres tuvieron el valor y la temeridad de votar en contra, entre ellos, él. El nuevo presidente estuvo en funciones cuarenta y cinco minutos antes de pasar el poder a Huerta.

Rodeado de riesgos, pues todo mundo se agazapaba en su escondite, Alonso salió a recorrer una ciudad retraída en su zozobra, que respiraba sólo sus temores. Su objetivo era reavivar el sentimiento maderista en contra de Huerta entre los que sabía fieles... "Debemos unirnos", repetía. "¡Tenemos qué!" Se trataba de otra revolución en contra de la contrarrevolución.

A partir de esa noche, Mariana lo había esperado durante largas horas que se convirtieron en días, aquí y allá se oían detonaciones apagadas por la distancia unas, más cercanas las otras. Al tercer día recibió una llamada anónima:

—No se preocupe. Su esposo está bien. No puedo decirle dónde porque teme por su vida—. Y colgaron.

No supo si preocuparse menos, o más. ¡Qué angustia! Al tercer día se presentaron tres agentes de la policía secreta en su casa con una orden de cateo y revisaron hasta el último rincón bajo su mirada furiosa y llena de rencor, mientras sostenía a un hijo en brazos y el otro se aferraba a sus faldas.

A la madrugada del cuarto día regresó Alonso; un doctor iba con él. Le había extraído dos balas en su consultorio: una de la cadera y otra de la axila izquierda. Con el traqueteo, al llevarlo a casa, se le abrió la herida de la cadera y hubo que volver a suturar. Alonso reiteraba, tal vez para distraerse del dolor, que el chacal de Huerta iba a acabar con todos. El senado estaba aterrado. Los mejores hombres estaban en la cárcel o yacían asesinados. ¿Qué iba a pasar? No lo sabía. El médico le colocó una mascarilla y Alonso calló. Revivió la cacería entre inhalaciones de cloroformo: distorsionadas imágenes le recordaban estar reunidos en el sótano del senador Felguérez. Sus voces forjaban planes de resistencia cuando irrumpió la policía y los desarmó. Afuera los aguardaban dos coches y, antes de que lo subieran, él corrió hacia un estrecho callejón. El vehículo rugía como bestia enfurecida queriendo abrirse paso entre la estrechez de los muros protectores, pero no lo pudieron alcanzar. Gritaba uno de ellos que si lo perseguían se les escaparían los otros. Alzó aquel hombre su brazo cada vez más largo, apuntó, y clavó su dedo de fierro en su cuerpo.

Al verlo caer lo dejaron por muerto. Por suerte, un minuto antes de que allanaran su morada, Felguérez mismo había subido a su despacho por papel y no se dieron cuenta los policías de quién era quién, ni bien a bien, a quienes se llevaban. Simplemente arrestaron a los que estaban ahí. Cuando catearon el resto de la casa sólo encontraron a la familia que se apretaba en lloriqueos alrededor de su madre y una tía anciana... Felguérez había brincado por una ventana al jardín, y, encubierto tras unos arbustos, pudo percatarse de todo lo ocurrido. En cuanto se alejaron los autos acudió en auxilio de Alonso, lo subió a su coche, lo llevó a un doctor amigo y, antes de huir, le pidió que trasladara a Alonso a su casa para que no se comprometiera más.

Al terminar éste su intervención, dio sus últimas instrucciones a Mariana—: No tardará de salir de la anestesia. Que guarde absoluto reposo. Las balas no tocaron ningún órgano vital. Cuide su temperatura —recomendó—. Si sube, llámeme. Por lo demás, el cuerpo es maravilloso, hará su parte. Yo ya hice la mía, señora.

Esa mañana, como peste, cundió la noticia por toda la ciudad: los esbirros de Huerta habían dado muerte a Madero y a José María Pino Suárez, su vicepresidente, cuando simulaban trasladarlos de Palacio Nacional a su prisión.

Capítulo LIII

Los fomentos de hierba mansa, recetados por Lupe, hicieron maravillas. La cicatrización se dio más rápido y el dolor disminuía con aquel bálsamo que lo hacía descansar. Mariana no cesaba de dar gracias. Unos centímetros más, un movimiento ligero al correr, y una bala hubiera podido dar en el corazón. Recostada en un catre a su lado, como en las noches en que cuidara a su padre y a su hermano, Mariana velaba el sueño de Alonso. Por poco viuda y con tres hijos, se decía al recorrer su mano la suave curva de su vientre de seis meses.

Si sonaba el teléfono brincaba; si tocaban la puerta retenía la respiración. No se podía seguir viviendo así. Esa noche llegó el mensaje que temía: "Es urgente que se vayan a Morelia. Ya se supo que Alonso organizó la reunión en casa de Felguérez", les avisó Luis G. Urbina. Había tantos medios para hacer hablar a cualquiera, que no quisieron pensar quién había sido el pobre delator ni cómo se había enterado Luis de aquello.

Empacó a toda prisa lo más indispensable y, en la madrugada de niebla lechosa, salieron todos para Valle Chico. Hasta la cocinera y el mozo que les había pasado Marta se unieron a la comitiva; sólo quedó el chofer cuidando la casa. Juan, un hombre de escasa estatura que solía vencer a un toro, cargó a su marido, quien llevaba bajo la capa el revólver. Los niños, conscientes de que algo tremendo vivían, se portaban como soldaditos y Lupe los mantenía en "¡firmes, ya!" con la sola mirada. El viaje por tren se hizo interminable. A cada hora, de las diez que viajaron, Mariana, disimulando, revisaba a Alonso para cerciorarse de que no hubiera señales de sangrado. Otros sustos no faltaron cuando a medio camino se subieron a su vagón unos federales pidiendo documentos. Sin titubear, ella sacó todos los papeles de su bolso y puso un dedo sobre sus labios para indicar silencio. Poniéndose de pie les dijo en secreto—: Mi esposo es hermano del gobernador y viene muy cansado.

Ni vieron el manojo de papeles que les extendió y que no eran más que cartas de Marta.

El llegar a Morelia y ver la silueta de las torres de catedral, las calles conocidas, el sentir el olor de su tierra, los reconfortó como nunca. La extraña comitiva sorprendió a doña Refugio; y el padrino, que andaba en su tertulia del café, a su regreso se pasmó al ver su casa llena.

A los tres días de reparar ánimo y cuerpo, continuaron hasta Valle Chico donde todo aparentaba calma. Los niños, liberados de la tensión, aburridos sin sus juguetes, a todos habían aturdido con sus correteos y pleitos en casa del padrino. En la hacienda podrían correr, montar, nadar, jugar a las escondidas entre tanta habitación. Comenzaban a recuperar la normalidad, lo familiar: la cocina de Cata, la presencia de Ismael y Cirilo... El mundo aquel que ella conocía tan bien aliviaba su espíritu al gozar su vista el verdor del valle.

El doctor Arteaga, con cuya discreción podían contar, les aseguró que con el tiempo Alonso no tendría dificultad para caminar, que era cuestión de ir recuperando el movimiento paulatinamente. Por ello, inusitado en un hombre, prometió obedecer la orden del médico de guardar reposo. Reposo a medias: no habían pasado cuarenta y ocho horas cuando ya estaba pidiendo a Mariana su máquina de escribir para despachar correspondencia. No pudo sentarse por mucho rato y con una sola mano no avanzaba. Fue ella quien, a partir de ese día, se convirtió en su secretaria. Ya conocía el teclado de la vieja máquina y recordó los pasos elementales. Envueltas en periódicos, o en itacates, salían cartas dirigidas a quienes sabía fieles, que llevaban un mensaje claro: No es posible que el crimen quede impune.

En marzo de aquel año que terminaba en fatídico trece, desde su refugio, se enteraron de que el gobernador de Coahuila, Venustiano Carranza, había desconocido a Huerta.

—Ostenta el título de Primer Jefe del Ejército Constitucionalista otorgado por mandato de la legislatura de aquel estado y ya se pronunció contra el usurpador con el Plan de Guadalupe —les informó don Evaristo cuando llegó a pasar con ellos el fin de semana—. El objetivo es deponer a Huerta y encarrilar la vida de la nación por los cauces constitucionales. Puede que lo logre. Ya se le unieron Maytorena, Álvaro Obregón, Francisco Villa y una pléyade de hombres.

—¿Y Zapata? —preguntó Alonso.

—Sigue en pie con su caballería de peones.

—Y yo, aquí, tirado.

Don Evaristo juzgó prudente no inquietarlo más. En adelante le daría las noticias con gotero hasta verlo totalmente restablecido. Vano empeño: por más que trató, no pudo ocultar el sol con un dedo. El orden y la paz se habían quebrantado de raíz y bastaba un jefecillo audaz aquí o allá para que se aglutinaran a su alrededor los inconformes en busca de algo que apuntaba hacia un cambio, recreo, o, aunque fuera, para sacudirse la rutina y el yugo de siglos. Si caían en el perímetro de un buen liderazgo se convertían en soldados revolucionarios, si no, en meros bandidos. Los Luján habían conservado su presencia en la hacienda lo más discreta posible. Sólo los más íntimos sabían quienes estaban ahí. Por ello, fue terror el que sintieron una mañana al despertarlos la voz de alarma que trajo a mata caballo uno de los caporales anunciado que una gavilla que se decían revolucionarios se dirigían a la casa principal.

Tan pronto cundió la noticia de que en un lejano potrero habían baleado a la peonada sin ton ni son, todos corrieron al monte con sus mujeres e hijos y ellos se encontraron indefensos, pues al triunfar Madero, Mariana había ordenado a Ismael que recogiera todas las armas que se habían distribuido entre los hombres de confianza para proteger el casco en un caso dado, e Ismael las había escondido en una troje lejana. Y ahora que se daba el caso no había ni hombres ni armas.

Ayudada por Cirilo y Sebastián, Mariana cambió a Alonso a una habitación situada en un ángulo del segundo piso. Junto con él se encerraron ella con sus dos hijos, Cata, la otra cocinera y tres muchachas solteras. Ismael y Cirilo habían recorrido un inmenso ropero para tapar la puerta del otro lado, e Ismael se había encaramado en el mueble, donde, oculto tras los ornamentos que tenía en lo alto, aguardó con la pistola apuntando a la entrada, y Sebastián se escondió bajo una mesa cubierta por un largo mantel. Por más que llamaron a Lupe y a Juan, no supieron dónde habían quedado.

En cuanto Cirilo hubo desaparecido rumbo a Morelia a pedir ayuda, irrumpieron sobre la hacienda una veintena de hombres.

Entre balazos, gritos y chiflidos los oyeron desmontar. Al momento la casa entera se invadió de estrépito; se dispersaron primero por la planta baja y no tardaron en subir al segundo piso. En absoluto silencio escucharon las pisotadas que se acercaban, las espuelas que tintineaban cuando a patadas se abría una puerta y luego otra, cada vez más cercana a ellos. Sin un parpadeo, sin siquiera cruzar una mirada, con los ojos fijos en la puerta, esperando su suerte suspendidos de la existencia, los sintieron entrar al cuarto vecino, abrir el ropero, esculcarlo...

Fueron tres horas de rompe y rasga. Se emborracharon hasta la coronilla en el patio, tocaron el fonógrafo a todo volumen y usaron de tiro al blanco todas las cazuelas colgadas en la enorme pared de la cocina. Quebraron cajones, jalaron cortinas para ondearlas como capas en su bufa corrida de toros y sacudieron vitrinas hasta que toda la porcelana se estrelló. Gritaron, escupieron, se orinaron en las alfombras, pintaron obscenidades en los cuadros, se vomitaron en los pasillos, se zurraron en la fuente bautismal. A San Román le pusieron corpiños y enaguas y, ya exhausta la destructora inventiva, se pusieron a recorrer la casa de nuevo. En ese segundo recorrido uno de ellos notó la huella que en la pared había dejado el ropero, miró hacia arriba, alcanzó a ver a Ismael entre los labrados, sacó la pistola y al echar un disparo recibió otro en media frente.

Mariana nunca olvidaría el silbato penetrante que había iniciado el movimiento apresurado que se oyó por toda la casa, los gritos alertándose unos a otros que venían esos *jijos* de la guarnición.

Loca de angustia, Cata había corrido a la puerta golpeándola, llamando a Ismael. Se calmó al oír que él golpeaba del otro lado.

Minutos después, subida en un banquillo, Mariana pudo cerciorarse de que se iban. Desde aquella alta ventana que daba al segundo patio alcanzó a ver como un diablo barbudo con la nariz casi tan ancha como su cara, se enroscaba alrededor del pico de su sombrero polvoriento, el largo rosario de oro, regalo de Marta, con que Alonso y ella habían quedado unidos en matrimonio y que con las prisas se le había olvidado esconder. Como nota de despedida, el resto estrelló con las espuelas las macetas que quedaban al paso, antes de montar y desbandarse en una nube de polvo.

Ellos permanecieron escondidos hasta que los federales, de quienes también tenían mucho que temer si husmeaban su presencia, se fueron.

Esa noche nació su niña prematuramente. Una muñeca chiquitita que no vivió. Por el pasillo llevaban Cata y Lupe las sábanas ensangrentadas a la luz de una luna llena, muy pálida, que escondía su vergüenza tras velos grises, al escuchar a Cata—: Fue el susto que le metieron esos desgraciados y la fuerza de la luna lo que hizo que se viniera la criatura antes de tiempo.

—Cuando la vi que se puso tan blanca, yo creí que se nos iba igual que su madre. Aunque yo estaba chamaca, me acuerdo como si fuera ayer...—suspiró Lupe apretando la ropa contra su pecho, pero Cata hizo un gesto negativo:

—No. La niña Mariana es fuerte —aseveró—. Acuérdate que yo la amamanté y soy correosa. Nomás que se quede quietecita y sale adelante.

Fue don Evaristo quien al día siguiente, en compañía de Libia y Roberto, diera sepultura a la pequeña a un lado de la capilla junto a sus abuelos Clara y Marcial. Sólo la cercanía de Alonso limpiando su frente, besando su mejilla hizo a Mariana, dominar, mas no olvidar, aquel dolor tan hondo por la promesa que nunca se cumplió y que le haría falta toda su vida. "Huérfana de madre e hija", se dijo en silencio, y volteó su rostro para no mortificar a Alonso con sus lágrimas.

Los días de su recuperación se arrastraron pesados y lentos. En cuanto ella se pudo movilizar retornaron, envueltos en la oscuridad, a la casa de don Evaristo. Notaba éste en Alonso una expresión más dura. La forma en que había subido al poder Huerta lo había desengañado del todo. Las noticias de los asesinatos de otros colegas senadores le mostraban cabalmente de lo que era capaz la serpiente de la ambición, el orgullo y la codicia que barrían cualquier escrúpulo. El cuerpo de José María Felguérez se había encontrado en una zanja, rumbo a los baños del Peñón. Para enfrentarse a todo eso, el espíritu, por fuerza, tenía que endurecerse.

Aunque Alonso padecía un dolor punzante cada que daba un paso, cada que se levantaba de una silla, un día, sin poder soportar más el encierro, salió muy temprano a caminar; al otro, subió y bajó las escaleras de la entrada varias veces, deteniéndose del barandal en un principio, con las manos libres después, y, transcurrida una semana, con la ayuda de Lencho, se fue a montar. Don Evaristo y Mariana intercambiaron miradas. Las intenciones estaban claras. Sabía ella que no lo iba a poder detener.

Terminada la cena se los dijo:

—Pienso unirme al ejército Constitucionalista—, y Mariana respondió:

—No te vas solo—. Al ver su mirada de rechazo aclaró—: No se trata de mí. Como estoy, te sería un estorbo. Que te acompañen Cirilo y Sebastián. De que se los lleven otros de leva, mejor que se vayan contigo. Debes tener gente de confiar a tu lado.

Al despuntar la mañana Alonso se encaminó con Cirilo hacia la caballeriza de Valle Chico a escoger tres buenos caballos. Para él, le gustó un tordillo. Los ojos de Cirilo iban de un caballo a otro, y por fin objetó:

—Patrón, está muy bonito, nomás que se le puede antojar a cualquiera pa tiro al blanco. Pa andar en la bola mejor llevemos prietos.

Capítulo LIV

Los pajaritos que con sus trinos la despertaban al avanzar la primavera le parecían a Mariana unos impertinentes. Hubiera querido dormir, como la del cuento, hasta que regresara Alonso. En el mismo andén donde lo conociera por vez primera, le había dicho adiós. Grabados en su mente, veía a los caballos con sus crines al viento, subir al vagón de carga guiados por Cirilo y Sebastián; en su talle creía sentir el último abrazo. Se comportó a la espartana, como cuando se llevara el profesor a Tomás. Ni una lágrima vertió, las guardó todas por no espantar a sus niños, no mortificar a don Evaristo, para poder saborear a solas su sal..., una vez que llevó a la cama a sus hijos, se encerró a llorar a mares. Después de unos días de darse a la tristeza la confrontó en el espejo una imagen desconocida. El sobresalto que le dio verse marchita la rescató. Mal que bien, hasta entonces Valle Chico no había dejado de funcionar y ahora que estaba ella cerca acudiría a ver la marcha de las tierras una vez más.

Escarmentada por aquel desastroso asalto que sufrieron en la hacienda, Mariana reforzó entradas, armó de nuevo a los peones, mandó que se construyeran unas atalayas en puntos estratégicos y continuó con la siembra. Si pernoctaba ahí, dormía con una pistola al lado. Fue por aquellas noches en que se escuchaba sólo el afán de los grillos entreverado con el juego del viento sacudiendo la arboleda que retornó su antigua pesadilla en la que veía papeles hechos pedazos volar por todo el valle como aves de mal agüero.

Alonso les había escrito que Carranza estaba expidiendo billetes y que no tardarían otros jefes revolucionarios en imitarlo. Lo que solventaba necesidades del momento podría tornarse muy peligroso. Le recomendó que cambiara sus ahorros por oro, y que lo fuera cambiando, según las necesidades, por los billetes que estuvieran en curso. Si alguien llegaba pidiendo ayuda para la causa, debía darla. Con lo demás comprarían propiedades, ya fuera en Morelia o en la capital.

En unión de don Evaristo comenzó a buscar. Por las tardes salían de paseo con esa mira y no tardaron en dar con puntos estratégicos.

—Ya habrá quien venda, Mariana. Es cuestión de estar alertas y esperar la oportunidad. Conviene recordar que las ciudades crecen y lo que hoy es despreciable, mañana puede ser codiciado —reflexionaba don Evaristo.

No tuvieron que esperar mucho para que aparecieran ofertas. Antes de emigrar fuera del país, muchas familias preferían vender sus casas y negocios a dejarlas al garete o seguir sufriendo atropellos. Con el Jesús en la boca, unos viajaban en cómodos vagones, otros, a pie. En el norte, siguiendo las vías del tren, un éxodo alejaba de su patria a familias enteras. A Mariana esas compras le dejaban un sentimiento amargo que se le agudizó al escuchar los comentarios de la tía Matilde, quien no dejaba de lamentar la caída de don Porfirio de la cual consideraba directamente responsable a Alonso.

—No te ofendas, Mariana, tú ya sabes que yo al pan, pan, y al vino, Vino —llegó a la hora de la merienda a decirle—. Los Anchondo —informó apretando la boca como si amarrara un nudo—, se quejaron con Libia del precio en que habías comprado sus locales comerciales.

—Ellos pusieron el precio, tía. Y esos locales se están cayendo. Los compré por la ubicación del terreno más que por lo construido. Las demás operaciones las he cerrado en la misma forma: pago lo que me piden. No regateo el precio —recalcó sabedora de que doña Matilde no podía gastar un real sin exprimir toda posibilidad de ahorrarse un centavo—. Si venden barato es porque quieren. Son tiempos difíciles y de salvarse quien pueda.

La tía se acomodó su acolchonada papada al recordar que por ofrecer un precio más bajo del que pedían los Anchondo, se le habían ido de las manos los locales que le ganó Mariana.

Por su parte, Mariana quería proteger a su familia de alguna manera. Las amenazas de una nueva legislación que podría expropiar tierras, la vida de Alonso que estaba a diario expuesta, le daban qué temer y tenía que prever. No quería que sus niños pasaran penurias como ella, ni malograr lo que con tantos esfuerzos había ganado.

Se arrepintió de haber dicho lo último porque doña Matilde lo esparció como confeti por toda Morelia. De ahí en adelante le costó mucho trabajo a Mariana conseguir ofertas, las mismas que la tía aprovechó.

Al saberlo, don Evaristo lo tomó, como siempre, filosóficamente:

—En efecto —concluyó—: Son tiempos de "sálvese quien pueda".

Por soslayar angustias que la ausencia de Alonso le causaba, Mariana se volcó sobre Valle Chico. La tierra se preparaba de nuevo y la gente respondía, aunque no toda. Seis aparceros no retornaron a sus labores y esas secciones permanecieron ociosas. La normalidad era aparente. Ismael, muy apenado, daba cuenta a Mariana de que se perdía algo con frecuencia: una hoz, cuchillos, costales, dos palas...

—Se pelaron hoy dos peones con dos rifles y dos caballos, niña. Y eran de los que les tenía más confianza.

En su memoria repercutió una frase que le refiriera Cata el día de su regreso del colegio refiriéndose al decaimiento que por entonces sufrió la hacienda: "Como elote que se empieza a desgranar", había dicho...

Cata, la diligente, la incansable, se veía de nuevo taciturna. Le contestaba en monosílabos. Había resentimiento y Mariana sabía por qué... Cohibida, no atinaba a dar una explicación, una disculpa. Ella misma se había percatado de su imposición demasiado tarde, cuando ya habían partido, y en su mente repercutían las palabras de censura de Pablo que le echara en cara un día cuando ella decía "mi gente", al referirse a los peones. Ahora sí había actuado en forma posesiva y no protectora al enviar a Cirilo y a Sebastián al frente. Cada vez que iba a la hacienda sin noticias de Cirilo se sentía culpable y, en esa mañana, no aguantó más:

—Cata, no he sabido de ellos. Sólo le pido a Dios que todos regresen bien.

Cata no contestó.

—Cata, perdóname —pidió Mariana dando un paso hacia ella—. Debí haberte consultado antes de enviarlo. Si les pasa algo no sé con que cara te voy a volver a ver a ti, a Ismael y a la madre de Sebastián. Te juro que ya le escribí al señor Alonso para que los regrese y él consiga a alguien.

—No, niña, dígale que no —reaccionó la buena Cata de inmediato—. Sí, estoy triste, pa que negarlo. De Pablo no sé nada en años y el Cirilo no sabe escrebir, de áhi que no se puede saber de él. Y usted que hora tiene hijos sabe lo que se siente.

Mariana se abrazó a Cata como cuando era niña y las dos lloraron como tenían que hacerlo, descargando la congoja causada por sus amadas ausencias.

Capítulo LV

La última compra de armas, de las muchas que le había encomendado a Alonso el general Venustiano Carranza, resultó más complicada que las anteriores. Aquel "viaje a la luna", como exagerara un día Federico, resultó, en verdad, ser un recorrido agotador. Sofocados por el calor que se escurría por la espalda como gotas de lava, que hacía llorar a su cuerpo de la cabeza a los pies, fue necesario ir primero hasta las lejanas minas de Sonora —las mismas cuyas acciones un día había revendido— para recabar los impuestos en oro y plata. Después de verse en los ojos azules del origen de su fortuna; ojos azules que seguían escarbando las entrañas de su tierra, cerró el trato, y se dirigió con su pequeña guardia, de cinco hombres, a El Paso donde adquirió el armamento del otro lado de la frontera. Esa misma noche regresó a Sinaloa en un tren, custodiado por una fuerte escolta, para entregarlo al general Álvaro Obregón. Cuando los vagones se detenían por miedo a un ataque, había que adelantarse por donde fuera, a caballo, para volver a entroncar con la vía deseando que el tren hubiera logrado el paso sin novedad. En cada parada se pedían papeles de identificación, y todos se medían de arriba a abajo con desconfianza. Otra preocupación de Alonso era que no le fueran a robar el oro que traía consigo por haber logrado mejor precio del que se había calculado. Si por algún motivo el cargamento se perdía, al menos esa parte podría salvar.

Una madrugada velada por algo que parecía ceniza, por fin llegó a las afueras de Culiacán para encontrarse con que ya había empezado el ataque a la plaza. En medio de una densa polvareda, relinchos, gritos, carreras y el silbar de balas, se descargó el convoy. Nerviosos, temiendo que un cañonazo diera sobre aquel polvorín, una vez que terminó la operación, Alonso, agazapado, y seguido por Cirilo y Sebastián, se acercó al puesto de mando en una colina. En lo álgido de la batalla, el general Obregón dirigía a sus subalternos enviando partes y, con un ligero ademán de aprobación, apenas hizo caso cuando Alonso se presentó, dio órdenes a un teniente coronel cercano a él para que distribuyera las armas y el parque, firmó de recibido y siguió en lo suyo. En esos momentos cayó un golpe de artillería tan cerca que la tierra levantada cegó a todos y Alonso hubiera deseado que aquel polvo se convirtiera en la fabulosa capa de Sigfrido. A falta de ella, nunca pensó que pudiera reducir su tamaño hasta sentirse invisible. Junto con sus mozos de estribo corrió hacia una trinchera cuando vieron doblarse a dos de los tiradores. Ahí se mantuvieron el resto del día haciendo fuego. Recibían parque de manos que brotaban a su rededor como por encanto. Frente a ellos, detrás, y a los lados, rebotaban los cañonazos que hacían de los hombres muñecos de trapo. Nadie se atrevió a abandonar sus puestos así los escaldara la sed que llegaba hasta el estómago vacío. En un instante que lo dejó anonadado, tras una explosión que pegó muy de cerca, vio que Cirilo se quitaba del hombro con un ademán violento, como si fuera cualquier basura, una mano desgarrada que le había caído encima. Entrada la noche, corría la voz que la resistencia empezaba a ceder ante el tino de la artillería dirigida por Obregón; los disparos contrarios disminuyeron, se fueron silenciando hasta parecer cuetes de feria y ninguno creía haber dormido... Se asustaron cuando sintieron el sol en la cara.

En cuanto se percataron de que la batalla había terminado corrieron a bajar sus caballos del tren para llevarlos a beber agua, y con el resto de la tropa entraron a Culiacán. El ejército huertista había abandonado la plaza. Sólo los perros armaban bulla al sentir a un desconocido atreverse más allá de las rejas, pero hasta ellos acallaban su ladrar ante el paso decidido que avanzaba, el semblante hosco que los confrontaba, y terminaban por gruñir tras un tronco de árbol, una maceta. A lo lejos, un bulldog continuó haciendo frente hasta que se disolvió su último gemido con el eco de un balazo. Ignoraban en la ciudad vencida las órdenes de Obregón de respetar a la población, por lo que muchos civiles huyeron dejando las puertas abiertas y Alonso cayó rendido en la casa de no sabía quién. Se tiró en la primera cama que encontró bajo un gran crucifijo con lágrimas de sangre, frente al retrato de una mujer con ojos de lechuza que lentamente se quitó la careta para dejar a la vista el mismo rostro pero sin años, fresco, que se fue diluyendo en un rostro de niña, de cuna, inmerso después en un mundo acuático de donde surgía, rasgando las aguas, Mariana con el cabello revuelto, el mirar anegado en súplicas. Al despertar, Alonso había trazado ya sus siguientes pasos.

Las noticias eran que en Michoacán las cosas se mantenían en calma. Estaba ansioso de ver a su gente después de tanto tiempo. La última carta de Mariana era de dos meses atrás. Seguramente otras nunca habían llegado a sus manos, como tampoco las de él para ella.

—Patrón, ya nos vamos acercando a nuestra tierra... —le insinuó Cirilo al verlo aparecer en el quicio de la puerta.

Sin grado militar, Alonso era libre de tomar el camino que quisiera, pero por un sentido de orden se presentó esa misma mañana ante Obregón. El general le otorgó la licencia que solicitó con mirada despectiva y, al salir, Alonso alcanzó a oír que dijo a su secretario:

—Estos senadorsitos no aguantan mucho que digamos.

Alonso se paró en seco; dio media vuelta y, sin pronunciar palabra, se enfrentó a la mirada sarcástica que lo confrontaba. No le iba a contar lo que le dolía la cadera, de las balas que le habían extirpado, ni lo del hombre que había sacado de entre muertos para cargarlo por una hora hasta dejarlo en la tienda del médico de campaña... Hablaron por él sus ojos y Obregón llevó la mano a la cacha de su pistola.

Muy despacio, Alonso dio unos pasos hasta el escritorio. Con los puños cerrados, se apoyó en él:

—Algunos de ellos han aguantado más que muchos otros. Usted, que tiene tan buena memoria, no debe olvidar a un Belisario Domínguez.

No dijo más. ¡Qué se estaba creyendo este desgraciado! ¡Claro que se iba! Pasada la Navidad se presentaría de nuevo ante Carranza.

A los mozos se les abrió la gloria cuando les indicó que se prepararan para el viaje. Partieron ese mismo día atravesando por Tierra Caliente para acortar el camino que de tramo en tramo, sorteando pedregales, atravesando cañadas y valles, los acercaba al hogar. Por el camino supieron que Morelia era reducto federal, pero que Tacámbaro ya era plaza revolucionaria, por lo que decidieron aproximarse sigilosamente por ahí. Para evitar toparse con las fuerzas huertistas viajaban de noche hasta la madrugada, sesteando en el monte, escondidos entre arboledas y matorrales.

Ya en las afueras de Morelia se unieron a una caravana de campesinos que se dirigían al mercado. Entraron a la ciudad de uno en uno, envueltos en jorongos y llevando unas gallinas enjauladas sobre los hombros.

Así fue que una mañana de plata decembrina, al regreso de la hacienda, Mariana lo encontró bañado, rasurado, entero, enfrascado en sosegada conversación con su padrino, quien, al momento en que ellos cruzaron miradas, se retiró y cerró la puerta de su despacho tras de sí.

Sujetando suavemente el rostro de Alonso entre sus manos, Mariana dibujaba las facciones amadas con sus dedos como si quisiera constatar la realidad que tenía enfrente.

—Casi seis meses, Alonso. Seis meses —repetía— que nos ha robado esta revolución de nuestras vidas.

Él le acariciaba el cabello y la mecía en sus brazos—: No pienses en lo pasado. Vamos a aprovechar estos días al máximo. No voy a salir, no quiero ver a nadie. Es tiempo nuestro y de nadie más.

—Quiere decir que te volverás a ir...

—Lo que se empieza, Mariana, se debe terminar. Además, aquí no estoy seguro.

Fueron días memorables. Los niños gozaban la presencia de su padre, e insistían en dormir la siesta con él; don Evaristo se sentía feliz de estar rodeado de su familia, y Mariana, habiendo extrañado a Alonso al colmo, lo trataba como rey. Día a día, al salir del baño, encontraba él su ropa dispuesta impecablemente. Si expresaba cierto antojo, estaba listo al momento, lo que la cocinera no pudo atinar cómo hacer fueron unas tortillas de harina muy sabrosas que dijo él que hacían en el norte. Cuando ella misma lo intentó, le salieron unos bodoques que parecían chicle.

En el despacho Alonso transcribía las notas que había tomado en su deambular en campaña; y, sin planearlo, se fueron convirtiendo en sus memorias, las mismas que Mariana y don Evaristo leían cuando habían dormido a los niños.

—Y aún habrá mucho por contar —afirmaba el padrino antes de dar las buenas noches.

Noches de amor, de reconocerse. Mariana no dejaba de pensar en esas largas ausencias con temor. Conocía el temperamento de su marido. Sin ella, ¿quién? No lo quería saber y prefirió no indagar. Una cosa era segura: nadie, jamás lo iba a amar como ella. El perfume de sus sábanas, el aroma de su cabello, el toque de sus manos, de sus dedos, de sus labios que lo recorrían entero, borrarían toda huella, todo recuerdo y cualquier apego que se pudiera llegar a dar. Era suyo y de nadie más, hasta la muerte.

Junto a él se convertía en río que lo acariciaba, mar que lo envolvía, en volcán que lo incendiaba, y, al fin, en plácido lago donde reposaba la pasión. Tendida a su lado suspiraba feliz y él llegó a declararse, como decía una copla de antiguo romancero español: *vencido de amor.*

Vivir noches en que Mariana ya no era nube de tormenta, sino la tormenta misma, llevaban al ánimo de Alonso nuevos ímpetus que lo hacían sentirse capaz de todo. Más de una vez estuvo tentado a llevársela con él, a mandarla llamar..., lo detuvo siempre el peligro constante en que transcurría su vida y pensar que podrían quedarse huérfanos sus hijos.

La velada en que Alonso les relató el incidente con el general Obregón, don Evaristo le advirtió:

—Tal parece que tu sino es enfrentarte a los poderosos. Cuida el genio,

Alonso. Una palabra, un gesto, puede cambiar el curso de una vida.

—También un consejo —apoyó Mariana.

Se deslizaron los soles y sus lunas rumbo al reino de la memoria... Ahí, como en un cofre de tesoros, aguardarían para que ambos los sustrajeran en sus momentos de soledad. Mariana repasaría una y otra vez los relatos de aventuras de Alonso y su visión del mundo que todo aquello debería traer al concluir la lucha...

Muchas veces, a decir verdad, acunada en sus brazos, perdía el hilo de sus palabras para hundirse en la sensación de plenitud que le causaba el modo en que la acercaba a sí. Junto a él, el pensamiento naufragaba adormecido por el placer de su cercanía.

La madrugada de aquel triste enero de 1914 en que salió Alonso rumbo al norte para reunirse con Carranza de nuevo, de algún punto del pasado Mariana sustrajo lo que hacían Tomás y ella para ganarle a Libia el pan que les gustaba: mojando su índice, lo marcó con una cruz de saliva en la frente y otra en el corazón.

—Eres mío —le recordó.

Capítulo LVI

Por doquier, a lo largo de aquel año, los hombres se unieron bajo uno u otro mando. A caballo o a pie, cruzaban sierras, desiertos y pantanos. Con las carrilleras terciadas al pecho, los rifles en la mano y los hijos en la espalda, las mujeres seguían a las tropas o se adelantaban a ellas para preparar la comida que pudieran encontrar. En donde prendían una lumbre era el hogar, donde caían era su tumba. Así Alonso continuara armado, a caballo y en la bola, nunca aceptó los grados militares que le ofrecieron, a diferencia de otros que al poco tiempo ya eran mi coronel, mi capitán y mi general.

—Pos yo no sé este mi patrón que quere —chismorreaba Sebastían con Cirilo—. Hoy mesmo vide como el mero barbón le ofreció que fuera coronel después de que lo vio que se portó como valiente en la friega que nos metieron antiayer. Y nada, ni uniforme le veo. Un día destos nos quitan de su servicio y nos botan pa otro lado. Yo no quero que me ande mandando cualquier pazguato. Yo vine con él.

—Y con él nos quedamos —afirmó Cirilo—. No nos hace falta nada. Dormimos bajo techo la mayor parte del tiempo, no como esos fregados que se la pasan a cielo raso. Y duérmete porque mañana va estar pa llorar. Salimos a la tres de la madrugada, no más que no quiere decir pa donde. Con que no sea a Veracruz porque esa Córdoba me trae recuerdos de la chingada. Hoy supe que los gringos la atacaron y ya se nos metieron por no sé que *onésima* vez, como dice el patrón, por insultos que dizque les hicieron a sus marinos en Tampico.

—¿Y se dejaron ir sobre Veracruz?

—Y murió mucha gente —asintió Cirilo.

—Pos nomás eso nos faltaba—. Tras un silencio, neceó—: Oye, que es eso de cuerpos irregulares. Hoy el cabo me echó en cara que de eso somos nosotros. Yo estoy tan regular como los demás.

—Ay le preguntas al patrón mañana. Mientras no estés tuerto o manco, date de santos pos estás más que regular.

Alonso, que dormitaba cerca, en la tienda de campaña, no pudo menos que soltar la carcajada.

—Ya ves, ya lo despertaste con tu veriguata —regañó Cirilo.

A luz de la hoguera, frente al vivaque, Alonso se acogió envuelto en su sarape—: A ver, Sebastián, pásame un café —solicitó y se sentó frente a ellos—. No me he querido enlistar —explicó— porque así me mantengo libre. Y a ustedes no los enlisto porque a los que no saben escribir los traen de aquí para allá de uno a otro jefe, según convenga hacer movimientos de hombres, sin darles grado de ninguna especie.

—Yo sí sé escribir, patrón —aclaró Sebastián—. Me enseñaron en la escuelita que puso la seño Mariana en la hacienda.

—Pues entonces le vas a enseñar a Cirilo. En el siguiente pueblo que entremos buscan unas libretas y lápices y yo voy a ver qué tan buen maestro y alumno son. Cada semana les voy a revisar lo que hayan hecho.

A Cirilo no sabía si le gustaba la idea o no. Ese Sebastián, que antes se tenía por su subordinado se iba a crecer... Lo único que lo animó fue pensar en la cara que pondría Pablo cuando le escribiera su primera carta.

—Ahora que, Sebastián, si no estás conforme y te quieres cambiar a otro cuerpo militar, dímelo y te recomendaré —ofreció Alonso al notar que ninguno de los dos se había entusiasmado con la idea.

—No patrón, si con usted estamos bien. Esos pobres del capitán Solís tienen dos semanas que comen pura tortilla y ya. Pero sí quiero saber qué quiere decir esa palabra revolución.

—Pos esto mero en lo que andamos —se adelantó Cirilo y Alonso convino antes de darles las buenas noches:

—Ni más ni menos.

Y *revolución* fue la palabra que sustentó el aliento en esos días, que amamantó a los niños, que arrasó fortunas, hizo hombres de los adolescentes, viejos de los jóvenes, que iba dejando una estela de relatos de valor y cobardía, nobleza y pillaje, malicia y candor. Si a alguien los carrancistas lo habían robado, otro podía contar un relato igual o peor de los villistas y en el sur temían a los hombres de Zapata. Preocupado, Alonso observaba cómo se definían tres facciones que lo hacían temer una tercera guerra civil.

Al pasar el tren por el campo podía apreciar vastas extensiones de tierra desatendidas. En muchos lugares el hambre estrujaba los estómagos. En medio de pólvora, rugir de cañones, cargas de ensordecedora caballería y silbatos salvajes, los trenes se abalanzaban desde el norte hacia la capital con los techos cargados de hombres que por las noches solían cantar: "Si me han de matar mañana, que me maten de una vez", y Sebastián se fruncía al murmurar entre dientes:

—Esa cancioncita me cae gorda. A mí que no me vengan con cuentos de que me maten de una vez.

Huerta compartía ese ánimo y, viendo la situación perdida, al año y medio, renunció. Tan gozosa noticia pronto se vio opacada por otras: en Europa había estallado la Primera Guerra Mundial, llamada así como si aquel continente fuera todo el mundo, y los revolucionarios estaban a las puertas de la capital. Obregón llegó primero a la orgullosa Ciudad de los Palacios por el oeste, Villa y los Dorados avanzaban por el centro y Zapata amenazaba el sur.

Alonso iba en la comitiva de Carranza el día 20 de agosto de 1914 cuando entró a la capital. Villa y Zapata, puño y corazón, quedaron relegados. Después de una semana en que Alonso se percató de que nada se decidía, que todo estaba en suspenso, decidió marchar a Morelia que ya estaba en manos de las tropas carrancistas del general Gertrudis Sánchez.

Su permanencia no fue como la anteriores durante las cuales, a lo largo de lo que iba del año, Alonso se quedaba en casa una semana, dos, tres días. Esta vez el tiempo de Alonso continuó por los vericuetos y exigencias de la revolución antes que solazarse con la cercanía de su familia. En cuanto pasó la alegría del reencuentro se dirigió al cuartel, hacia el ambiente que había llegado a ser su segunda casa, su vivir continuo, su desgastarse en algo que parecía iba a perder el rumbo. Quería cerciorarse de la lealtad de Sánchez hacia el Ejército Constitucionalista, pues ya se perfilaban las ambiciones de los que rodeaban a Villa, la antipatía de éste hacia Carranza y la intransigencia de Zapata.

—General —le expuso una vez ante él—, me temo que se vendrá otra guerra si no se ponen de acuerdo estos cuerpos militares en la convención que planea don Venustiano llevar a cabo en octubre en Aguascalientes.

—No se preocupe, licenciado —vino la pronta respuesta—. Estoy con él hasta las últimas consecuencias. Con él está la ley y con él me quedo.

—Otra cosa: regreso a México, y de nuevo dejo aquí a mi familia. Le ruego...

—Lo tendré en cuenta —interrumpió Sánchez—. No se preocupe, conozco a su esposa y a su padrino. Tuvieron a bien cooperar conmigo permitiéndome ocupar una casa de su propiedad y con abastecimientos de la hacienda para la tropa. ¿No le han dicho?

—No. En cuanto llegué, vine a verlo. No hemos platicado.

Sánchez lo estudió unos segundos antes de afirmar:

—Me parece que a usted ya le picó el gusanillo de todo esto, licenciado —y Alonso aclaró:

—Si supiera usted desde cuando.

Al salir de las oficinas, tras un fuerte apretón de manos, se detuvo unos momentos bajo las arcadas del patio donde la soldadesca se movía de un lado a otro cargando cajas de munición... Cierto, había salido en volandas sin antes informarse de la vida de su familia, de lo qué habían hecho durante el último mes; las cartas de Mariana y su padrino, si las recibía, venían atrasadísimas. Las que él enviaba eran breves, poco informativas, pues corrían el peligro de caer en manos que no convenía. Se estaba abriendo entre él y su familia una brecha que no había medido en su justa dimensión, ocupado como andaba haciendo labor de diplomático, de secretario, de mandadero, a fin de cuentas, del hombre en quien había puesto su fe. La infancia de sus hijos se estaba yendo sin que él pudiera apreciar los cambios. Los meses volaban sin que tuviera a su lado la calidez de Mariana ni la compañía de su padrino a quien encontraba cada vez más acabado. Estaba sacrificando lo que más amaba en el mundo por esta causa de la que no quería, ni podía desertar.

—Padrino —, se explicó esa noche ante don Evaristo— estoy demasiado comprometido con Carranza. De todo lo que nos rodea, veo en él a un hombre que va más allá de la gloria militar. Tiene una incuestionable resolución por encausar las cosas por la vía legal. Para ello quiere continuar en el mando y estoy convencido de que es el que más conviene para controlar la situación dentro de un nuevo gobierno. Además, le corresponde. Fue él quien inició la revuelta contra Huerta.

Don Evaristo guardó un calculador silencio antes de decir—: Temo que Villa y los que aspiran al poder a través de Villa, no lo van a dejar. Y mientras a Zapata no se le cumpla su reclamo, seguirá en pie de guerra.

—Por eso será la convención.

—Una convención que a nadie convencerá —vaticinó—. Acuérdate de mí.

Las complicaciones que se estaban dando por el choque de caracteres, la ambición del poder, el lucimiento personal y los distintos modos de perseguir reivindicaciones largamente aguardadas, le anunciaron a Mariana un futuro de mayores ausencias y, por esta vez, se quedó con otra noche de recuerdos. Sólo una noche.

Capítulo LVII

— Qué suerte la tuya, Mariana. Cuando se te estaba componiendo la vida se le ocurre a tu marido irse de revolucionario y dejarte con la hacienda, los hijos y de pilón en casa ajena.

Libia no cambiaría nunca. Por más que Mariana trataba de alejarse de su hermana, ésta insistía en visitarla para desahogar su negro humor derivado de alguna innata inconformidad, sin duda, consigo misma, la que, transmutada, desparramaba a su rededor en críticas constantes hacia los demás y ensalzamiento propio: A ella, los hombres la seguían con miradas subrepticias... La cinturita que tuviera de soltera la había perdido, lo que no impedía que a todo mundo se la recordara y cada vez se reducía más el círculo que dibujaba con sus manos. Ni qué decir de los pretendientes de antaño, rechazados, que cada día eran más numerosos, y en vista de pasadas glorias afirmaba —: Roberto no me abandonaría por nada. Mira que aquí se ha estado quietecito, pendiente de mí y de que no nos vayan a dejar en la calle estos mequetrefes de la revolución. ¿Sabías que se nos querían meter a la casa? Tuvimos que prestarles la de doña Clarisa. Gracias a Dios que ya no viven mis suegros para ver esto.

—Alonso es un hombre de convicciones, Libia, y yo lo sabía cuando me casé con él.Esto pasará.

—Pues no sé cuando. La famosa convención fue un fracaso. Dicen que ese nuevo presidente Gutiérrez que eligieron en lugar de Carranza, fue apoyado por Villa y que no tardará en estar tirando patadas de ahogado. Lo pusieron de interino por veinte días. ¡Veinte días! ¿A quién se le ocurre? Aunque ya vamos progresando: si no mal recuerdo, Lascuráin —que creo era primo de mamá— duró cuarenta y cinco minutos a la caída de Madero antes de pasarle la batuta a Huerta, ¿recuerdas? ¿Qué dice Alonso de todo esto?

Sin que nadie lo supiera, Alonso había pasado por Morelia terminada la Convención de Aguascalientes, antes de seguir a México. No había traído buenas noticias. Don Venustiano, inconforme con que lo hubiera hecho a un lado la convención como Primer Jefe del Ejército Constitucionalista y con el nombramiento de Gutiérrez, no rindió el poder ejecutivo. Se marchó a Veracruz llevándose con él la bandera del Plan de Guadalupe. Por todo el país se estaban formando alianzas nuevas, destruyéndose otras. Ya no uno, ni dos, sino muchos querían ser presidente. Estaba al alcance del que fuera más osado, más ambicioso, o más fuerte militar y moralmente.

—Ése va a ser Carranza —les había asegurado Alonso en su visita su-Brepticia— porque se guía por la ley, está aferrado a la ley y es previsor: tiene un buen ejército a su mando. Ha habido deserciones, pero los que quedan son suficientes.

—¡Poner a un interino por veinte días, Alonso! ¿A quién se le ocurre?—. Por esta vez, Mariana estuvo en total acuerdo con Libia.

—Todo fue un teatro, Mariana —lamentó su marido, y se apresuró a prometer al ver su expresión de tristeza, pero sin saber qué les esperaba—: En los próximos meses las cosas se resolverán y volveremos a estar juntos—aventuró más como deseo que promesa.

En esa ocasión estuvo mediodía en casa y Mariana hubiera querido untarlo entero con saliva. Se conformó con mirarlo al fondo del alma con un adiós tan seco que al recordarlo él, sobre la marcha del tren, lo hizo golpear con el puño cerrado el vidrio de la ventanilla, tan fuerte, que lo estrelló.

Similar a esas vetas cristalinas que se esparcieron sin ton ni son, pero con un epicentro violento que todo lo dinamizaba, así era el ambiente de la nación. Un murmullo preñado de inconformidad se revolvía en el aire. Al desarrollarse los sucesos don Evaristo comentó:

—Ya lo ve, Mariana. Más tardaron los convencionistas en participarle el acuerdo a Carranza, que él en desconocer al general Eulalio Gutiérrez como presidente interino. Sostiene que fue inconstitucional la forma en que se le eligió.

—¿Y ahora? —temía ella preguntar.

—A menos que suceda un milagro, vendrá otro enfrentamiento armado. Obregón ya echó su suerte con Carranza en contra de Villa y Zapata, quienes apoyan a Gutiérrez.

Un rudo bandido reivindicado como guerrero, consagrado por la mentalidad popular como caudillo, era Villa; un charro orgulloso, independiente, de ojos ardientes con el sello del predestinado, era Zapata. Por efímeros momentos fueron los señores de aquel raro juego de ajedrez que tenía la peculiaridad de transformar a los peones en reyes...

—Y los reyes —, le recordó el general Sinera a Alonso aquella misma tarde en que tomaban un raro respiro junto con un café en el centro de la ciudad de México —inexorablemente, viven amenazados por el jaque.

Arnoldo Sinera era un sonorense que había conocido Alonso desde sus primeras andanzas con Carranza por el norte. Hablaba inglés muy bien por haberse educado en ambos lados de la frontera. Como maestro no había hecho más que fundar una humilde escuela, con muchos trabajos, en la vecindad de Hermosillo y, por insistir en ese afán, se había distinguido ante el gobernador quien lo recomendó a Carranza cuando éste último llegó a Sonora, y Carranza, a su vez, lo nombró secretario de Alonso. Ya en contacto con el mundo de la milicia, Sinera descubrió que le gustaba más el ambiente de la lucha, que saboreaba el mando cuando iba a entregar documentos con una escolta y que lo prefería a traducir partes y elaborar correspondencia.

A los dos meses ya vestía uniforme con grado de teniente que Alonso nunca supo cómo adquirió, y se fue con Obregón. Habiéndose lucido en la batalla de Culiacán se apareció en México con grado de general. Bajo sus órdenes había disciplinado a un contingente muy raro y efectivo: yaquis, gambusinos sonorenses y uno que otro apache. Lo obedecían en todo.

—Usted está para saberlo y yo para decirlo, licenciado. El hombre al que usted rescató en Culiacán de entre los muertos es mi hermano. Por eso vine a buscarlo. Para darle las gracias y reiterarle que en mí tiene, como dicen las cartas: un atento y seguro servidor.

—¿Cómo supo usted que había sido yo?

—El médico lo conocía a usted y me lo dijo.

Como notó que Alonso inspeccionaba sus estrellas, Sinera comprendió:
—No censure usted mi grado. Créame, me lo he ganado a pulso. O más bien dicho, a pulso y bala. Si usted quisiera, traería otro tanto encima. Todavía es tiempo.

Alonso sonrió. Aquel mundo de pistolas, intriga y falsos niveles de balanza, no dejaba de ejercer sobre su ánimo una fascinación excitante—: No me dé tentaciones. Mejor me quedo así. ¿Se va usted con Obregón?

—Sí. ¿Y usted?

—A formular decretos. El Jefe está sacando en claro qué hacer con la banca. Con esto de los *bilimbiques* la deuda interna crece día con día. No había más remedio que hacer esa expedición para mantener la fluidez de efectivo. Son medidas temporales que en realidad no sabemos cómo van a acabar. Por hoy, todo es improvisación. Una cosa buena saldrá de todo esto: el gobierno ha separado la banca particular de la del estado.

—¡Ay, licenciado, en que berenjenal nos hemos metido! Si usted supiera la cantidad de oro y plata que he llevado a la frontera para comprar armamento.

—Me lo imagino —aseguró al recordar las entregas que él mismo había hecho.

Sinera agregó al despedirse—: Se va a saber quién queda cuando nos enfrentemos a Villa y esto no tarda.

Alonso se fue a casa a empacar porque debía partir esa misma noche rumbo a Veracruz donde quedaría instalada la sede del gobierno de Carranza una vez que hubieran evacuado el puerto las fuerzas de los Estados Unidos, lo que se lograría tras un intríngulis de maniobras diplomáticas a fines de noviembre de aquel *terrible quince.*

Estuvo a punto de que se le diera la cartera de Hacienda. Tras los anteojos oscuros, que velaban su mirada penetrante, Carranza le pidió en vez, que colaborara con el nuevo secretario. Bajo un abanico que calmaba los calores oficinescos del golfo, se explicó:

—El señor Cabrera concuerda conmigo y con usted en buscar la manera de formular nueva legislación que abarque leyes agrarias y fiscales. En esto último es donde la intervención de usted puede ser definitiva. Trataremos después la nueva legislación obrera y minera, así como muchos otros aspectos que iremos tocando.

—General —, se adelantó Alonso— esto quiere decir que habrá reformas a la Constitución. ¿Cómo se van a integrar?

—Una vez que el país esté unido habrá un congreso constituyente que las incorpore.

Una nueva Constitución... Alonso comprendió, como muchos otros, que ante él estaba un hombre con la convicción necesaria para marcar el nuevo rumbo que necesitaba el país en esos momentos. Aceptó el cargo y se pusieron a trabajar. Siguieron otros proyectos de ley sobre el sufragio, la independencia del poder judicial..., se tendrían que revisar los códigos civil, penal y de comercio. La tarea era monumental.

Alonso regresó a Morelia cargado de papeles y se encontró a Mariana nadando en dinero.

—Ya lo ves —, le presumió amontonando los billetes sobre el escritorio de don Evaristo— el maíz, hace tres años, costaba ocho pesos la carga y esta cosecha la vendí a doscientos.

Don Evaristo se mordió la lengua para no decir: "He ahí a tu revolución".

Sabedor de la nueva legislación agraria que se gestaba, consciente de que en algunos lugares de la república se habían expropiado ya algunas haciendas, o repartido latifundios al arbitrio muy personal de jefes locales, Alonso presintió aquello como una postrera dádiva que la tierra daba a su dueña. Con su brazo derecho atrajo hacia sí a Mariana por los hombros y con la otra mano sopesó un paquete de aquellos billetes que el día de mañana podrían perder su valor.

Para olvidar estragos y pólvora, las posadas se celebraron, y en casa de Libia, por tradición, se continuaba llevando a cabo la de las Damas de la Caridad. No se le olvidaba a Mariana que en ese mismo patio Alonso le había declarado su amor por primera vez. Que por fin estuvieran reunidos, le parecía un milagro.

Durante aquel año Alonso se había propuesto regresar a ellos, al menos, una vez al mes, pues no había querido dejarlos solos en la capital que parecía antesala de teatro donde entraban unos y salían otros a dar la función. En Morelia los sentía protegidos, seguros, y, en esa noche, disfrutaba al ver a sus hijos dándole a la piñata que sólo dulces tenía, pues ni soñar que ahora alguien partiera con una moneda de oro. La figura familiar de Cirilo, meneando el cordón que favorecía a sus niños, los hacía sonreír.

Los intentos de las mujeres porque los hombres se desligaran unas horas de los aconteceres del día, se toparon con la muralla china. De nuevo a Alonso lo rodeaban escudriñando noticias, sopesando cada una de sus palabras. Unos criticaban a Carranza aunque sabían que era su gallo. Ahora los hombres se atrevían a expresar con libertad su opinión:

—Licenciado, no me convence este señor. La economía está quebrantada, los campos, salvo honrosas excepciones —señaló un viejo hacendado, viendo a Mariana— yacen abandonados, el precio de la propiedad ha decaído, hay escasez de todo.

—¿Quién lo convence entonces? —inquirió Alonso.

—Obregón —intervino Roberto.

—Jamás —objetó don Arturo quien era Caballero de Colón—. ¿No han visto las atrocidades que hizo con las iglesias y los curas en Guadalajara alegando que tenían armas y favorecían a Huerta? Eso no se llama ser liberal, es un vulgar iconoclasta. Mal hizo en revivir viejos enconos.

—A mí me gusta Felipe Ángeles —retomó el primero, un rico comerciante, que más rico se había hecho con la reventa de armas al general villista.

—¿Lo ha tratado? —se interesó don Arturo.

—Algo... —y no dijo más porque empezaba a picar la curiosidad de los otros. No le convenía que supieran que acababa de llegar del norte tras cerrar una buena operación.

—Ángeles se ha unido a Villa y va a perder. Será muy buen militar, hombre de principios, pero dudo que puedan madurar un plan de gobierno como Carranza —intervino Alonso.

—De no ser Obregón, le voy a Amaro —apostó Roberto.

—Como ven, señores —concluyó don Evaristo— tenemos, más bien dicho, sufrimos, una revolución de personalidades. Por hoy, la capital está encantada con la presencia de Villa y Zapata.

—Poco durarán en ella —aseveró despectivamente don Arturo—. Los va a ahogar.

—Ambos son gente de campo, pronto se retirarán —vaticinó Roberto.

Mariana llegó al grupo y los puso en paz—: Caballeros, les suplico que pasen a cenar... —A cenar, y a olvidarse por unos benditos momentos de todo ese rejuego, se dijo para sí.

Al notar su semblante, Alonso la quedó viendo detenidamente como si fuera la primera vez, y, alcanzando su mano, se la besó. Un besito de consolación.

Esa noche, de regreso a casa, al ver cómo cargaba Alonso a Tomás, quien se había dormido en los brazos de su padre y descansaba su cabeza en su hombro, sintió más que nunca el tenerlo lejos... Acarició con sus pupilas la silueta de sus hombros erguidos, su paso firme...

Más tarde, en silencio, se cepillaba el cabello, largo y abundante, frente al espejo, empeñada en lucir un camisón de tisú y encaje, así titiritara un poco. Alonso se acercó y, tomándola por la barbilla, volteó su rostro hacia él:

—No vine a ver caritas tristes —le reprochó con suavidad.

Ella bajó los ojos y lo abrazó estrechando su cintura—. Quiero cerciorarme de que estás de veras aquí, que no eres el fantasma que imagino todas las noches, el hombre que busco a mi lado y que sabrá Dios dónde y con quién está.

Al sentirla estremecerse la puso de pie—: Óyelo bien: en mi vida has sido y serás tú, nada más tú, la que ha llegado al fondo mi alma.

Aquella afirmación conmovió a Mariana y, por no desbaratar su encanto, se guardó una duda: estaba muy bien lo del alma...

Él leyó su pensamiento y con una sonrisa le aseguró—: Soy tuyo, Ma-

riana, en cuerpo y alma—, sellando lo dicho al estrecharla más.
Y ella, abrazándose a él, así quiso creerlo.

Capítulo LVIII

El correo de España llegó a sus manos con tres meses de retraso. Sus noticias eran un compendio de tristezas y alegrías. Don Felipe había fallecido en Madrid a principios de aquel año; vencido, más que por la influenza española que arrebataba las vidas en medio de hemorragias, por la nostalgia del destierro que lo había llevado a buscar noticias de México hasta en los últimos renglones de todos los diarios. Abatida por aquel suceso, doña Sara sonrió por primera vez a los dos meses, el día en que Marta dio a luz a un par de gemelas. Una de ellas, se llamaba Sara, la otra Clara, en memoria de la madre de Mariana. A no ser por esa inmensa pérdida, se hallaban de perlas en la Madre Patria, sin dejar por ello de extrañar a su México. Relataba que Enrique se mostró eufórico de recién llegado al recorrer todo Madrid. Asistían a la zarzuela, paseaban por El Retiro, visitaban El Prado y gozaban al convivir con todo aquel mundo de su origen, ahora que, al correr del tiempo... "Confidencialmente, Mariana, empiezo a notar decaimiento en su ánimo. Esta vida de holgura no va con él y nos hemos visto obligados a reducir los gastos porque de México no nos llega un peso. Toda la peonada se fue con Zapata y ni quien siembre nada. Enrique no quiere tocar un centavo del dinero de mamá y mío, pero si las cosas no se componen en México tendremos que hacerlo, gústele o no. No dejes de escribirme y contármelo todo".

Mariana suspiró. Imposible contarle todo. El país era un manojo de contradicciones. En el año de 1915, recién terminado, habían existido dos poderes ejecutivos empalmados: el convencionista y el constitucionalista; se habían consumado las batallas de Celaya, Aguascalientes y León, en las que fue abatido el ejército de Villa. "Sólo Celaya, costó doce mil vidas", escribió a Marta, "y Villa, convencido de que sus fuerzas están desgastadas, se rindió en diciembre. Yo sé que pensarás que es una tontería que una hacendada lo diga: me simpatiza Zapata. Algo hay en la mirada de ese hombre que me conmueve. Su ejército es tan pobre que busca el alimento extendiendo la mano. No sé, Marta, si tú los vieras te partirían el alma. Lo peor del caso es que están más amolados que antes. Alonso le escribió a Enrique informándole acerca de Agua Clara. Por si no llega la carta, me pidió que te refiriera las mismas noticias. Marta, no son buenas. Hace un año, como regalo de día de Reyes, Carranza expidió una ley agraria que, cosa increíble, se basa en legislación colonial del siglo XVI, y estoy en ascuas porque temo se vengan más expropiaciones. Por mi parte pienso seguir sembrando lo que se pueda, que será una cuarta parte de lo que sembraba, pues cuando no es la leva, es la esperanza de otra vida lo que hace a los peones y sus familias seguir a cualquiera que tenga voz de mando. ¿Te acuerdas de Pablo, el hijo de Cata del que te conté que me daba miedo? Pues ahora resultó ser general y dicen que muy bravo..."

Mariana releyó lo escrito y continuó:

"A Alonso casi no lo veo, mis hijos están creciendo sin su presencia y es lo que más resiento. De nuevo don Evaristo está haciendo de padre con ellos. Alonso está muy apegado a él, Tomás es de otro carácter. Siempre trepado en las bardas, desbaratando juguetes y volviéndolos a armar y diciendo que en cuanto sea mayor se va a ir con los *Dorados* de Villa. Como comprenderás, ya estoy hasta el copete de esta revolución. No se ponen de acuerdo porque cada uno quiere mandar a su modo. Abundan las ideas y todos creen tener razón. Sé que hay muchos hombres inteligentes y bien intencionados en todo esto. Ahí está mi Alonso... y espero que de ellos algo prevalezca entre tanta polvareda."

Las llegadas de Alonso fueron a partir de enero, esporádicas y vertiginosas. Siempre cargado de papeles que comentaba por horas con don Evaristo en el despacho. La presencia del revólver que dejaba en el buró y que ella escondía por miedo a que uno de sus hijos fuera a dar con él, la llevaba a palpar, en su frío metálico, el mundo de peligro que rodeaba al hombre que amaba. Las corrientes apuntaban hacia el total triunfo de Carranza, y Alonso seguía a su lado. Esa cercanía no le ofrecía ninguna seguridad: un paso en falso, un encuentro con un adversario político, o con alguien que de un momento a otro cambiara de partido, y la vida terminaba en un charco de sangre.

En la comida seguían hablando de lo mismo: la economía y una nueva legislación que se tenía que formular para dar cauce a los reclamos revolucionarios y dar término al Estado preconstitucionalista.

Ella no dejaba de ver la ironía en la postura de Carranza y lo dijo:

—No entiendo, Alonso. ¿Cómo es que primero se apoya en la Constitución y ahora la pone en entredicho para reformarla?

—Son caminos que se van encontrando para dar satisfacción a los hombres según se presentan las circunstancias, Mariana. A Carranza le ha servido de apoyo la Constitución de 1857 para afianzar su postura legal ante el país; ahora se hace necesario reformarla, actualizarla, frente al reclamo de una nueva mentalidad nacional.

—¿Ya sabes que la prensa les llama a ustedes, los colaboradores del Primer Jefe que no tienen grado militar los *civilistas*?

—Lo sé, pero más de uno de nosotros conocemos muy de cerca las trincheras.

En efecto, Alonso había estado en Santa Ana cuando le volaron el brazo al general Obregón, llevando una remesa de dinero que enviaba el encargado de la Secretaría de Hacienda. Casi al llegar a su destino cayeron descargas de ametralladoras sobre ellos y estuvieron tres horas devolviendo el fuego pertrechados en el vagón del tren hasta que llegaron refuerzos de auxilio. A su lado, y frente a él, había visto caer hombres que, lejos de su gente, esa noche nadie lloraría. Tampoco sabría jamás que bala disparada por él habría sacado un ojo, dejado a alguno inválido o causado la muerte que danzaba por aquí, por allá, coronada de pólvora, bañadita en sangre, celebrando su fiesta.

Al ver el rostro de Alonso transido por oscuros recuerdos, Mariana daba gracias de verlo a salvo, ¿pero por cuánto tiempo?

Cada despedida era más cruenta. Los comentarios de Libia más mordaces:

—¿Ya se fue este hombre de nuevo? —le preguntó al salir de misa un domingo deslucido del mes de febrero—. Veo que cada vez se queda menos.

Lo peor, era que la tía Matilde le hacía eco en cuanto se presentaba la ocasión: —Ya sabes que yo soy franca, Mariana, y mi edad me da derecho a decir verdades. ¿Por qué no te vas con él? Es un hombre muy guapo, en plena madurez, y en esos rejuegos que anda no faltará quien se le ofrezca o se le antoje. Sabrá Dios... y, tú, aquí, trabajando como siempre y encerrada con un viejito.

—Estamos muy bien con don Evaristo. Es de lo más ameno y cordial que he tratado en mi vida —recalcó—, y mi trabajo me encanta, tía. No puedo seguir a Alonso porque él anda de arriba para abajo. Ya está en Veracruz, ya en México, o en el norte.

—Pues vete a México.

—¿A qué? ¿A sufrir hambres y miedo? Todo escasea en la capital, el bandidaje se ha desatado. Aquí estamos seguros, yo estoy al pendiente de Valle Chico y Alonso está más tranquilo teniéndonos en Morelia.

Las damas del círculo de costura y doña Pepa, quienes la rodeaban, cambiaron miradas.

Lo dicho dolía con la carga que trae consigo una verdad adversa e irrefutable. Sólo de lejos sabía de las andanzas de su marido, ignoraba lo que comía, los peligros que en un momento dado pasaba. Lo había notado cada vez más delgado, más tenso, y poco mostraba su clara sonrisa. El fino sentido del humor que poseía no era aplicable a las situaciones trágicas que vivía o, de menos, dolorosas, como el encontrar en la cárcel a un amigo, Luis G. Urbina, por haber colaborado con el gobierno de Huerta.

—¿Qué te parece, Alonso? Un día en la cima y al otro en la sima —había ironizado Urbina.

Alonso les relató que sólo con sobornos a la guardia pudo llevarle cobijas, almohada, ropa limpia y mandarle comida mientras estuvo prisionero. Lo consternaba ver presos a muchos otros hombres de valía por un error de cálculo político.

La noche en que se logró rescatar a Urbina de la prisión, Alonso y otros amigos le tenían un salvoconducto para Veracruz, pasaporte y dinero. Con un estrecho abrazo lo despidió en el barco que lo llevó a La Habana y él retornó a lo suyo: a sus juntas en las que se discutía por horas la manera de enderezar la economía que tanto le había picado el ánimo durante el régimen porfirista por cuestiones tan sencillas de controlar y que ahora se complicaba con múltiples factores desquiciantes. Se maravillaba de que el suelo de México siguiera prodigando su riqueza. La misma que ahora muchas manos manipulaban, incluso las suyas que se azoraban al manejar cantidades tan exorbitantes. Aunque muchas minas estaban clausuradas por falta de mano de obra, otras funcionaban y rendían millones en oro y plata. El henequén era otra fuente que respaldaba al Ejército Constitucionalista; el petróleo, manejado por la compañías extranjeras, protegido por los carrancistas y en auge por la guerra en Europa, todo ello daba para comprar armas y más armas y dar de comer y vestir al ejército.

—Esta aplicación negativa de nuestra riqueza la pagaremos muy caro en el futuro —había vaticinado a Urbina, camino a Veracruz, un camino de duelo que marcaba el cielo, aquí y allá, con hombres colgados de los postes de la luz—. Estamos en terrenos tan inciertos, Luis, que toda resolución es un ensayo. Se piensan retirar todos los *bilimbiques* y sustituirlos con otros billetes llamados *infalsificables,* porque se calcula que circulan alrededor de quinientos millones en billetes falsificados. Para mí, la gente no recuperará la confianza en la moneda hasta que no la vea en metálico...—. Frente a ellos pasaban más colgados y él se sentía absurdo hablando de metal y papel ante la carne putrefacta que se agusanaba alrededor de ojos yertos y lenguas hinchadas.

Alonso tenía razón. Los peones de Valle Chico ya no querían recibir los *bilimbiques* con que les pagaba Mariana. Preferían la mitad en vales de ella, a cuenta de la cosecha, y de mala gana aceptaban la otra mitad en billetes para irla pasando.

—Si no ponen esto en orden, Alonso, yo no sé qué voy a hacer. Dictan medidas que no saben cómo van a afectar a la vida diaria—, se quejó ella al lamentar la situación cuando Alonso llegó a Morelia.

Y él aconsejó—: Cuando entre la cosecha, no la realices toda. Deja una troje llena para suplir las necesidades de los peones durante el año. Mientras la gente tenga que comer no se desesperará.

—Dejaré dos. Por hoy, nosotros no necesitamos ese dinero.

—Mejor.

Aquella noche durmieron intranquilos, cada uno con sus cuitas. Se habían llevado la Revolución a la cama.

Capítulo LIX

Mariana no había podido sembrar más que la mitad de los potreros en el incierto año de 1916. La gente se había ido en espera de una vida mejor, con el acicate del lucro fácil; distintas facciones que no se sabía bien a bien a quien respaldaban, luchaban entre sí a lo ancho de la tierra michoacana. Temerosa por la seguridad de sus hijos, ya no los llevaba a la hacienda ni podía montar con ellos mostrándoles el campo, o San Fermín, que una vez más padecía de abandono y, según le había advertido Ismael, se había convertido en refugio de bandoleros.

Extrañaba las largas cabalgatas, el bosque en lo alto y las puestas de sol al dorar los campos. Extrañaba a Alonso. Leía sus cartas a don Evaristo, a Jorge, que venía a visitarla seguido, y a sus niños.

—Ésa ya nos la leíste la semana pasada, tía—, recordó Jorge y ella sólo pudo responder:

—Es la última que tengo.

Jorge, con sus veinte años recién estrenados y con la imaginación afiebrada por el delirio de la aventura hubiera querido andar con su tío. Sin importarle cuánto lo criticaba su mamá, a él le parecía un héroe. Desubicado en la vida, incómodo ante un padrastro indiferente y despreciado por su madre que no dejaba de reclamarle por qué no había heredado, al menos, los ojos azules de su padre, en el único sitio familiar que respiraba a gusto era en el espacio que rodeaba a su tía que siempre lo trataba como hijo. La sonrisa pronta, la palabra amable de don Evaristo, el cariño de sus primos y la confianza de que gozaba en aquel hogar, le brindaban el calor que le faltaba y la guía para formar su criterio.

—¿Que opina mi tío Alonso de la invasión que hizo Villa a Columbus?—preguntó al pasar del comedor a la sala una vez terminada la comida. Y la respuesta de don Evaristo no se hizo esperar:

—Que metió a México en un apuro muy grande. Ahora no va a ser fácil que se retiren ciento cincuenta mil soldados americanos de nuestro suelo a causa de la represalia.

—Sin embargo —, concluyó Mariana —tal parece que van avanzadas las pláticas y si las cosas se manejan bien, se retirarán por medio de la diplomacia. Ahora mismo tu tío Alonso se encuentra en Washington.

—Tía, don Evaristo —, anunció determinado una vez que habían tomado asiento —me pienso dar de alta con el general Obregón.

Mariana casi se le hinca—: Por favor, no, Jorge. Esto ya se va a acabar.

—Por eso mismo: se va a acabar y ¿qué le voy a decir a mis hijos algún día? ¿Que me quedé en la casa leyendo periódicos, mientras hombres de menos edad, que digo, niños, se morían peleando por, por...

—¿Por qué, Jorge?

—Por la constitucionalidad.

—Pero si estamos en la preconstitucionalidad.

Don Evaristo intervino—: Jorge, hagamos un pacto. Espera a tu tío, platica con él y no olvides que tu madre sufriría mucho de verte involucrado en todo esto.

—A mi madre no le importa lo que hago.

—Sí le importa, Jorge, te lo aseguro. Además—, temió Mariana—no tardaría en culparnos por tu decisión. Y yo, hijo, también me culparía porque aquí es a donde vienes a comentar todo esto, donde has bebido estos aires de revolución.

Al irse Jorge, don Evaristo y Mariana se vieron y ella, por primera vez, se dejó ir ante sus niños que se espantaron:

—Nada más esto nos faltaba. Ya estoy harta, don Evaristo, harta. Que lo platique con Alonso dice usted... ¿Cuándo será eso? ¿Cuándo volverá? Ya no sé si soy casada o abandonada— y, abrazando a sus hijos, se soltó llorando.

Por fortuna, los lances guerreros de Jorge se aplacaron por un tiempo al saberse que la tropa de Pershing había abandonado el país tras pegarle una correteada inútil a Villa por los montes y cañadas que éste conocía tan bien. Con el triunfo diplomático que había logrado este retiro, les escribió Alonso, Carranza afirmaba más su poder y Mariana, un tanto avergonzada de su desahogo, se prometió no flaquear más.

Por su parte, sin decir nada, don Evaristo puso un telegrama a Alonso: "Ven. Necesario atiendas asuntos familia".

En el círculo de costura al que pertenecían Marcia y Rosa Alpízar, los asuntos de familia de Mariana también eran materia de interés. Doña Pepa, no conforme con todas las noticias que a diario proporcionaba sobre el estado de la nación, inmiscuía las propias al hacer alarde de la gran mortificación que mostraban doña Matilde y Libia por la situación de Mariana:

—No se cansan de aconsejarle que se vaya con el licenciado, pero ella tan tranquila —comentó al dar puntadas como quien encaja alfileres en un fetiche.

—Algo la tendrá contenta aquí... —adelantó Marcia.

—O alguien... —completó doña Pepa.

No se dijo más. No fue necesario. Rosa Alpízar sintió como si una araña negra se apoderara de su corazón. Las puntadas que daba salían disparejas, el hilo se le hizo nudos, y en un jalón que dio a la aguja, frunció la carpeta que bordaba. El silencio dio vueltas de especulación, la sospecha cundió entre las que no estaban al tanto de las insinuaciones que corrían *sotto voce*, de boca a oído, y que habían alcanzado por esa vía el de Rosa días antes:

—¿Va mucho a las minas David? Se le ha visto por ese rumbo seguido —, informó doña Pepa, como de paso, un sábado mariano en que se dirigían las tres hacia el rosario.

—¿Qué rumbo? —insistió Marcia..., y completó Pepa:

—El de Valle Chico... Por esa misma carretera se va a las minas, ¿verdad?

Sonrojada, hermética, Rosa no pronunció palabra y las otras se dieron por satisfechas con su silencio.

El abandono en que la tenía David desde que le diera un hijo, sus ausencias, ya largas, ya cortas, cuyo destino fijo jamás sabía y todo aquello que Marcia se había encargado de relatarle acerca del plantón que por su causa le dio David a su prima, ésa que para su recalcitrada envidia conservaba su porte juvenil y figura; un carnet que él guardaba con el nombre de Mariana en todas las hojas...; la forma en que los dos se evitaban... al menos... en público, se aunaron para que brotara en Rosa una desesperación arrolladora que la llevó a uno de sus actos impulsivos que más tarde lamentaba, pero que no podía dejar de hacer. No estaba dispuesta a soportar más humillaciones, más desamor, así como así... ¡Qué se fueran al diablo! Los dos.

Al día siguiente de haber recibido el telegrama de su padrino, Alonso estaba en casa con sus relatos de la desbandada del ejército zapatista, y de que en breves días, antes de que terminara el año, se incautarían los bancos cuya reserva se aplicaría, por fin, como base de una moneda metálica.

Poco faltó para que Mariana estallara. ¿Y mientras eran peras o manzanas, con qué les iba a pagar a sus peones?

—Cambia *bilimbiques* por pesos fuertes —respondió—. Después, estos los cambiarás por la nueva emisión según convenga. Cosa inesperada, el dinero carrancista ha subido de valor desde que procedimos a contabilizar oficialmente los depósitos metálicos en poder de los bancos, y si tú ofreces un poco más por los pesos, no encontrarás dificultad en conseguirlos entre personas que, como tú, paguen nóminas.

—¡Qué de vericuetos! *Bilimbiques* anteayer, *infalsificables* ayer, hoy pesos fuertes, ¿Usted entiende algo, don Evaristo?

—Algo...

Mariana, que de sobra entendía, por pura rebeldía renegó—: Yo no —y entregó a su marido una correspondencia que le había llegado esa misma mañana.

En el despacho, al escuchar a don Evaristo, Alonso creyó comprender el malhumor de su mujer. Ensimismado, manejaba los sobres abstraídamente, su inquietud centrada en lo que decía su padrino:

—Breves ausencias entre los matrimonios son buenas, las prolongadas no, Alonso.

—Tiene usted razón..., la he dejado demasiado tiempo sola; pero esto ya se va a acabar, eso espero, y todo volverá a la normalidad—. Con renuencia concluyó—: Por ahora, no sé si pueda estar viniendo más seguido...

—Procura—, aconsejó don Evaristo antes de retirarse llevando en los ojos la preocupación.

Perturbado por la actitud de su padrino, Alonso se explicaba ante sí mismo que no podía hacerse más pedazos, y a un tiempo empezó a revisar la correspondencia que le llegaba, a veces, por doble partida, como habían convenido entre varios revolucionarios por si alguna se perdía. Leyó dos de importancia e hizo en ellas anotaciones, otras de menor interés, las rompió, y abrió el último sobre.

Era un anónimo. Al recorrer la caligrafía rara, como si estuviera a propósito disimulada la mano que la escribía, sintió algo parecido a los golpes de bala.

"Su mujer y David Alpízar se entienden."

Eso era todo y fue suficiente. Los ojos de Alonso se pegaron a aquellas letras sin poder desprenderse. Fueron momentos de total ofuscación. Sintió que se hundía la silla en que estaba sentado, intentó ponerse de pie y no pudo... Con un esfuerzo supremo empezó a calmarse poco a poco, poco a poco, poco a poco.

Cuando le fue posible, se levantó y salió al balcón a respirar, aferrándose al barandal. Por eso la contrariedad de Mariana. ¡Cómo no! si llegó de sorpresa. Al entrar de nuevo, se fue al cajón del escritorio, se sirvió una copa de coñac y se dejó caer en el sillón. Ahora se explicaba el telegrama de don Evaristo. ¿Sospecharía algo? ¿Lo sabría ya? No, no le preguntaría. No iba a involucrar a nadie más. A nadie. Esto era cosa de él y ese par. Lo quemaba una furia interna. Leyó otra vez el papel acusatorio, recordó el pasado y se dijo que bien pudiera ser. Él lejos, ella sola, apasionada como era... Estrujó la nota entre sus dedos y algo como un ronco estertor que parecía de muerte, salió de su garganta, de su pecho. Se mantuvo un lapso rumiando estrategias. Tras descartar unas y repasar otras, ya dominado el impacto, salió del despacho para anunciar que se tenía que regresar esa misma noche. Ante la sorpresa de Mariana y la obvia contrariedad de don Evaristo, se despidió de una manera exageradamente tierna de sus hijos, tanto, que Mariana miró desconcertada a don Evaristo quien levantó los hombros y los dejó caer con desaliento sin decir palabra. Y se fue. Mariana había corrido a traerle una bufanda, a ordenar le prepararan algo de comer para el camino... cuando regresó ya no estaba.

Alonso tomó el tren de la noche, pero se bajó en la primera estación. Mariana había dicho que ya que él se regresaba a México, ella partiría para la hacienda.

Era el momento.

A precio de compra rentó un caballo y cortó camino rumbo a Valle Chico con el pensamiento enredado en la negrura de la noche que cruzaba. Sin reflexión, sin otro sino que el de cerciorarse costare lo que costare, galopaba por el monte dibujando una figura de jinete maldito.

El portón de la hacienda estaba cerrado cuando se acercó él y a las voces de ¿quién va? Se descubrió y contestó con voz apenas audible:

—Abran y no hagan ruido.

Ante su tono de mando, los guardias, que no lo conocían, se miraron sin saber qué hacer y uno dijo—: Voy por don Ismael. Y el otro:

—Horita, señor. No más traen las llaves.

Al llegar Ismael —contados unos minutos que le parecieron horas— y ver su cara de sorpresa, más se recrudecieron en él las sospechas y con el alma hecha un nudo de celos montó las escaleras de dos en dos hasta llegar a la alcoba que solían ocupar ellos. Su mano volteó la manija que no cedió.

Entre sueños ella sintió que alguien forzaba la puerta de la alcoba. Alerta, como solía estar siempre que pernoctaba en Valle Chico, se sentó en la cama, aguzó el oído con el corazón a plena marcha, instintivamente alcanzó el revolver y apuntó a la puerta.

—¡Abre! —ordenó él desesperado al encontrar su paso obstruido por aldabas.

De un salto Mariana corrió a abrir y él pasó frente a ella como un potro salvaje. Se detuvo viendo el lecho, estudiándolo, buscando, husmeando como fiera en celo. Sus ojos recorrieron la estancia entera, con pistola en mano se dirigió a un balcón, al otro, al otro; abrió de par en par el ropero de tres lunas dando pistoletazos a la ropa ahí colgada y al final de su desenfrenado recorrido volteó a verla queriendo encontrar en ella algo de culpa. Nunca la volvería a ver más dueña de sí: tan altiva y señora.

—Te faltó buscar bajo la cama —le lanzó y sin esperar respuesta se dirigió a la puerta indicándole que saliera.

Alonso, aturdido, arrojó el revolver sobre la cama y sentándose en ella se inclinó tomando su cabeza entre sus manos.

—¿Qué está pasando? ¿Qué pasa aquí? —repetía... Todo lo que había vivido desde el momento en que recibiera aquel mensaje hasta ese momento le parecía como si hubiera sido vivido por otro; alguien que había impulsado sus actos, alguien que había tomado posesión de su ser.

Por unos momentos interminables ella no se movió, él tampoco. Gracias a no sabía ella qué recursos, en los momentos álgidos era cuando más íntegra se sentía.

Serena, cerró la puerta y retrocedió hasta sentarse en un antiguo sillón de tijera frente a los pies de la cama. Ahí, con la cabeza pesada, como si buscaran salida los pensamientos que no cabían en ella, tratando de comprender todo aquello, aguardó.

Como él estaba petrificado, fue ella quien rompió el silencio:

—¿Por qué has dudado de mí?

Alonso movió la cabeza, perdido.

—Un anónimo...—, muy despacio, como si lo agobiara su propio peso, se levantó para ponerse frente a ella y dárselo.

Mariana lo dejó caer al suelo después de leerlo.

—Es falso —le dijo viéndolo a los ojos—. Falso, bajo, cruel. Te pude haber matado. Si no reconozco tu voz al instante, hubiera disparado.

Los dos se vieron al fondo del alma y midieron la dimensión del daño causado.

—Yo no soy doble, Alonso. Nunca lo he sido. Nadie más que tú lo sabe mejor.

Al ver las lágrimas que empezaban a asomar a los ojos de Mariana, Alonso no pudo más, y cayó de rodillas ante ella, deshecho. Como si temiera tocar algo sagrado, sus manos se querían acercar, pero no se atrevía. Sin poder contenerse más, reclinó su cabeza en su regazo se abrazó a ella y empezó a sollozar un perdóname desgarrador.

De esos momentos dependía su futuro y ella, agraviada, ofendida como se encontraba, no sentía el menor deseo de pasar por alto, como si nada, lo ocurrido. Con un largo suspiro se rindió. Alonso valía más que todo su orgullo. Al sentir que las lágrimas de Alonso humedecían su piel a través de su camisón, tras unos segundos, alzó su rostro entre sus manos y lo besó en la frente, en las mejillas y en los labios con toda la ternura de que fue capaz.

Esa noche la recordarían los dos como una de las más plenas en sus vidas y ya calmados los ánimos, a ratos reirían de las sacudidas que había dado a las ropas del gran ropero de tres lunas que en su momento multiplicaron, *ad infinitum*, a un marido ardiendo en celos, pero al fin, enamorado.

Capítulo LX

A mediados de un otoño intenso Alonso fue electo Diputado Constituyente. En Querétaro, ciento cincuenta y ocho hombres se pusieron a trabajar, a desvelarse, a trabajar, a ver salir el sol y recibir de pie las estrellas y despedirlas de nuevo en su afán por dar cuerpo a la nueva Constitución. A través de aquel conglomerado heterogéneo, por cuarenta y tantos días las ideas fluyeron cual aguas renovadoras que deseaban limpiar todas las injusticias, abrir puertas a la esperanza de los desvalidos, moderar a los ambiciosos y recuperar para el pueblo la soberanía de la nación; sin embargo, a la hora que se presentó el proyecto, una nueva hornada de políticos la encontró de corte conservador.

Con los veinte pesos que les dieron de viáticos, se fueron a casa a pasar la Noche Buena y retornaron súbito, concentrados en continuar la labor. En escasas, pero largas y agotadoras sesiones, de discutir, tachar y cuenta nueva, se resolvieron las diferencias y un cinco de febrero de 1917 se promulgó la nueva Carta Magna. Las innovaciones fueron significativas y, para muchos, alarmantes: en su texto se estableció que la propiedad no es un derecho sino una función social y con ello el gobierno podría confiscar las tierras que se consideraran no ser útiles al bien general de la nación. Aquéllo hizo temblar, sobre todo, a los terratenientes, y preocupó a don Evaristo al saber que muchas residencias de la capital estaban incautadas y que la casa de don Felipe se hallaba convertida en cuartel.

Otro artículo estableció que el dominio del subsuelo sería de la nación, y el artículo 123, garantizó los derechos laborales: ocho horas de trabajo al día, salarios mínimos, dimisión con compensación, prohibición del trabajo infantil y derecho de huelga. En esencia, era un documento con principios sociales nunca antes incluidos en ninguna constitución. El día en que se votó por unanimidad a favor, Alonso apenas pudo controlar su emoción. Haber participado en aquel logro que debería marcar un nuevo modo de vida para el país, sería algo de lo que más orgulloso estaría en su vida.

A la iglesia se le restringió más.

—No sé qué vamos a hacer —comentaba Libia en sus reuniones de té—. Se dice que ningún ministro de un culto podrá impartir enseñanza en los planteles oficiales o particulares y los sacerdotes extranjeros no podrán ejercer su ministerio, ni las monjas vestir hábitos. Si mi hija decide hacerse monja, sólo en el extranjero podrá vestirse como tal.

—Esto es persecución —secundaba doña Matilde y terciaba doña Pepita, quien, desde la muerte de doña Clarisa se le había pegado como lapa:

—Pues pregúntale al constituyente de tu cuñado, mi querida Libia. A ver que razones te da.

En gran parte de Morelia todo esto fue un escándalo y motivo de rechazo. Se presentían nuevos conflictos como otros de esa índole que hubieran preferido olvidar.

David Alpízar, por el contrario, aplaudió—: Ya era hora de que se les pusiera en su lugar a estas gentes que estaban tomando mucho vuelo—, aprobó en el casino sobre una taza de café.

—Todo radicalismo es peligroso, David —, objetó don Evaristo—. A la gente no la van a desfanatizar con leyes ni decretos, como pretenden. Por el contrario, más se aferrarán a sus creencias y ritos. Las ideas evolucionan por convencimiento. Por imposición se simula aquiescencia, pero en el fondo nada cambia y eso es lo que ha venido sucediendo.

David prefirió dejar el tema y su puro a un lado—: Quedará bien colocado su ahijado ahora que se den las nuevas elecciones *constitucionales*— recalcó con un filo de sorna. Don Evaristo, conociendo de dónde venía aquel rencor, no se inmutó. Había caído en cuenta que cada que salía con Mariana, si de casualidad se encontraban con David, éste apenas saludaba y en varias ocasiones lo vio cruzarse de calle para evitarlos. Tampoco iba a consultarlo a su casa como antes. Siempre lo citaba en el casino o en sus propias oficinas. Tanto mejor, musitaba para sí, porque comprendía que aquel hombre llevaba en el alma un recuerdo amargo e imborrable.

—Hace muchos años que nos conocemos, David, y siempre he admirado tu franqueza —respingó don Evaristo— pero tú bien sabes que Alonso no se metió en esto por avance propio. Le gusta la política —admitió casi lamentándose—, y ojalá hubiera más como él metidos en ello. No es fácil lidiar con cien, con mil cabezas...

—¿De ganado? —interrumpió el otro.

—Mira, David...

—No, no, don Evaristo, disculpe —se sonrió—. Continúe.

—Si no te conociera desde chico...

—De veras..., continúe.

—Va a lanzar su candidatura para el senado por nuestro estado en las próximas elecciones... Por el momento, aquí no hay mucha simpatía para los constitucionalistas, pero tu palabra pesa.

—No sé en qué va a parar esta democracia tan cacareada que se nos viene encima —desconfió—. Aquí no estamos en la Grecia de Pericles, don Evaristo, cuando los hombres respetaban opiniones diversas y se dirimían los asuntos públicos entre gente ilustrada. Nuestros ensayos democráticos entronizarán a unos cuantos, quienes, al fin y al cabo, serán los únicos que lleven la batuta.

—¿Preferirías la dictadura?

—Si es atinada evita muchos tropiezos, divergencias y luchas intestinas en las que se gastan fuerzas que deberían dirigirse a gobernar para todos y no para satisfacer ambiciones particulares.

—¿Y si no lo es? Me viene a la mente Calígula... Y mira el desenlace que ha tenido la de don Porfirio. Con todos sus encomiables aciertos, hoy estamos pagando las consecuencias. Los hombres necesitan tener la ilusión, al menos, de que participan en el destino colectivo. Por otra parte —afirmó—, el que los dirigentes sepan, sientan que el pueblo, ilustrado o no, puede ejercer alguna fuerza, equilibra de alguna forma la balanza—. Y, para concluir, insistió—: ¿Qué me dices de tu apoyo, sí o no?

David retorció el puro para acabarlo de apagar de una vez por todas.

—Cuente conmigo —accedió terminante y sin decir más se despidió.

Una vez librado de su responsabilidad como Constituyente, Alonso regresó a Morelia. Había notado cierta frialdad del Primer Jefe hacia su grupo y no quería estar sujeto a su voluntad. Independiente como era, prefirió la oportunidad de trabajar en el congreso donde estaría ahora el estire y afloje para aplicar la nueva legislación. Esas, al menos, eran sus esperanzas. De la noche a la mañana, la casa de don Evaristo se convirtió en un panal político. Doña Refugio corría de un lado a otro entre el sonar del teléfono y el del novedoso timbre eléctrico del portón, de donde regresaba, cuando se confundía, avergonzada y renegando.

El hostigamiento que algunos hacían a todo lo que se derivara de la nueva Constitución y la trayectoria de Mariana como hacendada, no le ayudó mucho en su campaña en un principio. Obstáculos que fueron cediendo ante la sinceridad que emanaba de su persona y su don de convencimiento. Alonso no se conformó con reclutar a las fuerzas vivas citadinas, que más parecían calcificadas momias por la sequedad que en un principio mostraron hacia sus propuestas... Trabajo le costó convencerlos de que era irreversible el camino tomado y que el poner resistencia hacia las nuevas normas sólo entorpecería el desarrollo de los negocios que empezaban ya a regularizarse. De lejos, en el casino, David Alpízar concordaba con esa opinión a través de un comentario aquí, otro allá, y lograba que se inclinaran hacia Alonso, pues el otro candidato, con una cantaleta en que la palabra "revolución" se repetía como nueva letanía, no ofrecía más que una retórica repleta de promesas que a nadie convencía.

Con un pequeño grupo de partidarios Alonso recorrió el estado maravillándose de su hermosura, sus lagos serenos, la sierra envuelta en brumas, la costa de tierra caliente que le recordó sus jornadas nocturnas, los valles acariciados por las sombras de las nubes, las cascadas y ríos que los refrescaban... Su contrincante no se detuvo en tildarlo de *científico renegado* ni en llamar a Mariana opresora del campesino. Como respuesta Alonso apeló a la memoria de muchos que bien sabían cómo iban las cosas en Valle Chico desde que muriera don Marcial y tomara las riendas su hija; y, al día siguiente, le envió un mensaje que decía: *No vuelva usted a mencionar a mi esposa,* e incluyó en el mismo sobre una bala. Al centro de las plazas de las distintas ciudades lanzó discursos, habló bajo tejavanas en la lluvia y en medio de las parcelas. Su mensaje era sencillo, sincero, directo: quería representarlos en el Congreso de la Unión —y les enseñaba una gran foto de la Cámara de Senadores—, para poder hablar por ellos, pedir justicia para ellos, resolver sus asuntos urgentes, en una palabra, servirlos. No sabía si le habían creído. Lo medían con unas miradas tan desoladas, que... no sabía. Comía moles rojos, verdes, cafés, negros, tomaba lo que le ponían en frente y recibía papeles plenos de quejas, asuntos viejos jamás resueltos, nuevas discordias, apremiantes necesidades y pleitos que buscaban solución.

A Mariana le pidió que se quedara en casa pues los de su comité temían que su presencia fuera contraproducente; que alguien, por lucirse, podría lanzar algún insulto o algo peor. Inconforme, ella objetó:

—El que nada debe nada teme —, pero se convenció al oír:

—Señora, así no se deba nada, éstos son tiempos de temer.

Al final de aquella gira, la tarde de su regreso, estaba esperándolo la enorme tina en la que bien se podía llamar *sala de baño* de la casona del padrino. Las botas enlodadas, el pantalón de montar, daban testimonio de los caminos andados y al asomarse Mariana para ver si algo faltaba, Alonso la llamó extendiéndole el cepillo. Ella se acercó, puso un banco y suavemente, sentada a un lado, le empezó a tallar la espalda recalcando con cada cepillada:

—Lodo de Uruapan, lodo de Acámbaro, lodo de Parindícuaro, de Pátzcuaro... ¡listo! —terminó al recorrer la topografía de omóplatos, hombros y valle dorsal.

Alonso la tomó por el puño, la atrajo hacia sí para darle un beso, que se lo dio al aire porque ella resbaló, perdió el equilibrio y se fue de lado a la tina.

Al oír sus gritos don Evaristo salió de su despacho, alarmado se dirigió hacia el baño, y detuvo su mano antes de que llegara a tocar la puerta cuando oyó las risas y chapoteos que rebotaban como alegres canicas por los mosaicos. Con una sonrisa hizo señas a doña Refugio, a Lupe y a los niños para que se retiraran y él volvió a su despacho. En cuestión de minutos, al salir de nuevo, se volvió a meter cuando vio que por el pasillo corrían hacia su recámara, envueltos en una misma toalla, Mariana y el señor candidato a senador.

Llegada la hora de la votación, se anunciaba ya el triunfo que tardó en llegar seis días, pues había que esperar las urnas de todo el estado. Al recontar de nuevo los votos, sellar las actas y ser reconocida su victoria, el corazón de Alonso se alegró con cada abrazo, con cada palmada en el hombro al haber recuperado lo que le arrebataran por la fuerza de las armas y la traición en tiempos de Huerta. Era un triunfo sobre el traicionero ayer, ganado con muchos desvelos y toreando muchas pasiones. Iba feliz por las calles, con la cabeza ligera, el corazón en alto. Brincó los escalones del corredor, irrumpió en la sala como torbellino y levantó a Mariana en brazos dándole de vueltas:

—¡Hemos ganado! —exclamó.

Mariana no quiso decirle una sola palabra esa noche. Lo dejó ser feliz.

En el hospital se encontraba Ismael herido. Unas partidas sin ley habían atacado los potreros de Valle Chico. Hacía unas horas lo habían transportado de la hacienda y las curaciones de dos cirujanos no pudieron contener la hemorragia interna. Sin una queja, con la mirada fija en Cata, murió a los dos días y Mariana decidió que lo sepultaran junto a sus abuelos, padres, hermano e hija.

El sol brillante de esa mañana no concordaba con el pesar de sus almas. Cata no expresó ni un gemido, Cirilo lloró como un niño y ella supo que con Ismael había muerto parte de Valle Chico, su brazo derecho, el fiel mayordomo que nunca pidió ni tomó nada, solo dio.

Capítulo LXI

En el olvidó quedó la maledicencia de las almas ociosas, unidas, en su derrota, a la frustración de una mujer que cambió por una posición social la posibilidad de llegar a ser amada. Al despuntar la fresca luz de aquella madrugada, no muy lejana, en la chimenea de la recámara ellos habían quemado el libelo como trapo infectado y jamás se referirían de nuevo a él. Pasadas las elecciones, no abrumaron su alma con amarguras ni rencores al abandonar Morelia porque ambos sabían que algún día retornarían a esa tierra de donde sacaban su fuerza.

El aspecto de la capital era otro. Tenía que ser. Entre la muchedumbre que se movía a ritmo de película muda recién estrenada, los uniformes reinaban, la miseria también. A diario tocaban a su puerta manos escuálidas, rostros aprensivos de mirar suplicante que mendigaban una tortilla, un centavo. En las aceras dormían, a veces, familias enteras. Desplazados de sus lugares de origen por seguir a un líder, o por ser levantados como leva para formar un destacamento del ejército, ahora que éste se desmoronaba, se encontraban solos y desprotegidos a la merced de la bondad que les permitiera regresar a su lugar de origen o acomodarse al servicio de algún rico.

En ciertas partes de la ciudad se había despejado el escenario de crueles recordatorios al tomar posesión como Presidente Constitucional Venustiano Carranza. En un triunfante mayo de 1917, la calle de Plateros era la vía popular una vez más y las tiendas empezaban a lucir sus mercancías que distaban mucho de ser lujosas. Los percales tomaban el lugar de las sedas y la convivencia era diversa.

—No sabe uno con quien se codea, Mariana —le había dicho al oído la esposa de otro senador quien guardaba nostalgias porfiristas, al presenciar la toma de protesta de la XXVII Legislatura del Congreso de la Unión—. Fuimos a cenar anoche al Gambrinus... ¡qué horror! Ni se le ocurra. Puros hombres en botas —de noche— y en botas. Y las dizque señoras, para qué le cuento. Me dicen que donde está más selecto el ambiente es en El Parisino —terminó alisando su falda y al unísono lanzó una mirada despectiva a los uniformes y botas que destacaban en el recinto, las que, por más lustrosas que resplandecieran, seguían siendo botas y no zapatillas de charol.

Mariana sonrió. El ambiente se había metamorfoseado en todas partes. El siglo avanzaba con precipitada turbulencia. El mundo había cambiado y para siempre: parecía que los hombres hubieran despertado de un largo letargo y los sueños y fantasías que habían vislumbrado las convertirían en realidad. Lo harían con denuedo afiebrado; por todo el globo la impaciencia era la cuerda pulsada por la humanidad. Se vio su vestido recto, su sombrero reducido a la mitad del perímetro del que le hiciera don Simón. Se atrevían ahora —todas— a mostrar el calzado y los caballeros se recreaban escudriñando un alto empeine. Las largas capas varoniles, los altos sombreros y bastones, iban desapareciendo y, con ellos, la palabra irrefutable del hombre.

Alonso y ella intercambiaron una que otra mirada, una que otra sonrisa: toques *Morse* que se deslizaban en el espacio poblado de pensamientos políticos, como íntimo entendimiento, para aislarlos de tantos rostros y pareceres que los rodeaban.

Entre la tibia intimidad de las sábanas, esa noche le dijo al oído—: Eras la más guapa —y, acomodando la cabeza de ella en su hombro prosiguió—: Me temo que el nuevo campo de batalla será el congreso. Hay dos facciones ya: la obregonista y la carrancista; y dos mentalidades: una, muy radical, que propugna un socialismo de Estado y otros que sostienen que el Estado como empresario sería fatal. Tenemos que encontrar un equilibrio.

Con una mirada de advertencia ella se puso en pie, tomó del florero un manojo de alelíes y en silencio los comenzó a deshojar haciendo un cerco de flores alrededor de su lecho. Alonso la observaba intrigado. Cuando terminó, se subió a la cama y sentada frente a él, como si fuera una pitonisa, vaticinó:

—No más políticos. En este espacio, en esta noche, no entrará más ni el general Obregón, ni el presidente Carranza.

Divertido con aquella especie de exorcismo, Alonso la acercó, y, como si saboreara una fruta, le dio un beso..., mil. Quería palpar de nuevo su presencia, el no sentir que al día siguiente se iría y tal vez no la volviera a ver. Muchas noches había pasado preguntándose qué hacía con tantos papeles a un lado, esparcidos como un sudario por la cama donde sólo se agitaban las ideas y el trabajo.

La feliz reanudación de su vida familiar les hizo olvidar los signos de alarma que se habían dado en Valle Chico. Allá, la situación se había normalizado un tanto: Cirilo ahora estaba al frente; pero los preocupaban las noticias que don Evaristo enviaba: las invasiones de tierras continuaban con el apoyo del general Pablo López, que había llegado a hacerse cargo de la región.

Por medio de una comisión agraria del senado que el gobierno había establecido, llegaban a manos de Alonso un sinnúmero de reclamaciones acerca de tierras que habían sido usurpadas por algunos hacendados y que pertenecieron a antiguos ejidos. Éstas, poco a poco, se tendrían que restituir.

Ciertos momentos no se olvidan jamás. Uno de ellos fue ése, en que ella revisaba las tareas de sus hijos y Alonso la llamó aparte. En sus manos puso un legajo. Mariana reconoció en el burdo mapa el contorno de Valle Chico. A medida que avanzó en la difícil lectura de una cédula antigua, se percató de que buena parte de sus tierras podrían ser afectadas de acuerdo a la legislación que estaba por aprobarse. Al leer la firma de la solicitudes de revisión de títulos, sus ojos discernieron en los firmes rasgos el nombre: Pablo López Tafoya, y un antiguo escalofrío recorrió su espalda.

—Tengo que ser imparcial en mi dictamen —le advirtió él viéndola a los ojos.

Conociendo a Alonso, estaba consciente de que no podría ser jamás de otra manera. Mariana no sabía qué hacer: si darle la espalda o correr a refugiarse en sus brazos. Controlando la rabia que sintió al ver el nombre de Pablo, optó por lo segundo. No iba a perder a Alonso también.

En aquel mundo puesto de cabeza todo cambiaba de manos de la noche a la mañana: el poder, los bienes, las vidas. Desde que él se fuera al norte, Alonso se enteró de que la casa de sus tíos había sido invadida por los villistas. No valieron cadenas ni candados que botaron destrozados por una descarga de balas y otra de hachazos dando paso franco a nuevos generales. Por más demandas y recursos legales que interpuso Alonso al quedar como senador, la casa seguía ocupada desde hacía un mes por un nuevo huésped, nada menos que el general Sinera. Con todo y que Alonso supiera de aquella ocupación, se sorprendió cuando a la siguiente tarde encontró a Ema sentada en la sala de su tía Sara al reunirse, en gesto conciliatorio, con Sinera, quien, de estar con Obregón, se había cambiado al lado de Villa y ahora que la estrella del Centauro del Norte se extinguía, buscaba acercarse a la facción que seguramente asumiría el poder. Para lograrlo había solicitado una entrevista con Alonso y como los tiempos marcaban un paso de reconciliación, después de consultar con el presidente, Alonso accedió de buena gana.

Momentos antes, al subir los escalones rumbo al *foyer*, los mismos que subiera en otros domingos ociosos en los que se contemplaba la vida como un dulce pasar, se detuvo un instante para desligarse de los recuerdos que salían a su encuentro en antiguas voces que conservaba en la memoria con cariño, y así poderse concentrar en el asunto que llevaba.

—Siéntese usted, licenciado —indicó Sinera cortésmente una vez que hubo presentado a su acompañante.

Al quedarse viendo Alonso a Ema, el general aclaró—: Mi esposa es una mujer cabal. Conoce mucho de política y es mi confidente. Podemos hablar con libertad.

Desconcertado por el súbito reencuentro con Ema, Alonso hizo un esfuerzo por recuperarse y lo logró yendo al grano—: Los términos son estos: amnistía total y la plaza de Córdoba para usted, si se lleva toda su tropa.

Sinera guardó silencio unos instantes—: Me sorprende. El estado de Veracruz es importante... Cada que un presidente se haya en necesidad de evacuar la capital, para allá corre. Comprendo bien que no me quieran tener en el norte, cerca de Pancho. De mi parte, licenciado, veo como una necedad seguir con Villa. Está acabado. Si se vuelve a alebrestar, lo único que se logrará es más derramamiento de sangre; así es que acepto.

Este era el momento y Alonso expresó que mucho agradecería el buen trato que se pudiera dar a la casa, pues era la de sus tíos.

—¡Ah, caray! ¿Oíste, Ema?

Ema, quien estaba con un ojo al gato y otro al garabato, asintió. Las sienes de Alonso mostraban ya unas canas; lo encontraba un poco más grueso, y tan atractivo como siempre, con ese aire de gran señor que nunca lo abandonaría. Sólo que ella conocía su risa espontánea, cierta dulzura tras su fuerza y los abandonos de su juventud.

—Permítame decirle, señor licenciado —aclaró Ema, recuperando el presente— que no hemos sido los únicos inquilinos, y que, como está, la encontramos —se disculpó—. De lo que queda, haremos todo lo posible porque no se deteriore más, se lo prometo —terminó con ojos que se esforzaban por velar recuerdos de noches de amor. Al verlo descender la escalinata y llegar a la reja, esperaba, deseaba, que volteara tan solo una vez... Traspuso Alonso la enorme artesanía de hierro hecha encaje, subió a su coche, desapareció..., y ella dejó escapar un largo suspiro... De todos los hombres que habían pasado por su vida aquél había sido el único que había conmovido a plenitud su corazón.

Gracias a eso, cuando Alonso recibió la casa después de un mes, vio con alivio que se habían salvado la biblioteca, los muebles más pesados y algunas alfombras de las que no habían sido recortadas para colocarse en los caballos; pero Ema no pudo evitar que desapareciera hasta el último reloj de doña Sara. Con aquel vaivén de gente se fueron todos: los estilo Boule Napoleón III, los de bronce con incrustaciones de carey, los rococó de porcelana floral... Cronos y su séquito salieron en cajas, morrales, petacas, o envueltos en enaguas, llevándose en cada minutero marcadas las horas de un tiempo irrecuperable.

Capítulo LXII

1917-1920

A partir de entonces, como si se hubiera ensanchado el cuello de una clepsidra para permitir el flujo precipitado de las arenas, tres años se vaciaron en el pasado con rapidez asombrosa. Zapata había muerto acribillado a mansalva, Villa también. Dos nombres que sellaban una época, pero no la lucha que continuaba ramificada como negra serpiente subterránea. En la superficie, Mariana y Alonso hacían un esfuerzo por recobrar la normalidad. Tan sólo el ver lo mucho que sus hijos habían crecido después de cada viaje, les hacía fincar en una realidad tangible el transcurso del tiempo. Eso, y la restauración que habían logrado de la bella casona de los Ramos, pues años atrás, al irse los Sinera, Alonso había querido que se cambiaran a la casa de sus tíos para protegerla de más invasiones. La suya era pequeña y no daba tentación, la podían cerrar; en cambio, la mansión de los Ramos era un imán. En un principio tuvieron que traer más gente de Valle Chico para poner aquello en orden. A Mariana le recordaba todo aquel movimiento los días en que tuvo que rescatar la hacienda del abandono.

Fue mucho el trabajo, que se vio compensado por el placer de la restauración, de ver a sus hijos entusiasmados con ayudar a escombrar las estancias que se iban a ocupar, con deshierbar el jardín en el que podrían correr a sus anchas. Las antiguas caballerizas se convirtieron en el taller de Tomás. Al mayor, Alonso, le gustaba pintar; a Tomás armar y desarmar y ella se paseaba por habitaciones desiertas que hablaban de su antiguo esplendor en los estucos de sus techos que formaban guirnaldas, en uno que otro candil que se salvó del despojo, en las puertas labradas con vidrios biselados. Sus dedos recorrían los ramilletes de rosas grabados en ellos y recordaba el día en que la deslumbrara el lujo de la casa durante su primera visita a la capital, cuando se había sentido tan fuera de lugar en medio del mundo de sedas y encajes que se había vuelto ajeno a ella.

¿Quién le iba a decir que viviría en esas mismas habitaciones al lado de Alonso y sus hijos?

Cosa curiosa..., bueno, no tan curiosa: al ocupar aquella opulenta residencia llovieron invitaciones, acudían a visitarla todos los apellidos que idolatrara la tía Matilde, solicitaban su presencia en cuanto comité de damas se instituía y alababan a su marido por su gallardía, su valor cívico, y no olvidaban a sus tíos y sus antiguos nexos con los científicos.

—Qué bueno que quedó gente con educación entre estos nuevos gobiernos —repetían—. Si no, no sabríamos que fuera de nosotros entre esta chusma norteña.

Ante la mirada de Mariana en la que fulguraba una chispa divertida, agregaban, no muy seguras del camino que pisaban—: Claro..., habrá otras excepciones.

—El presidente, por ejemplo... ¿No cree usted? —interrogaba ella...

Al regresar de esas tertulias Mariana confiaba:

—Alonso, tú sabes que no soy política. Un día de estos te voy a hacer quedar mal. No me encuentro a gusto en este mundo de caravanear. Prefiero el campo.

Y con sus hijos se iba a Morelia, a Valle Chico, a ver cómo iban las cosas..., se iba a respirar.

Una mañana llorosa, estando en Valle Chico, a sus manos llegó una esquela con una cruz y el nombre del hermano Juan. Más que nada, aquella muerte la hizo palpar el fin de una etapa de su vida... Muy de mañana, al día siguiente, juntó flores en el jardín, las depositó en una canasta y sin hacer caso de las advertencias de Cirilo se encaminó hacia San Fermín.

No bien había subido al borde del bosque cuando se percató de que la seguía Cirilo con una docena de peones armados y los aguardó antes de penetrar en él.

—Niña, usted perdonará, pero es bien sabido que allá arriba hay bandidos.

—Más se alarmarán si ven tanta gente, Cirilo —calculó midiendo la resistencia que del otro lado se podría dar—. Si voy sola me van a espiar, me seguirán, pero dudo que intenten nada en mi contra.

Cirilo no estaba convencido—. Si ha de ponerle flores al hermano, ¿porque no se las pone frente a San Román en la capilla? —se atrevió a sugerir.

Con un suspiro Mariana levantó la vista hacia el rumbo de San Fermín, hacia el rumbo de los recuerdos entre los que reinaba la innata bondad de un alma excepcional—: No es lo mismo Cirilo. En San Fermín está su espíritu.

Cirilo la conocía de sobra y sólo pidió—: Permítame entonces que la acompañe, aunque sea yo. Los hombres nos pueden esperar aquí.

Sin decir más, Mariana asintió y juntos tomaron camino. La senda recorrida tantas veces, las luces desparramadas sobre la hojarasca, alfombraban su paso hacia el templo. Entre el follaje se presentían ojos, breves movimientos, y, a la postre, se escuchó un largo silbido. Apareció ella al borde del descenso hacia la iglesia y resonó un segundo silbido. Cirilo y Mariana intercambiaron miradas comprensivas. Se habían avisado que sólo eran dos.

Los que calentaban el café en el atrio se pusieron en pie de alerta, pero no se movieron más. Eran seis hombres y tres mujeres. No se veían niños. Una vez que estuvieron frente a ellos, Mariana descendió, tomó el canasto de la grupa y dio los buenos días que no le fueron contestados.

Sin dar un paso más entregó las riendas de su caballo a Cirilo quien se cubrió entre las dos monturas que guiaba hacia un punto, a lado de la puerta de entrada de la iglesia, para estar en guardia.

Sola, sin protección alguna, Mariana se dirigió al grupo:

—Vengo a dejar estas flores en el altar porque el hermano Juan ha muerto. Son para él. No sé si alguno de ustedes lo haya conocido...

El fuego que calentaba el comal chisporroteo por única respuesta y Mariana avanzó por en medio de ellos con su canasto, dejando tras de sí el aroma de las rosas color aurora.

Adentro de la iglesia roncaba un trasnochado su desvelo a la luz lechosa del mármol protector de las ventanillas en lo alto. Sobre el altar desierto quedaron esparcidas las flores y haciendo caso omiso del aria bufa que se entonaba del otro lado del pasillo, se sentó a hurgar sus sentimientos.

Muchas veces había acudido a ese mismo lugar en busca de guía, de consuelo, tiempos en que la más tremenda soledad la había sujetado; y ahí mismo había encontrado la respuesta: para vivir en paz era indispensable perdonar y tender la mano. En el templo se percibió un perfume sutil, envolvente; la luz dibujaba en sus reflejos opalescentes, cascadas de rosas en el recinto entero. Por encima de todo, el hermano Juan había tenido amor al prójimo, tanto o más que a sí mismo. El recuerdo de su innata bondad le dibujó un puente que supo debía de cruzar... Ante las nuevas circunstancias que le presentaba la vida concluyó que por más que la molestaran las señoronas al hacer de la caridad un lucimiento personal, o tomar aquello como pasiflora para su conciencia, no podía encerrarse en su casona y dejar al mundo pasar...

Al salir, notó que a un lado de la sacristía la milpa crecía alta, muy alta. Eran las semillas con las que experimentara el hermano Juan y que seguían rindiendo sus frutos. No había nadie más que Cirilo en el atrio, pero el fuego del comal aún ardía.

Sin novedad, regresó a la hacienda, sin novedad regresó a la capital donde se adhirió a los comités de beneficencia para auxiliar tantas necesidades como siempre existieron y que se habían redoblado después de los años de lucha. Al presenciar la miseria en ojos purulentos, pieles infectadas y pechos hundidos, Mariana se desesperaba pensando que sus esfuerzos no eran más que poner curitas a tremendas llagas y a la vez trataba de calmar su inconformidad diciéndose que peor era cruzarse de brazos. La Revolución que debía redimir a los pobres, hasta ese momento no pasaba de ser una promesa incumplida. Cuestiones de inmediata urgencia para el Estado absorbían las energías de sus dirigentes.

Alonso vivía involucrado en comisiones distintas: ya fuera la que aconsejó volver a la moneda metálica porque existían millones de papel irredimible y cinco millones mensuales de déficit; también la que estudiaba cómo negociar con las compañías petroleras para declarar la nacionalización del subsuelo, o en la de revisar cómo y por qué se había detenido la repartición de tierras... Al respecto, Mariana aguardaba sus comentarios con el alma en un hilo en espera de que la sombra de Pablo se retirara de sus peores presagios. De vez en cuando, sabiendo que Alonso sabía a lo que se refería, solía preguntar:

—¿Qué tienes de nuevo? —y él respondía:

—Estamos, reinventando este país. Se han detenido las cosas.

En aquéllos años de reajustes tuvieron oportunidad de viajar en dos ocasiones: una a Nueva York, la otra, a Buenos Aires.

Nueva York la dejó anonadada con sus calles rectas, interminables, que parecían alcanzar el cielo con sus estacas de edificios. Con medio cuerpo de fuera, se asomaba a la ventana del hotel para mirar a ambos lados y hacia arriba, subyugada por su geometría ascendente. Sentía que había en todo aquello una determinación absoluta; que el pensamiento que había forjado esa ciudad que admitía en sí, como tantas otras, lo mejor y lo peor del mundo, estaba en el fondo regido por una sola voluntad: la de hacer dinero y eso es lo que los había traído a ella. Era necesario revisar una vez más la eterna deuda cuyos pagos se habían suspendido aumentando intereses que, como alas negras, se batían sobre el país.

Al siguiente año, se encontraban ante el esplendor de la bahía más hermosa del mundo: Río de Janeiro, con su topografía de capricho tectónico que había plasmado un paisaje de acantilados y serenas playas de amaneceres sonrojados. Grabadas en su memoria, llevaría para siempre sus luces mientras navegaban hacia Buenos Aires, donde se sintió en casa. La divertía escuchar el castellano con cadencia italiana, que se admiraran de que la esposa de un senador pudiera montar casi como un gaucho. Sobre todo, les tocó la suerte de compartir una misión diplomática con Luis G. Urbina, ya incorporado de nuevo al aparato del gobierno revolucionario, que, así como lo castigó, lo reivindicó en nombre de la cultura. Al cierre de largas sesiones que apuntaban hacia la preparación de un congreso sobre la neutralidad de diversos países latino americanos en la guerra europea, Alonso recogía a Mariana para ir a escuchar las conferencias sobre literatura mexicana que impartía Luis, en las que incluyó la poesía de Tomás y que hicieron renacer en Mariana el interés latente por la literatura que había anidado en ella desde las lecturas de niña compartidas con su hermano, recuerdos del mundo mágico, sin límites, de su imaginación adormecida.

Con su apego a Valle Chico primero, después a la crianza de sus hijos, y a la vida en común con Alonso, parte de ella había quedado relegada sin que se percatara bien a bien de ello. Las charlas de Urbina despertaron en su espíritu un anhelo que pronto la llevaría a explorar otros caminos.

—Este es un remanso robado al caos que hemos vivido —reflexionaba Alonso disfrutando las reuniones que se daban al terminar las conferencias cuando chupaban mate bajo las estrellas australes de constelaciones nuevas para ellos. Era como si el tiempo mismo se hubiera invertido para ofrecerles una reminiscencia de paz absoluta, que en su país, muy por su voluntad, había él colaborado a trastocar.

—Así es la vida, Alonso. Ayer me rescataste de la cárcel; hoy me aplauden en Buenos Aires... Mucho hemos caminado y nos falta mucho por andar —suspiró Urbina al despedirlos en el muelle envueltos en brisas marinas y aromas de sargazo...

Con lágrimas en los ojos se despidió Mariana de aquella bella capital, que Alonso decía le recordaba París; pero cada lugar tenía su toque: aquí prevalecía un sabor de tierra nueva donde se entrecruzaban diversas sangres del viejo mundo para inventar otros modos de vida, sinuosos ritmos musicales, tierra de poetas de un lirismo tan libre como el horizonte de la pampa.

Navegar por las aguas interminables de oscuro añil, cobijados por cielos que lucían el esplendor del universo, ahondaba el sentimiento de su propia pequeñez. Sobre cubierta, Alonso y Mariana solían pasar largos lapsos en absoluto silencio, cada uno con su alma a solas, pero felices de estar juntos, como si necesitaran la mutua cercanía para afianzar su existencia en la inmensidad en que se hallaban inmersos. Ella solía recordar su baile de chica, bajo las estrellas que dejaban verse en el patio de las Estucado, cuando su alma niña palpitó al gozo de sus primeros roces con la eternidad. Él se preguntaba cómo podría ser el hombre tan mezquino, tan cruel hacia los mismos hombres, cuando se le había dado existir en un mundo que bien pudiera ser bello, ser feliz, y no valle de lágrimas, si se propusiera seguir lo mejor de sí. Navegando bajo las luces del infinito su espíritu se tendía a reposar sobre la inmensidad del mar. Las noches se diluyeron en días empujados por las olas y los vientos australes que los fueron acercando a costas familiares, y una mañana de luces traviesas, ambos se emocionaron al escuchar voces jarochas que los recibieron con la alegría de Veracruz.

Habían encontrado a sus hijos tan crecidos que apenas los reconocieron cuando llegaron a casa. En escasos dos meses Alonso se mostraba muy autosuficiente, Tomás había dejado de ser niño, y ella dio el paso que había estado preparando durante las noches de travesía en que las estrellas le hablaban de "algo más".

A los pocos días de su regreso Mariana decidió ingresar a la escuela Normal de Maestros. Desde los patios poblados de juventud, percibió el destiempo: Al ir a hacer su solicitud se encontró con que todo mundo creía que ya era profesora y la miraban como bicho raro. Además, sus estudios con las Estucado no eran los requeridos para ingresar. Se tenía que poner al día y presentar exámenes extraordinarios.

En un principio Alonso no estuvo de acuerdo—: No tienes necesidad, Mariana. Estamos bien económicamente y a como están las cosas... No sabe uno cuando se va a soltar una balacera. Además, en la Cruz Roja tienes mucho qué hacer...

Mariana ya había cooperado en varios tés danzantes, dos o tres bailes de disfraces y varias kermeses. Su mantel ya lo había terminado, y no quería empezar otro. Las flores de papel porcelanizadas en esperma de ballena y cera, ya estaban derritiéndose porque las puso en un sitio donde les daba el sol... Veía con ojos de deseo como otras mujeres iban a la Academia de Bellas Artes a pintar, pero ella no podía hacer bien un triste círculo, menos un jarro. Ante la mirada pertinaz de ella, Alonso supo de antemano que estaba vencido.

—Mira, contrataremos a un profesor para que te dé clases aquí para regularizarte, si eso es lo que quieres... y ya que estés preparada, presentas tus exámenes. Eso se hacía desde tiempos de don Porfirio en los estados lejanos y no veo porque no se pueda hacer ahora.

Su profesor, escogido por Alonso, era un viejecito que temblaba más que una rama al viento. Pulcro en el vestir y atento en el mirar, sus clases eran un deleite porque sabía explicar. Buscaba las respuestas en la mente del alumno no en tiesos cuestionarios. No exigía, como las Estucado, que memorizara al pie de la letra.

—Comprender, señora, eso es lo importante. Dígame usted lo que se le grabó con sus propias palabras y ya platicaremos al respecto. Si nuestras opiniones difieren, mucho mejor. Así se aprende a escuchar y valorar lo que otros piensan y se afirma uno mejor en sus propios pensamientos o se enriquece con otros puntos de vista. Una discusión interesante es capaz de despertar a un muerto.

Las clases resultaron ser, por lo tanto, muy amenas. Al poco tiempo ya estaba el profesor Soto tomando el café y en gran charla después de las clases. Mariana se sorprendía de los conocimientos de aquel hombre. Sabía de música, poesía, altas matemáticas, física, química, de historia —no se diga— hubiera dejado pasmado a don Arturo. Le hablaba de sitios lejanos y misteriosos como si hubiera estado en ellos: las cuevas de Ellora de la India socavadas en la roca viva en lo alto de recónditas montañas, con sus pinturas de ojos lánguidos, rasgados, y ademanes elegantes, a las que se accedía solamente si se caminaba en ascenso por todo un día partiendo de Aurangabad... Egipto con sus misteriosas pirámides, claro; mas en el Cairo había que visitar las iglesias cópticas, en un tiempo baluarte de la cristiandad. En la dorada Salamanca dos catedrales semejaban mellizas a destiempo, una románica pegada a la gótica... ¿Y qué decir de los monumentos verbales? Recitaba largos poemas sin titubeos y, además de un sólido poder analítico, poseía una memoria prodigiosa.

—Tampoco hay que despreciar la memorización, señora. Es un ejercicio mental muy ameno cuando se trata de repetir frases bellas, ya hechas, que valgan la pena...— y se soltaba llevándola de la mano por los versos de Rubén Darío, de Bécquer:

Ideas sin palabras,
palabras sin sentido:
cadencias que no tienen
ni ritmo ni compás.

Memorias y deseos
de cosas que no existen;
accesos de alegría
impulsos de llorar

Actividad nerviosa
que no halla en qué emplearse;
sin riendas que la guíe
caballo volador.

—..."*caballo volador*". Señora, esa es la inspiración. De eso nos está hablando. Unos tontos le dicen cursi a Bécquer. ¡Qué va! Eso de decirle al cuello de una mujer al inclinarse: "*azucena tronchada*", es genial. Gracias a él y, últimamente, a Darío, cambió la palabra en la poesía de nuestro idioma. Bécquer preanunció el simbolismo francés, sí señora, y Darío abrió las puertas del modernismo. Ahora, en España, otra generación va a la vanguardia, y entre nosotros la palabra ya no será espejo de otras corrientes porque vamos encontrando nuestra voz: López Velarde, por ejemplo, que se llama a sí mismo "*jeroglífico nocturno*", José Juan Tablada, y hay otros... Su hermano mismo, señora, por lo que he leído, ya despuntaba en esa dirección. Pero hay que cuidarnos, porque así como hay falsos profetas, hay falso poetas.

Esa noche Mariana le recitó a Alonso:

– Sabe que si alguna vez tus labios rojos quema invisible atmósfera abrasada, que el alma que hablar puede con los ojos también puede besar con la mirada.

Y él convino con aquéllo, pero prefirió hacerlo más efectivo.

Capítulo LXIII

Inmerso como estaba Alonso en la vida política del momento no podía sustraerse de sus vaivenes aun estando en casa, y Mariana había aprendido a dejarlo desahogar sus opiniones antes de expresar las propias. El hervidero político se había desatado de nuevo. El tema del día al iniciarse la segunda década del siglo, era que el presidente Carranza había favorecido a un candidato civil. En tiempos cuando los caudillos militares eran los caballeros de regia investidura, le elección resultó impopular. Álvaro Obregón, sonorense, generalazo por excelencia, de memoria fotográfica, ¿cómo iba a olvidarse de los labrados de la silla presidencial?

—Por supuesto que no se ajustará a tal situación —, le aseguró Alonso a Mariana. En efecto, no tardó Obregón en congregar a la milicia a su rededor, y, apoyado por su amigo y correligionario, el gobernador de Sonora, Adolfo de la Huerta, éste último se declaró en rebelión con su Plan de Agua Prieta.

—Desconoció a Carranza como Primer mandatario y se ha autonombrado como Jefe supremo del ejército —le participó al día siguiente Alonso al llamar a casa consternado.

—¡Otro plan! ¿Cuándo se pondrán estos infelices hombres de acuerdo?— Renegó por enésima vez Mariana ante Lupe que ya temblaba de ver otro golpe de Estado venir. Desde el día en que habían arrasado la hacienda y se había quedado encerrada en la alacena con su marido, sufría de lo que llamaba "susto". En efecto, se le secaba la garganta, se ponía a temblar y se hacía pipí. Aquellas aguas no presagiaban nada bueno.

Esa noche Alonso llegó de prisa, derecho a ponerse las botas. Al verlo sacar la chamarra de pana y calarse la pistola, disponiéndose a seguir al presidente hacia Veracruz, Mariana se plantó de espaldas frente a la puerta de su recámara con los brazos extendidos sobre de ella y le dijo con toda la determinación que fue capaz de ponerle a una voz que se le escapaba entre la amenaza del llanto:

—O Carranza, o yo.

—Mariana, déjame pasar —ordenó Alonso dando un paso al frente.

—No.

—Voy a pasar aunque tú no quieras. No me obligues hacer uso de la violencia.

—Hazlo, si te quieres ir con ese recuerdo. De aquí no me muevo.

Alonso la vio tan resuelta, desafiante y hermosa que arrojó a un lado su maleta. Fue ella, por un lapso en que se convirtió en ola que lo quería envolver, lazo que lo quería sujetar. Él, consciente de que un peligro turbio rondaba, se dejó ir con toda la desesperación de una despedida que podría no tener retorno. Abrazarla a ella, en esos momentos, era como abrazar a la vida misma en presencia de la muerte.

No alcanzaron las prisas subsecuentes para estar a tiempo. El tren amarillo que llevaba al presidente ya había partido cuando llegó Alonso a la estación del ferrocarril cubriéndose una oreja que traía mordida. Aunque insistió en seguirlos por días, nunca logró dar alcance a la comitiva que se había internado en la sierra en vez de continuar a Veracruz. Se acercaba el jaque mate.

De regreso a casa, la madrugada en que se enteraron los Luján que el presidente había sido asesinado, en unión de otros fieles, en una choza de la sierra húmeda y traicionera de Tlaxcalaltongo, supieron que los momentos de amor y desenfrenada pasión con que Mariana retuvo a Alonso, le habían salvado la vida.

¡Cuánto duelo, cuánto discurso laudatorio, cuánta hipocresía y reacomodo! Eso eran los funerales políticos. Los que de veras lloraban a su ser querido tenían que recibir pésames de los judas. La gusanera que limpiaba el cadáver se esparcía por otros lados ensuciando el mundo. Decepcionado del congreso en el que no se hacía más que política de facción, Alonso optó por no lanzar su candidatura de nuevo. Lo único que sorpresivamente iluminara aquel panorama era que el presidente interino, Adolfo de la Huerta, resultó ser conciliador, por lo que la vida de la capital se reanudó con beneplácito. El rey había muerto... ¡Viva el rey!

Se celebraban fiestas de disfraces para carnaval, se asistía a bailes con vestidos tan cargados de lentejuelas que allá en Morelia, Marcia por mero se va de boca cuando se probó el que le bordó su madre. Doña Matilde había perdido el filo en la mirada y en lugar de una, ensartaba tres o más lentejuelas y chaquiras a la vez; además, fue un problema que a Marcia se le detuvieran las medias de seda y no le cubriera todo el rostro el nuevo corte de pelo a la oreja.

En la capital, Alonso quiso que Alfredo Ramos Martínez pintara a Mariana y cuando vio el resultado asintió, acariciando con la mirada el resultado:

—Eres tú.

Más tarde, Alonso, hijo, quien en sus momentos libres se escapaba de la preparatoria a la escuela de Bellas Artes, se detuvo a evaluarlo —: Me gusta. Aunque —hizo notar—ahora se está pintando diferente. Si algún día puedes, ven conmigo para que te haga un bosquejo David Alfaro.

El profesor Soto opinó, a su vez, que una buena pintura no obedecía modas, sino que llevaba en sí cierta atemporalidad que hacía al artista plasmar en su obra la visión muy particular de su contacto con el ser humano, con el mundo.

—Ramos Martínez es un maestro del retrato —afirmó— que se va relegando por esta nueva ola de mureros masivos.

—Profesor —defendió el joven— me extraña que siendo tan admirador de los pintores del *cuatrocento,* Masaccio, Piero de la Francesca, Miguel Ángel, Leonardo..., deplore usted que ahora renazca en México el arte de la pintura al fresco que estaba muerto.

—Tal vez vea ya con ojos viejos que sólo saben ver el pasado; pero,muchacho, ahora están llegando a lo grotesco.

—Acaso sólo así—observó Alonso—se puede expresar nuestra realidad: con fuerza, exagerando...

El profesor reflexionó aquello unos instantes antes de admitir—: No sé, quizá sea necesario para estos tiempos en que nadie escucha a nadie, plantear las ideas de tal forma que rayen en caricatura.

—¿Dígame usted si no es la caricatura una forma muy hábil de transmitir una idea?

Con una sonrisa el profesor alzó los brazos, pero no capituló—: Los absurdos de la vida son los que nos dan la pauta de la verdad, cierto, pero no me tienen que gustar. Y respecto a este retrato—, insistió—: nada fácil es expresar, captar, vaciar en un infinitesimal espacio el contenido entero de un ser, de su universo particular, de su flama vital, de su alma entera.

—He dicho...—, susurró Alonso a espaldas de su madre, y Mariana dio gracias de que al profesor le fallara algo el oído. Con un guiño, Alonso le dio un beso al salir encarrerado a clases. A la juventud no le gusta mucho ver hacia atrás, ni escuchar a fondo con sus prisas; a los mayores les cuesta trabajo ver hacia el frente..., musitó ella para sí, acomodándose el cabello que traía recogido, y se quedó con las palabras que el profesor había expresado respecto a su retrato bullendo en su interior.

Esa noche en que colocaron el cuadro a un lado del piano de cola, Mariana esperó a que la casa entera durmiera y bajó a verlo, a verse... Sentada frente a él, iluminado por una luz tenue, se fue adentrando en su reflejo.

Era ella, como había dicho Alonso, y no era. O era como le hubiera gustado ser. O tal vez no sabía ella misma que así era. No la miraba un rostro de languidez, de misterio, de coquetería o nostalgia que había visto en otras obras del pintor. Era un rostro que tras su aire de seguridad y reto guardaba en el fondo un reflejo vulnerable... Al fijar su atención en la mirada, sintió una rara sensación que, acompañada del descubrimiento, la hizo exclamar:

–¡Tomás!

En una pincelada de luz, fijada a cierta distancia en la pupila, reconoció la línea que la había unido sin interrupción alguna a Tomás. Por encima de sus diversidades en carácter y fisonomía, ahí había existido siempre cierta afinidad anímica que les permitió pasar por la vida sabiéndose en verdad hermanos. En cambio, Libia y ella eran casi extrañas en la profundidad. Los caprichos de las mismas sangres ancestrales, misteriosamente habían rendido mezclas opuestas en ellas que se desbordaban en relaciones conflictivas a pesar de la cercanía vital.

Mariana apagó la luz y en la obscuridad meditaba que ya había transcurrido la mitad de su vida, tal vez más, ¿quién lo pudiera saber? El tiempo, despiadado, se encargaría de desdibujar en la realidad el rostro que permanecería siempre lozano en el lienzo.

A su llegada a la capital, Libia diría:

–Hablando en plata, Mariana, te hizo mucho favor. Pareces menor que yo.

–Tal vez porque lo soy –le recordó a su hermana, quien aparentó no oír.

Libia había llegado de Morelia a surtirse de la nueva moda que mostraba sus bellas piernas e insistió en que Mariana le enseñara los pasos del Charleston hasta que rayaron el disco. Todos parecían querer sacudirse la tensión de tantos años de lucha con aquellos trazos alocados. Fueron horas de lujo, de frívolo vivir. Las miradas en las fotos dejaron de ser ensoñadoras para tornarse más directas y pícaras. Las que sin quererlo imponían la moda eran las actrices que, de muy criticadas, pasaban a ser imitadas. La ciudad se divertía ajena a los brotes rebeldes en el resto de la república que fueron presto aplacados porque con Álvaro Obregón de presidente no había medias tintas.

Más se iluminó la vida de ellos al saber que Marta y Enrique regresaban. La muerte de doña Sara, recién acaecida, los desligó del a*ncienne regime* por completo. Más que nunca, Marta sintió la punzada de nostalgia por su patria cuyo sabor a jugosas frutas, colores de serpentinas granada, rosas sandía, verdes tuna, y vibrantes sonidos, platicara mil veces a los oídos de sus hijos.

Al encontrarse de nuevo reunidos en Veracruz con Mariana y Alonso, se arrebataban la palabra en un afán de decírselo todo en unas horas. Los hijos de Marta pisaban ya con pasos de pubertad: Enrique, hijo, lucía un bigotillo, y las niñas, espigadas y risueñas, le recordaron a Mariana que de esa edad estaría la suya, y las miraba perdiéndose en sus mocedades con cariño y añoranza. Todos venían repletos de zetas y ces, Marta no.

—Recuerda que siempre fui muy mala para la ortografía —reía—. Y antes de acomodar mal el acento, mejor me quedé con mi castellano a la mexicana. Mariana, tienes que ir a España. Aquello es precioso y me sentí en casa. Somos, como decía Urbina: vino español, vaciado en ánfora azteca. A veces, cuando doblaba una esquina, pensaba que estaba en México.

Las ansias de viajar que a Mariana le habían contagiado Alonso y el profesor Soto con sus relatos, tendrían que postergarse por quién sabe cuánto tiempo. Había que educar a los hijos y ver cómo iba a quedar Valle Chico.

—Me siento rara dándote la bienvenida a tu propia casa —le había dicho Mariana una vez en la capital—. Con tantos sucesos, Marta, no tuvimos tiempo de cambiarnos de nuevo a la nuestra. Una vez que ustedes compren sus muebles, lo haremos. No quisimos adelantarnos para que ustedes escogieran lo suyo a su gusto—. Marta lo veía todo con ojos de gratitud. Así era su naturaleza y nunca cambiaría.

—Su casa del centro no ha sido posible rescatarla —les explicó Alonso—. La han convertido en oficinas de gobierno y estoy tramitando que la regresen o los indemnicen. Cosa de papeleo, ya saben...—. Y advirtió—: Temo que tardará en resolverse el asunto.

—Tenemos casa, Alonso, y eso se lo debemos a ustedes —reconoció Enrique—. Con Agua Clara invadida y la otra hacienda en ruinas, tendré que ver cómo resultan las cosas antes de decidirme a echarla a andar de nuevo si es que logro que quede en mis manos. Entretanto pondré en venta algunos terrenos para empezar un negocio de enlatados de ultramarinos. En eso estuve últimamente en España y creo que podría tener futuro aquí. Si no es eso, enlataremos chiles, jugos, qué sé yo. No me voy a cruzar de brazos.

—Espera antes de iniciar cualquier empresa —aconsejó Alonso.

—¿Y Valle Chico, Mariana?

—Funciona a una cuarta parte y está en entredicho.

Apartados de sus mujeres, en el fumador, Alonso le dijo a Enrique—: Temo que las reclamaciones que pesan sobre parte de esas tierras son genuinas. Ahora que no estoy en ese comité, no sé quién va a dictaminar sobre el caso. De cualquier modo, haré lo posible por defender la casa, el casco y la huerta de aguacates. Eso no era ejidal. Nunca lo fue. Lo adquirieron los Aldama solicitando esos terrenos baldíos a la Corona y ésta se los otorgó legalmente. Es igual al caso de tu segunda hacienda. Es más defendible porque estás en la misma situación que los que ahora se defienden probando que son propietarios de viejas donaciones que no afectaban pueblos ni tierras comunales. Te advierto, sin embargo, que todas se verán reducidas porque está por aprobarse una ley que deberá acabar con el latifundio.

—¡Era de esperarse! —se lamentó Enrique.

Sin dejo de triunfo Alonso convino—: Por no haber puesto remedio a su debido tiempo se cayó aquel inmenso castillo de naipes. ¿Recuerdas lo que me preocupaba la deuda exterior? Pues nada, que con Huerta se aumentó y sin más beneficio que comprar armas. Por fortuna, los gobiernos revolucionarios poco la han incrementado, pero todo el oro, la plata, henequén y el petróleo que ha producido el país se han ido para armas y ejército. Diez años de sangría económica y humana, Enrique.

Al oír las risas de sus hijos que platicaban en la terraza, se pusieron de pie y los quedaron viendo a través de los vitrales. Los mayores ya lucían un naciente bozo y en su fuero interno se preguntó Alonso qué país, al fin de cuentas, se les ofrecería para vivir a una nueva generación.

Enrique y Marta jamás recuperaron su casa del centro. A los pocos meses Enrique se asoció con un antiguo amigo de su padre y reanudaron las labores en el ingenio azucarero de Orizaba. Al término de cada zafra les hacía llegar a Mariana y Alonso unos costales repletos de azúcar y cajas de piloncillo.

En efecto, la vida parecía endulzarse. Durante la presidencia de Obregón Alonso se retiró de la política y volvió a su despacho. Ya se percataba sin asombro de que en el fondo muchas cosas nunca cambiaban: los mismos negocios seguían su curso, otros se iniciaban y los hombres se movían siguiendo su destino de hormigas. Las mismas presiones doblaban la voluntad de los dirigentes, quienes, ante la fuerza económica de los intereses extranjeros, firmaban pactos como los de Bucareli. Por medio de ellos se tendría que indemnizar a los estadounidenses por daños sufridos en sus propiedades a causa de la Revolución y por toda expropiación agraria que no fuera para propósito ejidal, o siendo así, se excediera de mil setecientas setenta y cinco hectáreas.

—Si así actúan con extranjeros, sin duda me darán alguna indemnización a mí, como mexicana —sondeó Mariana y Alonso no supo qué contestarle.

Lo que más había molestado a Alonso, era que se había acordado no dar acción retroactiva al Artículo 27 en materia del petróleo. Con eso, sentía él comprometido el dominio del subsuelo por el que tanto habían luchado desde tiempos de Carranza para que quedara integrado en la Constitución de 1917. A su manera de ver, esto confirmaba las concesiones. Pero Obregón había obtenido, a cambio, el reconocimiento del vecino del norte.

Pendiente siempre de la brújula que marcaban los designios de nuevas reglamentaciones, nuevas leyes, nuevas ideas, o muy antiguas presiones, Mariana, por su lado, hacía tareas junto con sus hijos, quienes no comprendían por qué su madre se torturaba queriendo estudiar y, por fin, transcurridos casi cuatro largos años, desde que iniciara sus estudios, una tarde lluviosa en que el cielo se tornó escandaloso, ella presentó sus exámenes que le darían el título de maestra.

El profesor Soto la esperaba en el café frente a la Secretaría de Educación para saber los resultados.

—Creo que sí pasé, profesor. A mi edad y en estos trances —suspiró...

—Usted está joven aún. Desde mi perspectiva, yo diría que en dichosa madurez... Y sin duda pasó. Conozco esas pruebas y usted está preparada, amiguita mía.

Mariana sonrió para sí misma... "desde su perspectiva". Bien lo había dicho, porque desde otras ya la empezaban a llamar doña, doñita... Para reanimarse recordó, con cierta vanidad, que el otro día habían pensado que era hermana de su hijo mayor.

El diario que leía el profesor captó la atención de Mariana cuando él se lo puso en frente sacudiéndola de sus cavilaciones. Incrédula lo tomó y su mirada se cruzó con la de él, quien asintió—: Otra asonada, señora. Ahora es De la Huerta el que quiere volver a la codiciada silla.

—Tan bien que lo había hecho, profesor...

—Pero ¿cómo se iba a conformar con un simple intinerato? ¿Con una cartera de Hacienda después? Todos quieren mandar. Se deshicieron de Carranza para que entrara Obregón y ahora De la Huerta quiere deshacerse de Obregón para entrar de nuevo él y no Calles. Será Calles quien quede. Obregón lo apoya, y con esos acuerdos de Bucareli de por medio, De la Huerta seguramente no podrá conseguir armas en la frontera.

—Es el cuento de nunca acabar —se desesperó Mariana y, a toda prisa, se dirigió a su casa pensando qué actitud tomaría Alonso. Por fortuna le aseguró:

—No me involucraré, Mariana. Puedes estar tranquila. Estoy hasta la coronilla. Hoy vamos a celebrar lo tuyo y que ruede el mundo—. La sed de poder que veía a su rededor, el afán de lucro a costa de la nación, los egos inflados como los globos del señor Cantoya, lo tenían colmado.

Aquel estado de cosas y la noticia de que la salud de don Evaristo decrecía, los llevó a Morelia. Desde el momento en que abordaron el tren su ánimo empezó a cambiar al recorrer el camino tantas veces transitado: la humedad de la sierra, el ronronear del río, el lago que anunciaba dádivas a las barcazas que se paseaban por su espejo silencioso, se convirtieron en un bálsamo para sus corazones.

Al llegar a su ciudad de cantera rosa, como siempre, el sólo ver sus torres recortadas contra el añil del cielo y entrar a unos aposentos familiares que conservaban el eco de tantas palabras dichas con afecto, los envolvía en una sensación de paz. Alonso no quiso hablar de asonadas, ni problemas, ni planes. Todo eso parecía esfumarse ante una vida que se apagaba. Ningún doctor, ni el viejo Arteaga, podía decir qué aquejaba al enfermo. Sólo él mismo sabía que su tiempo había llegado. Ochenta y ocho años eran suficientes. Había nacido antes de que México perdiera más de la mitad de su territorio, había sido testigo de la Guerra de Reforma, de la invasión francesa y el fracasado Imperio; de la larga dictadura de Díaz y de una Revolución fraccionada en muchas. Para él, la fiesta había terminado.

—Alonso, ese aparato que toca discos que me regalaste, tráelo aquí porque quiero escuchar música bonita. Así, muy bajito...

Rodeados por melodías que parecían caricias lejanas, guardaban silencio, Alonso leyendo a su lado. De pronto, como si hablara consigo mismo, don Evaristo, aconsejó—: No te desanimes, pase lo que pase. A pesar de todo, en México siempre ha habido hombres que valen y que han sabido inspirar a los demás. De otra forma, sin esas luces, no hubiera subsistido esta nación. Algún día, hombres como ellos, como tú, guiarán a este sufrido país. Hombres de honor que superen a esta dinastía de oportunistas voraces disfrazados de benefactores que se está formando. Hombres que no se cieguen por el poder y el oro y amen de verdad a esta tierra.

Otro día fue:

—Mariana, ahora que es usted maestra, por favor dele a Alonso unas clases de economía para que no se quede sin un quinto con sus ideas socialistas.

Transcurrida una semana durante la cual pareció recuperarse al grado de que leyó el periódico para "enterarme de lo que pasa en este perro mundo", de pronto pidió irse a la cama.

—Abogado y dejándolo para lo último... Bueno, ya sabes que en casa del herrero, azadón de palo... Mi testamento está en la caja fuerte; junto a él encontrarás una carta que nunca entregué porque ese día se anunció algo que me lo impidió. La puedes leer, te explicará muchas cosas.

Era una carta escrita a la madre de Alonso. Envuelta en un listón azul, doblada en triángulos precisos, en ella, con vehemencia, le declaraba su amor que juraba sería eterno y le rogaba poder visitarla.

—Ese mismo día cuando llegué a entregarla —le relató a Alonso cuando vio que había terminado de leerla— me recibió feliz, participándome que tu padre acababa de pedirla en matrimonio. Como él estaba estudiando en Estados Unidos, desde allá se carteaban y yo, sin saberlo. No me quedó más que guardar la carta en el bolsillo y felicitarla. Ya no pude querer a nadie. Pero tú y yo hemos sido como padre e hijo... ¿verdad?

Con un nudo en la garganta Alonso levantó la vista y asintió al comprender y revalorizar tantos momentos de su vida: los cuidados del padrino al ajustarle la bufanda en invierno, su mano firme al cruzar la calle, el mundo fantástico de sus relatos, los comentarios profundos sobre el arte y la vida, su ayuda económica para terminar el doctorado e instalarse en la capital; tantos consejos invariablemente sabios y, sobre todo, el cariño constante que le hiciera posible jamás sentirse huérfano. En acción de gracias Alonso tomó su mano entre las suyas y la llevó a su mejilla unos instantes. En toda su vida no volvería a encontrar a otro hombre con la integridad de aquel que, fiel a un amor secreto, le había deparado el destino como padre.

Don Evaristo lo miró con ternura, cerró los ojos y ya no dijo más. Parecía dormir... Esa noche velaron un sueño del que no despertó.

Capítulo LXIV

—Una vez que uno prueba la política, licenciado, es como si hubiera bebido toloache —solía decir un antiguo compañero de correrías revolucionarias y Alonso no estaba inmune. Al entrar la primavera de 1926, se ilusionó cuando le participaron que figuraba para gobernador en la terna que sería sometida ante el presidente Calles, quien, en los dos años que llevaba en el poder, había logrado tener en un puño los hilos que jalaban diversos sectores: políticos, obreros, campesinos, estudiantes, la economía y la Iglesia. El grupo que apoyaba a Alonso, entre ellos el general Pablo López Tafoya, se acercó a Palacio Nacional para manifestar sus simpatías.

Seco, adusto y firme, de continente que parecía esculpido en cantera, el presidente dio su veredicto—: Conozco su trayectoria, licenciado Luján, y estoy consciente de su valía, pero mi palabra está dada a otro candidato. Hay tiempo, licenciado...

La entrevista ahí terminó. Y aquel "hay tiempo" fue nunca. Las asignaciones futuras obedecerían a los signos que dibujaran las manos de la suerte y del omnipotente dedo presidencial. La palabra de Calles era orden irrefutable. Ni quien se atreviera a contradecir a menos que fuera pistola en mano. Alonso se encontró, en un instante, sin apoyo.

Decepcionado, se fue a tomar la copa con aquellos hombres que una hora antes mostraran entusiasmo y que ahora se apresuraban a dar por terminada la reunión. Nada más Pablo quedó.

—Parece que volvimos a las mismas —afirmó con despecho Alonso recordando a don Porfirio—. Estoy seguro que los que hoy nos acompañaron ya están presentando sus respetos al elegido.

—Si usted dice, yo levanto mi gente y a ver cómo nos va —ofreció Pablo.

—¿Más sangre? No Pablo. Ya se ha derramado demasiada. Yo no sé qué tanto busco en la política teniendo mi profesión.

—Más de lo que usted piensa ha significado su presencia—. Alonso lo miró sinceramente sorprendido y él aclaró: —Los que cosechan el reconocimiento son los que figuran en primer término. Pero es bien sabido que su opinión contó mucho cuando se retiraron los *bilimbiques*. Que gracias a su insistencia en la Cámara se fortalecieron las reservas metálicas siguiendo patrones que usted propugnó por escrito, en viva voz y sesión tras sesión. Que desde tiempos de Carranza, en la cuestión del petróleo, usted ha tenido mucha influencia para ir sentando precedentes que recuperen legalmente esa riqueza para la nación y que la idea del Banco de México viene de mucho atrás, y usted tuvo mucho que ver en todo ello.

—Respecto al banco, el mérito de hacerlo efectivo es de Calles —concedió Alonso.

—Sin embargo, licenciado, se le están yendo los pies con la cuestión eclesiástica. Ahí sí, lo único que va a lograr es más derramamiento de sangre.

Recientemente, se había publicado una severa crítica que el Arzobispo de México hiciera, tiempo atrás, en contra de aquellos artículos constitucionales que restringían a la Iglesia, y la reacción del gobierno fue violenta. Ese fue un hilo del que tiraron demasiado uno y otro lado, y reventó. Sacado de sus casillas por aquello, Calles comenzó por prohibir el uso de hábitos y terminó expulsando a sacerdotes extranjeros y obispos mexicanos inconformes. Como protesta, el clero cerró las iglesias y solía disfrazarse al efectuar servicios. En Morelia, en una de sus falsas agonías, a doña Matilde le fue a dar la extremaunción, de incógnito, un sacerdote vestido de charro y al entreabrir los ojos, creyendo que tenía frente a ella a un revolucionario, pegó el grito y de verdad se convulsionó, por lo que el cura, más espantado que ella, la roció entera con toda el agua bendita que traía y se fue convencido de que había efectuado un exorcismo; pero a doña Matilde no había quien le sacara el diablo. Su trance fue un certero presagio de agitaciones más serias por venir.

—Sé de buenas fuentes que en el Bajío se está armando la gente y tengo instrucciones de dirigirme a Michoacán con mano dura —continuó Pablo.

Alarmado por lo que acababa de oír, Alonso preguntó: —¿Va usted rumbo a Morelia?

—Por hoy no le puedo precisar —fue la respuesta y se despidieron.

Mariana notó de inmediato el resultado de la entrevista con Calles en el semblante de Alonso cuando llegó a casa. Para evitar rumiar desilusiones, resolvió él, al terminar de relatársela—: No nos van a ver tristes. Ponte algo bonito que vamos a bailar, o al teatro, o a subir el Popocatepetl. No nos quedaremos aquí.

Fueron al teatro, sonrieron a todos y Alonso, a ratos, se abstraía de la función, repasando los planes de todas las mejoras que hubiera deseado lograr en su tierra, tan rica, tan bella, con gente tan noble, y que tendría que archivar en la memoria.

"Hoy la mujer listón está de moda, pues dicen que es lo airoso y elegante que a la vista sea lisa toda, sin curvas por detrás ni por delante..." cantaban las segundas tiples en el Lírico, esa noche y, días más tarde, mientras las musas entregaban a los poetas flores naturales por su poesía, el Partido Comunista cobraba cada día más adeptos, los sindicatos se agrupaban y se corrían carreras en el Hipódromo de la Condesa, el Bajío se estremecía.

Pasado un mes, una urgente llamada de Libia dejó a Mariana acongojada hasta que llegó Alonso y pudo descargar ante él su desazón: se había desatado la llamada Guerra Cristera y Jorge Berincuet Aldama había tomado un viejo rifle de Marcial de la hacienda para irse con Sebastián a Guanajuato en defensa de la fe.

—Roberto ya salió en su busca para disuadirlo —le explicó Mariana—. Lo alarmante es que el general López Tafoya va hacia allá en persecución de la partida a la que se afiliaron. Si los alcanzan los matan, Alonso. Tenemos que comunicarnos con Pablo y pedirle clemencia si caen en sus manos. Son jóvenes, y están enardecidos porque los curas han cerrado los templos a causa de estas leyes que los acosan. Estaba claro que con esas medidas tan drásticas el clero no se quedaría callado. Además—, se lamentó— sé que si Jorge ha hecho esto es por congraciarse con su madre, por probarse ante ella.

Para cubrir más posibilidades, decidieron dividirse. Mariana salió a Morelia al día siguiente y Alonso a Guanajuato.

En casa de Libia la recibieron con semblantes adustos. Roberto no había podido llegar a las filas y no se tenían más noticias. A los dos días supieron que se había luchado cuerpo a cuerpo en la sierra contra el destacamento al que se había unido Jorge. Traspuesta una crisis en la que despotricó maldiciendo a masones, jacobinos y liberales de toda índole, incluyendo a don Evaristo, Alonso y David, Libia cayó en un estado de letargo absoluto. Pasaba las horas en cama con los ojos cerrados, sin dormir, sin soñar. A un lado, su hija, recién llegada del convento en San Francisco, rezaba el rosario. Desde que se fuera de interna a California, Mariana no la había visto. Allá tomó los velos y sus raras visitas a Morelia nunca coincidieron con las de ella, hasta esos días en que se reunieron llevados por una crisis familiar. En sus actitudes y mirar Mariana reconoció a su tía Rocío cuyos ojos se habían mudado a otra cara para continuar viviendo bajo el amparo de la oración y el incienso.

Mariana no pudo soportar más el ambiente de inercia que la rodeaba, el no tener noticias. Sin importarle las protestas y advertencias de Roberto, salió en busca de Jorge a la madrugada siguiente. Rumbo a la sierra iba recordando tantas cosas: a Jorge de niño, vestido de charro, montando junto a ella en la fiesta de San Román; sus ojos negros, tristes como los de su padre, quien tanto la había ayudado en tiempos que le parecían tan lejanos como si hubieran pertenecido a otra vida.

Llegar al punto en donde les habían indicado que se encontraba Pablo le pareció interminable; las cinco horas que habían transcurrido desde que salieran de Morelia, eternas. El chofer de Libia iba con cautela por el camino de tierra. Por los vidrios resbalaba el polvo como lluvia ceniza y se filtraba entre los resquicios para hacerlos toser. La temperatura descendió abruptamente al entrar el coche entre el pinar que ensombrecía el camino. Por fin, al dispersarse una nube, vislumbraron los arcos musgosos de un antiguo convento convertido en cuartel.

Una vez ante Pablo, éste escondió su sorpresa al verla bajar del coche y, cuando fueron al patio a buscar entre los cuerpos ahí regados, el de Jorge o el de Sebastián, explicó:

—Nos cayeron encima, señora, y fue lucha en defensa propia. O nosotros o ellos. Ignoraba yo que su sobrino estuviera en esa partida —, terminó en voz baja comiéndose las palabras como si pasara un fruto amargo.

Avanzaron en silencio por el macabro recorrido: sobre las losas, enfilados, yacían docenas de cadáveres con sus últimas expresiones cuajadas en muecas de espanto. Los ojos abiertos de algunos parecían querer absorber el cielo entero, sus tiesos miembros en posturas incongruentes les daban aspecto de horribles muñecos de palo. Antes de llegar a la última fila, por encima de rostros vacíos, un cuerpo la paralizó. Con sus hermosos ojos plagados de moscas, yacía Jorge—. Cúbranlo, cúbranlo —gritó indignada ante el despojo en que terminaba una vida querida.

De un salto, Pablo se quitó su chaqueta, espantó a las moscas y le cubrió el rostro. Ella no pudo más; corrió hacia lo que fuera la sacristía de la capilla y se detuvo sosteniéndose en el quicio de la puerta. Temblaba de frío. Al sentir que Pablo trataba de sostenerla, se irguió ante un recuerdo lejano que le decía muy adentro: "No me he desmayado nunca, Cata, y no me voy a desmayar ahora", y no se desmayó. Ya sentada en una desvencijada silla, como en un espejo opaco veía a Pablo acercarle un vaso de agua que tomó de sus manos.

—Cúbranlo —repitió en tono de súplica después de beber unos tragos—. Me lo voy a llevar a casa. No sé cómo. Sólo sé que me lo tengo que llevar.

Pablo puso el vaso sobre una mesa adjunta y con un gesto negativo dijo casi para sí—: No tenemos ni madera para hacer un cajón.

Tras unos segundos de total desolación ella reaccionó—: Es necesario amortajarlo de algún modo. Aquí no se queda, aquí no lo entierro —y viendo hacia la capilla puso los ojos en las bancas... Pablo entendió.

Sobre el altar labrado en cantera, despojado desde hacía mucho tiempo de sus objetos sagrados, salvo por unas efigies santas que lo custodiaban, colocaron a Jorge mientras serruchaban las bancas y claveteaban a toda prisa el cajón. Ella misma, con agua que le trajeron en una cubeta, lavó la sangre, limpió la tierra, disolvió el clavel carmesí que cubría la herida en su costado por donde se le fue la vida, vistió a su sobrino con una camisa limpia de Pablo, y lenta, dulcemente, alisó su cabello como lo hiciera cuando lo peinaba de niño. Al terminar miró hacia arriba y se encontró con la mirada suplicante de la Virgen Dolorosa en cuyo pecho empolvado se clavaban siete puñales. Cuando terminó la triste empresa era ya muy tarde para regresar a Morelia. Tendría que quedarse en aquel gran sepulcro que exhumaba vapores de muerto.

No quiso comer nada. No podía. Aceptó solamente café, bebiéndolo a leves sorbos en la capilla, sentada en una banca, velando a solas. A su lado tenía la chamarra ensangrentada que le había quitado a Jorge de la que asomaba una pequeña cartera del bolsillo superior izquierdo que hasta ese momento captó su mirada. Al instante la reconoció, porque ella misma y Alonso se la habían regalado. Mariana la desdobló con cuidado y de un lado encontró dos fotos: "*Mi padre, a quien nunca conocí*", decía una al reverso; y la de Libia estaba en blanco... "*Quien nunca te conoció*", despechó Mariana al devolverla a su sitio. Del otro lado un escapulario custodiaba a sus progenitores. Así se hallaba, cuando empezó a oír unos gemidos y leves susurros tras ella. Una mujer, luego otra, pasaron a prender veladoras y más veladoras; siguieron los rezos que cubrían con su manto de duelo a los tres cadáveres identificados que acomodaron envueltos en rebozos sobre las losetas frente al altar. Los lamentos aumentaron en ese momento; se detuvieron como flores abiertas en el aire y, al siguiente instante, cortados por un cuchillo nocturno que traspasó la noche, callaron. Como hechas de piedra, las mujeres se sentaron junto a sus muertos. Reinó el silencio, el humo, y el débil parpadeo de las flamillas cubiertas por su velo de cristal que más que alumbrar dispersaban sombras danzantes en el espacio.

Hacia la media noche Pablo se acercó: —Señora—, le ofreció— en una de las celdas hemos colocado un catre de campaña para que descanse.

—Gracias, aquí permaneceré. No lo voy a dejar solo.

—Ellas están aquí...

—Sí, con sus muertos. Y yo, con el mío.

Pablo tomó asiento tras ella. ¡Maldita suerte! De entre tantas luchas en las que había estado, tocarle a él matar a un Aldama. En otros tiempos lo hubiera saboreado. Ese día, por el contrario, sintió una especie de hastío. Ahí permaneció hasta el amanecer cuando se dispuso a dar órdenes.

Colocaron el féretro sobre el capacete del coche, atado a través de las puertas cerradas con las ventanas abiertas, a excepción de la del lado de ella para que pudieran subir. El chofer tuvo que brincar del asiento de atrás hacia el frente, para tomar su lugar. Al abandonar la capilla Mariana se dirigió a dar un abrazo a las mujeres que permanecían silenciosas en sus puestos y que ellas, inhibidas, recibieron a medias.

—Sebastián no estaba entre los muertos —dijo a Pablo al ver que todo estaba listo para partir y él respondió un: —Me alegro— apenas audible.

Sin decir más, Mariana se dirigió al auto. Pablo titubeó unos instantes y al fin contuvo la intención de acompañarla; no sabía si por no parecer servil o por no importunarla más con su presencia. Sólo sabía que esta guerra lo estaba sacando de quicio, de lo que él perseguía de veras, de su sino y meta, de...

Al verla caminar erguida y subirse al coche, suspiró... Siempre altiva, siempre la misma, el orgullo andando; aunque tal vez, tal vez, reflejado en su dolor, un algo de benevolencia en su mirar que antes no había estado ahí, al menos, para él. Tampoco había escuchado ninguna recriminación. Toda la noche había esperado que le echara en cara lo sucedido, así —¿quién lo sabía?— no hubiera sido suya la bala que mató a su sobrino. Por unos instantes permaneció parado, envuelto en la niebla que desplazaba a los tres jinetes que envió de escolta para el auto que se desvanecía alzando su fúnebre carga. En lo alto flotaba el ataúd como si se elevara al cielo.

El general López Tafoya bajó la mirada... Si pensaba ella que con esa actitud, con ese silencio que parecía, si no perdón, al menos comprensión, él se olvidaría de sus reclamos sobre Valle Chico, estaba equivocada. Regresó al patio de los muertos y ordenó que si en el transcurso del día no había quien los identificara, les dieran sepultura.

De Sebastián no sabrían más durante los tres años que duró aquella terrible lucha que se desgastó hasta llegar a lo de siempre: una tregua, un entendimiento y muchas cruces que lloraban únicamente los deudos. El día en que se presentó en Valle Chico de nuevo, venía con la mirada endurecida ocultos en ella horrores de guerra, harto de matar y de escapar de la muerte para ver que muy pronto curas y gobernantes se darían la mano como si nada.

Capítulo LXV

Seguía la danza macabra. Mariana escuchaba la *vox populi* en la escuela donde al recibirse había ofrecido sus servicios como suplente y sin sueldo... Aunque así fuera, en un principio le costó mucho trabajo que sus colegas no la vieran de lado. Desconfiaban de una señorona por lo que optó porque no la fuera a llevar ni a recoger el chofer y en camión llegaba a veces bajo una lluvia a cántaros. Sólo cuando se cercioraron de su trato desinteresado, la invitaron al café al salir de clases.

Recordaba que el primer día que estuvo ante un grupo se sintió ridícula. ¿Qué les iba a enseñar a estos niños de mirada expectante? ¿Qué principios, cuándo a diario voceaban las noticias que los grandes se sacaban los ojos? ¿Cuando por lo que había luchado Madero, cuya foto presidía el salón junto con la de Benito Juárez y don Miguel Hidalgo y Costilla, se estaba traicionando? Su generación, la que ella representaba, la que debía servir de guía, era una hidra. No se atinaba a cuál cabeza seguir.

—Me está costando mucho trabajo, Alonso, explicarles estos tiempos— solía decirle cuando conversaban por las noches sobre sus tazas de café.

Él tampoco encontraba refugio. Las triquiñuelas políticas, no muy distantes, cuando se reformara la Constitución una y otra vez para alimentar al glotón ogro del poder se repetían.

—Hoy ha quedado de nuevo reformada la Constitución para acomodarse a las ambiciones de Obregón —, le participó disgustado al llegar a casa. La Constitución por la que muchos habían dado la vida, por la que él se había desvelado poniendo supuestos candados—. La reelección será posible siempre y cuando no se trate de dos períodos consecutivos —reprobó—. Estos hombres se quieren eternizar en el poder y esta vez no me detienes— advirtió y de la noche a la mañana su oficina se convirtió en un enjambre de políticos que formaban coaliciones y planeaban estrategias que de nada valieron. La reelección se consumó, pero Obregón jamás ocuparía de nuevo la codiciada silla.

El 17 de julio de 1928, Mariana sintió una oleada de pavor al salir de clase y encontrarse con grupos que tenían cara de alarma, confusión y un cierto morbo al dar la noticia, como si al descubrirla se hicieran partícipes de algo importante, trascendental, como si al decirlo compartieran su grandeza.

—Asesinaron a Obregón —le anunció un profesor.

—¿Cómo? ¿En dónde? —preguntó otra voz, tras ella.

—En Palacio —adelantó un tercero.

—No, en un restaurante —aclaró el recién llegado.

Sin decir palabra Mariana se dirigió a su casa con el peso de lo ocurrido. Al llegar, el teléfono sonaba con insistencia, Lupe, por ningún lado, y apenas alcanzó a descolgar antes de que se cortara la comunicación.

—Mataron a Obregón en la Bombilla —dijo Alonso—. Un caricaturista le dio un tiro a quemarropa a la hora del banquete... ¿Mariana?

—Sí..., aquí estoy—. Tras un silencio suplicó—: Alonso, vente a casa, te lo ruego. Es peligroso andar por ahí queriendo averiguar más.

Todo el país averiguaba a más no poder al tiempo que se reubicaban destinos políticos, se ataban nuevos lazos y se disolvían otros, mientras que, como de costumbre, esos vacíos de desgobierno los llenara un presidente interino.

Pasados los lutos políticos obligatorios y el juicio que culpó y ajustició a fanáticos católicos, Alonso encontró un recado de Cholita, la secretaria de Calles, pidiéndole que pasara esa misma tarde a verlo en su casa de la colonia Anzures. Castillo en pequeño, desde donde regía destinos el señor cuyo feudo era un país.

Entonces, ¿no estaría el hombre en la cima en posición de escoger a su sucesor? Al ver el rumbo que tomaba la política, Alonso recordaba las palabras de su padrino dichas en una clara noche de verano allá en Morelia.

El Jefe Máximo, como se le llamaba a Calles, había dejado ya la presidencia más no el dominio del escenario político. Lo invitó a tomar asiento frente a él en otro de los confortables sillones de cuero marrón colocados a manera de sala a un lado de su escritorio, le ofreció café y, directo, como de costumbre, le comunicó sus planes para formar un partido político al que se afiliarían los obreros, campesinos, políticos y la juventud.

—Licenciado, el objetivo es acabar con las asonadas. Si en el partido mismo se da la lucha política, si ahí se dirimen las diferencias y se calman las ambiciones, tal vez podamos frenar estos resabios de rencor y caciquismo que ha dejado la lucha armada y logremos controlar las infiltraciones de ideologías radicales —había dicho, y él creyó ver un rayo de luz por lo que se involucró decididamente en su organización.

Para su decepción, una más en el rosario de muchas vividas, llegada la hora de la primera prueba, dentro del partido no pasó otra cosa más que un proceso que dobló las rodillas. Haciendo a un lado las fuertes y diversas simpatías que existían por apoyar a otros hombres, entre ellos a un candidato de Alonso, el Jefe Máximo impuso a *su* candidato oficial. Uno por uno de los diputados, senadores, gobernadores y jerarcas del partido, fueron llamados ante su escritorio para formalizar el compromiso con el hombre designado por él. Y uno por uno salían con el mandato sobre los hombros midiendo sus futuros, formulando *in mente* excusas para anular convenios anteriores que no concordaran con la suprema voluntad.

La mañana, en la que le llegó a él su turno, el Jefe Máximo se mantuvo sentado tras su escritorio. Mientras Alonso escuchaba la perorata, en aquella voz ronca que no admitía interrupciones, de los pros en favor del elegido, en silencio leía de antemano en el semblante del Jefe Máximo la convicción de poder palomear un nombre más en su registro de aquiescencia incondicional. Cuando Calles terminó de exponer su preferencia, Alonso aguardó unos segundos plenamente consciente del paso que iba a dar y, algo muy fuerte, como un hambre voraz, surgió en su ánimo para empujarlo a decir que ya tenía compromiso hecho con otro de los candidatos y no se podía retractar.

Al notar en su rostro una determinación absoluta, Calles lo vio de lleno, como si fuera la primera vez; asintió dos veces, bajó la vista, dejó caer la pluma, se puso de pie, apretó la quijada y, de nuevo, viéndolo a los ojos, dijo—: Como usted quiera.

En un principio Alonso sintió una mezcla de temor y euforia por haberse enfrentado a la encarnación del poder. Al salir de la oficina ni siquiera se despidió de la secretaria, a quien estimaba. Como autómata subió a su coche por completo consternado. ¿Por qué no había dicho sencillamente: "Bueno, pues en ese caso..., cuente conmigo", y un apretón de manos y pacto hecho. ¿Qué había en él que era tan rebelde, tan inflexible? ¿Era orgullo? ¿Era desquite? ¿Qué era? Paró el auto y se aferró al volante. Tras unos momentos en blanco concluyó que no sabía ser político, no sabía ser acomodaticio, para llegar a lo que uno quería tenía que tragarse ¡tantas cosas! para lograr hacer una cosa bien, tenía que soportar que muchas otras se hicieran mal. Ya lo debía tener bien digerido a estas alturas en que seguía todavía siendo el mismo iluso de sus treinta años. El lanzar candidaturas, organizar banquetes y pronunciar discursos no era más que un ejercicio vano ante la voluntad de un solo hombre.

La convención del partido, con todo y que resultó acalorada, se inclinó al fin por el favorecido del alto mando. En el norte un levantamiento armado en contra de esa suprema voluntad se aplacó y, por su lado, otro político soñador, José Vasconcelos, lanzó su candidatura.

—Vasconcelos es el que me convence a mí, padre. Sus ideas concuerdan con las tuyas—, opinó Alonso quien ya se encontraba entusiasmado con la campaña—. Su mente es brillante, su trayectoria es limpia. Toda la facultad lo sigue. Él es quien ahora enarbola la bandera del partido Anti-reeleccionista que sostiene los principios de aquel partido original que tú apoyabas.

Mariana guardó un silencio absoluto a la hora de la comida. Tal parecía que ahora tendría que lidiar a dos políticos.

—Eso fue en otros tiempos... Hay otras fuerzas en juego. Ya que mi candidato no salió, ni voy a hacerles de comparsa a los de mi partido ni me iré con Vasconcelos. No pienso dar el chaquetazo así como así—, rumió su padre.

—¿Entonces qué? —preguntó Tomás que hasta ese momento había permanecido callado.

Su padre se le quedó viendo. De golpe, se sintió ofuscado. Por primera vez en su vida se encontraba fuera del juego, necesitaba ordenar sus pensamientos. Los años habían pasado en un torbellino del que era necesario salirse para contemplar la corriente antes de que lo arrastrara como paja. Frente a él estaba una nueva generación tan idealista y vulnerable como cada nueva oleada que surgía en la vida de toda nación y, a la vez, tan ignorante de todo lo que pesaba como carga histórica y a la cual se tenían que enfrentar día a día. Por el momento, habiendo experimentado los tenebrosos dedos que se movían en estas lides que nada tenían de democráticas, advirtió—: Tengan mucho cuidado.

Alonso, con todo el fuego de su juventud, se puso a dar discursos. Vehemente y con una voz grave, poderosa, que lo ayudaba, empezó a sentir el triunfo de la palabra. Lo seguían sus compañeros, los pasantes de leyes, con un entusiasmo desbordante.

Cuando Tomás, que iba tres años atrás de él, les relató aquello a sus padres, sintieron una mezcla de orgullo y miedo.

—Síguele los pasos a tu hermano —le habían dicho a Tomás y estos fueron a dar un 10 de noviembre de 1928, a la Avenida Juárez. Alonso había invitado a su tío Enrique a que escuchara su discurso en aquel mitin, pues sabía que simpatizaba con José Vasconcelos, el humanista que deseaba reconstruir al país desde sus raíces y acercaba el alma nacional a España. Las calles cerradas al tráfico le impidieron a Enrique llegar a tiempo y se alarmó al ver a Alonso sobre un estrado rodeado de una muchedumbre que ya aplaudía, ya vociferaba, ya chiflaba. A su rededor notó que algunos traían palos y que distaban mucho, por su edad, de ser estudiantes.

—Compañeros, hemos presenciado ya un desfile militar en la presidencia de nuestro país. Es hora de que esto termine —afirmaba—. Pistolas y rifles deben volver a sus fundas y dar lugar a un hombre que se ha probado capaz de darnos una nueva visión. Respóndanme: ¿Quién ha logrado un acercamiento a nuestras raíces por medio de la idea y de la acción?

—Vasconcelos... —vino una tibia respuesta.

Alonso dio un paso al frente—: ¿Quién ha llevado las primeras letras a los rincones más apartados de nuestra patria, como Secretario de Educación? ¿Quién ha fundado bibliotecas donde antes no se conocía un libro?

—¡Vasconcelos! —se animó la juventud que lo rodeaba.

—¿Y quién nos ha señalado un sendero para reconocer nuestros valores nacionales, nuestra identidad, que surgirá renovada a través de nuestro espíritu?

—¡Vasconcelos! —vociferaron a todo pulmón y al unísono, entre empujones, rechiflidos y pedradas, que venían de no sabían dónde... , pero pronto se desengañaron. Llegaban los contrarios, los ortizrubistas.

—Tenemos ante nosotros a un hombre con una nueva actitud—. Alonso levantó la voz más —. Un hombre que no quiere que la cultura sea artículo de lujo, ni importación barata. Que sea nuestra, porque es auténtica y bella. Un hombre que abrirá los ojos a nuestro pueblo que no ha sido rescatado del olvido, y que, a todos, todos, nos infundirá ánimo para enaltecer nuestras vidas. ¿Quién —pregunto por último —es ese hombre que marcará para la patria un nuevo camino?

—¡Vasconcelos! ¡Vasconcelos! —aplaudían unos, y otros vociferaban:

—¡Ortiz! ¡Ortiz! ¡Ortiz!

No tardó en calentarse la sangre, en cundir entre los antagonistas el furor y cuando menos acordó Alonso, lo bajaron a la fuerza y empezaron a arrastrarlo. Ya nadie supo quién le pegaba a quién. Enrique se metió entre ellos y simuló querer sacar una pistola por lo que el que tenía apercollado a Alonso lo soltó, aprovechó el instante Alonso para ponerse en pie y se fue como tigre sobre otro que alcanzó un tubo y dibujando una parábola le dio en el rostro sin que Enrique pudiera intermediar más. Entonces sonaron disparos y algunos se agazaparon, otros ni se dieron cuenta y Enrique jaló del brazo a Alonso que yacía atarantado con una ceja sangrando.

—Vámonos de aquí si no quieres ser responsable de que me dé un ataque o me maten —instó con urgencia Enrique levantándolo.

Ante tal determinación, Alonso aflojó la resistencia y corrieron junto con muchos otros, revueltos en un ruido gutural de multitud atropellada que tropezaba sobre sí misma: unos caían, otros se arrastraban y se volvían a levantar. Para no ser arrollados, se refugiaron en un zaguán lateral desde donde pudieron ver llegar autos de la policía que expulsaban hombres armados. Percatándose de que un café estaba a dos puertas, Enrique lo jaló hacia allá logrando entrar justo antes de que el dueño cerrara con llave.

—¿Cómo te sientes? —preguntó dejándose caer en una silla.

Alonso hizo un ademán de que estaba bien y Enrique aconsejó—: Lávate la cara y componte un poco. Voy a ver si consigo un coche para irnos a casa. No conviene quedarnos por aquí.

Se lo llevó a Marta—: A ver qué haces con este muchacho para que no lo vean sus padres así —ordenó, y se fue a tomar un coñac dándole otro a Alonso.

Para entonces Alonso sentía en el fondo del alma la humillación y la furia de lo sucedido. Cuando se arrojó sobre el que tenía en frente sintió que si hubiera traído pistola lo hubiera podido matar. En sus manos surgió con fuerza asesina el deseo de sangre. Estaba aterrado de sí mismo y comprendió que la pasión política era tan fuerte que bien podía aniquilar los mejores sentimientos. Todas sus palabras, su entusiasmo por el espíritu y la cultura se hubieran ahogado, derrotados por esa sensación. Fue su entrada a la hombría. Cuando llegó a casa con la ropa limpia de Enrique, hijo, sus padres no estaban.

Al cundir la noticia del zafarrancho habían salido en busca de sus hijos. Como no los encontraron en la jefatura de policía, se dirigieron hacia la Cruz Roja donde hallaron a Tomás descalabrado. Las enfermeras que reconocieron a Mariana quisieron pasar a Tomás de inmediato a que lo cocieran, pero viendo que aquello no era de urgencia, Alonso intervino:

—No, que espere su turno.

—¿Qué sabes de Alonso? —preguntó Mariana lanzando miradas a su rededor.

—Alcancé a ver que se lo llevaba el tío Enrique.

Suspiraron con alivio y de regreso a casa lo encontraron dormido. No despertó hasta el día siguiente cuando se supo por la prensa que había habido un muerto entre los heridos.

Ante los percances de sus hijos Mariana se puso en pie de reto: —Si yo pudiera votar, votaría por Vasconcelos —afirmó, y Alonso se puso a escribir artículos de denuncia que le devolvían los diarios sin publicar. Eran demasiado críticos, pecaban de sinceros y no estaban los tiempos para decir verdades.

—Lo siento mucho, licenciado. No quiero que me cierren el periódico o me destruyan la imprenta —le había dicho un director—. Ortiz ganó *arrolladoramente* y Vasconcelos ya salió del país.

—¿Arrolladoramente?

—Esa es la versión oficial.

¿Y para esto se habían expuesto sus hijos y había arriesgado tantas veces la vida?

Capítulo LXVI

1930-1934

En cuanto Alonso se recibió, les anunció a sus padres que deseaba ir a Rusia. Un grupo de amigos lo invitaba, con todo pagado, a palpar el éxito de su doctrina política.

En el despacho de su casa, después de la cena, Alonso se paseaba de un lado a otro sopesando las noticias. Su hijo era mayor de edad y libre de seguir su camino, pero no podía dejar de señalarle el compromiso que adquiriría:

—Hijo—, comenzó —, vete si quieres, pero paga tú tus gastos. Todos. Así no estarás atado con nadie por ese factor—. Pasó unos segundos de silenciosa cavilación recordando el largo viaje que él hiciera con propósitos parecidos, y resumió—: Cada quien debe explorar el mundo a su manera y tú vas en busca de la tuya. Está bien —terminó— pero mantente alerta y no te comprometas a nada a menos que estés convencido de corazón.

Mariana, que había contado con que Alonso lo disuadiera, no podía creer que en vez de hacerlo le hubiera extendido un cheque. Al presenciar el abrazo con que terminaron el asunto padre e hijo, hubiera querido meterse como cuña y desbaratarlo todo, pero bien sabía que estaba ante una situación irreversible, por lo que en silencio dio otro abrazo a su hijo y sólo pudo exclamar: —¡Allá hace tanto frío! —y se fue a llorar a su cuarto.

Al cerrar Alonso la puerta de la recámara donde ella lo aguardaba en un pequeño espacio que les servía de salita para sus conversaciones más íntimas, se sentó al lado de ella y guardó también silencio por un buen lapso antes de decir casi para sí mismo:

—Va limitado, pero con la consigna de que en caso de necesidad no recurrirá a nadie más que a nosotros.

Tan lejos lo llevaría su destino que a su madre le aterraba pensar en la distancia —. Creí que razonarías con él —le reclamó—. Todo este alboroto con Rusia no es más que el resultado de las decepciones que han sufrido en el ámbito político y la propaganda que se ha desatado en favor de ese régimen. En la escuela no se habla de otra cosa. Tú mismo has dicho una y otra vez que el totalitarismo en que han caído es nefasto. ¿Cómo ahora lo ayudas para que se vaya, así como así?

Alonso respondió de inmediato—: Lo que yo pienso es una cosa; otra, lo que pueda pensar él. Es más que una simple moda o corriente, Mariana. Es la sed de justicia que se ha despertado en él y busca el modo de alcanzarla.

—Pero tu experiencia debe servirle de guía.

—Sólo hasta cierto punto, tú bien lo sabes. Cada quien debe convencerse por sí mismo de lo que quiere. Si él está empecinado en esa línea, que llegue a conocerla de cerca es lo mejor. Y si persiste en ella, lo tendremos que respetar así no concordemos.

—¡Tan lejos! —suspiró Mariana—. Influencias tan diversas, peligrosas, incluso...

Alonso la miró a los ojos y apretando sus manos concluyó—: Es parte de la vida pasar peligros... Ya es un hombre, Mariana, y tan hijo tuyo como mío; pero debe seguir su camino aunque difiera del nuestro. Lo hemos formado lo mejor que hemos podido, lleva en él arraigado un espíritu crítico sano. Él tendrá la última palabra y ya veremos... Por lo pronto podrá conservar su independencia económica, y eso le dará libertad para decidir en un momento dado.

—Él podrá, como dices, si así prefiere, ¿pero otros que no tienen ese apoyo?

La fría mañana en que le dijeron adiós en la estación de ferrocarril de la capital, pues Alonso no quiso que lo despidieran de pañuelo ondeando en Veracruz, Mariana se portó como sabía portarse en momentos de amargas despedidas: su hermano Tomás se había apartado para siempre de su vida en una mañana como esa..., la misma posibilidad le punzó en el pensamiento, pero lo apartó de inmediato al darle la bendición a su hijo con una última sonrisa que sostuvo hasta que se perdió de vista el tren.

Le pareció a Mariana que el tiempo se detenía con la intención de torturarla; las cartas de su hijo solían llegar retrasadas y a veces dos a la vez. Decían cosas familiares: trataban de visitas a lugares históricos, el clima y nimiedades. No parecían escritas por él, pero era su puño y letra. Por medio de la embajada mexicana en Moscú, Alonso también recibía escuetas noticias que le informaban que su hijo se hallaba bien.

Bien vigilado estaba por unos y por otros. Pasó diciembre, y ella imaginaba un frío congelador; pero Alonso escribía que los departamentos eran confortables, protegidos por dos puertas acolchonadas; las ventanas tenían doble vidriera y sus cubiertas de madera no permitían que el frío se colara.

Los grises nevados del invierno que producía vapores al hablar y provocaba escurrimientos incontrolables de la nariz se olvidaban al penetrar en la intimidad de las casas donde la gente desplegaba con naturalidad su hospitalidad: el samovar siempre contenía agua hirviendo para el té, y el *bosch* y vodka calentaban la sangre. En marzo ya no tuvieron noticias y la embajada informó que Alonso ya no se encontraba en Rusia.

A partir de ese momento comenzó una espera anhelante que cada uno de sus padres se guardaba para sí por no preocupar el uno al otro. Alonso decía—: El día menos pensado tenemos noticias y Mariana respondía—: Tengo el presentimiento de que así será...—, pero en verdad no sabían qué esperar.

Para sorpresa y alivio de sus almas, una mañana, a fines de abril, recibieron un telegrama de Veracruz que les anunciaba el regreso de su hijo al día siguiente a la capital. Mariana leía y releía el telegrama por miedo de haberse equivocado, pero ahí estaban las letras que lo decían, tecleadas sobre un papel amarillo a través de una cinta desteñida de la máquina de escribir. Llegó tan delgado, que se alarmaron al verlo descender del tren, pero les aseguró que se debía a la travesía de San Petersbrugo a Bremen, de Bremen a La Habana, a Veracruz—. Mucho mar, muchas olas, mucho mareo y la falta del sol de México —terminó sonriendo con la mismísima sonrisa de su padre. Mariana lo abrazaba feliz y la mirada de Alonso tenía el brillo de una inmensa alegría.

Las preguntas con que lo acosaron las contestaba a medias.

—Todo estuvo bien, muy bien —repetía en un tono de voz que traslucía falta de convicción, como si detrás de ella hubiera un hueco. Al correr de los días se fue desenvolviendo el ovillo y surgieron los recuerdos que lo llevaron a confesar que se estaba lejos del sueño justiciero que el régimen prometía. El mundo de Dostovieski y Tolstoy había quedado aprisionado en sus páginas, cierto...; ahora le mostraban adelantos, construcciones, sistemas que ordenaban la vida para el bien del proletariado, pero encausado por vías rígidas, bajo un ordenamiento burocrático sin fin que hacía nuevos zares de cualquier empleado con un sello. Había un ambiente opresor que reinaba por doquier. La desconfianza permeaba todos los rostros y las seguridades sociales masivas parecían minimizar cruelmente al individuo—. Nada de esto convenía que yo lo escribiera. Se me advirtió que mis cartas pudieran ser leídas y que más valía ser discreto.

Mariana, que lo conocía tan bien, pudo penetrar de inmediato en lo profundo de su decepción. Padre e hijo se quedaban a veces hasta las primeras horas de la madrugada hablando. Al bajar a ver qué tanto se decían, Mariana a veces oía risas, otras veces largos silencios y más de una vez discusiones apasionadas. El tema central era: cómo podría la humanidad vivir sin padecer miseria. Y Alonso, al ver la mirada limpia de su hijo que se rebelaba contra tantas injusticias, recordaba cuando él mismo había luchado por forjar un cambio con el alma henchida de ilusiones. El desengaño de Alonso lo hizo palpar lo difícil que era sacudir la codicia. Cuánta razón había tenido su padrino al decir: ¡Fuera monarquía, fuera imperio, fuera capitalismo, y cuanto *ismo* pudiera surgir! Si no se superaba a fondo la naturaleza del hombre, aflorarían de nuevo los mismos factores que, con otra careta, harían de unos los dominadores y de otros los dominados. Esa ecuación era invencible; lo que tendría que alcanzarse, de alguna forma, en algún momento, no sabía cuándo, era el equitativo bienestar de los dominados.

Para contrarrestar el sentimiento de frustración que se perfilaba en su hijo al retorno de aquella experiencia, procuraba su padre exponer alternativas. Sus discusiones eran largas, exploradoras, y Alonso se allegaba a la cama cansado. Ayer había sido él quien frente al escritorio de su padrino abogara esa causa, ahora era su hijo ante él. Ni una, ni dos generaciones, ni todas las generaciones desde el comienzo del mundo habían podido vencer, ni suprimiría la desigualdad, porque la misma naturaleza no dotaba a todos con las mismas facultades; pero no por eso se podía cejar en la búsqueda de un modo de vida más justo y equitativo.

Al ver cómo se desenvolvía el siglo, la tarea le parecía a Alonso gigantesca. Ahora todos abrían la boca ante cada nuevo invento. Los escapes humeantes habían reemplazado el gentil clop-clop de los cascos de caballos, la luz amarillenta de gas que vagamente iluminara las avenidas bordeadas de árboles se suplía por neones capaces de dibujar todo en luz y ante su deslumbrante presencia los cortejos galantes, las señoritas sonrojadas y el enviar a los niños fuera de las estancias porque los mayores iban a hablar, palidecían como una vieja foto del pasado.

A pesar de la comodidad que había traído consigo la mecanización, los muchos triunfos contra las enfermedades y la batalla que se iba ganando contra la ignorancia, era un mundo que apuntaba cada día más hacia el aceleramiento y tensión, y tanto los individuos como las naciones tendrían que preparar su ánimo para afrontarlas.

Todo marchaba con pasos agigantados, lo que permanecía rezagado y debilitado, meditaba él, era el espíritu del hombre que venía al último como el menor de la familia que se ha perdido de sus hermanos y llora, desesperado por alcanzarlos, sofocado por siglos de repetición de las mismas sutilezas de pensamiento que en muchas instancias parecían haber agotado su sentido. Alonso sonreía al recordar que don Porfirio solía asegurar que los intelectuales padecían de "profundismo". ¿Estaría él aquejado de eso mismo?

En ese tenor: en busca, siempre en busca —muy sopesadas distintas posibilidades— su hijo optó por irse a Londres a estudiar derecho internacional.

Al cabo de año y medio, habiendo traspuesto su era radical, regresó con una flamante maestría y para comprobar que llevaba a la práctica personal sus teorías, comprometido con Ileana, la hija del embajador venezolano.

Cuando se enteraron en Morelia que los novios habían decidido casarse en la hacienda, el triunvirato de doña Matilde, doña Pepa y Libia se encaminaron para averiguar más sobre los preparativos y sobre la novia. Cercioradas de que todo iba en vía de ser a lo grande, Libia tuvo oportunidad de lucir su sorna:

—¿No que tan comunista? —viboreó al redondear el comentario afirmando que más burguesa no podía haber sido la elección de Alonso, ya que corría el rumor que la novia era hija de familias "muy bien de las de antes"...

De una en una, Mariana recorrió con la cejas en alto al trío que se regodeaba con ponerla en entredicho, y, haciendo a un lado la prudencia que de cualquier modo ninguna merecía, se dejó ir a plena conciencia respondiendo con una sangronada—: No metas política en amores, Libia, pero ya que tocaste el punto, debo aclararte que nada de burguesa tiene mi futura nuera, más bien, *a r i s t ó c r a t a*, porque deben ustedes saber— recalcó dirigiéndose también a doña Pepa y a su tía—, que por su padre desciende en línea directa de la casa de Simón Bolívar, de antiguo linaje vasco y gallego, perteneciente, por esta última parte, a dos de las familias más antiguas de España: Ponte Andrade y Montenegro. Ileana, además, por parte de su madre, también hereda la sangre de don Francisco de Miranda, gran militar venezolano amigo de Bolívar, que se codeara con Washington, Federico el Grande, el marqués de la Fayette, José II de Austria y Catalina la Grande.

Y se dio por satisfecha al ver que tardaron rato en cerrar la boca.

Los preparativos ligaron una vez más a Mariana a Valle Chico. Se dijo que las vacaciones decembrinas de la escuela le permitirían la holgura necesaria; nunca se imaginó que pasarían años antes de que regresara a un aula.

Sin ella, sin Ismael, el entorno del valle era otro. Se notaba por doquiera la ausencia del ama. No alcanzaban las horas para poner la casona al día, arreglar entradas, blanquear muros, limpiar a fondo caballerizas, establos, cocinas y hacer lucir salones y recámaras. Si creían que los años habían disminuido la energía de Mariana, pronto se percataron que parecían haberla redoblado y ella misma se sorprendió de lo mucho que rendía. El mismo casco parecía renacer, abrirse como flor fresca en el verdor del valle. Los baños termales, largo tiempo olvidados, se renovaron, la capilla se redoró y la plaza de toros quedó servible con sus rojos y amarillos mango, relucientes bajo el sol.

Restaba el campo, el inmenso campo. Al ver su extensión, venían en mente tiempos mejores, días de bonanza que había logrado con la ayuda de don Evaristo. Sentir la presencia y fuerza que emanaba de la tierra la llevó gradualmente, con cada sombra reflejada en un arroyo, el revolotear y canto entre el follaje, y los aromas de frescura que rodeaban la firme y señorial silueta de su casa, a tomar una resolución que guardó para sí hasta que pasaran los festejos.

Una vez reunidos todos en Morelia, al momento de las presentaciones, ambas familias se midieron con disimulo, pero a fondo. Mientras se formulaban y respondían frases de cortesía operaba el cálculo infinitesimal de evaluaciones personales. Doña Matilde y Libia aprobaron *ipso facto* cuando les llegó su turno y poco faltó para que hicieran una reverencia—: No cabe duda, Mariana, que se les nota la clase —fallaron a dueto haciendo hincapié en las recatadas maneras de la novia y el porte de sus padres. Mariana se fijó en cómo veía Ileana a su hijo, en cómo él, con sus veintiseis años de espera, la miraba a ella, y quedó tranquila. El ánimo de Mariana se había dispersado entre tanto preparativo que jalaba su atención hacia un sin fin de detalles que de alguna forma obliteraron la trascendencia de lo que estaba ocurriendo. El instante definitivo llegó el día de la boda: al dar el primer paso del brazo de su hijo al entrar a la capilla convertida en jardín, se percató a fondo de que Alonso y ella entregaban sus desvelos, preocupaciones y parte de sí mismos, como una ofrenda más a la vida.

Afuera la hacienda se erguía en toda la magnificencia que recordaba los mejores tiempos de Marcial. Las guirnaldas que seguían los contornos de las arcadas, los rosales que rodeaban a la fuente, daban la bienvenida. En la tersa explanada de césped se colocó la enorme tienda arabesca, la música bañó de melodías el paisaje que pareció renacer en su esplendor cuando llegó el momento en que Alonso dio el brindis ante su amado primogénito y una novia cubierta de raso, bañada en tules. Frente a las mesas adornadas de nardos, con el fondo del volcán en lontananza, les deseó que fueran tan felices como había sido él con Mariana. Al terminar se dirigió a ella, brindaron, y la tomó de la mano viéndola directo a los ojos con esa mirada tan suya que la hacía sentir que se desenvolvía una serpentina de felicidad en su corazón.

—Mariana —, le reprochó al oído cuando bailaban al desplegarse el atardecer —no me van a creer lo que dije...

Compuso ella su semblante, se acercó más a él estrechándolo, y se explicó limpiándose una lágrima—: Todo está hoy tan hermoso... Hubo veces en que hubiera querido que el tiempo volara, Alonso; otras, como hoy, que se detuviera...

En vano. Los novios se despidieron entre abrazos y bienaventuranzas sonrientes, lacrimosas, recordatorias y esperanzadas. Entrada la noche, las luciérnagas reclamaron su espacio y la orquesta se acalló al mismo tiempo que la música de las últimas copas chocando entre sí. Marcia despertó a su marido que desde el brindis había quedado ronroneando en un sillón, dormido en la cuna de sus historias, Doña Matilde, roció de muchos besos a la madre de la novia, descendiente de tanta alcurnia, y, sin importarle más de quién despedirse, se retiró. Entre los demás invitados, las *buenas noches* corrieron el riesgo de convertirse en *buenos días* de no haber cerrado los ojos los faroles también.

Al lado de su cama, los compases del reloj de buró le afirmaban a Mariana que *él* jamás se detenía y que tendría que vivir cada instante según lo marcaran las manecillas: una la de su destino, otra la de su voluntad y la más veloz, el terrible azar...

Desplazándose con cautela abandonó el lecho. Afuera de su balcón la aurora bostezaba. Esculpida a contraluz, con la vista fija en la claridad que diluía el brillo de las estrellas, algunas de ellas, hacia milenios apagadas, Mariana, envuelta en la bruma que se disolvía en jirones dispersos por el valle, no sintió que Alonso hacía rato la observaba.

—Dímelo de una vez —instó él al fin y ella lo miró midiendo el espacio y a la vez su decisión, antes de contestar:

—No volveré a la escuela, Alonso. Hago falta en Valle Chico. Tendré que estar viniendo más seguido y cuando sea tiempo de siembra supervisaré hasta que todo quede en orden. Si compramos dos tractores el trabajo se hará más rápido. Además, ya no hay la gente que había. Mucha ha emigrado a Estados Unidos, a otras partes... no sé a dónde. Ya no hay manos suficientes para este tipo de trabajo. Pero la tierra está aquí, el agua está aquí... yo, debo estar aquí.

Alonso le extendió la mano llamándola hacia él y Mariana se sentó a su lado.

—Siempre ha sido mi rival Valle Chico —se quejó en son de broma y ella reviró:

—Y la mía: la política.

Una vez en la capital, al oír las nuevas, Tomás se entusiasmó con la determinación de su madre. Tiempo atrás se había pasado de leyes a ingeniería con el ánimo de especializarse en presas. Desde un principio forjó planes para reforzar las cajas de agua de Valle Chico y en cuanto se inició la temporada de sembrar, marchó a la hacienda para dar comienzo a los trabajos sobre los que basaría su tesis acerca de la irrigación utilizada con éxito en el Bajío, la misma que podría perfeccionarse atendiendo a la economía y posibilidades de cada lugar.

En el momento en que la tierra y el equinoccio lanzaron señales, Mariana y Tomás se encontraron ante la promesa de una nueva siembra. Al despedirse la noche, salía ella a montar para revisar el progreso del día; al ausentarse el sol, encontraba a Tomás sudado, empolvado y feliz, arriba de uno de los tractores con los que había dibujado nítidas paralelas achocolatadas por todo el campo.

Los fines de semana llegaban Alonso, los recién casados, a veces Marta y Enrique con sus hijos, Libia y Roberto no fallaban y Cata, con todos sus años de bracero encima, presidía la cocina de la que salían platones llenos de corundas, chocolate molido con almendras, mermeladas de membrillo, quesos frescos, canastas de ciruelas, peras, mameyes de carnes sonrosadas y plátanos de tierra caliente.

Al sentarse al piano de cola, Mariana solía vislumbrar a su padre altivo; a Tomás sonriendo desde el otro lado de la imaginación; a su madre con el bordado en el regazo, sonriéndole, como lo hiciera de niña cuando recurría a ella en el salón de costura; don Evaristo con la mirada de sabiduría; Jorge, chico, reclinado sobre el piano, junto a él, su padre, sin reproches, bondadoso como siempre, por siempre jamás; y más de una vez percibió el murmullo de las oraciones de la tía Rocío y escuchó el arpegio de las espuelas de Ismael que ya se acercaban, ya se desvanecían musicalizando a lo largo del pasillo.

Ese primer año y otros tres más: cuatro, el número de la perfecta cohesión, la llevaron de la mano por las horas felices que transcurrieron en el valle al percibir las voces de los secretos que traía y llevaba el viento para aquellos dispuestos a escuchar. Auxiliada por Tomás, que cada día lucía más moreno bajo los rayos del sol, realizaron los frutos de espléndidas cosechas, custodiada por Cirilo recorría antiguas veredas. Los peones que ahora la conocían, se admiraban de sus jornadas a caballo y Cirilo erguido sobre su cojera, en pleno orgullo resumía:

—Yo le enseñé a montar.

Capítulo LXVII

1934.

La expresión de Alonso era taciturna; al tamborilear sus dedos sobre un expediente que contenía jugosos contratos, su pensamiento navegaba por elucubraciones ajenas al momento. Hasta hacía unos meses, por elección propia, se había mantenido un tanto al margen del vaivén político, cuyos dirigentes, con sus tironeos por alcanzar y mantenerse en el poder, avanzaban con dinosáuricas patas de plomo arrastrando tras de sí al país que soportaba todo con un estoicismo admirable, pues los hombres seguían empeñados en labrarse un camino como se pudiera, escamoteando los sobresaltos e incertidumbres que provocaban las altas esferas de un gobierno que siempre estaba estrenando ideas y presidentes. Para él, trabajo había de sobra y ya descansaba mucho en su hijo mayor. Pero Tomás seguía ilusionado con Valle Chico, y en eso estribaba en gran medida la inseguridad que Alonso contemplaba en el futuro porque el asunto de la hacienda seguía irresuelto.

Pasada la decepción que habían sufrido en la campaña de 1929, más se desengañaron todos cuando el presidente electo, Ortiz Rubio, renunció a los dos años. Ahora estaba por concluir el gobierno de Abelardo Rodríguez quien, según le informaron al asumir el interinato, lo primero que había hecho fue indicarle a su gabinete que no fueran a consultar con Calles. Recordaba que a partir de ese momento el Jefe Máximo —hasta el título resultaba servil—, se empezó a eclipsar después de un largo y, en muchas ocasiones, acertado brillo. Pendiente de las corrientes económicas, Alonso concedía que el proceder de Rodríguez era interesante porque vio en él a un hombre con sentido común ya que, entre otras gestiones atinadas, había organizado a los elementos financieros mexicanos para impulsar la economía nacional frente a la inversión extranjera.

Esa tarde, después de entregarle a Enrique unas escrituras que le había encargado, éste se repantigó en el sillón y empezó la charla; pero por más que Alonso trataba de concentrarse en lo que su amigo decía, su mente se disparaba en todas direcciones...

En días pasados lo había invitado el flamante candidato presidencial, su paisano, a recorrer el país—. Francamente, ya no le pude seguir el paso —le había confesado a Enrique a su regreso de Yucatán con el ánimo muy bajo al ver que para nada habían cambiado ahí las circunstancias que toda una revolución había denostado. Y su tierra, con algunas excepciones, se encontraba prácticamente en las mismas: castigada por el decaimiento de tantos años de abandono. Más allá de los muchos males que se había deseado corregir y de otros tantos que habían surgido, persistía la esperanza que ahora renacía en sus corazones ante un candidato diferente, que escuchaba, que actuaba como padre, que tenía ideas nobles... Ahora que, sin menoscabar las buenas intenciones, preocupaba constatar que estaba influenciado por facciones radicales que se manifestaban de diversos modos, incluso en el arte que se había vuelto arma de propaganda en trazos de expresión brutal como denuncia contra todo tipo de tiranía. Cortés, la pobre Malinche, el Tío Sam y don Porfirio, aparecían cada día más feos. Admiraba el talento y tesón de los hombres tras el pincel, mas no concordaba con la inclinación a ultranza hacia la izquierda que seguía un gran sector intelectual. Había estado en sus mítines acompañando a Alonso que conservaba amigos entre ellos por sus nexos con los pintores. Conocía la sinceridad y entrega de algunos y la respetaba, pero debido a su propia formación pragmática en la economía, consideraba aquello una quimera. Lo incontrovertible era que el gran capital daba poder, y, así fuera del Estado, lo administraban a su antojo unos cuantos que al fin y al cabo serían los dueños de la riqueza masiva. En ambos casos, fuera ésta del Estado o de grandes capitalistas particulares, cómo se manejara el poder y el gran capital en relación al pueblo era el asunto a resolver. Las líneas que estaban siguiendo unos y otros no lo convencían en cuanto a que pudieran procurar lo mejor del mundo, según prometían. Sin importar a qué filosofía política perteneciera la facción que fuera, una vez en el poder, los recursos que podrían abolir la miseria, embellecer ciudades y dar salud a la humanidad, se dispersaban en armas, oropel y guerras.

Al notar su distracción, Enrique guardó silencio y estudió el semblante de aquel hombre que mostraba la lucha sostenida por una vida de buscar un camino al que se le oponían mil obstáculos. Aunque en esos momentos le urgía acudir a una cita para precisar los precios del azúcar, no podía desligarse de golpe y porrazo de aquel amigo al que había llegado a querer por su limpieza de intenciones, su preocupación continua por la justicia social que parecía cargar como cruz por su calvario político y por la obvia frustración que reflejaban sus artículos, sus palabras y su mirar.

—¿En qué piensas?

—Después de tantas propuestas de unos, de la rebeldía de otros, todo se reduce a esto: un encumbramiento, una caída y otro ensayo. Lo que me pregunto es cuántos ensayos más aguantará este país. Perdona, hermano, es que temo que habrá más conflictos.

—¿Insurrecciones?

—No, esta vez se darán en cuanto a la manera de ver la vida misma, de cómo vivirla, de cómo manejar lo poco o mucho que se tenga individual y colectivamente. Seguimos importando ideas.

Enrique era ahora el pensativo... —¿Qué hay respecto a la tenencia de la tierra?

—La presión de las bases es muy fuerte.

—Pero ni Calles ni Rodríguez están ya convencidos de que funcione económicamente el reparto...

—Ya no hay marcha atrás, Enrique. Yo mismo dije una vez que la solución me eludía y sigo en las mismas...—. En su interior temía por Mariana y Tomás y por su amigo.

Enrique se reclinó hacia atrás..., viendo directo a Alonso concluyó—: Pase lo que pase aquí seguiré bregando. Extrañé tanto a México al irme ¡cómo no tienes idea! Quiero que por favor me tramites la naturalización y regularices la ciudadanía de mis hijos, ya que tienen madre mexicana. Aquí moriré, Alonso.

Alonso lo miró algo sorprendido. Enrique, tan español ¿ahora mexicano?

—¿Qué te hizo decidirte?

—Ya no quiero andar de aquí para allá. De México he sacado lo que tenemos. Le debo lealtad a esta tierra. Además, sé que están por aplicarse leyes migratorias que pondrán en tela de juicio la propiedad de extranjeros...— al notar una sonrisa comprensiva en Alonso, afirmó con sinceridad—: El ver que estoy en la recta final, todo, Alonso, todo junto, me hizo decidirme.

—¿Quiere decir que ya no me vas a poder invitar la copa en el Casino Español?

—No, hombre. Continuaré siendo miembro y bailando la jota.

—¿Cuál jota? Si ya vi que jadeaste al subir la escalera el otro día.

—Me pudiste observar porque te quedaste atrás.

Capítulo LXVIII

La espada de Damocles que pendía sobre el cielo cayó.

Los trámites de la ley son largos y tediosos, para unos esto es insufrible, para otros significa una tregua que pudiera ser benéfica. Mariana esperaba que algún cambio en la ideología debido a un nuevo gobernante variara el criterio respecto a las haciendas. Vanas ilusiones: como lo expresara Alonso, no hubo marcha atrás en lo que se había convertido la esencia del grito de reivindicación campesina.

La noticia llegó por medio de un escrito con muchos números y diagonales y referencias que se sumaban en una sola palabra: expropiación. Por la noche, cuando llegó Alonso, Mariana le extendió el escrito que le había sido entregado esa tarde.

Al ver que el dictamen era total, Alonso apeló ante la comisión agraria, argumentó, comprobó que parte de esas tierras no constituían un latifundio, que el perímetro del casco, la huerta e incluso una de las represas no estaban dentro de antiguas tierras ejidales. Reinó en la casa una tensión terrible que se alargó por tres semanas. Mariana se obligaba a comer, hacía que dormía y no le dijo una palabra a Tomás hasta no saber el desenlace. La trayectoria de Alonso que todos respetaban por su integridad, pesó más que nunca al llegar la resolución final.

Desde la muerte de Ismael, Mariana había redoblado las guardias blancas. Lo sabían bien en la comarca que dibujaba una conocedora sonrisa sin temerlos. Una vez que llegaron a Valle Chico notaron que cada día nuevas partidas de hombres cercaban más el perímetro del casco. Por las noches lloraban las estrellas fugaces sobre el brillo de las lumbradas que parpadeaban por doquier. Estaban prontos a consumar sus designios. Y la víspera llegó...

Al pasearse esa noche por el balcón del amplio pasillo que daba al valle, ella los veía y hacía un movimiento ligero, negativo, con la cabeza.

—Ya está todo resuelto. Mañana se firman los papeles, aquí mismo, en la oficina de sus abuelos —les había anunciado a sus hijos hacía una hora—. Tuvimos suerte. Gracias a su papá se salvó la casa, el casco, la huerta y una represa.

—¿Me pregunto si podremos sostener esto sin las tierras? —había observado el mayor de sus hijos, y Tomás opinó al instante:

—Podemos sembrar más aguacates.

Mariana recordó que una vez el huerto la salvó de la ruina —... los árboles que tenemos están bien cuidados —musitó.

—Podemos sembrar hasta el último palmo —insistió Tomás y ella convino con una leve sonrisa que trataba de ocultar su desaliento y sin decir más, les había dado las buenas noches.

Su marido, que había guardado silencio, no la siguió. Comprendió que eran momentos para ella sola.

"...sembrar hasta el último palmo". Las palabras de su hijo le recordaban antiguas intenciones que se habían realizado con ferviente entusiasmo. Tantas veces había contemplado el valle desde ese balcón, tantas otras atisbado el crecimiento de la siembra. No había sido en vano "tanto ir y venir" como dijera Libia en un tiempo. El campo había respondido a todos sus desvelos y a las manos de los hombres. Nada, ni ver a los niños emocionados con sus calificaciones durante su breve magisterio, le había dado el sentimiento de tarea cumplida que la embargara al palpar entre sus manos el maíz plenamente madurado... En cada grano veía un instante de ardua labor y sustento. Así, tal vez, se habría sentido su bisabuelo ante la primera cosecha. Otro sentimiento muy distinto afloraba en su corazón en esos momentos. Se detuvo y aferró al barandal al sentir, como nunca, avanzar sobre ella su destino: al día siguiente un ciclo se cerraba y un nuevo tiempo daba comienzo.

No le preocupaba su hijo mayor, estaba ya encarrilado en el bufete de su padre, pero Tomás no era para intramuros. A él le gustaba la construcción, beber el sol. Mariana lo había visto correr en su adolescencia a galope tendido por el campo y convivir feliz entre los peones. En la capital era otro: parecía ave en jaula, revoloteando por aquí, por allá, saliéndose a la calle y poniendo a la casa entera en estado de pánico cuando no se le encontraba cerca. En una inolvidable ocasión, cuando tenía siete años, en que creyó ella morir, pasaron horas en su búsqueda. Lo encontraron en el hipódromo montando a caballo. El campo de acción que un día pensara destinarle se esfumaba esa noche como el humo de las hogueras. Pese a todo, él mismo había logrado que en Mariana renaciera su fortaleza al sentir el apoyo de sangre nueva cuando dijo "sembraremos hasta el último palmo".

Sí, eso harían...

Al mirar hacia el valle, el brillo de las hogueras ya no le pareció tan funesto ni amenazante. Del otro lado se manifestaba una esperanza y un acto de justicia por siglos aguardado. El reclamo se iba respondiendo: tierra y libertad al fin parecían llegar al campesino; se habían expropiado latifundios por todo el país fraccionado en pequeñas propiedades ejidales. El estado de Michoacán se iba convirtiendo en un ejemplo de repartición y las veinte mil hectáreas de Valle Chico con sus montañas y bosques, se redujeron a ciento cincuenta.

Tierra y Libertad.

Afuera, del otro lado de la barda, muy de mañana, escuchó ella el ir y venir de la gente, sintió el desconcierto de los peones a quienes arengaban sus nuevos patrones. Tuvieron un banquete en la cuadrilla, cerca del huerto. Alonso se había sentado con ellos. Ella no pudo.

En realidad tuvo suerte, pues algo les dejaron. Varias haciendas vecinas, trabajadas ejemplarmente, fueron expropiadas en su totalidad. Muchas, que usurparon la tierras de antiguos pueblos, ahora se dividían entre aquellos que siempre estuvieron apegados a ellas, apenas subsistiendo. Revolución. Ella se anticipó en cierto modo a ella..., y otros también habían hecho reformas. Trató de ser justa..., se decía. Pero siglos de injusticias y subyugación no se remediaban en cortos lapsos ni por débiles intentos aislados y ahora todos vivían las consecuencias.

El día en que se llevó a cabo la expropiación de Valle Chico, ésta se personificó en Pablo.

Para crédito suyo no actuó con despotismo, no repercutió en la estancia donde se firmaron los documentos una sola vibración de callada venganza. Fue como si todos esperaran aquel momento desde siempre y que, habiéndolo vivido toda la vida, ya no hubiera sorpresa, sólo la aceptación de lo inevitable.

Pablo había trascendido lo que otros hombres no hubieran tolerado. Cinco años había aguantado en Quintana Roo porque el fuego en él era más fuerte que el calor abrasador del sol, la incandescencia y la gelidez del paludismo; luego vinieron los años de lucha armada. Cuando la liberación llegó, llegó para que él siguiera fijo en sus ideales y aquel día entró en la casa grande al terminar el banquete.

Mariana lo esperaba tras el viejo escritorio. La confrontación a la que los había destinado su historia se cumplía. Pablo no tenía palabras ni ella tampoco. Fue Alonso quien desató el nudo de aquellos momentos al decir:

—Mariana, el general López Tafoya.

—Lo conozco.

—Señora.

—¿Qué debo firmar?

Sobre el viejo escritorio se levantaron las actas. La indemnización por las hectáreas que no fueron nunca ejidales, fue casi nula. Al ver ella el cheque, lo miró incrédula.

—Señora, es todo lo que podemos pagar. Debe usted considerar el resto como una donación a su país ya que éste no puede retribuirle su justo valor. Usted sabe por lo que hemos pasado.

Pablo también sabía por las que ella había pasado. ¿Quién tomaba ahora en cuenta sus desvelos, fatigas y riesgos..., sus momentos de contar los centavos? Ya pondría ella cuidado de lo que iban a hacer de las que, hasta ese día, fueron sus tierras.

Asintió y, mirando primero a Alonso, dijo enseguida a Pablo:

—Acepto con resignación, licenciado, siempre que no sea para enriquecer a unos cuantos demagogos, sino para mejorar de verdad la situación en general —y al ver brillar los ojos de Pablo agregó—: No lo digo por usted. Sé que es un hombre honrado. Mi única esperanza es que el gobierno ponga al frente de esta nueva situación a hombres que sean merecedores de respeto. Para hacer producir la tierra se necesita entregarse a ella. Planear sistemas de irrigación, escoger siembras apropiadas, buscar nuevos frutos en demanda, empezar a mecanizarse como estábamos haciendo aquí... En primer lugar, deben administrarse bien los recursos. Cada quien, si tiene cabeza, cuida de lo suyo; ahora vamos a ver que tal cuida alguien de lo de todos.

—Señora—, interrumpió Pablo, y a su vez, ella le hizo un ademán para continuar:

—Lo digo porque los bancos refaccionarios que planean instituir son dinero de la nación. Deben tener mucho cuidado a quienes asignan para su administración si quieren tener éxito, de otra manera pueden fracasar y el fracaso engendra crítica, inconformidad, y el futuro puede marcarlos no como idealistas y hombres de conciencia, sino como meros oportunistas.

—No es posible responder por todos, señora —afirmó Pablo en perfecto control—. Hago lo que me toca hacer como mejor puedo.

Mariana había hablado con serenidad, con palabras dictadas por una sincera preocupación, no por el rencor. En grave silencio lo miró recoger los papeles y guardarlos en un viejo portafolio de piel.

¿Importaba acaso que se llevara Valle Chico con él?

Esa noche, con la cabeza sobre la almohada, los ojos cerrados, recorría en su mente la extensión del valle: sus acequias; el lago del volcán con sus reflejos de obsidiana; las represas tendidas a sus pies; los campos aterciopelados por la hierba, al cesar las lluvias, cuando semejaban inmensos mosaicos de malaquita coronados por los bosques de cedros del camino a San Fermín; las patas del Negro hundiéndose en la tierra mojada de la que brotaba vida...

Los hilos de agua que corrían por los surcos se confundieron con los que sintió correr a los lados de su cara. La tierra..., la tierra..., se había aferrado a ella en tan relativo poco tiempo que no era de extrañarse que ellos jamás hubieran cesado de reclamarla.

Había visto antiguos pergaminos, conservados con celo, que le llevaron a Alonso para que ayudara a las comunidades de Pátzcuaro a poner en orden todas sus demandas, quejas y peticiones, algunas de éstas dirigidas o manipuladas por intereses políticos del momento, otras —las que iban repletas de faltas de ortografía— profundamente conmovedoras. Todas denunciaban la pérdida del sustento, del suelo, del arraigo. Piel de sol, manos de tierra, vidas que clamaban comprensión y justicia. Habían soportado tanto y por tan largo tiempo... Al recordar aquellas súplicas, sin querer, suspiraba... Y bien, el lado afectivo estaba subsanándose, el práctico estaba por verse.

Alonso había estado muy ensimismado aquel día porque sabía que Mariana tenía razón. Que rindiera Valle Chico fraccionado lo que había rendido unido iba a ser difícil al menos que todos trabajaran parejo. ¿Lo harían?

Se estaba resolviendo el clamor de la gente por tierra, ¿pero se resolvería el económico satisfactoriamente? La agricultura seguía siendo un problema agudo. ¿Se incrementaría así? Los bancos se estaban instituyendo para financiar a los campesinos. ¿Serían suficientemente responsables aquellos que los manejaran?

Palabras oídas hacía algunos años se desplomaron sobre sus pensamientos:

¿Estaría la gente que se buscaba beneficiar lista para el cambio? ¿Tendrían la responsabilidad, la instrucción para manejarse? ¿Quién los guiaría?

Una vez había dicho que ante el paso acelerado que llevaba el mundo, México era un país que debía aprender con rapidez. ¿Aprenderían con la debida prisa aquellos involucrados la enorme transición de siervos a hombres libres? ¿Comprenderían las responsabilidades y los derechos que yacían en esa transición? O dejarían una y otra vez que su oportunidad dorada se les escapara hacia manos ambiciosas y corruptas, o yaciera muerta ante la nulidad dictatorial.

Alonso atrajo hacia sí a Mariana y en silencio pasaron aquella noche.

Muy de mañana él salió a montar con sus hijos para ir a colocar las nuevas mojoneras ayudados por dos peones. Ella iría por la tarde a revisarlas. Desde el balcón de su ventana los veía a lo lejos y se extrañó de no ver a Cirilo entre ellos. Ensimismada por los acontecimientos de las últimas horas, al bajar a desayunar paró en seco al encontrar a Cata y a Cirilo esperándola con dos maletas a su lado.

—Niña, nos vamos —anunció ella.

—¿Con Pablo?—sospechó Mariana.

—Es que nos da vergüenza, niña, con todo lo que pasó aquí. ¿Con que cara nos vamos a quedar?

Mariana respiró con alivio —: Ay, Cata, si esa es la razón, ya pueden ir desempacando. Aquí, mientras vivamos el señor y yo, o esté al frente uno de nuestros hijos, jamás les faltará nada. Son libres de hacer lo que ustedes gusten, pero para nosotros sería una pérdida mayor el que tú y Cirilo se fueran. No me imagino esta casa sin ustedes.

—Es que a mí y a Cirilo nos dieron parcelas.

—Lo sé. Me lo dijo don Alonso.

Cirilo y Cata se vieron sin poder disimular su inquietud—: Creímos que usted lo tomaría a mal... —se disculpó Cirilo.

—Cirilo, si alguien se merece algo de estas tierras son ustedes. Por mí, pueden quedarse. Lo que es más, me dolería mucho que se fueran.

—Tú dices, hijo... —casi suplicó Cata, quien no quería irse a vivir con Pablo y su mujer. En la hacienda ella se sentía en su casa, en sus dominios.

Cirilo por fin levantó la vista —. Pos nos quedamos y rentamos las parcelas.

A Mariana no le arrojaron pedradas ni insultos al salir de la hacienda al día siguiente como habían hecho con otros hacendados y fue para satisfacción y desolación suya que al cruzar la cuadrilla en su automóvil, la gente saliera a decirle adiós en un ambiente de tímida congoja; que al pasar ella, se descubrieran y hubo quien llorara.

Ya en las últimas casas, dos mujeres habían detenido el auto para pedirle que bautizara a sus hijos la próxima vez que llegara a la hacienda. En los ojos de acerina y pestaña lacia de los niños, vio reflejarse el rápido paso de las nubes que se deslizaban en el cielo. Ojalá vivieran para ver tiempos mejores... si en realidad Valle Chico..., si en realidad supieran qué hacer con él, se mitigaría ese quebranto tan hondo que se derramó por sus ojos al dejar los campos que habían sido su constante afán.

Capítulo LXIX

1936

Todo se había decidido sin que ella hubiera podido intervenir. Ante tal impotencia se sintió como hoja al viento manejada por otras voluntades. Al volver a dar clases, en las pláticas de café que se llevaban a cabo en la escuela, donde ahora se cantaba junto al himno nacional, *La Internacional,* Mariana se fue involucrando con el sentir de algunas de sus colegas. Por sus manos empezó a pasar literatura que provenía de Estados Unidos e Inglaterra, donde la mujer ya había alcanzado el voto.

—Fue debido a la guerra, Mariana, que les dieron el voto a las americanas. Si no hubiera sido porque les convenía tenerlas contentas en momentos difíciles, jamás se los dan —explicaba Carolina Montes, una joven muy activa, de ojos muy expresivos, mediana estatura y apasionado corazón que llevaba la batuta en todas las discusiones—. Por eso es que debemos luchar, para que estos hombres dejen de ningunearnos. ¿Qué dicen, vienen con nosotros al mitin del Teatro Hidalgo?

Con los sombreros calados hasta las pestañas, por si tomaban fotos, Mariana y Marta fueron sin decir palabra de sus andanzas a sus maridos. En varias ocasiones Marta y ella habían asistido a reuniones feministas. Marta, con todo y su dulzura, de muy atrás traía esa inquietud y no le costó trabajo a Mariana convencerla de que la acompañara, no obstante que Enrique y Alonso hacían alusiones socarronas siempre que se tocaba el tema sin que supieran que estaban involucradas hasta los codos.

Había entre las mujeres de aquellos grupos algunas muy agresivas, que decían cosas absurdas para ellas, como esa del amor libre que les sonaba a puro infierno. En contraste, eso de que la mujer debería tener los mismos derechos que el hombre, era pura gloria. Se sentían indignadas al confirmar que la vida de la mujer se vivía en plan de niños, como sujetos incapaces de discernir lo que era conveniente o no a una sociedad.

En aquellas reuniones se enteraron de que en diversos puntos de la república, desde los años veinte, la mujer ya podía ser electa a puestos de representación estatales y que en el mundo entero se daba una apertura política que a ellas, como mexicanas, se les estaba negando.

—Quieren que continuemos nuestra existencia *per secula seculorum* como nos clasificara el venerable Aristóteles: sumisas y al margen —recalcó Carolina, en una reunión, ante su atento auditorio—. Y sepan ustedes que se apoyaba nada menos que en otro monumento de la filosofía para aseverar que, según Sócrates, el hombre y la mujer no pueden ser lo mismo. El valor del hombre se demuestra en mandar, el de la mujer en obedecer.

—Al diablo con estos griegos —renegaron las dos cuando salieron de la última junta con la sangre hirviendo y más papistas que el Papa.

—¿Y qué me dices de Nietzche? Eso de que aconseja: "... cuando vayas con las mujeres no olvides el látigo" —se sonrojó Mariana.

—¿Y Napoleón diciendo que no somos otra cosa que máquinas de reproducir hijos?

—Fíjate bien, Marta, no es justo que al casarnos nos digan: "*Sierva te doy más no esclava*". ¿Por qué *sierva?* Compañera diría yo.

Esa noche Mariana aguardaba a Alonso con la espada desenvainada. Sin remedio, al verlo sonreír y sentir el apretón que dio a su cintura, el coraje se fue desvaneciendo..., se olvidó de la frase exacta que tenía preparada, pues había prometido a su grupo que trataría de conseguir por medio de su marido una entrevista con el presidente y, una vez ensayados, *in mente,* varios modos sutiles de abordar el tema, moviendo el tintero, reacomodando unos sobres frente al escritorio, volviendo a poner el tintero en su lugar, se lanzó:

—Alonso, amor de mis amores... A a mor...

Alonso se reclinó hacia atrás en su sillón del despacho y la miró directo a los ojos. Ella se paralizó. Eso se llamaba desbarrar, meter la patota. ¿Y ahora? Mejor hacer caso omiso. Le devolvió la mirada y definió—: Queremos el voto.

Él permaneció callado.

—Y queremos que nos consigas una cita con el señor presidente.

Callado.

—¿Qué te pasa? ¿Te comió la lengua un gato?

—Es que no sé qué decirte.

—Tan sencillo como: No te preocupes, haré lo posible.

Alonso apretó la quijada en una forma que ella conocía muy bien. Lo hacía cuando estaba en lucha consigo mismo o disgustado..., o ambas cosas a la vez. Con un gesto contrariado se puso súbitamente de pie y empezó a caminar de un lado a otro detrás de su silla.

—¿Desde cuándo andas en esto?

—Meses.

Alonso se detuvo y la vio como veía a sus hijos cuando iba a dictar sentencia, a corregir, a guiar, a decir que no. Resumió el paseo meneando la cabeza.

No sé por qué te has metido en esas cosas, Mariana. No sé. Esas mujeres *sandwich* que se pasean a diario frente a la Cámara de Diputados están haciendo el ridículo de sus vidas. Todo el mundo se ríe de ellas. Y, francamente, no quiero que se rían de ti.

—De nosotras se han reído ya bastante todos los hombres por los siglos de los siglos. Alonso, si no piensas ayudarme, dilo y ya. Yo no voy a cejar en esta causa. ¿O a lo mejor lo que temes es que se rían de *ti* tus amigos cuando sepan que ando en "esto", como dices?

Alonso se detuvo y le dijo terminante —: En lo absoluto. No es eso.

—¿Entonces? ¿Es que, como Aristóteles, no nos consideras capaces de deliberar? ¿De llegar a juicios políticos acertados? ¿Qué innato prejuicio te detiene? ¿Cómo es que has luchado y abogado siempre por los desvalidos y no incluyes en ellos a la mujer? ¿Qué temes?

Mariana se apoyó en el escritorio y viéndolo a los ojos quiso penetrar en algo que velaba su mirada —: ¿Qué temes? —insistió.

—No temo nada —le respondió poniendo las manos sobre el respaldo de la silla como afianzándose tras una barricada.

—¿Entonces?

Quedaron los dos en silencio y Mariana, por extraña coincidencia, pensó que aquel momento lo había vivido antes en otras circunstancias. En aquellos días de su obturación había sido él quien le dijera que ella tenía miedo de decirle sí a la vida y, en efecto, no le había sido fácil romper la barrera... Ahora, era él quien parecía estar cercado por algún temor. Alonso sentía en su entraña que estaba perdiendo terreno. Un terreno muy suyo, inviolable, situado en el fondo de su ser. Como protección afloraba en él en esos momentos, más que reticencia, un rechazo que obedecía al dominio ejercido desde lejanos milenios cuyo recuerdo perduraba en la sangre, en su memoria ancestral de macho. Un dominio nacido de su fuerza, de su biología que no padecía preñeces, que no sufría sangrados, que si moría era en la lucha, en la cacería y no en el parto. Un dominio que se hizo ley, que dejó sin voz ni voto a sus hembras que agacharon la cerviz por tanto tiempo, un tiempo que iba tocando a su fin.

—La política, Mariana—, trató de explicarse—, es una arena de gladiadores sucios, de crimen, de porquería. ¿Qué diablos quieren hacer en ella?

—Sí, ya sé, ustedes como leones para el combate y nosotras como palomas para el nido... Alonso, tú bien sabes que esa es una visión ideal. ¿Desde cuándo laboran las mujeres en el campo? Y ahora en las fábricas, en sus mismas casas, en talleres, en todo... ¿y con qué salarios? ¿Cuáles palomas? Algunas cuantas afortunadas, privilegiadas, mimadas, lo seremos... ¿Y el resto? De cualquier modo todas estamos sujetas a leyes en las que no hemos tenido ni voz ni voto. Llevamos a cuestas responsabilidades mayúsculas a diario y somos tratadas como niños semi-capacitados. De todos los desvalidos en el mundo la mujer es la más. Ya es hora de que esto cambie.

Alonso se dejó caer en su silla y se pasó los dedos por el cabello—: Esto va a ser otra caja de Pandora —. De por sí ya están complicadas las cosas — desesperó.

—Alonso, el mundo avanza y no lo puedes detener. Así no te guste, en tu corazón tú sabes que *esto* algún día se hará. Ayúdame...

El desafío de aquellos ojos que él amaba, acompañados de una súplica casi niña, lo suavizaron. Asintió con un dejo de renuencia y por fin concedió:

—Veré que puedo hacer...

—¿Prometes? —instó Mariana acercándose al escritorio con el rostro iluminado.

—Prometo.

Mariana hubiera querido seguir explicando su postura. Se detuvo al ver la coraza en que se había convertido la mirada de Alonso y dio la media vuelta. Al llegar a la puerta lo pensó, volteó, y le envió un beso.

Alonso reclinó la cabeza hacia atrás, pues sintió en aquel leve soplo el impacto de futuros vientos que anunciaban un cambio inexorable.

Mariana se apresuró hacia el teléfono del pasillo y le habló a Marta.

—Me costó trabajo, pero lo convencí. Marta, si se logra la cita, no tienes que venir con nosotras. Si Alonso está todo enfurruñado, ya me imagino cómo se pondría Enrique.

—Yo no tengo que imaginármelo —le respondió al instante—. Llegando le relaté nuestros planes —pues ya era tiempo de desengañarlo— y reaccionó como si le hubiera anunciado el fin del mundo. ¿Sabes qué hizo? Tiró el cesto de la basura de su despacho por la ventana.

—Ni se te ocurra insistir —aconsejó Mariana—. No sea que en la próxima salgas tú por la ventana...

Marta soltó la risa—: No te preocupes, vociferará por una semana, pero ya se calmará. Recuerda que tengo dos hijas, Mariana, y no quiero verlas sojuzgadas.

Y las dos colgaron el teléfono muy suavecito y sonrieron a lo hipócrita al ver salir de sus respectivos despachos a sus maridos.

—Nada más eso nos faltaba: otra revolución..., ¡ahora en casa! —se desahogó Enrique con Alonso al día siguiente en su oficina —. ¿Sabes que vamos a ser el hazmerreír?

Alonso ya había tenido tiempo para digerir la nueva aventura de su mujer y sonrió al oír decir a Enrique las mismas palabras de Mariana acerca de los motivos que en él sospechara.

—¿A poco estás de acuerdo? —se alarmó Enrique.

—La verdad, no me lo esperaba tan pronto. Lo venía venir, pero no tan pronto.

—¿Y qué vamos a hacer?

—Ir con los tiempos, mi querido amigo —suspiró Alonso—. Aunque no nos guste, tienen razón. En caso de ataques vamos a defenderlas como leones para el combate. Mejor que quedarnos como leones enjaulados, ¿no crees?

Muy puntual, la comisión para pedir el voto se presentó en Palacio Nacional con escrito en mano. Las siete damas recorrieron pasillos prohibidos hasta llegar a la sala de audiencia y por la mente de Mariana se duplicaron eventos lejanos cuando caminara por esos mismos lugares con don Felipe y don Evaristo... La oficina presidencial había cambiado totalmente. Eran otros muebles, otros retratos en las paredes, otro ambiente. Ella misma era otra. En aquel entonces empezaba a vivir la plenitud de su juventud, ahora vivía su madurez. Luchaba entonces por su propio horizonte, ahora por uno mucho más amplio. Se emocionó al oír el discurso con que presentó la petición Carolina:

—Nuestra trayectoria ha sido de abnegación desde la era precolombina. Sí, señor presidente, desde la Malinche, con quien se ha ensañado la historia siendo que, como muchas otras, sólo fue víctima de tiempos insólitos y cruentos, y objeto de una supeditación total de la mujer ante la voluntad masculina, fuera ésta indígena o castiza. La mujer, unida con extrema lealtad al esfuerzo del hombre, ha sido la sangre y el alimento de esta nación desde sus raíces ancestrales. Resignada, sumisa, valiente, ha soportado los trabajos más arduos, ha sido compañera en la lucha armada y refugio en las horas de duelo. Ahora, esta mujer quiere, merece que se le dé el voto. No se puede excluir de una auténtica democracia a la mitad de los ciudadanos de este país.

Ellas aplaudieron más que en un dieciséis de septiembre, el señor presidente tomó respetuosamente en sus manos el pliego, se retrataron y la foto salió en los diarios entre los anuncios pagados. Al documento se le dio carpetazo y pasó diecisiete largos años en un sueño de reposo. Por su parte, ellas continuarían insistiendo mientras esperaban algún día poder extender la mano hacia una urna para depositar su primer voto.

Capítulo LXX

Atrás quedaban tantas metas y venían otras. Por años se había contemplado que el petróleo pasara a manos mexicanas y las demandas laborales que se venían dando desde mediados de 1937, habían llegado a un punto crítico.

—Tengo la corazonada —le había confiado Alonso a Enrique— que está por darse un paso decisivo: la expropiación del petróleo.

—Estarás de plácemes...

Alonso lo había mirado dubitativamente antes de contestar—: Es una paradoja: sí y no. Por un lado comprendo la situación: esta riqueza representaría una gran liberación económica y política internacional. Lo que me preocupa es que no estamos cabalmente preparados para asumir esa producción y nos la vamos a ver muy difícil.

—¿Preferirías que se esperaran?

—Otra vez : sí, y no.

—Pues mira, si se da que sí, felicítate y enhorabuena. Si no, felicítate también porque se evitará lo que temes. Así es que nada de rumiar posibilidades hasta que no se presenten hechas realidad.

A fines de febrero, para sorpresa suya, la presencia de Alonso fue requerida en palacio. En la antesala, mientras esperaba que lo pasaran, recordó las veces que se había encontrado en ese mismo sitio, pero en tan diversas circunstancias. Presentía de lo que se iba a tratar y no se equivocó.

El estilo del general Cárdenas era sobrio cuando se trataba de asuntos oficiales. Una vez que Alonso estuvo sentado frente a él, lo miró de lleno, y habló sin pestañear, como si no se quisiera perder una de las expresiones más leves del licenciado Luján.

—Como paisano, como mexicano, como político, licenciado, quiero hacerlo partícipe de un asunto sumamente delicado que tenemos que enfrentar.

Alonso aguardó y el presidente por fin dijo:

—Sé que ya se imagina de qué se trata.

Aunque la prensa y los corrillos hacían mención del conflicto, Alonso sabía lo suficiente de política para no abrir la boca todavía.

—Sí —afirmó el presidente dándose la razón —: el petróleo.

Alonso asintió y aguardó.

—No nos ponemos de acuerdo, licenciado, con esta gente. Conoce usted el conflicto laboral que se viene arrastrando desde el año pasado. Yo no hubiera querido intervenir; pero no hubo más remedio. Estamos dispuestos a fijar impuestos y salarios porque sabemos que las compañías pueden y deben pagar los salarios que se solicitan. Tengo aquí el informe del "Comité de expertos" que han peinado la industria.

Alonso asintió de nuevo, en suspenso. Ojalá no se tratara de más reglamentaciones; a estas alturas, ya no iban...

—Le ruego lo lea —eran 2700 cuartillas— para ponerse en antecedentes.

Alonso aguardó de nuevo con la vista fija en aquel *mare magnum* de papel.

—En cuanto nos sentamos a negociar —continuó el presidente— nos dicen, terminantes: "No pagaremos". El presidente se inclinó sobre el escritorio—. Licenciado —aseveró— esto es insostenible. Se ampararon ante la Suprema Corte de Justicia, como usted sabe, y ésta fallo en su contra dándoles una fecha límite del 7 de marzo para cumplir con sus obligaciones. No lo han hecho, ni creo que lo harán. Sin embargo, deseo hacer un intento más para llegar a un acuerdo. Por eso lo he llamado. Nadie, nadie, debe saber que usted hablará con ellos para conminarlos a que acaten la orden de la Suprema Corte, o se atengan a las consecuencias. Usted sabrá cómo decirlo para que entiendan.

—¿Las consecuencias, general? —preguntó Alonso con el alma en un hilo.

—Expropiación. Ya hemos alertado a nuestras embajadas en el extranjero.

Alonso sintió un estallido de felicidad que dominó; bajó la vista reflexionando.

—Lo veo dudoso, licenciado...

—No. Preocupado, sí, por factores que me inquietan y que, sin lugar a duda, usted ha sopesado ya: las represalias económicas que se vendrán, el cierre de mercados. Tienen de dónde surtirse en Venezuela, y en el Caribe... Pero aún así, tras haberlo pensado a fondo, general, pemítame decirle que, a pesar de todas las supuestas o reales adversidades, este es el momento. Ahora o nunca. ¿Cree usted necesaria esa entrevista? Sinceramente no pienso que tenga ningún efecto.

—El que conste que de nuestra parte hubo siempre la mayor cordura. Usted es una persona a quienes ellos respetan.

—¿Aunque saben que he estado en contra de esas concesiones desde tiempos del presidente Carranza? ¿Qué intervine en la elaboración de la Ley Reglamentaria del Artículo 27 que afectó propiedades ganaderas y petroleras, durante la presidencia del general Calles? Tal vez no sea yo el mejor emisario, general.

—Por eso mismo. No quiero que vean ante ellos a un blandengue.

La entrevista con los hombres del petróleo se dio en las oficinas de ellos. Él mismo se asombró cuando, tras escucharlo, acordaron pagar los veintiséis millones que se requerían en salarios; pero objetaron, terminantes, las demás prestaciones requeridas. No insistió. Al salir, alcanzó a escuchar a sus espaldas:

—No se atreverán a expropiarnos.

De nuevo, ante el presidente, Alonso informó hasta donde habían llegado las cosas.

—Me lo imaginaba —asintió calculadoramente, con sus ojos verdes algo entornados—. Mañana los veré por última vez. Si continúan con su displicencia acostumbrada, si persisten...

—Persistirán —aseguró Alonso después de haber palpado la soberbia de aquellos hombres, de conocer su voracidad y dureza, y agregó convencido—: General, tenemos todo el derecho, todas las de la ley.

—Y algo más que se necesita, también, licenciado.

—Entonces, lo tenemos todo —terminó Alonso y los dos rieron y, poniéndose de pie, se estrecharon la mano.

El 18 de marzo se dio la última reunión entre el presidente y los dirigentes de las compañías. La ruptura fue total. Esa misma noche, la nación escuchó por radio la nueva: El petróleo era mexicano. Se pagaría indemnización a las dieciséis empresas que no habían acatado el fallo de la Corte.

Al día siguiente resonó en el Valle del Anáhuac el campanazo que confirmó la expropiación del petróleo, Enrique corrió a felicitar a Alonso. En su oficina le informaron que estaba en Palacio Nacional y lo encontró justo al salir, envuelto en una muchedumbre que parecía dar el grito de independencia en pleno 19 de marzo de 1938. Los lienzos pintados de albricias ondeaban por doquier.

—Se atrevió el hombre —exultó Enrique al darle un abrazo y se fueron a un restaurante vecino al zócalo a comer. Ahí todos sonreían y se felicitaban como si fuera día de sus cumpleaños al ver desde los balcones al pueblo desbordado en su felicidad por toda la plaza.

—Me hacía falta un trago —confesó el recién llegado general Sinera acercándoseles, y lo invitaron a sentarse con ellos.

—¡Qué momentos! ¿Sabe licenciado? Esto sobrepasa mis expectativas. Mi general me ha confiado que en un principio la intención del gobierno era recibir más ingresos por vía de impuestos y que los salarios fueran más justos; pero los muy cabrones se pusieron los moños y acabaron perdiéndolo todo.

Alonso atendió el comentario como si le estuvieran contando novedades.

—¿Y ahora? —preguntó Enrique.

—A trabajar —respondió decidido Sinera quien veía ya un puesto seguro en la nueva administración—. Estas compañías extranjeras tenían un poder económico mayor al del gobierno. En diez años pagamos la indemnización y todos comemos bistec, señores.

Alonso se propuso no ser la gota de hiel en aquellos eufóricos momentos en que el país entero se regocijaba, pero se preguntaba qué sabía Sinera de manejar una empresa petrolera. Dada la carencia de elementos calificados para sacar adelante la producción, de los mercados que con toda seguridad se les cerrarían, y de una nueva administración que tendría que encontrar su camino, el inmediato futuro no se presentaba halagüeño. Como fuera, no podía negar que un hálito de liberación brotaba en las miradas de gozo, en las sonrisas triunfantes, y chocaron sus copas que por primera vez, en tantos años, rebosaban.

Esa noche se fue a celebrar al restaurante Chapultepec con Mariana, Enrique y Marta. De espaldas a la entrada, Alonso no pudo percibir, de momento, qué era lo que había dejado a Enrique sin habla, con cara de estar viendo al mismito diablo. Sólo cuando escuchó la voz de Sinera que daba las buenas noches se percató de la situación que estaba por imponerse.

—Coincidimos de nuevo —saludó acercándose a la mesa de pista que ellos ocupaban—. Cuando les oír decir que vendrían aquí esta noche pensé en invitar a algunos amigos que me esperan.

Alonso y Enrique estaban ya de pie, pues el general venía acompañado de su mujer y la presentó a Enrique y a las señoras—: Usted ya conoce a mi esposa, licenciado.

Por la mente de Enrique atravesó uno de esos pensamientos dardo, a veces crueles, pícaros y aun perversos que se infiltran sin ser llamados: "Más de lo que se imagina", apuntaló, y miró al suelo.

Con una inclinación de reconocimiento Alonso dijo a su vez—: Señora, general, mi esposa y mi prima, la señora Ramos de Hernández Vera.

Ema no pudo evitar poner cuidado en la señora Luján, hizo un esfuerzo por medio sonreír a la señora de Hernández Vera, y dio un leve jalón al brazo de su marido.

Marta quiso aprovechar la ocasión—: Por cierto, señora Sinera, Alonso me ha dicho lo que se esmeraron ustedes en cuidar nuestra casa y lo agradecemos mucho. ¿No gustan tomar una copa con nosotros?

—Me temo que ya nos hemos demorado demasiado en llegar con nuestros amigos, señora. Le ruego nos disculpe —objetó Ema y dio un jalón más perceptible.

Entre muchos gustos, encantados y con permisos, se retiraron los Sinera.

—Qué ocurrencias de declinar. ¿No ves que nos da prestigio estar a la mesa del licenciado Luján? —reclamó el general al atravesar la pista rumbo a su mesa.

—No me hagas compromisos con esa gente. Su mujer ni despegó los labios. Una apretada.

—¿Y a ti qué te picó? ¡Va pa geniecito!

Siguiéndolos con la mirada Marta decía—: No sé por qué siempre tuve la idea de que la esposa del general era sonorense.

—Capitalina... —se le escapó a Enrique.

—¿Y tú cómo lo sabes? —inquirió al momento Marta.

—Se le nota, mujer, se le nota —se exasperó y bebió su copa de buen Rioja, de un jalón.

Los ojos de Mariana iban de Enrique a Alonso—: No me habías dicho que la señora Sinera era guapa —observó Mariana al verlos llegar a su mesa.

Alonso pareció regresar del limbo al hacer un encogimiento de hombros y nada más. Momentos después, Mariana sintió una mirada y ésta venía del otro lado de la pista; cuando sus ojos llegaron a Ema, ésta la desvió con disimulo.

—Marta, ¿me acompañas al tocador?

Ya que se alejaron, Enrique dejó escapar un suspiró—: ¡Qué bochorno!

—Capitalina...

—Bueno, ¿y qué quieres? Se me pusieron de punta los nervios al verlos entrar.

—Lo bueno que tuvo el tino de no aceptar la invitación.

—Pues ya tienes otro gesto que agradecerle. ¿Crees que sospecharon algo? Tan contentos que estábamos con lo del petróleo.

Mariana se polveaba dando lentos toques, revisando una que otra arruguita y una que otra cana entreverada.

—¿Por qué tan pensativa?—inquirió Marta al terminar de lavarse las manos.

Tardó en contestar—: No sé... —y lanzó una mirada hacia la mucama indicando a Marta discreción, por lo que ésta le pidió que hiciera el favor de conseguir unas cafiaspirinas. Una vez que se cerró la puerta tras ella Mariana prosiguió:

—Me dan que pensar los nervios de Enrique, Alonso hecho piedra, y esa mujer...

Marta concedió—: Sí, pensándolo bien, no estuvo nada amable. Será que está apenada por haber vivido en la casa de oquis, no importa cuánto digan que la cuidaron.

Mariana negó ensimismada—: Ninguna casa. Algo, algo, tiene con Alonso —y cerró la polvera dando un clic seco, terminante.

—Mariana, por favor... Estás viendo moros con tranchetes. Está guapa, sí; pero pasada de carnes y años, mientras que tú te los tragas que da gusto, con esa figura que aún te vienen las faldas de montar con la misma talla de soltera.

Mariana agradeció el comentario, sin que éste aliviara sus sospechas—: Me veía de un modo tan extraño, como si no quisiera verme, y, a la vez, como si estuviera tomando inventario. Acuérdate que Alonso anduvo mucho en la bola sin mí. Aunque, tal vez, no tan solo...

—A estas alturas nada se gana con darle reversa al reloj. Nada.

—¡Pero me hierve la sangre nada más de pensar!

—Pues no pienses. Además, ¿cómo crees que Alonso, siendo amigo del general? Perdóname, pero ofendes a su sentido del honor, de la hombría, de cómo es Alonso—. Al ver los ojos de Mariana brillar y sus mejillas enrojecerse diagnosticó—: Creo que sí vas a necesitar la cafiaspirina.

A pesar suyo, Mariana rió y dio un beso a Marta—. ¡Qué buena defensora tiene tu primo! —Aunque no del todo convencida, ponderando todo lo dicho por Marta, concedió—: Tienes razón... Nada se gana con darle reversa al reloj. No, gracias, señorita—, se disculpó ante la joven que regresaba—. Siempre no voy a necesitar la cafiaspirina.

Lo que voy a necesitar, se dijo, es bailar bonito, muy cerca de Alonso para que se note lo que lo quiero, lo que me quiere, y que lo que haya fuera de nuestro entorno de sobra está. Llegaron tan contentas que Alonso y Enrique, que parecían dos penitentes, se sorprendieron, tranquilizaron e hicieron cruces.

Abstraídos, como recién enamorados, guiados por la cadenciosa orquesta, esa noche bailaron boleros traídos de Cuba y de las tierras jarochas, que suplían —muy a la conveniencia de su nuevo porte de personas de respeto en que se iban convirtiendo— al loco *charleston* o el lánguido tango de años pasados. A su rededor otros corazones sostenían sus propias luchas mientras continuaban las felicitaciones y se escuchaban comentarios laudatorios que venían en cascada, que surgían como fuentes felices reflejando una riqueza sedosa, líquida, color de acerina que iluminaría con su bonanza el futuro de su patria.

Capítulo LXXI

Pasada la euforia, se agudizaron las controversias entre los ideólogos, los humanistas y los hombres equilibrados que no deseaban que se desbocara el carro de la abundancia. Al despacho de Alonso, ahora situado en la calle renombrada revolucionariamente, Venustiano Carranza, acudían a exponer inquietudes. Muchos estaban indignados con la fortificación de las masas bajo líderes que ya tenían los dedos cuajados de brillantes y las huelgas que estaban a la orden del día, las mismas que gozaban de la bendición presidencial.

Todo ello continuaba preocupando a Alonso, sobre todo, porque veía la dispersión de una ideología cuyas premisas eran humanitarias, pero cuyas consecuencias económicas estaban por probarse. En su fuero interno persistía la convicción de atemperar el capital, de hacerlo consciente, mas al ver la conducción que se hacía del proletariado para fines preponderantemente políticos como base del poder, la idea primordial se desquiciaba y todas aquellas manipulaciones —unas bien intencionadas, otras aviesas— le decían que eran muchos los caminos del mundo para que él los pudiera ordenar a su modo.

Por otro lado sus temores se confirmaron: Sinera estaba hecho bolas. Con frecuencia venía a su bufete para despotricar en contra de los líderes que no lo dejaban trabajar. Él era un revolucionario y quería mejorar la situación de todos los necesitados, para eso se había visto en las peores—. Pero ¡carajo! licenciado, esta gente no me deja en paz. Quieren todo, y rápido, no entienden que tenemos que ir con pies de plomo. Se la pasan viendo qué sacan y cómo se acomodan. Bien dijo usted que nos la íbamos a ver negras.

—Muy a tono con la industria que manejan — ironizó Alonso, pero Sinera no estaba para humoradas.

—Se nos ha caído la producción por dificultades técnicas que necesitamos resolver con urgencia porque, con esta guerra, los vecinos ya nos están comprando. Si las cosas mejoran me quedo; si no, aviento el paquete y me largo a mi rancho en Sonora.

A las dos semanas, pasó a despedirse. No tuvo necesidad de tomar una decisión, la habían tomado por él. Por medio de esos acomodos burocráticos en los que lo mismo fungían un día como directores de petróleo, de educación, o de agricultura, ahora lo querían mandar a Yucatán.

—Quieren que vaya a componer la situación ejidataria allá, licenciado. Como si fuera Dios. Debido a las expropiaciones, cada día están más amolados. Aquello se ha venido abajo porque no han sabido cómo llevar las cosas. Cortan demás, no resiembran, los bancos refaccionan, pero no cobran. Aventar dinero no es la solución. Organizar, hela ahí. Además, ya estoy viejo, licenciado, mejor no le entro.

El sentido de responsabilidad que echaba raíces en su formación de maestro lo agobiaba, como a muchos, por tantos dislates que con la mejor intención se tornaban contraproducentes.

—El presidente es un buen hombre, licenciado. Lo he visto tratar a la gente como padre, no en vano le llaman Tata, pero no alcanza a medir las consecuencias de muchas de sus acciones.

Algo que dijo Sinera se le grabó a Alonso más que todo lo expresado que era el comentario de cada día. Había dicho: "Ya estoy viejo". De caminar firme, con su salud intacta, nunca antes había reparado en que, en efecto, él también estaba viejo. Llevado por la vida a un paso acelerado no había hecho pausas. Lo curioso es que no se sentía con ánimos de hacerlas todavía. Su sueño de un país bien administrado podría aún realizarse, se contaba con recursos naturales y elementos humanos capaces, así hubiera tantos proyectos de nación como ambiciones particulares que se sobreponían al bien general.

—Nunca he visto hombres tan valientes ni tan despreciables —confiaba a Mariana al constatar cómo entre la gente política se estrechaban la mano y a los pocos minutos se volteaban a hablar mal de aquel a quien habían saludado; al observar cómo peleaban el lugar junto a la figura del momento al tomarse las fotos y oír, no bien habían dado la espalda, mil opiniones diversas y adversas cuando hacía un instante todo era adulación—. A pesar de todo, estamos abriendo brecha—, solía decir rehusando darse por aniquilado.

Por esos días un amigo con quien había trabajado hombro con hombro en el asunto de la fundación del Banco de México, lo llamó porque tenía en mente fundar otro partido y, conociendo su intachable personalidad, lo quería como colaborador. Haciendo a un lado las decepciones causadas por su partido, Alonso declinó.

"Conozco su trayectoria y siempre he admirado su integridad y talento", le escribió. "Esta es una excelente idea, pues siempre pensé muy conveniente que hubiera, al menos, otro partido serio y fuerte. Le deseo mucho éxito, pero como usted sabe, estoy ya comprometido y no pierdo las esperanzas de que el partido al que pertenezco se depure y llegue a abrazar los principios maderistas de rectitud y democracia que fueron el origen de mi involucramiento en la política".

El partido de Alonso no tardaría en convertirse en otro.

—No veo en el cambio de nombre más que un "ahora yo soy el que manda aquí" —comentó Mariana escéptica—. Un querer borrar toda huella de Calles. Bien decía tu padrino que no era otra cosa que una lucha de personalidades.

Como fuera, congregó, como nunca, a obreros, campesinos burócratas y militares. Carro completo apoyado en una nueva hueste. Ya no era la de los levantados en pos de la democracia; ahora serían, en su mayoría, los que demandaban cumplimientos de promesas de justicia social; otros, los que buscaban en puestos burocráticos su *modus vivendi*; y unos cuantos, los que contra marea bregaban por un sufragio efectivo.

¡Qué va! ¡Qué burla y cinismo! Antes de las elecciones presidenciales de 1940 ya se sabía quién iba a ganar: el candidato *oficial*, *su* candidato. El gran apoyo de la ciudadanía a la oposición quedó aniquilado por un sin fin de triquiñuelas: se quemaron votos, se robaron urnas y se intimidó a medio mundo. Sus hijos, ahora almazanistas, le llevaron las noticias con un dejo de sarcasmo:

—Ya ves, papá, don Porfirio renace en cada elección.

Al ver la consternación de su marido, Mariana recordó haberlo besado con orgullo cuando salió electo al senado representando a Michoacán, consoladora cuando el gobierno de su estado recayó en otro y no en él, el haberlo escuchado muchas veces para alentarlo... Ese día hubiera querido encontrar alguna justificación para lo ocurrido...

—Ya lo decía yo que el cambio de nombre de partido no era una renovación ni cosa por el estilo —arguyó, secundando a sus hijos—. ¿Cuál democracia, si todo depende de una sola persona?

Al constatar las manipulaciones, las persecuciones, con que al fin de cuentas se encumbró a su candidato, Alonso dijo basta. Las elecciones del cuarenta semejaron a las de 1910. Los votos del contrincante fueron quince mil, mientras que los del candidato oficial cifraban nebulosos millones.

—Le dejo el despacho a Alonso. Cuando acabe la guerra en Europa, te prometo que nos vamos de viaje. Necesito alejarme —le anunció decepcionado.

No quería ver ya sus anhelos de una política lo más limpia y sensata posible, torcidos en boca de bandidos. En primera línea había resistido contra viento y marea, sus expectativas ya se inflamaban por la lealtad, la integridad de algunos, cuando se desplomaban ante el desencanto, la traición, el egoísmo y la ciega ambición de otros.

Se dedicó a escribir. En ocasiones, Mariana lo encontraba en su despacho con la mirada fija y la pluma estática. Lo que algunos hombres sinceros querían como mejoramiento de masa, otros lo convertían en demagogia y se lamentaba de ver a muchos que valían, doblegarse bajo el peso de la corrupción que los rodeaba.

Desde su juventud había contemplado posturas cerradas. Por ello, en su madurez, se empeñaba en llegar a un punto de equilibrio entre la extrema derecha y la extrema izquierda. Se necesitaba un camino nuevo que creara un balance racional y humanista.

Muchas veces escuchó tonterías salir de bocas supuestamente instruidas de ambos bandos y a la conclusión a que había llegado era que pocos sabían, o querían pensar por sí mismos. Repetían lo que leían, lo que oían decir, se aferraban a su punto de vista e iban como caballos con tapa ojos sin ver más que el estrecho camino al frente, el que estaba de moda o el que dictaba su conveniencia. A veces perseguían un ideal que, por desgracia, no tardaba en tornarse en doctrina fanática que como natural consecuencia desembocaba en la incomprensión.

Algunos se esforzaban por sacar algo en claro de aquella confusión, entre ellos, él. Llevaba escrita una serie de ensayos que no encontraban eco porque no iban marcados con ningún sello de facción. Si no era la pastilla roja no la tragaban, si no era la blanca, tampoco. Por eso insistía en instruir para alentar el sentido crítico porque así estarían conscientes de las fuerzas que los rodearan, no serían fácil presa de ideologías totalitarias de ningún bando ni víctimas de propagandistas que los esclavizarían como las llamadas de sirenas; tampoco serían sufridos parias a quienes se les engañaría con una fiesta al año. Dueños de sí mismos, serían hombres capaces de marcar su propio camino. No perseguidores de reflejos, sino hombres luz.

Si pudiera ver el día..., hasta entonces solía pensar que lo único que había logrado era que lo tildaran unos de traidor, otros de candoroso santón.

La arruga de su entrecejo se profundizó más. No hacía mucho le confesó a Mariana—: He hecho lo que pude. En un tiempo me pareció tanto, y hoy me parece nada.

En su intimidad él sabía que su destino, como el de la mayoría de los hombres, no había sido otro que el de librar pequeñas batallas...; pero era así, que a pasos pequeños, mesurados, caminaba hacia los grandes cambios la humanidad, porque un tropel sostenido de titanes tal vez fuera mucho para la resistencia de la Tierra.

Por haber seguido a su conciencia se encontraba cada vez más aislado. Debía conformarse con haber vivido su hora y, tras resignarse con el fallo que recaería sobre su generación, estar en paz con saber que en forma atrabancada a veces, desesperada otras y, no pocas, con sacrificio, muchos se esforzaron por dar la cara a su obligación a través de tiempos caóticos en que el país ardía con el fuego de las armas y las pasiones; en que peligraba su integridad y soberanía ante las ambiciones extranjeras y sufría una transformación que se esforzaba por alcanzar a los que llevaban la delantera.

—No sé que dirán nuestros nietos de nosotros —había musitado ante Mariana, no hacía mucho, una tarde, al esconderse el sol tras las persianas—. ¿Comprenderán las presiones? ¿Lo mucho que había que poner en orden? ¿Te das cuenta? Ya nuestros hijos empiezan a llamarnos viejos revolucionarios. Parece que fue ayer y ya han pasado más de treinta años. Nos iremos a Morelia, Mariana, a Valle Chico. Esta ciudad se está poniendo imposible... Eso, así me gusta. Quiero verte sonreír. Ven, Mariana, dile a este viejo confuso que no le tienes rencor.

El aire se cargaba entonces de nostalgia, sólo sus miradas que se encontraban parecían vivir. Al pasar ella su mano por su cabeza y besar su frente, sentían que no importaba tanto la futilidad de todo si ellos dos habían logrado vencer las ausencias permaneciendo unidos, aun estando separados. Se quisieron, y querían, a la buena.

Capítulo LXXII

Llegó al poder un hombre conciliatorio que anunció "Yo soy creyente", y la tía Matilde se emocionó –. Hija mía, ya no tendré que preocuparme por seis años –exclamó ante Marcia quien se santiguó. Era optimista, pues a sus ochenta y seis no era probable que viera el fin de aquel sexenio.

Y no lo vio. La tía se fue desdibujando, dejó de corregir a Marcia, se le cayeron los puñales de los ojos y una noche exhaló su último ronquido. Ella, que tanto había temido a las enfermedades, no supo jamás de ninguna inyección. Su corazón se rebeló, dijo "hasta aquí" y adiós, pajarito volador, lleva mi alma al Señor. Marcia dejó de tropezarse por primera vez en su desacompasada vida, su mano izquierda y la derecha se pusieron de acuerdo al cerrar, sin picarlos, los ojos de su madre que habían quedado abiertos ante la sorpresa de la eternidad.

Parecía que los signos estaban por calmarse sobre el cielo de la nación; no así sobre el mundo que continuaba en guerra. México se encontraba aliado en contra del Eje y, una vez declarada la guerra al Japón, envió al Escuadón 201 a luchar. Tan lejos de ambos frentes, para el grueso de la población el conflicto era algo que se escuchaba por la radio, o se leía en los periódicos. Las discordias políticas se manejaban cada día menos a punta de pistola, el país parecía tener una semblanza de orden, los caballos salvajes empezaban a domarse, su furor comenzaba a ceder. Los hechos espeluznantes se convertían en relatos, no en experiencias diarias. Había muchos hombres que en tertulia recordatoria se sentaban alrededor de una mesa, frente a un fogón o tazas de café, discutiendo a Villa, Carranza, Calles y Obregón y cómo sus propias fortunas cambiaron con cada nuevo golpe de Estado...

Se había llevado a cabo un levantamiento de masas en todas direcciones, habían proliferado ilusiones idas a la nada, ambiciones torcidas y, como siempre, algunos que por suerte o premeditadamente terminaron arriba, encumbrados sobre los cuerpos de un millón de compatriotas.

Aunque la mayor parte del globo estuviera cambiando y México no resultara excepción, todavía existían algunos lugares en la república donde el *Angelus* se podía escuchar al balancearse las campanas de las iglesias en sus torres, donde, en ocasiones, el ajetreo del mundo exterior irrumpía de modo desquiciante para luego acallarse como si no hubiera pasado nada. Así era, en 1944, Morelia.

No obstante su crecimiento paulatino, que una nueva carretera la unía a la capital y el hecho de que el empedrado se alzaba para reponerse con brillante asfalto, la ciudad colonial retenía cierta bruma evocativa de otros tiempos. Los tumultos que se habían registrado en sus calles cuando un día había ondeado la bandera rojinegra en la torre de catedral y, por otra parte, la indignación que causó la muerte de un diputado conservador al ser acribillado por los socialistas, afirmaba que donde más fervor existía de un lado, ahí mismo se hallaba su contrapunto.

Banderas rojinegras o encíclicas de protesta, procesiones religiosas o mítines, la antigua ciudad parecía contemplarlo todo con un dejo de pétrea fortaleza. Remota y presente, permitía que las serenatas se tocaran en el kiosco principal los domingos, que los días religiosos se guardaran con devoción, que templos fueran bibliotecas, que los ates se vendieran bajo sus arcadas neoclásicas en la plaza principal y soportaba incólume a unos cuantos autobuses medio destartalados que corrían por sus quietas calles, rebasados por los automóviles que se apresuraban a vertiginosos veinte kilómetros bajo la sombra de edificios y templos coloniales que renovaban su esplendor.

En aquella quieta tarde de octubre, por la calle Nacional, rebautizada Madero, un gran Packard negro se detuvo ante una casa de hermosos balcones enrejados. Del auto descendió el chofer y abrió la puerta a una dama de edad. Bajo su sombrero de ala caída, el cabello corto, entrecano, formaba suaves curvas alrededor de su cara aún fresca, y sus ojos, muy oscuros, eran luminosos, si bien la mirada pensativa se veía profundizada por unos círculos café pálido que habían sido un tanto borrados con discreta capa de polvo facial. La señora llevaba la cabeza alta y caminaba con soltura..., pero, por un instante, se dejó notar cierta restricción en su porte al pasar bajo la enorme puerta de cedro tallado. Continuó por el pasillo que terminaba en el cancel, atisbó hacia el jardín, se detuvo un momento contemplando el enclaustrado patio... Sobreponiéndose, enseguida oprimió con un dedo enguantado el timbre eléctrico.

Casi de inmediato un hombre de cincuenta años y maneras obsequiosas, se apresuró hacia la reja.

—Señora —se inclinó, haciéndola pasar al patio—, cómo le agradezco que haya venido.

Sonrió ella al darle las buenas tardes mientras él la acompañaba por la corta escalera de mármol que conducía al corredor que daba a la sala de techos altos.

—Mi padre vendrá enseguida. Perdone que no haya estado aquí para recibirla, pero se quedó dormido y debemos dejar que descanse lo más posible.

—Comprendo —asintió y se sentó a esperar.

En la mesa alta, frente al sofá de líneas *chippendale* trazadas en roja caoba, había una foto de tres niños acompañados de un hombre que frisaba ya los ochenta. David, aun de viejo, era bien parecido. Delgado, muy derecho, muy porfiriano. Así era la atmósfera de todo el recinto. Las altas mesas estaban cubiertas por manteles de encaje, carpetas tejidas a mano protegían el terciopelo marrón, un tanto decolorado, de los brazos y cabeceras de los sillones. Tras el sofá, sobre el muro, dos fotos ovaladas, en sepia, del padre de David y su madre estaban flanqueadas por unas más pequeñas de David, cuando niño, y otra de David con Rosa, poco después del nacimiento de su único hijo. Rosa ya había muerto, el niño del retrato era el hombre que la había pasado a la sala. Le llevaría unos seis años al mayor de sus hijos.

¡Cielos! Tenía un hijo que iba a cumplir cuarenta y cinco. Con razón sentía que actuaba ridículamente juvenil a veces... Es que en su interior era la misma. Bueno, casi la misma... Se quitó los guantes y los dejó caer en su bolso.

En la puerta, tratando de sacudirse el soporte que le daba su hijo, estaba don David Alpízar contemplándola. Cuando alzó ella la vista y sonrió en reconocimiento, los bigotes de él se estremecieron un poco y asintió dirigiéndose con dificultad hacia Mariana. Una vez ante ella, se empeñó en hacer una leve caravana y, descansando en su bastón, extendió la otra mano.

—Buenas tardes, Mariana —la saludó en un tono que se esforzaba por conservar su modulación.

—Buenas tardes, David —respondió ella al estrechar su mano, tratando de controlar un impulso natural de ayudarlo. Irguiéndose, él había hecho acopio de suficiente fuerza para retirarse; sentado ante Mariana se asió a los brazos del sillón para disimular el temblor de su manos causado por la la artritis pescada en los fríos y calores de sus famosas minas.

Guardó ella silencio… no quería aparecer sentimental, ni que él notara que sus ojos se ponían demasiado brillantes, pues David estaba lejos de ser el hombre que contemplara en la foto con sus nietos, de años atrás. En él, el aura de la vida disminuía casi visiblemente. Esa había sido la razón de su llamada.

—Te agradezco que hayas venido —, dijo al cerciorarse de que la puerta del corredor había quedado cerrada.

Era un placer que alguien más la llamara únicamente por su nombre: Mariana. De cierto tiempo a la fecha se había convertido en doña Mariana, doñita, mi suegra, la señora, abuela...

—¿Qué fue lo que me dijiste la última vez que hablamos en casa de don Evaristo? "Ha pasado mucho tiempo, David..." Oye, ¿qué te parece? ¡Ahora sí que ha pasado el tiempo!

Sonrió ella y asintió con un leve suspiro:

—Casi cincuenta años.

—Y todavía estás guapa. ¡Ua! Y todavía te sonrojas. Pues eso si que...

Mariana suspiró. Riendo, movió la cabeza—. Nunca supe evitarlo.

—No te pongas nerviosa. Soy un viejo impertinente que al verte se ha acordado de su juventud.

Por unos segundos, sus ojos descansaron sobre ella casi con timidez; reclinando la cabeza hacia atrás los fijó entrecerrados en un punto vago al decir:

—Y ahora eso se ha ido, la edad madura también... Se avecina el tiempo en que deba descansar. ¿Y qué he hecho con mi vida? —preguntó incorporándose. Viéndola de nuevo, él mismo se respondió—: Muchas estupideces, me supongo. Yo, que me preciaba de ser tan buen hombre de negocios, ¿recuerdas? Tiré una fortuna apoyando a dos candidatos presidenciales a los que nunca se les hizo... Y hubo otras cosas... Pero eso ya pertenece al pasado—. A Mariana le pareció que deseaba decir más, algo que quería salir y no encontraba el canal de enlace, la expresión adecuada, los términos precisos...—Ahora —continuó sobreponiéndose—, el único hijo que tengo peina canas y eso me pone de malas . ¡Qué bueno que me largo!

En esos momentos David en efecto se puso impaciente ante la vida que le restaba, sus dedos se alzaron y se asieron a los brazos de la silla un par de veces.

—¿Y Alonso? Supe que ha estado enfermo.

—Se vio delicado de los bronquios..., eso es todo. Ya está bien.

—A pesar de todas las que ha pasado, se ve fuerte todavía —asintió David con algo de añoranza—: Dicen que las heridas de bala duelen en invierno. ¿Es cierto?

Mariana lo pensó antes de responder:

—Últimamente, cuando hace mucho frío, pero él nunca se queja.

—De milagro se salvó en aquella ocasión... —comentó alzando sus gruesas cejas.

Sí, había sido un milagro que relataron los corrillos *sotto voce* semanas después de la Decena Trágica cuando Alonso y ella se refugiaron en la hacienda y ávidos de noticias todos querían saber el cómo y por qué de los atropellos y peligros que les habían tocado vivir.

—Leo sus artículos. Son valientes, pero equilibrados.

—Tocante a la política nunca cejará en sus empeños —admitió Mariana con un suspiro.

David la miró en silencio, con ternura, y al fin preguntó:

—¿Has sido feliz, Mariana?

—Sí, David.

—Pero la vida es triste.

Cierto, la vida era una prueba tras otra. La pena reciente de la muerte de Cata, su nodriza, su fiel compañera, su maestra en tantas cosas sencillas y buenas. Su integridad y absoluta entrega al deber habían ejercido sobre su ánimo —tal vez sin ella darse cuenta en un principio— un ejemplo silencioso y perdurable. Catalina Tafoya Herrera se había llevado el último lazo que jamás tuviera con su propia madre y ahora sólo quedaba el vacío y el recuerdo. La vida con todo y sus tristezas, también tenía sus momentos de esplendor. Mejor recordar esos: la alegría de recibir a su marido tras largas ausencias, de que la levantara en brazos al llevarla a la cama. La vez que él se había acercado a la cuna para ver a su primogénito, el modo en que lo había estudiado en silencio, la mirada que cruzó con ella. Alonso, Alonso. Lo escuchaba recostada en sus brazos, su nítido perfil más oscuro que la oscuridad, hasta que ella ordenaba—: No más políticos— y lo silenciaba con amor. Sin él, sin ese espléndido hombre de extraordinario espíritu, su vida hubiera sido un mero subsistir.

—He tenido suerte...

—No. Alonso tuvo suerte. Eres toda una mujer, Mariana Aldama. Una mujer excepcional. Todos estos años quise creer que no me había perdido de nada, pero siempre supe que me engañaba.

Ella guardó silencio. Conociendo su orgullo, sus palabras demandaban respeto.

—Ya he liquidado todas mis cuentas —como buen hombre de negocios— menos una: la tuya. Una vez me ofreciste tu amistad a cambio de nada, un regalo. En mi estupidez, en mi tontería, rehusé. Perdóname.

—David...

—Tenías razón, podríamos haber sido amigos. Aunque yo, para mí..., ¡Bueno! Me he arrepentido mucho de mi actitud aquel día.

Mariana le miró a los ojos. Se veía él tan triste, tan frágil...

—No es tarde, David.

—¡Bah! Ya tengo un pie en el cajón.

—David...

—Te sonríes.

—Me haces reír.

—Mejor así, ¿no?

—Mejor así.

Querían evitar la nostalgia, pero a ella regresaban sin remedio.

—Qué curioso que tu marido no te impidiera venir—, sondeó.

—Supo que venía a verte... No, no objetó. Tal vez algún día, David, puedas ir a la casa a comer...

—No, Mariana. No nos engañemos. Yo ya no voy a ir a ningún lado.

David, otrora tan lleno de vida, convertido en un galante anciano.

—De cualquier modo hemos vivido mucho; más de lo que mucha gente vivirá —suspiró— y se recargó para exclamar casi a medio aliento—: ¡Revolución! Decimos una, pero hubo cientos: una en cada cabeza. Unos gritaban demandando tierra, otros pedían salarios; cuando no era "no reelección" era "reelección", y si no era Villa, era Carranza, Obregón y Calles y las iglesias cerrándose y los católicos tomando las armas y sangre y más sangre. Supe de la muerte de tu sobrino y la sentí en el alma. Hubiera querido ir a darles el pésame, pero tenía tanto coraje que hubiera despotricado en contra de todo aquello armando una bronca. No me hubiera contenido y por eso no fui—. Guardó silencio unos instantes y continuó—: Después vino la expropiación de las tierras. Tu valle ahora sí honra su nombre: Chico... Luego lo del petróleo, y Alonso tuvo su día de gran repique, si bien percibí cierta reticencia en sus declaraciones—. De nuevo se detuvo y al fin dijo—: Vi tu retrato en el periódico junto a él cuando lo entrevistaron. Desde entonces supe que tenía que volver a verte. Te veías tan orgullosa a su lado...

—Fue uno de los precursores.

—Lo sé, lo sé.

Una sirvienta entró, pidió perdón por interrumpir, y avisó al señor que era hora de su medicina. Él la mandó a cuidar a sus nietos; ella le recordó que la señora se los había llevado al parque para que no molestaran al señor cuando estuviera la visita.

—¿De veras? Ya era tiempo que alguien tuviera tino en esta casa. Ahora vete, que ya me tomaré esto —renegó ordenándole que pusiera el jarabe y el vaso de agua en la mesa cercana a él. Dejó que saliera, y, sin quitar sus ojos de la botellita color ámbar que estaba a su derecha afirmó—: Sí, ¡hemos pasado tantas cosas! Hasta me salió un volcán casi debajo de las minas. Dime, Mariana, ¿qué nos podría ya conmover?

Mariana recordó la emoción de sentir la tibieza inocente de sus nietos y nietas recién nacidas en sus brazos..., la alegría de ver a sus hijos convertidos en padres, las sonrisas que la rodeaban alrededor de su mesa y concluyó:

—Mucho aún, David, mientras vivamos...

Él la miró a los ojos, se perdió en sus pupilas... Como lo hiciera en sueños, vio ante él a la muchacha a quien robó un beso tras una columna, palpó la tersura de su rostro en la yema de sus dedos... y, controlando la emoción, afirmó—: ¡Tantos años!

Guardaron los dos silencio por unos instantes en honor al tiempo transcurrido.

—¿Fue cierto que encontraste un tesoro a consecuencia de aquellos temblores? —preguntó él tratando de recobrar el presente.

Mariana asintió. Ironías de la vida. Sufrió tanto por dinero al restaurar la hacienda, tanta penuria... Y bien, el día que tembló partiendo la tierra michoacana a consecuencia de la erupción del Paricutín, cayó una lluvia de oro desde lo alto de la espadaña de la capilla. Como confeti luminoso, entre campanas y ladrillos rotos, quedó regado el tesoro de algún abuelo. Aunque lo negaron, se supo.

Acompañados por el aroma del café hablaron más de los buenos tiempos. Si doña Clarisa hubiera estado presente hubiera saboreado cada sílaba. ¿Recuerdas esto? ¿Aquello? La tía Matilde presumiendo de alcurnia hasta con las paredes, sus ambiciones colmadas con el matrimonio de Marcia con don Arturo. ¿Quién se hubiera imaginado que viviría el hombre para cumplir cien? Decían que se había debido al cinturón del doctor McLaughlin..., como fuere, había aguantado. Bigote negro retocado y todo, llegó. Con la ayuda del vehemente abanico de Marcia había soplado sobre la llamarada de las cien velas de su pastel. David sacudió la cabeza ante la misma perspectiva. No, no. Él no. Él quería irse cuando aún pudiera renegar.

El sol desapareció tras las cortinas de encaje, el cuarto empezó a oscurecerse y David se convirtió en una figura que se desvanecía en contornos vagos, que se ahuyentaba en silencio. Mariana se puso de pie y, suavemente, como si temiera despertarlo dijo:

—David, ¿puedo venir a visitarte de nuevo?

Ella no podía ver que sus ojos estaban húmedos, sólo escuchaba su fuerte respiración. Pasados unos segundos, con mando completo de su voz, él sacudió la cabeza.

—Mejor que me recuerdes así. No es gran cosa, pero al menos puedo regañar a una criada. Después, Mariana, si te acuerdas, reza por mí—. Rompiendo el silencio un poco sorpresivo de ella, agregó—: Por si las dudas, y porque no quiero que ningún cura venga a entrometerse a la hora de la hora— terminó jalándose duro el bigote—. Si hubiere un más allá, los buenos deseos de un alma como la tuya bastarán como recomendación.

—No, no diré adiós, David. Cuando gustes, si tienes deseos de platicar, manda a tus nietos al parque y llámame. Cincuenta años son muchos para acabar con ellos en una tarde —logró decir, mas en ese instante supo que jamás lo volvería a ver.

Extendiendo su mano temblorosa hacia la de ella, asintió:

—Hasta entonces...

—Hasta entonces, David.

Al llegar ella a la puerta oyó que le decía con voz tan firme como en sus treinta años:

—Mariana, espera un momento—. Dio ella la media vuelta y él, apenas girando el rostro hacia ella continuó—: La verdad, no he hallado en toda la tarde el momento oportuno... No puedo dejarte ir sin que lo sepas. Tengo algo que decirte en nombre de Rosa.

Mariana permaneció clavada en el lugar escuchando...

—Antes de morir me confesó lo que había hecho. Lo del anónimo..., y me pidió que si te volvía a ver te pidiera perdón en su nombre. Yo no sé si lo recibieron o no. Nunca dieron muestras de ello. Como sea —dijo enderezándose— sepan que lo lamentó. Así era ella, hacía cosas temerarias... —suspiró recordando su propio matrimonio— y después vivía un infierno.

Ante el silencio de Mariana quien siempre había sospechado de aquella procedencia, él insistió:

—Espero que Alonso jamás le haya dado crédito.

—No, nunca.

—En fin, ya cumplí.

—Sí... Puedes estar tranquilo, amigo mío.

La reja se cerró tras de ella. Al salir de la casa topó con dos mujeres que envueltas en sus velos negros se deslizaban rumbo al rosario. Era el atardecer, la hora azul que ella amaba tanto. Le indicó al chofer que la siguiera... Quería caminar. El haber hablado con David, el haber removido el pozo de la vida había traído remembranzas ya acomodadas en el fondo a la superficie, y ahí flotaban en espera de su atención. Cata e Ismael vivieron de nuevo ante ella, llamándola "niña" hasta el último de sus alientos. Moriría endeudada con ellos por su lealtad. Y qué decir de Cirilo..., Cirilo que cuidaba todavía Valle Chico sin querer dejar nunca el lugar, siempre presente, dispuesto a servir, corriendo a pedir ayuda al ver invadida la hacienda, lanzándose por el hostil camino a traer al doctor cuando nació su niña, o se enfermaban sus hijos. Sus hijos. ¡En un santiamén habían crecido! Los veía en sus brazos, desvalidos y lloriqueando un momento y al siguiente montados a caballo, luego recibiendo sus títulos universitarios y casándose, todo en el parpadeo de un recuerdo. Ahora iban ya rumbo a ser señorones. Los hijos de sus hijos crecían ya marcando otra hora en su vida. Su nieta mayor empezaba a parecerse mucho a ella. Y una vez más se vio joven y llena de vida y tan ignorante de ella, con las ilusiones a flor de piel allá, de pie en la montaña, contemplando el valle...

La visión se disolvió en la penumbra de su memoria, ante ella, en su lugar, estaba el templo de Guadalupe. Había llegado, sin darse cuenta, casi al final del paseo... Por encima de sus pasos las hojas de los fresnos platicaban en secreto, las luces del cielo empezaban a lucir su fiel parpadeo.

Recordó entonces lo que el hermano Juan le dijera, hacía tanto tiempo, en el sentido de que toda existencia contribuía a un vasto plan. Un día ella se había imaginado haciendo algo grandioso, espectacular... No era así. Pero cada vida, en la medida que afectara a los demás, era importante. Eso, al menos, había aprendido. Si uno hacía lo que podía lo mejor posible, llegaba a ese término con cierta ecuanimidad. Ya no temía a la muerte, sólo temía que la vida le reservara la lección más amarga: cómo sobrevivir sin Alonso.

Alonso.

La hora azul casi se iba.

Un auto pasó y tocó el claxon, las campanas del templo cercano marcaron la media hora y Mariana llamó a su coche con un ademán urgente.

La lucha era continua, nunca se estaba seguro de haber vencido, pero ella se había reconciliado ya con ese destino.

FIN

Bibliografía

Altamirano, Ignacio M., *La Navidad en las montañas*, Porrúa, México,1966.

Arenas, Carlos García, *Morelia, noble ciudad.* Ediciones casa San Nicolás, Morelia, Mich., 1970.

Arriaga De Zavaleta, Carmen, *Cocina Michoacana,* Editorial Cultura, México, 1965.

Arriaga Ochoa, Antonio, *Morelia, Antigua Valladolid,* Ediciones Museo Regional Michoacano, Casa Natal de Morelos, Morelia, Mich., 1968.

Blanco Moheno, Roberto, *Juárez ante Dios y ante los hombres,* Libro Mex, México, D.F., 1960.

Bravo Ugarte, José, *Historia sucinta de Michoacán,* Vols. I, II y III, Jus, México, 1964.

Bulnes, Francisco *El verdadero Díaz y la Revolución,* Editora Nacional, 1967.

Casasola, Gustavo, *Siete siglos de historia gráfica de México, 1325-1925,* Tomos II y III, Editora Gustavo Casasola, México, 1968.

Cosío Silva, Luis, *La Agricultura.*

Cosío Villegas, Daniel, *El necesariato. El barbero de Sevilla.*

Cosío Villegas, Daniel, *Historia Moderna de México, El Porfiriato, Vida Social, Editorial Hermes, México, 1970.*

Calderón, Francisco R., *Los Ferrocarriles,* Colegio Nacional, Hermes, México, 1985.
Cusi, Ezio, *Memorias de un colono,* Jus, México, 1969.

Dumas, Claude, *Justo Sierra y el México de su tiempo 1848-1912,* Tomos I-II, UNAM, México, 1992.

Diario del Hogar, num.96, 6 de enero de 1900.

El Imparcial, México, D.F., Tomo XIV, núm. 2476, 1°. de julio de 1903.

Ibid., núm. 2482, 7 de julio de 1903.

Ibid., núm. 2516, 10 de agosto de 1903.

Ibid., núm. 2544, 7 de septiembre de 1903.

El Mundo Ilustrado, Tomo II, núm. 1, 6 de julio de 1902.

El País, Tomo III, núm. 107, 15 de septiembre de 1990.

Gaceta Oficial, núm. 436, Semanario, Morelia, Mich., 5 de enero de 1890.

Ibid., núm. 437, 12 de enero de 1890.

Ibid., núm. 438, 19 de enero de 1890.

Ibid., núm. 450, 12 de abril de 1890.

Ibid., núm. 490, 16 de septiembre de 1890.

Ibarrola Arriaga, Gabriel, *Familias y casa de la vieja Valladolid,* Fimax, Morelia, Mich., 1969.

Glantz, Margo (Presentación), *Tiempo de México,* México, D.F., 28 de noviembre de 1984; 30 de junio de 1900; 8 de septiembre de 1900; 21 de septiembre de 1900; 6 de mayo de 1901; 11 de junio de 1901; 22 de diciembre de 1902; 8 de octubre de 1903; 2 de diciembre de 1907.

González Galván, Manuel, *Morelia. Ayer y hoy.* UNAM, México, 1990.

Gonzales Navarro, Moisés, *Historia Moderna de México, El Porfiriato, La vida social,* Daniel Cosío Villegas, El Colegio Nacional, Hermes, México, 1974.

Katz, Friedrich, *La servidumbre agraria en México en la época porfiriana,* Ediciones ERA, México, 1991.

Krauze, Enrique, *Místico de la autoridad, Porfirio Díaz,* Fondo de Cultura Económica, México, 1992.

Ludlow, Leonor y Marichal, Carlos, *Banca y Poder en México (1800 – 1925),* Grijalbo, México, 1985.

La Libertad, Tomo I., núm. 1, Semanario, Morelia, Mich., 14 de enero de 1893.

Ibid., núm. 37, 23 de septiembre de 1893.

Ibid., núm. 49, 16 de diciembre de 1893.

Ibid., núm. 50, 23 de diciembre de 1893.

Ibid., Tomo III, núm. 2, 8 de enero de 1895.

Ibid., núm. 9, 2 de febrero de 1895.

Ibid., Tomo IV, núm. 17, 25 de abril de 1896.

Ibid., núm. 45, 15 de diciembre de 1896.

Ibid., Tomo V, núm. 27, 6 de julio de 1897.

Ibid., núm. 28, 13 de julio de 1897.

Maillefert, Alfredo, *Ancla en el Tiempo,* Ediciones de la Universidad Michoacana de San Nicolás de Hidalgo, Morelia, Mich., 1963.

Mendoza, Justo, *Morelia, en 1983.* Ediciones Museo Regional Michoacano, Casa Natal de Morelos, Morelia, Mich., 1968.

Monsivais, Carlos.Historia General de México, Tomo II, El Colegio de México,Tomo II,El Colegio de México, 1988.

Nava Oteo, Guadalupe, *La minería.*

Nickel, J. Hebert, *Proletarismo y economía moral en las*

haciendas mexicanas del poririato, Universidad

Iberoamericana, Departamento de Historia, México, 1989.

O´Gorman, Edmundo, *Seis estudios económicos de tema*

mexicano, Universidad Veracruzana, Xalapa, México, 1960.

Orozco Linares, Fernando, *Porfirio Díaz y su tiempo,* Panorama, México, 1967.

Pérez Acevedo, Martin, *Empresarios y empresas en Morelia, 1860 – 1910,* Universidad Michoacana de San Nicolás de Hidalgo, Morelia, Mich., México, 1994.

Ralph, Roeder, *Hacia el México moderno. Porfirio Díaz,* Fondo de Cultura Económica, México, 1973.

Reina, Leticia, *Las rebeliones campesinas en México,* Siglo XXI, México, 1988.

Rivera Cambas, Manuel, *México pintoresco, artístico y monumental,* Vols. I-III, Editora Nacional, México, 1967.

Romero flores, Jesús, *Geografía del estado de Michoacán,* Cuadernos de Cultura Popular, Morelia, Mich., 1967.

Sierra, Justo, *Juárez, su obra y su tiempo,* Editora Nacional, México, 1965.

Tavera Alfaro, Javier, *Morelia en la época de la República restaurada (1867 – 1876),* Vols. 1, 2, Instituto Michoacano de Cultura, El colegio de Michoacán, Morelia Mich., 1988.

Tena, Miguel, *Calendario botánico de Michoacán, 1893,* Ediciones Casa de San Nicolás, Morelia, Mich., 1971.

De la Torre Villar, Ernesto, y Navarro de Anda, Ramiro, *Historia de México* II, McGraw Hill, México, 1992.

Turner, John Kenneth, *Mexico Barbaro,* B. Costa Amic, Mexico, 1967.

Urbina, Luis G., *Poesías completes,* Tomos I – II. Porrúa, México, 1946.

Urbina, Luis G., *La vida literaria de México,* Porrúa, México, 1946.

Valadés, José C., *Breve historia del porfirismo (1876 – 1911),* Editores Mexicanos Unidos, México, D.F., 1971.

Valadés, José C., *Don Melchor Ocampo, reformador de México,* Editorial Patria, México, D.F., 1954.

Valadés, José C., *El porfirismo, historia de un régimen,* UNAM, México, 1977.

Vasconcelos, José, *Breve historia de México,* Botas, México, 1967.

Vázquez Mellado, Alfonso, *La ciudad de los palacios,* Diana, México, 1990.

Villoro, Luis, *La revolución de la independencia, Historia General de México,* Tomo I, el colegio de México, 1988.

ÍNDICE

Made in the USA
Columbia, SC
31 July 2018